BİNNUR ŞAFAK NİGİZ

KOR

YANGIN MAVİSİ

SERİSİ

IV

DOKUZ

KOR
Binnur Şafak Nigiz

Türü Roman

Yayın Yönetmeni Ali Osman Başkuyu
Editör Aycan Sarıahmet
Sayfa Tasarımı Binnur Şafak Nigiz
Kapak Tasarımı Gizem Ulaş

1. Baskı Ocak 2020, İstanbul

Yayınevi Sertifika No 23136
ISBN 978-625-7050-11-1

BASKI VE CİLT
MY Matbaacılık San. ve Tic. Ltd. Şti.
Maltepe Mah. Yılanlı Ayazma Sk. No: 8/F
Zeytinburnu / İstanbul
Tel: 0212 674 85 28
Matbaa Sertifika No: 34191

DOKUZ YAYINCILIK
Kartaltepe Mah. 49. Sokak No:10/A
Bayrampaşa / İstanbul
0212 640 00 35

BİNNUR ŞAFAK NİGİZ

KOR

YANGIN MAVİSİ
SERİSİ
IV

DOKUZ

Sevgili Gölge Fesleğen'im Simge Ulutürk,
bu kitap senin için.

1.MAVİ UMUT

Mayıs Karayel'den...

"Sıraç, biz seninle çaresi olmayan bir hastalık gibiydik..."

Sessiz bir gece,
Yorgun adımlarım,
Hiç haberi yok gibi, ıslak kaldırımların.
Kimse görmüyor mu?
Kimse duymuyor mu?
Durup önünde kalbinin,
Kimse durdurmuyor mu?
Herkes gider mi?
Herkes gider mi?
Söyle bana küçük adam, her şey biter mi?
Çok erken değil mi? Erken değil mi?
Elinde cennetin kayıp haritası,
Kalbinde hazineler, yüzünde anahtarı.
Kimse görmüyor, kimse bilmiyor...
Ve sen hâlâ üşüyorsun.
Herkes gider mi? Herkes gider mi?
Söyle bana küçük adam, herkes gider mi?

Hâlâ yalnız mısın?
Sadece özgür.
Peki mutsuz?
Sadece alışmış.
Peki ya âşık?
Sadece eksik.
Peki ya sen? Hâlâ bekliyor musun?
Beklemek, şimdi hiç duymayan birine,
Dünyanın en güzel şarkısını söylemek kadar anlamsız...
Peki ya umut?
Umut, şimdi hiç görmeyen birine,
Gökkuşağını anlatmak kadar zor ve imkânsız...
Herkes gider mi? Herkes gider mi?
Söyle bana küçük adam, söyle bana küçük adam...
Çok erken değil mi? Erken değil mi?
Söyle bana küçük adam, söyle bana küçük adam...
Yağmur diner mi? Yağmur diner mi?
Söyle bana küçük adam, söyle bana küçük adam...

Ruhumda bir iskambil falı açıldı. Kartlardan ölüm saçıldı.

Kemiklerimin ruhuma battığını hissediyordum. Kanın kokusu, harflerimden kelimelerime bulaşıp koskoca bir cümleyi kendi rengine boyarken, o cümleyi dudaklarımın zindanından serbest bırakmak imkânsızdı. Hastalıklı bir ağız, hastalıklı bir zihnin yarattığı cümlelerin kırmak istediği parmaklıklara zehirli nefesiyle duvar örmüştü.

Ruhum sanki dibinde bir damla su dâhi kalmamış, kurumuş bir kuyunun dibine düşmüştü ve beni yukarı çekecek olan ip çürüyüp, kopmuştu.

Bilincim açık mıydı? Bilmiyordum. Etrafımda bir hareketlilik vardı ama dünyaya kapattığım düşüncelerim boyut atlamış ve farklı bir evrende maruz kaldığı acımasız tekmelerin çığlıkları ile kendi boğazını parçalıyordu. Ciğerlerime hava doluyordu ama bu hava canımı yakmaktan başka hiçbir işe yaramıyordu.

“Mayıs, nefes al!”

Kor

Bomboş gözlerle karşımda duran kişiye baktım. Yüzü bir türlü oluşmuyordu. Sanki bedeni vardı ama yüzü eksik bırakılmıştı. Tamamlamam gerekiyordu. Yüzü gölgeli bedene baktım. Kemiklerimin parçalanma sesini işitiyordum sanki.

"Mayıs, gözlerime bak! Mayıs!"

Parmaklarıma bulaşan kanı üstümdeki beyaz elbisenin kumaşına silerken omuzlarımda hâlâ onun sıcaklığını taşıyan ceket var mıydı bilmiyordum bile. Hissedemiyordum. Şu an gözlerim ondan başka hiçbir şeyi kabul etmiyordu. Onun kanının metalik kokusunu soludum.

"Ağabey!" Bu tanıdık çığlık, sanki zihnimin içinde patlayan camın cam kırıklarını düşüncelerime saplamıştı.

Şu an neredeydim? Dizlerim acıyordu. Sanırım çimleri sulamamız gerekiyordu. Belki de biraz biçilmeliydi. İçim gibi. Çimler kuruduğu için dizlerimi acıtmış olabilirdi. Bilmiyordum. Her şey dağınıktı. Acı dağınıktı. "Ağabey! Hayır! Ne olursun! Ağabey!"

"Sılay'ı buradan uzaklaştırın!" diye bağırdı kalın bir ses. "Biri ambulansa binsin, arabalarla takip edeceğiz biz!"

"Sıraç nerede?" diye sordum karşımda duran gölgeye. Herkes ne zamandan beri buradaydı? Neden tek bir kişi eksikti? Gölgenin kolları bana uzandı, parmaklar kollarıma dokundu ve gölgenin sahibi bana sarıldı. Ağlıyordu. Hüngür hüngür ağlıyordu.

Bomboş gözlerle boşluğa baktım ve gölgenin gözyaşlarının sesini dinledim. Bu gölgenin kokusu tanıdıktı ama etraftan yükselen kan kokusu diğer tüm kokulara olan duyarlılığımı parçalara ayırmıştı.

Kanın metalik kokusu zihnime sarılmıştı ve düşüncelerimi yok etmek adın tüm kelimelere tıpkı bir yılan gibi dolanmış, onları sıkarak öldürmeye çalışıyordu.

Harflerin dizilip sırt sırta vererek oluşturduğu kelimelerin her biri darağacında idamını bekleyen mahkûmdu. Ayaklarının altındaki sandalyenin itilmesini bekliyorlardı ve o sandalyeyi itecek olan tekme havalanmıştı.

"Mayıs," dedi gözyaşlarının arasından gölge. "Geçti. O iyi olacak. Hadi gidelim. Onu tek bırakmak istemezsin, değil mi?"

"Onu tek..." Bilinçaltımın derinlerine gömmeye çalıştığım taze görüntüler zihnimin pencerelerinin parmaklıklarını asılıp sarstı. Görüntüler... Görüntülerde kan vardı. Barut kokuyordu. Yangın mavisi gözler usulca kapanıyor, şefkatli ellerin içini mesken tutan ekmek sıcağı, yerini buz kırağı bir soğuğa bırakıyordu. "Onu tek..."

Bedenimdeki hissizlik yerini derin ve çürük bir sancıya bıraktı. "Sıraç?"

"Mayıs!" Ümran'ın sesi kırdı bilincimin üstüne çöreklenen karabasanın belini. Yapboz parçaları bir türlü yerli yerine oturmuyordu. Birkaç parça kayıptı. Burada ters giden bir şeyler vardı. "Kendine gel Mayıs! Hadi gidiyoruz!"

Bedenim yavaşça karanlığın dibine gömüldü. Bedenimi ruhum takip etti. Gözlerimin içine biriken yaşlar akmaya başladı. Yelkovanın uzun bedeni, akrebin kısa bedeninin etrafına yılan gibi dolandı ve zaman, bir zehrin üstüne dökülmesi ile eş zamanlı olarak akmayı durdurup dondu.

Kalbimin çukurlarına Sıraç'ın kanı aktı. Ruhumun toprakları, kanı çamurlaştırdı.

Harfler birbirinin üstüne devrildi, dilimin arkasında yanan ateş cümlelerimi pişirdi. Yanarak önüme düşen her harf bir kordu. Harfleri avuçladım.

Hâlâ yanıyordu.

Hâlâ sıcaktı.

Boynumda onun ağzından akan kanın kurumuş izi tenimi çekiştiriyordu.

"Hayır!"

Sesim karanlığa çarptı, geceyi ikiye böldü ve bulutlara saplandı. Yağmur yağmaya başladı.

Siren sesleriyle birlikte, kelimeler de yok oldu. Yok olmak istedim.

Zaman acının üstüne devrildi. Hızlıca aktı. Gözlerimi açtığımda artık olduğum yerde değildim. Sırılsıklam, ıslaktım. "Sıraç," diye fısıldamaya çalıştım; çatlak sesimin duvarlarının boyası kavlayıp yere döküldü. Halim, bembeyaz olmuş bir suratla sedyede yatan bedene bakıyordu. Sedye büyük bir hızla hastane koridorlarında ilerlerken, attığım adımlar boşluğa düşüyordu. Zemine düşen her bir adımımın, boşluğun kuyularında attığı ölüm çığlığı yükseliyordu. Sedyenin beyaz çarşafını da tıpkı gömleğinin beyaz kumaşı gibi kanın kızıl rengine boyamıştı. Gözleri kapalıydı ama kirpikleri titriyordu. Alnındaki ter damlaları, çektiği acının dışa tuttuğu fenerdi. Dolgun dudakları aralıklı duruyordu ama nefes almıyordu. Solgundu. Ecel teri döküyordu. Göğsü hareketsiz, cansızdı.

Acı, kalbimin közlerine üfledi.

Küllenen közler savrulurken, yanmayı sürdüren közler harlandı.

"Öldür beni ama bana bunu yapma," diyebildim gözyaşlarım boynuma kadar akarken hâlâ tepkisizdim. "Bana bunu yapma Sıraç. Bana bunu yapma!"

Sılay'ın attığı çığlıklar koridorun duvarlarına çarpıp kalbimi hedef alıyordu. Ameliyathanenin kapıları kayarak iki yana doğru açıldı. Sedye ameliyathaneye girerken, bedenim iri bir cüsseye çarptı ve Sıraç'ın görüntüsünden geriye, sedyenin ucunda duran siyah ayakkabılarının içinde olan ayakları kaldı. Ve ayakları da görüşümden çıktı.

Kapılar kayarak kapandı.

"Hemen Kadim Hoca'ya haber verin!" diye bağırdı genç bir doktor; yüzünde maskesi vardı. "Kurşun kalbe çok yakın bir yerde, daha fazla hayatta tutamam onu! Hemen, acilen Kadim Hoca'ya haber verin!"

Kısa sessizlik üstümüze yıkıldı.

"Nabız alamıyorum!" diye bağırdı aynı doktor. "Kadim Hoca nerede?"

Dizlerimin üstüne düşerken, ıslanan saçlarım yüzüme döküldü ve yanaklarıma yapıştı. Ellerim beyaz fayansa tutunurken, avuçlarım soğuk bir şokla sarsıldı. Tüm bunlar bir kâbus muydu? Bir kâbus bu kadar can yakmamalıydı. Gözlerimi sıkıca yumdum. Kirpiklerimin zehirli okları birbirine saplandı ve gözlerimi yutup yok etti. Gözümün önüne yapışmış, ıspatulayla kazımaya çalıştığım görüntüler zihnimin perdesine çarmıha gerilir gibi gerilmişti. "Gidemezsin," dedim kısık bir sesle. "Sadece biraz zamana ihtiyacın var. Biraz sonra iyi olacaksın. Gidemezsin Karayel. Öyle kolay değil bu işler..." Dişlerimi sıktım. "Gidemezsin!"

Sırtıma bir sürü kuş yemi serpiştirilmişti ama bu yemlerin içinde kuşları öldürmek isteyen ellerin o yemlere döktüğü zehrin çizdiği acımasız izler vardı.

Omzumda bir el hissettim. Gözlerimi o kadar sıkı yummuştum ki, birbirine saplanan kirpiklerimin sızısı göz bebeklerime çınladı.

"Yenge," dedi Halim titreyen sesine gem vuramadan. "Yapma, kurbanın olayım. Kalk hadi."

"Kendimi hayatın neresine koyacağım ben?" diye bağırdım yüzümü örten saçlarımın arasından. Gözlerim açıldı. Saçlarımın hapishanesinin parmaklıklarından ameliyathanenin keskin hatlara sahip beyaz kapısına baktım. "Sen gidersen... Kendimi hayatın neresine koyacağım ben?"

"Yenge..."

Gözyaşlarım yanaklarım boyunca kayıp, kaydığı yerde kanından irin fışkıran yarıklar açtı. Saçlarım hem yağmurun hem de gözyaşlarımın kurbanıydı. Kalbim, salgıladığı zehirle kendini imha edebileceğini sanıyordu ama bu ruhuma acı vermekten başka hiçbir işe yaramıyordu. Sıraç'ın yangın mavisi gözleri, her karanlık ve çıkmaz sokakta önüme uzanan bir çift duvardı.

Şu an ruhumun bedenimden daha ağır olduğunu biliyordum.

Ormanın yakınlarında bir yangın vardı. Ormanın içinde elimde fenerle onu arıyordum. O, en yükseğindeydi gök kubbenin ya da en dibindeydi okyanusun içinde yanan ateşin. Çöl kumu serpiştirilen gözlerimin pınarları sızladı.

Sıraç benim boğazıma düğüm düğüm ettiğimdi.

"Mayıs! Yapma!" Ümran'ın çenesini saçlarımın arasında hissettim. "Yapma. Bebeklere bir şey olacak. Yapma!"

Hiçbir şey yapmıyordum ki.

Acının ağzına kilit vurmak zordu.

Zihnimin topraklarını tırnaklayıp eşeleyen sesler vardı; ben ise onların aksine hiçbir acının toprağını eşeleyemiyordum. Korkuyordum. Karşılaşacağım manzara beni ürkütüyordu.

Kısa bir koşuşturmaca yaşandığında hissettiğim tek şey hissizlikti. Acımın omuzlarına hissizlik binmişti. Şu an dünya üzerindeki varlığımı sorguluyordum. Belki de hiçbir zaman gerçekten var olmamıştım ben. İhtimallerden bir tanesiydim, varlığım bir hayalden ibaretti. Belki de birisinin rüyasının oyuncusuydum ya da gerçek olamayacak kadar güzel ama kötü sonla biten bir masalın her şeyini kaybetmiş prensesiydim. Tüm bu ihtimaller zihnimin üstüne yıkılarak düşüncelerimi allak bullak ederken dudaklarımı birbirine bastırıp hıçkırığımı yutmaya çalıştım.

"Uyansana Sıraç," diye mırıldandım acı içinde.

"Uyan Sıraç," diye fısıldadım kırgın bir şekilde.

"Uyansana," derken artık sesimi sadece ben duyuyordum.

"Uyan!"

"Kardeşim!" diye bağırdı Halim. Ardından bir şeylerin parçalanma sesi yankılandı bomboş koridorun bizi yuttuğu girdabın içinde. Sılay'ın çığlıklarını işittim. "Ulan var mı öyle gitmek tirrek? Kalk lan! Aklınca bizi mi kandırıyorsun ibne herif! Kardeşim, kalk!"

Hissetmek istemiyordum. Duymak istemiyordum. Görmek, şahit olup belleğime görüntüleri kaydetmek istemiyordum. Tek yoğunlaştığım bir şey vardı; o da acıydı ama hissizlik omuzlarımdaki ayaklarının tabanına acıdan yapılma bıçaklar yerleştirmişti. Göz ucuyla sesin geldiği yöne baktığımda büyük cam pencerenin parçalara ayrıldığını ve keskin camların yerde parçalanmış şekilde parıldadığını gördüm.

Cam kırıklarının üzerinde kanın kızıl izleri vardı.

Halim, hemen o cam kırıklarının dibindeki duvara yaslanmıştı. Arkasında patlayan camın yarattığı boşluk vardı. Sağ yumruğunu sıkmıştı ve sıktığı yumruğundan akan kan zemine damlıyordu.

Kanın sesini dinledim.

Dizlerimin üstündeydim. Nefesim saçlarımı uçuşturuyordu. Dizlerimin üstünde emekleyerek cam kırıklarına doğru ilerledim. Karnım kasılıyordu. Harelerimin etrafına haleler çizen parlak cam kırıklarının üstündeki lekelere dikkatle baktım. Ölümün kokusunu aldığımdan beri tadını merak ediyordum. Acılarımdan sıyrılabilmek için, bu ruhu bu bedenden sıyırmam mı gerekiyordu? Kendimi ölümün kollarına bırakabilirdim. Karanlıkta dağılabilirdi her bir zerrem. Kanlı cam kırıklarına bakarken tüm fikirlerim bir bir intihar etmeye başladı.

Ben bu korkutucu düzende, zamandan ve mekândan bağımsız bir kadındım. Ben bu savaşın içinde çırılçıplak ve savunmasızdım. Sırtımda acının pençe izleri vardı. Kaybetme korkusunun küflenmiş tadı mıydı bu? Yoksa korkunun rutubetli sancısı mı?

Gücüm çekilmişti. Etrafımda herkes bir panik içerisindeydi; bunu soluyabiliyordum, kokusu zihnimdeki çukurları kan ile besliyordu. Titreyen kanlı ellerim cam kırıklarının arasından geçip, en keskin görünen parçaya uzanacakken, Halim kanlı elleriyle bileklerimden yakaladı ve sabitleyerek başımdan geriye attı.

"Yenge!"

"Halim."

"Ulan ne yapıyorsun?" Dolmuş kahverengi gözleriyle gözlerimin içine baktığında bakışlarımı ondan kaçırmaya çalıştım ama başarısızdı. Kanlı ellerine aldırmadan beni kollarının arasına çektiğinde gözyaşlarım bir kez daha gözlerimin zarını yırttı ve akmaya başladı. Haykırarak ağlarken Halim'e tutundum ve ikimiz de dizlerimin üzerinde öylece duruyorken, birbirimize sımsıkı sarıldık. "Yenge," dedi kısık bir sesle. "Geçecek, söz veriyorum. Sapasağlam çıkacak oradan. Ağlama."

"Nabız alamıyorum, dedi doktor," diye fısıldarken sesimin etrafında çatlayan şey ıstıraptı. Topraklarımdan fırladı.

"Geçecek! Sıraç onun adı! Bilmiyor musun sanki, hangi ölüm gerçekten öldürebilir onu?"

"Geçmiyor," dedim acı içinde. "Hiçbir şey geçmiyor Halim. Onu gördün mü? Sıraç'ı gördün mü Halim? O hareket etmiyordu. Dudaklarını gördün mü Halim? Onun dudaklarını gördün mü sen? Ben gördüm Halim, morarmıştı. Halim..." Gözlerimi kaldırıp ona baktım, ellerini omuzlarıma koyup yaşlı gözlerle bana baktı. "Halim! Sıraç... O ölüyor mu?"

Halim beni bağrına basıp sıkıca sarıldı. Ondan gelen ağabey şefkatini hissettim. "Ölmüyor," derken sesi çatlamıştı. "O ölmüyor! O ölmez... Onun yenildiğini gördün mü sen hiç? O bir tek sana yenildi. Senden başka hiçbir şey yenemez onu."

Acı içimi oyuyordu ve kendimi anlatabilecek hiçbir dil bulamıyordum.

"Onu benden almasınlar."

"Onu senden alamazlar."

"Onu görmek istiyorum," derken sesim güçsüzdü. Sılay'ın önümüzde diz çöktüğünü görünce Halim'in kollarından ayrıldım ve yerde emekleyerek Sılay'ı yöneldim. Kıpkırmızı olmuş çakır rengindeki gözleriyle doğrudan gözlerimin içine bakıyor, tarifsiz acısını benimle paylaşıyordu. "Yardım et bana," dedim Sılay'a. "Onu görmek istiyorum. Onun gözlerini görmeye ihtiyacım var. Gözlerini görmezsem geçmeyecek, ne olursun..." Kafamı kaldırıp etrafa baktım. "Ne olursunuz yardım edin bana."

"O hiçbir yere gitmeyecek," dedi Sılay kendinden emin bir sesle; belirgin elmacık kemiklerine gölgeler düşmüştü ve dişlerini sıkıyordu. "Ağabeyim ölmeyecek. O ne zaman yenildi? Söylesene bana. O ne zaman vazgeçti? Sence seni bırakıp gider mi?" Burnunu çekip elinin tersiyle yaşlı gözlerini sildi. "Şu dünya üstündeki her şeyi bırakır belki ama..." Çenesi titriyordu. "O seni bırakmaz Mayıs."

Gerçek bir kez daha sert tokadını yüzümün ortasına indirdi. Bir süre ruhsuz bakışlarımın arkasına saklanarak Sılay'ı izledim. Bir robottan farksız hissediyordum kendimi. Kalbimin şarjı bitmişti sanki ve şarj makinem şu an yanımda değil, ameliyathane kapısının arkasındaydı.

"Beni onsuz bırakırsa onu asla affetmem."

Sılay kollarımı kavradı ve tam gözlerimin içine baktı. "Seni onsuz bırakırsa onu asla affetmem."

"Kalbim..." Elim kalbimin üstüne yerleşti. Parmaklarımda onun kuruyan kanı vardı. Duygular yüzümden akıp gidiyordu, bunun farkındaydım. Bunu Sılay'ın göz bebeklerinde canlanan görüntümden görebiliyordum. "Bu baskı beni öldürüyor. Anlasanıza. Kalbimin içinde bir şey var..." Gözlerimden taşan yaşlar boynumu ıslatıyordu. "Bu baskı beni öldürüyor."

Sılay dişlerini sıkarak beni kollarının arasına çekti. Ellerim ikimizin arasında, göğsümün üstünde asılı kalmıştı. Bana sıkıca sarıldı. "Keşke," diye hıçkırdı. "Keşke söküp alabilsem o baskıyı. Keşke."

Hemen arkamda birkaç kişinin bir şeyler söylediğini işittim ama kelimeler de tıpkı göğsüme saplanan acı gibi düşüncelerimin eteğinden dökülen kesik bilekli intiharın kanını içerek olduğu yere yığılıyordu.

Ölü bileklerden intiharın kanı akıyordu.

Kelimeler o kanı içiyordu.

Ölüyordu.

Kelimeler ölüyordu.

Sıraç ölüyordu.

"Neden hiç kimse durumu hakkında bilgi vermiyor lan bize?" Halim'in kalın sesi, hastanenin beyaz koridorlarında yankı uyandırdı. Öfkeliydi. Neye öfkeliydi? Ölüme mi? Kime öfkeliydi? Ölüme mi?

"Beyefendi, sakin olun lütfen." Gözlerim sesim geldiği yöne döndüğünde bir güvenlik görevlisinin Halim'in önünde dikildiğini gördüm. Elinde siyah bir telsiz vardı. "Mutlaka bilgi vereceklerdir. Şu an ameliyatta sanırım, biraz sabır gerekiyor."

"Ne sabrından bahsediyorsun lan sen?" Halim aniden adamın üstüne yürüdü. "Sabredecek hâl var mı bizde, bir baksana? Senin hiç kardeşin öldü mü lan?"

"Beyefendi..."

"Sokarım senin beyefendine de sana da. Siktir git. Konuşmak kolay değil mi lan? Kolay tabii... Hanginiz anlar lan oradaki kızın şu an yaşadığı acıyı?" İşaret parmağıyla beni gösterdiğinde, güvenlik görevlisi kısaca bana baktı. "Hanginiz anlar lan şu an bu kapının önünde dikilip canının parçasından umutla bir haber beklemenin getirdiği korkuyu? Ulan... Anlamazsınız işte. Neyi, kime anlatıyorum lan ben? Ben olsam ben de anlamazdım. Haklısınız. Ama anlamıyorsanız..." Dişlerini sıktı. "Anlamıyorsanız açmayın lan o sikik ağzınızı!"

"Yapma," diye fısıldadı Ümran güçsüz bir şekilde Halim'in koluna girip yaralı eline kaşlarını çatarak bakarken. "Mayıs'ın halini görmüyor musun? Şimdi sırası değil, yapma."

Koridorun başında Savaş ve Temmuz'u görünce gözlerimi tekrar önümdeki cam kırıklarına çevirdim. Temmuz'un gözlerimin üstüne devrilen acıya şahit olmasını istemiyordum.

"Dolunay surat?" Savaş'ın sesini duyunca kafamı usulca kaldırıp ona baktım. Saçlarım yüzüme düşmüştü. "Mayıs..."

"Canım yanıyor." Sesim ruhsuz çıkmıştı. "Canım çok yanıyor. Hiç kimse hiçbir şey söylemiyor. Canım yanıyor. Canım çok yanıyor. Canım. Çok. Yanıyor."

"Dolunay surat..."

"Kokusu kayboluyor," derken delirmiş gibiydim. Başımı iki yana salladım. "Anlamıyorsunuz. Kokusu kayboluyor."

"Mayıs..."

"Kapat o çeneni!" diye bağırdığımda yüzümü ellerimle kapattım ve içimin çığlıklarını bastırmadan düşüncelerimi zehirlemeye başladım. Şu an dışarıdan sesim çıkmıyordu ve sessiz gözyaşlarım avuçlarıma akıyordu ama içimde bir mahşer yeri ve birbirine giren iblisler vardı. "Kemiğimden etimi sıyırıyorlar, hiç mi görmüyorsunuz?"

Temmuz, Sılay'ı kollarının arasına çekip, etrafına kan oturmuş toz mavisi gözlerle bana baktığında, onu yüzüme örttüğüm parmaklarımın aralığından görmüştüm. Bir süre herkesi o parmaklıkların arasından sakince izledim. Ellerim yüzümü boydan boya gezdi, avuçlarımda onun kanının metalik kokusu vardı.

Parmaklarım dudaklarımın üstünde asılı kaldı.

Kuruyan kanından öptüm.

Karnımın içi kasılmaya başladığında, içeride işlerin yolunda gitmediğini anlayabilmiştim. Kanlı parmaklarımı karnımın üstüne yerleştirip hafifçe bastırırken Ümran ile göz göze geldik.

"Mayıs?"

Cevap vermedim.

Cevap veremedim.

"Mayıs," dedi telaşla. "İyi misin?" Hızla bana doğru yürüdü.

Hemşirelerden bir tanesi de koşarak ameliyathaneye giriyordu; otomatik kapının kayarken çıkardığı ses kaburgalarımı birbirine sokacak kadar büyük bir baskıyı göğsüme uygulamıştı sanki. Kapılar tekrar kayarak kapanırken, kalbimin o kapının arasında sıkıştığını düşündüm. "Ağrın mı var Mayıs?"

"Çekil," diyebildim. Ağrım falan yoktu benim. Onlar güçlüydüler. Onlar benden daha güçlüydüler. Şu an zamanı olmadığını biliyorlardı. Şu an annelerine ikinci bir acı vermemeleri gerektiğinin bilincindeydiler. "Ümran, çekil!"

"Mayıs!" Ümran beni omuzlarımdan tutarak hafifçe sarsınca bilincim hiçliğin kıyılarına çarpıp parçalandı. Bir an gözlerim kararır gibi oldu ama kendimi toparlamak için son kez zihnimin deposundaki anılara saldırdım. "Her şey düzelecek, duydun mu?" diye bağırdı. "Her şey düzelecek. Sen hamilesin. Bir değil, iki değil, üç can taşıyorsun. Hadi kendi canını geçtim, ikisi için dirayetli olmak zorundasın!"

"Her şey düzelecek," diye garanti verdi Savaş. Şu an görüş alanım dışındaydı ama sesini net bir şekilde duyuyordum. "O güçlü bir adam. Karayel vazgeçmek nedir bilmiyor, merak etmeyin. O bu sefer de vazgeçmeyecek."

"Vazgeçme," diye fısıldadım yalnızca kendi duyabileceğim bir ses tonuyla. Acı beynimin duvarlarındaki boyaları tırnaklayıp soydu. Bir diğer acı ise tabanlarındaki kan izlerini zihnimin yollarına bırakarak sert adımlarla anıların içine doğru yürüyordu. "Sen vazgeçmek nedir bilmezsin ki... Aynı yeri hedef alarak beni yaralamaktan vazgeç. Vazgeçme, yalvarırım. Beni yaralamaktan vazgeç, benden vazgeçme. Beni seninle sınama Sıraç."

"Mayıs," dedi Ümran kararlı bir şekilde. "Bebeklerin için. Sevdiğin adam için. Güçlü olma vakti, tamam mı? Biz yanındayız." Dudaklarını saçlarıma bastırdı. "Biz daima yanındayız."

"Benim yüzümden..." derken sesim titriyordu. "Onu ben çıkardım dışarı. İçeri girelim dediğinde dinlemeliydim. Ona içeride de verebilirdim o haberi. Her şey benim yüzümden... Benim yüzümden!"

"Şşş..." Ümran çenemi tuttu ve yüzümü kaldırıp gözlerine bakmamı sağladı. Gözlerimden sicim gibi inen yaşlar, Ümran'ın parmak uçlarını ıslatmıştı. "Hiçbir şey senin yüzünden değil. Yazılan neyse, onu yaşamak zorundayız. Bu çoktan yazılmıştı, anladın mı? Bir şekilde bunu da atlatacağız!"

"Benim yüzümden..."

"Mayıs!" Ümran'ın sesi zihnimin kemiklerini sızlattı. "Hiçbir şey senin yüzünden değildi! Eğer bunu yapan kafaya koymuşsa, başka bir zaman diliminde de gerçekleştirecekti bunu. Tüm bu olanların seninle hiçbir ilgisi yok. Anlasana, alnımıza yazılanı yaşıyoruz!"

"Ben bu yazgıyı kabul etmiyorum!" diye bağırdım. "Eğer bu bir yazıysa, alnımın yazısıysa, ben bu yazıyı kabul etmiyorum!"

"Günah," diye fısıldadı Ümran beni sakinleştirmek istercesine. "Demesene öyle. Allah'ın işine karışılır mı hiç? O bilir en iyisini... Bak görürsün, Sıraç ağabeyim gelecek sana. Birazdan iyi haberini alacağız. Geçecek her şey."

"En iyisi benim Sıraç'sız kalmam mı olacak?" diye isyan ettim doğru olmadığını bile bile. İsyan bayrağını çeken ben değildim, kalbimdi. "Bana ait, benden bir parça o. Nasıl o benden bir parçaysa, ben de ondan bir parçayım. Beni parçalayamaz!"

"Bebeklerin için..."

"Şu an burada böyle durabiliyorsam onlar için zaten Ümran. Benden daha fazlasını istemeyin. Ne bedenim kaldırır ne de yüreğim. Ben bugün yeterince parçalandım."

"O iyi olacak."

"O iyi olmak zorunda."

Bakışlarımı Ümran'dan ayırıp ameliyathanenin kapısına çevirdim. Kanlı parmaklarım karnımda dolaştı.

Karnımda, kızımızı ve oğlumuzu taşıyordum.

"Uyan." Gözlerimi sıkıca yumdum. "Mavi ve Umut'un babalarına ihtiyacı var."

Saçlarım yüzüme düşmüş, sımsıkı açtığım gözlerimin kirpikleri titrerken ameliyathanenin önünde bir hareketlilik yaşandı. Gözyaşlarım çeneme kadar akarken gözlerimi yavaşça araladım.

Her bir damla dokunup geçtiği yerde yanık izi bırakıyordu.

"Kalbi durdu."

∞

"Yanıt vermiyor, hocam," dedi genç hemşire. Bir adamın masaya yatan bedeninin içinde sakladığı ruhun uçup gitmemesi için eline iğne iplik almıştı doktor. Bir ruhu bir bedene iğne iplik ile dikebilir miydi?

"Defibratöre bağlıyoruz!" dedi doktok, elinden gelenin daha fazlasını yapıyordu. "120 J!"

Çıplak ve kanlı göğsüne bir baskı uygulandı. Adamın bedeni sertçe bir aşağı yukarı hareket etse de üstüne devrilen gölgeler tüm hareketliliğini yutmuş gibiydi.

"Nabız yok!"

"Tekrar ediyoruz!"

"Kurşun çıktı ama kalbe hasar vermiş gibi görünüyor Kadim Hocam." Genç hemşirenin elleri titriyordu. Sıraç'ın zaten beyaz olan teni, birkaç ton daha açılmış ve bir cesedin tenindeki ölüm beyazı izlerle gölgelenmişti. Dudakları çatlamış ve morarmıştı; göz altları morarmaya başlamıştı. Kurşun yarasına rağmen ona şok vermekten başka hiçbir çaresi yoktu doktorun. Kurşun kalbin hemen alt kısmından girmişti ve geçerken kapakçıklara zarar verip dokuları parçalamıştı.

"200 J!"

"Hâlâ nabız alamıyorum, hocam."

"Onu bırakmayacağını söylemiştin, bana söz vermiştin," diye fısıldadı narin bir kadın sesi. "Sizin için kendimi feda ettim ben. Tek bir kurşunla ölecek kadar dirençsiz misin? Hani senin inadın?"

"Tekrar ediyoruz!" dedi doktor telaşla.

"Yanıt yok, hocam!"

"Güzelsin işte," dedi tanıdık ince ses. "O kadar güzelsin ki, kâinat kadar! Hayır, kâinattan da güzelsin! Tüm galaksileri toplasan, bir gözlerin etmez be adam!"

"270 J!" Sıraç'ın soğumaya yüz tutmuş bedeni bir kez daha havaya kalktı. Her seferinde bedeni çok daha şiddetli bir akıma tabi tutulsa da, vücudu bu akıma tepki vermiyordu.

"Yanıt yok!"

"Seni çok seviyorum, küçük adam," dedi biri geçmişin perdesinin arkasına saklanarak.

"Tekrar ediyoruz!" dedi doktor kararlı bir tavırla.

"Yanıt yok, hocam! Vücut ısısı çok düşük. Onu geri döndüremeyeceğiz, bu imkânsız."

Doktor ters bir şekilde sesin geldiği yöne baktı. "Tekrar deniyoruz!"

"Şu dünya üzerindeki en hassas kız çocuğuna sahibim. Onun soğukluğu seni yanıltmasın, incinirse kimseler toplayamaz onu benden başka. Şimdi, tek bir sorum var. Ne olursa olsun, nasıl bir hata yaparsa yapsın Mayıs'ın yanında olup onu koruyacağına, dağıldığında toparlayacağına dair söz verir misin?" dedi geçmiş.

"Sana güveniyorum oğlum," dedi aynı geçmiş. "Mutlu olun."

Ve cihazdan yükselen tok bir düzlüğe sahip olan ses, bir tokan gibi indirdi gerçeği ameliyathanenin ölümün isi sinmiş beyaz duvarlarına.

"Onu kaybettik."

"Sonsuza dek yüreğimde, kefen giysek bile ahirimde nikâhımda ol," diye fısıldadı geçmişin zayıf sesi.

"Ölüm saati 23.26"

"Sen benim herkesimsin Mayıs," diye fısıldadı yok olan geçmişin tiz sesi.

"Sana söyleyeceklerim var ve kendimi hazır hissedene kadar burada duracağım."

Bedenin üstüne ruh aktı.

Ruh, saklandığı bedenin topraklarına geri gömüldü. Uzayın göğsünde yıldız tozlarından bir ip uzadı ve karanlığı aydınlattı. Adamın çıplak ayakları, yıldız tozlarının çizdiği ipin üstüne bastı.

Bir adam öldü.

Bir adam doğdu.

"Hocam, durun," dedi genç asistanlardan biri heyecanla. "Nabız alıyorum, hocam! Hocam, geri döndü!"

Doktorun bakışları yaralı bedenin sahibinin üzerinde gezindi. Terli alnını bileğine silerken, yüzündeki maskeye aldırmadan genişçe gülümsedi. "İşte budur evlat, inatçı olduğunu biliyorum. Hoş geldin aramıza!"

2.BEKLEYİŞ

Mayıs Karayel'den...

Bir örümcek ağının üstüne yağan yağmur, dağıtır mıydı saatlerini o ağı yapmaya harcayan örümceğin arkasına Peygamber'i sakladığı mucizeyi?

Dağıtmazdı.

Beyaz bir file gibi örülmüş bir örümcek ağının içinde saklanıyordu ruhu. Dışarıda yağmur yağıyor, örümcek ağının küçük pencerelerinden su damlaları kayarak akıyor, zemine damlıyordu.

"Ölüm saati 23.26"

Önüme düşen dört rakamın sırt sırta verdiği bir zaman dilimiydi. İki, üç, iki, altı... Saat 23.26.

Ruhumu içinde saklayan boşluk büyük bir hızla su ile dolmaya başladı. Su önce ayaklarımı içine aldı; ardından ayak bileklerime saldırdı ve dizlerime kadar yükseldi. Kasıklarıma çarptı, karnımı okşadı ve yavaşça göğsüme ilerledi. Boynuma kadar ulaştığında suyun içinde ateş yanıyordu ve kar taneleri suyun yüzeyinde yüzüyordu. Gözlerimi yumdum. Su çeneme çarptı, ağzımı içine aldı, burnumu kapladı, alnıma ulaştı ve beni tamamen yuttu.

Siyah saçlarım suyun içinde birbirlerinden ayrılıp dalgalanmaya başladı. Gözlerimi açtım. Göğün altında, yerin üstünde, suyun dibindeydim.

Yavaşça daha da dibe batarken hareketsizdim.

Ağzım kapalıydı ama sanki su girebileceği tüm delikleri hedef alarak içime doluşuyordu. Gözlerimin çukuru, burnum, kulaklarım; doluyordum. Damarlarımdan kan değil, içinde kar taneleri yüzen haşlanmış su aktı. Damarlardan kalbime taşındı. Kalbim genişlemeye başladı.

Reddettim.

Kabullendim.

Reddettim.

Kabullendim.

Reddettim.

Dizlerimin üstüne düşebilmem için ayakta olmam gerekirdi ama ben zaten dizlerimin üzerindeydim.

Bir insan daha kaç kez dizlerinin üzerine düşebilirdi?

Acı taktığı maskeyi yüzünün derisini sıyırır gibi söküp kopardığında, karşımda duran bendim.

Acı, bendim.

Başım omzuma düştü. Ruhum büyük bir hızla içine su almaya devam ederken, bomboş gözlerim ameliyathanenin aralıklı duran kapısına takılı kaldı.

Zaman durdu.

Umudumun mavi bileklerinde intihar ipliğinden dikiş izleri vardı.

Karşımda bir doktor belirdi. Ona ruhu çekilmiş gözlerimle bakarken, aslında çoktan su almış ve batmıştım. Boğuluyordum.

Doktor ağzındaki maskeyi indirdi, yaşlı bakışlarını bakışlarımın üzerine sabitledi.

"O yaşıyor," dediğinde tüm harfler parçalandı ve yere döküldü. "Ölüm saati değil, doğum saatinden bahsediyorlar. 23.26. Kocanın doğum saati bu."

∞

Ellerimi yoğun bakımın devasa büyüklükteki camına yasladım. Cam soğuktu. Üstümü başımı değiştirmeye fırsatım olmamıştı. Kanın kokusu ve lekesi üzerime sinmişti. Onu yoğun bakım ünitesine bağladıklarından bu yana yalnızca üç buçuk saati geride bırakmıştık. Gün hâlâ tam olarak ağırmış sayılmazdı ve dışarıda şiddetli bir yağmur yağıyordu. Kurumuş kan lekelerinin damgaladığı parmaklarım yoğun bakımın temiz camında dolaşırken bu cama değil, ona dokunmak istiyordum.

Hemen oradaydı.

Bedeni yoğun bakım ünitesine bağlanmıştı. Kalbinden çıkan sesleri bağlı olduğu makineden duyabiliyordum. Turuncuya yakın loş ışıkların altında cansız gibi yatsa da, şu an canlı olduğunu biliyordum. Ruhu, bedeninin topraklarına geri gömülmüştü.

Sıkıntılı nefesim dudaklarımın arasından kaydı, önümdeki temiz camda nefesimin buğusu oluştu.

Onu ilk kez bu kadar güçsüz görüyordum.

"Sen bir mucizesin Sıraç," diye fısıldadım yutkunurken. Ağzımın içine pişip közlenmiş kömür serpiştirmişlerdi sanki. Kuru ve acı bir tat vardı damaklarımın yarık duvarlarında. Omuzlarımı örten ceketine sıkıca sarıldım. Ceketinde onun kokusu vardı.

Sol elimi karnımın üstüne götürüp yavaşça karnımı okşadım. Bir mucizem yoğun bakım ünitesine bağlıyken, diğer iki mucizem de karnımdaki kordonla bana bağlıydı.

"Bizi bıraksaydın, seni affetmezdim," derken sesim çatladı. "Ama bizi bırakmayacağını da biliyordum."

Su alan ruhumun enkazı bir köşeye devrilip içindeki suyun zemine akışını izlerken, bakışları bedenime yansıyan bakışlarım kadar boştu. Zihnimde turkuaz dumanların ormanın derinliklerinden bana doğru kollarını uzattığı bir yer vardı. Orada, sırtım bana dönük dikiliyordum. Kendimin arkasında kalmıştım. Uzun ve siyah saçlarımı örmüş, sırtımdan aşağı bırakmıştım. Turkuaz dumanların yükseldiği ormanın diğer ucunda Sıraç'ın kalbinin sesleri yükseliyordu. Gözlerimi yumdum ve nabzını avuçlamaya çalıştım.

"Aklımın en güzel mavisi," diye fısıldadım. "Aldığın her bir nefes için Allah'a şükredeceğim bundan böyle. Ve... Sana yemin ediyorum Karayel. Sana bunu yapanı ellerimle cezalandıracağım. Bu kez sen beni değil, ben seni koruyacağım." Güldüm. "Ama bak gördün mü, inatçı keçi... Ölüm bile yenemedi seni. Unutma, seni yalnızca ben yenebilirim." Dolu gözlerle ona baktım. "Yalnızca ben."

"Mayıs." Merve'nin elini omzumda hissettiğimde yan gözle ona baktım. Çökmüş görünüyordu. "Sana çay getirdim güzelim."

Merve'nin diğer elinde tuttuğu karton bardaktaki dumanı tüten çaya baktım. Çay. Ondan önce ağzıma sürmediğim, kahvaltılarda bile içmediğim bir şeydi ama o bana çayı bile sevdirmişti. Ona göre çay, sevdalıların içeceğiydi.

Sıcak karton bardağı avuçlarımın arasına alırken Merve'nin gözleri parmaklarımı damgalayan kurumuş kan lekelerine takıldı ama çok oyalanmadan tekrar yüzüme tırmandı.

"Daha iyi misin?" diye sordu sakin bir sesle; şu an sakin olmadığını biliyordum, bu sakinlik maskesini takmasının tek sebebi beni sakinleştirmekti.

"O bu haldeyken nasıl sakin olabilirim ki?"

"O yaşıyor Mayıs. Hayata tutundu. Bu bile iyi olman için geçerli bir sebep."

Çayı sol elime alıp, sağ elimin kanlı parmakları ile şakaklarımı ovalayıp yanağımı cama yaslayıp göz ucuyla ona baktım. "Canı acıyor mudur?"

"Muhtemelen şu an hiçbir şey hissetmiyor. Bedeni narkozun etkisinde ve doktor bir süre uyuyacağını söyledi."

Derin bir nefes alıp yavaşça dışarı üfleyerek bakışlarımı Merve'ye çevirdim. Çaydan büyük bir yudum aldığımda, çayın tadı damağıma dağılıp dilimin ucunu uyuşturdu. Çayın verdiği nem boğazımı yumuşatırken, "Diğerleri nerede?" diye sordum.

"Ümran olaya canlı şahit olanlardan, siz bahçeye çıktığınızda o da oraya yeni gelmiş, Sılay'ın yanına çıkmış size görünmeden. Bu yüzden sinirleri gerildi biraz. Sakinleştirici vuruyorlardı ona. Halim ağabeyin de eline dikiş atılıyor. Fena yumruklamış camı. Sılay, Temmuz ve ağabeyim de onların yanındalar." Merve derin bir nefes aldı, koyu renk gözlerinde endişenin mürekkep gibi hızla yayıldığını gördüm. "Mayıs... Bizi öyle çok korkuttun ki... Aklını kaçırmış gibiydin."

"Aklımı kaçırmıştım zaten."

Elini omzuma koyup hafifçe ovdu, alt dudağını aşağı sarkıtarak göz ucuyla Sıraç'a baktı. "O iyi olacak ama sen hiç iyi görünmüyorsun güzelim. Biraz dinlenmeye ihtiyacın var."

"Şu an dinlenmeye ihtiyacım yok benim." Gözlerimi kocama çevirdim. "Şu an ihtiyacım olan tek şey o."

"Aslında hazır buradayken bir doktora görünsen? Çok fena haldeydin."

"Her şey yolunda," diye garanti verdim Merve'ye. "Endişelenme."

"Mayıs, çok bitkin görünüyorsun."

"Bu yaşanılanları unutabilmem epey zaman alacak. Hatta bir ömür unutabileceğimi zannetmiyorum Merve. Bu gece aynı anda birçok duyguya ev sahipliği yaptı kalbim. Emin ol bunlar onun için çok ağırdı."

"Sesin kısılmış," diye mırıldandı. "Üstelik üstün başın kan içinde. Saldırıya uğramış gibi görünüyorsun. Ağabeyim seni eve götürsün, üstünü değiş ve duş al. Sonra yine gelirsin, biz buradayız."

"Hayır."

"Mayıs, halini görmüyor musun Allah aşkına?"

"Sabah gidip değişeceğim ben üstümü başımı, söz veriyorum," dedim. "Ama onu bırakamam şu an. Varlığımı hissetmeye ihtiyacı var. Her ne kadar gözleri kapalı dahi olsa, burada olduğumu biliyor. Çünkü ben de hissetmiştim. O zamanlar onun burada beni gözlediğini hissetmiştim."

Merve başını iki yana sallayarak pes etti. Beni orada bırakıp ağabeyinin yanına gittiğinde omzumu cama yasladım ve çayımı yudumlamaya devam ettim. Kaşlarımın ortasında düşüncelerimin yarattığı büyük çukur oluştu. Bana mesaj atan kişi miydi tüm bunları yaşamama neden olan? Çok başka dolaplar da dönüyor olabilirdi. Bilmiyordum. İçimde bir odanın kapısı açılmıştı ve o odanın kapısında bana tekmeleri savuran adamın silüetinin gölgesi yere devrilmişti. Bunu yapan o olabilir miydi?

"Eğer sana bir şey olmuş olsaydı, yemin ederim şu an ben de nefes almıyor olurdum," dedim dişlerimi sıkarak. "Beni yokluğunla sınamadığın için teşekkür ederim Karayel. Çabuk uyan, olur mu?"

∞

Güneş doğmuştu doğmuş olmasına ama gece yağan şiddetli yağmurun vurduğu fırça darbeleri olan lacivert bulutların arkasında saklanıyordu. Hastanenin geniş bahçesinde, Savaş'ın yanındaydım. Derin bir nefes aldığımda, soğuk ve ıslak toprak kokulu hava ciğerlerime süzüldü. Göz ucuyla Savaş'a baktım. Dudaklarında eğreti duran sigarayı iki parmağının arasına aldı ve dudaklarının arkasına sakladığı gri dumanı yavaşça dışarı üfledi.

"Merve seni eve götürmemi söyledi."

"Üzerimi değiştirmem için, sonra yine geleceğim."

"Aslında biraz dinlenmen gerektiğini düşünüyorum," dedi sakin bir sesle; kaşları çatıktı, sigarasından bir duman daha aldı.

"Dinlenmeye ihtiyacım yok."

"Hamilesin," derken sesinin tınısında tuhaf bir şeyler yakalar gibi oldum. "Kendini düşünmüyorsan karnındakileri düşünmelisin."

Gözlerimi yumup soğuk havanın yüzüme çarpmasına izin verirken, "Şu an düşünebildiğim tek bir şey var," diye fısıldadım. "O da Sıraç."

6 gün sonra...

Akıp giden zamanın çatlaklarından saatlere dolanmış günler gibi süzülmüştüm.

"Neden hâlâ uyanmadı?" diye sordum bakışlarım yoğun bakımın büyük camında gezinirken. Kilo mu vermişti? Bana mı öyle geliyordu? Altı gün içinde bu kadar kilo verebilmesi mümkün müydü? Elmacık kemikleri daha da belirginleşmiş gibi duruyordu. Göz altları morarmıştı ve zaten beyaz olan teni birkaç kat daha açık renkli duruyordu. Şeffaf bir tabakadan ibaret gibi görünüyordu.

Altı gün içerisinde eve yalnızca iki kez uğramış, Şahin'in getirdiği kedileri beslemiştim. Efe onun için değerliydi, ona bakmak zorundaydım ve Efe'nin bir de eşi Nazlı vardı. Yedi saatlik bir uykuyla neredeyse altı gündür ayaktaydım. Sıraç'ın birkaç arkadaşı gelmişti ama hiçbiriyle konuşmadım. Gelenler arasında Engin de vardı ama çok kalamamıştı.

"Kalbine çok yakın bir yere isabet etmiş kurşun." Savaş'ın kelimeleri camın yüzeyine akıp nefesinden bir buğu oluşturdu. "Doktor yaşamasının bir mucize olduğunu söyledi. Sabırlı olmak zorundasın. O iyi."

"Ne zaman uyanacak?"

İkimiz de birbirimize bakmıyorduk. Şu an ikimizin de gözleri camın arkasında turuncu ışığın altında yatan adamdaydı. "Bilmiyorum ama uyanacak."

Ümran'ın sesini duyduğumda omzumun üstünden koridorun diğer ucuna baktım. Yanında Halim vardı. Halim'in eli sargılı ve siyah saçları ıslaktı. Beni görünce bize doğru yürüdüler, Savaş'ın siyah gözleri hâlâ camın arkasında yatan Sıraç'taydı.

Ümran kaşlarını çatarak, "Mayıs sen hâlâ burada mısın?" diye homurdandı. "Daha kaç kez söylemem gerek benim sana? Dinlenmelisin!"

Aramızda asırlara konu olacak bir bakışma ilk adımını attıktan hemen sonra koşmaya başladı ve karşıdaki duvara çarparak dağıldı. Ümran kafasını iki yana salladı ve beni kollarının arasına çekip sarıldı. "Bakma be öyle," dedi kısık bir sesle. "Gözünün içinde yanan mavi ışık sönecek olursa kemiklerini kırar, biliyorsun değil mi?"

Kollarımı Ümran'ın boynuna doladım ve ona sıkıca sarıldım. "Çok yoruldum Ümran. Artık her şey çok daha ağır geliyor."

"Sakın ağlama," derken sesi incelmişti. "Her şey yoluna girecek."

"Hiçbir şeyin yoluna girdiği falan yok. Adım attığım yolun zemininde büyük yarıklar açılıyor ve geri de dönemiyorum. Adım attığım yerden devam etmek zorunda kalıyorum. Arkamda kaybolan bir geçmiş var Ümran." Yavaşça ondan ayrılıp cama doğru döndüm. Elim havaya kalktı; parmaklarımda onun kanı yoktu ama sanki lekenin gölgeleri hâlâ orada duruyordu. Onu işaret ettim. "Ona baksana... Onun şu haline bak! Onu hiç böyle görmüş müydün? Günden güne eriyor sanki. Tükeniyor."

"Şu an bedeni yorgun ve yaralı. Her şeye rağmen hayata tutunmayı başardı Mayıs. Ne kadar güçlü olduğunu bir kez daha kanıtladı."

Dişlerimi sıktım. "Her neyse," diye fısıldadım. "Diğerleri nerede?"

"Temmuz kızları aldı, aşağıdaki kafeye indirdi. Merve ve Sılay hiçbir şey yemiyor, onlara zorla bir şeyler yedirmeye çalışıyor. Sılay ağabeyine çok düşkündür. Merve de kendini Sılay'ın yerine koyuyor, bir de seni öyle görünce bayağı yıprandı kızcağız," dedi Halim.

"Melek ne oldu?"

"Eğer Sıraç ağabeyimin bu halde olduğunu öğrenseydi onu sakinleştiremezdik. Şu an bakıcıda. Artık büyüdüğü için onu bir şeylere inandırmak çok daha zorlaştı," dedi Ümran yüzünü buruşturarak. "Bir şeyler olduğunun farkında ama konuyu çözebilmiş sayılmaz."

Kafamı sallamakla yetindim. Yoğun bakımın kapıları iki yana kayarak açıldı ve içeri bir hemşire girdi. Kilitlenmiş gibi aynı noktaya bakarken hemşirenin ne yaptığını anlamaya çalışıyordum. Hemşirenin eli onun koluna dokunduğunda kalbim tekledi; göğsümün altında iki büklüm oldu. Ona dokunulması canımı acıtmıştı. Her ne kadar bu tıbbi bir müdahale için gerekli de olsa, ona dokunulması kalbimi bir akrebin kıskaçları arasına alıp, zehrini kapakçıklarıma salgılaması gibiydi. Kadının onun koluna değen eline dik dik bakarken, kadın bir şeyleri ayarladı ve elini oradan çekip odadan çıktı.

"Hamile Karayel..." diye fısıldadı Savaş keyifli bir sesle. Omzumun üstünden ona baktığımda sırıtarak bana değil, Sıraç'a bakıyordu. "...az önce bir hemşireyi kıskandı."

∞

"Onu görmek istiyorum!" dedim hemen önümde dikilen doktora. Yoğun bakım odasından çıkmıştı. "Hem neden hâlâ uyanmadı? Yanına girebilir miyim?"

"O iyi," dedi doktor gülümseyerek. "Onu görebilirsiniz ama yalnızca beş dakika. Ayrıca şu an vücudu şiddetli bir ağrıya meydan okuduğu için sık sık uyuşturucu ağrı kesiciler veriyoruz. Gözlerini açamama sebebi büyük ihtimalle bu ağrı kesicilerden kaynaklanıyor."

Adının Kadim olduğunu bildiğim doktora gülümsemeye çalışırken çenem titriyordu. "Teşekkür ederim," diye fısıldadım sesim çatlarken. "Onu kurtardığınız için çok teşekkür ederim."

"Önce Allah'a şükretmelisiniz," dedi doktor genişçe gülümserken. "Ardından da eşinize teşekkür edin, çünkü o gerçekten çok güçlü bir adam. Büyük bir savaş verdi ve bu savaşın galibi oldu. Onun yerinde başka biri olsaydı sanırım şu an hayatta olmazdı."

Avuç içlerimi şakaklarıma bastırarak burnumu çektim. "Kesinlikle, o çok güçlü bir adam."

"Kesinlikle. Sevgi hemşire sizi hazırlasın. Unutmayın, yalnızca beş dakika."

"Yalnızca beş dakika," diye onayladım Kadim Bey'i.

İsminin Sevgi olduğunu öğrendiğim hemşire bana yeşil önlüğü giymem için yardımcı olmaya çalışırken, bir yandan da ağladığım için bana tuhaf tuhaf bakıyordu. Gözlerim kıpkırmızı olmuştu ve dudaklarım kuru, çatlaktı. Hamile olduğum için yoğun bakımda fazla kalmamam gerektiğini biliyordum. Yüzüme maskeyi taktıktan sonra kapılar kayarak iki yana açıldı ve gizli bir geçit gibi görünen diğer odaya geçtik. Hemşire de beni takip ediyordu.

Yoğun bakımın kapısı açıldı.

Soğuk hava bedenime aktı, tenimi ısırdı.

Bağlı olduğu cihazdan ritmik sesler yükseliyordu. Hemşire artık yanımda yoktu.

İkimiz burada, bu soğuk ve ölüm ile yaşamın birbirine oklarını uzattığı odanın içinde baş başaydık.

"İyi görünüyorsun," diye fısıldadım, hemen birkaç metre ilerimde yatan kilo kaybetmiş kocama bakarken. Hiç de iyi görünmediğinin farkındaydım. "Öylesin, değil mi?"

Yaşıyordu. Aldığı zayıf nefesin hareket ettirdiği bedenindeki silik hareketleri görebiliyordum. Ağzında şeffaf, yeşil renginde bir maske vardı ve aldığı nefeslerin buğusu yeşil maskenin yüzeyini damgalıyordu. Acı damarlarımı genişleterek kanıma karıştı. Bir iki adım daha ona yaklaştıktan sonra duraksadım.

"Sıraç?"

Cevap vermedi. Beni duyamayacağını biliyordum ama bir umut ona sesimi ulaştırmaya çalışıyordum. Sesim ona iyi gelebilirdi. Sesim, çektiği sancıyı biraz olsun dindirebilirdi.

"Seni çok özledim, aptal. Tam altı buçuk gündür gözlerini görmüyorum. Bu ne demek biliyor musun sen? İçim sökülecek sandım." Güldüm. "Belki de söküldü, bilmiyorum. İçimi göremiyorum."

Cevap vermedi.

Bir iki adım daha yaklaştığımda, tenindeki beyazlık bana ölümü anımsattı. Ölüm sandıkları gibi siyah değildi; ölüm, beyazın ta kendisiydi.

"Uyanmanı istiyorum," diye fısıldarken gözlerimden dökülen yaşlar yanaklarımı yakmıştı. Yüzümdeki maskeye aldırmayan gözyaşı, yanağımdan süzülüp maskenin içine girdi ve çeneme ulaştı. "Uyanmana ihtiyacım var. Gözlerini görmediğim her saniye ömrümden çaldığının farkında mısın? Gözlerini görmeye ihtiyacım var."

Bir adım daha attığımda artık tamamen dibindeydim. Geniş ve kasvetli görünen yatağın ucuna oturduğumda, titreyen elimi onun elinin üstüne gölge gibi düşürüp yerleştirdim. Kolları o kadar beyazdı ki; mavi, yeşil damarlarını net bir şekilde görebiliyordum. Ölümün güzelliği bedenine dokunmuştu.

Soğuk elini tamamen avuçladım. Eli cansız ve soğuktu. Parmak boğumlarındaki nabzı hissediyordum ya, bu bana yeterdi.

Uzun siyah kirpikleri yangın mavisi gözlerini saklıyordu. Kirpiklerinin gözlerinin altına düşürdüğü kara gölgeleri izledim.

Onu böyle görmek canımı yakmıyordu, canımı kazıyordu.

Biri göğsümün altında duran kalbimi spatula ile kazımaya çalışıyordu sanki.

"Beni ilk öptüğün günü hatırlıyor musun? İlk öpücüğümü aldığım günü ben hiç unutamıyorum. Senin parmağınla yönettiğin Yer Altı şehrindeki o günü. Kulüp 26'yı. Dudaklarım sahibini bulmuştu. Hiç beklemediğim bir anda dans etmeye ve yine hiç beklemediğim bir anda öpüşmeye başlamıştık."

Diğer elim onun siyah saçlarına kaydı. Saçlarını yavaşça okşadım. Biraz yağlanmıştı ama yine de bana göre onun saçları dünyanın en temiz saçlarıydı. Burnumu çekerken dudaklarımı büktüm. Gözlerimi onun soluk güzelliğinden ayıramıyordum. "Sıraç," derken sesim titredi ve başım sol omzumun üstüne düştü. "Sensiz bir gün daha bitmek üzere, bugünler çok karanlık. Önümü göremez oldum. Yardım etsene."

Cevap alamayacağımı bile bile durmadan konuşuyordum. Kendimi boşluk kelimesiyle anlatamayacak kadar boş hissediyordum. Aslında dopdoluydum ve bu doluluk bomboş hissettiriyordu. Kelimeler, mürekkebine gözyaşı damlamış bir metinden farksızdı benim için. Şu an konuşmak değil, yalnızca onu izlemek istiyordum ama dudaklarım ben farkında olmadan aralanıyordu.

"Sıraç," diye fısıldadım. "Saçlarımın omuzlarına dökülesi var. Uyan."

Yangın mavisi gözler kapalı olsa da bilinçaltının hangi lobunda açık ve canlıydı bilmiyordum ama şu an bir şeyler gördüğüne emindim. Bu cihaza bağlı kaldığım o kısa dönemde birçok şey görmüştüm, hatırlıyordum. Acaba şu an ne görüyordu? Beni hissediyor muydu? Yanında olduğumun farkında mıydı?

Belirgin elmacık kemiğini elimin tersiyle okşadım. "Gözlerini açmazsan ne olsun biliyor musun? Ölümü gör. Gözlerinin önünde vursunlar beni. Öleyim. Hiçbir şey yapama."

Elini tuttuğum eli kıpırdadı.

Sırtıma devrilen kayalıklar yuvarlanarak ayaklarıma düşerken gözlerim kocaman açıldı. Elimi kavradı. Tutuşu güçsüzdü ama bu bile parmaklarımda onun baskısını hissetmeme yetmişti.

Uzun, siyah kirpikleri titredi ve gözleri ağır ağır aralandı. Kısık bakışları beni buldu. Gözlerinin etrafı kanlıydı, yangın mavisi gözlerin üstünde kristaller parlıyordu sanki.

Kalbim göğsüme sertçe vururken öylece bakakaldım.

Bir elim hâlâ saçlarının arasındaydı.

"Lafını geri al." Morarmış ve çatlak dudaklarını araladığında kalbim hızlandı. Ağzında soluk alabilmesi için takılı olan şeffaf görünümlü yeşil şey soluğuyla buğulandı. "Komalık ederim seni. Yan yana yatarız burada. Lafını geri al."

"Sıraç."

"Çıkar şu ağzımdakini," derken sesi güçsüzdü. Elim elmacık kemiğinden kayıp, yeşil şeye uzanırken tir tir titriyordu. Çıkardığımda sertçe yutkundu ama yutkunurken kaşlarını çatıp, gözlerini kapatmıştı. "Dudaklarını bastır. Dudaklarım çok kuru."

Ağzımdaki maskeyi indirirken gözyaşlarım boynuma kadar inmişti. Usulca ona doğru uzandım ve üst dudağım, onun kuru alt dudağına yerleşti. Dudakları kuru, tuzlu ve engebeliydi. Bir süre dudaklarımı onun dudaklarına bastırıp öylece bekledim. Gözümdeki yaşlar onun elmacık kemiklerinin üzerine devrilirken, dudaklarımızı ayırdım. Parmaklarımı parmaklarının arasına geçirdiğimde bedenimdeki tüm gücü onunla paylaşmak istedim.

Ama ben de onun kadar güçsüzdüm şu an.

Güçsüz olmak için, göğsümden vurulmama gerek yoktu ki.

Şu an paylaşsam paylaşsam güçsüzlüğümü paylaşabilirdim onunla.

"Seni bir daha göremeyeceğimi düşününce, ölümün kemiğini siktim geldim," diye dalga geçti ama sesi bitkin ve çatlaklarla kaplıydı. Kelimeleri zor toparladığı her halinden belliydi ama buna rağmen bana biraz olsun neşe vermeye çalışıyordu.

"Sıraç..."

"Ağlama." Sesi çatladı. "Buradayım. Bak, yanındayım. Seni bu süre zarfında bir başına bıraktığım için özür dilerim." Karnıma bakıp tekrar bana baktı. "Sizi yalnız bıraktığım için özür dilerim."

"Gölgen bile burnumda tütüyor..." Hıçkırarak ağlamaya başladım. "...gölgen bile."

"Umut ve Mavi," dediğinde kalbime tekme yemiş gibi hissettim. Nereden biliyordu? "Onlar iyi mi?"

"Sıraç... Sen... Sen bunu nereden biliyorsun?" Fısıldamıştım, yalnızca fısıldamıştım. Duymuş olamazdı. Bilinci açık bir insan bile duyamazdı. Bu imkânsızdı.

Bunu cevaplamadı. "Sana tapıyorum..." Gözleri yavaş yavaş kapanırken kısık, titrek bir nefes aldı. "...minik şeytan."

"Teşekkür ederim," dedim gözyaşlarımı dizginleyemeden. "Sana tapıyorum. Sana tapıyorum, küçük adam. Sana tapıyorum."

Dudağı yukarı doğru kıvrıldı ama gözlerini açmadı.

3.KAHVERENGİ KEMER

Mayıs Karayel'den...

“En azından sutyenini göster. Hormonlarım öldü şu an.” Sıraç yalvaran gözlerle doğrudan gözlerimin içine bakıyordu. Nihayet normal odaya alınmıştı ve yaklaşık yarım saattir göğüslerimi görmek için büyük bir uğraş içerisindeydi. Göremeyeceğini anlayınca sutyene razı olmuştu.

“Sıraç, saçmalama,” diye çemkirdiğimde alt dudağını sarkıtarak kaşlarını çattı.

“Saç malanmaz bir kere, taranır. Ne var yani göstersen? Kuş öldü beybi.”

“Şu an bir hastane odasındayız ve sen hastasın. Nasıl aklından böyle şeyler geçirebiliyorsun inan anlamıyorum,” dedim gözlerimi devirerek. Hemen yanındaki tekli deri koltukta oturuyordum ve eli avucumun içindeydi. Yüzü biraz solgun görünüyordu ama bunun dışında iyiydi. İyi olmasını cinsel diretmelerinden anlayabiliyordum.

“Karnın aç mı?”

Gözlerinde hınzır bir ifade parladı. “Evet, çok açım. Süt istiyorum.”

Gözlerimi bir kez daha devirirken, beni izlediğini biliyordum. Şu an gerçekten çok tatlı görünüyordu ama sınırlarımı zorlamaya başlamıştı. Gözünü açtığından bu yana çeşitli tacizlere uğramıştım. Önce serumunu düzeltmemi istemişti ve ben bunu yaparken o kalçamı okşamıştı. Ardından eli göğsüme gitmişti ve, "Pardon, elin sandım. Elimi tut miniğim," diye masum ayaklarına yatmıştı.

"On dakika sonra yemek saati," dedim. "Buraya yiyeceklerini getirecekler."

Yanaklarının içini şişirdi ve gözlerini yumdu. Eli hâlâ avuçlarımın arasındaydı ve ikimizin de elleri terlemişti.

Birbirimizin cildinin altına kadar işleyen terimiz, özlemimizin kalıtsal bir kanıtıydı.

"Acıktım derken neyi kastettiğimi biliyordun."

"İyileşene kadar sabretmen gerekecek, küçük adam. Ayrıca sen farkında olmayabilirsin ama ben farkındayım, çok zayıfladın."

"Bir süredir yatalak gibi yattığım ve boğazımdan bir lokma geçmediği için olabilir mi?" Kaşları daha da çatıldı. "Bu kadar aç bırakılmak burcu Akrep, yükseleni Boğa olan bir adam için ne demek biliyor musun sen?"

Yavaşça ona sokulup dudaklarımı terli alnına bastırdım. Kader çizgisini usulca öptüm.

"Seni çok özledim," diye fısıldadım, sesim onun alnındaki çizgilerin arasına karıştı ve kaderine aktı.

"Yalnızca sesini duyunca bile..." Sertçe yutkundu. "İçimde gül sağanağı başlıyor. Yangın renginde gül yaprakları dökülüyor içime. Ben senin saç telinin tonundan anlarım senin kim olduğunu. Sesin, kokun, görünüşün hepsi hikâye. Yalnızca saçının telinin tonundan bile tanırım seni. Yaşlan, her tele ak düşsün, ben yine saçının akının tonundan tanırım seni. Öyle işledin bana. Öyle ezberledim seni. Seni çok özledim."

"Ben çok korktum Sıraç."

Serumun bağlı olduğu elini yavaşça kaldırdı ve belime sardı. Sıcacıktı.

"Hadi sutyenini göster de keyfimiz yerine gelsin."

"Hayvan!" diye çemkirdim geri çekilirken. "İyileşmişsin sen, dana!"

Gülümsedi. Gülümserken kenarları kırışan ve küçülen gözlerinin içinde parlayan ifadenin aynasında küçüklüğüm vardı. Bu görüntüyü zihnimin en ücra köşesine mürekkepli kalem ile çizerken, huzurun beni kollarının arasına alıp saçlarımı okşadığını hissettim.

Kapı çalındıktan hemen sonra içeri Ümran, Halim ve Sılay girdiler. Halim'in eli hâlâ sargılıydı. Önce kapıda bir süre dikildi ve yatakta yatan Sıraç'a tuhaf tuhaf baktı. Hemen ardından kaşları çatıldı. Ümran ve Sılay gülümsüyorlardı ama bu ağlamak üzere olduklarının belirtisiydi bana kalırsa.

Gülümseyerek gözyaşlarımızı kamufle etmek... Bunu her zaman yapıyorduk.

"Ulan tirrek," dedi Halim kaşlarını çatmış Sıraç'a bakarken. "İyi misin lan?"

"İyi değilim, karnım aç." Gözleri beni buldu ve manidar bir bakış attı. "Kimse beni beslemiyor."

"Bizi çok korkuttun Sıraç ağabey," dedi Ümran genişçe gülümserken. "Ama sana bir şey olmayacağını biliyorduk."

"Ne olacakmış bana?" dedi Sıraç kaşlarını çatarak. Ardından gözleri etrafı taradı. "Bamya nerede?"

"Eve kadar gitti." Bu sesin sahibi Sılay'dı. "Üstünü değiştirecek."

Halim, "Ağrın ne durumda?" diye sordu, bunu alaydan uzak ciddi bir sesle sormuştu.

"Şimdilik iyiyim," dedi Sıraç güçsüz bir sesle. "Sık sık uyuttuklarından ağrıyı hissetmeye zaman kalmıyor anasını satayım."

Kapı tekrar tıklatıldığında gözlerimiz aynı anda kapıyı buldu. Etine dolgun bir hemşire içeri elinde tepsi ile girdi.

"Merhaba Sıraç Bey, nasılsınız?" Hemşire kadın gülümsedi. "Yemeğinizi getirdim. Doktorunuzun hazırladığı listeye göre hazırladık."

Sıraç hiçbir şey söylemeden yavaşça doğruldu ve sırtını yastıklarla şişirilmiş demir başlığa yasladı. Hemşire kadın yatağın üstüne uzun bir şey yerleştirdikten sonra tepsiyi o şeyin üstüne koydu. Tepsi hemen Sıraç'ın önünde duruyordu. Sıraç eline kaşığı alırken kâsenin içinde duran şeye tuhaf tuhaf baktı ama herhangi bir yorumda bulunmadan kaşığı kâseye daldırdı. Kaşığa doldurduğu yiyeceği ağzına götürürken göz göze geldik. O şeyi ağzına sokmasıyla yüzünü buruşturması bir oldu.

"Bu ne be?" dedi ağzındaki şeye aldırmadan dilini çıkararak. "Aşçınız yıllık izine çıktı da bu pilavı kız kardeşime mi yaptırdınız?"

"Aaa!" diye çıkıştı Sılay. "Bana neden sataşıyorsun şimdi sen ya? Senin ağzının tadı kaçmış ondandır!"

Hemşire şaşırmış gözlerle Sıraç'a ve Sılay'a bakarken bir şey söyleyecek gibi oldu ama Sıraç buna engel oldu.

"Bana bu pilavı yedirebilmek için önce anestezi yapmalısınız. Uyuşmalıyım."

"O bir pilav değil," dedi sonunda hemşire dayanamayarak. "O bir çorba."

"Ha?" Sıraç tuhaf tuhaf önündeki kâsede duran şeye baktı. Daha çok lapaya benziyordu aslında. Ben bile şaşırmıştım.

"Evet, o bir çorba. Şu an yalnızca sıvı şeyler tüketebilirsiniz."

"Sıvı mı?" Sıraç bir hemşireye, bir önündeki kâseye baktı. "Bu sıvı mı?"

"Pirinç çorbası."

"Sularınız mı kesildi de yalnızca pirinçle çorba yapmak zorunda kaldınız?" diye sordu Sıraç buruşmuş bir yüzle hemşireye bakarken.

"Sıraç," dedim gözlerimi belerterek. "Çok ayıp. Ye şunu."

Sıraç komik bir yüz ifadesiyle bana dişlerini gösterip, "Sıraç," diye taklit etti beni. "Çok ayıp. Ye şunu."

"Ye."

Ne kadar homurdansa da, sonunda pirinç çorbasını(?) yemeye başladı. Evet, içmedi yedi, çünkü dediği gibi o şey sıvı falan değildi.

∞

Ümran ile kafeteryada oturuyorduk. Etraf kalabalıktı ama yabancı uğultuyu reddeden zihnimdeki gürültünün odak noktası düşüncelerimdi. "Bunu ona kimin yaptığını öğrenmem gerek," dedim karton bardağın içindeki çayı yudumlarken. "Ona bunu yapan kişinin kim olduğunu öğrenmem gerek."

Ümran sertçe yutkunurken, "Şey..." diye fısıldadı gözlerini kaçırarak. "Mayıs..."

"Ne oldu?"

Önünde duran karton bardağa düşürdü kahverengi gözlerini. Dumanın yarattığı kıvrımlar yüzünün etrafına yayılıyordu. "Sılay o gece her şeyi kaydetti. Son ana kadar her şey o kamerada kayıtlı."

"Sen ciddi misin?"

"Evet," dedi başını sallayarak. "Kimin ne yaptığını görememiş Sılay ama kameraya yansıdığına eminiz. Kurşun çok uzak bir mesafeden gelmedi. Bunu doktor da söylemiş Halim'e. O zaman mutlaka bahçede bir yerlerdeydi bunu yapan. Kameranın odağına düştüğünü düşünüyorum."

"Eğer gerçekten dediğin gibiyse mutlaka kamera görüntülerinden onun kim olduğunu bulabiliriz."

"Evet ama bunu sen değil, polisler halletmeli diye düşünüyorum."

"Ne polisi Ümran? Hangi polisten, hangi adaletten bahsediyorsun sen? Bu ülkenin adalet sistemine güvenmiyorum. Hak yerini bulacak, sen de biliyorsun. Daha adaletli olması için bunu ben yapacağım. Bir polis değil. O kişiyi bulacağım."

Zihnimin içinde biriken düşünceler, birbirine girip düğüm olmuş saç gibiydi.

Ümran kaşlarını çattı. "Hamilesin, ne saçmalıyorsun sen?"

"Saçmaladığım falan yok. Oturup tekrar Sıraç'a saldırmalarını mı bekleyeyim? Bunu mu istiyorsunuz benden? Bunun bir sonu yok Ümran. Anlasana. Bunun bir sonu yok. Tekrarlanacak."

"Buna tekrar cesaret edemez," dedi Ümran sert bir dille. "Görüntüleri polise vermeliyiz."

"Polise bulaşamayız," derken kaşlarım çatıldı, gerçek orada durmuş alay dolu gözlerle beni izliyordu sanki. "Sıraç'ın da sütten çıkma ak kaşık olmadığını ikimiz de biliyoruz Ümran. Eğer dosyalar bir bir patlamaya başlarsa, Sıraç da yanar. Bu kez onu soyadı bile kurtaramaz."

Ümran bir süre sessiz kaldı. Masaya yatırdığı sessizliğin üstüne döktüğü kelimeler karışıktı. Bunu yüzünün aldığı şekilden görebilmek mümkündü. Derin bir nefes alarak sırtını sandalyeye yasladı ve başını iki yana salladı. "Böyle bir şeye bulaşmana izin veremem," derken o da çaresizdi. "Arkadaşın olarak seni korumak zorundayım. Kendini tehlikeye atmana izin vermiyorum."

"Kendimi tehlikeye atacak değilim. Her şey planlı ve programlı ilerleyecek."

Ümran kararında ısrarcıydı. Kaşları daha da çatıldı. "Halim ve Savaş'a söylersek onlar halledebilir. Senin karışmanı istemiyorum."

Gözlerimi devirdim. Neden anlamak istemiyordu? Neden anlamak için biraz olsun çabalamıyordu? Etimi kemiğimden sıyırmaya çalışan o kişinin kim olduğunu öğrenmem, ona acı vermem gerekiyordu. Başka türlü içimdeki acıyı bastırabileceğimi düşünmüyordum.

Acı, bağırıyordu.

Acı, intikam istiyordu.

Acı, kan görmek, can yakmak istiyordu.

Acı, tüm benliğimi yönetiyordu.

"Bu benim meselem," dedim soğuk bir tavırla. "Savaş'ın ya da Halim'in değil."

"Bu hepimizin meselesi," diye çıkıştı aniden. "Ne demek bu benim meselem? Biz bir aileyiz."

"O halde bana yardım edecek misin?"

Gözlerini kaçırsa da başını salladı. "Tek bir şartım var."

"Neymiş o şart?"

"Birlikte halledeceğiz."

∞

Zamanın yağlı saçları omzuma dökülmüştü.

Derin bir nefes aldım, nefesim yavaşça içimi karışladı ve vicdanımı kapattığım kapının deliğinden içeri süzülerek merhametimin sırtını sıvazladı.

"Bebeklerin durumu iyi," dedim başımı geriye doğru atıp derin bir nefes alırken. Hazır hastanedeyken doktorumla görüşmüş, bebeklerimin sağlık durumu hakkında bilgi edinmiştim. Yorgun düşen bedenimin onlara zarar vermesinden korkuyordum. "Yine de uykusuz kalmamam gerektiğini söyledi doktor."

"Biraz daha dikkatli olmalısın," dedi Merve. "Artık eve gidip biraz dinlen. Buralarda mahvoldun."

"Ben iyiyim."

"Temmuz'un söylediği kadarıyla Durkadın teyze bu hastanede yatıyormuş." Duraksadı. "Mehmet Ali Karayel de öyle."

Duraksadım. Haklıydı. Durkadın Sultan'ı ziyaret etmeme sebebim, beni bu halde görmesini istemiyor oluşumdandı ama Sıraç normal odaya alındığında onu görmek için yanına gitmiştim. Ağzımı aramış, iyi görünmediğim için endişelenmişti. Sıraç'ın başına gelenlerden bihaberdi. Mehmet Ali Karayel'in bu hastanedeki varlığını dahi unutmuştum, şimdi hatırladığımda ise mideme giren krampların sebebinin ne olduğunu biliyordum.

"Durkadın Sultan'ın yanına uğradım."

"Mehmet Ali Karayel henüz oğlunun vurulduğunu bilmiyormuş," dedi Merve gözlerini kaçırarak.

"Emin ol Sıraç da bilmesini istemeyecektir. Kocamı tanıyorum."

Merve başını sallamakla yetindi. Ondan ayrılıp Sıraç'ın kaldığı odanın kapısını açarken derin bir nefes alarak düşünceleri zihnimdeki boş klasörlerin içine tıkıştırdım, tel zımba ile etraflarından zımbaladım. Sıraç uyuyordu. Hemen Sıraç'ın yanı başındaki koltuğa oturup kollarımı göğsümde topladım. Mehmet Ali Karayel'in çocuklarını önemsemediğini biliyordum. Yüksek ihtimalle Sıraç'ın vurulduğunu öğrense bile bunun üstünde durup endişe duymayacaktı. Bu Sıraç'ı incitir miydi?

Ne olursa olsun Mehmet Ali Karayel onun babasıydı. Yaptığı tüm kötülüklere, kara bir yağmur bulutu gibi üstüne çöktüğü tüm hayatlara rağmen Sıraç onun kanını taşıyordu.

Öfkeliydim.

Kimeydi bu öfkem?

Yalnızca Mehmet Ali Karayel'e mi yoksa hayata mı?

Mehmet Ali Karayel, annemi çok sevmişti. Aslında bu bir sevgi değildi; bu hastalıklı bir şeydi. Bazen Sıraç ve benim aramda da hastalıklı bir şeyler olduğunu düşünmeden edemiyordum.

Annemi anımsamak göğsümün kemikten kafesinin sızlamasına neden oldu.

Mehmet Ali Karayel'in canını yakmak istiyordum.

Sıraç'ın canını yaktığı için, canını yakmak istiyordum.

Annemi benden aldığı için, canını yakmak istiyordum.

Onun yüzünden karnıma tekmeler yediğim için, canını yakmak istiyordum.

Gözlerimi sıkıca yumup, zihnimin bana oynadığı oyunlardan kaçmaya çalıştım ama görüntüler net bir şekilde oradaydı. Kirpiklerim aralandı, bakışlarım Sıraç'a çevrildi. Alnı terliydi, karnına kadar beyaz bir çarşafla örtülmüştü ve üstünde yaralı göğsünü saran beyaz sargı dışında hiçbir şey yoktu. Sık ve derin nefesler alarak uyuyordu.

"Benden başka kimsen yok, değil mi?" diye fısıldadım onun kusursuz güzelliğinin altında ezilirken. Uzun kirpiklerinin yarattığı gölgeler, elmacık kemiklerinde devleşiyordu. "Benim de senden başka kimsem yok."

Kirpikleri hareket etti. Gözleri belli belirsiz aralandı; yangın mavisi gözlerin beyazına kanın kızıl rengi tıpkı bir mürekkep gibi yayılmıştı. "Senden başka kimseye ihtiyacım yok," diye fısıldadı uyku lohusası bir sesle. "Benim senden başka hiç kimseye ihtiyacım yok."

"Benim de senden başka hiç kimseye ihtiyacım yok," diye fısıldadım.

Dudağının sol tarafı hafifçe yukarı doğru kıvrıldı, bilinci tam olarak zihninin koltuğa oturmamıştı, hâlâ havada dursa da ayaklarını zemine değdirip çekiyordu.

"Ben ilk kez sevildim."

Kalbimin üstüne yıldırım düşmüş gibi hissettim.

"Neyden bahsediyorsun? Sen seviliyorsun," diye çıkıştım. "Herkes seni seviyor."

"Uçma, minik şeytan," derken sesi bilinçsizdi. "Beni seven ilk insan sensin. Beni öz babam bile sevmedi."

Omuzlarımın üstüne yıkılan kaya parçalarını oluşturan toprak ve toz değil, saf acıydı. Gözlerimi kaçırdım. "Sılay, Temmuz, Ümran, Halim, Melek, Doğukan hatta Savaş ve Merve bile seni seviyorlar."

"Ben yalnızca senin sevgini hissediyorum. Bu bana yetiyor."

"Aslında bu benim için iyi," dedim. "Yani yalnızca benim sevgimi hissediyor olman. Birbirimizden başka hiç kimseye ihtiyacımız yok ki bizim."

Dudakları yukarı kıvrıldı, gülüşünde geçmişin sırtına geçirdiği tırnakların izleri vardı.

"Bana cinsiyetlerini söylemeyecek misin?" diye sordu konuyu değiştirmek ister gibi. Afalladığımı fark edince gülümsemesi daha da genişledi. "Mavi ve Umut'un cinsiyetlerinden bahsediyorum."

Serumun bağlı olduğu elini avuçlarımın arasına aldım ve karnımın üstüne yerleştirdim. Avucunun sıcaklığı yavaşça karnıma aktı, beni ısıttı.

"Biri kız," diye fısıldadığımda gözleri bende değil, karnımdaydı. Parmaklarını yavaşça hareket ettirerek karnımı okşadı ve avucunu bastırdı. "Diğeri de erkek."

Gözleri karnımdan ayrılmadı. "Kızım ve oğlum olacak," dedi sakin bir sesle. "Biz birbirimize yeteriz."

"Biz birbirimize yeteriz," diye tekrarladım onu. "Yeteriz tabii."

Gözleri daldı, zihnindeki düşünceler geçmişin uçurumunda dikiliyordu besbelli. Sessizlik dudak kıvrımlarını misina ipleriyle dikmiş gibiydi. Tekrar konuşmaya başladığında sesinde anlam veremediğim bir durgunluk vardı: "Ben iyi bir baba olacağım Mayıs. Onların beni sevmesi için elimden gelen her şeyi yapacağım. Hatta elimden gelenin en iyisini yapacağım." Gözleri beni buldu. "Onların kahramanı olmak istiyorum. Onlar tarafından sevilmek istiyorum."

"Sen çok iyi bir baba olacaksın Sıraç," diye fısıldadım ve karnımda duran elini çekip avucuna dudaklarımı bastırdım. "Onlar seni şimdiden çok seviyorlar."

"Her çocuk anne karnındayken babasını sever, minik şeytan. Önemli olan tanıştıktan sonraki zaman dilimidir."

Dudaklarımı avuçlarından ayırırken kirpiklerimin altından dikkatle onu izlemeye başladım. "Sen de babanı seviyordun, öyle mi?"

"Dünyanın yakıcı oksijenini ciğerlerime doldurup ilk kez ağladığım güne kadar onu seviyordum."

"Sonra?"

"Onunla tanıştım."

Sustum. Konuşmak anlamsızdı. Harflerin kırık kolları, cümlelerin kırık bacaklarını tamamlayamayacak kadar yarım bırakılmıştı. Sıraç, yarım bırakılmıştı. Bir süre ikimiz arasında büyüyen sessizlik, artık yetişkin bir kadın formunu aldığında dudaklarımı yalayarak ıslattım.

"Vurulduğunu bilmiyor."

Mavinin ateşi harelerinden döktüğü gözlerindeki yalazayı gördüm. "Bilse bile önemsemeyecek," derken sesi abanoz sertliğindeydi. Acının sarkıttığı ipler boğazına dolanmış, ses tellerindeki harfler boğularak can vermişti. "Zaten bilmesini de istemiyorum."

"Peki önemsemesini?" diye sordum gözlerinin içine dikkatle bakarak.

Sıraç cevap vermedi.

Aslında cevap belliydi.

∞

"Kamerayı getirdim Mayıs."

Ümran, elindeki kamerayı sıkıca kavramıştı. Yanıma oturdu. Beyaz koridordaki deri kaplamalı koltukların üstünde oturuyordum ve uykumu biraz olsun alabildiğim için kendimi daha iyi hissediyordum. Üstelik karnımı da doyurmuştum.

"O ânı tekrar izlemek..." derken sesim kararsızdı. "Hemen olayın olduğu dakikaya sarabilir misin?"

"Aslında ben bir kısmını izledim gelirken."

Göz ucuyla Ümran'a baktım, yüzündeki ifade donuk olduğu kadar karmaşıktı da. Bir süre sessizce birbirimizi izledikten sonra, "Ee?" dedim kaşlarımı kaldırarak.

"Siz bahçeye çıktığınızda bahçenin korkuluklarında bir hareketlenme oluyor."

Duraksadım. "Evet?"

"Uzun boylu bir adam giriyor kameranın odağına. Bilmiyorum Mayıs. Sana o anları tekrar izletmek istemiyorum ama görüntülerdeki adamı daha önce hiç görmedim. Yani Şafak'ın kim olduğunu biliyorum. Bu adam Şafak değildi."

"Şafak böyle bir şey yapmaz," dedim kararlı bir sesle. "Şafak değil, ondan hiç şüphe duymadım. Şafak bana yardım etti. O kötü biri değil."

"Ben de Şafak değil diyorum zaten," dedi Ümran sakince. "On birinci dakikada yüzü belli belirsiz bir silüet halinde görünüyor. Belki tanırsın."

Ümran elindeki kamerayla uğraşmaya başladığında, kalbimin sesi zihnimin çukurlarında yankı uyandırıyordu. Kanım kulaklarımın kuyusunu dolduracak kadar hızlı akarken uğulduyordu. "Hah!" dedi Ümran heyecanla. "Buldum."

Dondurduğu görüntünün olduğu küçük ekranı bana çevirdi.

Zihnimin duvarlarından sicimle inen kan, düşüncelerimin üstüne aktı. Kelimelerimin arasına sızıp, harflerimin üstünde kuruyan kanın henüz akarken ki çıkardığı taze sesi hatırlıyordum. Aktığı an donmuştu.

Kan donmuştu.

Görüntüdeki belli belirsiz görünen gölgeli silüetin sahibi Yiğit'ten başkası değildi.

Bir süre etrafa dağılan, üstünde kurumuş kan lekeleri olan düşüncelerimi toparlamaya çalıştım. Neden bunu yaptığını sorguladım. Ardından kalbimde büyüyen öfkenin tüm organlarıma sıçrayarak bedenimi ele geçirdiğinin farkına vardım. Nüfuz ettiği her bir organa kalıcı hasar veren öfke, varlığını ilan ederken benden daha acımasızdı.

Yiğit her zaman kendi halinde birisi olmuştu. Genel olarak sessizdi ve kavgadan uzak duran tiplerdendi. Fokurdayan harfler zihnime batıyor, sıcak ucuyla düşüncelerimi eşeleyerek kaldırdığı toprağın altına yatırdıklarımı çıkarmaya çalışıyordu.

Ümran elini omzuma koyduğunda, dehşete düşmüş bakışlarım onu buldu. Yüzüme yapışan dehşet ifadesini fark etmiş olacak ki, şaşkın şaşkın bana baktı.

"Mayıs, neler oluyor? Onu tanıyor musun?"

Cevap veremeden gözlerimi tekrar donmuş görüntüye çevirdim. Bu beni kaçıncı yıkışıydı? Sıraç'ın dizlerinin üstüne düşüşü geldi gözlerimin önüne. Ağzından boşalan kan, gözünde sönen yangın, gömleğinde patlayan nar. Öfke ve intikamın attığı çığlıkları işittim. Bu çığlıklara bir de şaşkınlığımın iniltisi eklenmişti.

"Mayıs, rengin attı. Neler oluyor?"

"Bu..." Başımı iki yana salladım. "Bu Yiğit."

"Ciddi olamazsın!" diye bağırdı Ümran ve bir an koridordaki tüm hasta yakınlarının bakışları bize çevrildi. Ümran etrafa kısaca göz gezdirdikten sonra sesinin volümünü alçaltarak konuşmaya devam etti. "Sıraç ağabeyimi vuran o mu?"

"Görüntüler bunu gösteriyor," diye fısıldadım, sesim sanki üstüne toprak atılmış bir cesedin sesiydi. Cansız. "Aklım almasa da, gözlerim bana bu gerçeği sundu. Sıraç'ın canına kasteden kişi Yiğit'ten başkası değil."

"Hemen polise haber vermeliyiz!"

"Dur," dedim onun kolunu yakalayıp sıkıca tutarken. "Sakın kimseye renk verme. Yiğit'in ailesi en az Sıraç'ın ailesi kadar eli kolu uzun insanlardır. Ne polis ne de bizimkiler halledemez bu işi. Fatih amca, Yiğit'in kılına zarar gelmesine izin vermez. Polis hiçbir şey yapamaz."

Ümran başını iki yana salladı. "Saçmalama Mayıs! Elimizde kapı gibi görüntüler var, polis her şeyi yapabilir! Kanıtlarımız var kızım!"

"Sence ellerinde görüntüler olsa bile Sıraç'a bir şey yapabilir miydi polisler? Mahallenin ortasında adam öldürdü. Gözlerimin önünde birinin beynini dağıttı. Polis bir şey yapabildi mi? Sırf soyadı sayesinde her şeyden sıyrılmayı başardı. Fatih amca, Yiğit'in böyle bir olayla gündeme gelmesine asla izin vermez. Her türlü kurtarır oğlunu."

"Ne yapacağız? Susacak mıyız?"

"Hayır," dedim keskin bir sesle. "Elbette susmayacağız. Sence ben susar mıyım? Bu mesele burada kapanmayacak. Polisi susturabilirler ama beni susturamazlar. Para yedirerek adaletin üstünde zıplayıp eğlenen insanların yaptıkları yanına kalmayacak. Söz konusu benim sevdiğim adamdı ve o benim sevdiğim adama zarar vermişti. Bir yılan, ölen eşinin gözlerinde katilinin resmini görürmüş ve ömür boyu büyük bir kinle o katilin izini sürermiş. Gerekirse tıpkı bir yılan gibi iz süreceğim ve kinimi taze tutacağım. Bu mesele burada kapanmayacak. Her şey yeni başlıyor."

"Mayıs..."

"Ümran, yanımda mısın?"

Bir süre sessiz kaldıktan sonra yavaşça başını salladı. "Yanındayım başımın belası."

Yaklaşık yarım saat kadar Ümran ile bu olay hakkında konuşmuştuk. Beynim hâlâ kabullenmekte zorlandığı bir gerçekle savaşıyordu. Ringin bir ucunda gerçek, bir diğer ucunda şaşkınlık vardı ve kanlı bir boks maçı sonrası ikisi de nefes nefeseydi. Yiğit, Sıraç'a saldırmıştı. Onu yaralamıştı. Amacı yaralamak değildi. Öldürmekti. Kalbini hedef almıştı.

Ümran'ı geride bıraktıktan hemen sonra koridorun sonundaki hemşirelerin yanına yürüdüm. Yer ayağımın altında kayıyordu sanki. Sarı saçlı hemşire beni görünce gülümsedi. "Nasıl yardımcı olabilirim?" diye sordu, diğer hemşireler ellerinde karton bardaklarla bana bakarken onlar da gülümsüyordu.

"Mehmet Ali Karayel'i görmek istiyorum," dedim net bir sesle. "Kaç numaralı odada kaldığını soracaktım."

Sarı saçlı hemşire ruhsuz gözlerime dikkatli baktıktan sonra bir an tereddütte kalıp bakışlarını arkasında duran arkadaşlarına çevirdi.

"Yakınlık dereceniz nedir?" diye sordu gözlerini tekrar bana çevirirken.

Maalesef ki, "Geliniyim," demek zorunda kaldım sabit bir sesle.

"Ah..." Kadın hızlıca başını salladıktan sonra parlak seramik masanın arkasına geçti ve parmakları bilgisayarın sinir bozucu sesler çıkaran klavyesinde dolanmaya başladı. "Oda numarası 661."

"Teşekkür ederim."

"Rica ederim. Oğlunun evlendiğini duymuştum. Mehmet Ali Bey düğüne katılamadığı için üzgündü."

Duraksadım ve karşımdaki sarışına boş boş baktım. Cevap verme gereği duymadan koridorun diğer ucuna yöneldiğimde, sırtımda asılı kalan bakışlarını hissedebiliyordum. Asansöre binip sırtımı metal duvara yasladım ve düşünmeye başladım. Neredeyse her gün bir gerçek tarafından tokatlanıyordum. Asansör durdu. Kapılar kayarak açıldı ve adımımı dışarı atarken sızlayan şakaklarımı ovaladım. 661 yazan odanın önüne geldiğimde kalbim seğiriyordu.

Ellerim uğursuz kapının kulpuna gitti. Onu görmek istediğimden emin değildim. Kapı açılırken gözlerim kapandı.

"Mayıs?"

Ayaklarımdan zemine çakıldığımı düşündüm. Gözlerim yavaşça açılırken kirpiklerimin perdesi aralandı. Ona zıt olan beyazların içerisinde boylu boyunca yatıyordu. Beyazın kanatları, siyahın gölgesini örtmeye yetmezdi. Biraz toparlanmış gibiydi ama yine de yaşlı görünüyordu. Şaşkınlığını soludum. Yaşlı ama yakışıklı yüzüne mürekkep gibi dağılan şaşkınlık, harelerinde cam kırığı gibi parlıyordu.

Kaşlarım çatıldı.

Dudaklarım dümdüz bir çizgi halini alırken, şu an bir vitrin mankeninden daha cansız göründüğümün farkındaydım. Önemsemedim.

"Burada ne arıyorsun?" diye sordu, sesi şaşkın ve yorgun çıkmıştı.

"Geldim işte."

"Hoş geldin," dediğinde gerçekten kusmak istiyordum. "Evlenmişsiniz." Bana dikkatlice baktı. "Otursana."

"Evlendik," dedim hızla ona doğru yürüyüp çaprazındaki deri kanepeye otururken.

"Sizin adınıza sevindim."

"Sağ ol," derken sesim mesafeliydi. Bakışlarımın farkına varmış olacak ki mavi gözlerini benden kaçırarak duvara çevirdi.

"Burada olmanın bir sebebi olmalı."

"Aslına bakacak olursan... Neredeyse iki haftadır buradayım."

Bir an irkildi ve başını yavaşça bana doğru çevirip gözlerimizi buluşturdu. Gözlerinde zehrin mavi rengi dolanıyordu. "Neden ki?"

"Boş ver. Seninle konuşmak istediğim başka bir konu var."

"Konu ne?"

"Sıraç."

"Seni dinliyorum," dedi mavi gözlerini benden ayırmadan.

"Ona en büyük acıyı sen yaşattın."

Gözünü bile kırpmadan, "Evet," dedi.

"Senden nefret ediyor."

"Evet."

"Onun hayatını mahvettin," derken sesim çatlamış olsa da yüzüm hâlâ ifadesizdi. "Senin yüzünden kendini karanlık sanıyor."

"Evet."

Kaşlarımı çattım. "Onun futbol hayatını bitirdiğini biliyor muydun?"

"Evet."

"Çenesinin altındaki dikiş izinden de haberin var?"

"Evet."

"Ona kemerle vurdun."

"Evet," diye onayladı beni, hemen ardından bedeninin üst kısmını zorlanarak da olsa hafifçe hareket ettirip yatağının dibindeki komodinin çekmecesini açtı. Kızıla dönük kahverengi, eski görünümlü bir kemeri bana uzatırken gözleri ifadesizdi. "Bu kemerle."

Bazı ruhlar karanlığın fırçasının ucundan düşen siyahın mürekkebini duru bir su olan ruhuna karıştırıp o renge bürünürdü. Kimsenin doğuştan siyah bir ruh ile doğmadığını biliyordum. Duru bir suyu bulanıklaştıran bizlerdik.

Nefesim ciğerlerimi yarıp göğsümün içinde sıkıştı. İçimdeki son merhamet duygusu da kör bir uçurumdan kendini aşağı bırakırken bu bir intihar değil, seçimdi.

"Vicdansız," diyebildim dişlerimi sıkarken. Gözlerim kemerin eski yüzeyinde dolaştı. Hakiki derinin yakıcı kokusunu soludum. Bu kokuyu o da solumuştu. "Hâlâ o kemeri saklıyorsun, öyle mi?"

"Evet. Geçmişimle yüzleşmek, hatalarımı unutmamak için saklıyorum. Bir çocuğun hayalini elinden alışımı, döktüğü saf gözyaşlarını, masumiyetini kaybedişini hatırlıyorum." Yutkundu. "Bir çocuğu babasından edişimi hatırlıyorum." Kemeri bir kez daha bana uzattı. "Al bunu Mayıs."

Kemeri elinden aldığımda parmaklarıma baskı yapan deri, kalbimin derisini sıyırmışlar da elime vermişler gibi hissettirmişti.

Kemerin tokasındaki demire baktım. Aynalıydı. Keskin görünüyordu. Bununla ona nasıl vurabilmişti?

"Sen..." Başımı iki yana sallarken, gözlerim dolmuştu. "Sen çok acımasız bir adamsın!"

"Herkes kendi seçimlerinin kurbanı," dedi sakin bir sesle. Gözleri tepkimi ölçmek istercesine yüzüme dolaşıyordu.

Elimdeki kemeri esnetirken bakışlarım ayaklandı ve Mehmet Ali Karayel ile göz göze geldik.

"Bedeller..." diye fısıldadım. "Bedel ödemeyi sever misin Mehmet Ali Karayel?"

"Bedel ödemekten ciğerim çürüdü," dedi dalga geçer gibi.

"Onun kalbinin kırıklarının, onun içine batmasına neden oldun. Kendi kırıklarıyla yaraladın onu."

Bana baktı. Ona baktım. Yelkovan akrebin üzerinden tam üç kez geçti.

"Sen parçaladın onu!"

Aniden ayağa kalkıp elimdeki kemeri onun felçli bacaklarına savurduğumda, artık hüngür hüngür ağlıyordum. Çenemden aşağı akıp, boynuma doğru kayan gözyaşının çizdiği yol tenimi yakmıştı. Yüzünde hiçbir duygu değişimi yaşanmadı. Dümdüz bir ifadeyle bakıyordu.

İçimin kabuğu kalktı, yara hava alıyordu.

"Hissetmiyorsun değil mi?" diye sorduğumda yalnızca başını salladı. Bir kez daha vurdum. Sanki elimde tuttuğum kemer değil, merhametimdi.

Merhametimi parçalıyordum.

Hissetmediği her halinden belliydi.

"Hissetmiyorsun."

"Hissetmiyorum."

Bir kez daha vurdum. Kemerin şakıma sesi odanın beyaz duvarlarına çarpıp zihnimin içine doluştu. İçimin çığlıklarını bastıramamıştı ama düşüncelerimi parçalamıştı. Kalbimin zarının soyulduğunu hissettim.

"Hissetmiyorsun."

"Hissetmiyorum."

Bir kez daha vurdum. Dudaklarımın mührü çürümüştü, hıçkırıklarımı tutamadım. Ben ağlayarak ona vururken, o dümdüz bir ifadeyle yalnızca beni izliyordu.

Geçmiş ile gelecek arasında sıkışıp kaldığımı hissettim.

"Hissetmiyorsun."

"Hissetmiyorum."

Son kez onun felçli bacaklarına vurduktan sonra dizlerimin üstüne çöktüm ve elimle yatağın kenarını kavradım. Diğer elimde kahverengi kemer vardı. Umutlarımın üstünde şakıyan o kemer.

Hissiz bir çift bacağa vurulmuş, küçük bir çocuğun umutlarının çene kemiğini hedef alan o kahverengi kemer.

Yangın mavisi bir çift gözün masumiyetini bir yılanın derisinden kurtuluşu gibi onun bedeninden sıyırıp alan o kemer.

Bu kemerin varlığı beni mahvediyordu.

"Hissetmiyorsun," derken sesim çatladı.

"Hissetmiyorum."

"O hissetmişti."

Yaşlı gözlerle Mehmet Ali Karayel'e baktığımda, onun mavi gözlerinden de birkaç damla yaşın sicim gibi indiğini gördüm.

"Hamileyim," dedim titreyen sesime aldırış etmeden. "İkizlerimiz olacak ve oğlunu vurdular."

4.BEDELLER

Mayıs Karayel'den...

Kelimeler beynimin loblarından sicimle inen kana karışmıştı. Bazı gerçekler acıydı. Bazı gerçekler hayal ettiğin tüm acıların ötesindeydi.

Mehmet Ali Karayel yaşlı mavi gözlerini elinin tersiyle silerken oldukça yaşlı görünmüştü gözüme. Olduğundan çok daha yaşlı... Birkaç saniye kendisine zaman tanıdıktan sonra derin bir iç çekti.

"Oğlum iyi mi?"

Oğlum mu demişti o? Gerçekten mi? Kaşlarım çatıldı. Ondan iğreniyordum.

"Kurşun kalbine çok yakın bir yere isabet etmiş. İki haftadır ilaçlarla uyutuluyor. Senin oğlun bir mucize."

"Onu görmek isterdim ama beni görmek istemeyeceğine eminim. Benden nefret ediyor. Haklı. Ben olsam ben de benden nefret ederdim." Sesi yorgunluğunu ele vermişti. Deri koltuğa oturdum ve elimdeki kahverengi kemeri dizlerimin üstüne koydum.

"Sıraç'ın kalbi yalnızca yaralandığı için ağrımıyor, biliyorsun değil mi?" diye sorduğumda göz ucuyla bana baktı. Gözlerinin etrafında oluşan çizgiler onun yaşadıklarının yazılı bir metini gibiydi. Bilmem kaç yıllık hayatının tüm dokümanı o çizgilerin içerisindeydi.

"Biliyorum," derken gözleri beni odağından çıkardı ve odanın beyaz duvarlarına döndü. "Ona iyi bir baba olamadım. Ne oğluma ne de kızıma... İkisi de benden nefret ediyor. En kötüsü de ne biliyor musun? Burada yalnız başıma öleceğim ve arkamdan ağlayan, dua eden kimsem olmayacak. Aslında... İnsan dua edecek birisi kalmadığında ölüyor zaten."

"Onlardan senin için dua etmelerini bekleyemezsin Mehmet Ali Karayel. Sen ki, beni oğlunu öldürmekle tehdit etmiş adamsın."

Kaşlarını çattı. "Yapabileceğimi mi sandın?"

Parmaklarım lanetli kemerin üstünde dolaşırken duraksadım. "Anlamadım?"

"Gerçekten oğlumu öldürtebileceğimi mi sandın?"

"Senden her şey beklenir."

Ruhsuzca gülümsedi. "Benden her şeyi bekleyebilirsiniz, doğru. Onu dövdüm. Ona hakaretler savurdum ve hayatının belli bir kısmını dipsiz bir karanlığa gömdüm. Ona güzel bir çocukluk yaşatmadım, hâlâ benim izlerimi taşıyor ruhunda. Ama her ne olursa olsun... Onu gözden çıkarmadım hiçbir zaman. Çıkaramam da. Her baba çocuğunu döver. Tamam, ben o babalar gibi değildim. Olmadım hiçbir zaman. Ama... Sıraç. O benim oğlum. Onun ölmesine göz yumar mıyım sanıyorsun?"

"Sana inanmamı beklemiyorsun, değil mi? Sıraç'ın canını çok yaktın sen. Üstelik annem için yapabileceklerinin bir sınırı olmadığını da biliyorum. Muhtemelen şu an annemi kaybettiğin için artık yapacak hiçbir şeyin kalmadı ve lafı çeviriyorsun."

Alt dudağı titredi, birkaç saniye hiçbir şey söylemeden yalnızca duvara baktı. Ardından mavi gözler beni odağına aldı. Mavi gözleri paramparça olmuştu. "Beni annenle mi vuracaksın?"

"Seni annemle vurduğum falan yok. Sen benim ne demek istediğimi gayet iyi anladın."

"İster inan, ister inanma Mayıs. Ben senin anneni uçsuz bucaksız sevdim. Senin annenin aşkı için delirdim ve çevremdekileri delirttim. Onun için yapamayacağım hiçbir şey yoktu evet, bir şey dışında. Çocuklarımın canı. Ve unutma, Sıraç benim oğlum. Benim kanımı taşıyor. Seni hep sevdi. Her zaman. Seninle açtı gözünü. Eğer sana kavuşmasaydı emin ol benden farksız biri olmayacaktı. Sıraç senin için benim yaptıklarımdan daha uçuk şeyler yapar. Bunun farkındasın değil mi?"

"Sıraç çok iyi bir baba olacak." Gülümsedim. "Senin aksine. Çocukları ona tapacak. Sıraç bir çocuğa asla el kaldırmaz. Söz konusu ben bile olsam, Sıraç bir yavruya kıyamaz. Neden biliyor musun? Çünkü onun kalbinde uçsuz bucaksız bir merhamet var. Yaptığı tüm şeylerin sorumlusu sensin. Senden almak istediği intikamı dışarıdaki hayattan almaya çalıştı. Neden biliyor musun? Çünkü... Her ne yapmış olursan ol, bir gün onu seversin diye çok bekledi Sıraç. Senin onu sevmeni çok bekledi. Her bir kemer darbesinde, senin onu kucakladığını hayal etti. Sen küçücük bir erkek çocuğuna yaşayabileceği en kötü şeyi yaşattın. Onun hayallerini elinden aldın. Onun babasını elinden aldın Mehmet Ali Karayel. Sen onu babası hayattayken babasız bıraktın."

Bir süre hiçbir şey söylemeden yalnızca gözlerimin içine baktı. Şu an odada bir ölüm sessizliği baş göstermişti. Birbirimizin gözlerine bakarken onun gözlerinde acı, benim gözlerimde öfke vardı. İki duygu birbirlerine düşman olmuştu şu an. Birbirlerinin boğazlarına yapışmak istiyorlardı sanki.

"Böyle olsun istemezdim."

"Ne tarafa doğru gülmemi istersin?" diye sordum ona ruhsuz ve öfke dolu bakışlarımı yüzüne kondururken.

"O iyi bir baba olacak. Benim aksime. Torunlarımın hayallerini kahverengi bir kemerle karanlığa itmeyecek. Onların saçlarını okşayacak, onlara sarılacak. Birlikte parka gidecekler. Oyun oynayacaklar. Okulun ilk günü Sıraç'ın elini sıkıca tutacaklar ve babalarına tapacaklar." Gözleri daldı. "Düştüklerinde yaralı dizini babalarına üfletecekler. Sıraç onlara hiç kıyamayacak."

Sertçe yutkundum ve gözyaşlarımı geriye ittim. Parmaklarım kemerden koptu ve karnıma uzandı. Yavaşça okşadım.

"O çok iyi bir baba olacak, senin aksine."

"Hep böyle olmadı mı zaten? Ben sevdiğim kadın tarafından

sevilmedim. Sıraç sevildi. Yaptığım hiçbir şey Ceren'i bana âşık etmeye yetmemişti ama Sıraç yalnızca iki aylık bir süre içerisinde seni kendisine âşık etti. Şimdi de aynısı olacak. Ben çocuklarım tarafından sevilmedim ama o sevilecek. Çocukları ona tapacak. Yanlış anlama, oğlumu kıskandığımdan değil. Aksine... Birimiz başardığı için mutlu hissediyorum."

"Sen insanlara yaptığın kötülüklerin cezasını çekiyorsun."

"Biliyorum," diye kabullendi. Ellerini karnının üstüne koydu. Gözlerini tavana çevirdi. "Her şeyin farkındayım. Eylül'e yaşattıklarımın, Sılay'a yaşattıklarımın, Sıraç'a yaşattıklarımın, sana ve Ceren'e yaşattıklarımın... Hepsinin farkındayım. Pişmanım dersem benim aşağılık bir herif olduğumu düşüneceksin, hoş zaten öyle düşünüyorsun ama pişmanım. Zamanı geriye sarabilseydim, Sıraç'la parka gitmek isterdim. Sılay'ın dizlerine üflemek isterdim. Eylül'e saygı duymak ve onu sevmek isterdim. Ama... Düşünsene. Eğer tüm bunlar yaşanmamış olsaydı sen karnında iki mucize taşımıyor, Sıraç'ı tanımıyor olacaktın."

Sıraç Karayel'den...

FLASHBACK

"Hoş geldin," dedi bana doğru yürüyüp kollarını boynuma dolarken. Yirmi dört yıllık hayatımın tek doğrusuna sarıldım.

"Hoş buldum," derken sesim yorgundu. "Sen çok mu özledin beni?"

Gülümseyerek benden ayrıldığında, parmaklarım hâlâ belinin etrafında duruyordu. "Evet," diye fısıldadı. Ona baktım.

Karanlık hayatıma giren tek renkti.

Canı sıkkın gibi duruyordu. "Senin neyin var?" diye sorduğumda, "Hiç..." dedi omuz silkerek. Ona daha dikkatli baktığımda gözlerini kaçırdı. "Hiçbir şeyim yok."

Kısa süren sessizliğimiz, "Dışarı çıksak ya?" diye tatlı tatlı sormasıyla sonlandı.

"Ne yapacağız sevdam dışarıda? Bu üstündekilerle bahçeye çıkarsan üşütürsün."

"Biraz çıkalım. Üşümüyorum ben."

"Ama..."

"Yaa!" dedi dudaklarını bükerek. "Lütfen..."

Sazlıkların arkasına saklanan çocukluğum yaralı ellerini çalıların arasından bana uzattı. Bir süre öylece ona baktıktan sonra elim yanağına, oradan da yüzüne düşen saç teline kaydı. Asi saç tellerini kulağının arkasına sıkıştırırken, yanağı avucumun içindeydi.

Teni, türkü zarafetindeydi.

"Senden gelen ölümün bile benim başımın üstünde yeri var, bükme dudağını be," dedim omuzlarımda duran ceketi çıkarıp onun çıplak omuzlarını örterken. "Çıkalım madem."

Elini tuttum. Tam bahçenin ortasına geldiğimizde beni durdurdu. Gözlerimdeki soru işaretlerini saklayamadan bakışlarımı ona çevirdim. Hemen karşıma geçti ve iki elimi de tuttu. Ayağında topuklu ayakkabı olsa da benden kısaydı. Parmak uçlarında yükseldi, belirgin karnına kayan gözlerim çok sürmeden tekrar güzel yüzüne tırmandı.

"Beni ne kadar seviyorsun?"

Başımı sol omzuma düşürdüm ve düşünüyor gibi yaptım.

"Ben kalbimin düğmelerini sana ilikledim," dedim gözlerinin içine bakarak. "Omuzlarına dokunduğum yerden bir umutla bütünleştim. Bir insana herkesimsin diyebilmek mümkün mü Mayıs? Sen benim herkesimsin. Senden başka hiçbir şeye ihtiyacım yok ki benim. Kızım sen o kadar güzelsin ki... Ben sana baktıktan sonra aynaya bakmaya utanıyorum be. Sen yanımda öksürüyorsun, benim ciğerlerim acıyor. Yemin ederim. Öyle deli bir şey ki bu siktiğimin hissi... Hani Nazım Hikmet demiş ya; *'O kadar karışacağız ki birbirimize, atıldığımız çöplükte bile zerrelerimiz yan yana düşecek. Toprağa beraber dalacağız.'* Bizimkisi de o misal. Öyle karıştık ki birbirimize, atıldığımız çöplükte bile zerrelerimiz yan yana düşecek."

Durdu. Kocaman gözlerle bana bakarken, o gözlerde mutluluğun sırtına binen acı vardı. Ay ışığı kirpiklerine vurunca, siyah kirpiklerinin parlamasına neden olmuştu. Ona olan hislerim her saniye bir kat daha çıkıyordu kendine. Ucu yoktu, bucağı yoktu, sonu yoktu. Nefes aldığım müddetçe her saniye bir kat daha inşa edecektim ona olan sevdama.

Bir hareketlilik dikkatimi çekti. Gözlerim kısaca Mayıs'ın arkasına dokundu. Karanlıkta bir kıpırtı, siyah gölgeler dolanıyordu. Çınar ağacının arkasında beliren silüeti gördüğümde, damarımın içinde dolaşan şey kan değil öfkeydi. Bu orospu çocuğunun benim evimin bahçesinde ne işi vardı? Elindeki şeyin ne olduğunu görebiliyordum. Kafamda bir açık oturum başlattım, önüme serilen tüm sorular cevapsız kaldı. Mayıs'a fark ettirmemek için ellerini daha sıkı tuttum ve kaşlarımı çatarak yüzüne baktım.

"Ruhum içimden çekilene dek dokunduğum, okşadığım, öptüğüm, tattığım, taptığımsın."

Ellerimi ellerinden ayırıp omuzlarına yerleştirirken, "Otur," dedim. "Ayakta durma, yoruluyorsun."

Hedef bendim. Bu çok açıktı ama önümde Mayıs vardı. Eğer bir aptal değilse ıskalamazdı. Zihnim, düşüncelerime sinyal verdi. Karım ve bebeklerim tehlikedeydi.

Ona baktım. Oturduğu yerde ufacık görünüyordu. O tarafa bakmamaya çalışsam da, kafam şu an o kadar hızlı çalışıyordu ki, her şey üst üste binmişti. Başımı havaya kaldırdım ve yüzümü yıldızlara çevirdim. Bu gece gökyüzünde bir yangın vardı.

Yutkundum. Gözlerimi tekrar minik bedenine çevirdim. "Sana şöyle yukarıdan bakınca, minikliğin daha bir çarptı gözüme," dedim. "Ulan ufacıksın sen ya!"

Kafasını kaldırıp bana dik dik baktı. "Hemen de öküzleş."

Bir şekilde onu içeri sokmalıydım.

"Hadi o zaman," dedim eğilerek. "İçeri girelim. Hava soğuk, üşüteceksin."

Olmaz anlamında başını iki yana salladı. "Sana söyleyeceklerim var ve kendimi hazır hissedene kadar burada duracağım."

Panik bir kez daha göğsümü yumrukladı.

"Ne söyleyecekmişsin bana?" Yaklaşıp dudaklarımı alnına bastırdım. "Bak tenin buz gibi olmuş." Geri çekilip ona baktığımda zihnimin ortasında şimşek çaktı. Bu gece ne olacaktı? Dudaklarımı aniden dudaklarına bastırdığımda bana karşı koymadı.

Sanki son ânımızmış gibi büyük bir derinlikle öptüm onu. Dudaklarımız birbirinden ayrılırken sertçe yutkundu.

"Senin şu yutkunuşun için bir meleğin gözyaşları kullanılmış," diye fısıldadım ondan uzaklaşırken. "Ulan var ya..." Kollarımı iki yana açtığımda, Yiğit denen pezevenge gereken mesajı vermiştim. "Ölüm denen şey bile senden gelirse güzel olur, biliyor musun? Senden gelen ölümün bile başımın üstünde yeri var be!" Yanaklarımın içini dişleyerek güldüm ve bakışlarım Mayıs'a kaydı. Ona dikkatle baktım. O, bakılıp iç geçirilecek en güzel şeydi. "Allah benim ömrümü alsın, senin ömrünün üstüne koysun."

Hissettim.

Bir rüzgâr esti.

Bir silah patladı. Bir kuş göğe doğru kanat çırptı. Bir kadının çığlığı, acısına takıldı.

Vuruldum.

Dudaklarım acıyla aralandı. Hayır, bu yalnızca fiziksel bir acı değildi. Göğsümü delip geçen demirin varlığını hissediyordum. Saplanmıştı. Kalbime saplanmıştı. Bir şey kalbimi oymuştu.

Kör olmuştum. Kör etmişlerdi. Küçük bir kız çocuğu açmıştı penceremi, bana yeniden görmeyi öğretmişti.

Bedenim artçı bir şokla sarsılırken, acının gebe kaldığı hissizlik, o büyük pençesini bedenime indirdi. Gözlerindeki mavi ayna büyük bir gürültüyle patladı. Onun gözlerinin içine baktım. Kırılan aynadaki cam kırıklarına düşmüş binlerce yansımam vardı.

"Bakma," dedim, derken çatladı sesimin ipine asılan harfler. "Bakma miniğim, bakma. Çabuk, içeri kaç."

Yerinden doğrulmaya çalıştı. Yapmamalıydı. İçimi deşen bir kurşun da o olmamalıydı. Elimle durmasını işaret ederken gücüm hızla çekiliyordu. Tam o an dizlerimin üstüne düştüm. Ellerim omuzlarına düştüğünde, artık yüz yüzeydik. Hızlı soluklarım onun siyah saçlarını uçuşturuyordu. "Mayıs," diye fısıldadım. "İçeri kaç."

"Sıra-"

"İçeri. Kaç. Miniğim."

Dudaklarından dökülen feryat, bir başka kurşunu o küçük erkek çocuğunun kalbine sapladı. "Sıraç!"

"Sana tapıyorum. İçeri..." Ağzımdan bir dolu kan boşaldı. "... içeri kaç, miniğim."

"Sıraç!"

"İçer..." Yüzüm boynunun girintisine düşerken, buna engel olmak için çabalayamadım bile.

Bir insanın ruhuna kemik batar mıydı? Kemiklerim ruhuma batıyordu.

Bir süre her şeye sağır oldu kulağım. Mantığım durdu, düşüncelerim birbirinin üstüne devrildi ve boşlukta asılı kalan ruhumun canı yanıyordu.

"Şuramda..." diye mırıldandığını duyar gibi oldum. Sol elimi kaldırdı, kalbinin üstüne koydu. "...sadece sana kadar yer varken, senin gibi birinin hayalini dahi kurmadığım bir zamanda geldin. Ve ben... Hiçbir işin bu denli ters gitmesinden böyle mutlu olmadım. Yapma Sıraç. Yapma kurban olayım, şakanın sırası değil."

Cevap veremedim.

"Sesinin kaç kırlangıca gökyüzü çizdiğini ve benim de sesine en az o kırlangıçlar kadar muhtaç olduğumu bilmiyor musun? Uyuman için anlatılan o kurgu masalların aksine, uyanıkken anlatacağım güzel gerçeklerim var. Uyan, küçük adam."

Hiçbir şeyin yoluna girmeyeceğini düşündüğüm zamanlarda sürekli başa sardığım, bana umut veren o mavi plaktın sen, minik şeytan. Sesinden dinlemek istediğim gerçekler kadar masallar da var ama uykum geliyor. Biliyorsun, uykuya düşkünüm ben. Uyanık kalmak istiyorum Mayıs ama buna engel olan bir şeyler var. Hadi umut kokulu mavi plağım, susma. Uyanık kalmaya ihtiyacım var.

Elim onun kalbinin üstünden kayıp boşluğa düşerken, tüm ışıklar söndü.

"Sıraç?"

Sesini duyamıyorum, minik şeytan.

∞

Gözlerimi yavaşça araladım. O gece olup biten her şeyi bir bir hatırlıyordum. Gölgelerin arkasına saklanmış, namlusunun ucunu bana doğrultmuştu. Korkak.

Onun ağlamasına neden olmuştu.

Ben de iyi bir adam olmak istiyordum ama bu orospu çocukları zihnime cehennemi yerleştiriyorlardı.

Derin bir nefes almaya çalıştım ama göğsümdeki yara yüzünden zorlanmıştım. Kafamı yanımdaki deri koltuğun olduğu yöne çevirdiğimde Halim'le göz göze geldim. Tirrek, sapık gibi beni izliyordu.

"Ne bakıyorsun lan?" diye sordum şakayla karışık sert bir sesle.

"İyi misin?" diye sordu benim aksime ciddi bir şekilde. Onu ciddi görmek zordu; Halim sert görüntüsüne rağmen esprili, eğlenceli bir adamdı ve şu an rolleri değişmiş gibiydik. Bunu yadırgamadım.

"Gayet iyiyim tatlım."

"Tatlım mı?" Halim iğrenir gibi yüzünü buruşturdu. "Ne yaptın lan benim arkadaşıma?"

"Hormonlarım öldü tatlım. Mayıs nerede?"

"Oğlum tatlım deme lan bana. Adama bak... Narkozun mu fazla geldi gavat? Bilmiyorum, en son Ümran'la koridorda oturuyorlardı."

"Tamam tatlım."

"Lan düzgün konuş."

"Olur tatlım."

"Sıraç, kızıyorum lan."

"Kızma tatlım."

Düz ruhsuz bir bakışma.

"Sıraç."

"Tatlım?"

"Lan Sıraç tirrek gibi konuşup sıkma benim canımı."

"Sensin lan tirrek, tirrek herif. Keyfin yerine gelsin diye yapıyorum, senden tatlı mı olurmuş yoksa? Senden olsa olsa fasulye sırığı olur. Yarma olur. Ne bileyim, fazla gelişmiş tüylü hıyar olur."

Halim başını geriye atarak güldü. "İyileşmişsin sen it," dedi gülmeye devam ederken. "Oğlum çok korkuttun bizi. Yengem mahvoldu."

Mayıs'ı o halde düşününce kalbim sancıdı.

"Kötüye bir şey olmaz. Yıkılmadım ayaktayım. Kurşuna kafa atan İbrahim Tatlıses'ten sonra, kurşunu göğsünde sektiren Sıraç Karayel akımı başlatmayı düşünüyorum."

"Bırak dalgayı oğlum. Şimdi asıl mesele sana bunu kimin yaptığını bulmakta. Şafak'tan şüpheleniyorum ama Kemal de olabilir. Şu an önümüzde iki seçenek var. Şafak'ın daha önce de seni öldürmek gibi bir girişimi oldu zaten. Oklar onu gösteriyor şu an."

"İkisi de değil. Boşuna kimseyi infaz etmeye çalışma tirrek. Zamanı gelince onların ipini çekeceğim zaten ama günahlarını almaya gerek yok. Onlar değildi."

Halim kaşlarını çattı. Gözüm elindeki sargıya kaydı ama hiçbir şey sormadım. "Kim olduğunu biliyorsun yani, öyle mi?" diye sordu.

"Aynen."

"Kim?"

"Niye söyleyeyim? Benim iyileşmemi beklemeden gidip herifin kafasına sık diye mi? Hayır, tirrek. Bu benim meselem. Ne sen, ne Savaş ne de Mayıs. Hiç kimse bilmeyecek. Buradan çıktığımda ilk işim kanımı akıtanın, kemiğine akıtmak olacak. O orospu çocuğunun her bir kemiğine ayrı ayrı sokacağım."

"Kafanın dikine gidiyorsun. Kim olduğunu bilmeye hakkımız var. Bak polisler ifade almak için senin kendine gelmeni bekliyorlar. Bu olayı polislere yansıtmamamız lazım, bu yüzden bana anlat. Sıraç, işe polisler karışırsa başın belaya girebilir."

Gözlerimi devirdim. "Çok konuşuyorsun. Kafamı şişirdin. Git ve karımı bul. Onu görmeye ihtiyacım var."

Halim kafasını iki yana sallayarak bir elini dizine koydu ve diğer sargılı eliyle şakaklarını ovdu. Yorgun görünüyordu. "Sıraç bana kim olduğunu söyleyecek misin kardeşim?" dedi sabırsız bir sesle.

"Mayıs'ın ikinci kez hayal kırıklığına uğramasını istemiyorum Halim." Sesimdeki ciddiyet Halim'i bir an şaşırtsa da yüz ifadesini çabuk topladı.

"Yengemle ne ilgisi var?"

Gözlerimi Halim'in üstünden çektim ve beyaz duvarlara çevirdim. Hemen karşımdaki beyaz duvara monte edilmiş bir televizyon vardı. Televizyon açıktı ama sesi kapalıydı. Bir belgesel programı vardı ve şu an aslanları konu almıştı. Gözlerimi kısarak avını parçalayan aslana baktım. Eşi hemen arkasında onun avını parçalamasını bekliyordu. Açlardı.

"Mayıs beni tanımadan önce birini seviyordu." Bunu söylerken kendimi yumruklamak istemiştim. Bu gerçek beni deli ediyordu.

"Ee?"

Gözlerimi belgeselden ayırmadan konuşmaya devam ettim. Kelimeler dilime dolanıyordu. Ne olursa olsun benden başkasına kalbinin attığını bilmek beni çıldırtıyordu. Ona altından kafes yaptıracak kadar kafayı bozmuştum.

"Ama çocuk onu hayal kırıklığına uğrattı. Mayıs'ı kaçırdığım gece, Mayıs çocuğu başka bir kızla tuvalette iş üstünde yakaladı."

"Başka kızla iş üstünde?"

"Beceriyordu işte lan kızı."

"Hassiktir. Yenge bunu mu görmüş?" diye sorduğunda kaşlarımı çattım. Mayıs, Yiğit'i çıplak görmüş olsaydı, Yiğit'i hadım ederdim.

"Hayır. Seslerini duymuş. Konuşturma beni oğlum, moralim bozuluyor. Sinirden dikişlerimi patlatacağım şimdi."

"Bunun konumuzla ne ilgisi var peki?" diye sordu. Açıklama yapmaya fıtık oluyordum.

"O orospu çocuğu bir kez hayal kırıklığına uğrattı Mayıs'ı. Benim işime gelir diye düşünürdüm hep, o ibnenin bir falsosunu yakalamak istedim. Ama... Ben kadınımın üzülmesini, eskiden hissettiği şeyler yüzünden suçluluk duymasını istemiyorum. Bana bunu o bahsettiğim piç yaptı. Ama Mayıs bunu bilmeyecek Halim."

"O gün, yani Mehmet Ali Karayel ve Ceren Karamaça'nın kazasından önceydi sanırım. Alsancak'ta bir kafede dövdüğün çocuktan mı bahsediyorsun? Sılay anlatmıştı."

"Aynen. Ondan bahsediyorum."

"Sen nereden biliyorsun tüm bunları?" diye sorduğunda bakışlarımı ona çevirdim. Kaşlarını çatmıştı ve düşünceli görünüyordu. Bir şeyleri çözmeye çalıştığı belliydi.

"Gözümle gördüm Halim. O gece onu orada gözümle gördüm. Bana silah doğrulttu ve yanımda Mayıs olduğu için hiçbir şey yapamadım. Sessiz kaldım."

Halim aniden ayağa kalktı ve sargılı elini saçlarının arasından geçirip bana öfke dolu bir bakış attı. "Yengem nasıl görmedi? Nasıl sessiz kalabilirsin? Bile bile ölüme buyur gel mi dedin?" diye bağırdı. Sesi odada yankılanmıştı.

"Bağırma. Eğer atakta bulunsaydım Mayıs yaralanabilirdi. Yanımda o varken onu tehlikeye atamazdım." Halim'in aksine benim sesim sakindi. Sakinliğim Halim'i çıldırtmıştı.

"Ulan sen kızın halini gördün mü? Mahvoldu. Yaralansa bu kadar yanmazdı canı. Sen karını korumak isterken mahvettin."

"Bile bile onu tehlikeye atamazdım Halim. Her ne olursa olsun, onun kanının akmasına neden olamazdım. Benim yüzümden bir kez vuruldu zaten. Sen de biliyorsun. Onun tıpkı bir kuş gibi kollarıma düştüğü günü hâlâ unutmadım ben. Bana gelebilmek için sırtından vurulmuştu. İkinci kez benim yüzümden vurulmasına katlanamazdım. Küçük bir hatada beni değil, Mayıs'ı vurabilirdi. Susmak zorundaydım."

"Seni anlamıyorum," dedi kafasını iki yana sallayarak. "Bir insan, bir insanı nasıl bu kadar hastalıklı bir şekilde sevebilir, inan aklım almıyor."

"Anlayabileceğin bir olay değil zaten. Ben senelerdir çözemedim, senin birkaç dakika içinde çözebilmen mümkün olmayacaktır."

Kapı aniden açıldığında Mayıs yüzünde solgun bir ifadeyle içeriye kafasını uzattı. Bedeni hâlâ dışarıdaydı. Onu görünce farkında olmadan gülümsediğimi fark ettim. Neden yeni yetmeler gibi davranıyordum ki sanki?

"Yenge, gel," dedi Halim kapıya doğru yürürken. "Ben de çıkıyordum zaten."

Mayıs kısaca Halim'e baktıktan sonra hafifçe gülümsedi. Benden başkasına gülümsemesi canımı sıksa da şimdilik göz ardı etmeye çalışmıştım. Siyah saçlarını salmıştı ve saçları omuzlarına düşmüştü. Üstünde mavi ince bir kazak vardı. İçeri girdiğinde altında beyaz bir kot pantolon olduğunu gördüm. Kalçaları dolgunlaşmıştı ama kesinlikle kilolu durmuyordu. Aksine bu hoş bir dolgunluktu. Onu kıskanmadan edemiyordum.

Halim çıkarken kısaca bana baktı. Ona uyarı dolu bir bakış attığımda gözlerini devirdi. Benden habersiz herhangi bir atakta bulunmasını istemiyordum. Mayıs pıtı pıtı adımlarla yanıma geldikten sonra deri koltuğa oturdu ve elimi avuçlarının arasına aldı. Cennetin en yangın tonuna sahip olan gök mavisi gözleri buruk bakıyordu.

"Ağrın sızın var mı?" diye sordu elimi hafifçe okşarken.

"Ağrım yok, şimdilik iyiyim. Durmadan serumla bir şeyler veriyorlar, sanırım ağrıyı o engelliyor. Sen endişelenme. Ben iyiyim."

Gözlerini gözlerimden çekmedi. Bir süre sessiz kaldı. Bu süre zarfında güzel yüzünü izlemeye vakit bulduğum için mutlu olmuştum. Yukarı bakan minik burnu, etli dudakları, mücevherleri utandıracak gözleri ile büyüleyici görünüyordu. On sekiz yaşında, hamile minik karım. Ona tapıyordum.

"Çok sessizsin," dedim gözlerime bayram ettirirken. "Bir sorun mu var, minik şeytan?"

Omuz silkti. "Sorun yok. Yorgunum biraz. Her şey üst üste geldi."

"Çok mu yordum seni?"

Kaşlarını çattı. "Saçmalama. Senden yorulmadım ben."

"Saç malanmaz..."

"Taranır," diye tamamladı beni.

"Yorulduysan," diye mırıldandım hafifçe kenara kayarken. "Gel yat yanıma. Bu sana da bana da iyi gelecektir."

Kısaca onun için açtığım yere, sonra da bana baktı. Onunla

yan yana yatmayalı kaç gün olmuştu sahi? Tenim tenini özlemişti. Yavaşça ayağa kalktı ve onun için açtığım yere kıvrıldı. Bedeni hamile olmasına rağmen hâlâ minicikti. Hemen sığmıştı. Serumun olduğu kolumu yavaşça kaldırdım ve onu sağ göğsümün üstüne çektim. Sol göğsüme yatmasında bir sakınca görmüyordum ama bunu yapmayacağından emindim.

"Seninle uyumayı özledim," diye itiraf ettiğinde dudaklarım memnuniyetle yukarı kıvrıldı. Nefesini sağ göğsümde hissediyordum. Dudaklarımı saçlarına bastırdım ve mis kokulu saçlarını koklayarak öptüm.

"Ben seninle olan her şeyi özledim."

"Sapıtma," diye cırladı ama yerinden kalkmadı. Yüzünü göremesem de gülümsediğini hissedebilmiştim. "Aklın fikrin sapık şeyler yapmakta."

"Senin yüzünden," dediğimde kafasını kaldırıp bana baktı. Göz göze geldik. "Bu kadar seksi olma o zaman. Seni kollarıma aldığım an düşüncelerim çok başka yönde ilerlemeye başlıyor. Sapık mıyım acaba ben?"

"Pislik." Dudaklarını büzdü. Isırmak istedim. "Hastasın ve ben de hamileyim. Bundan sonra bir süre böyle takılacağız Sıraç Bey."

"Yatak çok küçük, sana burada bir şey yapamam. O yüzden böyle kendinden emin konuşuyorsun değil mi?" diye sorduğumda yanakları kızardı.

"Hastasın bir kere. Böyle şeyler düşünmemen gerek senin. Sapık adam!"

Dudaklarımı kulağına yaklaştırdım. Nefesimi kulağına verirken titrediğini hissettim. Bu beni gülümsetmişti. "Aslında bu yatak misyoner pozisyonu için oldukça uygun. Imm... Sen üstte olursan da bir sorun olmaz bence. İki pozisyon için de elverişli..."

"Saçmalama," diyerek kendini geri çekmeye çalıştığında diğer elimle belini yakaladım ve onu kendime çektim.

"Denemesi bedava."

"Sıraç, bir gelen olacak. Bırak beni!"

"Ama kuşum..."

"Anladım, anladım," dedi hızlıca. "Kuşun öldü. Ama burada ve sen bu durumdayken böyle bir şey yapamayız. Saçmalama."

"Fantezi olurdu bence. Ben hasta olurdum, sen hemşire olurdun. Ya da doktor olurdun. Bilemedim şimdi. Ama güzel olurdu yani."

Bana ters ters bakınca ona sıkıca sarıldım. Serumun iğnesi elimi dürtüyordu ama bunu önemsemedim.

"Sıraç. Ben seni çok seviyorum. Seni bu kadar sevebileceğim aklımın ucundan geçmezdi. Şöyle bir yaşadıklarımızı düşünüyorum da..."

"Hepsi geride kaldı. Sana güzel şeyler yaşatmadım, biliyorum. Canını yaktım, seni birçok kez üzdüm ve ağlattım. Geride kaldı demek belki de düşüncesizce... Ama geride kalmasını istiyorum."

"Ben eskileri hatırlayınca burukça gülümsüyorum. Kesinlikle kendini suçlama. Bazen kendimi senin yerine koyunca... Sanırım ben sana daha kötü şeyler yapardım. Her ne kadar suçsuz olursam olayım, acın vardı." Kollarını belime koydu ve bana sıkıca sarıldı.

"Sana tapıyorum Mayıs. Bunu söylemekten hiçbir zaman vazgeçmeyeceğim. Sana tapıyorum, minik şeytan."

Gülümsedi. Yüzünü çıplak sağ göğsüme gömerken gamzelerinin oluşturduğu çukurları göğsümde hissetmiştim.

"Şapşal. Seni çok seviyorum. Dinlen hadi."

"Şu an dinleniyorum ben zaten."

Kıkırdadı. Bana kollarını tamamen sardı ve küçücük yatakta onun soluğunun kokusunu alarak, ağrının varlığını unutup uykuya daldım.

∞

Gözlerimi açtığımda Mayıs yanımda yoktu. Kaç saattir uyuyordum bilmiyordum ama vücudum hâlâ halsiz hissediyordu. Gücümü ne zaman toplayacağım konusunda düşünmeye başlamıştım. Holdingin ne durumda olduğunu bilmiyordum. İki haftadır bu hastanedeydim ve hâlâ ayağa kalkabilecek gücü bedenimde bulamıyordum. Bu çok aciz hissettiriyordu.

Odanın kapısı tıklatıldığında boğazımı temizledim ve, "Gir," dedim en yüksek sesimle.

Odanın kapısı açıldığında odağıma önce kumral orta yaşlarda bir hemşire ardından tekerlekli sandalyenin üstünde oturan babam girdi gözlerimin odağına. Kaşlarım bir anda çatıldı. Beni bu halde görmesini istemiyordum. Tekerlekli sandalyesinde otururken benden bir farkı yoktu aslında. Bacakları kahverengi bir battaniye ile örtülüydü. Beyaz sakalları uzamıştı ve yüzündeki çizgiler belirginleşmişti. Mehmet Ali Karayel yaşlanmıştı.

"Senin burada ne işin var?" diye sordum ona yüzümde zerre kas oynamazken. Hemşire onu içeri soktuktan sonra kapıyı kapatıp çıktı. Tekerlekli sandalyesinin tekerleklerini çevirerek yanıma yaklaşırken tıpkı benim gibi ifadesizdi. Bu küçük benzerliğimizden nefret ettim.

"Seni görmeye geldim."

Beni mi? Hiçbir şey söylemeden ona bakmaya devam ettim. Tekerlekli sandalyesini sürerek yatağıma yakın bir yere getirdi. "Bu nasıl oldu?"

"Sana ne?" dedim sert bir sesle.

Burnundan içeri derin ve sesli bir nefes çekti ve gözlerini kapattı. Gözlerini tekrar açtığında gözleri alev alev yanıyordu. Bir süre yalnızca bakıştık. Onun gözlerinin içinde çocukluğumu görmek midemi burkuyordu. Kemerin şakıma seslerini hâlâ net bir şekilde duyabiliyordum. Hafızamdaki buzlukta hâlâ tazeydiler.

"İster kabul et, ister etme. Umurumda değil. Sen benim oğlumsun ve ben senin hakkındaki her şeyi bilmek zorundayım. Baban olduğum gerçeğini değiştiremezsin evlat."

Eğer gücüm olsaydı şimdi kalkıp onun suratının ortasına yumruğu geçirirdim ama dişlerimi sıkmakla yetindim. "Hangi babalıktan söz ediyorsun?" diye sorarken sesim de gözlerim kadar ifadesizdi.

"Sana babalık yapamadığımın farkındayım evlat. Şimdiden sonra yapabileceğimi de zannetmiyorum. Hem yapabilecek olsam bile, senin bunu kabul etmeyeceğini de biliyorum."

"Her şeyin farkında olman güzel..."

"Sana bunu kim yaptı? Biliyor musun?" diye sordu soğukluğumu önemsemeden. Bu herifin bu tavırları beni deli ediyordu.

"Sana ne diyorum, anlamıyor musun? Ne bu, bunca sene sonra seni önemsiyorum havaları? Hiç inandırıcı değilsin. Yine nasıl bir şey planlıyorsun? Bu kez hangimizin hayatını sikeceksin?" diye bağırdığımda tekrar gözlerini kapattı. Sanırım yatalak bir felçli olmak onu daha sakin bir adam haline getirmişti.

Yüzündeki her bir çizgide, siktiği geçmişimi taşıyordu.

"Seni bu hale ben getirdim," dedi düz bir sesle. Kaşlarım daha da çatıldı. "Bu kinin, öfken, sinirin... Her şeyinin sorumlusu benim. Saldırganlığın, dediğim dedikliğin, gaddarlığın, korkusuzluğun. Bunların hepsini ben aşıladım sana. Bunlarla övünmüyorum. Aksine pişmanım. Yarattığım enkazın bu kadar kuvvetli olacağı aklımın ucundan geçmezdi. Benim yüzümden kanın tadını aldın. Parmaklarında kanın izi varsa, bu benim suçum. Seni iten bendim. Hıncını insanlardan aldın. Göremediğin sevgiyi öfke olarak dışa vurdun. Sana beni affet demeyeceğim, evlat. Desem bile affetmeyeceksin muhtemelen. Ama şu an bu kız yanındaysa ve sana bu kadar âşıksa bence bu benim sayemde. En azından bir işe yaramışım diye düşünüyorum. İnsanlar acıyla büyür, oğlum. Ne kadar acı çekersen, o kadar büyüksündür. Acı verdiğin kadar değil, acı çektiğin kadar büyüksün. Sen büyük bir adamsın ve ben bir zavallıyım. Bunu fark ettiğimde artık çok geçti. Seni bir daha geri kazanamayacağım Sıraç. Ne seni, ne kızımı ne de harap ettiğim geçmişimizi. Yine de seni seviyorum, hep sevdim. Belki inanmayacaksın, belki güleceksin bu dediklerime... Ama seni hep sevdim. Sen benim ilk göz ağrımdın. Seni ilk kucağıma aldığım günü hiç unutmadım ben. Ama o kadar güçsüzdüm ki... Nefretim ve aşkım her şeyin önüne geçti. Üzgünüm oğlum. Sana yaşattığım her şey adına."

Aramızdaki mesafe saniyelerle eş zamanlı olarak kıvam kazanırken gözlerimi bir an olsun onun yaşlı yüzünden çekmedim. Kaşlarım hâlâ çatıktı ama kalbim acıyordu. Bunun yarayla bir ilgisi yoktu.

Gözlerini açtığında mavi gözleri puslanmıştı. "Çocukların olacakmış. Evlendiğinizi duyduğumda sevinmiştim. Buruk bir sevinç olmuştu. Ama ikizlerin haberini alınca... Ben... Senin adına çok sevindim oğlum. Sen iyi bir baba olacaksın, benim aksime."

"Çocuklarım olacak, evet. Ama sen bunu nereden biliyorsun?"

"Karın söyledi. Vurulduğunu da söyleyen oydu. Tıpkı senin gibi korkusuz bir kız. Aslında annesine benziyor. Kaşlarını çatıp, intikam istediğinde tıpkı Ceren gibi bakıyor."

"Anlamadım?" diye sorduğumda burukça gülümsedi.

"Bacaklarım yavaş yavaş his kazanmaya başladı," dedi düz bir sesle. Ardından usulca bacaklarındaki battaniyeyi kaldırdı. Bacakları mosmordu.

"Senin kadar olmasa da, ben de hissettim oğlum."

Sılay Karayel'den...

"Ona bir şey olacak diye çok korktum. Ağabeyimsiz bir hayat düşünemiyorum. Benim ondan başka hiç kimsem yok," dedim gözyaşlarımı elimin tersiyle silerken. Hastane bahçesindeki bankta Temmuz ile oturuyorduk. Temmuz karton bardakta kahve içiyordu, bana da almıştı ama içmek yerine bankın bir ucuna koymuştum ve soğumasını bekliyordum.

"Ucuz atlattı. Hepimizi korkuttu."

"Ben onsuzluğu hiç düşünmemiştim. Yani o hep benim yanımda olacak, hep beni koruyacak diye düşünüyordum. Bir anda böyle bir şeyle karşılaşınca... Bilmiyorum. Ben çok korktum Temmuz."

Elini omzumun üstüne attı ve beni usulca kendine bastırdı. Şu an Osman ağabey bile mendilini kapıp halaya başlayamayacak kadar yorgundu. Yine de ona sığındım. Başımı onun meyve kokulu göğsüne yaslarken, sıcaklığı ile avundum. Temmuz'un yanındayken kendimi iyi hissediyordum.

"Yalnız değilsin Sılay. O seni bırakmaz. Ne seni, ne ablamı ne de bebeklerini... Rahatla. Atlattık."

"Senin yanındayken kendimi pek yalnız hissetmiyorum. Eğer şu iki haftalık süre zarfında yanımda olmasaydın hiçbir şeyi atlatamazdım," diye itiraf ettim. "İyi ki varsın Marul."

"Marul diyor ya," diye çıkıştı beni kendine biraz daha bastırıp çenesini saçlarıma yaslarken. "Sen de iyi ki varsın Kezorella."

"Sence bunu ağabeyime kim yaptı?" diye sordum yüzümde sersem bir gülümsemeyle. Şu an gülümsememem gerektiğinin bilincindeydim ama bu aptal çocuk söz konusu olunca sanırım darağacında bile gülümserdim. Bilmiyordum.

"Kim olduğu hakkında hiçbir fikrim yok. Ama eğer o orospu çocuğunu bulursam, onu öldüreceğim. Ablama ve sana bu acıyı yaşattığı için ölmeyi hak ediyor."

Öldürmek...

Kulağım bu kelimeye aşinaydı. On yedi yıllık hayatım boyunca birçok kez maruz kalmıştım bu kelimenin varlığına. Ölümün kokusunu taşıyan iki adam yaşıyordu evimde. Biri her şeyimken, diğeri hiçbir şeyimdi.

"Lafın gelişi bile olsa birini öldürmekten bahsetme Temmuz."

"Neden?" diye sordu. "Hem ben lafın gelişi söylemedim. Ciddiydim."

Aniden kafamı kaldırıp ona baktığımda gözlerim alev alev yanıyordu. "Saçmalamayı kes, aptal."

"Saç malanmaz," diye beni taklit etti. "Taranır Kezorella. Sakin ol."

"Kes şu kıvırcık saçlarını," dedim gözlerimi kaçırarak. Amacım konuyu değiştirmekti. Ölümden bahsetmeyi sevmiyordum. Bu Osman ağabeyi bile ürkütüyordu. "İnsanlar hakkında neler düşünüyordur kim bilir?"

"Aslında insanların hakkımda neler düşündüğünü önemseyen biri değilimdir. Yani öyleydim. Seni tanımadan önce."

Yanaklarımın ısındığını hissettim. Temmuz'un varlığı çok yönlü ağrı kesici gibiydi. Çoğu zaman onu anlamıyordum. O çözülmesi zor bir düğümdü. Birbirimizden farklıydık ama bu farklılık bizi aynı yapandı.

"Temmuz, ben galiba..." Telefonum titredi. Temmuz'un gözleri dudaklarımdaydı ve dilimden dökülecek olan kelimeleri bekliyordu. Kendime zaman tanımak adına telefonu cebimden çıkardım. En azından bu süre zarfında söyleyeceğim şey için kendimi hazırlayabilirdim.

Kimden: 05xxxxxxxxx
Ben Şafak. Seni görmek istiyorum. (17:26)

Mayıs Karayel'den...

Taksinin kapısını açarken Ümran hastane bahçesinde dikilmiş anlam veremeyen gözlerle bana bakıyordu. Hava henüz yeni kararmıştı. "Nereye gidiyorsun Mayıs?"

"İkinci bedeli ödetmeye."

"Anlamadım?"

"Yalnızca iki saat beni idare et. Sıraç uyuyordu en son. Beni soracak olursa eve kadar gittiğimi, üstümü başımı değiştireceğimi söyle."

Kaşlarını çattı ve bileğimi tuttu. "Düşündüğüm şeyi yapmayacaksın, değil mi? Tek başına böyle bir şey yapmayacaksın."

"Taksiciyi boşuna bekletiyorum, bırakır mısın? Yalnızca konuşmaya gideceğim. Hiçbir şey olmayacak."

Kafasını iki yana sallarken onu ikna edemediğimi anlamıştım. "Mayıs, o herif Sıraç ağabeyime zarar verdi. Senin onu gördüğünde sakin kalamayacağını ikimiz de biliyoruz."

"Sakin kalacağım Ümran. Yalnızca konuşacağım."

"Ne konuşacaksın Allah aşkına? Kocanı nasıl vurduğunu mu anlatmasını isteyeceksin?"

"Aptal. İki arkadaş gibi görüşmeye gidiyorum. Bildiğimi bilmiyor bile."

"Abla binecek misin artık?" diye sordu taksici. Taksiciden özür diledikten sonra bileğimi Ümran'ın elinden kurtardım ve taksiye bindim. Taksinin kapısını kapatırken Ümran gözlerimin içine bakıyordu.

"Yanımda olacağını söyledin Ümran. Zamanı geldiğinde birlikte halledeceğiz. Şu an yalnızca iki arkadaş gibi konuşmaya gidiyorum. Hiçbir şey yapmayacağım ve sabırlı olacağım. Söz."

Taksi hareket ettiğinde Ümran'la son kez bakıştım ve önüme döndüm. Pantolonumun cebindeki telefonu çıkardıktan sonra ilk işim Deniz'e mesaj atmak olmuştu.

Kime: Deniz
Deniz bana Yiğit'in numarasını verebilir misin? (20:18)

Kimden: Deniz
Ne oldu ki? Ah, bu arada Sıraç nasıl? (20:19)

Kime: Deniz
Gayet iyi canım. Yiğit'le konuşmam gereken bir konu var da, hem uzun zamandır görmüyorum onu. (20:21)

Kimden: Deniz
Çocuğa ümit falan verme Mayıs. 05xx xxx xx xx bu numarası. Liseden beri aynı numarayı kullanıyor zaten. Yakın zamanda tekrar ziyarete geleceğim. Kendini üzme. (20:24)

Kime: Deniz
Kimseye ümit verecek falan değilim. Biz iyi arkadaşlardık. Bekliyor olacağım. (20:26)

'Yiğit' kaydedildi. 'Yiğit' aranıyor.

"Alo?"

Kaşlarımı çatarak altımızdan akıp giden asfalta baktım. Sesi midemi bulandırmıştı. "Benim, Mayıs. Nasılsın?"

"Mayıs?" Bir şeylerin kırılma sesi duyuldu. "Bu sen misin? İyiyim ben. Sen... Sen nasılsın?"

Senin yüzünden bok gibiyim piç kurusu! "Pek iyi sayılmam. Olanları duymuşsundur belki."

"Yo-yok, ne oldu ki?"

"Eşim vuruldu ve şu an kendimi çok yalnız hissediyorum. Konuşacak birine ihtiyacım var. Delirmiş vaziyetteyim. Aklıma senden başkası gelmedi. Ben de Deniz'den numaranı aldım."

"Neredesin? Hemen yanına geleyim?" İnsan bir şaşırmış gibi yapardı, bu çocuğun oyunculuğu sıfırdı. Onun bu kadar geri zekâlı olduğunu bilmiyordum.

"Şu an taksideyim. Taksi öylece ilerliyor. Nereye gittiğimi bilmiyorum Yiğit. Çok kötü hissediyorum."

"Ben şu an her zaman kaldığım evdeyim. İstersen yanıma gel. Ya da ben gelip seni alayım?"

"Hayır, buna gerek yok. Ben yanına geliyorum."

"Tamam Mayıs. Seni bekliyorum."

Telefonu kapatıp cebime tıkıştırırken dikiz aynasının üstünden taksici ile göz göze geldim. Konuşurken sinirden dudaklarımı ısırdığım için adam afallamıştı ama hiçbir şey sormadı. Ümran ile konuşmalarımızdan yola çıkarak bir şeyler anlamış olduğunu düşündüm ama bunu önemsemedim. Taksiciye önce kendi evimizin adresini verdikten sonra derin bir nefes aldım ve sırtımı koltuğa yasladım. Yaklaşık kırk beş dakika süren yolculuğun ardından eve gelmiştik. Hızla yatak odasına çıkarken Efe ve eşi de peşimden merdivenleri tırmanmıştı ama onlarla ilgilenemedim. Temmuz sık sık yanlarına uğrayıp onların mamalarını veriyor ve tuvalet ihtiyaçları için dışarı çıkarıyordu.

Büyük çekmeceli dolabı açtıktan sonra Sıraç'ın kıyafetlerinin arasındaki parlak, altından M harfinin işlenmiş olduğu silahı bulmak benim için çok da zor olmamıştı. Aslında şimdilik yalnızca konuşmaya gidiyordum ama herhangi bir terslikte kullanmam için bu silaha ihtiyacım olacaktı. Hayır, ben bir katil değildim ve ihtiyacım olmadığı sürece o tetiğe basmayacaktım. Ben yalnızca ailemi korumaya çalışıyordum. Tek isteğim buydu.

Parmaklarımın arasında tuttuğum silaha bakarken derin bir nefes aldım ve ardından aynaya düşen yorgun görüntüme baktım. Üstümü değiştirsem fena olmayacaktı. Bitkin bir şekilde üstümdekilerden kurtulduktan sonra tekrar elbise dolabını açtım ve Sıraç'ın kokusunun sinmiş olduğu kıyafetlerimi karıştırmaya başladım. Siyah dar paça bir kot pantolon ve siyah ince bir kazak çıkardıktan sonra onları üstüme geçirdim ve hafif çıkıntılı karnımı örtmesi için deri ceketimi giyip fermuarı boğazıma kadar çektim. Saçlarımı atkuyruğu yaptıktan sonra silahı belime sıkıştırdım ve telefonum ile paramı siyah kotumun ön cebine koydum. Çıkmadan hemen önce kısaca yatak odamıza göz attım. Hemen komodinin üstünde düğün fotoğraflarımızın olduğu uzun çerçeve vardı. Onun tarafındaki abajurda okuduğu son roman ve siyah kayışlı saati vardı. Tuttuğum nefesimi dışarıya bıraktım ve beni bahçede bekleyen taksiyi daha fazla bekletmemem gerektiğinin bilincine vararak ışıkları kapatıp evden ayrıldım.

Taksiye binerken gözlerim evimize takılsa da en sonunda düşüncelerimi toplayarak taksiye binmeyi başardım. Taksiciye gideceğimiz adresi verdikten sonra sırtımı koltuğa yasladım ve gözlerimi yumdum. Yalnızca on sekiz yaşındaydım ve tüm bu yaşadıklarım omuzlarımın taşıyamayacağı kadar ağırdı bana göre. Belki benden çok daha kötü hayatlar yaşayan insanlar vardı ama nedense tüm bunlar bana çok fazla geliyordu.

Herkesin güç terazisi farklı tartıyordu.

Yiğitlerin evinin önüne geldiğimizde araba durdu. "Geldik abla," dedi benden büyük olmasına rağmen bana abla diyen orta yaşlardaki taksici.

"Teşekkürler," diye mırıldandıktan hemen sonra taksinin ücretini ödedim ve taksiden inip evin büyük bahçesinin kapısını açarak içeri girdim. Bahçeyi gökyüzündeki ay ve yıldızlardan başka hiçbir şey aydınlatmıyordu. Her zaman kapıda dikilen güvenlik görevlisi Aziz ağabey bugün yoktu. Belki de işten ayrılmıştı, bilmiyordum. Onu görmeyeli uzun zaman olmuştu.

Yiğit'in kaldığı ev ağabeyine aitti ama Yiğit liseden beri hep bu evde vakit geçirirdi. Genelde Baki ile kalırlardı. İki katlı, turuncuya yakın tatlı bir renge boyanmış duvarlara sahip olan evin, pahalı bir ağaçtan yapılma kapısının zilini çalarken nefesimi tuttum ve kapıyı açmasını bekledim.

Kapı içeri tarafa doğru açılırken Yiğit görüşüme girdi. Çok hafif sakallı olan yüzü tüm masumiyetini kaybetmişti. Ya da gözüme bu kadar çirkin görünmesinin tek sebebi bana yaşattığı acılardı. Bilmiyordum. Çamur rengindeki gözleri irileşirken, yüzünde midemi bulandıran bir gülümseme peydahlandı. Şu an belimdeki silahı çıkarmak ve onun beynine dayayıp tek hamlede onun beynini patlatmak istiyordum. Kara düşüncelere ev sahipliği yapan, kötülüğü harflerine saklamış olan beynini dağıtmak istiyordum. Bunu cidden yapabilecek kadar öfkeliydim.

"Mayıs," dedi tiksindirici bir sesle. "Geldin."

"Evet. Seni rahatsız etmiyorum, değil mi?" diye sordum. Şu an yapmacık da olsa yüzüme bir gülücük yerleştirebilmiştim. Bunu yaparken yanaklarımın gerildiğini hissettim. Sanki tüm dişlerim yanaklarımın içine, damaklarıma batıyordu.

"Olur mu hiç öyle şey?" Kapıyı sonuna kadar açtı ve eliyle içeriyi işaret etti. "Gir içeriye. Kapıda bekleme."

İçeri doğru girdiğimde her zaman olduğu gibi bordo mobilyalarla döşenmiş geniş salonla kucaklaşmıştım. Yiğit'in annesi Belma teyze bordoyu severdi ve Yiğit'in ağabeyinin evini o döşemişti. Yiğit beni yönlendirerek bordo L şeklindeki kanepeye oturmamı sağladı.

"Bir şeyler içer misin? Ya da aç mısın?"

"Hayır. Hiçbir şey istemiyorum. Teşekkürler."

"Mayıs," dedi endişeli bir sesle hemen karşımdaki tekli kanepeye yerleşirken. "Betin benzin atmış. İyi görünmüyorsun."

"Pek de iyi olduğum söylenemez. Yaşadıklarım zor şeylerdi."

İfadesiz bakışlarını yüzümden çekti ve ortada duran sehpaya çevirdi. "Eşin nasıl oldu?"

Bir de soruyor! "O çok iyi. Güçlü olduğunu bir kez daha kanıtladı bana. Doktor, eğer onun yerinde bir başkası olsaydı çoktan ölmüş olacağını söyledi. O gerçekten çok güçlü bir adam."

"Öyle mi?" Gözleri hâlâ sehpanın üstündeydi.

"Öyle. Hâlâ nefes alıyor. Yanımda. Benimle."

Gözlerini sehpadan çekti ve karnıma çevirdi. Burukça gülümsedi. "Hamile olduğunu duymuştum. Karnın belirginleşmiş," dedi kısık bir sesle. Konuyu değiştirmeye çalıştığı belliydi. Şu an kaşlarımı çatmak istiyordum ama onu şüphelendirecek herhangi bir davranışta bulunmamam gerektiğinin farkındaydım.

"Öyle," derken ellerim karnıma gitti. Deri ceketimin örttüğü çıkıntıyı hafifçe okşadım. "Ona ait olan şeyleri içimde taşımak beni çok mutlu ediyor. Bu gerçekten muhteşem bir his..."

"Mayıs, sence de tüm bunlar için çok erken değil miydi?" diye sorduğunda kafamı kaldırıp ona baktım. Üstünde siyah yarım kollu bir tişört vardı. Altına her zaman olduğu gibi dizleri eskitilmiş buz mavisi bir kot pantolon giymişti. Bu tür kotları seviyordu ama ben nedense hiç sevmiyordum. Sıraç'ın siyah kot pantolonları o kadar güzeldi ki...

"Neyden bahsediyorsun?"

"Evlilik. Çocuk."

"Erken ya da değil. Tüm bunları önemsemiyorum aslında. Ben mutluyum. Önemli olan da bu değil mi zaten?"

"Elbette öyle. Ama... Hayallerin vardı Mayıs."

Benim en büyük hayalimin Sıraç olduğunu bilmiyordu sanırım. Gülümsedim. Bu kez içten gelerek gülümsemiştim. "Ben en büyük hayalimi gerçekleştirdim. Bundan daha büyük bir hayalim yoktu."

Ellerini dizlerinin üstüne koydu ve kaşlarını çattı. Yeni çıkan sakallarından mı bilmiyordum ama bunun lisedeki bazı duygular beslediğim Yiğit olduğuna inanasım gelmemişti. Kendi gibi görünmüyordu. Sanki görüntüsü Yiğit'e aitti ama karşımda oturan bambaşka birisiydi.

"Senin büyük hayallerin vardı Mayıs. Dokuz Eylül Üniversitesi'ne gidecektin."

"Hâlâ geç olduğunu düşünmüyorum. Evli olup sınavlara giren, üniversite okuyan bir yığın insan var," diye çıkıştım. Şu an tartışmamız gereken şey bu değildi.

Ah, onun suratına tükürmek istiyordum.

"O adam senin hayallerini yıktı." Sesi dümdüzdü. İşte bu kez kaşlarımı çatmıştım.

Benim hayallerimi yıkan oydu. Sıraç değil. Sıraç'ı benim elimden almaya çalışmıştı. Bana verebileceği en büyük zararı vermişti.

"Seninle bunları konuşmaya gelmedim."

"Yalnız hissettiğin için beni görmek istedin. O adam sana kendini yalnız hissettiriyor. Bunu yalanlayamazsın Mayıs. Senden büyük ve aileleriniz arasındaki husumeti neredeyse tüm İzmir biliyor. Deniz'e söylemedim ama öğrenirse senin için endişelenecek."

"Komikleşiyorsun Yiğit." Bu sabrıma indirilen son tekmeydi. Artık susmak gibi bir niyetim yoktu. Kozlarımızı paylaşabilirdik.

"Her şeyi biliyorum Mayıs."

Duraksadım. Ağzımın içi kururken kalbim çok daha hızlı çarpmaya başladı. Neyi biliyordu? Soru işaretleri beynimin kıvrımlarından geçerek gözlerime ulaştı. Şu an gözlerimde duran soru işaretlerini görebildiğinden adımın Mayıs olduğu kadar emindim.

"Neyi biliyorsun?" diye sordum kekelememek için çenemi sıkarken.

"Lisedeki duygularım karşılıksız değildi. Sen de beni seviyordun." Ayağa kalktı ve önüme gelip dizlerinin üstüne çöktü. Kafasını hafifçe kaldırıp gözlerimin içine bakmaya başladı. "İkimiz de birbirimizi seviyorduk. O gece, o adam ortaya çıkmasaydı çok mutlu olabilirdik."

"Ne diyorsun Yiğit? Ne sevmesi?" diye sorduğumda hafifçe gülümsedi. Sakal izlerinin başlangıç noktası yukarı kıvrılmıştı.

"Deniz bana her şeyi anlattı. Sen de beni seviyormuşsun o zamanlar."

Kaşlarımı mümkünmüş gibi daha fazla çattım. "Şu an evli bir kadının önünde diz çöktüğünün farkında mısın? Ben buraya bu saçmalıkları konuşmak için gelmedim. Benim buraya gelme sebebim..."

"Nedir Mayıs? Buraya gelme sebebin nedir? Söyle bana?"

Alt dudağımı ısırdım. Çok yakındı. Usulca ayağa kalktı ve ellerini kanepenin arkasına atıp beni koltukla arasına aldı. Alnını alnıma yasladığında kilitlenmiştim. Erkekliğine esaslı bir tekme geçirmek istiyordum ama hareket etmeme engel olmuştu.

"Seni ilk ben sevdim. Sen benim hakkımdın."

"Ne saçmalıyorsun sen Yiğit? Kes şunu. Geri çekil!" diye bağırdığımda yavaşça geri çekildi. Aniden ayağa kalktım ve salonun diğer ucuna yürüdüm. "Tüm bunlar ne demek oluyor Yiğit? Sana güvenip buraya geldim ve senin yaptıklarına bak."

"Mayıs," dedi yalvarır gibi çıkmıştı sesi. "Anla beni. Ben bir hata yaptım ama uyuşturucunun etkisindeydim. O kızı sen olarak hayal ettim. Ben hep seni sevdim. Sen ilk beni sevdin. Sen benim hakkımdın."

Birkaç adım geri attıktan sonra kafamı iki yana salladım. "Sen çıldırmışsın. Benim tanıdığım Yiğit böyle konuşmaların içine girmezdi bile. Ben evliyim, farkında mısın? Ayrıca nasıl uyuşturucunun arkasına saklanabiliyorsun anlamıyorum. Söylediklerin o kadar iğrenç şeyler ki."

Ellerini saçlarının arasından geçirdi ve bana kaşlarını çatarak baktı. Bakışı midemi fokurdattı. Böyle ani bir çıkış beklemiyordum. Bir an belimdeki silaha davranmak istedim ama şu an herhangi bir atakta bulunmamam gerekiyordu. Önce konuşarak onun inine sızmalı, her şeyi öğrenmeli ve ardından ondan intikamımı almalıydım.

"Umurumda değil. Evli olman umurumda dahi değil. Tüm hayallerinden vazgeçtin, farkında mısın? Her şeyinden vazgeçtin o adam için. Ben aldığım ilacın etkisiyle öyle bir orospu çocukluğu yaptım diye seni kaybettim. Tamam, belki suçluydum ama... Ama seni hep sevdim Mayıs. Sen benim ilk ve son aşkımsın. Seni hep sevdim."

Kalbim olduğu yerde iki büklüm oldu. "Uyuşturucunun etkisindeydin, öyle mi?" diye sordum ona dalga geçer gibi. "Sıraç da birçok kez uyuşturucunun etkisine girmişti. Bir kez olsun kalbimi kıracak bir şey yapmadı biliyor musun? Kendini Sıraç'la bir tutamazsın sen. Tüm bu saçmalıklar da ne demek oluyor? Uyan Yiğit! Her şey geçmişte kaldı. İyi ki diyorum, iyi ki de o tuvalette o rezalete şahit olmuşum. Ben Sıraç'ı sevdiğim için tek bir an pişmanlık duymadım. Annemi kaybettim, masumiyetimi kaybettim. Ben kaybedebileceğim her şeyi kaybettim. Ama Sıraç'ı kaybetmeyeceğim."

Bir iki adım atarak bana yaklaştı. Yüzünde karmakarışık bir ifade vardı. "Benim yanıma geldin. Beni görmek istedin ve yanıma geldin. Tüm bunlar ne demek oluyor o zaman? Onca insan varken neden ben? İnkâr etme Mayıs. Pişmansın. En az benim kadar sen de pişmansın. Biz hep birbirimize aittik. Yapma, her şeyinle kabulümsün. Çocuklarına baba olurum. Onları kendi evladım sayarım ama seni ona vermem. Sen benimsin. Hep benimdin. Sen benim hakkımdın Mayıs. Onun değil. Benim."

Kalbim Sıraç'a duyduğum aşkla çarparken, Yiğit'in söyledikleri başımı ağrıtmaktan başka bir boka yaramamıştı. Söyledikleri beynimde yankılanırken, şok olmuş gözlerle Yiğit'e baktım. Düşünceleri hastalıklı ve korkunçtu.

"Seni ona veremem," diye inledi acı çekiyor gibi. Tekrar dizlerinin üstüne çöktü ve ellerini saçlarının arasından geçirip avuçladı. "İsteme bunu benden. Ben hep seni bekledim. Hep seni sevdim. Bir hata uğruna bu kadarı çok fazla... Tüm hayallerinden oldun sen onun için. Anneni aldı senden, geleceğini aldı. Beni aldı. Bir şekilde işleri yoluna koyacaktık. Sen de beni seviyordun. Kalbini yokla Mayıs! Hâlâ yok mu bana ait bir şeyler orada? Aramama izin ver. Kalbinin içinde bana ait olan yerleri aramama izin ver."

"Benim kalbim tamamen Sıraç olmuşken, senin ne haddine benim kalbimde yer aramak?"

"Seni seviyorum," dedi gözlerini kaldırıp dolmuş çamur rengi gözleriyle bana bakarak. "Seni hep sevdim ve hâlâ seviyorum. Bebeklerinle kabulümsün. Onlara baba olurum, yemin ederim. Gideriz buralardan. Yepyeni bir hayata başlarız. Sadece sen ben ve bebeklerin... Yemin ederim her şey güzel olacak. Yalnızca elini uzat bana Mayıs. Sana ihtiyacım var."

Belki de yıllardır duymak istediğim şeyi duymuştum ondan. Eğer o zamanlara dönseydik belki de mutluluktan ne yapacağımı şaşırırdım, ağlardım belki. Ama şu an o kadar ruhsuz ve o kadar kalpsiz hissediyordum ki. Onun için binlerce ölüm şekli hayal ederken, onun söyledikleri bir kulağımdan giriyor, diğerinden çıkıyordu.

"Nasıl bu kadar alçalabildin anlamıyorum. Belki de hep böyleydin sen. Ben seni görmek istediğim gibi şekillendirdim kafamda. Uyan Yiğit. Ben sana ait değilim, hiç olmadım. Ben Sıraç'a aitim. Sadece ona. Hiçbir güç ayıramaz bizi. Ölümden başka."

"Ölüm, ha?" Adice sırıttı. "Onun bile başarabileceğini düşünmüyorum."

İşte bu yetmişti. Kendi ağzıyla kendini ele vermişti. Artık yapmam gereken şey belliydi. Tek hamlede belimdeki silaha davrandım ve soğuk silahın belime yarattığı baskıdan kurtularak, silahı gün yüzüne çıkardım. Silahın namlusunu Yiğit'e çevirdiğimde Yiğit'in gözleri kocaman açılmıştı.

"Mayıs?"

"Bu kadar," derken başım sol omzumun üstüne düştü. Adice sırttım. "Oyun bitti Yiğit Aksan."

5.İLK TEKME

Mayıs Karayel'den...

Akrep ve yelkovan saatin tik tokları arasında kanlı bir gezintiye çıkmıştı. Zaman her bir rakamın arasından sicimle akıp, geçmişe karışıyordu. Parmaklarımın arasında tuttuğum silahın içinde kurşun değil, intikam vardı. Korkmuyordum. En kötüsünü görmüştüm. Bir adamın beyni hemen karşımda dağılmıştı ve sevdiğim adamın göğsünün kana bulanışına şahit olmuştum.

Beni artık hiç kimse kandan korkutamazdı.

"Mayıs, anlamıyorum. Neler oluyor?" Şu an Yiğit'in beynini dağıtabilirdim. Ama saatin rakamları arasında akan zaman, bunu yapmamam gerektiğinin altını çizerek beni durdurmaya çalışıyordu. Kendimi bu işten sıyıramayabilirdim, bebeklerimle içeriye girebilirdim, Sıraç'ın başına daha büyük belalar açabilirdim. Tahminler üzerinden hareket etmek doğru olmayacağından diken üstündeydim.

"Her şeyi biliyorum. Sıraç'ın canına kasteden aşağılığın sen olduğunu biliyorum Yiğit."

Aramızda duran silah geçmişimize çekilmiş en büyük çizgiydi. Tüm anılarımız, arkadaşlığımız, yaşadıklarımız bir bir terk etmişti beynimdeki yerini. Belleğim onu reddetmişti. Karşımdaki adam düşmanlarımdan bir tanesiydi yalnızca.

Yiğit'in yüzündeki ifade dondu. Dizlerinin üstündeydi ve aramızda yaklaşık sekiz adımlık bir mesafe vardı. Aramızda namlusunu ona doğrulttuğum, kurşununu ağzının ucunda tutan parlak bir silah vardı. Adımın baş harfinin kazılı olduğu bu silah parmaklarımın arasında olması gerektiği yeri bulmuş gibiydi.

"Neyden bahsettiğin konusunda hiçbir fikrim yok," dedi bana düz düz bakarken. Ne kadar düz bakarsa baksın kasılan çenesi ve çatlayan sesinden ne kadar korktuğunu anlayabilmiştim.

"Korkak," diye fısıldadım gözlerimi onun çamur rengi gözlerinden bir an olsun ayırmadan.

Kaşlarını çattı. "Evet, ben yaptım," diye itiraf ettiğinde tetiği çekmek istedim ama kendime mukayyet olup onun cümlesini bitirmesini bekledim. Yüzünde bir kaplanın avına saldırmadan önceki o dehşet ifadesi belirmişti. "Onu öldürmek istedim. Çünkü sen beni seviyordun. Seni benden aldı Mayıs. Şu an onun değil, benim elimi tutuyor olacaktın. Ama o geldi... Geldi ve her şeyi mahvetti."

"Sen..." Parmaklarım sinirle titredi ve silahı daha sıkı tuttum. "...sen gerçekten aşağılık herifin tekisin!"

"Sen bu aşağılık herifi sevmiştin Mayıs."

Ruhsuzca gülümsedim. Onu sevmemiştim. Onu sevdiğimi sanmıştım. Ben Sıraç'tan önce yaşamıyordum. Biri bu herife bunu anlatmalıydı.

"Ben seni hiçbir zaman sevmedim Yiğit. Kendini kandırmaktan vazgeç," dediğimde Yiğit düşünüyormuş gibi diz çöktüğü yerde başını hafifçe eğdi ve ardından gözlerini kaldırıp tekrar bana baktı.

"Deniz bana her şeyi anlattı diyorum. Şu an öfkenle söylüyorsun tüm bunları. Beni hep sevdin. O herifi tanımasaydın şu an çok mutlu olabilirdik. Anlasana, her şeyi senin için yaptım. Sana âşığım."

"Deniz sana tam olarak her şeyi anlatmamış demek ki Yiğit. Ben şu an senin ecelin olmak için buradayım. Farklı bir şey için değil."

Gözlerini yumdu ve ellerini dizlerinin üstüne koyarak yere oturdu. "Mayıs," dedi titrek bir sesle. "Eğer beni öldürmek istiyorsan seni engellemeyeceğim ama... Ama Mayıs, mantıklı ol ve düşün. Tüm bunların sebebi aslında o herif değil mi? Annen öldü Mayıs."

"Annemin ölümü ile Sıraç'ın yakından uzaktan ilgisi yok. Benim annem benim için öldü. Sıraç yüzünden değil."

"Eğer tüm bunlar yaşanmasaydı annen ölmeyecekti. Her şeyi biliyorum Mayıs. Henüz on sekiz yaşındasın ve küçük bedenin iki bebek taşıyor. O herif yaşamayı hak etmiyor. Sen daha çok küçüksün!" diye bağırdığında artık sabrıma gereken tekme çoktan inmişti. Yiğit sağ elini kullanıyordu, bunu onu çok yakından takip ettiğim zamanlardan biliyordum. Onunla ilgili birçok ayrıntının farkındaydım. Onu fazla incelemiş sapkın bir liseliydim o zamanlar. Şimdi ise bu sapkınlığımın ekmeğini yiyordum.

Sıraç'ı sağ eliyle vurmuştu.

"Anne olmanın bir yaşı yok," dedim gözlerimi kısarak ona bakarken. "Kendini hazır hissettiğin sürece istediğin her yaşta anne olabilirsin. Üstelik Sıraç her şey için reşit olmamı bekledi. Senin gibi tuvalet köşelerinde, mide bulandıran sesler çıkartarak yapmadı hiçbir şeyi. Ne diyorum biliyor musun? İyi ki o gece o boku yemişsin ve ben bunu görmüşüm. Eğer sen o boku yemeseydin belki de ben şu an kocama bu denli âşık olmayacaktım. Belki de o gece beni alıkoyamayacaktı. Sen Sıraç'ın tırnağı bile olamazsın. Sana acıyorum Yiğit. Yüreğin yoktu. Hiç olmadı. Sıraç'ın önüne çıkıp erkek erkeğe halletmek varken sen saklanarak yaptın tüm bunları. Çünkü korkaksın. Kocamdan korktun!"

"Ben ondan korkmadım!" diye bağırdı Yiğit.

"Korktun! Sıraç'tan korktun! Ödlek! Sevdiğim adam seni korkuttu. Ona karşı hiç şansın olmadığını biliyordun."

Yüz hatlarına çöken sertlik arttıkça dudakları düz bir çizgi haline geldi. Sertçe yutkundu ve başını önüne eğdi. Ona karşı hiçbir merhamet duygusu beslemiyordum. Merhamet kör bir kuyunun dibinde susuzluktan ölmek üzereydi.

"Ben yalnızca seni tamamen kaybetmekten korktum. Eğer o adamla yüz yüze gelseydim hiç şansım kalmayacaktı."

"Senin hiçbir zaman şansım olmamıştı," dedikten hemen

sonra ona bir adım daha yaklaştım. Gözlerini bir an olsun çekmeden silahın namlusuna bakıyordu.

"O orospu çocuğ-"

Ve elimdeki silah büyük bir gürültüyle patladı. Silahın parmaklarımın arasında patlarken ki titreyişi sicilime ikinci suçum olarak işlenirken, yüzümde hiçbir duygu değişimi yaşanmamıştı. Onu vurmuştum. Öldürmeyecektim, süründürecektim. Onu sağ elinden vurmuştum. Sıraç'ı elimden almaya çalıştığı elinden. Yiğit acıyla inleyerek elinin üstüne yatarken gözlerimdeki acımasız ifadeyle ona doğru yürüdüm ve önünde dikilip onun erkekliğine geçirebileceğim en hakikatli tekmeyi geçirdim. Zaten kurşunun parçalamış olduğu elinin acısıyla uğraşırken, bir de hassas bölgesine indirdiğim darbeyle tamamen yıkılmıştı. O acılar içinde inleyerek kıvranırken evin içini saran barut ve kan kokusunu içime doldurdum.

Acı, sevinç çığlıkları atıyordu.

Acı, kazanmıştı.

Acı, istediğini almıştı.

Hafifçe yere doğru eğilip Yiğit'in acıyla çarpılmış yüzüne boş boş baktım. Bal rengi gözlerini araladı ve gözlerinin odağına beni aldı. Yüzünde acıyla karışık bir dehşet ifadesi peydahlanmıştı.

"Nasıl?" diye sordum olabildiğince kısık ve tehditkâr bir ses tonuyla. "Bu savunmasız birine benzemiyormuş değil mi? Canın yanıyor, biliyorum. Ama bu henüz başlangıç, Yiğit Aksan... Asıl oyun, bugünden sonra başlıyor."

Yiğit'i umursamadan onu o halde bırakıp evinden çıktığımda her nedense artık çok daha iyi hissediyordum.

∞

"Duydun mu?" diye sordu Deniz hastanenin bahçesinde bana sarıldıktan hemen sonra. Sıraç'ın çıkış işlemlerini yapmıştık ve Sıraç'ın koluna girmiştim. Sıraç'ın kolunda olduğumu gördüğü halde bana sarılmaya çalışması canımı sıkmıştı. "Yiğit saldırıya uğramış. Ama bunu yapanın kim olduğunu bilmediğini söylemiş.

Önemli bir şey değilmiş gerçi, sağ elinden yaralanmış ama bir süre sağ elini kullanamayacakmış. Kas yırtılması mı olmuş, öyle bir şey olmuş."

Olabildiğince soğukkanlı bir şekilde, "Bilmiyorum," diye mırıldandım. "Ucuz atlatmış desene." Sıraç'ın bedeninin gerildiğini hissettim.

"Geçmiş olsun, enişte," dedi Deniz bozulduğumu fark edince. Sıraç başını sallamakla yetindi. "Çok korkuttun bizi. Kızı mahvettin valla."

"Tamam Deniz. Şimdi sırası değil. Sıraç oldukça yorgun," diye mırıldandım yapmacık bir gülümsemeyle. Deniz de bana gülümsedikten sonra park halindeki arabayı çıkartan Savaş'a göz ucuyla baktı.

"Bu kim? Düğünde de görmüştüm ben bunu," dedi gözlerini Savaş'tan ayırmadan.

"Fethiye'den bir arkadaşımız." Sıraç sohbetimizden sıkılmış olacak ki derin bir iç çekti ve sargılı göğsünden taraftaki kolunu beline koyup baygın gözlerle Savaş'a baktı. Savaş arabanın kapısını açtıktan sonra, "Hadi Karayel. Sen bin, Halim şimdi gelecek, o kullanacak arabayı. Benim burada birkaç işim var. Hallettikten sonra yanına uğrayacağım."

Sıraç'ı arabaya yavaşça bindirirken Deniz'le vedalaştım ve ben de hemen Sıraç'ın yanındaki boşluğa oturdum. Sıraç beni kollarının arasına çekerken gözlerimi yumup onun sağ göğsüne kafamı koymuştum bile. Savaş kapıları kapatacakken Sıraç kapıyı tuttu. "Lan sana bunu söyleyeceğim hiç aklıma gelmezdi ama Allah senden razı olsun," dedi bezmiş bir sesle. Savaş kaşlarını kaldırdı ve Sıraç'a ağacın üstünde folklor oynayan koala görmüş gibi baktı.

"Neden?"

"Lan az daha gelmeseydin *'Kadına şiddete hayır ama bu kadının bana uyguladığı şiddete ne olacak?'* pankartı açacaktım."

Savaş başını geriye atarak güldükten sonra kapıyı kapattı. Halim henüz gelmediği için arabanın içinde baş başaydık. Sıraç kahve kokulu kolunu belime sararken dudaklarını saçlarıma bastırdı ve saçlarımın dibindeki kokuyu ciğerlerine doldurdu. "Sonunda evimize gidiyoruz," diye mırıldandı. "Burada biraz daha kalsaydım mutfağı bulup o karılara pirinç pilavı yapmayı öğretecektim."

Kıkırdadım ve kollarımı onun belinden geçirip ona sıkıca sarıldım. Başımı tekrar sağ göğsüne gömdükten sonra yeni çekilmiş kahve kokusunu içime doldurdum. Yuva gibi kokuyordu.

Tek zaafımdı.

"Seni çok seviyorum," diye mırıldandım kollarında kedi gibi mayışırken.

"Sana çok tapıyorum," dedi dudaklarını saçlarıma bastırırken. "Evimi özledim. Seninle uyumayı özledim. Melek'i de çok özledim. Hanidir görmüyorum zilliyi."

"Hele bir eve gidelim de, Melek'i getirirler sana. Sen iyi ol yeter ki."

"Kıyamıyor musun kız sen bana?"

Kıkırdadım. "Niye kıyayım? Sen kıyma mısın Sıraç?"

"Mayıs, in arabadan."

"Oha," dedim kendimi geri çekerken. "Öyle mi olduk şimdi?"

"Ömrüm sen az önce ne yaptığının farkında mısın? Sen az önce iki çocuğa hayatın boyunca yapabileceğin en büyük kötülüğü yaptın. Çocuklarım içeride boyunlarına kordonu bağlayıp intihar edecekler."

"Abarttın," diye çemkirdim gözlerimi devirirken. "Valla iyileşmişsin sen paşam."

Sıraç gülerek tek koluyla beni kendine çekti. Acaba üç gün önce Yiğit'e yaptıklarımı bilse ne yapardı? Hoş, kendisine bunu kimin yaptığını bile bilmiyordu. En iyisi sessiz kalmaktı. Biraz sonra Halim arabanın sürücü koltuğuna bindi ve emniyet kemerini bağladı. Sıraç dikiz aynasından Halim'e tip tip bakarken, ben de kafamı Sıraç'ın göğsüne yaslamış, dikiz aynasının üstünden yangın mavime bakıyordum. Sağlıklı görünüyordu. Yüzüne renk gelmişti.

Halim arabanın motorunu çalıştırdıktan hemen sonra ısıtıcıyı açtı. Ekim ayının ortalarına gelmiştik. Sıraç ekim ayının ilk gününden bu yana hastanede yatıyordu. Havalar yavaş yavaş soğumaya başlamıştı. "Lan anten," dedi Sıraç tip tip dikiz aynasından Halim'e bakmaya devam ederken. Halim gözlerini kaldırdı ve dikiz aynasının üstünde göz göze geldiler. Bazen bu ikisinin arasında duygusal bir ilişki olduğunu düşünüyordum resmen.

"Söyle götüngenli," dedi Halim direksiyonu sağa kırarken. Kıkırdadım ve yüzümü Sıraç'ın göğsüne bastırarak kahkahamı içime gömmeye çalıştım. Birbirleriyle uğraşırlarken iki çocuktan farksızdılar.

"N'aber tirrek?"

Halim kaşlarını çattı. "İyi."

"Ne o lan menopozlu karılar gibi arabaya bindiğinden beri suratlısın. Ümran'la mı kavga ettiniz?"

"Evet," dedi Halim düz bir sesle. "Çok konuşuyor. Anlama kıtlığı var. Bir kez söylediğimde anlasa dişimi kıracağım. Bu kadın beni deli ediyor!"

Şu an benim best friendimin dedikodusunu yapıyorsunuz.

"Yine ne yaptın kıza kim bilir?" diye sorduğumda Halim'in kaşları daha da çatılmıştı. Hâlâ sargılı olan eliyle direksiyonu daha sıkı kavradı.

"Yenge, hiç susmuyor. Hep konuşuyor. Yargısız infaz yapıyor. Onu çok seviyorum ve böyle yaptığı zamanlarda önce onun kafasına, sonra kendi kafama sıkmak istiyorum."

"Çene suyuna çorba Ümran," dedi Sıraç kıkırdayarak. Dirseğimle sağ göğsüne vurduğumda üçkâğıt dolu bir şekilde inledi.

"Ah, ameliyatlı yerim."

"Yemiyorlar be gülüm," dedim ona dik dik bakarken. "Oradan olmadın sen ameliyatını. Kıçına dokunsam ah, ameliyatlı yerim diyeceksin."

"*Dokunduğunda ah ameliyatlı yerim yerine, ohh ameliyatlı yerim* diyeceğim yerler varken, neden kıçıma dokunacaksın ki? Versene bir elini sen," diye fısıldadı kulağıma. Her ne kadar Halim'in duymadığını bilsem de yanaklarıma dolan kan yüzünden sıcak basmıştı.

"Terbiyesiz," diye fısıldadım kolunu çimdiklerken.

∞

"Ulan Efe," dedi Sıraç içeri girerken. Sılay, ağabeyinin geleceğini bildiğinden yemek masasını donatmıştı. Efe, Sıraç'ı görünce sepetinden çıktı ve koşarak Sıraç'ın bacaklarına dolandı. Gri tüylerini Sıraç'ın bacağına sürterken bir yandan mırlıyor ve miyavlıyor, bir yandan da tırnaklarını Sıraç'ın beyaz spor ayakkabılarına geçiriyordu.

"İnsanın evi gibisi var mı, çok özlemişim be."

"Ağabey!" Sılay koşarak salona girdiğinde üstünde kiraz çiçekleri olan mutfak önlüğü vardı ve saçlarını tepeden topuz yapmıştı. "Hoş geldin!"

Sıraç, Sılay'ın ayaklarından başlayarak yukarı doğru yavaşça onu süzdü. Ardından siyah kavisli kaşları çatıldı ve yangın mavisi gözleri kısıldı. "Sevgilim, önce ambulansı sonra da itfaiyeyi ara," dedi Sıraç gözlerini kardeşinin üstünden çekmeden.

"O niye?" diye sorduğumda omzunun üstünden kısaca bana baktı ve kaşları hayretle havaya kalktı.

"Sılay mutfağa girmiş. O mutfağa girince mutlaka bir şeyi patlatır. Hem ambulansı ara ki kapıda beklesinler. Malum yemeği yedikten sonra ambulansı aramaya vaktimiz kalmayabilir."

"Ya ağabey ya!" diye bağırdı Sılay dudaklarını bükerken. "Sana yaranamıyorum ben! Kuru patlıcan dolması yapmıştım!"

Sıraç eliyle yüzünü kapattı ve başını iki yana salladı. "Kuru patlıcan dolması bunu biliyor mu Sılay?"

"Ne?"

Yüzünü açmadan tekrar kafasını iki yana salladı. "Haberi var mı? Onu senin yaptığından kuru patlıcan dolmasının haberi var mı Sılay?"

"İyileşmiş bu ayı!" Sılay mutfağa geri dönerken tip tip ağabeyine bakıp bir anda CanKan dansı yapmaya başladı. "Yaranamadım yavrum yaranamadım, ne yaptıysam sana yaranamadım!" diye bağırdı âdeta bir CanKan edasıyla.

"Kör olaydım görmeyeydim şunları," dedi Sıraç kardeşine Neden başın ağrımadı anne? bakışı atarken.

"Ağabey beraber Kral Tv POP'u açıp CanKan dansı yaptığımız günleri unuttum deme bana sakın."

Sıraç'ın yüzündeki ifade donarken gözlerim kocaman açıldı ve iki elimle karnımı kapattım. "Bakmayın," diye fısıldadım bu iki tuhaf kardeşe alınlarında antenleri çıkmış gibi bakarken. "Sakın bu ikisi gibi olayım demeyin. Bakmayın."

"Onlara CanKan dansı öğreteceğim ben," dedi Sılay mutfağın kapısını açarken. "O dans bizim ailemizin kutsal kardeşlik dansıdır. Kimse bilmez."

Sılay mutfağın kapısını kapattıktan hemen sonra Sıraç'a freni patlamış otomobil gibi baktım. Aynı şekilde o da bana boş boş bakınca aramızda asırlara sığacak ama yalnızca saniyeler ile kalıplaştırılmış bir bakışma geçti. Efe ısrarla Sıraç'ın bacaklarına sürtünmeye ve mırlamaya devam ediyordu.

"Efe'nin karısı var ama bana halleniyor," dedi Sıraç düz düz bana bakarken. "Bir an önce hormon alışverişi yapmalıyız Mayıs. Dişilik hormonu salgılamaya başladım sanırım herkes benim kâseye göz dikiyor bu aralar. Bana erkeklik hormonu salgılattırmalısın."

Gülmeden ona bakmaya devam ettiğimde gözlerini kaçırdı ve merdivenlere baktı.

"CanKan dansı mı yapıyordunuz gerçekten?" diye sordum ona düz düz bakarken.

"Uykum var," dedi ve merdivenlere doğru yürüdü.

"Bekle. Yemek yemeyecek misin?"

"O hainin yaptığı hiçbir şeyi yemeyeceğim ben. Hem ben seni yemek istiyorum." Olabildiğince yavaş adımlarla merdivenlerin tırabzanlarına tutunarak basamakları tırmanmaya başladı. "Unut bunu," dedim onun arkasından merdivenleri tırmanmaya başladığımda. "CanKan dansı yapan bir adamla hormon alışverişi yapmayacağım."

"Şu an arkamdan yukarı çıkıyorsun. Bence bunu yapacağız Karayel," dedi kendinden emin ukala bir sesle.

Onun sırtını izleyerek arkasından yürürken derin bir iç çektim. Heybetli sırtına bakmak bile güvende hissettiriyordu. Çok değil, üç gün önce yaptıklarımı düşününce kendimi tüm bu olanları ondan sakladığım için suçlu hissetsem de, bir şekilde bunun hakkından gelmeyi başarmıştım. Ona anlatmayacaktım. Ne olursa olsun. Sıraç odamızın kapısını açarken omzunun üstünden bana ima dolu bir bakış attı. Odaya girdiğimizde yaptığı ilk şey kendini yatağın üstüne bırakıp, sırtüstü yatmak olmuştu.

"Yarana dikkat et," dedim uyarıcı bir sesle ve hemen yatağın ucuna oturdum. "Bu odanın içi en çok seni özlemiş. Bence sen bu odanın en güzel aksesuarısın."

"Hım," diye mırıldandı ve sağ dirseğinden güç alarak yavaşça doğruldu. Yüzü yüzüme yakın bir yerde duruyordu ve kahve kokulu nefesi dudaklarımı okşuyordu. Evlenmiş olsak da, onun çocuklarına hamile olsam da, asırlar geçse de, ona olan bu ucu bucağı olmayan, esrarengiz sevdam hiçbir zaman son bulmayacaktı. Ben onu soluk borumdan nefes olarak geçiriyordum.

"Hıhı," dedim cilveli bir sesle. Burnum burnuna sürtünce gözlerini kısarak can yakacak cinsten gülümsedi. Yukarı kıvrılan etli üst dudak iştahımı kabartmıştı.

"Tadını özledim." Kısık bakan gözleri dudaklarıma düştü. Ardından tekrar buluşturdu yangın mavilerini gözlerimle. Yangın mavisi gözlerine lacivert bir sis gibi düşen arzuyu solumuştum. Bu kasıklarımın istekle sızlamasına neden oldu. Alt dudağımı hafifçe ısırdıktan sonra gözlerimi onun dudaklarına düşürdüm.

Onun güzelliği diğer tüm erkeklere edilmiş en büyük hakaretti.

"Ben de," dediğimde alt dudağını ısırdı ve gözlerini kısarak dudaklarını dudaklarıma yaklaştırdı. Kalbim önündeki etten duvarı yumruklarken sertçe yutkundum ve benim de gözlerim usulca kapandı. Üst dudağını alt dudağımın üstüne yerleştirirken, tazeleyici ılık nefesi burnumun altındaki çizgiyi okşamıştı. Dudakları büyük bir açlıkla dudaklarımı yağmalamaya başladı. Her seferinde ilkmiş gibi heyecanlanırken, kalbim ilk seferinkinden çok daha hızlı atmayı başarıyordu resmen.

Sıraç'ın ıslak dili dudaklarımı araladı ve ağzımın içindeki yerini aldı. Dili dişlerimin üstünde kısa bir tur attıktan sonra dilimi yakaladı ve tıpkı kavga eden iki yılan gibi birbirlerine sarılıp boğuşmaya başladılar. Bu dışarıdan bakıldığında belki de iğrenç bir görüntüyü gözler önüne seriyordu ama yaparken hissettiğim duygular karnımı delip, göbek deliğimden mutluluk fışkırtacak cinstendi. İnleyerek dudaklarımı öpmeye devam etti. Sağ eli usulca sol yanağımı yakaladı ve kahve kokulu avuçlarının arasına hapsetti yanağımı. Başparmağı ile yanağımı usul usul okşarken dudaklarını bir an olsun çekmemişti dudaklarımdan.

Teni, tenime hasretlik çekiyordu.

Dudaklarını usulca dudaklarımdan ayırırken nefes nefeseydi. Gözlerimi açıp ona baktığımda alev almış, rengi üç ton koyulaşmış mavi gözleriyle kucaklaştım. Lacivertleşen gözlerinin içinde kasıklarımın sızlamasına neden olacak karanlık vaatler vardı.

"Son aya kadar zamanımız var," dedi nefes nefese. "Ve ben senin içinde olmak istiyorum. Hem de hemen."

Kasıklarım beklentiyle sızladı. "Son aya kadar zamanımız var diye hep yapacak değiliz."

Alnını alnıma bastırdı. Alnı arzuyla boncuk boncuk terlemişti. "Sen de istiyorsun," diye fısıldadı ve sıcak nefesi az önce diliyle ıslattığı dudaklarıma vurup serinlik ile yanmak arasında bir hissi oya gibi işledi. "Beni içine kabul etmek, benimle bir bütün olmak istiyorsun. Nabzım içinde atsın istiyorsun Mayıs. İnkâr etme."

Sertçe yutkundum ve gözlerimi yumdum. Alnının tatlı ıslaklığını hissetmek hoşuma gitmişti. "Aşağıda Sılay var ve Temmuz da birazdan gelir. Yemek saati geldi. Henüz gece bile olmadı, çok aceleci davranıyorsun."

"Sabaha kadar üstünden inmeyi düşünmüyorum," dedi boğuk bir sesle. "Şimdi başlarsak uyuman için zaman tanıyabilirim sana."

"Aptal," diye inledim. Beni nasıl baştan çıkaracağını çok iyi biliyordu. "Sen kazandın."

Şeytani bir şekilde sırıtarak kendini geri çekti ve gözlerimin içine baktı. "Odanın kapısını kilitle," dedi üstündeki uzun kollu tişörtü yavaşça sıyırırken.

Dediğini yapıp odanın kapısını kilitlerken gözlerini kalçalarımın üstünde hissedebilmiştim ama önemsemedim. Ben ona aittim. Elbette gözlerine benim bedenimi kullanarak ziyafet çekebilirdi. Yine de çıkıntılı göbeğim beni deli ediyordu. Acaba o bundan rahatsız olur muydu? Karnım o hastanede yattığı süre içerisinde biraz daha belirginleşmişti sanki. Yatağa geri döndüğümde Sıraç gözlerimin içine bakarak beni kollarının arasına çekti. Ona dudaklarım aralanmış, kalbim gümbür gümbür çarparken baktım.

"Seni şu elbiseden kurtarmamız gerekmiyor mu sence de?" diye sordu gök mavisi rengindeki keten elbiseme kısaca göz gezdirerek. Elbisemin kumaşından bile belli olan kıvrımlarıma bakarken alt dudağını yalayarak ıslattı. Gözleri aşk, tutku ve daha karanlık bir şeyle parlıyordu.

"Arkanı dön." Sesi alçak, otoriter ve inanılmaz tahrik ediciydi. Bu iki kelimeyle tüm hormonlarımı harekete geçirmeyi nasıl sağlıyordu? Dediğini yaptım ve bunu yapmaktan büyük zevk duydum. Saçlarım dalgalar halinde omuzlarıma dökülüyordu ve keten elbisemin dirseklerime kadar uzanan kolları vardı. Saçlarımı nazikçe sol omzumun üstüne yerleştirdi.

"Saçlarına tapıyorum," diye fısıldadı. Dudakları kulağıma yakındı. Sıcak nefesini hissedebiliyordum. Parmakları hâlâ birkaç telin üstünde dolaşıyordu. Ensemdeki kısa saç tellerini de toplayıp omzumun üstünde duran saçların yanına transfer etti ve dudaklarını enseme bastırdı. Dudaklarının altında atan nabzı ensemde hissetmiştim.

"Bana işkence etmekten vazgeç," dedim sabırsız bir sesle.

"Şşş, sabırlı ol minik şeytan." Dişlerini kulak mememe geçirdi ve tatlı bir şekilde inlememe neden olacak şekilde ısırıp emdi. "Sen benimsin. Sadece benim."

"Seninim," diye inledim. "Sadece senin."

Yüzünü göremesem de dudaklarının memnuniyetle yukarı kıvrıldığını hissedebilmiştim. Ona teslim olmam onun çok hoşuna gidiyordu. Her anlamda hâkim olmayı seven bir adamdı. Üstümde hüküm kurmaya bayılıyordu ve benim de bundan herhangi bir şikâyetim yoktu. Yavaşça elbisemin fermuarını indirdiğinde vücudum titredi. Fermuarı kalçama kadar indirmişti. Çıplak sırtım şu an onun gözlerinin önündeydi. Beyaz sutyenimin kopçasını asıldı ve ufak sesle sutyenim iki yana açıldı. Elbiseyi dirseklerimden kaydırdıktan sonra, elbisenin önünün karnıma düşmesini ve göğüslerimin açılmasını sağladı. Elbise düşünce sutyen de onunla birlikte düşmüştü. Uzun saçlarım göğüslerime düştü ve göğüs uçlarımı örttü. Sıraç'ın eli karnıma kayarken, dudakları çıplak sırtıma kapandı. Islak öpücüklerini ensemin biraz altından başlayarak dil darbeleri eşliğinde bel kemiğime kadar indirdi. Belimin kavisinde dilini gezdirirken bedenim ilkel bir istekle seğiriyordu.

"O kadar güzelsin ki," diye mırıldandı dilini belimin kavisinden çekerken. "Seni istiyorum. İçinde olmak istiyorum."

"Söyleme böyle şeyler," dediğimde kıkırdadı. Karnımdakilerin tüm bunlara şahit oluyor olmaları yeterince utandırmıştı zaten beni.

Ensemden omzuma kadar öpücüklerden yol çizerek ilerledi. Her öpüşünün arasında, "Sana... Tapıyorum... İçinde... Olmak... İstiyorum... Sıcaklığını... Hissetmeme... İzin... Ver... Sen... Benimsin," diye mırıldandı. Dudaklarından dışarı havalanan her kelime baş döndürücüydü. Gözlerimi yumdum, başımı arkaya yatırarak boynuma daha kolay ulaşmasını sağladım ve kendimi kocamın ellerine, dudaklarına(?), teslim ettim.

"Sana âşığım," diye fısıldadı. Elbisemi üstümden sıyırıp önünde yalnızca külotla kalmamı sağladı. "Yüzünü dön bana."

Utanarak Sıraç'a doğru döndüğümde saçlarım göğüslerimi örttüğü için mutluydum. Sıraç'ın gözleri büyük bir açlıkla bedenimde dolaştı ama hiçbir şey demedi. Sadece arzunun tutuşturduğu laciverte geçiş yapmış kısık gözleriyle bana bakıyordu. Mahcup bir kızarıklığın yanaklarıma yayıldığını hissettim. "Bakmasana öyle," diye mırıldandım.

"Benim olana bakıyorum. Bu en doğal hakkım," dedi boğuk sesiyle. "Saçlarını geriye at, minik şeytan."

"Bunu yapmayacağım."

Sol dudağı yukarı kıvrıldı ve gözleri bedenimden sıyrılıp gözlerimle kucaklaştı. "Yapacaksın. Hadi, minik şeytan. Göster bana onları."

"Sıraç," diye inledim utançla. "Kes şunu."

"Biz evliyiz Mayıs. Benden utanman için hiçbir sebep yok, hadi miniğim."

Gözlerimi kaçırdım. "Sen yap o zaman."

"Kıpırdama," diye mırıldandı ve sis çöken gözlerini benden ayırmadan, orta parmağını saçlarımın üstünden göğüslerimde dolaştırdı. Çok geçmeden diğer parmaklarını da harekete geçirdi. Nefesim sıklaşırken, baştan çıkarıcı parmaklarının göğüslerimin üstündeki yolculuğu bel kemiğime ürpertiler göndererek bir süre daha devam etti. Durdu. Yatağın üstünde, dizlerinin üzerinde havalandı ve benim de kalkmamı sağladı. Kolunu belime dolayıp beni kendine çekti. Dokunuşundaki tutkunun boynuna sarılmış olan şefkat, iliklerimi titretmişti. Tüm duyguları aynı anda yaşatabilmek gibi bir özelliği vardı bu adamın.

"Mayısım," dedi kelimenin altını çizercesine vurgularken. Yutkundum. Dudaklarını alnıma bastırdı. "Benim mayısım. Baharda açan kiraz çiçeğim. Avuçları vişne kokan, minik kadınım."

"Seni seviyorum," diye inlediğimde o da inledi ve seri bir hareketle belimi kavrayıp beni altına aldı. Kocaman olmuş gözlerle ona bakarken nefes nefeseydi. "Göğsün acıyacak," dediğimde kaşlarını çattı ve alt dudağını ısırdı.

"Şu an acıyan başka bir şey var ve yuvasına girmek istiyor." Sesinde kol gezen edepsizlik, dudaklarına da yansımıştı.

Dudakları dudaklarımı bulurken, ellerimi başımın iki yanına yerleştirdi. Dillerimiz yine büyük bir savaşa girerken, karnıma baskı yapmayacak şekilde alt bölgesini bana bastırıp inledi. Birden doğruldu, beni nefes nefese ve daha fazlasını arzular halde bıraktı.

"Çok güzelsin." Ellerini bacaklarımdan aşağı kaydırıp sağ ayağımı kavradı. Dudaklarını ayak bileğime bastırdığında belimden aşağıda ne varsa hepsi sarsıldı. Ayak bileğimden başlayarak baldırımın iç kısmına kadar ıslak öpücüklerden bir yol çizdi. Nefes nefese kalmıştım. Altında âdeta kıvranıyordum.

"Bacakların çok güzel," dedi gözlerini kaldırıp bana bakarken. Dudakları hâlâ baldırımın iç kısmındaydı ve biraz daha hareket ederek kalçama tırmandı. "Siktir! Her noktan tapılası, minik şeytan. Beni mahvediyorsun."

"Son ver," diye inledim. "Seni istiyorum." Sırıttı. Karayel yasaları altında bu sırıtışın birçok anlamı vardı. Şehvetimi körüklüyordu. Ahlaksızdı. Baştan çıkartıcı, ayartıcıydı.

"İkimiz de istediğimiz şeyi alalım o zaman," dedikten sonra kemerinin açılma sesini duydum.

∞

Gözlerimi yavaşça araladığımda çok sıcaklamış ve terlemiştim. Sıraç'ın sıcaklığı. Ah, bu iyi hissettiriyordu. Başı omzumda, kolu belimdeydi ve tatlı uykusunda boynuma doğru usul usul nefes alıp veriyordu. Kalkarsam uyanacaktı ve yeterince uyumamıştı. Beyefendi dediğini yapmış ve sabaha kadar beni odadan çıkarmamıştı. Sonuç: İkimizin de boyun çevresi çürük ve diş izleriyle kaplıydı.

Sıraç'ın eli karnımla birlikte havalanıp ileri doğru atılınca Sıraç'ın gözlerini açtığını hissettim. Ben şaşkınlıktan kocaman olmuş gözlerle karnıma bakarken Sıraç panikle karnıma baktı ve yavaşça doğruldu. Eli hâlâ belimde, karnımın üstündeki çıkıntıdaydı.

"Mayıs, o neydi?" diye sordu büyük bir telaşla.

"Be-ben bilmiyorum. Bir anda oldu. Karnımın gerildiğini hissettim," derken kekelemiştim. Sıraç elini karnımdan çekmeden gözlerini gözlerime dikti. Arada karnıma bakıyor ve ardından tekrar gözlerini gözlerime çeviriyordu.

"Hastaneye gidelim mi? Ağrın var mı?"

"Hayır. Ağrım yok."

Ve bir kez daha karnım hafifçe yukarı kalktı. Minicik bir ayak karnımın çıplak yüzeyinde belirince ikimizin de gözleri kocaman açıldı. Bu ikisinden bir tanesinin ayağıydı muhtemelen. Tekme atmıştı. Hareketlerini hissettiğim oluyordu ama bu onların ilk tekmesiydi.

"Sıraç, onlar ilk tekmelerini attılar," dedim kocaman olmuş gözlerle. Önce karnıma ardından kocaman olmuş yangın mavisi gözlerle yüzüme baktı. Sonra hiç ummadığım bir şey yaptı ve bir anda karnımın üstüne abanıp dudaklarını şişkinliğime bastırdı.

"Karanlıkta kalmış bedenime mavi umut ışığı tuttunuz. Size minnettarım," dedi gözlerini benden çekmeden ve dudaklarını bir kez daha karnıma bastırdı. "Size tapıyorum."

"Aptal." Gözlerim dolmuştu ama ağlamamak için dudaklarımı birbirine bastırdım.

"Mayıs," dedi gözlerini gözlerimden çekmeden. "Sen benim ışığımsın. Mavi umut ışığım."

Eskilerden bu yana ilk tekme anında kimi görürsen bebeğin ona benzeyeceğini söylerlerdi.

Ve ilk tekme anında gördüğüm ilk yüz Sıraç'ın yüzüydü.

6.KASIM

Mayıs Karayel'den...

Sessiz sedasız, temasının ucunda bıçak yarası ve Kasım kapıyı araladı.

Gecenin içini yaran kaçak ışık pencereden içeri sızıp odayı belli belirsiz de olsa aydınlatıyordu. Kasım ayına girmiş olmamıza rağmen hava çok da soğuk sayılmazdı ama yine de altında olduğum örtüyü biraz daha yukarı çekerek büyüyen karnımı örttüm. Yiğit'i yaralamamın üzerinden neredeyse bir ay geçmişti. Hâlâ Sıraç'a olanları anlatmamış olmak göğsüme ağırlık yapsa da, bilmemesi gerektiğini düşünüyordum. Sılay ve Temmuz aynı lisede fakat farklı sınıflarda okuyorlardı. Temmuz, olaylardan sonra birlikte okuduğumuz liseye gitmek istemediğini söyleyince, Sıraç bir şekilde halledip Temmuz'u Sılay'ın okuduğu liseye transfer ettirmişti. Neredeyse on beş gün geç başlamış olsalar da, müdür Sıraç'ın yakını çıkınca bu konu da halledilmişti. Hemen arkamda, karanlığın içinde düzenli bir ritimde nefes alıp veren Sıraç'a baktım.

Gece yarısı güneşim. Öylesine güzeldi ki...

"Sana doyabilmek ne mümkün Karayel," diye fısıldadım karnımı tutup usulca ona doğru sokulurken.

Uykusunda tatlı bir homurtu çıkardıktan sonra yüzüstü dönerek uyumaya devam etti. Göğsündeki yara artık acımıyordu ama yine de evham hissini omuzlarımdan silkip atamıyordum. Parmaklarım onun çıplak sırtında dolaştı. Kasım ayında olmamıza rağmen geceleri üstüne bir şey giymemek konusunda ısrarcıydı.

Derin bir nefes alıp yanağımı onun sırtına yasladım ve gözlerimi yumdum.

Sıraç Karayel'den...

Düz mavi duvara orada olmayan şekiller hayal ederek baktım. Artık kendimi tamamen toplayabilmiştim. Yaram acımıyordu ve düşüncelerim çok daha mantıklı bir akıcılıkta ilerliyordu. Planlı programlı hareket edebilecek kıvama gelmiştim. Bu süre zarfında Yiğit'in yaralanma olayı hep aklımı karıştırmıştı. Bunu yapanın Halim olduğunu düşünsem de, Halim'in basit bir yaralama olayıyla gündeme gelmeyeceğinden de emindim. O temiz iş yapmayı severdi. Tüm bunların bir tesadüf olabileceğini de göz önünde bulundurmaya çalışıyor olsam da, hislerim hiç de öyle söylemiyordu. Telefonumun her seferinde değiştirmeyi unuttuğum uyuz melodisi odanın duvarlarında yankı uyandırarak çalmaya başlayınca derin bir iç çektim ve komodinin üstünde duran telefona uzanıp arayana baktım. Arayan Yavuz'dan başkası değildi.

"Evet?"

"Efendim, iyi günler. Rahatsız etmiyorum değil mi?"

Ediyorsun, diye iç geçirdim. "Söyle."

"Efendim Karamaça Holding için gerekli desteği sağladık. Engin Bey toplantıları takip ediyor. Her şeyin yolunda olduğunu bildirmek için aramıştım," dedi Yavuz çekingen bir sesle. Bana karşı hep böyleydi, bu sınırı çizen bendim.

"Tamamdır Yavuz," dedim derin nefes vererek. "Sağ ol."

Hiçbir şey söylemesine izin vermeden telefonu kapatıp komodinin üstüne bıraktıktan sonra doğrulup yataktan kalktım. Ölümle burun buruna gelme hakkımı fazlasıyla kullanmıştım. Artık çok daha dikkatli olmalıydım. Mayıs, üstünde mavi bir bornozla banyodan çıktığında gözlerim onun güzelliğinin ağına tıpkı yeme aldanan balığın ölüme yüzüşü gibi yüzüp takıldı. Vücudu karakalemle çizilmiş kadar mükemmel olan minik kadınımın karnına baktım. "Sıhhatler olsun, peri kızı."

Eliyle ıslak siyah saçlarını sol omzunun üstüne yerleştirdi ve makyaj masasının önüne oturup el kreminin kapağını açtı. "Kilo almışım," dedi kırık bir sesle. Gözlerimiz makyaj aynasındaki yansımada birleşti. Engel olamadığım bir gülümseme dudaklarımın üstünü kendi rengine boyarken, Mayıs'ın kaşları çatıldı. "Sence bu komik mi Sıraç?"

"Asla değil," derken dudaklarımı birbirine bastırdım.

"Gülmek üzeresin."

"Çok takıyorsun minik şeytan," dedim. "Üstelik sen her halinle güzelsin. Biliyorsun."

Gözlerini devirdikten sonra hızlıca elinin üst tarafını kremledi ve kremin kapağını gürültülü bir şekilde kapatıp omzunun üstünden bana baktı. Bebek mavisi gözleri bu açıdan gece mavisi görünüyordu. Gözleri bir süre yüzümde oyalandıktan sonra göğsüme, onun portresinin olduğu dövmeye indi. Kaşları tamamen çatıldı.

"Bir oradaki halime bak, bir de şu halime!" Dudaklarını büktü. "Şişko olma yolunda kararlı adımlarla yürüyorum resmen."

"Mayıs," dedim harflerin üstüne basarak. "Kafana takıyorsun. İstersen varil gibi ol kızım, aldım seni ben bir kere."

Kilosunu bu kadar kafaya takmasının nedeni neydi? Bu çok saçmaydı. Kolları ve bacakları hâlâ incecikti, karnından başka şişen bir yeri yoktu ama o inatla bir su aygırı olduğunu savunuyordu.

Ondan başkasına kör olduğumu hâlâ idrak edememişti sanırım.

"Azıcık göbek bana yakışıyor," dedi inanmayarak. "Hem ne o öyle, iskelet gibi."

"Tabii," diye onayladım onu ayağa kalkıp hemen arkasına geçerken. Kafasını geriye atarak karnıma bastırdı ve aynaya yansıyan görüntümüze baktı. Parmaklarımı omuzlarına götürüp hafif hafif ovmaya başladığımda gözlerini yumarak kendini ellerime bırakıp gevşedi. Onun tenine dokunmak, ibadet etmek kadar gerekliydi.

Mayıs beni teniyle besliyordu.

"Sıraç," dedi çekingen bir tavırla. "Olaylardan bir türlü sıra gelmedi ama holding..."

"Holding güvende," dedim eğilip omzunu öperken. Gözleri hâlâ aynaya düşen yansımamızdaydı. "Karamaça Holding güvenli ellerde. Endişelenmeni yasaklıyorum, fıstık."

"Ama ben holdingin ba-"

"Doğum yaptıktan sonra istediğini yapmakta özgürsün, güzellik," dedim. "Sana destek olacağım."

Yangına dönen mavi gözleri kocaman aralandı. Dudaklarında memnuniyetin harflerinin çekiştirdiği muazzam bir tebessüm oluştu. Mutluluğu mutluluğum oldu. Her ne kadar onu gözümden sakınmak istesem de benim minik kızımın da istekleri, hayalleri, arzuları vardı. Bunun önüne geçmeye hakkım yoktu. Zor olsa da ona destek olup, kararlarına saygı duyacaktım. Sanırım.

"Teşekkür ederim," diye fısıldadı gülümsemesi daha da genişlerken. "Bu şişko karına verebileceğin en güzel hediyeydi. Teşekkür ederim."

∞

"Ayaklanmışsın deli yürek," dedi Halim sürücü koltuğuna geçerken. Çok zorlamak istemediğim için ön yolcu koltuğuna yerleşmiştim. Yaşanılanlardan sonra evden çıkamaz olmuştum. Mayıs evham yapıyordu, kendine göre haklıydı. Halim arabanın motorunu çalıştırdıktan sonra ısıtıcıyı açtı ve tavan lambasını yakarak direksiyonu sola kırdı.

"Tirrek, sana bir şey soracağım," dedim düz bir sesle. Gözlerim ön camdan altımızdan akıp giden beyaz şeritli yolu takip ederken Halim'in bakışlarını profilimde hissedebilmiştim. Halim'in gözlerinden ruhuma damla damla dökülen merak ona bakmam için beni zorladı. Omzumun üstünden Halim'e baktım.

"Ne bu ciddiyet?" diye sordu gözlerini kısarak bana bakarken. "Ne soracaksın bana?"

"Hastaneden taburcu olduğum gün o çenesi düşük karı Mayıs'a bir şey söyledi," diye mırıldandım gözlerimi tekrar yola çevirirken. "O orospu çocuğu silahlı saldırıya uğramış."

"Siktir!" dedi Halim direksiyona kısaca vurup kocaman olmuş gözlerle bana bakarken. "Ciddi misin lan? Allah'ın işine bak."

"Sen yapmadın yani?"

Halim ani bir frenle arabayı durdurdu. Bedenim ön cama yapışmaktan son anda kurtulurken kaşlarımı çatarak omzumun üstünden ona baktım. "Ben saldırmam Sıraç," dedi ciddi bir sesle. "Ben öldürürüm."

İşte bende bundan bahsediyordum. Bu herif yapmadıysa kim yapmıştı?

Derin bir nefes aldım. "Bunun bir tesadüf olduğuna inanasım gelmiyor. Bu işin içinde tanıdığımız birinin parmağı var gibi ama olayı senden başkasına anlatmamıştım. Laf arasında Ankaralıya bu konudan bahsetmiş olamazsın, değil mi?"

"Senin bana söylediğin her şey Allah, sen ve benim aramızda sır olarak kalır, kardeşim."

"Eyvallah," dedim sırtımı arabanın koltuğuna yaslarken. "Neyse, siktir et. Elbet çıkar kokusu. Sen ne yaptın tirreklerin efendisi? Hâlâ küs müsünüz kurbanlık dananla?"

"Küsüz," dedi Halim düz bir sesle. "Sen hastaneden çıktın çıkalı tripli bana. Beni deli ediyor! Böyle devam ederse kurbanda keseceğim onu."

"Sılay'la Temmuz'un okullarının tatil olduğu bir gün hep beraber bağ evine gidelim diyorum," dedim pantolonumun cebinden sigara paketimi çıkartırken. Ah, sigara içmeyeli ne kadar olmuştu? Dudaklarım zehri özlemişti. Ciğerlerime gri dumanı doldurunca çok daha mantıklı düşünüyordum ben. "Hem değişiklik olur. O kadar olaydan sonra Mayıs'ın biraz hava değişimine ihtiyacı var bence. Kıza yaşatmadığım kalmadı."

"Sen o kızın ayağını yıka suyunu iç, yavşak. Başka kız olsa çoktan bırakırdı seni. Hayatın olmuş aksiyon filmi." Halim elimdeki sigaraya ters ters baktı. "İç iç, yalnızca ağzına olmaz, yak götüne de koy bir tane."

"İnşallah canım ya," diye dalga geçtim sigarayı dudaklarıma götürürken. Halim sigarayı tuttuğum elime vurunca yanan sigara pantolonumun önüne düştü. "Amın feryadı!" diye bağırdım korkuyla sigarayı üstümden atarken. "Oğluma suikast düzenledi. Gözün var bende, biliyorum. Seninle bu arabada yalnız kalanda kabahat. Dağ yoluna götürüp çakmayacağın ne malum, piç. Evime götür beni."

"Danalarla ilgileniyorum ben, öküzlerle değil," dedi Halim gülerken ve arabanın motorunu çalıştırdı.

Mayıs Karayel'den...

Küçükken babamın kitaplarını karıştırırken okuduğum birkaç satıra kapılarını açıyordu zihnim. Uzun zamandır onların mezarını ziyaret edemiyordum. Sıraç hastaneden taburcu olduktan sonra yalnızca bir kez onları görmeye gidebilmiştim. Bunun dışında Durkadın Sultan hamile olduğumu öğrenmişti ama evlilik öncesi ilişki yaşadığımı elbette bilmiyordu. Sevinmişti. Torunları olacaktı neticede. Onun hastaneden bir an evvel taburcu olmasını ve bizimle yaşamasını istiyordum ama sağlık durumu ciddiyetini koruduğu için hastaneden çıkışını yapmıyorlardı.

Geçmişime ait olan her şeyi tek tek kaybediyordum.

"Mayıs," dedi Sılay düşünceli bir sesle. Elinde Hamlet'in sayfaları kıvrılmış bir kopyası, kulağında beyaz bir kulaklık ve kulak kıvrımında bir kalemle hemen çaprazımdaki tekli koltukta oturuyordu.

"Ne oldu?" diye sordum bacaklarımı koltuğa uzatırken.

"Sana bir şey söyleyeceğim," diye mırıldandı elindeki kitabın kapağını kapatırken. Kulaklıklarından bir tanesini çıkarttı ve koltuğun üstünde bağdaş kurarak oturdu.

"Seni dinliyorum."

"Şafak bana mesaj attı." Sesi temkinliydi. "Beni görmek istediğini söyledi."

Kaşlarım çatıldı. Düşünceler buzluğunun kapısı açılırken, taze kalmayı başarmış kelimeler bir bir önüme sıralandı. Sılay bir zamanlar Şafak'ı seviyordu. Belki de hâlâ içinde ona ait kırıntılar vardı, bilmiyordum.

"Sen ne dedin?"

Derin bir iç çekti. "Cevap dahi vermedim. Onunla görüşecek kadar aptal değilim. Hem ağabeyime saldıranın o olduğunu düşünüyorum."

Dudaklarımda anlamını kavrayamadığım bana uzak bir gülümseme peydahlandı. Aslında bunun sebebi belliydi. Herkes bunu yapanın Şafak olduğunu düşünürken, bunu yapanın Yiğit olduğu aslında küçük ayrıntılarla gözler önündeydi. Şüphesiz bu abartılamayacak kadar küçük bir ayrıntıydı ama hayatı ayrıntılara takılmadan yaşadığımız için pek göz önünde durmuyordu. Herkes haklı olarak baş düşmanı suçlayacaktı, kuytu köşede saklanan sinsi düşman ise baş düşmanın gölgesine sığınarak saldırılara devam edecekti.

Yüzüme bir şekilde yansıyacaklarından korkarak düşüncelerimi bastırmaya çalıştım.

"Ben bunu Şafak'ın yaptığını düşünmüyorum," dedim düz bir sesle. "Ama yine de ona cevap vermemen iyi olmuş. Durduk yere seni görmek istemesi kulağa pek de normal gelmiyor."

"Şafak daha ayrıntılı saldırır, biliyorum. Ama yine de ağabeyime bu olanlarda onun parmağı var diye düşünmeden edemedim. Hem onu görmek istemiyorum."

"Hâlâ ona karşı bir şeyler hissettiğin için olabilir mi?" diye sorduğumda hızlı bir şekilde kafasını iki yana salladı.

"Hayır," diye çıkıştı. "Yemin ederim ona karşı hiçbir şey hissetmiyorum."

"Peki, Temmuz?"

Sılay'ın yanakları kızardı. "Biliyorsun," diye mırıldandı gözlerini kaçırırken. "Temmuz'a karşı boş olmadığımı sen de biliyorsun."

"Kabul etmene sevindim. Ama Sıraç bunu kabul edecek mi işte orası meçhul."

Gözlerini devirdi. "Hatırlatmasan olmaz zaten, değil mi? Hem ortada fol yok, yumurta yok. Kardeşinin çevresi kız kaynıyor okulda."

"Kıskanıyorum demiyor da." Kıkırdadım.

"Ya ne kıskanacağım ben senin marulların efendisi kardeşini! Hem bu ayın on sekizinde ağabeyimin doğum günü var, unutmamışsındır inşallah."

"Mümkünmüş gibi konuşma," dedim kocaman gülümserken. Her şeyi çoktan planlamıştım. "Onun doğduğu günü unutacak değilim."

"Sürpriz doğum günü partisi hazırlıyoruz o zaman?"

"Karışma," dedim kocaman sırıtırken. "Doğum gününe daha beş gün var. Ben halledeceğim."

Dış kapı açıldığında Sıraç söylenerek içeri girdi ve Sılay'la aynı anda sessizliğe gömüldük. Söylene söylene salona doğru yürürken gözleri bizi buldu. "Sorun ne?" diye sorduğumda omuz silkti.

"Size diyorum ben, bu tirreğin bende gözü var diyorum ama siz anlamıyorsunuz beni," diye söylenerek hemen ayakucuma oturduktan sonra gözlerini Sılay'a çevirdi. Onun bu hallerini seviyordum. Aylar önceki hali gözümün önüne gelince şu anki hali yaşama isteği doluydu. Hikâyemin sayfaları ileri doğru aktıkça, Sıraç değişiyordu. Bunu görmek güzeldi. Ona baktığımda ölümü ve yaşamı aynı anda görebiliyordum. O benim yaşam ve ölüm arasında kaldığım mavi bir araftı.

"Sen ne okuyorsun yürüyen zekâ?" diye sordu Sıraç Sılay'ın okuduğu kitaba bakarken.

"Cahiller anlamaz," dedi Sılay ağabeyine bakmadan.

"Anlamadığın şeyi neden okuyorsun o zaman bebeğim?"

Sılay gözlerini kaldırıp Sıraç'a tip tip baktıktan sonra yanında duran küçük mavi yastığı Sıraç'a fırlattı. Yastık Sıraç'ın suratına çarpmış olmasına rağmen Sıraç göğsünü tutarak kıvrandı. "Ah, ameliyatlı yerim!"

"Ay bu da iyi ki bir ameliyat oldu ha," dedi Sılay diğer yastığı da fırlatırken. "Sen beyninden narkozu atamamışsın daha. Hareketlere bak."

"Kırıyorsun beni minnoş," diye dalga geçti Sıraç bıyık altından gülerken. İkisinin bu halleri beni de güldürmeye yetmişti.

"Mayıs Allah aşkına al kocanı odanıza gidin," dedi Sılay tip tip ağabeyine bakmaya devam ederken. Sıraç sanki bunu bekliyormuş gibi ayaklanınca sırıtmadan edemedim. Elimi tutup beni yavaşça kaldırdıktan sonra kız kardeşine limon yalamış gibi bakarak dilini çıkarttı.

"İyi geceler," diye mırıldandım Sılay'a gülümseyerek. Ardından kocamın koluna girdim ve paytak adımlarla merdivenlere doğru yürümeye başladım. "Sen de çok oturma. Sabah okulun var."

"Tamam. İyi geceler."

Odamıza geçtiğimizde Sıraç önce üstündeki gömleğin kol düğmelerini açtı ardından kollarını hafifçe sıvayıp siyah kayışlı kol saatini kolundan çıkarıp komodinin üstüne bıraktı. Ardından telefonu ve cüzdanını da komodinin üstüne bıraktıktan sonra yatağın üstüne oturdu.

"Halim ve Ümran hâlâ bozuklarmış birbirlerine," dedi gözleriyle beni tararken. Ah, evet. Ümran ve Halim bu aralar birbirlerine trip atma modundaydılar. Bu hallerinin geçici bir dönemden kaynaklandığını biliyordum ama yine de barışmaları en büyük temennimdi.

"Halim de bir çiçek alıp kızın gönlünü almaya çalışmıyor," diye savunma moduna geçtim elbise dolabını açarak içinden saten mavi geceliğimi çıkarırken. Sıraç'ın gözlerini sırtımda hissedebiliyordum.

"Halim çiçek alsa ne olacak? Ümran'da o çene varken Halim az bile yapıyor."

Kaşlarım çatıldı ve omzumun üstünden ona baktım. Yatağın üstünde yayvan bir şekilde oturmuş bana bakıyordu.

"Ümran mı suçlu oldu şimdi?" diye sordum gergin bir ses tonuyla. "Hiçbir kadın kocasına durduk yere çene yapmaz. Demek ki Halim yapmış bir şey."

Sıraç kafasını geriye atarak güldü. Bunu yapınca âdem elması belirgin hatlarla gün yüzüne çıkmıştı. Bir an tüm bu tartışmayı yok sayarak onun âdem elmasını dişlerimin arasına almak istedim ama bu isteğimin ayaklarına prangalar vurarak tartışmaya kaldığım yerden devam ettim.

"Sen arkadaşını savunuyorsun, minik şeytan. Haliyle ben de arkadaşımı savunuyorum şu an."

"Haklının yanında olman gerekir," dedim geceliğimi kenara koyup tişörtümün eteklerinden tutarak kaldırırken. Ne zaman bu kadar rahat hareket edebilir olmuştum yanında? Gözleriyle vücudumu taramaya devam ederken yüzündeki serseri gülümseme bir an olsun solmadı.

"Bence de haklının yanında olmak gerekir," dedi ardından gözleri pantolonunun önüne düştü. "Benim oğlum haklı olarak harekete geçti. Şu an onun yanında olman gerekiyor, minik şeytan."

"Aptal," diye tısladım sutyenimin önünü örterken. "Şişkoyum ben. Bakma bana."

"Belki ben şişkolardan hoşlanıyorum." Elini uzatınca ona hayır diyemedim ve elini tutup hemen önünde dikildim. Yüzü çıkıntılı karnıma yakın bir yerde duruyordu. Dudaklarını karnımın belirgin çıkıntısında gezdirdi ve derin bir iç çekti. "Şu huzuru hiçbir şeye değişmem, miniğim."

Parmaklarım benden bağımsız bir şekilde onun siyah saçlarının arasına dolandı ve usulca saçlarını avuçladım. Kadife hissini parmaklarımın boğumlarına dokunduran saçları asi bir dağınıklığa ev sahipliği yapıyordu. Ah, Karayel. Yıldırım gibi düştüğü hayatımı baştan aşağıya değiştirmişti. Onunlayken kendim gibiydim. Hiç bilmediğim, içeride uyuyan gerçek benliğimi uyandırmıştı bu adam.

"Ben de bu huzuru hiçbir şeye değişmem. Senin yanındayken her şey çok güzel... Çok güvenli."

Dudaklarını bir kez daha karnıma bastırdı. "Sen ne kadar çene yaparsan yap ben senden vazgeçmem," diye mırıldandı. Dudaklarım yukarı doğru kıvrılırken saçlarını karıştırdım. Onun da gülümsediğini, karnıma baskı yapan ve yukarı doğru gerilerek kıvrılan dudaklarından anlayabilmiştim.

"Ben sana çene yapmıyorum ki hiç," dedim masum çıkan bir sesle.

"Tabii tab,i," diye dalga geçti kafasını sallayarak. Dudaklarını karnımdan çekip gözlerini kaldırarak bana baktı. Kafamı eğerek ona bakmıştım. Ona yukarıdan bakmak değişik hissettiriyordu. O her zaman en yüksekte olmalıydı bana göre. Benliğim onu ilahlaştırmıştı. Belki de onun varlığı gerçekten ilahi bir şeydi, bilmiyordum.

"Sıraç," diye mırıldandım gözlerimle gözlerine ona nasıl deli bir aşkla bağlı olduğumu kazırken. "Çok güzelsin."

Dudağı yukarı kıvrıldı ve bana atabileceği en serseri bakışı attı. Bu bakışın altında yatan birçok anlam vardı. Tehlikeli vaatler, şehvet dolu saatler, aşkını irisine kazımış yangın mavisi gözler. Uzun ve kıvrımlı siyah kirpiklerinin altında sakladığı yangın mavisi gözler bana alev almış bir ifadeyle bakarken sertçe yutkundum.

"Ben senin aynanım," diye fısıldadı taze ve sıcak nefesiyle yüzümü döverken. "Ben senin aynınım. Baktığında gördüğün şey ben değilim. Sensin. Ben sana senin güzelliklerini yansıtan basit bir aynayım."

"Aptal."

"Ben zavallı bir adamım Mayıs. Beni ilahlaştıran sensin. Şu an bu konumdaysam, senin sayende."

Sıraç'ın teninin kokusu odamızın içindeki havanın her bir parçasına işlemişti. Boğazım istekle alevler içinde yarıldı. Parmaklarım onun yanağına kayarken şefkatle gülümsedim. Gözleri dudaklarıma takılınca yüzündeki ifade bir an için dondu. Parmaklarım onun kemikli yüzünü tamamen kaplayabilecek kadar büyük değillerdi. Yanağının bir kısmını avucumun içinde hissetmek pek yetmiyordu ama yine de yüzünü okşayabildiğim için memnundum.

"Sana tapıyorum Mayıs. Ve bunu söylemekten bedenimdeki kan kuruyana dek vazgeçmeyeceğim."

Sıraç'ın komodinin üstündeki telefonu titrediğinde ikimiz de aynı anda komodinin üstüne baktık. Sıraç telefona uzanırken gözleri tekrar beni bulmuştu. Yüzümde geniş bir gülümsemeyle onu izlemeyi sürdürürken bana göz kırpıp telefonun ekran kilidini kaldırdı. O mesajı okurken, ben onun saçlarını karıştırmaya devam ettim.

Ve yangın mavisi gözler beni buldu. Yangın mavisi gözlerin içindeki alevler bu kez irisleri değil beni hedef almıştı. Sıraç'ın gözlerindeki yangının bedenime sıçradığını hissettim. Elinde telefon asılı kalan Sıraç bir süre ifadesiz bir yüzle yüzümü inceledi. Gözleri yüzündeki ifadesizliğe savaş açmış gibi alev alevdi. Ve merakıma yenik düşerek gözlerimi mesaj ekranına çevirdim.

Kimden: 05xx xxx xx xx

Sen hastane köşelerinde can savaşı verirken karın ilk aşkının evindeydi. (01:04)

Ruhuma verilmiş en büyük ceza buydu belki de. Bana güvendiğini biliyordum ama bu bakışların altında ezilmek istemiyordum. "Sıraç..."

"Gitmediğini biliyorum," dedi düz bir sesle. "Sana böyle bir şey soracak değilim. Huzurumuzu bozmalarına izin vermeyeceğim."

Vicdanım kalbimin üstüne gölge düşürdü. Ruhuma işlemiş acı, vicdanımı sürekli dürtüyordu. Gözlerim aniden dolunca Sıraç elindeki telefonu bir köşeye atıp kollarını belime sardı. Dokunuşu ile anında sarabiliyordu ruhta açılan yaraları. "Ömrüm, gerçekten içimde tek bir şüphe bile yok," dedi kesin bir sesle. "Neden ağlıyorsun? Kurban olayım Mayıs, yapma."

"Sıraç," diye mırıldanırken sesim çatlamıştı. Nasıl derdim ki ona saldıranın aslında Yiğit olduğunu ve sırf onun için o eve gittiğimi? Yine başına bela alırdı. Yine de bana güvendiğini söyleyen bir adama bunu yapamazdım. Onun sayesinde nefes almışken, ona yalan söylemek ona edebileceğim en büyük ihanet olurdu. Ayağa kalkıp beni kollarının arasına çektiğinde hıçkırıklarım daha da güçlendi ve ona tutunarak ağlamaya başladım. Kolları sanki mümkünmüş gibi beni daha da sıkı sararken, yüzümü onun kahve kokulu boynuna gömdüm. Şu an yalnızca vicdanıma değil, ruhuma da saldırılmıştı. Ondan saklamanın bir anlamı yoktu.

"Mayıs," diye inledi. Sesi acı çekiyor gibiydi. "Ağlama, bu numaranın sahibini bulup onun etini kemiğinden ayıracağım. Onun kemiğini sikeceğim, miniğim. Ağlama."

Beni sorgulasaydı canım bu kadar yanmazdı.

"Be-ben özür di-dilerim." Nefes nefese kelimeleri bir araya toplamaya çalışırken Sıraç bir elini belimden yukarı çıkarıp saçlarımın arasına soktu ve saçlarımı şefkatle okşadı.

"Bak bu bizi birbirimize düşürmek için oynanan bir oyun, tamam mı? Ben sana güveniyorum, minik şeytan. Önemli olan da bu değil mi zaten?"

"Sıraç. Ben o eve gittim."

Sıraç'ın saçlarımın arasında duran eli saçımı okşamayı bırakarak dondu. Tamamen boynuna sokularak ağlamaya devam ettim. Hiçbir şey söylemiyordu. Başımı kaldırıp ona bakmak istedim ama şu an nasıl bir yüz ifadesi takındığını görmeye cesaretim yoktu. Yaşadığım patlamadan dolayı duygularım ve düşüncelerim şaşkındı. Başımı kaldırıp çenemi Sıraç'ın omzuna yaslarken o benim aksime sessizdi.

"Yemin ederim o mesajda ima edildiği gibi değil hiçbir şey," diye mırıldandım hıçkırıklarımın arasından.

Cevap vermedi.

"Sıraç, konuş benimle. Bir şey söyle," diye yalvardım ağlamaya devam ederken. Gözyaşlarım onun gömleğine akıyordu.

Kolları iki yana düşerken beni serbest bıraktı. Dünyanın yer kabuğundan ikiye ayrıldığını hissettim. Denizler fokurdadı ve tüm limanlar alev aldı. "Sıraç?"

"Duş alacağım," dedi düz bir sesle. Gözleri beni bulmadan

banyoya yürümeye başladığında olduğum yerde çivilenmiş gibi hissetmiştim. Hemen yanımdan sıyrılıp geçmişti. Kalbimin derisinin sıyrıldığını hissettim.

"Nedenini sormayacak mısın?" diye sordum ona olduğum yerde bomboş gözlerle duvara bakarken. Banyonun kapısını açarken derin bir nefes aldığını duydum.

"Sormayacağım."

Ve banyonun kapısı kapandı.

Kafamda iki seçenek belirirken hâlâ ayakta dikiliyordum. En sonunda bacaklarımın güçsüz düşmesi sonucunda dayanamayarak yatağın ucuna oturdum ve parmaklarımı saçlarımın arasından geçirerek hafifçe çekiştirdim. Birinci seçenekte hamile olduğum için kendini sakinleştirmeye çalıştığı vardı, ikinci seçenekte ise gözündeki tüm değerimi kaybetmiştim.

Bu iki seçenek arasında ezildiğimi hissettim.

Bir süre kendime zaman tanıdım. Kalbimdeki ağırlık azalacağına durmadan çoğalıyordu. Gözyaşı taneleri çeneme, çenemden boynuma inebilmek için canla başla duyguların acı suyunu gözlerimden taşırırken oturduğum yerden kalktım ve zorla yutkunarak banyoya gittim. Yutkunurken boğazım neşterle çizilmiş gibi yanmıştı. Banyoya girdiğimde, karanlıktan hiçbir şey görünmüyordu. Her ne kadar içerisi karanlık olursa olsun küvetin su ile dolu olduğunu görebilmiştim. Sıraç su dolu küvetin içinde yatıyordu.

"Sıraç?" dedim titreyen sesimle.

Bir süre cevap vermedi. Ardından yutkunduğunu duydum. "Efendim?"

"Ben... Özür dilerim."

"Sorun değil." Bir an öylece kalakaldım. Bunu beklemiyordum.

"Ben senden saklamak istemedim ama sana söylersem..."

"Sorun değil Mayıs." Sıraç'ın sesi ifadesizdi ama bu ifadesizliğin yanında farklı bir şey daha vardı.

"Eğer sana söyleseydim..." Cümlemi tamamlayamadım çünkü gözlerim tekrardan yanmaya başlamıştı. Onun beni sevmemesinden ölesiye korkuyordum. Onun bana olan tutkusuyla, aşkıyla besleniyordum. Ben ondan ibarettim. Beni kendisinden mahrum etmesine dayanamazdım. Düşünceler beynimi kemirgen bir böcek gibi parçalayıp tüketirken, hastalıklı bir hissin kelimelerimin arasından filizlendiğini hissettim.

"Yanıma gel," dedi düz bir sesle. Bir an afallasam da yanına gittim. Küvetin önünde durduğumda elimi tuttu ve beni küvete doğru çekti. "Ağlama." Gözyaşlarım yanaklarımdan sicimle inerken üstümdeki sutyeni önemsemeden yanına girdim. Su sıcaktı ama içim üşüyordu. Sıraç beni kendine çekti ve yüzüm çıplak, yarası yeni kurumuş göğsüne değerken bana sıkıca sarıldı.

İçinde bulunduğum saniyeler acımın karnına acımasız tekmelerini savururken, Sıraç hariç tüm gerçekleri elimin tersiyle itmek istiyordum. Kulağım yaralı kalbinin hemen üstündeydi. Kalbinden yükselen düzenli ritmi duyabiliyordum ve ona karşı ilk kez bu kadar mahcup hissediyordum. Sıraç kollarını belime sararken çenesini saçlarıma bastırdı ve derin bir nefes aldı.

"Sendin, değil mi?" diye sordu fısıltıyla Sıraç. Yanağımı sol göğsünden ayırmadan başımı yukarı kaldırarak ona baktım, kaşlarını çatıp yıkılmaz Karayel profilinin ardına saklanmış ileriyi izliyordu. Ona baktığımı hissedince yangın mavisi gözler gözlerime indi. Yangın mavisi gözlerinin içinde sert bir ifade vardı ama kesinlikle ne düşündüğünü ne hissettiğini belli etmiyordu. "Onu sen yaraladın, değil mi?"

Altında kalbimi saklayan göğsümün üstünde haşlak su gezdirilmiş gibi irkilirken kaşlarım çatıldı. Şaşkınlıkla Sıraç'ın gözlerinin içine bakarken, gözlerimin içinde bilinmezliğin sessiz çığlıkları vardı. "Sen..."

"Benim küçük kızım," dedi şefkat dolu bir sesle. "Neden kimin kadını olduğunu bu kadar belli etmek zorundasın ki sanki?"

"Sen biliyorsun..."

"Bana saldıranın o olduğunu biliyorum ama bunu senin nereden bildiğin konusunda hiçbir fikrim yok," dedi gözlerini gözlerimden ayırmadan. "Sen gerçekten tehlikeli bir kadınsın Mayıs."

"O..." Kaşlarımı çattım ve gözlerimi Sıraç'ın gözlerinden ayırarak göğsüne düşürdüm. "Sana zarar verdi Sıraç. O yaralanmaktan çok daha fazlasını hak etti. Ben... Tüm bunları öğrenmişken sessiz kalamazdım."

"Mayıs," dedi yıkılmaz yalın bir sesle. Bakışlarım anında onun yangın mavisi gözlerine kondu. "Hamilesin. Benim çocuklarıma. Her şeyden önemlisi tek başınaydın. Neden bu kadar sabırsız ve plansız davrandın? Senin saçının teline zarar gelseydi İzmir'i o orospu çocuğu içindeyken tutuştururdum. Bu şehri haritadan silerdim, minik şeytan."

Gözlerim bir kez daha dolarken burnumu çekerek Sıraç'a baktım. Sıraç işaret parmağını burnumun üstüne koydu ve parmağını burnuma sürterek dudaklarıma indirdi. Parmağı dudağımın arasındaki kıvrımı okşarken gözleri gözlerimdeki perdeyi yırtıp, içime sızacakmış gibi bakıyordu.

"Ağlama. Sen benim yaramı hem açansın hem de açtığın yarama merhem olansın. Senden gelen her şeyin başımın üstünde yeri var ama ağlamana dayanamıyorum. Bana istediğini yap, minik şeytan. Vur, kır, parçala, gelmişimi geçmişimi sik. Hayatımın ırzına geç. Ama ağlama. Senin cennet yangını gözlerinden inen tek bir damlaya İzmir'i yakarım. İzmir az. Dünya'yı yakarım. Samanyolu'nu ateşe veririm senin için."

"Özür dilerim," dedim dolu dolu gözlerle sevdiğim adama bakarken. Belki de dudaklarımdan dışarı fırlayabilen tek kelime bu ikisiydi.

"Asıl ben özür dilerim," dedi Karayel yasalarını tamamen yok sayıp tüm içtenliğiyle gözlerimin içine bakarken. "Seni yalnız bıraktığım için özür dilerim. Yanında olamadığım için özür dilerim. Ben bunca acının içinden sıyrılıp sana geldim. Senin beni sevmen cehennemde nefes almak gibiydi. Ben bir cehennemin içindeydim ve sen bana nefes almam için şans tanıdın. Oksijen oldun Mayıs. Senin cennetine, cehennemimi sürdüğüm için özür dilerim. Ve affet. Senden gitmeye niyetim yok. Canımız yanacak. Bu son olmayacak. Hiçbir zaman bu son diyerek avutamayacağım seni, minik Karayel. Ama çekeceğimiz her bir acı için sana dayanak olacağım. Sana can yeleği olacağım. Seni yalnız bırakmayacağım."

Gözyaşlarım gözlerimden firari çığlıklar atarak yanaklarıma dökülürken kollarımı Sıraç'ın boynuna doladım ve ona sımsıkı sarıldım. Durmadan burnumu çekerek ağlarken, Sıraç'ın sıcaklığı suyun sıcaklığından çok daha baskın ve güvenli hissettirmişti.

Çenesini saçlarımdan geçirdi ve saç diplerimi koklayarak derin bir nefes aldı. Dudaklarını saçlarıma bastırırken, gözlerini yumduğunu göremesem de hissedebilmiştim.

"Sen bana kasım ayında mayısı yaşatansın. Damarımdaki son kan uçup bedenimi terk edinceye dek sana tapmaktan vazgeçmeyeceğim. Sana tapıyorum minik şeytan."

7.DOĞUM GÜNÜ

Mayıs Karayel'den...

İnsan doğar, büyür, öğrenir, yaşar ve ölürdü. Ben doğmuştum, büyümüştüm, öğrenmiştim, yaşıyordum ve bu adamı severek ölecektim. Sıraç'ı sevmek benim için bir bağımlılıktan ziyade, gereklilikti. O, ciğerleri tükenmiş bir astım hastasına tek çekişte bir yaşam veren o muhteşem ilaçtı.

Ben ona muhtaçtım.

"Uyudun mu?" diye fısıldadı bedenimiz hâlâ suyun içindeyken. Su soğumaya başlamıştı ama Sıraç'ın sıcak bedeni üşümeme engel oluyordu. Yüzümü göğsünden çekmeden başımı iki yana salladım. Dudaklarını saçlarıma bastırdı. "Bir daha benden habersiz bir şey yapma, olur mu? Seninle gurur duyuyorum, çünkü güçlüsün. Ne istediğini biliyorsun ve belki de beni en çok etkileyen özelliklerinden bir tanesi de bu. Ama sana bir şey olabilirdi."

"Bir daha yapmayacağım," derken sesim çatlamıştı. "Bir daha senden habersiz hiçbir şey yapmayacağım. Ama o... O henüz tüm bu olanların bedelini ödemedi."

"Ona en büyük bedeli sen ödettin zaten," dedi dudakları saçlarımın arasında gezerken. "Bana bir şey kalmadı. Artık böyle şeylerle meşgul etmek istemiyorum beynimizi. Artık seni yaşamak istiyorum. En yalın halimizle mutlu olalım istiyorum, sen benim intikamımı zaten aldın. Ama ben hâlâ senin intikamını almadım."

"Ama..."

"Mayıs, eğer bunu yapanın sen olduğunu fark etmeseydim emin ol ben de rahat durmayacaktım. Doğum yapmanı bekliyordum. Ama... Kaybedecek bir şeylerin olduğu zaman daha çok düşünmen gerektiğini, kendini daha fazla dizginlemen gerektiğini öğreniyorsun."

Bir bakıma haklıydı. Artık mutlu olmak, bir şeyleri kafamıza takmadan hayatımızı yaşamak bizim de hakkımızdı ama insanların kafası bunu bir türlü almıyordu. Üstelik Sıraç'ın kanını akıtmış bir adamın bu dünya üstünde yaşamaya hakkı yoktu benim gözümde. Yiğit'in idam sehpasını ayağımla itmek istiyordum.

16 Kasım

"Sıraç o ultrason fotoğrafını neden cüzdanına koyduğunu sorabilir miyim sevgilim?" diye sordum cüzdanının cebine bebeklerimizin ultrason fotoğrafını koyan Sıraç'a. Yatağa kahvaltımı getirmek gibi bir incelik yapmıştı. Cüzdanını siyah pantolonunun cebine sıkıştırırken, gömleğinin kol düğmelerini ilikledi ve dizinin üstünde yatağa çıkarak sol eliyle çenemi kaldırdı, yüzünü yüzüme yaklaştırdı.

"Hava atacağım," dedi kısık bir sesle. Yangın mavisi gözler capcanlıydı. İçimi aydınlatan, umudun mavi rengini taşıyan, bir çift yangın... Gözleri felaketimdi.

"Allah aşkına kararık iki noktayla neyin havasını yapacaksın?"

"Bu beni ilgilendirir," dedi dudaklarını usulca dudaklarıma yaklaştırırken. "Ne o? Onları kıskanıyor musun yoksa?"

Cevap vermedim. Elbette kendi bebeklerimi kıskanıyor falan değildim. Yalnızca bu adamın sadece bana ait olmasını istiyordum. Bu kıskançlık değildi. Bu onun yüzük parmağına geçirdiğim halkanın altındaki görünmez kırmızı ipliğin getirdiği bir aidiyet ve sahibiyet hissiydi. Sıraç, cevapsızlığımı fırsat bilerek dudaklarını dudaklarıma kapattı ve pembe uçurumlar, susuz dudaklarımı ıslatırken kalbimde huzurun müziği yankılandı. Öpüşü her an kaybolacakmışım gibi telaşlı ve şefkatliydi. Karayel yasaları göz önünde bulundurulunca belki de Sıraç'ın en şefkatli öpücüğü bile, normal bir çiftin en tutkulu öpücüğüne bedeldi. Onun bana olan bu hastalıklı tutkusunu seviyordum.

Sıraç dudaklarını dudaklarımı uzaklaştırmadan, "Emin ol dudaklarından ayrılmak şu an isteyeceğim son şey olur ama işe gitmem gerek," dedi kısık bir sesle. Keyfi yerinde gibiydi. Uzun kollu ve mavi çiçekli elbisemden belli olan çıkıntılı karnımı usulca okşadı. "Ben gelene kadar kendinize iyi bakacaksınız, tamam mı?"

Onun yeni tıraş olmuş yanağının tazeleyici kokusunu içime doldururken, yatağa getirdiği kahvaltıyı önüme çekti. Yumuşak bir sesle, "Ye," dedi yangınımın mavisi. "Beş buçuk aylık hamile bir kadına göre oldukça zayıfsın. Bu kilo olayını kafana takmaman gerektiğini sana daha kaç kez söylemem gerekecek, Bayan Karayel?"

Soğumuş sütü burnumu kıvırarak içerken Sıraç siyah kravatını bağlayarak, dudaklarını saçlarıma bastırdı. "O süt bitecek, kıvırma burnunu hiç küçük hanım!"

"Soğuk süt sevmiyorum ben!" diye çıkıştığımda ayakucuma oturdu ve elini elbisemin üstünden dizime koydu. Usulca dizimi okşarken bana keyifle bakıyordu.

"Huysuz minik kız. Eğer beni biraz daha uğraştırırsan işe geç kalacağım."

"Hadi işe gitme zamanı o zaman, babacık," diye dalga geçip kocaman gülümsediğimde bir an yüzündeki ifade dondu kaldı. Sıraç afallamış ve yüzüne yapışmış ifadesiyle bana bakarken kucağımda tepsiyle öylece ona bakakaldım. "Sorun ne?" Şaşkınlığım sesime de yansımıştı.

"Ulan şu gülüşün var ya, şu gülüşün," dedi kafasını iki yana sallayıp gözlerini tavana dikerken. Ardından yangın mavisi gözler yavaşça aşağı indi ve tekrar beni odağına aldı. "Şu gülüşün simsiyah perdeyi bile ağartan gün ışığı gibi. Her şeyi yaptırırsın bana şu gülüşünle."

Genelde kalbimize koyduğumuz şeyler zamanla çürür giderdi. Ama Sıraç öyle değildi. Onu bir kez kalbine kabul ettiğinde, çürümek yerine kök salıyor ve seni ele geçiriyordu. Ele geçirilmiştim. Tüm yaşadıklarıma ve yaşayacak olduklarıma değerdi. Onu seviyordum. Hayır, ona tapıyordum. Bizim ilişkimizde sevmeye yer yoktu. Karayeller sevmezdi. Tapardı.

Sıraç son kez dudaklarını alnıma bastırıp beni öpüşüyle ödüllendirdikten sonra şirkete gitmek için evden ayrıldı. Ben de bunu fırsat bilerek, planımı devreye sokmadan hemen önce kahvaltımı yaptım. Bugün 16 Kasım'dı. Evet, saat on ikiden sonra 17 Kasım oluyordu ve on ikiden sonra onun doğum gününü kutlayacaktım!

Bu benimle birlikte geçireceği ilk doğum günüydü ve her şeyin özel olması gerekiyordu. Sılay'dan öğrendiğim kadarıyla, Sıraç hiç doğum gününü kutlamamıştı. Günlerdir üstünde düşündüğüm şey belki de onun ilk kez kutlayacağı doğum gününe yakışacak olan en güzel hediyeydi.

Karnımdaki tatlı hareketliliği avucumun içiyle karşılayıp, derimin altında saklanan mucizelerimi okşadıktan sonra harekete geçmek için ayaklandım. Bugün uzun olacaktı!

Sıraç Karayel'den...

Özgürlüğün pek çok rengi, bu renklerin ise farklı farklı tonları vardı. Şüphesiz ki ben, en çok maviye özgürlüğü yakıştırıyordum. Benim rengim siyahtı ama gölgem maviydi. Karanlığa sığınan tüm gölgeler siyah görünmek zorundaydı. Sanırım bu yüzden yirmi dört yıllık hayatım boyunca siyahın gölgesinde, asıl rengimden uzak yaşamıştım. Mayıs bana özgürlüğü hatırlatıyor, özgürlüğün kalbime taşıdığı duyguları hissetmemi sağlıyordu. Yirmi dört yıldır var olduğum şu dünya, şüphesiz bana pek çok acı, pek çok anı ve pek çok kötülük sunmuştu.

Siren sesleri ya da ölüm beni korkutmuyordu. Namlunun ucundan yükselen barut kokusuna aşinaydım. Kandan yükselen metalik koku, barut kokusunu bastırmayı başarabilen tek kokuydu. Bunu biliyordum. Bunu yaşamıştım. Birçok kez. Silah seslerini huzurla bağdaştırdığım zamanlar olmuştu. Birilerine zarar vermek, öfkemi dışa yansıtmak ve kan akıtmak bana iyi hissettiriyordu. Yasak maddelerden medet umduğum, o maddelerin bedenime ve zihnime yaşattığı anlık halüsinasyonlarla mutlu olduğum zamanlar olmuştu. O zamanlarda Mayıs elimi tutmadığı için, en azından halüsinasyonlarımda bir aradaydık.

Aslına bakılacak olursa ben hayatımın dörtte üçünde ona muhtaçtım, dörtte birinde ise henüz hayatın ne demek olduğunu kavrayamamıştım.

Mayıs Karayel. Karım. Düşüncelerime bıçak gibi giren, karanlık harfleri keskin ucuyla lime lime eden, gece yarısı ışığım. O benim intikamımı alabilmişti ama ben henüz onun intikamını alamamıştım. Kemal Hıncal. Siyah yaprakların üstüne, mavinin en koyu tonuyla onun ecelini işlemiştim. Her şeyin bir sırası vardı, evet ve ben artık kesinlikle sabırsızlanmaya başlamıştım. Bu, son olayım olacaktı. Son çarpışmam.

"Ne düşünüyorsun sen öyle?" diye sordu Halim hemen yanımdaki yolcu koltuğunda oturuyordu. Otoyola çıkınca iyice hızlandım. Siyah tüm şehrin üstüne bir çarşaf gibi serilmiş, şehirdeki tüm pislikleri koyuluğunun arkasındaki merhametine gizlemişti. Üstümde günün yorgunluğu vardı.

"Hiç, dalmışım öyle."

"Yaran nasıl oldu?"

Gitgide varlığının izlerini yitiren ve soluklaşan yara izim bana yalnızca o orospu çocuğunu hatırlatıyordu.

Mayıs'ın parmaklarında asılı duran tetiğin anlık ateş almasıyla birlikte, göğsümü yaralayan ele inen öldürücü demir parçası.

Kurşun.

Bakışlarımı Halim'e çevirirken kulağımın arkasındaki sigarayı aldım ve dudaklarımın arasına yerleştirip sağ elimi direksiyondan çekmeden, sol elimle sigaranın ucunu ateşledim. Halim siyah gömleğinin ilk iki düğmesini açarken gözleri hâlâ üstümdeydi.

"Gayet iyi durumda, iz olmasa yerini bile unuturum," dedim sigarayı iki parmağımın arasında sabitlerken. "Siz ne yaptınız? Barıştınız mı?"

"Barıştık. Neyse, şu an konu ben ve karım değil Sıraç. Ankaralı, Kemal denen pezevengin annesini bulmuş," dedi Halim. Sesinde belirsiz bir ifade vardı. Kaşlarım havaya kalkarken sigaradan bir duman aldım ve gözlerimi yola çevirdim. Altımızdan akıp giden beyaz şeritli yolu izlerken sigaranın gri dumanını dışarıya üfledim ve duman arabanın içinde kıvrımlarla etrafa yayıldı. "Ama Kemal'in annesine yaklaşmak yerine kuzenine yaklaşmayı düşünmüş. Şu an kız Ankaralıya ölüp bitiyor. Ankaralı da sırf kızdan laf alabilmek uğruna hatuna yaklaşmış."

"Ne yapmış dedin?" diye aniden Halim'e döndüğümde omuz silkerek önüne döndü. Derin bir iç çektikten sonra, "Ona hatunla oynama dedim ama çok kinli. Kininin sebebini sen de ben de biliyoruz Sıraç. Yengeme olanları hâlâ yediremiyor ve hızlı davranmaya çalışıyor," dedi.

Ankaralının kininin sebebi benim ona olan nefretimin altını harlıyordu. *Bir kadını tek bir adam sevebilmeli* diye bir yasa çıkarmalı ve bu yasaya uymayanları idam cezasına çarptırmalılardı. Onu öldürmem için geçerli sebepler vardı ama Mayıs, Ankaralıyı bir dost olarak seviyor ve yanımızda istiyordu. Hoş, her ne kadar katil yanlarımı kabartıp beni kendine düşman etmek için canla başla savaşsa da onun iyiliklerini görmüştüm. Yine de içimi kemiren tahtakuruları, bir yerlerde sıkışıp kalmış vicdan kırıntılarıma saldıracak olurlarsa, gözümü kırpmadan Ankaralının eceli olabilirdim.

"Ankaralının daha uzun yaşamasını istiyorsan bana bunlarla gelme, tirrek," derken sesim oldukça mesafeli çıkmıştı.

"Söylemedim farz et. Sıraç, Kemal konusunu ne yapacaksın? Üstelik Yiğit'te çıktı şimdi başına. Harekete geçmek için daha ne kadar bekleyeceğiz, kardeşim?" Halim'in sesi ilk kez bu kadar mekanik çıkmıştı.

Düşüncelerin beynimi meşgul eden loblarını ateşe verdikten sonra direksiyonu sağa kırdım ve sigaramdan bir duman daha alıp, gözlerimi yoldan ayırmadan konuştum: "Şimdi sırası değil Halim. Eğer şundan yedi, sekiz ay önceki Sıraç olsaydı, şu an büyük ihtimalle Kemal'in mekânını Kemal içindeyken kundaklar, sigarasını yakar, mekândan yükselen alevleri izlerdi. Ama şu an yapmam gereken tek şey sabretmek. Sabretmek zorundayım. Kendin de dedin. Mayıs'ı mahvettim. Onu bir kez daha böyle bir kaosun içine sürüklemek istemiyorum. Onun ne yaşadığını ben değil, sen gördün. Bir kez daha bilinçsiz iş yaparsam, Mayıs'ı tamamen kaybedebilirim ve inan bana kardeşim, sevdiğim kadını kaybetmeye hiç niyetim yok. Üstelik onu tehlikeye atacak bir aptallık yapamam."

Halim gülümsedi. Ona bakmasam da gülümsediğini hissedebilmiştim. Bu konu hakkında başka hiçbir şey söylemedi. Zaten ben de hiçbir şey söylemesini istemedim.

"Onu bunu bırak da, sen hemen eve mi gideceksin?" diye sordu Halim. Konuyu değiştirdiği için memnun kalmıştım. Gözlerimi kısıp radyonun üstündeki saat göstergesine baktım. Saat 21:00'ı gösteriyordu.

"Seni eve bırakayım, oradan eve geçeceğim," dedim düz bir sesle.

"Ben sana söylemeyi unuttum. Ümran sizde şu an. Ben de seninle geleyim, onu alayım. Ama önce bir işim var, Ali Usta'nın oraya sürsene."

Kaşlarım çatıldı. "Ne yapacaksın Ali Usta'nın orada?"

Halim bir an duraksadı ama bu duraksamasının sebebini anlayamadım. Hoş, bu tirreğin normal bir insandan çok daha farklı ifade ve mimikleri vardı ama yine de bu hali beni şaşırtmıştı. Bir süre bön bön yüzüme baktıktan sonra, "Sevişeceğim Ali Usta'yla. Sana ne oğlum ne yapacağımdan? Sürsene sen!"

"Benden başkalarıyla sevişiyorsun öyle mi?" diye sorduğumda kollarını göğsünün üstünde çapraz yapıp göğüslerini örttü.

"Sıraç, sen ameliyattan sonra bir değiştin. Sana bir şeyler oldu, birader."

Aynı saatler Mayıs Karayel...

"Benim öküz mesaj attı," dedi Ümran burnunu kıvırarak. "Kandırmış Sıraç ağabeyimi. Ali Usta'nın oraya gidiyorlarmış. Yani bir süre oyalayacak. Bir işe yaradı manda!"

Temmuz ayarladığım sürprizin kablolarını salondan mutfağa doğru sürüklerken kaşlarını çatarak Sılay'a baktı. Sılay hiçbir şey yapmadan öylece oturmuş, bacak bacak üstüne atmış Temmuz'a bakıyordu.

"Kezorella hazretleri acaba o çok kıymetli oturgaçlarını kaldırıp bize yardım edebilir mi acaba?" diye sordu dişlerinin arasından. Sılay başını omzunun üstüne düşürüp düşünür gibi yaptı. Bu sırada Merve ve minik Melek birlikte mavi balonları şişiriyorlar ve bazen nefessiz kalıp kahkaha atıyorlardı. Melek'i özlemiştim. Onu gördüğümde yaptığım ilk şey yanaklarını vakumlamak olmuştu. Sıraç'ın başına gelenlerden Melek'e elbette bahsetmemiştik. O Sıraç'a gerçekten çok düşkündü.

"Oturgaçlarım meşgul şu an," dedi Sılay dudaklarını büzerek. Temmuz'un gözleri bir an Sılay'ın dudaklarına düşer gibi oldu ama anında bakışlarını toplayıp işine döndü. Sılay keyifli keyifli kıkırdarken göz ucuyla bana bakıp göz kırptı.

Üstüme Ümran'ın zoruyla hamile bahçıvan kıyafeti giymiştim. Saçlarımı mavi kurdele ile iki yandan toplamış ve uçlarını hafif dalgalandırmıştım. Sıraç makyaj yapmamı sevmediği için makyaj yapmak yerine sadeliği tercih etmiştim. Kayıp galaksileri gözlerinde taşıyan küçük adamın minik kadını, sevdiği adam için tatlı bir telaşa düşmüştü. Kalbimde ikamet eden kiraz çiçeği kafasını kaldırdı ve çevreye kısaca göz attı. Planım onun da hoşuna gitmişti.

Planım belliydi. Evin her köşesine bağlattığım ses sistemi sayesinde, doktorum Ezgi hanımın gözetimi altında eve getirilmiş alet ile bebeklerimin kalp atışlarını Sıraç'a dinletecektim. Ayrıca Savaş ışıklandırma işini üstlenmişti ve şu an evin içinde büyük bir koşuşturma halinde seçtiğim ışıklandırmayı dekore ediyordu.

"Kırk yıl düşünsem böyle bir şey aklıma gelmez," dedi Ümran çenesini omzuma koyarken. Kıkırdamakla yetindim. On sekiz yıllık hayatım boyunca ilk kez dostlarım oluyordu. Bunu fark etmiştim. Ümran her koşulda yanımdaydı, şu an bile. Merve, Sılay, Ümran. Kötü günümde de, iyi günümde de hep yanımdaydılar. Eğer insanın gerçek bir arkadaşı varsa, evrenin neresinde olursanız olun fark etmiyordu. Arkadaştınız.

"Ya Allah aşkına CanKan dansı yapan kocan için bu kadar masrafa değer miydi, cici kız?" dedi Sılay baygın bir sesle. Ardından koltukta kayarak yayvan bir şekilde oturdu.

"Orada çen çen konuşacağına bir işin ucundan tutsana sen!" diye çıkıştığımda ellerini teslim oluyormuş gibi kaldırdı ve dudaklarını bükerek, "Sakin ol, şampiyon. Kalkıyorum," dedi.

Ümran gözlerini kısarak Sılay'a bakarken, ne düşündüğünü az çok tahmin edebiliyordum. Ağzı açık, özü sözü bir arkadaşım benim. Bir o kadar da fesattı işte. "Temmuz nerede yahu?" diye sordu Ümran gözlerini bir an olsun Sılay'dan çekmeden. Sesinde ima vardı. Temmuz içeriden, "Buradayım!" diye bağırınca Sılay kıpkırmızı kesildi ve bakışlarını Ümran'dan kaçırıp farklı bir noktaya bakmaya başladı.

Hep böyle olsak olmaz mıydı?

Savaş ışıkları bir bir yerleştirdikten sonra, "Mayıs, lavabo ne tarafta?" diye sordu. Ah, artık dolunay surat demediği için ona minnettardım. Her zaman olduğu gibi siyahlara bürünmüştü. Üstünde siyah, uzun kollu dar bir tişört, altında siyah kot pantolonu vardı. Saçlarını üç numara kestirmişti. Ona elimle gelmesini işaret ettikten sonra birlikte üst kata çıktık. Savaş lavabonun kapısını açıp içeri girerken, ben de lavabonun kapısının pervazına omzumu yasladım ve kollarımı göğsümün üstünde toplayıp onu izlemeye başladım. Lavaboya gitti ve siyah uzun kollu tişörtünün kollarını dirseklerine kadar sıvayıp, ellerini dirseklerine kadar sabunlamaya başladı.

"Nasılsın?" diye sordum ona usulca. İyi olmasını umuyordum. İyi olmasını istiyordum. İyi olmak onun en büyük hakkıydı.

"Duymak istediğini mi söylemeliyim, yoksa gerçek olanı

mı?" Bunu sorarken gözlerini lavabonun aynasından çekmedi. Kalbimde yaşayan kiraz çiçeği dikenini kalbime batırırken, gözlerimi kırpıştırarak Savaş'a baktım. Onu kafamda siyahla kalıplaştırmıştım. Tamamen karanlıktı. Her şeyiyle. Karanlığın bir dudakları olsaydı, o dudaklar hep dümdüz dururdu. O yüzden Savaş'ı gülerken görmek çok zordu. Dudakları bükülürken bile acının izlerini bırakıyordu yanaklarında.

"Doğruyu söylemeni tercih ederim Savaş."

Burnundan derin bir nefes aldı ve bakışlarını sabunlu ellerine düşürdü. "Sanırım şu an olduğum yerde iyi olmanın sözlük anlamı dahi bilinmiyor." Sesi dümdüzdü, tıpkı bakışları ve hareketleri gibi. Kalbim içeri doğru bükülürken, gözlerimi zemine düşürdüm. Fayanstaki ince işçiliğe sahip olan desenleri izlerken, Savaş ellerini durulamaya başladı.

"İyi olmanı istiyorum," dedim gözlerimle yeri eşelerken.

"Sen iyi olmamı istiyorsan, bir şekilde iyi olacağım."

Gözlerim lavabonun fayanslarında dolaşırken, düşüncelerimi bir araya toplamaya şansı yakalamıştım. "Savaş..."

"Sorun değil Mayıs," dedi üstüne basarak. Peki ben neden bu büyük bir sorunmuş gibi hissediyordum? Sertçe yutkundu ve hafif çıkıntılı olan âdem elması aşağı yukarı hareket etti.

"İyi olacağını biliyorum. Mutlu olacağından eminim," diye teselli etmeye çalıştım. Siyahı beyazla kandırmaya çalışamazdım. Zaten beyazın tüm suçlarını sırtına yüklemiş ve tek başına taşıyor olan siyah, bir de buna katlanamazdı. Buna hakkım yoktu.

"Seni asla görmeyecek birinin yanında olabilmek için sürekli bahaneler üretiyorsan..." Durdu. "Nasıl mutlu olabilirsin ki Mayıs?"

Boğazım düğümlenirken aynı zamanda kalbim de sıkışmıştı. Gözlerimi suçlu edasıyla oradan oraya kaçırırken, ona tüm bunları hissettiren kişinin ben olduğumu biliyordum. Ona kızamıyordum. Sıraç'a zararı dokunmamıştı, ilişkimizi uzaktan izlemiş, sessiz kalmıştı. Savaş, hayatımda gördüğüm en onurlu âşıktı.

Ona gıpta ediyordum.

"Üzülme," dedi. Sesi içimdeki denizin dalgalanmasına neden oldu. "Hatta bunları düşünme. Ben bu oyunda hiçbir zaman oyuncu olamayacağım. Ama seyirci olmaktan şikâyetim falan da yok zaten. Sorun değil, dolunay surat. Seni unutacağım."

"Muhteşem birini bulacaksın," dedim kafamı hızla sallayıp gülümserken. Bir an göz göze geldik. Omzunun üstünden bana bakarken elleri hâlâ suyun içindeydi. Koyu renk gözlerini üstümden çekmeden burukça gülümsediğinde, gözyaşımın tuzunun boğazımı yaktığını hissettim. Şu an yaptığı gülümsemek değildi sanki. Yukarı kıvrılan dudağının, yanağında bıraktığı çizgide yardım iniltileri vardı.

"Mükemmel birini bulacağım," diye onayladı beni. "Ve gözleri kesinlikle yangın mavisi olmayacak."

"Kesinlikle yangın mavisi olmayacak."

"Kesinlikle," dedi ellerini sudan çekerken. "Hadi az zamanımız kaldı. Değişik kocan birazdan evde olur. Halledelim şu işleri!"

Sıraç Karayel'den...

"Işıklar niye kapalı?" diye sordum Halim'e. "Bir yere falan gitmiş olamazlar değil mi? Lan bak benim karım hamile."

Halim gözlerini devirirken boş boş kapıya baktı. "İyi ki hamile. Utanmasan ultrason fotoğrafını alnına yapıştıracaktın bugün. Belki ışıkları kapatmış, film izliyorlardır."

Aslında bunda bir sakınca görmüyordum. Tamam bir ara abartıp cüzdanımı düşürmüş gibi yaparak ultrason fotoğrafını bilerek çıkarıp yere atmış ve tüm dikkatleri üstüne çekmiştim ama tüm bunları neden yaptığımı ben de bilmiyordum. Cebimdeki ev anahtarını çıkarıp kapıyı açarken, Halim hemen yanımdaydı. Kapı açıldı. Salon kapkaranlıktı. Üst katta mıydılar? Omzumun üstünden Halim'e dönerken, Halim karanlıkta bir gölge gibi görünüyordu. "Üst kattalar galiba," dedim düz bir sesle.

Ve sonra bir şey duydum. Evin duvarlarında bir ses yankılanmaya başladı. Bu bir kalbin atarken çıkardığı sese benziyordu ama normal bir insanın kalbinden çok daha hızlı, telaşlıydı ve içimde tuhaf hisler yaratmıştı. Halim'in kıkırdadığını duyar gibi oldum ama şu an kulaklarımın duyduğu tek şey bu hızlı ritimdi. Sanki bir değil, iki kalp canla başla çarpıyor, varlığını ispatlamaya çalışıyordu.

Bu şey neydi bilmiyordum ama içimdeki yangının harlanan külleri etrafa savruluyordu.

Umudun bir sesi olsaydı, sanırım böyle olurdu. Aniden etraf aydınlandığında iki adım geriledim ve gözlerim kocaman açıldı. Evin içi masmavi ışıklarla aydınlanırken, sesin yankısı çoğaldı ve Mayıs hemen karşımda belirdi. Elinde beyaz bir şey vardı ve karnına tutuyordu. Hemen önünde büyük bir pasta vardı ve pastanın üstünde ikimizin birlikte çekildiğimiz ilk fotoğrafımız vardı. Olayı idrak etmeye çalışırken, şu an dinlediğim şeyin gerçekten umudun sesi olduğunu kavrayabilmiştim.

"Eylül Özden yirmi beş yıl önce bir şiir doğurdu," dedi minik şeytanım dolu dolu olmuş gözlerle bana bakarken. "Ben de şimdi o şiiri okuyorum."

Olduğum yere çivilenmiş gibi hissediyordum. Dudaklarımın arkasına kilitlenen kelimeler, dışarı çıkmamakta ısrarcıydı. Varlığından şüphe duyduğum ama artık orada olduğundan emin olduğum kalbim içeride bir yarış atı gibi göğüs kafesimin etrafında dörtnala koşarken, yapabildiğim tek şey irileşmiş gözlerle sevdiğim kadına bakmak olmuştu.

Mayıs bakışlarımı fark edince gözleri dolu olmasına rağmen kocaman gülümsedi. O, öyle bir güldü ki, kışın en soğuk olduğu havada mavi bir güneş açtı kalbimde.

"İyi ki doğdun sevgilim!" diye bağırdıktan hemen sonra mutfağın kapısı açıldı, Ümran, Savaş, Temmuz, Sılay, küçük Melek'im ve Merve mutfaktan aniden çıkarlarken ellerindeki konfetileri patlatmışlardı. "İyi ki doğdun Karayel!"

Bir an duvarlarda yankılanan kalp seslerinin hızlandığını işittim. Kalbim kan değil, adrenalin pompalıyordu şu an. Yirmi dört, az önce yirmi beş yıllık olan hayatım boyunca ilk kez doğum günüm kutlanıyordu. Hiçbir zaman kendimi bir yere ait hissedememiştim. Hayatımın hiçbir döneminde birinin bana kucak açacağını düşünmemiştim. Hoş, açsa bile ben o kucağın sahibi Mayıs olmadığı sürece, o kucağın yanından geçmezdim. Halim omzuma vurarak beni içeri ittiğinde bir an yüzüstü düşeceğim sandım ama son anda dengemi sağlayarak içeri adım attım. Mayıs elindeki şeyi karnından çekecekti ki, elimle onu durdurdum. "Çekme," dedim elim havada kalırken. Alık alık ona bakıyordum ama bu benim elimde olan bir şey değildi.

"Seni seviyorlar," diye fısıldadı Mayıs. "Sen gelmeden önce yavaş olan kalp ritimleri, sen eve girdiğin anda hızlandı. Kokunu tanıyorlar."

Derin bir nefes alırken gözlerim Mayıs'ın karnına indi. Şu an tüm gözleri üstümde hissedebiliyordum ama benim ilgimi çeken tek yer, kokumu alıp hızlanan minik kalplerin olduğu yerdi. Gözlerim tekrar cennetin en mavi tonunun yüzüne tırmanırken, miniğimin gözünden bir damla yaşın çenesini aşarak boynuna indiğini gördüm. Ama hâlâ gülümsüyordu.

"Mayıs," dedim kendime yabancı gelen sesimle.

"Canımın içi," diye karşılık verdiğinde dudaklarımı birbirine bastırıp gözlerimi bir kez daha karnına indirdim. Duvarlarda yankılanan ritimler sık sık hızlanıyordu.

"Yalnızca bir dakika," derken sesim güçsüz çıkmıştı. "Beni karımla yalnız bırakır mısınız? Yalnızca bir dakika."

"Yürüyün mutfağa," dedi Ümran. Yanımdan sıyrılıp geçerlerken, Ankaralı yavaşça omzuma dokundu ve omzumu sıvazlayarak geçip gitti. Mayıs ile ortada baş başa kaldığımızda elindeki şey hâlâ karnının üstündeydi. Ben bu duyduklarımı hafızama işlerken, sevdiğim kadın gözlerini benden ayırmıyordu. Siyah kirpikleri ıslaktı.

Benim için gözlerinde yıldız taneleri biriktiren, minik kadın.

"Seni kızdırdım mı?" diye sordu yaşlı gözlerle bana bakarken, dudaklarındaki kıvrım yerini düzlüğe bırakmıştı. Mümkün müydü? Ona kızabilir miydim? Nasıl böyle bir şeyi düşünürdü? O, kanın kokusunu almış bir katili minik parmaklarıyla değiştirmiş, yeniden yaratmıştı.

"Mümkünmüş gibi konuşmasana."

Gözlerini karnına çevirdi. "Sen benim ömrüme güneş gibi doğdun," dedi gözlerini karnından çekmeden. "Ne güzel doğdun. İyi ki doğdun."

Elindeki şeyi yavaşça bıraktığında sesler kesildi. Gözlerini kaldırıp bana baktı. Bakışı bir devrin başlangıcıydı. Ne kadar yıldız varsa, gözlerinden yüreğime doğru kayıyordu hepsi.

"Teşekkür ederim," dedim genzimi yakan tuzu yok saymaya çalışırken. "O şeyi karnına tutar mısın?"

Anında dediğimi yaptı ve az önceki şeyi tekrar eline alıp karnının üstüne koydu. Aynı ses umudun ipini göğüsleyip, mavinin yankılarını duvara çarparken kalbim büküldü. İki adımda Mayıs'ın yanını bulmuştum. Önümüzde duran pastaya kısaca baktıktan sonra gözlerimi gözlerine çevirdim. Elim yüzüne kaydığında gözlerini yavaşça yumdu ama kirpiklerinin arasından kısıkça bana bakıyordu. Onun yüzünü avuçlarımın arasına alıyordum ve bu kesinlikle sıradan bir eylem değildi.

"İlk kez biri benim doğum günümü kutluyor. Bu siktiri boktan dünyadaki en büyük kazancımın sana âşık olmak olduğunu bir kez daha bana kanıtladığın için teşekkür ederim. Sen benim yaşımın yarısı, yaşamımın ortası oldun. Benim renklerin içindeki en ihtişamlı mavim, benim tüm umudum sensin, anlıyor musun?"

Hızlıca kafasını sallarken, genişçe gülümsedi. Uzanıp parlak dişlerini öptüğümde, yanağındaki gamzesi daha da çukurlaştı. İçten gülümsediği zamanlarda yanağındaki çukura gömülesim geliyordu. Sanırım sevdiği kadının gamzesine gömülmek, âşık bir adam için en konforlu mezar olacaktı.

"İyi ki doğdun," dedi genişçe gülümsemeye devam ederken. "Sen olmasaydın, bu dünyadaki anlamımı bulamayacaktım."

"İyi ki doğdum," dedim alnımı onun alnına bastırırken. "İlk kez bunu kendime diyorum ama... İyi ki doğdum."

"Mıç mıç mıçı bıyakıy mısınız aytık? Paştayı kesebiliy miyiz? Kaynım aç." Göz ucuyla sesin geldiği yöne baktığımda eli belinde, mutfak kapısının aralığından bize bakan Melek'i gördüm. Diğerleri kafalarını bir bir aralıktan çıkarmış bize bakıyorlardı. Mutfak kapısının aralık durma sebebinin ise yaklaşık on dakikadır röntgenleniyor olmamız olduğunu söylememe gerek var mıydı?

İlerleyen saatlerde bana asla mum üfletemeyeceklerini anlayıp, yalnızca pastayı kestirmekle yetinmişlerdi. Küçük Melek mavi balonların içinde oynarken, diğer herkes bir şeyler yiyip muhabbet ediyordu. Mayıs kollarımın arasındaydı ve bu bahçıvan kıyafeti kesinlikle onun minik bedeni için biçilmiş kaftandı. Mayıs bir ara kucağımdan kalkmaya çalışınca onu durdurdum. "Ayıp ama," dedi dudaklarını bükerek. "Muhabbete katılmıyoruz hiç. Kırılacaklar."

"Bırak, herkes istediğini yapsın," derken onu kendime bastırıp, ensesine öpücük kondurdum. "Biz kalalım böyle. Sarmaş dolaş." Ensesinden gıdık alıyordu benim minik kızım. Ensesini geriye atarak, saçlarını yüzüme bastırdı. İki yandan topladığı saçlarını mavi kurdele ile bağlamıştı.

"Ee Sıraç Efendi, yaş oldu yirmi beş," dedi tirrek Halim, Ümran'a mümkünmüş gibi daha sıkı sarılırken. Minik Melek dudaklarını bükerek anne ve babasına bakıyordu.

Ne demek yirmi beş? Sensin o.

Cevap vermedim.

"Ay o kadar oldu mu sahi?" dedi Ümran bu kez kocasına uyarak. Kurban yaklaşıyordu, farkında mıydı?

"Sıraç'ın yaş aldı başını gidiyor!" dedi Merve. Bomboş gözlerle ona bakarken Mayıs hâlâ kucağımda olduğu için bakışlarımdaki boşluğu göremiyordu.

"Ama gerçekten bayağı aldı yaşını ağabeyim. Şunun şurasında otuza ne kaldı?"

"Ben diyorum size, moruk bu herif. Kandırdı benim gencecik ablamı!"

Sakin ol, Sıraç...

"Lan tirrek, bozulmuyorsun değil mi?" diye sordu Halim. Halim öyle sorunca Mayıs omzunun üstünden bana baktı ve yüzüme ekleyebileceğim en şeytani, en sus sikerim çanağını tebessümünü yerleştirdikten sonra, "Yok tirrekciğim, ne bozulacağım? Gencecik adamım sonuçta. Yani yıllarım hapishane köşelerinde geçmediği sürece, sorun yok."

Aldı o mesajı.

"Sıyaççığım," dedi Melek sonunda beni fark ederek. "Mayısçığım kaç yaşındaydı? Ayanızda kaç yaş vay sizin?"

"On sekiz yaşımdayım ben," dedi Mayıs.

Bunu yüzüme vurmana gerek var mıydı Mayıs'ım?

"Sıraç ağabeyin ile aramızda altı, yedi yaş var."

"Yani sen otuz yaşına geldiğinde Sıyaççığım kırkına meydiven mi dayamış olacak?" dedi tatlı tatlı. Ama bana hiç de tatlı tatlı gelmemişti. Kollarımı Mayıs'ın beline doladıktan sonra kaşlarımı çatarak Melek'e baktım. Melek bakışlarımı fark edince alt dudağını mahcupça ısırdı ve sırıttı. *Tirreğin kızı.*

"Kadın ve erkek arasında yaş farkı iyidir meleğim," dedi Mayıs narin bir sesle. "Kadınlar, erkeklerden daha çabuk olgunlaşırlar. Bu yüzden biz kadınlar, kendimizden yaşça büyük erkeklerle evlilik yapmalıyız. Düşünce eşitliği için."

Kendimizden yaşça büyük erkekler...

"Ağabey valla en iyisini yaptınız hemen çocuk yaparak. Gerçi şimdi bile çocuklar daha beş yaşındayken, sen otuz yaşında olacaksın."

"Aynen," diye onayladı Sılay'ı Halim. "Ama olsun, geç olsun güç olmasın demişler. Benim de yaş ortada sonuçta. Ama Sıraç çabuk çöktü."

Dudaklarım benden bağımsız bir şekilde çözüldüğünde artık çok geçti. "Orospu Halim," dedim düz bir sesle. Bunlar fazla içtiğim zamanlarda durmadan Yıldız Tilbe dinlememden kaynaklanıyordu. Dudaklarımda hâlâ tehditkâr ve ruhsuz tebessümüm vardı. Mayıs aniden bana doğru döndüğünde ona bakmadan Halim'e bakmaya devam ettim. Ümran telaşla Melek'in kulaklarını iki eliyle kapatırken, herkes şok olmuş gözlerle bize bakıyordu.

"Ne?" dedi Halim afallamış bir sesle.

"Orospu Halim."

"Ne diyorsun oğlum?" diye sordu Halim gülmekle gülmemek arasında giden ifadesiyle bana bakarken. Ankaralı kafasını geriye atarak güldüğünde başımı sol omzuma yatırdım ama hâlâ aynı şekilde tebessüm ediyordum.

"Çanağını sikerim, kemiksiz. Sensin yaşlı. Sensin çökük. Çökerim senin kemiğine." Sesim sakindi. Ayrıca Melek'in kulakları kapalı olduğu için rahattım ama içerideki diğer üyelerin beni duyduğundan emindim.

Şaka bir yana... Mayıs beni yaşlı mı buluyordu?

Ben sadece yirmi be... Yirmi dört yaşındaydım.

8.SENDROM

Mayıs Karayel'den...

Boyası kalkmış duvar gibi hissediyordum. Elim karnımın üstündeki belirgin şişlikte dolaşırken, Sıraç'ın kucağında uzanıyordum ve televizyondaki saçma tolkşovu izliyordum. Düşüncelerim dalgın olduğu için hiçbir şeyi tam olarak anlayabildiğim söylenemezdi. Elinde kanalın logosu olan zarfı tutan adam konuklara saçma sapan sorular soruyor, insanların özel hayatına zerre saygı göstermeden insanları aşağılıyordu.

Salonun ışığı kapalıydı ve etrafı aydınlatan tek ışık televizyondan yükselen beyaz ile mavinin harmanlandığı ışıktı. Sılay odasında sınava çalışırken, Temmuz henüz evin yolunu bulamamıştı bile. Yerimde huzursuzca kıpırdandığımda Sıraç dudaklarını saçlarıma bastırdı ve, "Sorun ne?" diye fısıldadı. Sesi uykulu çıkmıştı.

"Temmuz hâlâ gelmedi. Saat on bir oldu," dedim mırıltılı bir sesle. Sıraç kollarını boynuma doladı ve kafamı göğsüne bastırdı.

"O bir erkek, biliyorsun değil mi? Tüm gününü evde geçirecek değil. Onu rahat bırakmayı dene, minik anne."

Yanaklarımın içini şişirerek, "O bana annem ve babamın emaneti Sıraç," diye mırıldandım. Sıraç tatlı bir homurtu çıkararak beni kendine biraz daha bastırdı ama bu beni rahatsız etmişti. Göğsündeki yara çoktan kapanmıştı kapanmış olmasına ama yine de sızlatmaktan korkuyordum. "Sorun yok," dedi anlamış gibi. "Hissetmiyorum bile. Hissettiğim tek şey senin o güzel sıcaklığın."

"Dün geceden beri ilk kez cümle kuruyorsun," dedim kıkırdayarak ve kollarına tutunarak gözlerimi televizyondaki saçma tolkşova çevirdim. "İş yerinde bir sorun mu oldu?"

Sıraç bir süre sessiz kaldı ama sonunda tekrar dudaklarını saç diplerime bastırıp, "Yok, öyle halsizdim biraz," dedi ama nedense bu ses tonu pek inandırıcı gelmemişti kulağıma. Onu tanıyordum. Dün gece doğum gününü kutladıktan sonra biraz durgunlaşmıştı sanki. Bunu hissedebiliyordum. Kalbinde bir ağırlık varsa benimle paylaşması gerekirdi. Biz hayat arkadaşı değil miydik?

"Şu olanları kafana takmıyorsun değil mi?" diye sorduğumda kastettiğim şeyin ne olduğunu anladığından emindim ama yine de lafı çevirdim. "Yani o herif... Yiğit işte. Tekrar bize bir şey yapacak diye mi endişeleniyorsun?"

"O bize hiçbir şey yapamaz, minik şeytan. At bu kirli düşünceleri kafandan."

Derin bir nefes alırken yanaklarımın içini havayla doldurdum. "Yani bir sorun yok, öyle mi?" diye sordum yavaşça. Başını salladığını göremesem de hissettim.

Bir süre aynı pozisyonda kanepenin üstünde tolkşovu izlemiştik ve tolkşov bittiği anda kanalda güzel bir korku filmi başladı. Filmin konusu cinlerdi ve Sıraç bunu gördüğü gibi kanepenin hemen yanında duran masaya uzanıp kumandayı eline almaya çalıştı.

"Ya dur," diye çıkıştığımda kafamı kaldırıp yüzüne bakmıştım. Kaşlarını çatarak gözlerimin içine baktığında, "İzleyelim hadi. Bak kanallarda başka hiçbir şey yok hem."

"Hamilesin ve korku filmi izleyeceksin, öyle mi?" diye sorduğunda sesi sert çıkmıştı. Hırçın dalgaların dövdüğü sert kayalara benzeyen yangın mavisi gözlerinin içinde kurşungeçirmez bir ifade parlamıştı. Ona kaşlarımı çatarak baktığımda aramızda mavi şimşeklerin çaktığı uzun bir bakışma geçti.

"Sıraç," dedim dümdüz bir sesle. "Gerçekten cinlerden korkuyorsun değil mi?"

"Ben mi?" derken sesi çatlamıştı. "Ne diye korkacakmışım onlardan?"

"Fethiye'deki evdeyken de konusu İslam olan ve cinleri anlatan filmi izlemek istememiştin. Epey gerilmiştin diye hatırlıyorum," dedim düz bir sesle.

Kaşları tamamen çatıldığında gülmek istedim ama ciddiyeti bozmamak için yüzüme dümdüz bir ifade yapıştırmıştım. "Korktuğum falan yok Mayıs. Sen hamilesin ve böyle bir film izlemen senin için zararlı olabilir. Gerilip kasılmanı istemiyorum. Ha ama kasılmak istiyorsan gel odamıza çıkalım, bak o yatakta nasıl kasılıyorsun," dedi edepsiz bir ifade takınarak. Yanaklarım anında ısınıp kızarırken Sıraç'ın omzuna yavaşça vurdum ve önüme dönüp dudaklarımı büktüm. Hâlâ içimde bir yerlerde ondan utanan küçük bir kız çocuğu taşıyordum. Sıraç dudaklarını enseme bastırırken ürperdim. "Benim minik kadınım. Nasıl da utanıyor."

"Utandığım falan yok benim!" diye çemkirdim ama gözlerimi televizyona dikmiştim, ona bakamıyordum.

Bu halim Sıraç'ın keyfini yerine getirmiş olacak ki, "Odamıza mı çıksak?" diye sordu muzip bir sesle.

"İnli cinli filmlerden korkuyorum demiyor da!" diye çemkirirken Sıraç kıkırdıyordu. "Yirmi beş yaşında adamsın, utan utan!"

Sıraç'ın bedeninin kaskatı olduğunu hissettim. Bunun nedenini anlayamamıştım ama kucağında olduğum için bu değişikliği hissedebiliyordum. Bakışlarımı ona çevirdiğimde dümdüz gözlerle yüzüme baktı ve altımdan kayarak kanepeden kalktı. Şaşkın şaşkın ona bakarken, "Ben uyuyacağım," dedi düz bir sesle.

"Sorun ne?" diye sorduğumda ben de onunla birlikte ayağa kalkmıştım. Cevap vermeden merdivenlere doğru yürümeye başladığında ben de televizyonu kapatarak onu takip ettim. Odaya girdiğimizde üstündeki tişörtü sıyırıp yatağın yanındaki koltuğa attı ve bedenini yatağa atıp yorganı üstüne çekti.

"Sıraç?" diye sordum şaşkın şaşkın onun çıplak sırtına bakarken. Beline kadar çektiği yorganın içinde, duvardan tarafa dönmüştü. "Pantolonla mı uyuyacaksın?"

Cevap vermedi.

Yatağın üstüne dizimi koyarak yatağa abandım ve onun çıplak omzuna sulu bir öpücük kondurdum. Bir şey olmuştu işte. Tanıyordum ben kocamı, vardı bir sıkıntısı. Dudaklarımla omzundan başlayıp, beline inen bir öpücük yolu çizerken cevap bile vermeden uzanmaya devam etti. Dudaklarım şefkatle yukarı kıvrılırken belindeki tatlı kavise sulu bir öpücük bıraktım ve, "İlgi mi istiyorsun?" diye sordum. Bu cüretkâr sorum anında yanaklarıma kan oturmasına neden olurken, Sıraç cevap vermeden uzanmaya devam etti. Elim çarşafın altından onun beline dolanırken, elimin altında sert kavisli baklavasını hissettim. Karnının kasıldığını hissettim ama cevap vermeme konusunda ısrarcıydı.

Dudaklarımı omzuna sürterken yanaklarım hâlâ kıpkırmızıydı. Elim adonis kasına indiğinde Sıraç'ın dudaklarından anlamını çözemediğim derinden gelen bir mırıltı döküldü. Ah, pis akrep erkeği! Dokunuşlarıma anında tepki gösteren vücuduna zaferle bakarken, Karayel konuşmamakta ısrarcıydı.

"Beni mi istiyorsun?" diye sordum dudaklarımı omzundan çekmeden. Omzuna dayalı olan dudaklarım yüzünden sesim boğuk çıkmıştı. Eli bir anda adonis kasının üstünde duran elime indi ve bir an elimi oraya bastırdı. İstiyordu işte!

Bir anda elimi adonis kasından çekip bırakırken gözlerim kocaman açıldı. "Başım ağrıyor," dedi huysuz bir sesle ve yorganı tamamen bedeninin üstüne çekip kafasını yorganın altına aldı.

Başım ağrıyor mu?

Ha?

Bir şey söyleyemeden banyoya gittiğimde kaşlarımı çatarak aynadaki yansımama baktım. Çirkin mi görünüyordum? Beni artık beğenmiyor muydu? Belki de gerçekten başı ağrıyordu ve ben tüm bunları kafamda büyütüyordum. Karnıma yediğim tatlı bir tekme hissiyle düşüncelerimden arınırken, parmaklarım anında karnımın yüzeyine indi ve derimin hemen arkasında düşüncerimden rahatsız olmuş misafirleri kavradı. Tekmeler çoğalmaya başlamıştı ve Umut ile Mavi artık varlıklarını tamamen ilan etmişlerdi.

Mutluydum.

Karanlıktaki mavimin parçalarını taşıyordum ve çok az bir zaman kalmıştı onları dünyaya getirmeme. Hesaplarıma göre mart bebeği olacaklardı ama hangi güne denk geleceğinden hâlâ emin değildim. Düşüncelerimi zihnimdeki tozlu raflardan bir tanesine kaldırdıktan sonra ılık bir duş aldım ve yatağa döndüm. Sıraç uyuyordu. Hemen yanına yerleştikten sonra son çare olarak kollarımı onun beline sardım ve gözlerimi yumdum. Alttan almayı öğrenmem gerekecekti.

∞

Ertesi sabah Sıraç hiçbir şey olmamış gibi uyanmıştı. Makyaj masasının önünde dikilip, saçlarımı atkuyruğu yaparken banyodan çıktığını gördüm. Üstünde beline sarılı koyu lacivert bir havludan başka hiçbir şey yoktu ve yara izi ile benim portremin olduğu göğsünden sicimle akan su damlaları, kasıklarına kavisler çizerek iniyordu. Bu görüntü yutkunma isteğimi körüklerken, boğazımın içinde bir ateşin harlandığını hissettim. Aniden arkama geçip, dudaklarını boynuma bastırarak aynadaki yansımadan gözlerimin içine baktı. Yangın mavisi gözler alev alevdi. Dudaklarını boynumun girintisine sürterek tatlı bir mırıltı çıkardı.

"Daha iyi misin?" diye sorduğumda kaşlarını çattı ama dudaklarını boynumdan çekmeden öpmeye devam etti. Boynumun kıvrımında onun ıslak dilini hissettiğimde, aynı zamanda içimin karıncalandığını da hissettim. Eli yavaşça belimden aşağı kaydı ve geceliğimin eteğini yukarı sıyırarak, külotumun hemen üstünde durdu. Organlarım birbirine çarparak dağılırken gözlerim irileşmişti ama hiçbir tepki veremiyordum. Bu hissettiğim neydi? Ona kırgın değildim. Aksine onun için endişeliydim.

"Sana istediğini vermemi ister misin, minik hamile?" diye fısıldadı boynuma doğru. Sıcak nefesi derime aktı ve işlediği tenimi yaktı.

"İstediğim nedir?" diye sorduğumda dudaklarını boynuma bastırdı ve belimin kavisinde ereksiyonunu hissettim. Sertçe yutkunurken gözlerimiz hâlâ aynanın üstündeki yansımadan birbirlerine sarılıyordu. Yangın mavisi gözlerinin içindeki orman yanmaya hazırdı. Belki de çoktan yanmıştı ve beni de beraberinde yakmak istiyordu. Çürük düşünceler, beynimle beslenen kurtçukların önüne ziyafet gibi sunulurken, derin bir nefes aldım. "İşe geç kalacaksın," dedim titrek bir sesle. Şu an düşündüğüm şey işe gidecek olması değil, belimi eşeleyen ereksiyonuydu.

"Bugün işe gitmeyeceğim, güzelim." Dudakları boynumu aştı ve yanaklarıma tırmandı. Yanaklarıma küçük buseler bırakırken, eli külotumun üstünden oraya baskı yapmaya başladı ve ayak bileklerimin titremesine neden oldu.

"Neden?" diye sordum. Sesim titrek çıkmıştı.

"Dün gece yarım kalan bir işi halledeceğiz," dedi usulca.

"Sıraç ben beş aylık hamileyim..."

"Dün gece öyle demiyordun ama," derken sesi eğleniyor gibi çıkmıştı. Elimi külotumun üstünde duran elinin üstüne koydum ve yavaşça ittim. "Dün gece beni reddeden sendin Karayel," dedim yavaşça. "Başının ağrısı geçti sanırım."

"Miniğim, sen kırıldın mı bana?" diye sorduğunda bedenimi kendine çevirdi ve bana sıkı sıkı sarıldı. Kollarımı onun taze kahve ve ıslak kokulu bedenine sararken, yüzümü boynuna gömdüm. Rabbimin en güzel armağanıydı, burada huzurluydum.

"Kırılmadım. Kötü hissettim sadece. Benimle paylaşmadığın bir sıkıntın olduğunu düşündüm," diye itiraf ettiğimde kollarını bana daha sıkı sardı ve kokumu içine doldurdu. Hep böyle olsak, bizi birbirimize dikseler olmaz mıydı? Ona doyamıyordum. Sevgi arsızı olup çıkmıştım.

"Ölürüm sana," dedi saçlarımın dibini koklayıp derin nefesler alırken.

"Ölürüm demesene Sıraç ya!"

"Ee ama ölürüm!" diye diretti ve dudaklarını boynuma bastırıp beni yavaşça geri çekti. Dudaklarımı bükerek onun yüzüne bakarken, yüzüme düşen saçlarımı geriye itti ve sol elinin uzun parmakları çenemi kavradı. Yüzümü kaldırıp ona bakmam için açıyı tutturmayı çalışırken, maviliklerim onun yangın mavisi gözleriyle kucaklaştı.

"Yaşa bana," diye mırıldandım gözlerinin içine bakarken. Ben ona ölürdüm, o bana yaşamalıydı. O benim için birkaç kez ölmüştü. Sıraç ölümün pençesinin tadını almıştı. Ben de onun için ölümün pençesinin tadına bakabilirdim. Sıraç'ın dudakları şefkatle yukarı kıvrılırken bana ölümü bile sevdirecek bir ifadeyle baktı.

Öl dese ölürdüm, ölüm bile onunla güzel olurdu.

"Yaşarım kız sana," dedi yüzünü yüzüme yaklaştırırken.

Kapı aniden açıldığında dudaklarımız birleşmek üzereydi. Sıraç kaşlarını çatarak kapıya döndüğünde dişlerini sıktı. Sılay kaşlarını çatmış, elini beline koymuş bize bakıyordu.

"Allah aşkına günün her saati yiyişmek nedir? Evli insanın biraz ağırlığı olur. Yemin ederim odanıza kusar, kusmuk kokuturum bu aşk kokan yeri. Yeter, insaf! Öldüm açlıktan! İnin artık aşağıya! Ya da sevişeceğiz deyin biz de sizi beklemek yerine kahvaltımızı edelim."

"Sabah sabah ne tatava yaptın be," dedi Sıraç kollarını belime sararken. "İn zıkkımlan. Bizi mi bekliyordun önceleri?"

"Ay üstüme iyilik sağlık!" diye bağırdı Sılay abartılı bir sesle. Kıkırdayarak ona bakarken gözleri bana kaydı. Sıraç altında yalnızca havluyla olduğu için kendini tamamen bana bastırmıştı ve Sılay'ın malum manzarayla burun buruna gelmesini engellemişti. "Bak ben bunun kız kardeşiyim ve bunun bu hallerini görmek zorunda kalıyorum. Bak bu dramdır. Etme Mayıs. Etme gülüm. Toparla şunu. Psikolojim altüst oluyor. Bak bir genç kızın yardım feryatlarıdır bu. Sessiz kalma, yenge."

Sesli bir kahkaha dudaklarımdan döküldüğünde Sıraç Sılay'a düz düz baktı. "Gidip zıkkımlansana, gelmiyoruz biz."

Sılay gözlerini belerterek, "Hamile kız hamile! Ay şap koyacağım bunun yemeğine ben! Bak öz ağabeyimle bu tür bir polemiğe girmek elbette ben de istemezdim ama yeter. Annem seni mart ayında mı doğurdu? Allah is watching, haberin olsun!"

"Çarpılacaksın, çarpılacaksın!" diye bağırdı Sıraç tıpkı bir çocuk gibi. "Gerçi daha ne kadar çarpılabilirsin ki? Şu tipe bak."

"Ay tipime laf eden, Sean O'pry olsa!"

"Ney pıray? O çökük kim lan benim yanımda? Hadi canım, bundan sonrasını yaşın kaldırmaz. İkile."

"Ben ne yapacağımı biliyorum," dedi Sılay başını hızla sallarken. Bir anda tek elini yukarı kaldırıp, diğer elini beline koyarak Süper Star Ajdar duruşu yaptı. Sıraç ona annesi ve Mehmet Ali Karayel'in yaptığı en büyük hataymış gibi bakarken Sılay bir anda, "Yaranamadım yavrum, yaranamadım. Ne yaptımsa sana yaranamadım," diye şarkı söyleyerek dans etmeye başladı. Bir anda karnını tuttuğunda Sıraç da ben de anlık bir şok içerisindeydik. "Kaldırdım göbeğimi bak hoppa! Döktürürsem öyle bana bakma!"

Dümdüz ruhsuz üç kişilik bir bakışma.

"Hadi bu görüntüden sonra yiyorsa sevişin!" diye bağırarak odadan çıktığında Sıraç'la öylece kalmıştık.

Birkaç dakika süren sessizliğin sonunda Sıraç gözlerini bana çevirdi. Yangın mavisi gözler büyük bir dehşet içerisindeydi. "Ürkütücü," dedi gözlerini gözlerime sabitlerken. Başımı sallayarak onu onayladığımda gözleri tekrar kapıya döndü. "Tekrar gelmez değil mi? Korkuyorum da."

"Sıraç," diye mırıldandım kollarımı onun çıplak ve ıslak sırtına dolarken. "Hı," diye tatlı bir homurtu çıkararak yangın mavisi gözlerini bana çevirdi.

"Onunla birlikte CanKan dansı yaptınız, değil mi?"

"Mayıs!"

"Yaptınız, değil mi?" diye sordum tekrardan dudaklarımı birbirine bastırarak gülmeme engel olmaya çalışırken.

"Çok konuşuyorsun," dedi gözleri dudaklarıma kayarken. "O güzel ağzın için çok daha başka planlarım var."

Alt dudağımı dişlerimin arasına aldığımda çenemi tuttu ve dudağımı ısırmayı bırakmam için hafifçe çekip parmağını dudağımda dolaştırdı. Uzun, kemikli parmaklarının dokunduğu dudaklarım ateşler içinde yanarken nefes almak zorlaşmıştı.

"Isırma," diye fısıldadı esrarengiz bir sesle. "Bu beni çıldırtıyor, biliyorsun."

"Çıldırman için yapıyorsam ya?" Gözlerimi yangın mavilerinden çekmeden kurduğum cümle odanın içinde yankılanırken, gözlerinin önüne gri bir sis perdesinin indiğine şahit oldum. Etli dudakları arzuyla aralanırken derin bir nefes aldı ve gözleri tekrar dudaklarıma indi.

"Başarıyorsun Bayan Karayel."

"Hım," diye iç geçirdiğimde Sıraç başını sallayarak dudaklarıma yaklaştı. Dudaklarımız birbirine değmek üzereyken ikimiz de aynı anda kahkaha atarak geri çekildik. Onun da gözlerinin önünde Sılay'ın göbeğini tutup sallayışı geldiğinden emindim.

"Kız halaya benzer derler. Doğmamış yavruma acıyorum. Libidom zarar gördü şu an," dedi Sıraç gülmeye devam ederken.

"Amacı da buydu ya zaten," derken ben de gülmeye devam ediyordum. Sıraç'ın gözleri bir an dudaklarıma düştüğünde, sırıtışım yüzümde asılı kalmıştı. Aniden eğilip dudaklarını dişlerime bastırdığında nefessiz kaldım ve kalbim göğsüme kanlı bir tekme indirdi. Onun bu ani hareketlerine bir türlü alışamayacaktım.

"Sen gülümsediğinde ben yaşadığımı hissediyorum, minik şeytan," dedi dudaklarını dişlerimden çekerken. "Eğer yaşamamı istiyorsan, sık sık gülümse. Ama yalnızca benim yanımdayken."

"Başkalarının yanında ağlayayım mı yani?" diye dalga geçtim kirpiklerimin altından onun her erkeği kıskandıracak güzellikteki yüzüne bakarken. Çıkıntılı elmacık kemiklerine sayısız öpücükler kondurmak istiyordum.

"Hayır. Başkalarının yanında ağlamanı da istemiyorum. Senin gülüşünü de, gözyaşını da yalnızca ben görebilirim."

∞

Sıraç akşama doğru tekrardan sessizleşmişti. Gün içinde birlikte alışverişe çıktığımız ve vaktimizi dışarıda öldürdüğümüz için ondaki değişimi fark edemesem de, eve geldiğimizde bir şeylerin farkına varabilmiştim. Dakikalardır aynı koltukta oturuyor olmasına rağmen nefes almaktan başka hiçbir faaliyette bulunmuyordu. Temmuz hemen Sıraç'ın çaprazındaki tekli koltukta otururken, Sılay da Temmuz'un karşısındaki tekli koltukta oturuyordu. Elimde meyve tabağı ile Sıraç'ın yanına oturduğumda Sıraç varlığımı bile hissetmemiş gibi aynı noktayı izlemeye devam etti ama sanırım bu yalnızca benim dikkatimi çekiyordu. Çünkü Sılay kanallar arasında zaplarken, Temmuz dümdüz bir ifadeyle sık sık kanalın değiştiği televizyon ekranına bakıyordu.

Göz ucuyla yanında oturduğum Sıraç'a baktım. Gözleri zemindeydi ve yangın mavisi gözlerindeki delici bakışla biraz daha uğraşırsa parkeyi parçalayabilirdi. Ellerini dizinin üstünde birbirlerine bağlı duruyordu ve yüzü ifadesizdi.

"Sıraç," diye fısıldadım ama gözleri beni bulmadı. Düşünceliydi. Sanırım hamileliğim yüzünden sıkıntılarını bana yansıtmak istemiyordu. Belki de Şafak ya da Yiğit'le iletişime geçmişti. Ya da bana saldıran adamla ilgili bir şeyler öğrenmişti. Kalbim koyu renk bir huzursuzluğu kalbimin kapakçıklarına sürüp, içimde yaşayan kiraz çiçeğinin boyun bükmesine neden olurken önümde duran meyvelere odaklanmaya çalıştım.

"Ya o her akşam yeni bir film veren kanal kaçtaydı?" diye sordu Sılay düşünceli bir sesle. Gözlerimi kaldırıp Sılay'a baktığımda kumandayı çenesine koymuş, televizyona bakıyordu. "Hani geçenlerde Johnny Deep ve Angelina Jolie'nin Turist filmini vermişti."

Temmuz, "Son yetmiş iki saattir kumandanın ileri düğmesini ısrarla taciz etme sebebin o kanalı bulamaman mıydı? Düğme içeri çöktü Kezorella," dedi ruhsuz gözlerini televizyon ekranından çekip Sılay'a dikerek.

Sılay yanaklarının içini havayla doldurdu ve, "Senden insan gibi cevap vermeni bekleyen de hata Marul! Kaçta hiçbiriniz bilmiyor musunuz ya?" diye ciyakladı. Temmuz kafasını iki yana sallarken gözlerinde bezmiş bir ifade belirmişti ama şu an ilgimi çeken şey bu değildi. Bu iki salak birbirine âşıktı, bunu biliyordum ama kafamı kurcalayan şey kocamın yanımda bir ölü gibi oturuyor olmasıydı.

"25," dedi Temmuz düz bir sesle. Sıraç aniden kafasını kaldırıp Temmuz'a baktığında bu ani hareketi hepimizi ürkütmüştü. Yangın mavisi gözler Temmuz'u tararken, "25?" dedi sorar gibi.

"Kanal," dedi Temmuz afallamış bir sesle. Bir süre bakıştılar ve Temmuz tekrardan televizyonu işaret etti. "Sılay'ın bahsettiği kanalı diyorum ağabey. 25'te."

"24'tür o," dedi Sıraç anlam veremediğim sert bir sesle. Elim onun eline kayarken, gözleri beni bulmadı ama elimi tuttu. Parmakları parmaklarıma kenetlenirken, şaşkın şaşkın ona bakıyordum.

"25," dedi Temmuz kendinden emin bir sesle. "Hafızam iyidir. Baksın istiyorsan. 25'te bahsettiği kanal."

Sılay, Temmuz'u onaylayarak, "Evet, 25'miş," dediğinde Sıraç'ın kaşları çatıldı ve, "Ver şu kumandayı," dedi dişlerinin arasından. Sılay afallamış bir şekilde kumandayı ağabeyine uzattı. Sıraç kumandayı parçalayacak gibi tutarken bir eli hâlâ elimin içindeydi. Parmaklarının terlediğini hissettim. Televizyonun ayarlarına girdiğinde gözlerimi kırpmadan onu izliyordum. 25'inci kanalı, 24'e taşıdıktan sonra, "Şimdi 24," dedi ve kumandayı Sılay'ın üstüne attı.

Sılay, Temmuz ve ben ona dumur olmuş gözlerle bakarken, Sıraç hiçbir şey olmamış gibi oturduğu yerden kalktı ve el ele olduğumuz için kalkarken beni de kaldırdı.

Kocam yaş sendromuna mı girmişti?

Beni çekiştirerek odaya çıkardığında hâlâ olayın şokundaydım. O gece Halim'le şakalaştığını sanmıştım ama o bunu kafasına takarak yaş sendromuna mı girmişti yani? Ah, hadi ama! O yalnızca yirmi beş yaşındaydı. Bunun için biraz erken değil miydi? Sıraç beni yatağın üstüne oturttu ve önümde diz çöküp gözlerimin içine bakarak, "Sence ben nasılım?" diye sordu. Bu soru bütün düşüncelerimin altına onay imzasını atarken, gözlerim kocaman açıldı ve dudaklarımı elimin tersiyle örtüp ona inanamayan gözlerle baktım.

"Sıraç, sorun ne?" diye sorduğumda sesim bana yabancı gelmişti. İlerleyen yaşlarda böyle şeyler yaşanırdı, bunu duymuş ve birçok makalede okumuştum ama bu kadar erken yaşayacağını düşünmemiştim. Onu bu düşüncelere iten şey neydi?

Eliyle yüzünü kapattıktan sonra başını iki yana salladı. Yangınımın mavisi kafasının içinde bir şeylerle savaşıyordu ve ben bunu her mimiğinden rahatça görebiliyordum.

"Çıldıracağım Mayıs," dedi yavaşça. Eliyle yüzünü örttüğü için sesi boğuk çıkmıştı. "Düşünmek istemiyorum ama her şey düşünmem için bu gerçeği önüme sunup duruyor."

Parmaklarım usulca onun siyah saçlarına daldığında yüzünü avuçlarının arasından sıyırıp, dizime yerleştirdi. Dizime koyduğu yüzünü santim oynatmadan gözlerini kaldırarak yüzüme baktığında kalbim iki büklüm oldu. Eşsiz güzelliği önüme bir şiir gibi sunulmuştu ve ben o şiirin harf sayısından, ölçüsüne, nazım birimine kadar her şeyi ezberlemiş olmama rağmen hâlâ aynı hevesle okumaya devam ediyordum.

"Sorun ne, küçük adam? Anlat bana."

Alt dudağını dişlerinin arasına aldı ve gözlerini boynuma düşürdü. "On sekiz yaşındasın," dedi düz bir sesle. "Yalnızca on sekiz ve çok güzelsin. Her bir canlıyı uğruna meczup edecek kadar mükemmel bir güzelliğe sahipsin. Evrene kendini sorgulattıracak kadar çok güzelsin."

"Sıraç..."

"Sus," dedi acı çekiyor gibi. "Sikeyim, tamam mı? Kıskanıyorum, oldu mu? Senin bu körpeliğin, bu tazeliğin beni deli ediyor! Seni kıskanıyorum!"

Kalbime ektiği kiraz çiçeği kafasını kaldırıp Sıraç'a bakarken, genzimin yandığını hissettim ama ağlamayacaktım. Onu tanımadan önce ağlamanın sözlük anlamını dahi tam olarak bilmeyen ben, şimdilerde bana güzel sözler söylediğinde bile ağlamak istiyordum. Bunun suçu tamamen hormonlarımdaydı. Belki de kalbimi parmaklarıyla sulayıp, besleyen ve olgunlaştıran Sıraç yüzünden böyleydim. Duygularım her an dalından düşmek için eğreti bir şekilde bekleyen meyve gibiydi. Parmaklarım onun siyah saçlarından kayıp, onun kemikli yüzüne indiğinde gözlerini kırpıştırarak yüzüme baktı.

Kocam tehlikeli bir adamdı. Bunu biliyordum çünkü buna birçok kez şahit olmuştum. Kanın kokusunu almış bir ruha ve öldürmeyi bilen marifetli ellere sahipti. Birini öldürmek marifet gerektiren bir şey değildi belki ama Sıraç'ın elindeki tüm suç aletleri gözüme muhteşem şeyler olarak görünüyordu. Bu iğrençti ama böyleydi.

Ama şimdi... Gözlerini kırpıştırarak bana bakan bu adam yirmi beş değil, beş yaşında gibiydi. Sıraç insanlarla arasına çektiği çitlerden bir tek benim atlamama ve yanına ulaşmama izin vermişti. O benim hikâyemin kötü adamıydı ve bu kötü adam, dünya üstünde yaşayan tüm insanlardan çok daha temiz, saf ve masum bir kalbe sahipti.

"Bunu sorun ettiğine inanamıyorum."

"Bunu sorun ediyorum," dedi açıkça. Yangın mavisi gözler gözlerime kilitlendi bir anda. "Şarap gibi bir vücudun var ve ruhun rakı tadında. Her şeyin sarhoş olmaya müsait ve ben seninle sarhoş oluyorum!"

"Sıraç..."

"Sana âşığım ve daha fazla büyümek istemiyorum!" diye bağırdı. "Siktir! Anlasana, sen çok küçüksün ve benim sana ayak uydurabilmem için bu büyümeyi durdurmam lazım!"

Parmaklarım onun yüzünü kafeslerken kaşlarını çatarak yüzüme baktı. Kavisli siyah kaşları keskin hatlar bırakarak, tüm düşüncelerini ayyuka çıkarırken Sıraç'ın yüzüne hayranlıkla baktım. Bu bir kadının duymak isteyeceği şeylerden çok daha fazlasıydı. Beni bu kadar yüceltecek ne vardı bilmiyordum ama sanırım ben de ona karşı pek farksız hissetmiyordum. İkimiz de birbirimizden çok daha hastalıklıydık ve bu hastalıklı aşk bizi sonsuz bir tutkunun kollarına itip, birbirimize hiç doymamız için bizi açlıkla sınıyordu.

"Yalnızca yirmi beş..."

"Yirmi beş diyor ya!" diye bağırdı tekrardan.

"Aptal," dedim dişlerimin arasından. "Sen gerçekten aptalın tekisin Karayel! Gerçekten böyle mi düşünüyorsun? Sen hiç aynanın karşısına geçip kendine baktın mı? Ben her an, her saniye ne düşünüyorum biliyor musun? Neler düşündüğümü tahmin bile edemezsin. Ne kadar güzel olduğunun, ne kadar ulaşılmaz göründüğünün farkında mısın sen?" Bana şok olmuş gözlerle bakarken derin bir nefes aldım ve kafamı iki yana sallayarak ona baktım. "Kilo almaktan ve senin yanına yakışmamaktan korktuğum için bebeklerimin sağlığını tehlikeye attım ben. Üstündeki gömleği çıkarıp bana o her saniye spor salonundaymışsın gibi görünen vücudunu sergilediğinde neler hissediyorum tahmin bile edemezsin. Gözümde nasıl bir yüceliğe, nasıl bir mükemmeliyete sahip olduğunu bilemezsin sen! Eminim şu an on altı yaşında bir kız çocuğu bile olsaydım, senin bu mükemmelliğin karşısında yine bu hislere benzeyen şeyler hissederdim ve yaşını asla sorun etmezdim! Allah aşkına Sıraç, yirmi yaşındaki kızlar kırk yaşındaki adamlara âşık oluyor ve bunun sebebi para değil. Dünyada yaşı, ırkı, dini, rengi ayırt etmeden birbirini sevebilen milyonlarca insan varken aramızdaki altı yaşı takacak kadar aptal olmadığını umuyorum!"

Ne ara olmuştu bilmiyordum, nasıl olmuştu hiçbir fikrim yoktu, aniden yatağa devrildiğimde Sıraç hemen üstümdeydi ama ağırlığını bana vermemişti. Ellerini yatağa bastırarak bedenini yukarıda tutarken, gözlerimi kaldırarak ona baktım. Nefes nefese kalmıştı. Hırıltılı sıcak ve kahve kokulu nefesini yüzümde hissedebiliyordum.

"Üzgünüm," dedi düz bir sesle. Yangın mavisi gözleri birkaç ton koyulaştı ve artık gözleri koyu bir petrol mavisiydi. "Tam şu anda seninle deliler gibi sevişmek zorundayım ve sen buna engel olamayacaksın."

Kasıklarımdan yukarı, göğsüme doğru bir yanma hissinin tırmandığını hissettim. Kocamın keskin ve kararlı bakan mavi gözlerinin irislerine kazılı olan kelimelerden şu an kaçışımın olmadığını görebiliyordum. İrileşmiş gözlerle Sıraç'a bakarken sertçe yutkunduğunu gördüm. Âdem elması sert bir kavis çizerek hareket ettiğinde soluk borumda dolaşan şeyin saf şehvet olduğunu anlayabilmiştim.

Üstümdeki tişörtün eteklerini tuttuğunda gözlerimiz kısa süreliğine ayrıldı ve Sıraç, Karayel yasaları göz önünde bulundurulduğunda gayet nazik bir şekilde tişörtümü üstümden çıkardı ve sutyenimle önünde öylece kalakalmamı sağladı. Hamileliğin etkisiyle daha da büyüyen göğüslerime aç gözlerle bakarken, dudağı hınzır bir ifadeyle yukarı kıvrılmıştı.

"Nazik olmak için elimden geleni yapacağım," diye hırladı şehvet kokan nefesiyle. Sıraç altımdakinden kurtulurken kendisi de yavaş yavaş soyunmaya başlamıştı. Altında onu sıkı sıkı saran siyah bir boxer ile kaldığında gözleri arsızca bacaklarımda dolaştı ve göğüslerimin üstünde durdu. "Seni istiyorum, Karayel'in kadını." Sesi hırıltıdan farksız çıkmıştı ve boğuktu. Kalbim bir kuşun kanadına ilişmiş gibi hızla kanat çırpıp, kuşa yardım etmeye çalışırken çoktan nefessiz kalmıştım.

"Nazik ol," diye mırıldandığımda Sıraç'ın dudaklarını karnımda hissettim. Bacaklarımın arasına girmiş, ellerini belimin iki yanından sabitlemiş karnımdaki çıkıntıda dudaklarını gezdirirken, ıslak dili yukarı doğru küçük bir yol çizmeye başladı. Organlarım korkuyla birbirine çarparken, kendimi biraz sonra olacaklara hazırlamaya çalışıyordum.

Aniden kayarak bacağımın iç kısmını öptüğünde ürperdim ve doğrulmaya çalıştım ama eliyle buna engel olup beni tekrar yatırdı. Uzun ve kemikli parmaklara sahip olan elleri bacaklarımı okşarken gözlerini kaldırıp bana atabileceği en arsız, en tutkulu bakışı attı.

Sıraç'ın dolgun dudakları bacaklarımdan karnıma, karnımdan göğsüme tırmanırken yaşadığım yoğunluğun etkisiyle inledim. Biz karı kocaydık ve artık bu duruma alışmam gerekiyordu. Yine de utanıyor, her defasında ilk kezmiş gibi heyecanlanıyordum.

"Beni istiyor musun Mayıs?" diye sordu boğuk bir sesle. Dudakları hemen sutyenimden taşan göğüslerimin üstünde duruyordu ve gözlerini kaldırarak bana bakıyordu. Bu görüntü hafızama kazınırken, ona olan aşkımın dipsizliğinde boğulacak gibi hissettim.

"Seni istiyorum," dedim yalvarır gibi. "Lütfen."

"Seni kıvrandırmalı mıyım?" diye sorduğunda göz rengi birkaç kat daha koyulaşmıştı. Şu an lacivert, belki de yoğun bir gri gibi görünüyordu, bilmiyordum. Çözemiyordum. Görüşüm puslanmaya başlamıştı ve kulaklarımda uğuldayan kanın sesini duyabiliyordum.

"Hayır, lütfen."

"Hım." Dudaklarını ağzıma kaydırarak dişlerime ve çeneme sürttü. Dudaklarım anında aralanıp, onun dudaklarının tadını almak için hevesle beklerken, dilini dilimin üstünde hissettim. Islak dili, dilime hasretle sarılırken, hünerli ağzı benimkini tadarak, keşfederek, fethederek ve hükmederek ağzımı istila ediyordu. Ağzımda kahve ve Sıraç Karayel tadı vardı. Kahve tadının teninden yükselen koku yüzünden geldiğini biliyordum. "Şimdi bebeklerimizi rahatsız etmemek için doktorunun sana önerdiği şekilde birleşeceğiz, tamam mı?" diye sordu boğuk bir sesle. Dudakları hâlâ dudaklarımın üstündeydi ve dudaklarının baskı yaptığı dudaklarıma dökülen kelimeleri kulağıma boğuk bir tınıyla doluşmuştu.

Cevap vermedim ama göğsüm öyle hızlı inip kalkıyordu ki, Sıraç bunu fark etmişti. Fark etmemesi mümkün değildi. "Hadi," diye inledi. "Doğru pozisyonu bulmamız için bana yardımcı ol, benim küçük kadınım."

"Böyle konuşma," diye inledim. "Lütfen, utanıyorum."

"Benden utanma," dedikten sonra çenemi emdi ve dişlerini çenemde gezdirdi ama asla ısırmadı. Dişlerinin sürtündüğü çenemden alevler çıkacak sandım. "Hadi, doğru yolu göster bana, miniğim. Sana nasıl sahip olmam gerekiyor?"

Ah, hayır. Onun böyle arsızca konuşmasından nefret ediyordum ama aynı zamanda seviyordum da.

"Sırtımın sana dönük olması gerek," dedim kıpkırmızı olan yüzümü ondan gizlemeye çalışırken. "Ve diz çöküyor olmalıyız. Lanet olsun Sıraç. Kes şunu. Kalk üstümden! Hayır, yapmayacağım!"

"Hadi yapalım şunu," dedi ve beni aniden yatakta ters çevirip sırtımı dikleştirdi. Dizlerimin üstünde duruyordum ve gözlerim kocaman açılmıştı. Utanç duygusu tüm bedenimde artçı bir sarsıntı yaratırken kilitlenmiştim. Sıraç'ın parmaklarını tıpkı bir kıskaç gibi kullanarak külotumu yana çekerken nefessiz kalmıştım.

"Lütfen," diye yalvardım. "Kes şunu, çok utanıyorum!"

"Benimle iç çamaşırlarımız üstümüzdeyken sevişmekten mi utanıyorsun?"

"Sıraç!"

"Onları çıkarmayacağız, yalnızca kenara çekeceğiz bebeğim," diye mırıldandı boğuk bir sesle. Hemen ardından uzun parmaklarının sıcaklığını oramda hissettim. Gözlerimi sıkı sıkı yumarken, alt dudağımı dişledim ve düzensiz nefesimi bir düzene sokmaya çalıştım. Boyası akmış duvar gibi birbirine giren renkler düşüncelerimi istila edip, kelimelerimin üstüne otururken yapabildiğim tek şey boğuk bir iniltiyi dudaklarımdan dışarı salmak olmuştu.

"Sana deliriyorum," derken sesi acı çekiyor gibi çıkmıştı. "Tazecik, körpecik ve şarap gibisin. Senin için yeterince iyi olamamaktan korkuyorum, anla beni."

"Sen en iyisisin!" diye haykırdığımda güldüğünü duyabilmiştim. Sıraç'ın boxerının belli bir kısmını indirdiğini fark ettiğimde gözlerim utançla bir kez daha kapandı ve dişlerimi birbirine bastırarak derin bir nefes almaya çalıştım. Sıraç acı verecek bir yavaşlıkla kendini içime ittiğinde gözlerim dehşetle açıldı ve nefesim bir an kursağımda kalmış gibi dudaklarım aralandı. Müthiş bir sızı ve sahiplik hissiyle çevrelenen bedenimin, ruhuma yüklediği çaresiz şehvet iniltisi dudaklarımdan eşsiz bir melodi gibi dökülürken, Sıraç elini belime yerleştirdi ve dudaklarını enseme bastırdı.

Kendini bir kez daha kısmen içime itti ama bunu sapkın duygulardan uzak, aksine aşk ve adlandıramadığım tuhaf bir sahiplik duygusuyla yapmıştı. Dudakları ensemde dolaşırken, sık nefeslerini saç diplerimde hissedebiliyordum. Aldığı her bir nefes saçlarımı uçuşturuyordu.

"Senin sıcaklığında bir şey var," diye mırıldandı boğuk bir sesle ve bir kez daha çarpıştık. Ağzımın içi kurumuştu ve dudaklarım güneşin altında kalmış, vizon rengindeki çatlaklarla dolu olan topraktan farksız hale gelmişti. "Senin sıcaklığında kendimi tamamen bulduğum, tamamen kendim olduğum bir şeyler var."

Yumuşacık iç çekişini kulağımda duydum. Bedeniyle bedenimi, ruhuyla ruhumu doyuran mavim beni varlığıyla besliyordu. Onun varlığı, diğer tüm insanların varlığına edilmiş en büyük hakaretti ve diğer insanlar onun nefes aldığı bir dünyada nefes alarak maça 1-0 yenik başlamışlardı. Onun mucizevi yaşamı, diğer tüm yaşamları ezip geçiyordu. O bir mucizeydi.

Büyük bir aşkla, "Karayel!" diye haykırdığımda enseme bıraktığı sıcak nefesinin yanına bir de sulu bir öpücük ekledi.

"Ömrüm," dedi canından koparcasına. Bir insan bedeniyle sevişirken bile bu kadar dokunabilir miydi ruha?

"Seni seviyorum," diyebildim tükenen sesimle. "Seni çok seviyorum Karayel!"

Geri çekilip kendini içime çarptı. En hassas noktama isabet ederken, başımı arkaya atarak inledim ve kuruyan dudaklarımı birbirine bastırıp, ağzıma gelen haykırış yüklü iniltiyi yutmaya çalıştım. Başımı tamamen ona doğru çevirdiğimde artık terle kaplanmış eşsiz yüzünü görebiliyordum. Bu şekilde biraz boynum ağrıyordu ama yine de halimden memnundum, çünkü onun yüzü doyurucuydu. Elmacık kemiklerinin üstü ter damlacıklarıyla kaplıydı ve alnı da öyleydi. Siyah saçları sanki suyun altına girip çıkmış gibi ıslak ve dağınık görünüyordu. Portreme ev sahipliği yapan göğsünün de yüzünden pek bir farkı yoktu.

Göz gözeydik, aramızda yalnızca birkaç santim vardı ve bütün dünya etrafımızda akıp giderken minicik bir kozaya sığmıştık birlikte. Siktir, ona fena halde âşıktım!

"Çok darsın," dedi gözlerini gözlerimden ayırmadan. Utanç karanlık bir kuytuya saklanmış ve bedenimden ayrılmıştı. Gözlerimi gözlerinden çekmeden arsızca gülümsediğimde, alt dudağını ısırdı. "İşte böyle, utanma benden. Sen benimsin."

"Ben seninim," dedim her bir kelimenin üstüne harf harf basarak. Kalçasıyla etrafımda bir daire çizdiğinde bu hareketinin yankısını içimde, derinlerimde duydum. Dışarıdan belki de oldukça edepsiz görünen bu halimiz, şu an kimsenin anlayamayacağı kadar aşk ve duygu doluydu.

"Sana tapıyorum!" diye haykırdım bilinçsizce ve ağrıyan boynuma engel olamayıp önüme döndüm tekrardan. Sıraç'ın kaslı göğsü sırtıma yapıştığında iliğimin titrediğini hissettim. Terle kaplı göğsünü sırtımda hissedebiliyordum ve bu... Aman Allah'ım, bu adam keşfedilmemiş ve içinde yaşam enerjisi olan bir başka mavi gezegen gibiydi. Dünya değildi kesinlikle. Çok daha başka mavi bir gezegendi. Neptün diyemezdim, Uranüs, Merkür, Venüs, Mars, Jüpiter diyemezdim. Bu adam dünyadan daha mavi, diğer gezegenlerden daha eşsiz ve yaşam enerjisiyle doluydu.

"Ma belle," diye fısıldadı mükemmel, kusursuz bir Fransız aksanıyla. Nefesim kesilirken ilk kez bana Fransızca bir şey söylediğini fark ettim ve bu heyecanımı beşle çarptı. Onun Fransızca ve diğer yabancı dillerinin iyi olduğunu biliyordum ama bu kadar muhteşem bir aksana sahip olduğunu bilmiyordum.

"Ah, hayır!" diye haykırdığımda Sıraç aniden kasıldı ve sanki sözleşmişiz gibi aynı anda dalgalanarak birbirimizin etrafında kendimizi tuzlu bir denizin içine bırakırken, nefes nefese kalmıştık.

Okyanusta bir damla su için dudaklarını aralayan ama okyanusta bir damla su bulamamış küçük bir balık gibi nefes almak için çabalanırken, Sıraç hemen yanıma devrildi ve aniden beni kucağına çekip kaslı göğsünün üstüne yerleştirdi. Kollarımı onun terli vücuduna sarıp, ona tutunurken nefes nefeseydim ve gözlerimin önünde sayısız yıldız uçuşuyordu. Bir süre sessizce birbirimizin kalbinden yükselen, adrenalinin ve heyecanın sesini dinledik. Her seferinde aynı dozda adrenalin ve heyecan bedenimize enjekte oluyordu. Sıraç derin bir nefes aldığında göğsüyle birlikte ben de havalandım. Kafamı kaldırıp, çenemi onun sağ göğsünün üstüne yerleştirdim, gözlerimi kırpıştırarak ona baktım. Kuruyan dudaklarını diliyle ıslatıp, kısık gözlerini aralamadan gülümsedi. Bu can yakıcı güzellik kalbimi zehirli dikenlerinin arasına alıp, kanatana kadar sıkarken, parmaklarım benden bağımsız bir şekilde Sıraç'ın yüzüne gitti ve yeni yeşeren sakallarını avucumun içinde hissettim.

"Çok güzelsin," dedim fısıldayarak. "Üstelik yirmi beş yaşında bir adama göre oldukça enerjiksin," diye dalga geçtiğimde kaşları havaya kalktı ve, "Yirmi dört," diye düzeltti beni.

Başımı hızlı bir şekilde salladım ve göğsüne bir öpücük kondurup, "Yirmi dört," diyerek onayladım onu.

"Sonsuza dek, yirmi dört," dedi başını hafifçe uzatıp dudaklarını dudaklarıma yaklaştırırken. Üst dişleriyle alt dudağını yavaşça ısırdı ve dudağını serbest bırakırken gözlerini kısarak gözlerimin içine baktı.

"Sonsuza dek, yirmi dört," dedim gülümseyerek ve ardından az önceki Fransızca aksanı kulaklarımın içinde dönmeye başlayınca gözlerimi kısarak, "Fransızca aksanın muhteşem. Seni kıskanmam için bir sebep daha var artık. Başkalarının yanında Fransızca konuşmanı yasaklıyorum," diye huysuzlandım.

Dişlerini göstererek gülümsediğinde hiç beklemediği bir şey yaptım ve tıpkı onun gibi dudaklarımı onun beyaz dişlerine bastırdım. Sıraç'ın bunu hiç beklemediğini altımda kaskatı kesilen bedeninden anlayabilmiştim. Dudaklarımı beyaz dişlerinden çekerken, yangın mavisi gözler odağıma girdi. Şaşkın görünüyordu ama her zaman olduğundan çok daha parlaktı.

"Benden başka kimsenin yanında Fransızca konuşmayacaksın," dedim kararlı bir sesle. "Neymiş? Tekrarla."

Başını yavaşça aşağı yukarı sallayarak beni onaylarken, dudakları tatlı bir kıvrımla yukarı büküldü ve, "Je t'aime, ma belle," diye fısıldadı.

9.MERHAMET

Sıraç Karayel'den...

Bir kadına sahip, bir kadına ait olmak... Ve minik bir kadının kollarında güvende hissetmek...

Bir kadına aittim ve o kadına sahiptim. Üstelik onun kollarında güvende hissediyordum.

Uyandığımda başım göğsünde, kolum belinde, bacağım iki bacağının arasındaydı ve bir sarmaşık misali birbirimize dolanmıştık. Benim gibi bir adam için çok fazlaydı ve ben onun minik kolları arasında hiç hissetmediğim kadar güvende hissediyordum. Sıcaklığını ve cennetten çıkageldiğini düşündüğüm o eşsiz kokusunu içime doldururken, huzurun bu kadının kolları olduğundan adımın Sıraç olduğu kadar emindim.

Bir kadının kollarını yuva bellemek... Bu kadın benim yuvamdı.

Yatağın ona ait olan tarafındaydık ve tamamen büyüyen karnı elimin altında yavaşça yukarı çıkıp, tekrar aşağı iniyordu. Anlaşılan diğer üyeler de derin bir uykudaydı. Başımı yavaşça yukarı kaldırıp onun karanlığın içinde açan mavi bir begonya çiçeğini andıran yüzüne baktım. Dudakları hafif aralıklı duruyordu ve her zaman olduğu gibi silik kan rengindeydi. Dudaklarına tapınmak istiyordum. Minik burnu yukarı bakıyor, uzun kirpikleri elmacık kemiklerini gölgelendiriyordu. Benim minik ibadethanem öylesine güzeldi ki. Ona olan bu abartılı duygularımın önüne geçememem beni korkutsa da, sanırım bu duyguları fazlasıyla benimsemiş ve seviyordum.

"Çok güzelsin," diye fısıldadım duymayacağını bile bile. Sesim pürüzlü ve uykulu çıkmıştı ama onu gören gözlerim uykuyu çoktan bir yılanın derisinden kurtuluşu gibi sırtından sıyırmış ve bir köşeye fırlatmıştı. "Sen bu dağ gibi adamı yıkabilen tek kadınsın."

Öyleydi. Asla sarsılmayacağını düşündüğüm kişiliğime indirdiği tek bir darbeyle yıkılmış, ona yenilmiştim. Benim minik düşmanım, minik şeytanım, minik kadınım. Bir gün ona doyabilecek miydim?

Elimin altında hareket eden karnı bir anda gözlerimin irileşmesine neden olurken, bir zamanlar varlığından şüphe duyduğum kalbimin hızlı ve kanlı bir tekmeyi göğsüme geçirdiğini hissettim. İçeridekilerden biri, ya da ikisi de, uyanmıştı ve elimi hissetmiş gibi sesime tepki vermişlerdi. Kasım ayından sonra ocak ve şubat ayını sorunsuz bir şekilde geride bırakmış, tüm alışverişleri tamamlamıştık. Büyük ihtimalle martın sonunda doğum yapacaktı ve biz henüz martın ortalarındaydık. Karnının arkasında yaşayan minikler tekmeleri çoğaltmış, ufacık şeye bile tepki verir olmuşlardı.

Tuhaf olan hamile bir kadının bu kadar narin görünebilmesiydi.

Kadın mı? Yalnızca on sekiz yaşındaydı.

Sorun değildi. Ben de yirmi beş yıldır yirmi dört yaşındaydım.

Parmaklarım onun karnında dolaşırken ikinci bir tekmeyi bekledim ama bir yandan da o tekmenin gelmemesi için dua ettim. İçeride onu tekmeleyen bir şeyler olması muhakkak ki onun canını acıtıyordu ve o şeytanlar doğduklarında bunun hesabını onlardan soracaktım.

"Günaydın," dedi çatlak sesiyle ama o çatlak ses cennetin duvarlarında yükselen bir ilahiden farksızdı benim için. Uzun kirpikleri aralandı ve cennetle yangının ortak olduğu mavi gözleri beni odağına aldı. Kızaran gözleri maviyi daha çok ele vermişti ve nefes kesici güzelliği karşısında bir kez daha bozguna uğradım.

"Günaydın, minik şeytan," dediğimde yamuk bir şekilde gülümsedi. Bu gülümseyişle uyanmaya bayılıyordum.

Terli boynunu ortaya çıkararak kafasını kaldırdı ve, "Henüz mart ayında olmamıza rağmen hava çok çabuk ısınmadı mı sence de?" diye sordu.

Dudaklarımı onun terli ve ince boynuna bastırırken bedeni bir an gerildi ama ardından tatlı bir homurtu çıkararak gevşeyip kollarını boynuma sardı. İnce ve beyaz boynundaki teri dudaklarımla kurularken nefessiz kalmıştı. Son iki aydır sevişemiyor olmamızın verdiği en büyük eksiklik, birbirimize dokunduğumuzda aniden ateşlenmemizdi. Patlamaya hazır bir bombadan farksız oluyorduk ama sanırım biraz olsun dizginlemeyi öğrenebilmiştim.

"Bugün biraz daha ağır hissediyorum kendimi," diye itiraf etti. "Tüm gün uyusam doymayacakmışım gibi."

Dudaklarımı boynundan çektikten sonra göğsünün biraz üstüne sulu bir öpücük kondurup gözlerimi kaldırarak ona baktım. "Sen de bütün gün uyu o zaman, seni kaldırmaya çalışan mı var? Sılay mı rahatsız ediyor? Ben hepsini uyarırım çıkarken."

"Hayır, Sılay bir şey yapmıyor. Hem hemen gidecek misin sen?"

"Farkında mısın bilmiyorum ama artık tek bir şirketin değil, iki şirketin de sorumluluğu benim üstümde Karayel," dedim burnumu göğüs boşluğuna sürterken. "Karamaça Holding ile de ilgileniyorum, biliyorsun."

Parmaklarını saçlarıma kaydırdı ve tatlı tatlı okşadı. "Benim çalışkan kocam," diye mırıldandığında bana sayılı zamanlarda kocam dediği için kalbimin hızlandığını hissettim. Ah, hadi ama liseli bir ergenden farkım kalmamıştı. Bu minik şey tüm ayarlarımla oynamıştı. Patlamaya hazır, çok çalkalanmış bir koladan, light kolaya düşüş yapmıştım.

"Kocam derken kıvrılan dudaklarını yerim. Çok değil on beş, yirmi gün sonra yiyeceğim. Bol bol."

"Pislik!" diye bağırdı ama bu öfkeden uzak, nazlı bir sesti.

"Bu pislik seninle yatakta olduğu için çok mutlu ama şimdi duş alıp evden çıkması gerek."

"O kızıl saçlı sekreteri kovdun, değil mi?" diye sordu kaşlarını çatarak. "Bak, Sıraç! Yine ani bir baskın veririm ve o kızıl tanrıçayı orada görürsem kıyameti koparırım! Sana nasıl baktığını gördüm! Eğer elimden almasaydınız ben ona yapacağımı bilirdim!"

Kızın saçları elinde kaldı zaten atarlı hamile. "Güzelim, sakin olur musun? Senin o saldırından sonra benim kovmama gerek kaldı mı sence? Kız pılını pırtını toplayıp kaçtı zaten."

Öyle de olmuştu. Kızın, *"Üzgünüm Sıraç Bey ama can güvenliğim tehlikede,"* deyişi kulaklarımda hâlâ yankılanıyordu. Vahşi kedimin kızın yüzüne geçirdiği tırnak izleriyle gururlanmam normal miydi?

Önemsenmek güzeldi.

"Bakmasaydı sana öyle! Kafam kadar memeleriyle beyaz gömleği giymiş, çok güzel değil miydi? Esmer bir de! O güzel memeleri el sallıyordu hep! Çok da güzeldi!"

"Aboo, kız hiç yakışıyor mu ağzına bunlar senin?" dediğimde kıkırdadı ve eliyle yüzünü örttü.

"Aboo dedi ya! Bir daha de!" Gülmekten sesi boğuk çıkıyordu. Burnumu göğsüne gömdüm ve, "Abooo," diye bağırdım. Gülüşü şiddetlenirken bir ara nefessiz kalacak gibi oldu.

"Ne güzel adamsın sen ya!"

"Öyle miyim sahi?"

Yüzünü açıp gözlerimin içine baktı. Gülerken kırışan göz çevresi bir anda tüm tazeliğiyle gözlerimin önüne düştü. "Öylesin sahi," dedi kısık bir sesle.

"Gidiyorum o zaman," diyerek yataktan kalktığımda kollarını iki yana açarak yatakta özgürlüğünü ilan etti. Evimi, kalbimi, yatağımı şenlendiren minik bedeninde iki can taşıyan, küçük kız.

"Akşam gelirken bir şeyler al," dedi yastığa yüzünü bastırırken. "Halimler, Merveler ve Doğukan gelecek. Mesaj atmışlar."

"Aman o konuşan katır Deniz gelmesin de, kim gelirse gelsin, miniğim. Bana kalsa tirrek de gelmesin. Yazacağım sonunda kapının önüne tirrekler giremez diye. Adama evimi verdim, bu eve de gözünü dikti. Alıyor danasını geliyor bu evde otlatıyor."

"Ya Sıraç! Çok ayıp!"

"Az önce kıza kafam kadar memeleri var derken ayıp değil ama, değil mi?" diye sorduğumda yüzüne bastırdığı yastığı bana attı ve, "Hadi git yıkan. Çok konuştun Karayel," dedi.

∞

Telefonumun melodisi ofisin duvarlarında yankılanmaya başladığında nihayet yüzüme bir ifade ekleyebilmiştim.

"Ankaralı ciddi anlamda bana bir ilgin olduğunu düşünmeye başladım," diye mırıldandım telefonu omzum ile kulağım arasına yerleştirirken.

"Biliyor musun, sana ilgim yok ama tam şu anda senin büyük ilgi duyacağın bir şeyi pençelerimin arasına geçirdim. Benimle iyi geçin Karayel," dedi düz bir sesle.

"Seni dinliyorum."

"Yılan saklandığı delikten kafasını çıkardı," dedi ve ardından sigarasından derin bir nefes aldığını duydum. "Her şey istediğin gibi ilerliyor. Sessiz, sakin ve sinsi. Pek sana uygun değil ama sanırım böylesi çok daha iyi. Üstelik yılana yaklaşabilmem için elimde müthiş bir koz var."

"Kızı karıştırma," dedim gayet sakin bir sesle. Ne olursa olsun, arada bir kan bağı da olsa o kızın suçu yoktu ve Ankaralının ne bok yediğini Halim'den öğrenmiştim. Bana kan bağı ile intikam alınmayacağını Mayıs'ın varlığı öğretmişti.

"Boş ver şimdi onu. Akşam sizdeyim. Durumla ilgili gelişmeleri sana anlatacağım. Kızdan birçok bilgi edindim. Ah, bir de yapışmasa iyi hatun ama..."

Gözlerimi bir noktaya dikerken dudağım alayla yukarı kıvrıldı. "Belki beş yıl, belki on yıl... Sorun değil. Zamanı geldiğince onun kemiğine yapışık olan etini sıyırıp, kemiğini sikeceğim. Artık sabırlı bir adamım."

"Bu sakinliğin beni korkutuyor. Sıraç Karayel'in bu kadar sakin davranması..."

Gözlerim tamamen kısılırken yüzüme sert bir ifade kondu. Bu yirmi beş yıldır yirmi dört yaşında olan adamın kafasında dönen tilkilerden hiç kimsenin haberi yoktu.

∞

Tam toplantının ortasında toplantı salonunu basan Engin beni çekiştirerek salondan dışarı çıkarırken, içerideki Japonlar dünyadan habersiz Yavuz'un anlattıklarını dinlemeye devam ediyordu. Siyah kravatı gevşettikten sonra kaşlarımı çatarak Engin'e baktım. "Bana bak şu içerideki çekiklerle büyük bir anlaşmanın eşiğindeyim. Eğer beni yaka paça dışarı çıkarmanın sebebi ottan boktan bir şeyse, seni buraya gömerim."

"Senin için ottan boktan bir sebeptir belki, bilmiyorum ama... Sıraç. Dayımın durumu hiç iyi değil ve tam şu anda sayıkladığı tek isim kızının ismi. Sılay'ı onun yanına götürmelisin!"

Durumu iyi değil miydi? Ölmezdi o. Daha çektireceği acılar vardı.

"Sılay'ın onu görmek dahi istemeyeceğini biliyorum. Kız kardeşimi buna zorlayamam, Engin," dedim umursamaz bir sesle. Kahverengi kemerin kulaklarımda çınlayan sesini hatırlıyordum. Zihnimde taze tuttuğum bu sesler ne zaman o herifin varlığı hatırlatılsa başa sarıyor, kulaklarımı ve düşüncelerimi işgal ediyordu.

"Sıraç, seni anlamıyorum. O senin baban!" diye bağırdığında birkaç çalışan bize baktı ama ters bakışlarıma maruz kalınca hepsi işine döndü.

"Sesinin tonunu ayarla konuşmadan önce. Küçük beyninle beni bir şeylere ikna etmeye çalışıyorsun ama bunu başaramazsın. Sen de biliyorsun."

"Sıraç," dedi yalvarır gibi. "O zaman sen git. Halini gör... Öyle karar ver, kardeşim."

"Gitmiyorum." Engin'in yanından sıyrılıp geçerken, Engin kolumu yakaladı ve sıktı. Kaşlarım çatıldı. Yumruğumu yüzüne geçirmek için yüzümü ona dönerken Engin'in ela gözlerinden akan bir damla yaş, olduğum yere çakılı kalmama neden oldu.

"Ölüyor, Sıraç. Baban, ölüyor."

Eski bir anı;

"Babam ne zaman gelecek anne?" diye sormuştum anneme. Dudağındaki yaranın sebebini o zamanlar tam olarak bilmiyordum aslında. Önümde şiddet gördüğü oluyordu ama yüzündeki izlerin bundan olduğunu pek idrak edemiyordum o zamanlar.

"Birazdan gelir Sıraç. Sen uyu hadi," dedi annem üstüme o çok sevdiğim örümcek adamlı yorganı örterken. Dudaklarını saçlarıma bastırdı ve gözlerini kısarak, "Büyüyüp mükemmel bir baba olacaksın, biliyorum," diye fısıldadı.

"Öyle olacağım," dedim hiçbir şeyden habersiz. "Söz."

"Biliyorum. Söz vermene gerek yok. Bundan zaten eminim."

"Seni seviyorum anne."

"Seni seviyorum Sıraç."

Çok geçmemişti üstünden. Sabahın saat üçüydü sanırım, tam hatırlamıyordum. Çok küçüktüm zaten. Her şey silik geliyordu gözüme. Odamın kapısının sertçe açıldığını duyduğumda yüreğim korkuyla gümlemişti. Biliyordum çünkü. Belinde kahverengi deri kemeri vardı. Vuracaktı onunla bana. Uyandıracaktı. Yapmadığı şey değildi. Lime lime ettiği duygularıma son darbeyi belki de bu gece indirecekti. Beni bir kalpsiz, bir cani, bir katil yapmaya zorlayacaktı. İçimdeki çocuğu tehdit eden varlığına rağmen onu seviyordum.

"Uyuyor," dedi annem aceleci bir sesle. "Yapma, ne olursun. Gel içeride hallet. Ona dokunma."

Gözlerimi korkuyla birbirine bastırırken beni uyandırmaması için dua ediyordum. Uyandırıp aramızdaki bağa bir tekme daha atmasını istemiyordum. Acıdan korktuğum falan yoktu. Benim korkum içimdeki son sevginin de pıhtılaşıp bedenimi terk etmesiydi. Ben de diğer çocuklar gibi babamı sevmek istiyordum.

Onu sevmeye ihtiyacım vardı.

"Sen git," dedi babam dümdüz bir sesle. Annemin sessiz yalvarışlarını duyabiliyordum ve odanın kapısını açtığı için yüzüme sarı bir ışık vuruyordu. Karanlığı delip geçen sarı ışık üstüme toplanmıştı ve tek bir yanlış mimikte uyumadığımı anlayabilirdi. Bu beni daha çok korkutuyordu. "Eğer biraz daha yalvarırsan onu sen uyandıracaksın ve ben olanlardan sorumlu olmayacağım," dedi kelimelerin üstüne basarak. Annem korkuyla odadan çıkarken babamın gölgesinin yüzüme düştüğünü hissettim. Kalbim korku ve tuhaf bir heyecanla göğsümü yumruklarken, nefesim biraz hızlanmıştı. Hiçbir şey söylemedi. Yatağımın çöktüğünü hissettiğimde, ayakucuma oturduğunu anlayabilmiştim ama gözlerimi açmadım. Yaklaşık bir saat öylece oturdu ve sessizce beni izledi. Beni inceleyen gaddar gözlerin ağırlığını yüzümde hissedebiliyordum. Zihnim buna daha fazla dayanamayıp uykuya dalarken, beni uyandırıp dövmemesi için dua ettim.

Mehmet Ali bir süre oğlunun kusursuz ve kemikli yüzünü izledi. Büyüdüğünde çok yakışıklı bir adam olacağı kesindi ve asla ona benzemeyecekti. Oğlunun merhametli bir kalbe sahip olduğunu biliyordu. Ve sırf bu merhamet tükenmesin, oğlu ona benzemesin diye bazen bilerek oğluna kinle bakıyordu. Oğlu ondan nefret etmeli ve benzeyeceği son insan olarak onu görmeliydi. Mehmet Ali, dayak yememek için uyuma numarası yapan oğlunun gerçekten uyuduğunu fark ettiğinde dudağı belli belirsiz yukarı büküldü. Elini oğlunun zayıf ve güçsüz koluna koyarken çocuk bir ara huzursuzlanır gibi oldu ama uyanmadı. Ah, ürkekti. Sebebi belliydi.

Mehmet Ali'nin öfke kontrolsüzlüğü...

"Üzgünüm evlat," diye mırıldandı oğlunun güzel yüzünü izlerken. "Boğazımdaki yumruyu, sırtımda taşıdığım cesetleri, içimdeki bitmeyen savaşı ve sizi aslında yüreğimden koparcasına sevdiğimi ben size nasıl anlatacağım? Sevme beni, olur mu? Ve oğlum. Sen iyi bir baba olacaksın."

Dudaklarını oğlunun nemli alnına bastırdıktan sonra gözünden bir damla yaş oğlunun siyah saçlarına aktı. "Affet beni oğlum. Seni seviyorum."

Yaklaşık bir saattir parmaklarımın arasında tur attırdığım kalemi ortadan ikiye kırarken gözlerimi yumdum ve genzimi yakan duyguyu geri bastırmaya çalıştım. Siktir! Onu görmek istiyordum. Ne yapmış olursa olsun tam şu anda onu görmek istiyordum ve bu isteğe edebildiğim tüm küfürleri bir bir sıralıyor, bu isteği ipten geçirmek istiyordum.

İsteklerimin bir sınırı yoktu ama bu istediğim benim için çok fazlaydı. Bunu yapamazdım. Onun gibi bir adam, yalnız ölmeye mahkûmdu.

Ama başaramadım...

Ne ara fırlamıştım, ne ara arabama atlamış ve hastanenin önünde bitmiştim bilmiyordum. Eğer ölecekse bu davanın son duruşması görülmeliydi. Ona içimdeki her şeyi dökmeli, dosyayı kapatıp tozlu rafların arasına gömmeliydim. Hastanenin camlı duvarlarına bakarken kaşlarım çatıldı ve direksiyona arka arkaya üç dört kez son gücümle vurup arabadan çıktım. Hastanenin beyaz koridorlarını aşarken, onu hangi odada bulabileceğimi biliyordum. Oda numarası beynimin duvarlarına görünmez ama keskin tırnaklara sahip bir pençe tarafından kazınmıştı ve kurumuş kan izi hâlâ benimleydi. Odanın önünde dururken bir süre düşündüm. Kemerin sesini, hakaretlerini, bana olan kindar ve nefret dolu bakışlarını.

Bana hiç gülümsememişti.

Oradaydı. Kapıyı açtığım an güçsüz gözlerini bana çevirmişti. Mavinin en soluk, en hastalıklı tonu yüzümü incelerken, kurumuş dudakları aralanacak gibi oldu ama sertçe yutkunup, dudaklarını birbirine bastırdı. O, ölüyordu. Az bir zamanı kaldığını görebiliyordum. Belki bir ay, belki üç ay, belki birkaç saat.

"Geldim işte," dedim sert tutmaya çalıştığım sesimle. Onu gördüğüm anda sertleşen sesim, titreyecek gibi olmuştu bu kez. Bu hisse lanetler yağdırıyordum.

"Hoş geldin," dedi buruk bir sesle. Sesi hem buruk, hem hastalıklı hem de oldukça yorgun çıkmıştı. Beyaz sakalları uzamış, yüzü zayıflamıştı. Teninde ölümün beyazlığı vardı.

"Neden insanlara kendini acındırıp, senin yanına gelmem için onları üstüme salıyorsun?"

Gözlerini yumdu ve her zaman yaptığı gibi alay dolu bir şekilde gülümsedi. Tek fark bu kez gülümserken bile zorlanmıştı.

"Ben yapmadım desem bile inanmayacaksın. Peki neden geldin?"

Neden mi? Ben de bilmiyordum ki. Hemen yanındaki kanepeye oturduktan sonra parmaklarımı birbirine geçirdim ve gözlerimi parmaklarıma düşürdüm. "Ölüyormuşsun," dedim acımasızca. "Gözümle görmeye geldim."

İçimdeki küçük çocuğun ölü gözlerini açtığını hissettim. *"Yapma,"* dedi dolu gözleriyle. *"Bu sen değilsin! Biz onun gibi değiliz, yapma!"*

"Yine de geldin," dedi yorgun sesiyle. "Yine de geldin evlat."

"Ayrıca gelmişken birçok hesabı da kapatmam gerektiğini düşünüyorum Karayel," dedim hasta yatağında zayıflıktan ufacık kalan adama bakarken.

"Tahmin etmiştim."

"Güzel," dedim bilinçsizce gözlerimi kaldırıp ona bakarken. "Biliyor musun, iyi bir futbolcu olabilirdim."

"Ama şu an iyi bir iş adamısın," dedi düz bir sesle.

"Futbolu seviyordum."

"Şu anki işini de seviyorsun. Üstelik bu işi bildiğin için karının holdingini de koruyabiliyorsun. Bilmeseydin büyük ihtimalle şu an iki holding de batmış olurdu," dedi tekrar sakin ve düz bir sesle.

"Benimle dalga mı geçiyorsun?"

"Sana gerçekleri söylüyorum evlat," dedi gözlerini gözlerimden çekmeden. Aramızdaki ruhsuz konuşmanın boyutu önümüze çevrilmiş buzdan duvarların ardına saklanmıştı. Nefesimle ona buz üflerken, içimde büyüyen yangının sebebi büyük bir belirsizlikti.

"Kaval kemiğimi iyi bir iş adamı olmam için mi kırdın baba?" diye sorduğumda gözlerini yumdu ve kaşlarını çattı.

"Acını kusarken de olsa bana baba dediğin için teşekkür ederim."

Kalbim olduğu konumda iki büklüm olurken kaşlarım çatıldı. "Acı mı? Acı çektiğimi falan mı sanıyorsun? Umurumda bile değilsin. Geçmişi çöpe attım."

"Acı çektin Sıraç," dedi kelimeleri vurgulayarak. Ardından yaşlı gözleri tekrar açıldı. Dibine kadar dolmuş bir su bardağı gibi bakıyordu. Sanki her an taşacakmış gibiydi. "Sana kendini bulman için büyük bir acı verdim. Acıyla piştin, acıyla olgunlaştın, acıyla meyve verdin. Sen hassas bir çocuktun Sıraç. Ama şu an yıkılmaz bir adamsın. Acın seni elleriyle büyüttü."

Benim acım sendin baba. Beni ellerinle mi büyüttün?

"Hassas olduğunu düşündüğün bir çocuğun kaval kemiğini kırmak, hassas olduğunu düşündüğün bir çocuğun..." Kafamı kaldırıp çenemin altındaki dikiş izini gösterdim. "Nasıl? Hoşuna gidiyor mu?"

"Kes şunu."

"Bakmanı istiyorum Karayel," dedim çenemi göstermeye devam ederken. "Senin yüzünden eskisi kadar hızlı koşamıyorum. Koşarsam ne oluyor, biliyor musun? Kırdığın kemik sızlıyor. İnanılmaz bir ağrı. Tüm gece uykularımı çalacak güçte bir ağrı."

"Kes şu sesini," derken sesi aciz çıkmıştı.

"Baba yapma."

"Kes sesini, Allah'ın belası!"

"Bu kez sesimi kesebilmen için benim kemerimi kullanmaya ne dersin?" dedikten sonra belimdeki kemeri çözüp ona uzattım. "Hadi. Kes sesimi, baba."

Gözleri doldu. "Bana olan kinin o kadar keskin ki..." Gözlerini yumdu. "Beni hiçbir zaman sevmeyeceğini bilmek... Lanet olsun böyle olmasını istememiştim."

"Çocukluğumu söktün lan!" diye bağırdım aniden. Gözlerinin dolması beni deli etmişti. Ellerimi saçlarımın arasından geçirirken delirmiş gibi hissediyordum. "Paramparça ettin ulan çocukluğumu! Kız kardeşim baba sevgisinden yoksun büyüdü! Beni siktir et, ona nasıl bunları yaşattın lan?"

"Sıraç..."

Saçlarımı çekiştirmeye devam ederken gözlerimi yumdum. Onu görmek istemiyordum. Geçmişin bana tokat gibi çarpmasını, anılarımın ısıtılıp tekrar önüme servis edilmesini istemiyordum.

"Hissediyordun en son, yürüyebiliyor musun? Hissetmek nasıl bir şey Karayel?" diye bağırdıktan sonra tekrar kanepenin üstüne oturdum. Kemer yere düşmüştü. Göğsüm hızla aşağı yukarı kalkarken, "Ben çok isterdim sandığınız kadar eğilmez, bükülmez olmayı," diye mırıldandım.

"Evlat..."

"Sen bana onları yaptıktan sonra hayatımda en ufak bir şey bile yolunda gitmedi. Yolunda olan şeyler de yoldan çıkmak için o kadar uğraştı ki... Bir sabah gözlerimi açtığımda artık param-parçaydım ve bambaşka bir adamdım."

Cevap vermedi.

"Birini öldürdüğümde yalnızca on beş yaşındaydım," dedim gözlerimi zeminden çekmeden. "Sonra gerisi geldi. Birçok insanın kanı bulaştı parmaklarıma. Söktüğün yerlerden içeri kan ve kin sızdı, baba. Kanın kokusunu aldım ve onu kendime baba kokusu belledim." Güldüm. "Kan benim babamın kokusuydu."

"Oğlum..."

"O kız var ya, hani senin kemerini vururken 'senin lanetin o kız' diye bağırdığın o kız..." Gözlerimi kaldırıp yorgun maviliklerine baktım. "O kız senin söktüğün çocukluğumu dikti. Beni neden sevmedin, baba?"

Yavaşça ayağa kalkarken son kez ona baktım. Cevap vermek için dudaklarını araladığında elimi kaldırıp onu durdurdum. "Cevabı duymak istemiyorum. Şayet o hassas dediğin velet içeride bir yerlerde uyanmak üzere ve senin keskin cevaplarınla onu bir kez daha öldürmek istemiyorum. Ama unutma, ben senin eserinim. Hoşça kal, baba."

Arkamdan bir şeyler mırıldandığını duyar gibi oldum ama kelimelerin uğultu gibi döküldüğü dudaklarından çıkan cümlenin ne olduğunu anlayamadım. Etrafımdaki insanlara çarpıp bir özür dileme zahmetinde bile bulunmadan hastanenin çıkışına yürürken midemdeki yanmanın sebebi hissettiklerimdi. Küçük bir çocuk gibi korkumu kusarak gidermek istiyordum ama bunu yapmayacaktım. Arabanın kapısını çarparak kapatırken, içimdeki tüm kini direksiyona kusarak arka arkaya geçirdiğim yumrukların sonunda derin bir nefes aldım ve kaşlarım çatıldı. Gözlerimin yandığını hissediyordum. Hayır, ağlamayacaktım. Şimdi sırası değildi. Şimdi sırası değildi!

Ama gözlerim bu kez bana ihanet etmişti.

"Ölmeni istemiyorum, lanet herif! Yaşa ve acı çek ama ölme!"

Mayıs Karayel'den...

"Sıraç ağabeyim nerede kaldı?" diye sordu Ümran elindeki cips paketini kâselere boşaltırken. İçimdeki huzursuzluğun nedenini bilmiyordum ama kalp kapakçıklarımın içinde bulundurduğu kalbimi sıkıştırmak için kapılarını durmadan içe doğru çarptığını hissedebiliyordum.

"Bir şeyler almasını söylemiştim," dedim tepsiye bardakları yerleştirirken. "Gelir yarım saate."

"Doğum ne zaman?" diye sordu genişçe sırıtarak. "Çıt kadar gebesin. Her an fırlayacaklarmış gibi duruyor.

"Ezgi Hanım martın sonu, nisanın başı gibi dedi. Nisan bebeği olabilirlermiş."

"Ay ne kaldı şurada," dedi gülümserken. "Kız ne çabuk geçti o kadar zaman..."

Sılay, Merve ile birlikte mutfağa girerken birbirlerine bir şeyler anlatıyorlardı ama bizi görünce konuyu kapattılar.

"Temmuz da hâlâ gelmedi, neredeki acaba?" diye sordu Ümran imalı bir sesle. Merve kıkırdarken, Sılay kaşlarını çatarak Ümran'a bakıp, "Bu karı benim ona CanKan dansı yapmamı ve cinsel hayatını öldürmemi istiyor bence," dedi.

"O ne lan?" diye sordu Ümran ve o an kolunu çimdikleyip, "Kaşınma. Tarafımdan tasdikli ve onaylı," dedim.

Kapı çaldığında sahibini görmüş köpek gibi heyecanlanarak kapıya koştuğumu gören kız grubu bir süre arkamdan kahkaha atsalar da bunu önemsemedim. Sıraç bazı zamanlar anahtarını kullanmıyor, kapıyı çalıyordu. Onu karşılamamı sevdiğini söylediğinden bu yana bir süredir böyleydik.

Kapıyı açarken yüzüme yerleştirdiğim gülümseme, kapı açıldığında soldu. Karayel'imin yangın mavisi gözleri kırık bakıyordu. Sanki biri gözündeki aynayı kırmış, tüm cam kırıkları irislerine saçılmıştı. Ama yine de dudağına sahte bir kıvrım ekleyerek beni kendine çekti ve sıkı sıkı sarıldı. O kadar sıkı sarılmıştı ki, bir an teninden gelen kavruk kahve kokusunun verdiği etkiyle ağlamak istedim. "Geciktim mi?" diye fısıldadı kulağıma doğru.

"Hayır," diye yalan söyledim. "Yeni geldiler zaten. Sen iyi misin?"

"İyiyim, miniğim," dedikten sonra elindeki poşetleri salladı ve içeri doğru, "Lan tirrek, dananı otlatacak başka yer bul. Soydunuz soğana çevirdiniz beni," diye bağırdı.

Halim, "Hoş geldin yirmi beş," diye bağırınca Sıraç, "Sensin yirmi beş, yirmi beş bile değilsin. Çökük tirrek," dedi.

Sahte neşesiyle beni kandırabileceğini falan mı sanıyordu? Büyük yanılıyordu. Bir şey vardı. Yangın mavisi gözler bunu ele verir gibiydi. Üstelik Sıraç ne zaman bir şeyi kafasına taksa kavruk kahve gibi kokan tenindeki koku biraz daha yoğunlaşıyor, kahve ciğerlerimi istila ediyordu.

Kollarımı Sıraç'ın ince beline sararken içeri girdi ve önüne geçip onu durdurdum. "Sorun ne?" diye sordum bir elimi kaldırıp onun yüzüne yerleştirirken, diğer elim hâlâ belinde duruyordu.

"Sorun yok, minik," dedi ve gülümsedi.

"İnanmamı mı bekliyorsun?"

"Sana hiç yalan söyledim mi ben?"

"Beni sevdiğini benden saklarken gayet de yalan söylüyordun," dedim gülerek. Bu kez içten bir şekilde gülüp gözlerini kaçırdı ve başını sallayarak beni onayladı.

Gecenin ilerleyen saatlerinde Temmuz gelmiş, Sılay kardeşimin gelişiyle biraz olsun gevşemişti. Ama yine de aralarında, *neredeydin ulan sen, marul* bakışmaları geçiyordu. Sıraç hâlâ dalgındı ama birkaç saat önceye göre biraz daha fazla diyalog kuruyordu.

"Lan," dedi Halim elindeki çerezlerin bir kısmını Sıraç'a fırlatırken, Sıraç homurdanarak Halim'e baktığında Halim genişçe sırıttı. "N'aber?"

"İşine bak, güzelim," dedi Sıraç kafasındaki çerezleri silkerken.

"İşim sensin, hastayım sana," dedi Halim. Ankaralı onlara iğrenen gözlerle bakarken, Ankaralının gözlerinin meşguliyetini fırsat bilen Doğukan, Merve'yi izliyordu.

"Ümran şu kocana sahip çık," diye çemkirdim. "Gördü filinta gibi kocamı yavşıyor."

Gülüşmeye başladığımızda Sıraç hâlâ biraz tuhaftı. Sonunda dayanamayıp onu kolundan tutup çekiştirerek yatak odasına çıkarıp kapıyı kilitledim. Diğerleri sohbetin kollarında oldukları için bizi önemsememişlerdi. Sıraç'ı iterek yatağa oturttuktan sonra kollarımı göğsümün üstünde topladım ve, "Hemen anlat," diye emrettim. "Bir şey olduğunu görebiliyorum. Benimle paylaş."

Düz düz yüzüme bakarken, yangın mavisi gözlerinin arkasında yardım çığlıklarını duyabiliyordum. Bir sorun vardı ve bu sorun onun gözlerini eşeleyip, mavinin içine tırnaklarını geçirmeye çalışıyordu. "Büyütme Mayıs. Hiçbir şey yok. Her şey yolunda."

"Her şey yolunda olduğu için mi böyle görünüyorsun?" diye sorduğumda gözlerini kaçırdı.

"Bugün Mehmet Ali Karayel'i görmeye gittim," dedi dümdüz bir sesle. Bu doğal bir şeydi, elbette gidebilirdi. Ne olursa olsun o onun babasıydı. Ama sanırım bu durgunluğun sebebi babasını görmüş olmasından kaynaklanıyordu. Kalbim içindeki endişe duygusuyla inledi. "Sanırım o ölüyor Mayıs."

Gözlerim onun güzelliğine gölge gibi düşen kasvetin siyah örtüsüne takılı kalırken, elimi omzunun üstüne koydum ve gözlerinin içine baktım. Yangın mavisi gözler durgundu ve yangının içinde çığlık atan acının ta kendisiydi. Acı, bir orman yangının ortasında kalmış, çaresizce bağırıyor, kül olmasına ramak kalmış olmasına rağmen yardım çığlıkları atıyordu.

Ah, benim küçük adamım. Babasını sevmekten nefret eden ama nefretine rağmen o kocaman merhamet dolu kalbinde babasına karşı saf bir sevgi besleyen...

"Zamanı geldiğinde herkes ölecek Sıraç," dedim omzunu yavaşça ovalarken. "Bu tabiatın kanunu. Hem biliyorsun... O, yaşasa bile bacaklarını kullanamıyor."

Kaşları çatılırken gözlerinin içindeki cam kırıklarının ani bir rüzgârla savrulduğunu hissettim. "O hissediyor," dedi dümdüz bir sesle. "Bacaklarını hissediyor. Yani tekrar yürüyebilir. Sen vurduğunda hissetmiş."

Mehmet Ali Karayel hissetmiş miydi?

Kalbim şokla sarsılırken, Sıraç'a tutundum ve derin bir nefes aldım. "Sıraç..." O babasına vurduğumu biliyordu. Nasıl... Gözlerimi sıkıca yumarken derin bir nefes aldım. "Üzgünüm. Ben... Ben çok sinirliydim."

"Mayıs, kendini üzme. Lütfen."

"Belki de gerçekten her şeyin sorumlusu benimdir," dedim gözlerimi açarken. Yangın mavisi gözler öfkeyle irileşti. Duydukları hoşuna gitmemişti mavimin. "Tüm bu eziyetler... Bunları yaşamak zorunda değildin."

Beni kendine doğru çekerken dengemi kaybettim ve Sıraç'ın kollarına düştüm. Bana sımsıkı sarıldı.

"Seni bana veren eziyeti öpüp başıma koyuyorum."

"Seni seviyorum Sıraç," dedim titreyen sesimle. Şu an ona babası ile ilgili bir şeyler söylemek, kalbini hafifletmek istesem de, onun bunu istemediğinden emindim. Babasıyla ilgili şeyleri benimle konuşmak istemiyordu.

Sıraç, "Daha fazla bekletmeyelim tirrek ve tayfasını," dedikten sonra elimi tuttu ve kapının kilidini açıp odadan çıktı. Aniden durduğunda, arkasında kaldığım için burnum kaslı sırtına çarpmıştı. Bedeninin kaskatı kesildiğini gördüm ama sebebini anlayamadım.

"Lan?" dedi soru işaretlerinin havada uçuştuğu tuhaf bir sesle. Kafamı kaldırıp baktığı yöne baktığında Sılay'ı duvar ile arasına almış, kendini Sılay'a yaslamış bir Temmuz gördüm. Üstelik dudaklarının sesi duyduğu anda ayrıldığı o kadar belliydi ki. Korku dolu gözlerle Sıraç'a bakarken, yüzünde büyümeyi sürdüren tuhaf bir ifadeyle, donakalmış vaziyette ikisine baktığını gördüm.

"Sıraç..."

"Lan," dedi Sıraç bir kez daha. "Kız kardeşimi götürüyor lan!"

"Ağabey..."

"Sus!" diye bağırdı Sıraç aniden. Sıraç'ın evi gürleten bağırışından hemen birkaç saniye sonra salondaki herkes yukarı çıkmıştı. Ümran kocaman olmuş gözlerle bana bakarken, yalnızca dudaklarımı kıpırdatarak, "Onları gördü," diye mırıldandım. Ümran'ın ağzı kocaman açılınca, Halim Ümran'a sorgulayan gözlerle baktı.

"Ulan siz ne yapıyorsunuz?" diye bağırdı Sıraç hiddetle.

Halim, "Birader ne oluyor?" diye sormasını önemsemeden ikisine doğru yürümeye başladığında kalbim korkuyla çarpmaya başladı. Sıraç bir anda Temmuz'un yakasına yapıştığında ise altımda hissettiğim ıslaklık hissi ve ani bir kasılmayla olduğum yerde kalakaldım ve parmaklarım karnımın üstüne yerleşti. Dudaklarım bir balık gibi aralanırken, Ümran ile göz göze geldik.

"Mayıs?" dedi Ümran diğer tüm sesleri yok sayarak. Tüm gözler bir anlığına bana döndüğünde sızım sızlayan ve kasılan karnımı tutarak, "Bir şeyler oluyor," dedim titrek bir sesle. "Her yerim ıslandı. Bir şeyler oluyor!"

Sıraç'ın elleri Temmuz'un yakasında şok olmuş gözlerle bana bakarken, Ümran bağırdı.

"Ulan kızın suyu geldi! Kız doğuruyor!"

10.DOĞUM

Mayıs Karayel'den...

"Sıraç nerede?" diye çığlık atarken Ümran beni tekerlekli sandalyeye oturtmuştu bile. Hemşireler etrafımızda dört dönerken yaşadığım bu anlatılması imkânsız sancının etkisiyle dudaklarımdan iniltiler dökülüyordu.

"Buradayım, miniğim!" diye bağırdı Sıraç büyük bir panikle. Gözlerim onu bulduğunda elleri titriyordu ve inanılmaz derecede sabırsız görünüyordu. "Geçecek, miniğim! Lan, doktor nerede? Baksanıza lan karım doğuruyor!"

"Geçecek diyor ya!" diye bağırdım can havliyle. "Çıkar şunları içimden! Geçecek diyor ya!"

Sıraç panikle Halim'in yakasına yapışıp, "Doktor nerede lan?" diye bağırdığında Halim şok olmuş gözlerle Sıraç'a baktı. Acıdan kıvranırken etraftaki görüntüleri seçmeye çalışıyordum ama şu an seçebildiğim tek görüntü kocamın görüntüsüydü.

"Lan bıraksana beni," dedi Halim şaşkına uğramış bir şekilde. "Şu herife sakinleştirici vurun bir şey yapın, doğuran yengem mi Sıraç mı belli değil."

"Yakarım lan bu hastaneyi, nerede lan bu doktor?" diye bağırdı Sıraç Halim'i yakalarından tutup sarsmaya devam ederken.

Yüksek sesle bir inilti daha çıkardığımda ellerini Halim'in yakasından çekmeden bana baktı. "İyi misin lan bir tanem?" diye sorduğunda tüm hemşireler kahkaha atarak gülmeye başlamıştı ama bu beni daha çok kızdırmaktan başka hiçbir halta yaramadı.

"Ezgi Hanım izinli," dedi genç bir hemşire. "Mayıs Hanım'ın gebeliğinden o sorumluydu ama şu an Reşat Bey yaptıracak doğumu. Hemen hazırlıyoruz Mayıs Hanım'ı."

Sıraç duraksarken ben ağrıyla kıvranıp, arada bir göz ucuyla etrafıma bakıyordum. Beni bir odaya soktuklarında ağrı o kadar yoğun bir kıvamdaydı ki, çevremde ne olup bittiğinden bir haber haldeydim.

"Reşat üniseks isim mi?" diye sordu Sıraç telaşla. Halim'in yakasını bırakmıştı ve Halim kapının önünde soluklanıyordu.

"Pardon?" dedi hemşire elinde tuttuğu şırıngayı kenara bırakırken.

"Reşat diyorum," dedi Sıraç bir gözü bendeyken. "Kadın mı?"

"Ne kadını beyefendi, iyi misiniz?"

Halim kapının pervazından kafasını çıkarıp hemşireye bakarak kafasını iki yana salladı. "Reşat Paşa sıçtı taşa, taş yarıldı baştanbaşa," dedi ritim tutarak. Her şey o saniyeler içerisinde yaşanmıştı. Sıraç bir anda ayaklarımın önünde diz çöküp, karnımı tutarak derin bir nefes aldı.

"Mayıs, tut onları. Ezgi Hanım'ı alıp geliyorum."

"Ne diyorsun sen be?" diye bağırdım gözlerimi kapatıp derin derin nefesler alırken. "Sıraç! Çıkar şunları içimden!"

"Ne yapayım gideyim altı senelik okulu, altı dakikada okuyup mezun mu olayım?" diye bağırdı telaşla. Arkasından hemşireye döndü ve, "Ezgi Hanım'ın telefonu var bende. Onu arayacağım. Ağrısını kesmek için bir şeyler veremez misiniz?"

"Ezgi Hanım'ın telefonu kapalı, şu an şehir dışında olması gerek. O yüzden izin almıştı," dedi hemşire kız. "Üstelik doğum başladı. Reşat Bey hazırlanıyor, şimdi alacağız Mayıs Hanım'ı."

"Olmaz!" diye bağırdı Sıraç ardından bana doğru dönüp karnımı tuttu ve dudaklarını karnıma bastırdı. Derin nefesler alırken, parmaklarımı onun siyah saçlarının arasından geçirdim ve usulca okşadım. Ağrı dayanılmazdı. "Az daha bekleyin. Baba, anne ve sizi kurtaracak ama şimdi sırası değil. Lütfen canını yakmayın artık annenizin. Lütfen."

"Sıraç..." dedim güçsüz çıkan sesimle. Acı bel kemiğimin üstünde zıplıyordu sanki. "Çıkar şunları içimden."

Sıraç parmaklarını top gibi görünen karnımın üstünde gezdirdi ve yanağını karnımın üstüne bastırdı. "Miniğim. Allah acını bana versin, deme böyle." Sesi acı çekiyor gibi çıkmıştı ama aynı zamanda panikliydi de.

"Çok acıyor," diye sızlandım. "Acı sırtımdaki dikişleri sızlatıyor!"

Sıraç çaresiz gözlerle gözlerimin içine bakarken, ellerimi ellerinin arasına alarak önümde diz çökmeye devam etti. Yangın mavisi gözlerinin içinde saf bir endişe çiçek gibi açmış, dikenli dallar dışarı filizlenmişti. Alnı boncuk boncuk terliydi.

"Reşat Bey geldi," dedi hemşire. Kır saçlı bir doktor odadan içeri girdiğinde, kapıdaki herkesi kibar bir dille göndermişti. Sıraç omzunun üstünden doktora dik dik baktıktan sonra bakışlarını tekrar yüzüme çevirdi. Ter içinde kalan yüzüme bakarken gözlerinde çaresizliğin iniltisi vardı. "Şimdi geçecek güzel kızım," dedi gözlerimin içine bakarken. "Tüm acıların şimdi dinecek."

"İstemiyorum," dedim ağrıyla cebelleşirken. Sorun Sıraç'ın kıskanması değildi, her şeyi erken yaşamış, henüz on sekiz yaşında genç bir kadın olarak sadece utanıyordum. Bir kadının desteğine ihtiyacım vardı. "Erkek doktor istemiyorum."

Sıraç bana şaşkın şaşkın bakarken, Reşat Bey gayet anlayışlı bir şekilde, "Ayla Hanım biraz evvel hastaneye giriş yaptı. Bebekler daha fazla beklemez, Ayla Hanım'ı gönderiyorum," dedi.

∞

"Ikın güzelim! Ikın!" diye bağırdı Ayla Hanım. Sıraç elimi o kadar sıkı tutuyordu ki, şu an tüm hislerim parmaklarımda toplanmıştı sanki. Alnımdaki teri eliyle silerken sanki doğum yapan ben değildim de oydu. Nefes nefese kalmıştı. Bir kez daha kendimi sıkarken, kalbim o kadar hızlı atıyordu ki, sanki göğsümü yırtacak ve ameliyathanenin beyaz duvarlarını kana bulayacaktı.

"Sıraç!" diye feryat ettiğimde dayanamamış olacak ki dudaklarını alnıma bastırarak, "Şşş, tamam geçti. Geçti. Lütfen. Acımasın. Bana versin Allah senin acını. Acımasın," diye fısıldadı. Sesi titriyordu.

"Sıraç! Ah! Çıkarın şunları içimden, çıkarın!"

"Miniğim, tamam," diye fısıldadıktan sonra Ayla Hanım'a dönerek, "Çıkarın şunları içinden. Çıkarın!" diye bağırdı.

"Sıraç Bey, sakin olur musunuz lütfen?"

"Onu duydunuz, canı yanıyor! Çıkarın şunları!" Acıyla inlediğimde bakışlarını bana çevirip saçlarımı okşadı. "Neden bu kadar acı çekiyor? Ters giden bir şeyler mi var? Onun canını yakıyorsunuz!" diye bağırdı hiddetle. Hemen ardından dudaklarını alnıma bastırdı.

"Sıraç Bey sakin olun ve bonenizi takın lütfen," dedi hemşirelerden bir tanesi ama Sıraç aldırmadan dudaklarını alnıma bastırmaya devam etti. Gözyaşlarım benden habersiz yanağımı arşınlamaya başladığında, artık bilincim benim elimde değil, ağrının ellerindeydi ve hıçkıra hıçkıra ağlamaya başladım. Henüz on sekiz yaşındaydım. İçimde dışarı çıkmaya çalışan iki şey vardı ve bu sancıya katlanamıyordum. Sıraç dudaklarını bu kez gözyaşlarıma bastırdı ve kısık nefesler alarak pembe çikolatalarıyla yanaklarımı kurulamaya başladı.

Sırtımdaki dikişin varlığı ağrımı tetikliyordu. Acı. Hissettiğim buydu. Önüme sürülen bu kelime vücudumun her bir noktasında derin sancılar bırakarak varlığını ilan ediyor, beni içine çekip delirtiyordu. İki yana ayrık duran bacaklarımdaki tüm adaleler kasılmıştı. Nefesim hızlandıkça Sıraç'ın da nefesi hızlanıyor, sanki doğum yapan oymuş gibi arada bir titreyip, bilincini kaybedecek gibi oluyordu. Bu beni korkutmuştu.

"Birinin kafasını göründü!" dedi Ayla Hanım.

"Hani nerede?" diye bağırdı Sıraç, benden daha fazla panik halinde olduğunu fark edince onun elini daha sıkı tuttum ve daha derin nefesler almaya başladım. Acı kanımın içindeki kalabalık hücrelerin arasına kadar sızmayı başarmıştı. Sorun yalnızca doğum ağrısı çekiyor olmam değildi. Sorun sırtımdaki sızıydı.

"Lütfen," diye yalvardı Sıraç. "Size sırtındaki dikişten bahsettim. Lütfen, katlanamıyor! Lütfen!"

"Elimden geleni yapıyor Sıraç Bey," dedi Ayla Hanım. "Derin derin nefesler alıyoruz, az kaldı. Hadi güzelim!"

"Sıraç!" diye çığlık atarken tüm damarlarımın dışarı fırladığını hissedebilmiştim. Sıraç panikle yüzünü yüzüme yaklaştırırken, yangın mavisi gözlerinde dehşetle karışık acı vardı. Dudaklarını yanaklarıma bastırdığında, acıyla bir kez daha inledim ve derin bir nefes aldım.

Acı bedenimde çınlıyordu.

Biri sırtımdaki dikişi ikiye ayırmıştı ve sanki o yarığın arasına acımasızca asit döküyordu. Bedenim nereden geldiği belirsiz bir şokla sarsıldı ve hemen ardından bedenimde yükselen o müthiş ağrı buharlaşıp, vücudumu terk etti. Aynı saniyeler içerisinde Sıraç'ın dudakları hâlâ yanağımdaydı. Kapalı gözlerimden tükenmek bilmeyen gözyaşları akıp duruyor, şakaklarımdan kayarak saçlarımın arasına karışıyordu.

Sonra biri ince, biri kalın iki ses duyuldu. Mavi tüm ihtişamıyla ışık verdiği umudu aydınlatırken, aynı anda sesleri yankılandı beyaz duvarlarda. Sıraç'ın yanağımda duran dudakları usulca geri çekilirken, göz göze geldik. Beti benzi atmıştı ve beyaz tenindeki yangın mavisi gözler ona canlılık veren tek renkti. Yangın mavisi gözler kocaman açılırken, gözlerini gözlerimden çekmedi. Dolgun dudakları aralıklıydı ve sık nefesler alıp veriyordu. Gözlerimiz birbirinden kopup aynı anda doktor ile hemşirenin kucaklarında duran iki mucizeye dönerken, acıdan dolayı akan gözyaşları şimdi hiç bilinmedik, yabancısı olduğum bir duygunun yoğunluğuyla akmaya başlamıştı. Darmadağın olmuş, fazlasıyla kan kaybetmiş ve acının her bir zerresini bedenimde hissetmiş olmama rağmen, şu an sanki onlarla yeniden doğmuştum.

Kanlı vücutları tüm bu dünyaya inat o kadar temiz ve masumdu ki.

Ayla Hanım elindeki kirli görünen ama dünya üzerindeki en temiz olan şeyi kucağıma bıraktığında, Sıraç kocaman olmuş gözlerle kucakladığım şeye bakıyordu. "Bu oğlunuz," dedi Ayla Hanım. Ardından hemşireye küçük bir işaret verdi. Hemşire elindeki diğer bebeği Sıraç'ın eline tutuştururken, Sıraç'ın gözleri kocaman açılmıştı. "Bu da kızınız," dedi hemşire kız gülümserken.

Kalbim deli gibi zonklarken ve duygularım tüm içtenliğiyle gözlerimden dışarı kollarını uzatırken, kucağımdaki şeye baktım. Minicik ağzı aralıklı duruyordu ve yeni doğmuş bir bebeğe göre kirpikleri fazla uzun ve simsiyahtı. Saçları seyrekti ama onlarda simsiyahtı. Küçük ağzını açarak yavaşça esnediğinde, gözlerimi kaldırarak Sıraç'a baktım.

Kucağındaki kanlı bebeğe bakarken, ifadesiz yüzünü süsleyen yangın mavisi gözleri ateşlerinin en sulu kıvamını gözlerinden aşağı bırakmaya başlamıştı bile. Gözlerinden akan su değil, ateşti.

Kızını kucaklayan Sıraç Karayel ifadesiz yüzüne rağmen arkası kesilmeyen gözyaşlarını yanaklarına akıtıyor, yanaklarına akan gözyaşları yol çizerek boynuna iniyordu.

"Bu," dedi Sıraç titreyen sesiyle. Yangın mavisi gözlerini çevreleyen beyazlık kıpkırmızı olmuştu. Yalnızca gözleri değil, burnu da kızarmıştı küçük adamımın. "Bu..." Gözlerini kaldırıp bana baktı. Kaşları çatılırken başını iki yana sallayarak bana hayatım boyunca görüp görebileceğim en muhteşem gerçekliğiyle baktı. "Bunlar... Siz harikasınız."

Cevap veremedim. Kelimeler boğazıma takılmıştı. Üstelik şu an tüm gerçekliğimi kazanmış, hayattaki olmam gereken yeri bulmuş gibi hissediyordum. Kollarımda tuttuğum bebeğin dudaklarından dökülen sabırsız bir kedinin miyavlamasını andıran ses, bakışlarımı Sıraç'tan koparıp ona çevirmemi sağladı. Mükemmel görünüyordu. Bu bana mı aitti? İçimde taşıdığım şeylerden bir tanesi bu muydu sahiden?

Sıraç'ın kollarında tuttuğu bebekle bana doğru eğildiğini fark ettiğimde, gözlerimi kaldırıp Sıraç'a baktım.

"Sana âşığım," dedi boğuk sesiyle. Burnumu çekerek gözyaşlarımın puslandırdığı gözlerimi onun yüzüne diktim. Ağlıyordu. Hâlâ ağlıyordu. Hızlıca başımı sallarken, alnını alnıma yasladı ve

"Seni seviyorum. Seni çok seviyorum. Sizi çok seviyorum," diye mırıldandı.

Kokuları doldu burnuma. Taze çekilmiş kahve kokusunun arasına karışan cennetten çıkma kokuları. Bize cenneti müjdeleyen minik bedenleri kucağımızdaydı. Sıraç dudaklarını alnıma bastırırken, dudakları titriyordu. Kelimelerimin, kelimelerimizin her şeyin önü tıkanmış gibiydi. Yanaklarımdan boynuma doğru dökülen yaşların ve Sıraç'ın yanağından, yanağıma bulaşan onun gözyaşlarını hissedebiliyordum. Hemşire güçsüz düşen kollarımdan bebeği aldığında, ellerim Sıraç'ın yaşlı yanaklarına yerleşti ve yüzünü avuçlarımın arasına aldım. Ciğerime nefes olan adam hüngür hüngür ağlarken, yaşlı yanaklarını yüzüme bastırdı. "Seni seviyorum," diye mırıldandı. "Seni çok seviyorum."

"Ben de seni seviyorum," dedim yorgun sesimle.

"Teşekkür ederim Mayıs." Sesi titriyordu. "Teşekkür ederim. Bana aile olabilme şansını verdiğin için teşekkür ederim. İyi bir baba olacağım, söz veriyorum. Sizi ne pahasına olursa olsun, canımı ortaya koyarak koruyacağım. Çok teşekkür ederim." Artık kontrolsüz bir şekilde ağlıyordu. "Seni çok seviyorum. Seni sevmek pencereyi açıp temiz hava almak gibi. Kollarında umudumu tutan, minik kadın, sana tapıyorum."

Sıraç Karayel'den...

Küçükken babamın ulaşıp, parçalayamaması için kalbimin üstünü kat kat yorganlarla örtmüştüm. Sonrasında kalbim yorganların arasında kaybolmuş, uzunca bir süre onu bulamamıştım. Zihnimde birçok kare, birçok ses ve birçok olayın can alıcı kesitleriyle yaşıyordum. Ben, duvarlarda yankılanan bu iki cılız sesi duymadan önce, yaranın, acının, kederin uğultuları ile dolan, bedenden akan kanın şarıltılı sesini duyan bir adamdım.

Cennetin dışa bakan kısmı normal bir metal, içe bakan kısmı elmaslarla süslü kapısının açılırken çıkardığı sesti belki bu. Asla kabul edilmeyeceğimi düşündüğüm bir yere kabul edildiğimin yazılı bir metniydi.

Terlerimiz birbirine karışmış, ben o, o ben olmuşken ve sırtlamışken onun acılarını... Bana verebileceği belki de en muazzam hediyeyi vermişti. Hediyeleri mi demeliydim yoksa?

Kucağıma tutuşturdukları şeye bakarken nefesim boğazımı yararak geçti ve kursağımda takıldı. Kalbim şiddetle çarparken, gözlerimi ondan alamıyordum. Kirliydi ama belki de bu dünyanın pisliğinden onu koruyan bir kalkandı. Masumiyeti simgeleyen, temizliğini önüme sunan ve tüm duygularımın üst üste binerek beni ele geçirmesini sağlayan muhteşem bir şeydi.

Sevdiğim kadının kanıyla önüme sunulmuş, ellerimin arasında yaşama tutunmaya çalışan minicik bir beden.

Mavi.

Benim canımın içi, canının içinde iki can daha taşıyordu ve şu an o iki can kollarımızın arasındaydı.

Gözlerimi yakan şeyin yalnızca gözyaşından ibaret olmadığını biliyordum. Babam beni ilk kucağına aldığında nasıl hissetmişti? Böyle miydi? Olmadığından emindim. Bu şeyin tadını alan hiç kimse bu şeyden vazgeçemezdi. Sen bir candın ve bölünerek yeni bir can inşa ediyordun. Dudaklarımdan dökülen tüm kelimeler kalbimden akarak melodi buldu ve kadınımın kulaklarına, ardından da kalbine dokundu. Söylediğim her bir kelime içimde binlerce harflik yankı uyandırırken, bir umudun yaktığı mavi ışığı içimin derinliklerinde hissettim.

İçim aydınlanmıştı.

Teşekkür. Belki de bu az kalacaktı. Tapındığım kadın bana dualarımın karşılığını vermişti.

"Asıl ben teşekkür ederim," dedi güçsüz sesiyle. Minik bedeninin kaldırdığı ağrı bile ona olan hayranlığımı ikiye katlamıştı. Attığı her bir çığlığı duvarlarında hisseden kalbim, onun kadar acımış mıydı bilmiyordum ama acısını kalbimde hissetmiştim. Şefkatli parmakları yanaklarımdaydı ve cennet yangınını andıran gözleri kucağımda tuttuğum eylülün en mavi tonuna düşüp duruyordu. "Sana yalnızca bir an gelmiş bulundum ama bir daha da gidemedim. Mutluyum. Mart ayında eylülü yaşattın bana. Mavi bir eylül..." Sesi artık bilinçsiz çıkıyordu. "Kollarımda umudunu tutuyorum," dedikten hemen sonra gözlerini yavaşça kaldırarak gözlerimin içine baktı. Cennetin içindeki yangınları yorgun görünüyordu ve nemliydi. "Sen de kollarında mavi bir eylül tutuyorsun. Sarı sanılan eylülü, maviye boyayan küçük kızımızı..."

Ve gözleri yavaşça kapandı. Hemşire ellerinde umudumu tutarken gözlerini bana çevirdi. Kalbim panikle atarken, "O iyi mi?" diye sorduğumda Ayla Hanım gülümsedi. "Biraz fazla kan kaybetti ama sorun yok. O iyi."

∞

Siyah saçları her zaman olduğu gibi uzun, gür ve parlaktı. Kırmızı kurdele onun saçlarının arasında ilahlaşırken, mavi geceliğinin içinde tıpkı bir Tanrıça gibi görünüyordu. Cennet yangını gözler yatağın üstünde, kollarının arasında duran minikleri izlerken, dudakları yukarı kıvrılmıştı. Yatağın ucuna oturduğumu fark ettiğinde gözlerini kaldırarak bana baktı.

"Sıraç," dedi gülümseyerek. "Baksana şunlara. Bunlar çok güzel."

"Siz çok güzelsiniz," dedim hayran hayran üçüne bakarken. Elimde biri turuncu, diğeri mavi olan kimliği Mayıs'a uzatırken gözleri parladı ve genişçe gülümsedi. "Bak! İstediğim gibi yaptırdın, değil mi?"

"Harfi harfine istediğin gibi, güzelim."

Gözleri kocaman açılırken kimlikleri parmaklarının arasına alıp kocaman sırttı. "Mavi Eylül Karayel!" dedi neşe dolu bir sesle. "18 Mart 2016. Anne adı Mayıs, baba adı Sıraç. Ay!"

Diğer kimliği eline alırken bir an duraksadı ve kafasını kaldırıp gözlerimin içine baktı. "Umut Fetih?"

Her şey karşılıklıydı.

"Fetih isminin anlamını çok beğendim," dedim gülümseyerek onun saçlarını okşarken. "Zafer, keşif, fethetmek... Benim oğluma yakışır bir isim kesinlikle."

"Sıraç..." Gözleri dolarken burnunu çekti ve gözlerini tekrar kimliğin üstüne düşürdü.

"Ağlama," diyebildim ama bunu derken her nedense ağlayacakmış gibi hissediyordum. Aynı anda Umut da ağlamaya başladığında ters ters ona baktım. "Sen ne ağlıyorsun eciş bücüş suratlı şey?"

"Ya Sıraç demesene oğluma öyle!"

"Oğlan dayıya diyorlar," dedim tip tip Umut'a bakarken. "Söyle şuna sakın o koynumdaki yılan kardeşine benzemesin Mayıs. Sünnet ederim onu."

Mayıs sessiz kaldı.

Odanın kapısı açıldığında içeri Ümran ve Halim girmişti. Temmuz ve Sılay ortalarda görünmediği için şimdilik iyiydim ama yan yana olabilecekleri düşüncesi aklımın ucunda filizlenince kaşlarım çatıldı. "Sılay nerede?" diye sordum Ümran'a ters ters bakarken. Halim'in danası bir an duraksasa da, "Hastanenin kafesinde," dedi gözlerini kaçırarak.

Halim hızlı adımlarla yatağın önüne geldikten sonra yatağın üstünde duran bebeklere bakarken genişçe gülümsedi. "Zırtolara bak lan," dedi Halim çocuklarıma bakarken. "N'aber lan ben amcanız."

"Ya Ümran!" diye bağırdı Mayıs. "Çek öküzünü. Zırto diyor çocuklarıma ya!"

"Ay siz ne güzelsiniz," dedi Ümran bebeklere yaklaşırken. Ona büyük bir tehlike unsuruymuş gibi bakarken, Mayıs gözlerini belerterek bana uyarı dolu bir bakış attı. "Mayıs anne oldun!"

"Melek nerede?" diye sordu Mayıs gülümserken.

"Sılay ile birlikte hastanenin kafesinde oturuyorlar. Birazdan onlar da gelecek. Bir anda hepimiz girmeyelim dedik," dedi parmağını Umut'un burnunda gezdirirken.

"Ümran, elini yıkadın mı sen?" diye sorduğumda omzunun üstünden bana ters ters baktı. "Çek toynaklarını oğlumun burnundan."

"Ya Halim! Toynakların diyor ya!"

Halim bebekleri karşıdan karşıya severken, "Sizin bu babanız böyle işte," dedi mırıltıyla. "Yirmi beş yaşında..."

"Senin kemiklerini günde yirmi beş kez..."

"Sıraç!" dedi Mayıs uyarı dolu bir sesle. "Onların yanında küfretmek yok!"

"Öperim diyecektim. Senin kemiklerini günde yirmi beş kez öperim."

Halim cebinden kadife bir kutu çıkartırken, Ümran bana ters ters bakmaya devam etti. Halim iki yarım altını Umut ve Mavi'nin yakalarına takarken, kaşlarımı çatarak Halim'e baktım. "Lan uyanık," dediğimde omzunun üstünden bana baktı. "Tek bebek altınını ikiye bölüp, ikizlere kakalamak tam da sana yakışır bir hareket. Şu odanın kapısına 'fakirler giremez' yazacağım galiba."

"Bana fakir diyor. Bir kere benim donum bile Victoria Secret'tan," dedi tirrek doğrulurken. "Biliyorsun, seksapelli şeyler giymeyi seviyorum, çapkın."

Ümran kocasına ters ters bakarken, "Bilmem mi yavrum," dedim ve Mayıs sırtında duran yastığı yüzüme attı. Bir süre sohbet ettikten sonra Ümran ve Halim çıkmıştı. Ben de bunu fırsat bilerek yatağın boşluğuna uzandım ve Mayıs'ı kollarımın arasına çektim. Narin sırtını göğsüme yaslarken, gözleri hâlâ bebeklerin üstündeydi.

"Bunu da atlattık," diye fısıldadım saçlarını koklarken. "Bizim için yeni bir dönem başlıyor. Daha mutlu, daha güzel bir dönem... Tamam, belki hep mutlu olamayız ama seni... Sizi mutlu edebilmek için elimden gelen her şeyi yapacağım. Bil bunu. Karayel sözü."

"Ağladın," diye mırıldandı. "Onları ilk gördüğünde hüngür hüngür ağladın. O görüntüyü hatırlayarak bile ömür boyu mutlu olabilirim ben Sıraç."

Ağlamış mıydım? Tam olarak hatırlamıyordum. Ama hangi kurak toprak su tutulunca ıslanmazdı ki? Ferahlamıştım.

"Çok güzeldiniz," dedim dudaklarımı saçlarında gezdirirken. Gözlerim hemen Mayıs'ın kollarının arasında duran avucum büyüklüğündeki şeylere düştü. Her ne kadar kız bebeğe pembe tulum giydirilse de, Mayıs onlara tüm kıyafetleri mavi ve tonları ağırlıklı almıştı, bu yüzden ikisi de şu an mavi tulumların içindeydiler ama onları ayırt edebiliyordum. Umut'un yeni doğmuş bir bebeğe göre oldukça sert bir duruşu vardı. Kaşları çatıktı sanki. Mavi'nin dudakları bir bebeğe göre oldukça dolgundu ve burnu çok daha minikti. "Çok güzelsiniz."

"Biz sana aitiz," dedi Mayıs.

"Siz bana aitsiniz anne şeytan ve yavru şeytanlar. Benim minik şeytanlarım."

Parmağımı Umut'un minik elinin üstünde gezdirdiğimde Umut hiç ummadığım bir şey yaptı. Parmağımı yakaladı ve avuçlarının arasına alıp sıkıca tuttu. Kalbim büyük bir gürültüyle atmaya başladığında, gözlerim kocaman açılmıştı. Elinden elime akan his o kadar yoğun ve sertti ki... Bana tutunduğunu hissedebiliyordum. Mayıs şaşkın şaşkın Umut'un parmağımı kavrayan minik eline bakarken, "O babasına güveniyor," diye mırıldandı. "Babasının onu çok sevdiğini biliyor. O çok minik ve sana muhtaç Sıraç."

O, bana güveniyordu.

O, çok minikti ve bana muhtaçtı.

Küçük dudakları aralanırken, elimi daha sıkı tuttu ve araladığı minik dudakları tatlı bir kavisle yukarı kıvrıldı.

Mayıs Karayel'den...

Hastaneden çıktığımız günden bu yana üç gün geçmişti bile. Sıraç tuhaf bir şekilde sakindi ve tüm gününü odada, bebeklerin beşiğinin önünde geçiriyordu. Çok değil dört gün önce yaşadığım ağrının tüm izleri bedenimden silinmiş olmasına rağmen, aklıma geldiğinde tekrar psikolojik bir sızı yeşeriyordu bedenimde. Bebekler şimdilik sakin gibi görünse de, Ümran çok değil birkaç gün sonra uykusuz gecelerimizin başlayacağını söylemişti. Bu beni ürkütmüştü. Umut'u kucağıma alırken, Sıraç Mavi'nin beşiğini yavaşça sallıyordu. Tuhaf olan o günden beri Temmuz pek etrafta görünmüyordu ve Sıraç'ın da onu aradığı söylenemezdi. Şu an ortalığı birbirine katıp, Temmuz'u eşek sudan gelinceye dek dövmesi gerekmiyor muydu?

Şahsen ben böyle olacağını düşünmüştüm.

Umut büyük bir açlıkla göğüslerimden taşan süte saldırırken, Sıraç omzunun üstünden bize baktı. "Şanslı piç," dedi kucağımda tuttuğum Umut'a bakarken. "Çükünü keserim senin."

Kıkırdadım. "Sıraç, bir şey diyeceğim ben sana."

"Söyle, güzelim," dedi beşiği sallamaya devam ederken. Dik dik Umut'a bakmaya devam ediyordu.

"Sılay ve Temmuz..."

"Mayıs, şimdi değil miniğim." Sesi sakindi. Sessiz kaldım ama yine de endişeleniyordum. Bu sessizlik bir fırtınanın habercisi gibi geliyordu bana.

Öyle de olmuştu zaten. Tamam, fırtına henüz şehri etkisi altına almamıştı ama sert rüzgâr yavaş yavaş ağaçtaki dalları hedef alarak, esaslı tokatlarını yeryüzüne indirmeye başlamıştı. Temmuz çekingen gözlerle odaya girerken, Sıraç'ın sakin yüzünde bir kaplanın avına saldırmadan birkaç saniye önce yüzüne geçirdiği o yırtıcı ifade parladı. Temmuz gözlerini kaçırarak beşiğe doğru yürürken, Sıraç'ın yırtıcı yangınları Temmuz'un adımlarını takip ediyordu ama katiyen kafasını oynatmıyordu. Yalnızca gözleriyle takipteydi. "Dur," dedi Sıraç Temmuz tam beşiğin önüne geldiğinde. Ayağa kalkıp aniden beşiğin önüne yürüdüğünde kalbim korkuyla kasıldı. Tam ayaklanıyordum ki, "Çekil koynumdaki yılan," dedi Sıraç. "Sana hiçbir şey sormayacağım. Sana vurmayacağım. Daha kötüsünü yapacağım. Seni görmezden geleceğim."

"Ağabey..."

"Sikerim senin ağabeyini," dedi gözlerini beşikteki bebeklere düşürerek. "Şu an yüzünü yumruklamak istiyorum ama buna engel olan şeyler var."

"Yumrukla ağabey," dedi Temmuz umutsuzca. "Eğer kendini iyi hissedeceksen, durma. Yumrukla. Ben bir hata yaptım belki. Sana yanlış yaptım... Ama..."

"Evet," dedi Sıraç soğuk bir sesle. "Sen bana büyük bir hata yaptın."

Sılay kapıyı aralayarak içeri girerken, tıpkı Temmuz gibi çekingen bakışlarını ağabeyinin üstüne dikmişti. Sıraç, Sılay'a bakmadan konuşmaya devam etti. Aynı zamanda beşiği de yavaş yavaş sallıyordu. "Sılay bana annemden kalan tek şey. Dediğim gibi şu an seni yumruklamak istiyorum ama şu beşiğin içinde yatanlara dua etmelisin. Sana onu sevip sevmediğini sormayacağım. Ben aptal değilim zaten gözlerinizden her şeyi görebiliyordum. Yalnızca size konduramadım. Benden habersiz bir şey yapmayacağınızı, bana gelip anlatacağınızı düşündüm."

"Ağabey..." dedi Sılay titrek bir sesle. "Çok özür dilerim!" Sılay ağlıyordu.

Sıraç gözlerini beşikten çekmedi. "Ağlama," dedi düz bir sesle. "Şunu söylemem gerekecek olursa, şu yaptığınız şeyden sonra kesinlikle sizi desteklemeyeceğim." Sesi sertti. "Beni nasıl bir canavar olarak gördünüz de, tüm bunları benden sakladınız bilmiyorum ama... Aile olduğumuzu düşünmüştüm."

"Biz bir aileyiz," dedi Temmuz. Sessizce onları izlerken, ne diyeceğimi bilemez haldeydim. "Ağabey, durma yumrukla beni. Affedene kadar yumrukla."

"Benden sakladınız," dedi Sıraç dümdüz bir sesle. "Aranızda olan şeyleri bana anlatsaydınız elbette sırtınızı sıvazlayıp, 'aferin' demezdim ama ben de hayvan değilim. Kızardım, bağırırdım belki ama anlardım sonra. Tamam, anlamadan önce dayağımı yerdin belki ama en azından tepki göstermiş olurdum sana. Şu an olduğumuz konumda olmazdık."

"Ağabey biz birlikte falan değildik ki" diye bağırdı Sılay. "Senden saklamadık! Biz birlikte falan değildik!"

Sıraç aniden kafasını kaldırıp Sılay'a baktığında olacakları tahmin ederek gözlerimi yumdum. Ardından Temmuz'un burnuna indiğinden emin olduğum bir yumruk sesi duyuldu ve gözlerimi açtığımda Temmuz yatak odasının zeminine serilmişti. Sıraç yumruğunu sıkarak Temmuz'a bakarken, Sıraç'ın önüne geçtim ve ellerimi göğsüne koyup, onu durdurmaya çalıştım. Gözleri alev almıştı. "Siz..." dedi kısık bir sesle. "Aranızdaki şeye bir isim koymadan bu bokları yiyen iki velet! Okullarınız bitene kadar birbirinize yaklaşmıyorsunuz ve diplomanızı aldıktan hemen sonra bu işin adını koyuyoruz!"

Dudaklarımdan dökülen, "Ha?" kelimesi havada buharlaşırken, Sılay, "Ne?" diye sordu şaşkınlıkla.

"Duydun," diye hırladı Sıraç. Temmuz yerde patlamış dudağını elinin tersiyle silerken, şaşkına uğramış gözlerle Sıraç'a bakıyordu. "Siz benim ailemsiniz ve benim ailemdeki insanlar yalnızca bir kez sever. Her şeyi o kişide görür. Ve siz sürüngenler!" İşaret parmağını ikisine doğru salladı. "Bu işin adı konana kadar benden korkun! Bu evin içinde nefes aldırmayacağım size! Ensenizdeyim!"

Tam şu anda evin babası gibi göründüğünün farkında mıydın acaba?

11.NİNNİ

Mayıs Karayel'den...

"Lan uyusana artık babacığım," dedi Sıraç beşiği sallarken. Saat sabahın üçüydü ve Mavi Eylül aralıksız iki saattir göğsümü sömürüyordu. Sıraç ise Umut'u uyutabilmek için kanepede uyuklayarak beşiği sallıyordu. Omzunun üstünden bana baktığında yangın mavisi gözleri uyuklayarak emzirdiğim Mavi'ye düştü. "Kız Zaraliye," dedi kaşlarını çatarak. "Yeter yedin annenin memesini."

"Umut uyudu mu?" diye sordum yarı uykulu bir sesle.

"Ne uyuması be? Cin gibi pezevenk. Bu çocuk uyumaz Mayıs. Bilerek yapıyor bu. Eğleniyor."

"Ya küfretme, salla sen uyur o birazdan."

Göğsüme baskı yapan minik dudakların sahibine hayranlıkla baktım. Pembe dudakları küçük bir parça çikolatayı andırıyordu. Uzun siyah kirpikleri bembeyaz tenindeki belki de tek gölgeydi. Gözlerini yavaşça aralayıp iri mavi gözleriyle gözlerimin içine baktığında, "Sıraç," diye mırıldandım. "Gel, çabuk gel."

Sıraç yatağa dizini koyarak bize doğru abandığında, dudaklarını saçlarıma bastırdı ve kucağımdaki Mavi'ye büyük bir hayranlıkla baktı. Yangın mavisi gözleri küçük kızının yüzünü incelerken uykunun izleri bakışlarından silinmişti. "Bu kız tıpkı sana benziyor," diye mırıldandı. "Gözümü gönlümü doyuruyorsunuz, minik şeytanlar."

Umut bir anda feryat figan ağlamaya başladığında Sıraç gözlerini devirerek beşiğe baktı. Ardından hışımla ayağa kalktı ve beşiğin dibinde bitip, "Bana bak, çakma Sıraç Karayel," dedi sert bir sesle. "Bu eve iki tane Sıraç Karayel fazla. Bak ben kendime katlanamıyorum, seninle hiç uğraşamam. Öyle agudan gugudan da hiç anlamam. Bana bak, altına bez bağlamam sonra yatağına inşa ettiğin şaheserlerin fotoğraflarını çeker, büyüdüğünde kız arkadaşım diye getireceğin kıza gösteririm. Yalan ederim seni, uyu!"

∞

Sabah gözlerimi açtığımda, Sıraç kafasını göğsüme koymuş uyuyordu. Bebeklerden ses soluk çıkmadığı için derin bir nefes alırken, göğsümde uyuyan kocamın kemikli ve gün geçtikçe daha da güzelleşen yüzünü izlemeye başladım. O güzel yüzü, güçlü çenesi ve beni anında büyüleyen elmacık kemikleriyle yine eşsiz, yine ilahi görünüyordu.

Kalbim onun varlığı için tüm kutsal kitapları kucaklayarak dua etti.

Parmaklarım onun terden nemlenmiş siyah saçlarını okşarken, göğsüm büyük bir dinginlikle hareket ediyor ve göğsüm her hareket ettiğinde Karayel'i de beraberinde yukarı taşıyordu. Onun yeri zaten yukarısıydı. Son birkaç gün içinde evdeki huzuru yakalamıştık ama yine de Temmuz'a karşı tıpkı bir kanun kaçkçısıymış gibi davranıyordu. Haklıydı. Sılay onun annesinden geriye bıraktığı tek varlıktı. Ama sanırım Temmuz'dan habersiz beni götürdüğü günleri çok çabuk unutmuştu Sıraç Bey.

Mavi ve Umut'un seslerini ayırt edebiliyordum. Sanırım bunun anne olmakla bir alakası vardı, bilmiyordum. Ama şu an esneyenin Umut olduğundan da adımın Mayıs olduğu kadar emindim. Huzursuzlanarak yavaşça doğrulmaya çalıştığımda, Sıraç huysuz bir homurtu çıkarıp belime iki yandan sarıldı ve beni kafesledi. Kısaca ona baktığımda hâlâ uyuyor olduğunu gördüm.

"Bırak şunu," diye homurdandı gözlerini açmadan. "Sadece esniyor minik şeytan."

"Sen işe gitmeyecek misin?"

"Bugün pazar güzelim," dedi yalnızca dudaklarını oynatarak. "Uyur musun?"

"Uykum kaçtı benim. Duş alıp kahvaltı hazırlayacağım," dedim yerimden kalkmaya çalışırken. Bana daha sıkı sarıldı ve tek gözünü açıp bana tip tip baktı.

"Mayıs, sabahın beşinde uyuduk. Sen bir boğa burcusun, en büyük özelliğin tembellik. Kendine gel. Karıma ne yaptın?"

"Annelik psikolojisi," diye mırıldandım gülümserken. Tek gözü açık bir şekilde bana bakarken dolgun üst dudağı tatlı bir kavisle yukarı büküldü. O işitme kaybı yaşayan bir hastanın hemen bitişiğinde en sevdiği şarkının çalması ama hastanın bunu kesinlikle duyamaması gibi bir şeydi. Çok güzeldi ama güzelliğinin arkasında bitmek bilmeyen bir acı taşıyordu. Yaşadıklarımızı tozlu bir kitabın, yırtık sayfalarına hapsetmiştik birlikte. Şimdilik görünürlerde acı yoktu, biliyordum ama... Acının onun güzelliğinin ardına saklanmış, sinsice bizi gözlediğini de biliyordum.

"Yumurtanın sarısı dağılmasın," dedi can yakıcı bir şekilde gülümseyip beni alt üst ederken.

"Yumurtanın sarısı dağılmayacak, babacık," diye mırıldandım ve yüzündeki sakal izlerini okşayıp, terli alnına küçük bir öpücük kondurdum.

Duş alıp, sabahlığımı giydikten hemen sonra saçlarımı kurutma gereği bile duymadan banyodan çıktım. Banyodan çıktığımda Sıraç'ı beşiğin içine doğru eğilmiş, Mavi ve Umut'un yüzüne dokunduğunu görünce dudaklarımdaki düzlük anında yukarı kıvrıldı.

"Bana diyene bak," diye mırıldandım sinsice arkasından yaklaşıp, onun ince beline sarılırken. Çenemi omzuna koydum ve beşiğin içindeki mucizelere baktım. "Hani uyuyacaktın sen?"

Gözlerini onların üstünden çekmeden kafasını kafamın üstüne koyarak derin bir iç çekti. "Nefes alıyorlar mı diye kontrol ettim," diye mırıldandı. "Bazı geceler uyanıp senin nefesini kontrol ediyorum. Çok kısa nefes almadığını fark ettiğimde panikliyorum. Senden önce böyle bir huyum yoktu. Ama şimdi nedense onların da nefesini kontrol etme gereği duymaya başladım."

Ondan böyle şeyler duymak... Çok değil geçen sene bu zamanlar imkânsızdı. Geçen sene bu zamanlar ondan kaçtığımı, beni asansör bozuk olduğu için sırtında yukarı taşıdığını, dengesiz hallerini, boğazıma dolanan parmaklarını hâlâ hatırlıyordum.

"Çok tuhaf..." diye mırıldandım Mavi'ye bakarken. Minik parmakları mavi battaniyeyi kavradı ve dudakları yavaşça aralandı. "Geçen sene, gelecek yıl bu halde olacağımızı söyleseler kesinlikle inanmazdım. Benden nefret ediyordun."

"Kaç kez söylemem gerekecek," diye mırıldandı bana doğru dönerken. Kollarını bedenime sarıp, beni göğsüne bastırdı ve ben anında çözülüp, yuvasını bulan yavru kuş gibi ona sığındım. "Nefret aşkın benzinidir."

Çenemi onun kaslı göğsüne yasladım ve gözlerimi kaldırarak sahibime baktım. Yangının ortasındaki o ulaşılmaz maviydi o. "Şimdi de benden nefret ettiğini söyle de o güzel yüzünün ortasına yumruk atayım Karayel."

Bana kafasını eğmeden, gözlerini yüzüme düşürerek ulaşılmaz bir güzelliği önüme serip, ilahi bir varlık gibi baktı. Bakışları her şeye rağmen Karayel standartları altına düşmüyordu asla. En güleç anında bile sertliğinin altında ezildiğim zamanlar oluyordu. "Senden nefret ediyorum minik şeytan," diye mırıldandı. "Bu kadar güzel olduğun için, beni değiştirdiğin için, bana asla tatmayacağımı düşündüğüm bir şeyi tattırdığın için, yeniden bir aile olabilme şansını bana tanıdığın için senden nefret ediyorum. Nefret ede ede âşığım sana. Ve miniğim, nefret aşktan çok daha gerçek bir duygudur. Aşk okyanusun en nadide balığıysa, nefret o balığın yanında içilen rakıdır. Ve biz Egeliler balığı rakı olmadan yemez, rakıyı balık olmadan içmeyiz."

Dudaklarım aralanırken, gözlerim Sıraç'ın etli üst dudağındaki pembe kavise düştü. Dudaklarına açlıkla bakarken, kalbim ilk kez öpüştüğümüz gün nasıl atıyorsa, şu anda da öyle atıyordu. Belki çok daha şiddetli, çok daha arsız, çok daha doymak bilmez bir şekilde... Sonu olmayan, dibi görünmeyen, gittikçe artan bir aşkla kaderimi kaderine düğümlediğim adam dudaklarını dudaklarıma indirirken, nefesimi tutup gözlerimi yumdum.

Dolgun üst dudağı iki dudağımın arasına yerleşirken, göğüs kafesim artçı bir şokla sarsıldı. Kasığımdan yukarı çıkan ılık his kalbime doğru son sürat ilerlerken, ellerim onun ensesine kaydı ve ona tutundum. Yavaş, narin ve bir o kadar da arsız öpücüğü beni uçurumlarından yuvarlarken, eli belime indi ve sabahlığımı yavaşça yukarı sıyırdı. "İstiyorum," diye fısıldadı dudaklarını dudaklarımdan çekmeden. Nefesi içime doldu ve kasıklarım titredi.

"Olmaz," diye mırıldandım. "Böyle bir şeyi onların önünde yapmayacağım."

"Ama ben istiyorum," dedi tekrardan dudaklarını dudaklarıma bastırıp, dilinin ıslak sıcağını hissetmemi sağlarken. "Beşiğin içinden yatağı nasıl görebilirler ki?"

Beni geri geri iterken, bacağım yatağa değdi ve kaçacak yerim kalmadı. Kalbim korkuyla çarparken onun ensesine daha sıkı tutundum ve sanki hiç yapmamışız gibi gözlerimi kaçırarak, "Yeni duş aldım," diye mırıldandım. Bunun onu durduramayacağını elbette biliyordum. Onun adı Sıraç'tı ve bir sınırı yoktu.

"Sence bu ne kadar umurumda?" diye sorduğunda çoktan yatağa devrilmiştik bile.

∞

"Mayıs," dedi Sıraç Umut'u koltuğa oturtup kafasını dik tutmaya çalışırken. "Bu salağın kafası neden sabit durmuyor?"

"Sıraç!" diye bağırdım telaşla. Mavi'yi Sılay'ın kucağına bırakıp Sıraç'a doğru koşarken yüreğim ağzıma gelmişti. "Sen kafayı mı yedin? Bebekler dört aydan önce oturtulmaz!"

"Halasının kuzusu, senin bu annenle baban ikisi de malın önde gideni. Umarım bana benzemişsindir minnoşum," diye mırıldandı Sılay Mavi'yi kucağında yavaşça sallarken.

Umut'u Sıraç'ın kollarından kurtarırken minik oğlum bana minnet dolu gözlerle baktı. "İnanamıyorum sana Sıraç! Seninle çocuklar tek bırakılmaz!"

"Ya ne yaptım be!" diyerek diz çöktüğü yerden kalktı ve yangın mavisi gözlerini yüzüme dikerek bana kötü kötü baktı. "Senin oğlunda iş yok! Kafası pat diye düşüyor!"

Umut'u kucağımda sallayarak pışpışlarken, "Sen bebekken kafanın üstünde dönüyordun herhalde?" diye sordum sakin bir sesle. Ama bu sakinliğin arkasında ona uzatılmış anne aslan pençelerini görmüş olacak ki, ensesini kaşıdı.

"Erkenden oturmayı kalkmayı öğrensin diye şey yaptım ben," dedi ensesini ovalarken. "Her halükârda senin oğlunda büyük bir salak potansiyeli var."

"O senin de oğlun!"

"En çok senin oğlun," dedi ayağa kalkıp Sılay'ın kucağındaki Mavi'yi alırken. "Sana çekmiş o. Bak benim kızıma. Aynı babası."

"Ayrımcılık yapıyorsun!"

"Onu emzirdiğin gibi beni emzirmedin. Göğüslerini benden çok gördü!"

"Oha," dedi Sılay. "Size yaptığım CanKan dansı etkisini kayıp mı etti lan? Tüh, dozunu mu ayarlayamadım acaba?"

"Sılaycığım!" Melek'in sesini duyduğumuzda bakışlarımız otomatikman mutfak kapısında, elinde çilek dolu bir kapla bize bakan küçük Melek'e döndü. Saçlarını iki yandan toplamış, fuşya renginde bir kurdele ile bağlamıştı. Üstünde turuncu bir bahçıvan tulum vardı. "Temmuzcuğum neyede? Aaa! Sıyaççığım!"

"Sen Temmuz'u bu kıza neden soruyorsun, cimcime? Hepiniz beni delirtmek için ant mı içtiniz bugün?" dedi Sıraç dişlerinin arasından. Ardından bakışlarını bana çevirdi ve yangın mavisi gözler beni kısaca süzdü. "Bugün pazar ve ben evimdeyim. Karımla vakit geçirmek istiyorum, bu kakalarını bir bezin içine yapıp, utanmadan kakasını sevdiğim kadına temizleten eciş bücüş suratlı şeylerle değil!"

"Eciş bücüş suratlı şeyler demesene çocuklarıma!" diye bağırdım. Melek aval aval suratımıza bakarken elindeki çilek dolu kabı salondaki sehpanın ortasına bıraktı ve iki elini beline koyup derin bir iç çekti.

"Siz kendiniz çocuksunuz, çocuk yapmak sizin neyinize?" Bir eliyle Sıraç'ı gösterdi. "Sen yiymi beş yıldıy yiymi döyt yaşında olan adam, madem kayının kaka temizlemesinden şikâyetçisin, sen temizle çocuğunun kakasını! Mayısçığım dokuz ay kaynında taşıdı, o da yetmedi hastaneyi ayağa kaydıyıycasına bağıyayak doğum yaptı! Bu ne demek biliyoy musun sen? Canı çok yanmasa o kaday bağıyıy mıydı sence?"

Şaşkın şaşkın ufacık kızın söylediklerine bakarken, Sıraç bakışlarını bana çevirdi ve Sıraç'ın bana baktığını hissedince ben de otomatikman ona baktım. Kucağımızda çocuklarımızla birbirimize tuhaf tuhaf bakarken, Melek bu kez parmağıyla beni işaret ederek derin bir nefes aldı.

"Sen! On sekiz yaşında gencecik biy kızken, hayatını yaşamak, gününü gün etmek vayken böyle biy odunun çocuklayını doğuydun ve belki de biyçok hayalinden vazgeçtin! Biy de bu dümbeliğin konuşmasına izin mi veyiyoysun? Geyçekten mi Mayısçığım?"

"Ben miyim dümbelek?" diye sordu Sıraç şaşkın şaşkın. "Kız bana mı dedin sen onu?"

"Ya susay mısın biy!" dedi Melek Sıraç'a tip tip bakarak. Ardından bakışları tekrar beni yakaladı. "Kız dayanışması bu biy keye! Değil mi Mayısçığım? Bak sana güveniyoyum. Aykandayım. Buynundan getiy şu kendini yiymi döyt yaşında sanan yiymi beşliğin!"

"Yaşa kız," dedim gülümseyerek. "Babasına çekmemiş, aynı Ümran! Hatırlat, poponu ısıracağım senin!"

Açık kahverengi iki yana topladığı saçlarını savurarak Sıraç'a baktı. "Üzgünüm," dedi bilmiş bilmiş. "Aytık evlisin Sıyaççığım. Senin devyin kapandı anlayacağın! Aytık yeni aşklaya yelken açma kayay veydim. Üstelik senden sonya bu evdeki en yakışıklı tabiî ki de Temmuzcuğum. Sahi, o uyanmadı mı hâlâ?"

Sılay kocaman olmuş gözlerle Melek'e bakarken, Sıraç hâlâ olayın şokundaydı. Mavi'yi birkaç kez pışpışladıktan sonra, "Sevdiğim bütün dişiler tarafından terk ediliyorum," dedi düşünceli bir sesle. "Dayı yeğen ikisini de yollayacağım evimden."

"Umut benim için çok küçük," dedi Melek sırıtarak. "Temmuz hem senden daha genç hem de ayadığım yaş kıyıteyleyine uyuyoy. Üstelik bekây! Bu küçük popolu Sılay onu elimden alamaz. Biy bana bak, biy Sılay'a. Sence ben vayken onun biy şansı vay mı? Ah, elbette yok! Eskidin, Sıyaççığım! Ama seni hâlâ seviyoyum. Amcam olayak!"

Merhaba amca sendromu!

∞

Akşama doğru kanepede oturmuş, dumanı tüten kahve fincanlarımızı yudumluyorduk. Ben Sıraç'ın göğsünün üstüne uzanmıştım, o da kahve kokulu kollarını belime sarmıştı. Salonu aydınlatan tek ışık televizyondan gelen ışıktı. Gözlerimi televizyondan çekmeden kahvemden bir yudum aldığımda, "Mayıs," diye mırıldandı. Kafamı geriye atarak göğsüne yaslandığımda, "Sana bir şey söyleyeceğim," dedi kısık bir sesle.

"Seni dinliyorum, aşkım."

"Aşkım mı?" diye sorarken sesi gülümsediğini belli eden bir tonda yükselmişti. Dudaklarını saçlarıma bastırdı ve kokumu içine doldurdu. "Bana aşkım demeni seviyorum."

"Çünkü aşkımsın," diye kıkırdadım. "Her neyse, ne diyecektin?"

"Aslında..." Duraksadı. Ses tonu bir anda değiştiği için endişelenmiş olsam da, benden bir şeyleri saklayamadığı için seviniyordum. Son zamanlarda bir şeylerin yolunda gitmediği gözlerinin ışığından belliydi ama yine de her şeyi şakaya vurarak, bunu örtbas etmeye çalışıyordu. "Canını sıkmak istemiyorum, miniğim. Boş ver."

Kendimi geriye çekerek iki bacağının arasına oturdum ve kahve fincanını sehpanın üstüne bırakıp, Sıraç'ın gergin yüzüne baktım. Kahve fincanının içinden gözlerini ayırmıyor, fincanından tüten dumandaki kavisleri izliyordu.

"Asıl böyle yaparak canımı sıkıyorsun," dedim sabırsız bir sesle. Ardından parmaklarım onun kemikli yüzünü avuçları arasına aldı ve bakışlarını bana kaldırması için onu zorladım. Yüzünde asılı kalmış sıkıntıyı görünce, siyah düşünceler saklandığı yerden çıkıp, mavinin inine sızdı.

"Bir şey yok, ciddiyim. Boş ver," dedi gözlerini tekrar kahve fincanına düşürürken. Yüzü hâlâ avuçlarımın arasındaydı. Ah, Mehmet Ali Karayel ile ilgili düşüncelerinin kokusunu alabilmiştim.

"Babanla ilgili bir gelişmemi var?"

Yangın mavisi gözlerini ağır bir hareketle kaldırıp gözlerimin içine baktı. "Baban demesene," dedi düz bir sesle. "Bu sıfata uygun bir adam değil o."

"Ne olursa olsun o senin baban," dedim her ne kadar bu gerçek beni kanatmak için tüm pençelerini içime geçiriyor olsa da. "Hadi, anlat bana."

Sıkıntılı bir nefesi dışarı üfledikten sonra sehpanın üstüne uzanarak sigara paketini aldı ve paketten bir dal sigara çekip, dolgun üst dudağı ile alt dudağının arasına sıkıştırdı. İlgi dolu gözlerle onu izlerken, zipposu ile sigaranın ucunu ateşledi ve kızıl ateşi harlayacak şekilde sigarasından derin bir nefes alıp, gri dumanı ciğerlerine doldurdu. Sigara içmesinden hoşlanmıyor olsam da, sigara içerken ilahi göründüğü gerçeğini yok sayamıyordum.

Sigarayı dudaklarından uzaklaştırırken alt dudağını yavaşça yalayarak ıslattı ve sigarayı tutan eliyle şakaklarını ovaladı. Düşünceler mavimi yormuş gibiydi.

"Bilmiyorum," dedi düşünceli ve sıkıntılı bir sesle. "Kafamın içindeki sesleri susturamıyorum. Anlamını bilmediğim bir ton kelime uçuşuyor zihnimin içinde. Bunlara engel olamıyorum."

Parmaklarım yüzünü okşarken, sigarasından bir duman daha aldı ve yardıma muhtaç yangın mavisi gözlerini gözlerime dikti. Bir orman yangınını andıran gözlerinin içinde benim duymam için yüzüme haykırılan yardım çığlıkları vardı ama ona nasıl yardım edebileceğim konusunda hiçbir fikrim yoktu.

"Hiçbir şey söyleyemiyorsun," dedi burukça gülümserken.

"Ondan nefret mi ediyorsun?" diye sordum yavaşça. Bir süre sessiz kaldıktan sonra başını iki yana salladı.

"Ondan nefret etmiyorum, minik şeytan. Nefret kadar değerli ve gerçekçi bir duyguyu hak etmiyor, o."

"Peki, ona karşı ne hissediyorsun?"

Közlenen yangınlarını gözlerime çevirirken, dudakları birkaç kez aralandı ama hiçbir şey söylemeden geri kapandı. Aslında ona karşı ne hissettiğini az çok tahmin edebiliyordum. Sıraç'ı analiz etmek çok da zor değildi ama onu analiz edebilecek tek insanın ben olduğumun da bilincindeydim.

Sıraç, babasına karşı büyük bir çaresizlik hissediyordu.

"Bilmiyorum."

"Peki, bana ne söyleyecektin?" diye sorduğumda sigarasından bir duman daha aldı ve parmaklarımı yüzünden çekmeden sehpaya uzanarak, gümüş renkteki kül tablasına sigarasını bastırdı.

"Bilmiyorum minik şeytan."

"Sıraç, eğer istediğin babanı affetmekse ama buna engel olan benim varlığımsa..."

"Saçmalama!" Bir an öyle sert çıkmıştı ki sesi, kendimi geri çekmek zorunda hissettim. Kalbim korkuyla çarparken, uzun zamandır varlığını görmediğim Sıraç tekrar önüme çıkmıştı resmen. Şahin kadar keskin yangın mavisi gözleri yüzümü delip geçerken, siyah kavisli kaşlar çatıldı ve alnındaki mavi, yeşil damarlar dışarı fırlayıp zonklamaya başladı. "Sen ne dediğinin farkında mısın? Onu affetmek mi? Ciddi misin? Mayıs, söz konusu sen olmasaydın bile onu affetmezdim!"

Elimi yanaklarından çekerken, "Bağırmasana, bebekleri uyandıracaksın," diye mırıldandım kırgın bir sesle. "Üstelik Temmuz ve Sılay sabah okula gidecek. Biraz daha sakin konuşur musun?"

"Üzgünüm," diye fısıldadı. Ellerini saçlarının arasından geçirirken derin bir nefes aldı. "Sadece... Onu affetmek istediğimi düşünmen beni sinirlendirdi."

"Durduk yere ondan bahsetme sebebimiz ne o zaman?" diye sordum ürkekçe. Şu an onun kollarının arasına girip, onu sakinleştirmem gerekirken anlık sertliği beni fazlasıyla incitmişti. Bir süredir o Sıraç'tan bihaber yaşadığım için, şimdi tekrar o Sıraç'ın sertliği altında ezilmek beni serseme çevirmişti.

Beni aniden kendine doğru çekerken, yüzümü göğsüne gömdüm. Kollarını bana sıkıca sardıktan sonra dudaklarını saçlarıma bastırdı. "Üzgünüm," diye mırıldandı. "Benden korkmandan nefret ediyorum. Sesimi yükselttiğim için özür dilerim, miniğim. Yalnızca... O ölüyor, tamam mı? Onu ömrümün sonuna dek affetmeyecek olsam da, ölmesini istemiyorum Mayıs." Sesi titriyordu. "Beni dövdü ve bana yapabileceği en büyük kötülüğü yaptı. Sorun dövmesi değildi. Her çocuk babasından dayak yer, erkek çocukları bunu sorun etmez. Ama beni sadece dövmedi Mayıs. Bana yalnızca fiziksel şiddet uygulamadı. Anlıyor musun?" Bana daha sıkı sarıldı ve burnunu saçlarıma gömdü. Sesi bu yüzden mi boğuk geliyordu bilmiyordum ama kalbim titremeye başladı. "Keşke yalnızca fiziksel şiddet uygulamış olsaydı. Mayıs, elimdeki her şeyi aldı. Hayallerimi aldı, çocukluğumu aldı, annemi aldı, ruhumu aldı. En önemlisi kendisini aldı. Benden kendini çaldı. Bir çocuktan babasını çalmak... Bak bu çok acımasızca, tamam mı? Onu affedemem." Duraksadığında artık derin derin nefesler alıyordu. Gözlerim yağmurlarını toplayıp, kendini göz çukurlarımdan aşağı bırakmak için an kollarken bana daha sıkı sarıldı. "Ama onun ölmesini istemiyorum Mayıs. Bu çok salakça, biliyorum. Ama onun ölmesini istemiyorum."

"Onun ölmesini istemiyorsun," dediğimde artık ağlamaya başlamıştım. Bu benim sınırımdı. Önceden ağlamayı bilmeyen gözlerim, bu adamı tanıdıktan sonra zarını yırtmıştı.

"İstemiyorum," dedi titrek bir sesle. "İstemiyorum!"

"Sen muhteşem bir babasın," dedim alakasızca. Parmaklarım saç diplerini yakaladı ve ensesini yavaşça okşadım. "Sen harika bir adamsın ve muhteşem bir babasın. Merhametli kalbine tapıyorum, yemin ederim tapıyorum! Senin kalbin benim servetim!"

Yüzünü boynuma gömerken gülümsediğini hissettim. Titreyen dudaklarım yukarı bükülürken, Sıraç küçük bir erkek çocuğu gibi bana sığındı ve inşa ettiğim tüm korkuların paramparça olduğunu hissettim. "Senin kokunun sindiği her şey benim servetim," diye mırıldandı. "Annem gibi kokuyorsun Mayıs."

"Biliyorum." Burnumu çekip yüzümü siyah saçlarının arasına gömdüm. "Annen gibi kokuyorum Sıraç."

Sıraç Karayel'den...

Güneş neredeyse doğmuş, odanın içi yangının közleri gibi mavi bir renk almıştı. Mayıs yatağın bana ait olan tarafında düzenli nefesler alarak uyurken, beşik ile yatak arasında duran tek kişilik kanepenin üstüne oturdum ve mavi ışığın kadınımın vücuduna dokunuşunu izlemeye başladım. Hastalıklı hisler beynimi kemirirken, onu bir ışıktan bile kıskandığımı fark ettim. Hava henüz tam olarak ısınmamış olmasına rağmen ince bir gecelikle yatıyordu ve üstünü örtmemişti. Huzursuzca kanepeden kalkmadan yatağa doğru uzanarak, ince çarşafı çıplak, uzun ve pürüzsüz bacaklarına örttüm.

Benim de ondan farkım yoktu. Isınmayan havaya rağmen altımda yalnızca boxer vardı ve üstüm çıplaktı. Derin bir nefes alarak kollarımı göğsümün üstünde topladım ve gözlerimi mavi tanrıçamın üstünde dolaştırmaya devam ettim. Aldığı her bir nefes sanki benim göğsümün içine doluyordu ve yaşamam için onun sık sık nefes alması gerekiyordu.

Onun nefes alıp verişini kontrol etmeyi seviyordum.

Komodinin üstündeki telefonum titrediğinde gözlerimi karımdan çekmeden komodine uzandım ve bacaklarımı yatağın ucuna uzatarak telefon kilidini açtım.

Kimden: Selçuk

Efendim isteğiniz üzerine Yiğit Aksan'ın evini takibe aldık. Babası Fatih Aksan onu yurt dışına gönderme kararı almış fakat Yiğit Aksan bu durumdan rahatsızmış. Şimdilik her şey yolunda görünüyor ve Yiğit Aksan mümkün olduğunca evinden dışarı çıkmıyor. Uyuyor olduğunuzu düşünerek size bunu mesajla ilettim. İyi sabahlar, efendim. (05:45)

Kime: Selçuk

Teşekkürler, Selçuk. Nereye giderse gitsin onu takip etmeyi unutma. Sana güveniyorum. Bu arada Şafak Uzar'ı da boş bırakmayın. İyi sabahlar. (05:48)

Telefonu kenara bırakırken gözlerimi kısarak Mayıs'a baktım. Ardından beşiğin içinden gelen bir esneme sesi ile bakışlarım beşiğe döndü. Mavi derin bir uykunun kollarında olmasına rağmen, Umut uyanık iri mavi gözlerle beni izliyordu. Karanlığı yarıp geçen mavi odayı aydınlatırken, gözlerini bir an olsun üstümden çekmedi. "Sakın ağlama," diye fısıldadım yalnızca dudaklarımı oynatarak. "Bugün onu yeterince yordunuz."

İri mavi gözler yüzümde dolanmayı sürdürdü. Aldığı sık nefesler göğsünü havaya şişiriyor, bazen dudakları aralanıp tekrar kapanıyordu. "Neden öyle bakıyorsun?" diye mırıldandım sessizce. Şimdi daha dikkatli bakıyordu. İnce ve küçük parmaklı ellerini havaya kaldırıp saçma sapan hareketler yaparak beni izlemeye devam etti. Bir süre, belki uzunca bir süre eliyle yaptığı saçmalıkları ve beni izleyen mavi gözlerini takip ettim.

Huysuz bir homurtu çıkarıp, yüzünü buruşturduğunda göz ucuyla yanında uyuyan kardeşine ve ardından yatakta uyuyan Mayıs'a baktım. Beyefendi her defasında biraz daha sesli bir homurtu çıkarıyor, yüzünü buruşturuyordu.

"Ağlayacak mısın?" diye sordum yavaşça. Beni anlamadığını bile bile onunla konuşmaya çalışmak tam da benden beklenilecek bir hareketti zaten. Yavaşça beşiğe uzanıp, işaret parmağımla burnuna dokunduğumda derin bir nefes aldı ve şapşal bakışlarını burnunda duran parmağıma çevirince gözleri şaşı baktı. Dudaklarımdan dökülen kıkırtıya engel olamamıştım. Siktir, bu neden bu kadar tatlıydı?

"Kucağıma gelmek ister misin?" diye sordum burnuna ritmik ve hafif hareketlerle vururken. "Sen benim oğlum olduğundan emin misin?" Gerçekten komik görünüyordu.

Dudaklarından mırıltıya benzer bir ses döküldü ama bu bir kedi iniltisinden farksızdı. Ağzını köpüklendirerek gülümsediğinde olduğum yere çakılı kaldığımı hissettim. Dişleri yoktu. Zaten olsaydı biraz tuhaf olurdu. Ama gülümsediğinde bana sunduğu pembe damakları kalbimi yumuşatmış, içimde mavi bir kuş tüyü dolandırmıştı. Ellerim bilinçsizce onu kucakladıktan sonra tekrar kanepeye oturdum ve onu çıplak göğsüme yatırdım. Salyalı ağzı çıplak omzumu ıslatırken, bundan iğrenmeyeceğim kimin aklına gelirdi ki?

Eli kanlı bir katilin kucağında fazla masum kalıyordu.

Karanlığı perdesinin ardında bırakan mavi, odaya huzurlu bir ışık verirken sırtımı kanepeye yasladım ve onun salyalarını önemsemeden sırtını sızlamaya başladım. Biraz sonra omzumda hissettiğim baskıyla şaşkına uğrarken, kafamı eğip ona bakmaya çalıştım. Omzumu emmeye çalışıyordu ve bunu yaparken bol miktarda salyayı da emdiği yere akıtmayı ihmal etmiyordu.

"Ne yapıyorsun şerefsiz?" diye fısıldadım yavaşça. "Meme mi sandın onu?"

Cevap vermeden omzumu emmeye devam etti. Bir bebekten cevap beklemek? Evet, bu da tam bana göre bir hareketti. Burnuma dolan koku Mayıs'ın cennet kokusundan çok daha farklı bir kokuydu ama oldukça tazeydi. Bebe bisküvisi? Ya da ona benzer bir şeylerdi. Bu kokunun kucağımdaki tuhaf şeyden geldiğini biliyordum. Burnumu onun boynuna gömerken, taze kokusunu içime doldurdum.

Bu koku tuhaf bir şekilde huzurlu hissettiriyordu.

"Velet," diye fısıldadım. "Gerçekten güzel kokuyorsun."

Gözlerimin önüne asılı kalan baba-oğul ilişkisi kesinlikle böyle değildi. Babamın beni bu yaşıma kadar bir kez olsun bağrına basmadığını biliyordum ve bunun eksikliğini çoğu zaman yaşamıştım zaten. Ama kucağımdaki şey tuhaf bir şekilde gerçekten babaymışım gibi hissettiriyordu ve kalbimde fokurdayan şeyin ismini bilmesem de, kalbimin kucağımda duran şeyin kim olduğunu gayet iyi bildiğini hissedebiliyordum. Kalbim onu kokusundan tanımıştı.

Benim oğlum. Soyumun devamı. Kanımı taşıyan ve neslimin devamını getirecek olan parçam.

Kollarımda olduğu için onu kıskanıyordum. Çünkü ben bir babanın kolları nasıl kokar, ne kadar sıcaktır, nasıl hissettirir bilmiyordum. Yirmi beş yıldır yirmi dört yaşındaydım ve hâlâ bilmezken, o henüz dünyanın oksijeni ile yeni tanışmışken, benim merak ettiğim her şeyin nasıl hissettirdiğini biliyor, hissediyordu.

"İçim ağrıyor," diye fısıldadım onun minik bedenini sıvazlarken. "Ben bunu kime, nasıl anlatacağım? Ölmemi istemezdin, değil mi?"

Minik parmakları boynuma dokundu ve kulak mememi yakaladı. Kulak mememe yavaşça dokunurken, ağzı hâlâ omzuma dayalıydı ve usulca emmeye çalışıyordu. Küçük bir bebek için fazla hareketliydi.

Mavi'nin dudaklarından dökülen minik ağlama sesiyle olduğum yerden doğruldum ve Mayıs'ın uyanmaması için aceleyle onu da kucaklayıp, sırtını sızlayarak kanepeye geri oturdum. Şimdi sol göğsümde Umut, sağ göğsümde Mavi vardı. "Baş belası minik yılanlar," diye tısladım yavaşça. "Onun uyumasına izin verin. Onu yoruyorsunuz."

Mavi kokumu alıp sessizliğe gömülürken, Umut'un aksine hareketsizdi ama sık sık aldığı nefesler onun varlığını hatırlatıyordu bana. "Uyumanız için ne yapmam gerekiyor? Bilmelisiniz ki benim sizi doyurabilecek büyüklükte, içi süt dolu memelerim yok."

Aynı saatler Mayıs Karayel...

Gözlerim kapalı bir şekilde Sıraç'ı dinlerken, benim uyanmamam için onlarla ilgilenmesi kendimi değerli hissetmeme neden olmuştu. Birkaç huysuz homurtu çıkarttıktan sonra onlara ninni gibi fısıldayarak şarkı söylemeye başladığında bir an kalkıp boynuna sarılmak istedim ama bunu yapmak yerine uyuyor numarasına kaldığım yerden devam ettim.

"Elini son defa yanağıma koy, istemiyorsan giderim giderim. Bir serin sonbahar akşamında söz ismini unutur silerim silerim. Tuttuğun kalem olsa yüreğinin elleri, bir defa daha yazsa bebeğim, bebeğim, bebeğim. Eğer bir masal perisi girerse rüyalarına, öldü dersin gül güzeli, tılsımını kaybetti. Uğruna döktüğüm gözyaşlarım için, yağmurdan özür dilerim dilerim. Kuruttuğun kızıl gülleri alıp, senin için senden geçerim. Tuttu-

ğum dalım olsa yüreğinin elleri. Yine bana yasla bebeğim bebeğim bebeğim...”

Dudaklarımı sıkıca birbirine bastırırken, kapalı gözlerimin önüne dolan gözyaşlarının eğer gözlerimi açacak olursam, dışarı boşalacağından emindim. Sadece sesindeki tınıya bile sayfalarca ağlayabilecekken, Sıraç Karayel'in çocuklarına ninni söylemesi beni darmadağın etmişti.

Ama sonra yine yaptı yapacağını tabii.

“Şşş, uyudunuz mu lan?”

12.BORÇ

Sılay Karayel'den...

Önümdeki test kitabına bakarken gözlerim her ne kadar paragrafı takip ediyor olsa da, beynimin içinde bir sis bombası patlamıştı ve tüm düşüncelerim farklı bir yönde işliyordu. Edebiyat hocasının elindeki cetveli sıraya vurduğunu işittim ve ardından sınıftaki uğultulu sesler kısa süreliğine kesintiye uğradı.

"Çalışan arkadaşlarınıza engel oluyorsunuz!" diye homurdandı yüksek sesle. Edebiyat hocası kırklı yaşlarının başında, saçlarını kızıla boyatan ve yaşıtlarına oranla çok seksi giyinen tuhaf bir kadındı. Bazen Osman ağabey ile omuz omuza verir, anlamsızca kadının giydiği kıyafetleri analiz ederdik. Ama şu an o kadar dolu hissediyordum ki, Osman ağabeyin bile mendilini bir kenara koyup, düşüncelere daldığından emindim. Şu an tamamen birbirimizden bağımsızdık.

"Sılay," dedi Başak dirseğiyle kolumu çürütürken. Gözlerimi devirerek omzumun üstünden ona baktığımda çenesiyle yan tarafımdaki pencereyi işaret etti ve genişçe sırıttı. "Temmuz ve tayfası basketbol oynuyorlar."

Osman ağabey mendilini yakalamak için harekete geçerken yüzümdeki ifadeyi sakin tutmaya çalışarak pencereden tarafa kısaca baktığımda güneş gözümü aldı ve gözlerimi kısmak zorunda kaldım. Gözlerimin etrafı kırışana dek kıstığım gözlerim bahçedeki basketbol potasının altında terli kıvırcıklarını geriye atarak nefeslenen Marul'u odağına aldığında kalbim göğsümün içinde kolbastı oynamaya başladı.

Mükemmel görünüyordu.

Saçları uzamıştı ve bu onu çok daha kıvırcık gösteriyordu. Normalde koyu duran saç rengi, güneşin altında açılmıştı ve dolgun dudaklarını dişliyordu. Boynunda parlayan teri görebiliyordum ve bu benim henüz ergenlikten çıkamamış arsız hormonlarım için büyük tehlike teşkil ediyordu.

"Fazla yakışıklı," dedi Başak kıkırdayarak. "Onunla aynı evde yaşadığın için çok şanslısın kızım."

"Umurumda değil," dedim gözlerimi Temmuz'dan çekmeden. Toz mavisi gözlerini güneşten korumak için elini alnına siper etti ve kafasını kaldırarak bizim sınıfın camına baktı. Bir an kesişen bakışlarımız etraftaki tüm uğultuyu çekip yutarken nefes alamadığımı hissettim. Toz mavisi gözler güneşin altında birkaç ton daha açılmıştı ve cam gibi görünüyordu.

"Ama onun umurunda bence," dedi Başak bir kez daha kıkırdayıp. "Sana bakıyor."

"Bana baktığı falan yok." Gözlerimi Temmuz'dan çekmedim. Ağabeyim bizi o şekilde yakaladığından beri doğru dürüst tek bir kelime edememiştik. Sıraç Karayel yasaları altında aynı sofraya oturmak dışında hiç yan yana gelemiyorduk hatta.

Temmuz basketbol tişörtünü sıvayıp, yüzündeki teri tişörtün eteklerine silerken karnındaki kaslar ortaya çıktı ve beyaz teni güneşin altında parladı. Birkaç kızın banklarda oturmuş onu süzdüğünü görünce kaşlarım çatıldı. Süzerlerdi tabii. Temmuz Bey'in de işine geliyordu ilgi odağı olmak. Hayvandı işte!

Homurdanarak önüme döndükten yaklaşık on dakika sonra sıranın altına koyduğum telefonun titrediğini işittim ve kısaca etrafa göz gezdirdikten sonra elimi sıranın altına atıp çaktırmadan ekran kilidini kaldırdım. Ekranda Mavi ve Umut'un fotoğrafı belirince sırıtmadan edemedim. Halaşkoları yesin totişkeleri!

Kimden: Marulların Efendisi
Kantine gel. (09:53)

Osman ağabeyle aynı anda şaşkına uğramış gözlerle ekrana bakarken, oyalı, ütülü ve her daim halay için hazırda bekleyen mendil havada asılı kalmıştı.

Kime: Marulların Efendisi
Dersteyim. (09:55)

Kimden: Marulların Efendisi
Tamam, gelme. Aa bu arada karşı sınıftan Mısra kantindeymiş. Gidip bir selam vereyim. Senden de selam söylememi ister misin? (09:56)

Böyle bir mesajı benim gibi bir kızın telefonuna ilettiği için operatörümün servis müdürüne CanKan dansı yapmak istesem de, sevdiğim bey tehlikedeydi ve ben buna göz yumamazdım. Hızlı bir şekilde oturduğum yerden kalkarken Başak afallamış gözlerle bana baktı, "Sorun ne?" diye fısıldadı yavaşça. Şu an sınıfın yarısı bana dönmüş, sinirden boğa gibi burnumdan buhar çıkarışıma hayretle bakıyorlardı.

"Geliyorum şimdi," dedim dişlerimin arasından. Hocadan izin aldıktan sonra ayaklarımı yere vurarak kantine yürümeye başladım. Son zamanlarda sık sık ağrı kesici kullandığım için bedenim biraz uyuşuktu ve uykulu hissediyordum ama buna rağmen düşüncelerin beni terk etmeye niyeti yok gibiydi. Ayrıca Mısra denen çakma sarışına ne denli sinir olduğumu anlatmama gerekte yoktu bence. Boyasının dibi geldiğinde sarı siyah saçlarıyla Bitlis Spor forması gibi geziniyordu ortalıkta kaşar!

Kantine girdiğimde kimin kardeşi olduğum bilindiğinden birçok gözün üstüme döndüğünü hissettim ama bakışların üstümde yarattığı baskıya aldırmadan etrafı kısaca taradım. Şu an gözlerim o kadar keskindi ki, karşı duvarda çiftleşen sinekleri bile görebilmiştim. Buna âşık insanın dikkati deniyordu.

Gözlerim aradığını bulduğunda sevinç çığlıkları atarken, aradığının yanında görmek istemediği şeyi görünce çığlıklar tıpkı bir bıçak gibi kesildi. Mısra boynuna kadar çektiği okul eteğiyle ve dibi gelmiş sarı saçlarıyla hemen Temmuz'un yanında dikiliyor ve kırık saçlarının ucuyla oynuyordu.

Maç için ısınma hareketleri yapan Bitlis Spor futbolcusuna benziyordu.

Temmuz masalardan bir tanesinde yayvan bir şekilde oturmuştu ve hemen önünde dumanı tüten karton kahve bardağı vardı. Mısra'ya bakmıyordu ama Mısra'nın ona bir şeyler anlattığı belliydi. Bir süre olduğum yerde dikildim ve yalnızca onlara baktım. Mısra kıkırdayarak saçını kulağının arkasına itti ve elini masanın üstüne koyarak Temmuz'a doğru abandı. Temmuz ona bakmamakta ısrarcıydı ama kızı başından savmak gibi bir niyeti olmadığı da apaçık ortadaydı.

"Oha," dedi arkamdan geçip giden bir kız. "Temmuz ve Mısra mı? Basketbol takım kaptanı Temmuz'dan mı bahsediyoruz? Dev yakışıklı! Üstelik araba yarışçısıymış!"

"Aynen," diye mırıldandı daha ince sesli bir kız. Yüzlerini göremesem de seslerini işitebiliyordum, gerçi baksam bile yüzlerine odaklanamayacağım kesindi. Şu an şahin kadar dikkatli ve keskin bakan gözlerim yalnızca iki kişiyi görebilecek kapasiteye sahipti. "Mısra güzel kızdır, öyle kolay kolay biriyle çıktığını da görmedim. Seçicidir. Temmuz'u gözüne kestirmiş olsa gerek. Baksana, çocuğun içine düşecek."

Adını bilmediğim bir duygunun damarlarımı sıkıştırdığını, beni dibi fokurdayan uçurumuna çekmeye çalıştığını hissettim. Uçurumun dibi şeffaf lavlarla doluydu ve ben o uçurumun içine düşecek olursam kül olana dek yanacaktım. Çünkü kaçışım yoktu. Lavlar şeffaftı. Farkında olmadan bilinçli attığım adımlarla kendimi yakacaktım.

Mısra'nın parmakları Temmuz'un terli kıvırcıklarına dokunduğunda damarlarımı sıkıştıran duygunun midemde kaynadığını duydum. Fokurtulara kulak kabarttım ve midemde kaynayan şey yalnızca midemi değil tüm bedenimi cayır cayır yakmaya başladı.

Her şey birkaç saniye içinde gerçekleşmişti. Bu cesareti nereden, nasıl bulmuştum bilmiyordum ama gözümün karardığını hissettim. Attığım her bir adım kantinin zeminini titretirken, Temmuz'un kafasını kaldırıp bana baktığını ve toz mavisi gözlerinin şaşkınlıkla irileştiğini gördüm. Aynı saniyeler içinde Mısra Temmuz'un bakışlarını takip ederek beni buldu ve iri yeşil gözleri beni odağına aldı.

Mısra'nın önünde dikildiğimde Temmuz'un baş döndürücü bakışlarını yok sayarak, gözlerimi Mısra'ya diktim. Kız şaşkına uğramış şekilde bana bakarken şu an yapmak istediğim tek şey yüzünü iki elimin arasına almak ve tam burnunun ortasına esaslı bir kafa geçirmekti ama bunu yapmak yerine yumruklarımı sıkarak, "N'aber Mısra?" diye sordum dümdüz bir sesle. Mısra'nın tıpkı saçları gibi boyattığı kaşları havaya kalkarken yüzünde hâlâ şaşkınlığın iniltisi vardı.

"İyi," dedi kekeleyerek. "Senden?"

"İyi." Yapmacık bir şekilde gülümsedim. Toz mavisi bakışların sıktığım yumruğa düştüğünü hissettim ama önemsemedim. "Aa, dibin gelmiş senin," dedim yapmacık bir şaşkınlıkla. Mısra'nın yüzündeki ifade donarken, yumruk yaptığım elimden birini serbest bırakıp Mısra'nın saçına dokundum. Saçındaki saç spreyi elime bulaşırken bir an yüzümü buruşturmak istedim ama buna engel olmak adına dişlerimi birbirine bastırdım. "Kız Bitlis Spor takım kaptanı gibi gezeceğine gidip boyatsana saçlarını."

"Ne?" Kız şok olmuştu. Osman ağabey mendilinin oyalarını düzelttikten sonra kibirli gözlerle kısaca Mısra'ya bakıp dudaklarını büzdü. Bu Halaymen patenti almış Osman ağabeyin, *"Ne oldu minnoş? Çok mu şaşırdın?"* bakışıydı.

"Kız kötü bir şey demiyorum," dedim tekrar gülümseyerek. "Bitlis Sporlu musun yoksa?"

"Sılay!" dedi Temmuz uyarıcı bir sesle. Önemsemedim. Aslında gayet de önemsemiştim. Bu peynir reyonu üyesini mi savunacaktı bana? Çok mu beğenmişti onu? Mısra'nın da dudaklarının tadına mı bakmak istiyordu yoksa? Bir an kızın saçına dokunan parmaklarımın tırnak uçlarından keskin pençeler çıkacak sandım. Sanırım öyle bir şey olsaydı hiç düşünmeden pençelerimi kızın boğazına saplar, zevkle can çekişmesini izlerdim.

"Önemli değil Temmuz," dedi Mısra sakin bir sesle. "Şaka yapıyor olsa gerek."

Hanım kız triplerine sıçarım senin, dedi içimdeki Halaymen. Osman ağabey kızmıştı. Hem de çok kızmıştı.

"Her şakanın altında bir ciddiyet aranmalı tabii," dedim cici cici gülümseyip zehirli dilimi dişlerimin arkasına saklarken. Mısra bir kez daha afallarken, Temmuz dumanı tüten kahvesinden bir yudum aldıktan sonra karton bardağı masanın üstüne bıraktı ve sandalyeyi ayaklarını sürüyerek geri itti.

"Sılay, sorunun ne?" diye sordu Mısra sakin bir sesle. "Bilmeden bir şey mi yaptım sana? Ne bu tavırlar?"

Şu an bir dolu ergenin bizi izlediğini hissedebiliyordum ama bunu önemsemedim. "Seninle ne gibi bir sorunum olabilir? Sen bana ne yapabilirsin ki?" diye sordum yüzüm istem dışı sertleşirken.

"Şu an sebepsizce benim üstüme oynuyorsun," dedi Mısra. Yüzü gerilmeye başlamıştı. "Sana herhangi bir şey yaptığımı hatırlamıyorum. Bak, kavga etmek istemiyorum."

"Hanımlar, sakin olur musunuz?" Temmuz'a omzumun üstünden, *sen sus, kökü kopasıca marul,* bakışımdan attıktan sonra derin bir nefes aldım ve zihnime kanlı ayak izlerini bırakan şiddete eğilimli düşüncelerimi masanın diğer tarafına ittim.

"Amacım kavga etmek değil zaten," diye yalan söyledim. Ama şu an istediğim tam olarak buydu. Ben Sıraç Karayel'in kız kardeşiydim, bunun farkında mıydı? Kan görmeyi seviyordum. Bunun soyadımın bir getirisi olduğunu düşünsem de sanırım aslında bu babamızdan gördüğümüz şeylerin zihnimizde kişiliğimize göre yeni baştan şekillenmesiydi.

Saldırgan bir kişiliğim vardı ve ben bunun farkındaydım. Ruhumdaki pençe izlerini, başkalarına pençelerimi geçirerek gizliyordum.

"O zaman sorun yok?" dedi Mısra ve gülümsedi. "Sanırım gerginsin biraz. Konuşmak ister misin?"

"Daha ne kadar devam edeceksin?" diye sordum ona düz düz bakarken.

"Neye?"

"İyi kız tafralarına. Amacın okulun basketbol takımı kaptanını tavlamaksa boşa kürek çekiyorsun. Sen Temmuz'un tipi değilsin," dedim açıkça. Ardından gözlerimi devirdim. "Ayrıca çok klişe... İyi kızların sevildiğini falan mı sanıyorsun sen? İyi kızlar genelde acı çeken taraf olur, sevilen değil. Ve eminim acı çekmek için rol yapacak kadar aptal değilsin."

"Sılay!" Temmuz'un sesi yüksek çıkmıştı. Temmuz'un aksine Mısra sessizdi ama gözlerindeki şaşkınlığı görebiliyordum.

"Bağırmana gerek yok Temmuz. Dakikalardır adımı söylemekten başka bir şey yapmadın, farkında mısın? Onu korumak istiyorsan, durma koru. Ama sen de benim gördüklerimi görüyorsun."

Başımı iki yana sallarken, "Tiyatro kulübüne katılmalısın Mısra," diye mırıldandım ve topuklarımın üstünde dönerek kantinin çıkışına doğru yürümeye başladım. Sırtımda dolaşan gözler umurumda değildi. Midem yanıyordu. Kahrolasıca midem günlerdir hiçbir şey yemiyormuşum gibi yanıyordu. Sanki mide kanaması geçirecektim. Koridora çıktığımda yumruklarımı sıktım ve dişlerimi birbirine bastırarak düşüncelerimi dağıtmaya çalıştım. Temmuz Mısra'dan etkilenmiş olabilir miydi?

Bu düşünceden nefret ettiğimi düşündüm. O Şafak gibi değildi, farklıydı. O tür kızlardan hoşlanmazdı. Hoşlanmazdı, değil mi? Tekrar hayal kırıklığına uğramak benim için sonla eş değerdi. Koridorda birinin arkamdan geldiğini hissettim ama düşüncelerim o kadar yoğun bir kıvamdaydı ki, dönüp arkama bakmadım bile. Şu an düşündüğüm tek şey bu kahrolasıca histen nasıl kurtulabileceğimdi.

"Sılay." Sesini duymamla karnımdaki his daha da büyüdü ve tüm göğsümü kapladı. Adımlarım biraz olsun sendelemeden dosdoğru yürümeye devam ederken arkamdan gelenin o olması beni biraz olsun rahatlatmıştı. Ama yine de sinirliydim. "Beklesene kızım."

"Uza," diye tısladım ama kesinlikle ona bakmadım. Koridor bomboştu ve nöbetçi öğrenci yerinde yoktu.

"Senin sorunun ne?" diye sorduğunda hâlâ beni takip ediyordu. Varlığını hissetmek güzeldi. En azından içimdeki Halaymen Osman ağabey onun sesini duyunca halaya kaldığı yerden devam etmek istiyordu.

"Benim sorunum falan yok, marul. Beni rahat bırak."

Adımlarını hızlandırdığını fark ettiğimde ben de hızlandım. "Kızım beklesene," dedi tekrardan sabırsız bir sesle. "Kezorella, Mısra'yı kıskanmış olabilir misin?"

Hah! "Hiç de bile!" diye çemkirdiğimde kızlar tuvaletinin önüne geldiğimi fark ettim ve tuvaletin önünde durup omzumun üstünden Temmuz'a baktım. "Neyini kıskanacağım ben o Bitlis Spor takım kaptanının?"

"Öyle mi?" diye sordu tek kaşını kaldırırken. Dudaklarının kenarı hafifçe yukarı bükülmüştü ve iki yanağındaki belediye çukurunu andıran gamzeler ortaya çıkmıştı. Kalbim korkuyla seğirdi ve gözlerim içine düşlerimi sığdırmak istediğim çukurlara takıldı.

"Öyle."

"Kıskanmadın yani?"

Kaşlarımı çattım. "Ne diye kıskanacakmışım ben onu ya?" diye sordum sert bir sesle. "O kim ki ben onu kıskanacağım? Eteğini çekmiş boğazına kadar, saçlarının dibi simsiyah, kaşlarını da sarıya boyatmış tam kuşum Aydın'a benzemiş!"

Gözlerini kısarak yüzüme baktı ve bir iki adım daha yaklaşıp tam önümde durdu. Aramızda bir kafalık boy farkı vardı ve bu yüzden gözlerimi kaldırarak ona bakmak zorunda kalmıştım. Kıvırcıklarına dokunmak istediğimi fark ettim ama bu isteğin önüne ördüğüm duvarlar vardı. Her ne kadar duvar örmüş olsam da, bu duvarların bir tekme darbesiyle tuz buz olacağını biliyordum. Dudakları hâlâ yukarı kıvrık durduğu için gamzelerini görebiliyordum. Mayıs'ın erkek versiyonu karşımda duruyordu ve doğruyu söylemek gerekirse ailemizin neden bu aileye kafayı bu kadar taktığı apaçık ortadaydı. Onlar gerçekten güzellerdi. Çok güzellerdi.

"Kıskanmışsın Kezorella," dedi düz bir sesle. "Neden hâlâ inkâr ediyorsun?"

"Neden kıskanayım?" Saçmalıyordum. Bal gibi de kıskanmıştım. Güzelliğini ya da başka bir şeyini değil, marulumu kıskanmıştım. Duygularım beni bozguna uğratırken bu duygularımın yüzümden okunmaması için bildiğim tüm duaları ettim.

"Benim yüzümden." Yüzünü yüzüme yaklaştırdı. "Çünkü benim yanımdaydı." Sıcak nefesi dudaklarıma vuruyordu. Gözlerimi gözlerinden ayırmaya çalıştım ama burnuma dolan taze meyve kokusu tüm dikkatimi dağıtmıştı. "Çünkü bana askıntı oluyordu."

Yumruğumu sıktım ve gözlerimi onun keskin hatlı çenesine düşürdüm. Kaşlarım çatılmıştı ve söylediklerini her ne kadar inkâr etmek istiyor olsam da doğruları söylediğinin farkındaydım. Hislerim tarafından ihanete uğramıştım. Sevgisizlik içinde büyüyen ve baba sıcaklığını hissedemeyen bir kızdım. Beni ağabeyimden başka kimse kucaklamamıştı Temmuz'dan önceleri. Şimdiyse bedenim Temmuz'un kokusuna bile anında tepki veriyordu. Temmuz çoktan benden bir parça olmayı başarmış, sevgiden yoksun büyüyen ruhuma dokunmuştu.

Temmuz, tıpkı ismi gibiydi. Benim kışıma yaz olmuştu.

"Senden nefret ediyorum," dedim dişlerimin arasından. "Aptal marul. Salak."

Gülümsedi ama gözlerinin içine bakamadım. Gülümseyişi zihnimin en kuytu köşelerine sindi ve aşinası olduğum bir anı misali belleğime kazındı.

"Ağabeyin ve ablam da birbirlerinden nefret ediyorlardı," dedi kısık bir sesle. "Ve nefretin çok güçlü bir benzin olduğunu duymuştum ağabeyinden."

Sertçe yutkundum. Koridorda ikimizden başka kimse yoktu ve sesi küçük bir yankı uyandırıp kulaklarımın içinde tıkırdıyordu. Elinin çeneme dokunmasıyla kaskatı kesildim ve ürkek bakışlarımı koridorda gezdirip, etrafta bizden başka bir beden var mı diye kısaca kontrol ettim. Dokunduğu nokta karıncalanırken, toz mavisi bakışlarını yüzümde hissedebiliyordum ama ona bakamıyordum. Ona bakınca tüm irademin çürüdüğünü, çölde soluklanmak isteyen deve gibi aniden yere çöktüğünü hissediyordum.

"Bana bak," dedi kısık bir sesle. Afalladım. "Bana bak Sılay."

"Kes şunu." Sesim titriyordu. "Ağabeyim seni öldürecek."

"Ama şu an ölmek zerre umurumda değil. Bana bakmanı istiyorum."

Yumruk yaptığım ellerimi onun göğsüne koyarken derin bir nefes aldım ve çürük bariyerlerimi alçılayarak onu yavaşça ittim. "Mısra baksın sana!" diye hırladıktan hemen sonra ondan ve aptal çekiminden kurtulmak adına son hızla kızlar tuvaletinden içeri girdim ve kapıyı çarparak kapattım. Lavabolara doğru yürürken elim ayağım birbirine dolaşmış, dilim damağım kurumuştu.

Lavabonun beyaz mermerine yasladığım avuçlarım, soğuk mermeri bile hissetmeyecek kadar hissizleşmişti. Gözlerim aynadaki yansımamla buluştuğunda içimde gürleyen şey damağıma ekşi bir tat bırakıyordu ve beynimin içindeki kemirgen yaratıklar düşüncelerimi dişliyordu.

Kıskanıyordum. Temmuz Karamaça'yı kıskanıyordum!

"Aptal," diye tısladım yavaşça. "Aptal!" Aynadaki görüntüm ona söylediklerimi bana yansıtırken bir an cidden kafayı yediğimi düşündüm. Sanki aynadaki benim yansımam değil de, bana benzeyen bir başkasının varlığıydı. Bana aptal diyordu. Benim bir aptal olduğumu düşünüyor, beni taklit ederek benimle dalga geçiyordu.

Kızlar tuvaletinin kapısı sertçe açıldığında gözlerim kapının aynadaki yansımasına kaydı ve yüzümdeki tüm kan çekildi. Temmuz kızlar tuvaletinin kapısını dikkatlice kaparken, kolundaki damarlı kaslar gerilmişti. Korkuyla ona doğru dönerken, "Ne yapıyorsun?" diye bağırdım telaşla. "Kafayı mı yedin? Burası kızlar tuvaleti! Ne bok yiyeceksin burada?"

"Makyajımı tazeleyip çıkacağım," dedi düz bir sesle. Kararlı ve emin adımlarla bana doğru yaklaşırken, kalbim göğsümün içinde çığlık atıyordu. Bir iki adım geriledim ve sırtım tuvaletin soğuk mermer duvarına çarptı. Temmuz istikrarlı adımlarla bana doğru yürürken çevremdeki her şey gerçekliğini yitirmişti. Ağabeyimin tehditkâr bakışlarını görür gibi oldum ama çekim o kadar kuvvetliydi ki, o bakışlar bile bir silgi tarafından silindi.

Temmuz kollarını mermer duvarın iki yanına yaslayıp beni duvarla arasına aldığında kaçacak yerim olmadığı için kapana kısılmış fındık faresi gibi hissettim. Aslında ondan kurtulmak kolaydı ama bir yanım bu kurtulma isteğine hiç de sıcak bakmıyordu.

"Kızlar tuvaletine girecek kadar sapıtmışsın sen," diye tısladım. "Şimdi biri girecek ve çıngar koparacak."

"Umurumda değil," dedi düz bir sesle. Sıcak nefesi alnımı ısırdı ve saç diplerimden içeri sızdı. "Bağırır bağırır susar."

"Temmuz bizi bu halde görecek olurlarsa hiç hoş şeyler olmaz ama."

Dudaklarını saç diplerime yaklaştırıp, alnıma değdirmeden sıcağını hissettirdi bana. "Korkma," dedi yavaşça. "Üstelik az önce kantinde yeterince ilan ettin bence."

Damarımdaki kan kurumuş gibi kaskatı kesilirken, bedenimdeki her bir nokta ısındı. "Neyi ilan ettim?" diye sordum titrerken.

"Sana ait olduğumu."

Kelimeler birbiriyle çarpıştı ve harfler çarpışmanın etkisiyle al kana bulanıp, etrafa devrildi. Dudaklarım anlık bir şokla konuşma yetisini kaybederken, ses tellerimin üstünde sigara söndürülmüş gibi hissediyordum. Temmuz'un dolgun dudaklarını alnımdaki çizgilerin üstünde hissettiğimde artık tamamen savunmasız, düşünme yetisini kaybetmiş zavallı bir organizmadan ibarettim.

Dudaklarını alnımın çizgisine bastırmaya devam etti ve elleri yana düşüp bedenime tutundu. Parmakları gömleğimin üstünden belimi kavrarken, parmak uçlarından yükselen nabzın tenime akışını hissediyordum. Aramızdaki ilişkinin bir ismi yoktu. Biz aynı evi paylaşıyor, öpüşüyor ve birbirimizi kıskanıyorduk. Temmuz ıslak bir yaz gününü andıran dudaklarını kaydırarak yanaklarıma indirdi ve beni yanağım boyunca öpüp belimi sıkıca kavradı.

"Ağabeyin benden uzak durmanı söylemişti," dedim titrek bir sesle. Nihayet cümleler saklandığı yerden çıkmayı başarabilmişti. Temmuz dudaklarını yanağım boyunca gezdirip çeneme getirdi ve çenemle alt dudağım arasındaki noktayı yavaşça öptükten sonra dudaklarını geri çekip gözlerimin içine baktı. Boy farkını kapatmak uğruna kafasını eğdi ve uzun kirpiklerinin altında gizlenen toz mavisi gözleri beni parçalara ayırıp, ayırdığı yerden tekrar bambaşka parçalar katarak birleştirdi.

"Yapamam," dedi Temmuz sıcak nefesi dudaklarımı arşınlarken ve karış karış beni fethederken. "Ağabeyini ağabeyim gibi görüyorum, biliyorsun. Öl dese sebebini sorgulamadan ölürüm ama bana senden uzak durmamı söylerse bunu yapamam." Derin bir nefes aldı ve alnını alnıma dayadı. "Bana ait olan bir şeyden nasıl uzak durulur bilmiyorum ben Sılay."

"Ne?"

"Ben galiba sana âşık oldum Kezorella."

Mayıs Karayel'den...

"Mayısçığım," dedi Melek beşiğin içindeki Umut ve Mavi'ye ilgi dolu gözlerle bakarken. Ben de hemen gardırobun önüne geçmiş, Sıraç'ın gömleklerini askıya asıyordum.

"Ne oldu, meleğim?"

"Bunlay ne zaman konuşmaya başlayacaklay?" diye sordu tatlı tatlı. Sorun şuydu ki ben yalnızca on sekiz yaşındaydım ve bu konuda pek fazla bilgi sahibi değildim. Sık sık kitap okuyor, internetteki makalelere göz gezdiriyordum ama zamanla tecrübe kazanacağımdan emindim. Parlament mavisi gömleği askıya yerleştirirken, "Uzunca bir süre konuşabileceklerini sanmıyorum ama yakında bir şeyler mırıldanmaya başlayacaklardır," dedim yavaşça.

"Acaba ilk anne mi diyecekley, yoksa baba mı diyecekley?" dedi düşünür gibi. "Bu ayada Temmuzcuğum neyede?"

Genişçe gülümsedim. Melek'in masumiyeti kendimi iyi hissetmeme neden oluyordu. Hâlâ r harflerini söyleyemediği için Ümran bundan biraz rahatsızdı. Çocuğu doktora götürmeyi bile düşünmüştü ama Halim buna engel olmuş, zamanla geçeceğini söylemişti. Duyduğum kadarıyla Halim de belli bir yaşa kadar harfleri telaffuz etmekte zorlanıyormuş ama bu zamanla düzelmiş. Sanırım Melek bu konuda babasına çekmişti.

"Okuldan yeni geldi. Muhtemelen dinleniyordur," dedim ve gardırobun kapağını kaydırarak kapattım. Melek'in bu aralar en büyük uğraşı Temmuz olmuştu. Hayranlık olduğundan emin olduğum bu saf ve temiz duygular onun minik bedenine çok yakışmıştı. Temmuz'la araları gayet iyiydi üstelik. Ayrıca Sılay'a beslediği sevimli nefret beni gerçekten eğlendiriyordu.

Melek iki yandan toplayıp, açık mor kurdeleler ile bağladığı saçlarını savurarak beşiğin yanındaki kanepeye oturdu ve bacak bacak üstüne atarak, kollarını göğsünün üstünde topladı. "Moyalim çok bozuk," dedi dudaklarını bükerek. Farkında olmadan gülümsedim. "Sılay kuyu popolusunun Temmuzcuğumun aklını çelmesinden koykuyoyum açıkçası."

"Temmuz'a olan duyguların gerçekten çok sevimli," dedim kıkırdayarak. "Ama ilerleyen zamanlarda Temmuz'a hissettiklerinin çok daha yoğununu bir başkasına hissedeceksin, biliyorsun değil mi?"

İri kahverengi gözlerini devirirken kaşlarını çattı. "Temmuz'la evleneceğim Mayısçığım. Hem boş vey sen şimdi bana akıl veymeyi. Kocan neyede senin?"

Dilli düdük, diye iç geçirdim. Sanırım Mavi de bu yaşlarda tıpkı Melek gibi olacaktı. "Çalışıyor," dedim ve beşiğin önüne geçip beşiğin içindeki mucizelere kısaca göz gezdirdim. Mavi her zaman olduğu gibi derin bir uykuda, Umut ise muzurluk peşindeydi. Bu çocuğun hiç uyumadığını düşünmeye başlamıştım artık. İri ve asi bakan mavi gözleri onu her kontrol edişimde canlı ve uyanık oluyordu.

"Sık sık kontyol et kocanı," dedi bilmiş bilmiş. "Allah muhafaza, kaptıyıysın valla. Yakışıklı da adam zaten. Biz ileyide Temmuzcuğumla evlendiğimizde gözümün önünden ayıymayacağım onu."

Yeni nesil beni gerçekten korkutuyordu. Aslında biz sokakta oyun oynayarak büyüyen son nesildik sanırım. Şimdiki çocukların elinin altında her imkân vardı ve çok küçük yaşlarda birçok şeyin sözlük anlamını öğreniyorlardı.

Komodinin üstündeki telefonumun titremesiyle birlikte düşüncelerim yönünü değiştirdi ve ekranda beliren isimi görünce markete giderken ilk aşkını gören masum küçük kız çocuğu gibi hissettim kendimi. Karayel'in bana hissettirdikleri hiçbir zaman değişmeyecekti.

Kimden: Karayelim
Nasılsınız, miniğim? (18:25)

Kime: Karayelim
İyiyiz, Umut ve Mavi de iyi sanırım. Uyuyorlar. Sen nasılsın? Ne zaman geleceksin? (18:26)

Kimden: Karayelim
Ben o iki buruşuk götlüden bahsetmiyorum. Sizden bahsediyorum. (18:27)

Kime: Karayelim
Biz? (18:28)

Kimden: Karayelim
Sağ memen, sol memen ve sen. Nasılsınız? (18:30)

Kime: Karayelim
Yirmi beş yaşında evli barklı çoluklu çocuklu bir adama göre fazla sapık değil misin sen? (18:32)

Kimden: Karayelim
Yirmi dört (18:33)

∞

Parmaklarım düşünceler eşliğinde Sıraç'ın birazdan giyeceği gömleğin ince kumaşında gezindi. Parmaklarımın dokunduğu bu gömlek bile beni heyecanlandırmaya yeterken, Sıraç'a dokunduğum zamanlarda hissettiklerimi tarif edebilmem mümkün değildi. Çünkü bunun tarifi benim kalbimde bile yoktu. Sıraç'ın bedeninden akan suyun şakırtısını duyabiliyordum. Onun kaslı ve heybetli bedenini yalayan su, her bir kıvrımına dokunuyor, ardından kendini zemine bırakıp ızgaralardan içeri akıp gidiyordu.

Birlikte Sıraç'ın anlaşma sağladığı İngilizler ile yemeğe çıkacaktık ve bu o kadar ani gelişmişti ki, başta mırın kırın etsem de sonunda kocamın ısrarlarına boyun eğmek zorunda kalmıştım. Gardırobun boy aynasına yansıyan görüntüme baktığımda verdiğim kilolardan dolayı kendimi iyi hissetmiştim. Çok kısa bir sürede doğum kilolarını üstümden atmıştım. Doğal bukleler omuzlarıma kadar iniyordu ve üstüme saks mavisi, dizimin biraz altında biten vücuda tam oturan kalın kumaş bir elbise giymiştim. Ayağımdaki siyah süet stilettolar mavi elbise ile oldukça uyumlu görünüyordu.

Sıraç hiçbir zaman makyaj yapmamdan hoşlanmadığı için yalnızca ince bir eyeliner çekerek tüm makyaj yapma işlemimi başlamadan sonlandırmıştım.

Sıraç ıslak ve çıplak ayakları, henüz fermuarını çekmediği pantolonu ile banyodan çıktığında havaya taze çekilmiş kahve kokusuyla birlikte yakıcı tıraş losyonu kokusu yayıldı. Bakışları elbisemi kısaca süzdükten sonra etli üst dudağı yavaşça yukarı kıvrıldı ve ıslak saçlarını elinin tersiyle arkaya itip bana çapkınca göz kırptı. "Makyaj yapmadığın için ayrıca ödüllendirileceksin," dedi tutkulu bir sesle. Bir an sesinin tınısı yüzünden karnım karıncalansa da yüzümdeki sabit ifadeyi korumayı başarabilmiştim.

Becerikli, uzun, ince ve estetik parmakları biraz önce dokunduğum gömleği üstüne geçirirken omzumun üstünden onu izliyordum. Uzun parmaklarıyla hızla gömleğinin düğmelerini, ardından da gözlerini üstümden çekmeden gömleğinin bileklerindeki gümüş düğmeleri ilikledi. "Mavi senin rengin," dedi gömleğinin eteklerini pantolonunun altına gizlerken. Ardından hızlı bir hareketle pantolonunun fermuarını ardına kadar çekip, mat deri kemer kayışını sıkarak kumaşı olduğu yere sabitledi.

"Mavi ve Umut'u tek bırakmak istemiyorum aslında," dedim evhamlı bir şekilde. Sıraç çoraplarını giyip, rugan ve uğruna bir servet ödediği ayakkabılarını ayağına geçirirken, "Ümran ve Halim burada. Sorun olmayacaktır," diye güvence verdi.

"Onu da anlamıyorum zaten," dedim kollarımı göğsümün üstünde toplarken. "Sılay da bebeklere bakabilirdi ama sen Halim ile Ümran'ı çağırdın. Kardeşimin kardeşine tecavüz edeceğini falan mı sanıyorsun? Onlara çok yüklenmiyor musun sence de?"

Sıraç'ın kaşları çatıldı. "Onlara çok yüklenmiyorum," dedi sakin bir sesle. "Sadece henüz hazmedebilmiş sayılmam. Üstelik ikisi de on yedi yaşındalar. Yetişkin değiller Mayıs. Bizim ilişkimizde biri yetişkindi en azından."

"Temmuz doğru kararlar verebilecek yaşta bana göre."

"Şu an seninle bu konu hakkında tartışmayacağım, miniğim." Sıraç hemen arkama geçip çenesini omzuma koydu ve uzun parmaklar belimi sardı. Aynaya yansıyan kusursuz görüntümüze bakarken kalbimin boşluklarından içeriye hava dolduğunu hissettim. Marifetli parmaklar belimin çevresinde küçük daireler çizerken, Sıraç burnunu boynuma gömdü ve boynumda derin bir nefes aldı.

Sıcak nefesiyle iliklerime kadar ürperdim.

"Artık gitsek mi?" diye fısıldarken sesim inleyecekmiş gibi çıkmıştı ve Sıraç bunu fark edince dudaklarını boynuma bastırarak içimdeki ilkel isteği daha da harladı. Gözlerimi beşiğin içinde her şeyden habersiz uyuyan iki meleğe çevirince kendimi geri çekmeye çalıştım. Onların yanında bu denli yakınlaşınca kendimi kötü hissediyordum açıkçası.

Sanki onlar tarafından izleniyorduk.

"Aslında şu an o siktiğimin anlaşma yemeği umurumda değil. Seninle yatağımızda uzun bir gece geçirmek istiyorum. Tenine akmak, sana karışmak çok daha mantıklı geliyor bana." Fısıltısı tüm iliklerimin üstünden kasırga gibi geçerken, ilkel çekimin arsız sarmaşıkları bedenime sarıldı ve tüm vücudum Karayel için çığlık çığlığa istekle kavruldu.

"Çok ani oldu," dedim kaskatı bir sesle. "Mesajlaşırken haber verebilirdin aslında. Hazırlıksız yakalandım. Üstelik o tür ortamlara uyum sağlayabileceğimi düşünmüyorum."

"Aniden gelişti, haber bile veremedim." Burnunu boynuma sürttü. "Üstelik sen benim karımsın. Yanımda durup, elimi tutman yetecektir."

Sıraç kendini yavaşça geri çekerken boynumdaki boşluk hissiyle sarsıldım. Geri çekilmesi beni rahatsız etmişti. Uzun parmakları yalnızca nefes alabileceğim kadar gevşek, buğday tenimde bile iz bırakabilecek kadar sıkı bir tutuşla başımı geriye, kaslı göğsüne yasladı. "Sen her erkeğin yanında taşırken gururlanacağı, gösteriş yapabileceği kadar güzel bir kadınsın. Ama ben seni çok kıskanıyorum ve sanırım o güzel yüzüne peçe takman gerekecek." Sesi yanıltıcı dozda sakindi ama içindeki tehditler doğrudan beni hedef almıştı.

Tehditkâr Karayel. Kalbim atışını hızlandırırken, bedenim kasıldı. O çölde, güneşin ortasında kalmış ve kavrulmuş kızgın kumun içindeki en nemli kum tanesiydi.

"Seninle burada böyle saatlerce kalabilirim," diye itiraf attım bedeninden gelen kahve kokusuyla mayışırken. "Ama artık gitmemiz gerek Karayel."

Sıraç anlayışlı bir şekilde beni serbest bıraktıktan sonra yatağın üstündeki küçük süet çantamı aldım ve ardından beşiğin önüne geçerek mucizelerimin üstündeki mavi pikeyi biraz daha çekip, hassas bedenlerini herhangi bir dış etkenden korumaya çalıştım. Sıraç hemen arkamda durup Mavi'nin yanağına dokunduktan sonra, "Birkaç saat sensiz yapabilirler bence," diye fısıldadı. "Onları bırakmak istemediğini biliyorum, güzelim. Ama hayatlarının her döneminde yanlarında olacak değiliz. Şimdiden alışmaya başlasınlar."

"Ben hep yanlarında olacağım onların bir kere," dedim bilmiş bilmiş. "Nefesim yettiğince onlara destek olacağım. Her konuda."

"Ben de olacağım." Göz ucuyla ona baktığımda ilgili gözlerle çocuklarına baktığını gördüm. Tuhaftır ki Sıraç onlara bakarken daha önce onda hiç görmediğim bir ifade takınıyordu. "Nefesim yettiğince onların ve senin yanında olacağım."

"Hadi gidelim," dedim Umut'un alnına kısaca dokunup, minik ter damlasını silerken. "Uyanırlarsa bırakamam valla. Tek gitmek zorunda kalırsın."

Beni odanın çıkışına doğru çekerken, "Tam anne oldu bu başıma ya," diye mırıldandı alayla. Onu durdurdum ve elbisemle tonları birbirine yakın olan mavi renkteki kravatı boynuna geçirip, ustaca bağladım. Kravat bağlamayı annemden öğrenmiştim. Her sabah babamın kravatını bağlar, kızarmış ekmeğine ev yapımı reçel sürerdi. Bunu yaparken Sıraç'ın yüzündeki ifade görünmeye değerdi. Gerçek bir aile, anne baba, karı koca olduğumuzu hissetmeye başlamıştım.

Merdivenleri inerken aklım hâlâ onlardaydı ama bir şekilde bu düşünceyi zihnimin çevrimdışı olan kısmına ittim. Son basamağı inerken Ümran ve Melek odağıma girmeyi başarmıştı. Hemen ardından Halim ile Temmuz'u gördüm. Televizyonun başında oyun oynuyorlardı. Sılay elinde geniş bir kâseyle mutfaktan çıktığında iri çakır renkteki gözleri bizi odağına aldı.

"Kırmızı halıya mı gidiyorsunuz vicdansızlar? Bu ne biçim bir uyum? Harika görünüyorsunuz!" dedi gözlerini büyüterek. Tüm gözler üstümüze dönerken yanaklarımın ısındığını hissettim.

"Oo," dedi Halim oyun konsolunun kumandasını sıkıca tutup, omzunun üstünden bize bakarken. "Ateş ediyorsunuz, kardeşim. Paçanız yansın."

"Tirrek, o yanında oturan gelişmemiş bamya ürününde olsun gözlerin. Yanından kalkmayacak biz gelene kadar, tamam mı?" dedi Sıraç gayet ciddi bir sesle. Sılay gözlerini devirirken, küçük Melek pembe pijamalarının ona bol gelen kollarını kaldırıp Sıraç'ı başparmağıyla onayladı. "Ben vayken yan yana dahi gelemezley Sıyaççığım. Kontyol ben de, gözün aykada kalmasın!" dedi ve ardından Sılay'a kötü kötü baktı. "Duydun mu kız? Yaklaşmayacaksın kıvıycığıma."

"Aferin benim zillime," dedi Sıraç. "Gel bir kucak ver bakayım." Kollarını iki yana açtığı anda Melek koşturarak Sıraç'ın kollarının arasındaki yerini aldı ve ona sıkıca sarılıp kıkırdadı. Sıraç'ın eline çocuk yakışıyordu. Özellikle Melek gibi beş, altı yaşlarındaki çocuklarla çok iyi anlaşıyordu. Bunun bizim çocuklarımız için de geçerli olmasını diledim.

"Sana güveniyorum, tamam mı?" diye fısıldadı Sıraç ama onu duyabilmiştim. Melek hızla kafasını salladıktan sonra, "Yan yana dahi gelemeyecekley," diyerek kıkırdadı.

"Ağabey ufacık kızın kafasını doldurmasana!" diye çemkirdi Sılay. Diğer günlere nazaran yüzüne renk gelmişti. Gözlerimi kısarak ona baktığımı fark ettiğinde gözlerini kaçırdı. Temmuz'la ilgili bir gelişme olmuş olabilir miydi? Aralarında bir şey olduğunu biliyordum ama bunu bir kalıba sokmamışlardı henüz. Belki de kalıba sığdıramıyorlardı, bilmiyordum. Sonuçta biz de Sıraç'la sevgili triplerine girmemiştik pek. Değişiktik. Kardeşlerimizden de aksini beklemek komik olurdu.

"Ufacık deyken kendi popondan bahsetmişsindiy inşallah Sılaycığım," dedi Melek bilmiş bilmiş.

"Bu kızın benimle ne zoru var ya?" Sılay kaşlarını çattı. "Resmen savaş ilan etti bana!"

"Bağırma," dedi Sıraç Melek'i bırakırken. "Ben sizi emanet edeceğim insanı buldum. Bundan sonra önce benden, sonra Melek'ten korkun."

"Ben nedense Melek'ten daha çok korkuyorum," diye söylendi Sılay ama Sıraç ona aldırmadı. Melek, Sılay'a dilini çıkarıp kötü kötü bakarken, Sılay elindeki kâseyi kucağına alarak tekli koltuğa bağdaş kurarak oturdu.

"Ay dağlı," dedi Melek dudaklarını büzerek. "Bilo ağa gibi otuydu yesmen. Medeniyetten uzak ayı."

"Melek ne biçim konuşuyorsun sen Sılay ablanla!" diye çıkıştı Ümran gözlerini belerterek. Siyah saçlarını örmüştü ve gerçekten altı yaşında çocuğu olan bir kadına göre oldukça genç görünüyordu. Zaten gençti ama sorumlulukların getirdiği bir çöküntü olacağını düşünmüştüm. Ümran'da bu da yoktu. Aksine Halim'in yanında oldukça küçük görünüyordu. "Bu arada çok güzel olmuşsun." Tüm bu diyaloglar boyunca Temmuz tek kelime etmemişti ve oyunuyla ilgilenmişti. Yine de birkaç kez göz ucuyla Sılay'a baktığını görmüştüm.

"Biz biraz gecikebiliriz," dedi Sıraç elini elime kaydırırken. "Bebekler ve bu iki ergen size emanet."

"Ümran sık sık terlerini kontrol et," diye huysuzlandım Sıraç beni çıkış kapısına çekiştirirken. "Ayrıca bir kulağın onlarda olsun. Ha bir de kusuyorlar bazen, boğulmasınlar gözün de onlarda olsun."

"Yahu tamam," dedi Ümran sırıtarak. "Teyzelerine emanet onlar, rahat olun. Keyfinize bakın siz."

Her ne kadar içim hiç rahat etmese de evden çıkmıştık. Sıraç siyah Porsche 911'in motorunu çalıştırırken omzunun üstünden bana kısaca baktı. Yüzüm düşmüştü ama bunun tek sebebi aklımın çocuklarda kalmış olması değildi. Nedense içimi bir huzursuzluk kaplamıştı ve bu doğrudan yüzümdeki kaslara yansımıştı.

"Hadi ama," dedi Sıraç yavaşça. "Bu kadar evham yapmanı gerektirecek bir şey yok. Abartmıyor musun?"

"Yok. İçimde bir sıkıntı var."

Elini elimin üstüne koyduktan sonra, "Güzel bir gece olacak. İngilizlerin yemek davetini geri çeviremezdim. Bu yalnızca Karayel Holding için değil Karamaça Holding için de büyük bir fırsat. Yüklerim hafiflemiş olacak," dedi sakin bir sesle.

Zoraki bir şekilde gülümsemeye çalıştım. "Güzel bir gece olacağından şüphem yok. Senin yanındayken her şey güzel Karayel... Gereksiz yere evham yapıyorum, farkındayım. Üzgünüm."

Sıraç elimi dudaklarına götürüp, parmaklarıma küçük bir buse kondurduktan sonra arabayı kullanmaya başladı. Altımızdan kayarak akıp giden yol boyunca sessizdim ama Sıraç durmadan bir şeyler anlatıp, dikkatimi üstüne çekmeye çalışıyordu. Beni tanıdığı için memnundum aslında, yüzümdeki ufacık bir mimiğin yer değişikliğini bile görebiliyor, sıkıntımı fark edebiliyordu. Bu her kadının kocasında aradığı özelliklerden en önemli bir tanesiydi bence.

"Doğukan var ya," dedi düşüncelerimin arasına çomak sokarak. "Ankaralının kız kardeşine fena tutulmuş. O köstebekte ne buldu bilmiyorum ama Ankaralı duyarsa güzel eğleniriz."

"Arkadaşıma köstebek demesene," diye çemkirdim.

"Tamam, tamam demiyorum arkadaşına bir şey." Üst dudağı alaycı bir şekilde yukarı kıvrıldı. Gülümsedim. Onunlayken gülümsemek daha kolaydı. Sıraç sertti, dediğim dedik ve yeri geldiğinde acımasızdı ama beni güldürmenin formülünü ondan başka hiç kimse bilmiyordu. Bizi birbirimize bağlayan bağlar güçlenmiş, kırmızı iplik geçen zamanla deforme olacağına çok daha sağlamlaşmıştı. İzmir'in sokaklarında hızla ilerleyen arabanın içinde, şehir ışıkları gözümü alırken birkaç düşünce saklandığı yerden çıktı ve gözlerini yüzüme dikerek benden ilgi bekledi. Durmadan bir kuytuya sakladığım ve kesinlikle dönüp tekrar üstünden geçmediğim düşüncelerin sabrı artık taşmıştı ve onlarla ilgilenmemi istiyorlardı. Ama şu an için beni gerecek, tüm dikkatimi dağıtacak konulardan olabildiğince uzak kalmak istiyordum.

Porsche denize sıfır, oldukça lüks bir restoranın önünde durduğunda emniyet kemerimi çözdüm ve derin bir nefes alarak arabanın camından restoranın girişine baktım. Girişte dışarıya doğru uzanmış kırmızı bir halı, halının etrafında asılı duran altın sarısı şamdanlar vardı. Sıraç kapısını açıp dışarı çıktıktan sonra benim kapımı açtı ve eli elimin içine kayıp, arabadan çıkmama yardımcı oldu. Bir an bu halimize gülmek istesem de, birazdan gireceğim ciddi ortama uyum sağlamak adına yüzüme yapmacık bir ciddiyet eklemeye çalıştım. Yine de Sıraç dudaklarımın titremesini fark etmiş ve gülümsemişti.

"Buradan çıktığımızda Ali Usta'nın yerine gider birer yarım kokoreç yer miyiz, cici kız? Ya da Yunus Usta'nın yerine gideriz, ha?" diye fısıldadı kulağıma doğru ve elini belime sarıp, beni heybetli gövdesine yasladı. Arabanın anahtarını valeye verdikten sonra dudaklarını alnıma bastırıp, beni bir an olsun serbest bırakmadan restoranın içine doğru yürümeye başladı.

Restoranın duvarları tamamen camdandı ve kordonun eşsiz denizi insanların iştahı önüne sunulmuştu. İçerisi loş bir ışıkla aydınlatılmış, karanlık sayılabilecek kadar esrarengiz ve zengin görünüyordu. Klasik bir müzik çalıyordu ve olabildiğince az insan vardı. Geneli tıpkı benim gibi düğüne gidecekmişçesine hazırlanmış kadınlardan ibaret olan bu yerde kasıldığımı hissettim. Küçükken bu tür yerlere gelmek zorunda kaldığım zamanlar olmuştu ama şu an Fetih Karamaça'nın küçük kızı olarak değil, zengin bir iş adamının karısı olarak gelmiştim. Bu biraz daha gerilmeme, elimin ayağımın birbirine dolanmasına neden olmuştu.

Jilet gibi giyinmiş olan genç garson elindeki şarap kadehleri ve koluna serdiği beyaz havlu ile yanımıza geldiğinde Sıraç beni daha sıkı tuttu.

"Hoş geldiniz Sıraç Bey," dedi garson çocuk resmiyet ve saygı dolu bir sesle. "Misafirleriniz bu tarafta efendim."

Garsonun kibarca işaret ettiği masaya baktığımda iki adamın şaraplarını yudumlayarak bir şeyler konuştuğunu gördüm. "Size masanıza kadar eşlik edeyim Sıraç Bey."

Sıraç cevap vermeden başını salladıktan sonra garson çocuk önden, biz arkasından yürümeye başladık. Topuklularımın zemindeki takırtısı klasik müziğin notalarına karışırken, birkaç meraklı gözün üstümüzde dolaştığını hissettim ve bu midemde bir şeylerin fokurdamasına neden oldu. Panik? Heyecan? Düşme korkusu?

Şu an, Karayellerin gelini, olduğum alnımda yazıyormuş gibi bakan burjuva kadınların merak ve kıskançlık kokan nefeslerini ensemde hissedebiliyordum. Önemsememeye çalışsam da bu sanki omzumda duran bir eldi ve biraz sonra beni itip, yere kapaklanmama neden olacaktı. Masanın önüne geldiğimizde bizi getiren garson herkesi sessizce selamlayarak yanımızdan uzaklaştı. Diğer adama göre çok daha zayıf ve genç görünümlü olan adam ayağa kalkarken samimi bir şekilde gülümsedi ve elini uzatıp, "Hoş geldiniz Bay Karayel," dedi İngilizce olarak. Bir an cidden İngilizce derslerini kaçırmadığım için kendi kendime teşekkür ettim.

Sıraç adamın elini sıkarken yüzünde ciddi bir ifade vardı. "Siz de hoş geldiniz," dedi mesafeli ve baş döndürücü bir aksanla. Şu an gerçekten yabancı bir adama benziyordu ama damarlarında akan Türk kanı onunla gurur duymama neden olmuştu. O harikaydı!

"Merhaba, küçük hanım," dedi adam bana dönerek. Anlıyordum ama pek konuşabileceğimi sanmıyordum. Ben ki insanlarla Türkçe diyalog kuramayan biriydim, bir İngiliz'le nasıl olurda onun dilinden konuşabilirdim ki?

"Eşim," dedi Sıraç düz bir sesle. "Mayıs Karayel. Size evli olduğumdan bahsetmiştim." Sıraç gözlerini daha iri ve yaşlı görünen yeşil gözlü adama çevirdi. "Merhaba, Bay Addison."

"Merhaba Sıraç," dedi adam samimi bir şekilde ve gözleri beni buldu. "Hoş geldiniz Bayan Karayel."

Gülümsedim.

"Oturun lütfen," dedi zayıf olan. "Holdingde eşinizin yeni doğum yaptığı konusunda bir duyum almıştım. Hiç yeni doğum yapmış gibi görünmüyor, kendileri çok güzel."

"Teşekkür ederim," dedim Sıraç'ın yardımıyla yerime otururken. Gerginlik vücudumda dalga dalga dolaşıyordu ama yüzümdeki ifadeyi sabit tutmaya çalıştım. Sıraç masanın üstüne koyduğum elimin üzerine elini koydu ve sahiplenici bir şekilde tuttu.

Siparişler verildikten hemen sonra Sıraç elini elimin üstünden çekmeden, "İzmir'i nasıl buldunuz baylar?" diye sordu aksanıyla beni bir kez daha büyülerken. Sanırım ona İngilizce konuşmayı da yasaklayacaktım. Ya da Sıraç hiç konuşmamalıydı. Her dil onun sesinde can bularak, ilahi bir şeye dönüşüyordu çünkü.

"İzmir gerçekten mükemmel," dedi soyadının Addison olduğunu öğrendiğim lacivert takımlı yaşlı adam. "Birçok eyalet, birçok şehir gezdim ama İzmir kadar güzelini görmedim. Burada yaşadığımı hissettim Sıraç. Çok şanslısınız. Değil mi?" diye sordu yanındaki zayıfa.

"Kesinlikle." Bay Carter genişçe gülümsedi. "Özellikle kadınları şarap gibi. Mükemmeller."

"Kadınlarıyla ilgilenmiyorum," dedi Sıraç elimin üstünde parmağını gezdirerek. "Zaten en mükemmelini kaptım. Diğerleri umurumda değil. Ama benden söylemesi, buradan bir kadına kalbinizi kaptırmayın, baylar. İzmir'de bir kadın sevdiğinizde, ömür boyu diğer tüm kadınlara kör olursunuz."

Bay Carter gülümsedi. "Kocanızı gerçekten büyülemişsiniz, Bayan Karayel," dedi sevecen bir sesle. "Yan yana tıpkı bir tablodan fırlamış gibi görünüyorsunuz. Size imrendim doğrusu."

Masa donatılmaya başlandığında Bay Carter ve Bay Addison kısaca birbirlerine baktılar ve bu kısa bakışma esnasında Sıraç onları keskin yangın mavisi gözleriyle analiz etmeyi sürdürdü. İyi bir gözlemciydi ve şu an benim hiçbir şey anlamadığım bakışmanın ardında yatan şeyleri Sıraç çoktan anlamıştı. Bundan emindim.

"Sıraç," dedi Bay Addison. "Aslında sana bir teklifte bulunacağız ama cevabın bizim için değerli, biliyorsun. Eğer bu teklife ılımlı bakmazsan kesinlikle anlayışla karşılarız."

"Sizi dinliyorum, Bay Addison," dedi Sıraç resmiyetinden zerre ödün vermeden. Kadehimde duran sudan bir yudum aldıktan sonra kısaca deniz manzarasına baktım. Rıhtıma vuran ışıklar denizin üstünde dalgalanıyordu ve karanlığı yarıp geçen muhteşem bir renk şöleni yaratıyordu.

"Uzar Şirketler Grubunu da bu projeye dâhil etmek istiyoruz aslında. Karayel Holding ile oldukça uyumlu ilerliyorlar. Vizyonunuz oldukça uyumlu."

Gözlerim irileşirken, Sıraç'ın çenesinin kasıldığını gördüm. Kalbim hızlı hızlı çarpıyordu ve herhangi bir tartışma yaşanmaması için içten içe dua ediyordum.

"Sayın Johnny Addison," dedi keskin bir sesle. Bu kez Bay Addison dememişti ve masada tuhaf bir gerginlik yaşandı. "Teklifiniz hakkında biraz düşünmek istiyorum." İşte bunu duymayı beklemiyordum. Dudaklarım aralanırken Sıraç kadehindeki beyaz şaraptan büyük bir yudum aldı ve alt dudağını yavaşça emip önündeki yemeğe odaklandı. Bu süre zarfında Bay Addison'ın yüzünde sakin ama Bay Addison'ın aksine Bay Carter'ın yüzünde oldukça gergin bir ifade peydahlanmıştı.

"Size düşünmeniz için istediğiniz kadar zaman veriyoruz, Bay Karayel," dedi Bay Carter gergince içkisinden bir yudum alırken. "Umarım bu teklif sizi rahatsız etmemiştir."

"İş ve özel hayatı birbirinden ayırmayı öğreneli çok oldu, Bay Carter." Sıraç tatlı tatlı gülümsedi ama bunun altında adamın validesine ettiği küfürlerin çığlıkları beynimde yankılanmıştı. "Uzar Şirketler Grubu ve Karayel Holding arasında olanları bildiğinizin farkındayım. Size düşüneceğimi söyledim, kabul edeceğimi değil. Aslına bakılacak olursa kararımı verdim ama şu an sizi sıkıştırmak için sizden zaman istedim. Beklemenizi istiyorum."

"Üzgünüm," dedi Bay Carter ağzını peçeteyle kurularken. "Şafak Uzar ile aranızda gerginlik olduğunu biliyoruz fakat sizin de söylediğiniz gibi iş ve özel hayat birbirlerinden ayrılmalı."

Sıraç bir kez daha gülümsedi ama bu kez çenesi kaskatıydı ve gözlerinin içinde sayısız tehdit unsuru dolanıyordu. Bir ara yangın mavisi gözlerinde ölüm kelimesinin beş harfinden de kan damladığını gördüm. Bir süre önceki Sıraç bu masada oturuyor olsaydı, altından baş harfimin işlemeli olduğu siyah parlak silahı çoktan adamın alnına dayamış olurdu. "Bu gecelik bu kadar yeter bence baylar," dedi Sıraç gülümsemesinin üstüne kalemle kalın bir çizgi çekerek. Şimdi dudakları dümdüz bir çizgi şeklindeydi. "Bence konuşmayı burada kesmek herkesin hayatı açısından en sağlıklısı olacak diye düşünüyorum."

Sıraç hızla ayağa kalkarken, Bay Addison ve Bay Carter'da ayağa kalktı. Bay Addison elini Sıraç'a uzatırken yüzünde mahcup bir ifade belirmişti ama Sıraç buna aldırmadan adamın elini sıktı.

"Bay Addison," dedi sert bir sesle ve gülümsedi.

"Bay Karayel," dedi Bay Addison az önceki samimiyeti sonlandırarak. Bir süre el sıkışmaya devam ettiler ve bunu takip eden saniyeler içerisinde Bay Carter da bana elini uzattı.

Bir an duraksasam da, Sıraç'ın kızmayacağını düşünerek Bay Carter'ın elini sıktım ve gergin bir şekilde gülümsedim.

"Bayan Karayel," dedi gülümseyerek. Bir an uçuk mavi gözlerinde hiç hoş olmayan bir ışık yakaladım ve bu midemi bulandırdı. Elini sıktığıma bin pişman olurken başımı hızla salladım.

"Bay Carter," dedim titrek bir sesle. Adamın gözlerindeki ışık büyürken, Sıraç bileğimi yakaladı ve elimi adamın elinden kurtarıp gözlerini kısarak adama baktı. Ne olduğunu anlayamamıştım ama sanırım Sıraç da o ışığı görmüştü. Bunun yalnızca benim paranoyam olduğunu düşünmek istesem de Bay Carter'ın bakışlarından hiç de memnun kalmamıştım açıkçası.

Sıraç'ın kolunda restorandan çıkarken, yangın mavisi gözlerin karanlığı yarıp geçen tehditkâr bakışlarının ağırlığı omuzlarıma yük olmuştu. Vale Porsche'nin anahtarını Sıraç'a uzattığında

Sıraç valeye oldukça yüklü bir bahşiş verdi ve arabanın kapısını açıp, arabaya binerken kısaca bana baktı. Arabaya binip kapıyı kapattığımda Sıraç hâlâ burnundan soluyordu. Motoru çalıştırdıktan sonra direksiyonu sıkıca kavradı ve arka tekerlekleri inleterek tüm sokağın bize bakmasına neden oldu. Emniyet kemerini bağlarken onun bu hareketleri ve içeride olanlar yüzünden kendimi biraz... Biraz değil oldukça gergin hissediyordum.

"Orospu çocukları," dedi dişlerinin arasından. Gözleri doğrudan ön camda altımızdan akıp giden yoldaydı. "Hepsinin kemiğini sikmek vardı. Ne diye o kadar sakin davrandım ki?"

"Sıraç..."

"Mayıs, sus," dedi çenesi tamamen sertleşirken. "Şu an hiçbir şeyin sırası değil, tamam mı?"

"Ben ne yaptım?" diye sordum yavaşça. Kaşlarım çatılmıştı ve evden çıkarken içime yerleşen sıkıntının böyle bir şeyle sonuçlanmasına moralim bozulmuştu.

"Sana nasıl baktığını gördün mü?" diye hırladı direksiyonu daha sıkı kavrarken. "Ağzının suyu masaya aktı herifin sana bakarken lan! O eli onun götüne sokardım ben. Bunu yapardım, biliyorsun değil mi?" Direksiyona vurduğunda kalbim korkuyla kapakçıklarını üstüne örttü.

"Şafak Uzar ismini duyduğun için mi bu sinirin? Benden mi çıkaracaksın sinirini Sıraç?" diye sordum dehşetle. "İnanmıyorum sana ya!"

"Ulan o orospu çocuğu seni vurdu," dedi direksiyonu daha sıkı tutarken. "Adı geçince zil takıp, göbek mi atayım Mayıs!"

"Düşüneceğim dedin!" diye bağırdım aniden. "Beni vurdu ama sen düşüneceğini söyledin!"

"Çünkü senin benim yüzümden diye kendini suçlamandan korktum!" Sıraç biraz daha hızlandırdı arabayı. Kalbim arabanın hızı ve kavgamızdan dolayı göğsümün içinde çok daha ürkekti. Damarlarımda uğuldayan kan, kulaklarımda takırdıyordu. "Benim cevabım zaten belli dedim adamlara! Sadece kendini suçlamandan korktum, anlıyor musun?"

"Beni düşündüğün için mi bana bağırıyorsun?"

"Sen de bağırıyorsun şu an," dedi dişlerini birbirine bastırarak. Çıkıntılı elmacık kemiklerinin olduğu yanağı içine gömüldü ve çenesi kaskatı kesildi. "Mayıs, sen bana aitsin ve bana ait olan ellerle sana hayran kalmış bir adamın elini sıktın. Şu an söz konusu yalnızca bana ait olan parmakların."

"Kes şunu," dedim sakince. "Neden kavga ediyoruz?"

"Bu teklifi zaten kabul etmeyecektim." Sesi şimdi daha sakindi ama tınısında sakladığı öfkeyi soluyabilmiştim. Şimdi beni sakinleştirebilmek adına yapmacık bir sakinlik geçirmişti tapılası sesine.

"Bu iş senin için önemli," diye mırıldandım gözlerim ön camdan akıp giden beyaz şeritlere takılırken. "Şafak'ı kompleks yapmaktan vazgeç. Ben de onu vurmuştum."

Araba ani bir frenle durup, tekerlekler çığlık attığında emniyet kemerine rağmen bir an ön cama yapışacağımı düşündüm ve arabanın kapısına tutunarak derin bir nefes aldım. Arabanın durmasıyla beraber bir ölüm sessizliği hâkimiyet kazanıp, kulaklarımın içini tırmaladı. Tıpkı bir sis bulutu gibi beynime çöken soru işaretleri kelimelerimden beslenirken göğsüm hızla aşağı yukarı inip kalkıyordu.

"Şafak seni vurdu," dedi düz bir sesle. "Onu kompleks yaptığımı düşünüyorsun öyle mi? Sen de onu vurdun, sorun kalmadı yani. Olay bu mu?"

"Olay bu," dedim üstüne basarak. "O beni vurdu ama ben de onu vurdum. Olay bu."

"Bana o orospu çocuğunu savunacağın aklımın ucundan geçmezdi Mayıs," dedi düz bir sesle. Bir an soluğumun takıldığını ve ciğerimin içinin ziftle dolduğunu hissettim. Dilim damağımı yaran bir bıçaktı sanki.

"Onu savunmuyorum," derken sesim sakindi. Zihnim avaz avaz çocuklarımın hayatını Şafak'a borçlu olduğumu bağırarak beynimin duvarlarına kazımaya çalışıyordu. O gün, dayak yediğim gün yetişen, bana çocuklarımın hayatını bağışlayan Şafak'ın ta kendisiydi. Onu o günden bu yana hiç görmemiştim ama kalbim onun iyi bir adam olduğuna delice inanıyordu. Bu çılgıncaydı ama böyleydi.

Başını arabanın koltuğuna yasladı ve sertçe yutkunup göğsünün içini havayla doldurdu. Göz ucuyla ona baktığımda, düşünceli bir yangın mavisi gördüm.

"O seni vurdu Mayıs. Yoğun bakım ünitesine bağlı şekilde yattığın o birkaç gün boyunca neler yaşadığımı tahmin bile edemezsin. Vurulmuştun, minik şeytan. Kollarımda. Seni bana koşarken vurmuştu. Ağzından akan kan boynumu ıslatmıştı. O... Benim hayatımı elimden alacaktı."

"Sıraç, o bizim hayatımızı kurtardı."

"Ne?" Sesi pürüzlü çıkmıştı Sıraç'ın. Derin bir nefes aldıktan sonra gözlerimi yavaşça yumdum ve kelimelerin dudaklarımdan akması için onlara bir şans tanıdım. Bilmeye hakkı vardı. Artık gizli saklı, sır ve yalanlar olmayacaktı.

"Bebeklerimizi ve beni o kurtardı Sıraç. Bizim hayatımızı ona borçlusun."

13.KIRGINLIK

Mayıs Karayel'den...

Nisan ayında yağan yağmur...

Pencereye vuran asi yağmur damlalarına bakarken karanlık odada tek başımaydım. Çelik mavisi şimşeklerin gökyüzünü yaran renk şölenini izlerken dizlerimi hafifçe kırıp ayaklarımı kanepenin önündeki sandalyeye uzattım.

Kanepeye kokusunu emanet etmişti.

Arabada hiçbir şey konuşmamış, eve geldiğimizde ise üstünü değişip mutfağa inmişti. Mavi ve Umut, Ümran'a alışkın oldukları için Ümran onları odada tek bırakmamıştı ve misafir odasına götürmüştü. Muhtemelen şu an Ümran'ın yanında huzurlu bir uyku çekiyorlardı.

Ev sessizdi. Duyabildiğim tek ses yağmurun şakırtısı ve o korktuğum şimşeğin kulağımı ısıran ürkütücü melodisiydi. Sanırım bunu huzurlu ve bir o kadar da hüzünlü bulmuştum.

Artık ona şaşırmıyordum. Başlara dönmüş olsaydık muhtemelen ortalığı inletecek kavgalar edeceğimizi düşünürdüm ama şu anki sessizliği zaten beklediğim bir şeydi. Sıraç Karayel kızdığında sessizleşiyor, kendi kabuğuna çekiliyordu.

Belki de kırgındı. Bilmiyordum. Kırgınsa bile neye kırgındı?

Gerçekleri söylemiştim ben. Tamam, belki biraz geç kalmıştım ama söylemiştim işte.

Karanlık oda bir kez daha şimşeğin maviliği ile aydınlandı. Çıkardığım elbise yatağın üstünde, ayakkabılar parkenin etrafında dağınık duruyorlardı. Üstümde buz mavisi ince askılı saten gecelikle oturuyordum ve sanırım biraz üşümüştüm.

Yatak odasının kapısı açıldığında kokusundan gelenin o olduğunu anlamıştım ama dönüp kapıya bakmadım. Kapı yavaşça kapatıldı ve onun huzur verici ayak sesleri parkede takırdadı. Gözlerimi yavaşça yumup onun taze çekilmiş kahve kokusunu içime doldururken, şu anki burukluğumuzun getirdiği ekşi tat damağıma takıldı ve kalbim büyük bir isteksizlikle kapakçıklarını kapattı. Tekrar gözlerimi açtığımda ağlamak üzereydim.

Önümden geçerken o da bana bakmamıştı. Üstünde siyah sırtı çapraz sporcu tişörtü, altında bol koyu gri bir eşofman vardı. Elindeki kristal kadehi görünce kaşlarımı çatmak istedim ama bu isteğe engel oldum. Kehribar rengindeki içkisinden bir yudum aldıktan sonra yatağın diğer ucundaki tekli kanepeye yayvan bir şekilde oturdu ve boydan camdan aşağı süzülen yağmur damlalarına çevirdi yangın mavisi gözlerini. Kristal kadehi hemen yanındaki komodinin üstüne bırakmıştı.

Benimle konuşmasını istiyordum.

Buna ihtiyacım vardı.

Yangın mavisi gözler uyanık ve canlıydı ama biraz kırgın bakıyordu sanki. Çıkıntılı âdem elmasının birkaç kez titrediğini gördüm ve farkında olmadan yumruğumu sıktım. Şimşek bir kez daha tüm ışığını odaya verdiğinde güzel yüzü çelik mavisi ile aydınlandı ve kalbimi paramparça eden bir güzellik tüm ihtişamıyla iştahıma sunuldu.

"Benden sakladığın, benim bilmediğim daha neler var Mayıs?" diye sordu dışarıyı izlemeye devam ederken. Kalbimin içinde ikamet eden kiraz çiçeği güçsüz parmaklarını kulaklarına bastırdı ve bu kırgın sesi duymamak için bildiği tüm duaları etmeye başladı.

"Bunu senden saklamamıştım." Sesim kısıktı. "Dayak yemiştim Sıraç. Bebeklerimi kaybedebilirdim. Bu meseleyi düşünüp, konuşacak durumda değildim."

"Sadece sen değil, ben de bebeklerimi kaybedebilirdim Mayıs," dedi tekrardan bana bakmadan.

Cevap vermedim. Yağmur hızlanmış, şimşekler daha gürültülü çakmaya başlamıştı. Sessizliği beni mahvediyordu. Bunun farkında mıydı? Onun bu hallerini sevmiyordum. Bağırabilirdi. Bunda bir sakınca görmezdim. Kavga edebilirdik ve bir sonuca varabilirdik. Ama sessizlik... Bunun bir sonu yoktu.

Yavaşça ayağa kalkarken bütün gururumu ayaklar altına aldım ve titreyen bacaklarıma aldırmadan onun önüne dikildim. Yangın mavisi bakışlar camdan uzaklaşıp beni odağına alırken durgun bakıyordu.

"Karı koca arasında kırgınlık olmaz, biliyorsun," diye mırıldandım güçsüz bir sesle.

Sesim sakladığım gözyaşlarımı ele verir gibiydi. Sıraç'ın yüzündeki sert ifadenin biraz olsun yumuşayacağını düşünmüştüm ama hiçbir değişiklik yaşanmadı. Kemikli yanakları çok daha keskin görünüyordu. Dişlerini sıktığını gördüm ve yanakları içeri çöktü. Elmacık kemikleri keskin bir kavisle dışarı çıkarken dudakları dümdüz bir çizgi halindeydi.

"Konuşmayacak mısın benimle?" diye sordum yalvarır gibi.

Dilimi ısırmak, ısırıp parçalamak istiyordum. Şu an hangimiz haksızdık? Bunu tam olarak kestiremiyordum bile. Yalnızca ona ihtiyacım vardı. Hadi ama, yalnızca on sekiz yaşındaydım. Anne olmak, evli olmak ya da birçok fiziksel, ruhsal acıya tabi tutulmak benim küçük bir kız olduğumu değiştirmezdi. Beni mazur görmeli, sevmeliydi. Onun şefkatine ihtiyacım vardı.

Bakışları yüzümde dolaştı. Kafasını oynatmadan yalnızca yangın mavisi gözlerini kaldırarak bakıyordu bana. Siyah kirpikleri çok gürdü ve kıvrımlarının başladığı yer tıpkı ay ışığı değmiş gibi parlıyordu.

Onun keskin kemikli yüzüne dokunmak, ilahi yüzünü avuçlarımın arasına almak istiyordum ama şu an bunu yapabilecek kadar cesur değildim. Aramızda saniyeleri yarıp geçen, dakikaların boynunu büken dümdüz bir bakışma büyüdü ve tüm odanın duvarlarında yankılandı.

"Yapma," diye mırıldandım başımı sol omzuma yavaşça düşürürken. "Bakmasana bana öyle."

Gözlerini yüzümden çekti ve kısaca gözlerini yumduktan sonra tekrar açıp yangın mavilerini yüzüme dikti. Yorgun görünüyordu. Yaşadıklarımız onu çok mu yormuştu? Artık beni eskisi kadar sevmiyor muydu? Bu mümkün olamazdı. O, Sıraç Karayel'di. Ben onun minik şeytanıydım. Şu an kızgındı. Tek sorun buydu. Bunu halledebilirdik.

"Mayıs, bunu daha sonra konuşalım," dedi yalnızca dudaklarını oynatarak. Etli üst dudağına düştü gözlerim ve bir ihtimal yumuşar düşüncesiyle yavaşça eğilip, ellerimi onun dizine yerleştirdim. Yüzümü yüzüne yaklaştırırken gözleriyle hareketlerimi takip ediyordu.

"Öpebilir miyim seni?" diye sordum küçük bir kız çocuğu gibi. Yangın mavisi bakışların ardında saklanan yeşil vadi alev aldı. Gözlerini kısarak dudaklarıma baktıktan sonra bir kez daha dişlerini sıktı.

İstiyordu işte. O da beni istiyordu. Dayanamıyordu bana. Kalbim yenilgi bayrağını tepeye çekti ve gurur topladığı bavulunu omzuna asıp bedenimi usulca terk etti.

"Öpüyorum?" dedim sorar gibi. Gözleri kısaca dudaklarımda dolaştı ve tekrar gözlerime tırmandı. Ilık nefesi dudaklarıma çarpıyordu ve bu onu öpme isteğimi ikiye katlıyordu. O dudaklar bana aitti. Aldığım nefes sayısı kadar öpecektim onu. Buna engel olamazdı. O benim ilk öpücüğüm ve son öpücüğümdü. Kendini benden esirgeyemezdi.

Dudaklarım yavaşça onun dudaklarına uzanırken gözlerini kıstığını gördüm. İçim huzurla dolarken yavaşça gözlerimi yumdum ve üst dudağım iki dudağının arasına yerleşti. Şefkatli, belki de ürkekçe onu öpmeye başladığımda avuçlarım hâlâ onun dizlerine baskı yapıyordu. Bir elimi kaldırdım ve onun kemikli yüzüne yerleştirdim.

Nasıl her öpüşmemiz tıpkı ilk öpüşmemizmiş gibi heyecanlı hissettirebiliyordu?

Sıraç'ın nefesinin sıklaştığını işittim. Dilim dudaklarını aralarken bunu yaptığım için utanç bedenimde dalgalanıyordu ama önemsemedim. Nikâhlı kocamdı, utanç yatak odamızın kapısının ardında kalmalıydı. Avucumun altında sıcak yanağındaki nabzı hissedebiliyordum. Dilim onun ıslak sıcağında dolaştı ve kazanan ben oldum. Eli belime indi ve beni usulca kendine çekerken dili dilimle buluştu.

"Seviyorsun işte be," dedi içimdeki iflah olmaz âşık ses. *"Âşıksın işte. Üzmesene bizi."*

Parmakları geceliğimin eteklerine kayarken ağzımın içine doğru kışkırtıcı bir şekilde inledi ve aynı saniyeler içinde uzun parmaklarını çıplak kalçalarımda hissettim. Sıraç beni üstüne çekerken vücudumda dolaşan elektriği hissedebiliyordum. Bacaklarımı iki yana açarak kucağına oturdum ve Sıraç beni tam o noktasına bastırırken bir kez daha inleyip dilini dilimle buluşturdu.

Elleri utanmazca vücudumda dolaşıyor, daha fazlasını isteyen arsız Sıraç beni sömürüyordu. Tüm cesaretimi toplayarak kalçalarımı yavaşça oynattım ve ona sürtünmeye başladım. Bu öldürecek cinsten utanç verici bir histi ama bir yandan bu hissin bedenimde yankılattığı şeylerden hoşlanıyordum.

Şimşeğin ürkütücü sesi bir kez daha odanın duvarlarında yankılandı ve dudaklarımız birbirinden ayrılırken ikimiz de nefes nefeseydik. Yangın mavisi gözlerin içindeki siyah alevleri görüyordum. Yüzümüz birbirlerine çok yakındı ve her bir nefesi dudaklarımdaki açlıkta can buluyor, beni dudaklarına kendimi adak olarak sunmam için tetikliyordu.

"Şeytan," dedi dişlerinin arasından. "Minik şeytan. Kes şunu."

"Seni istiyorum," dedim tüm gururumu ayaklar altına alıp kendimi ona bastırırken. "Sıraç. Lütfen."

"Şu an olmaz," derken sesi de, vücudu da kaskatıydı. "Mayıs, çok sinirliyim. Sana zarar verebilirim."

"Asıl bana böyle davranarak bana zarar veriyorsun," diye mırıldandım. Gözlerim bu kez gerçekten dolmuştu. Sıraç yüzüme bakarken yüzünde şefkatin izlerine rastladım ama kararlıydı. "Lütfen," dedim yüzüne dokunurken. "Sabah yine konuşma benimle. Ama şimdi... Dokunayım sana? Benimsin be adam. Yapma böyle."

"Canını yakarım," derken sesi çatlamıştı. Ona biraz daha yaklaştım ve gözlerinin içine baktım.

"Yak," dedim kararlı bir sesle. "En fazla ne kadar yakabilirsin ki? Yaktığın kadar yine âşık olurum ben sana."

Küçücük bir sessizlik tüm odayı kaplayıp, yağmur sesini ardına saklarken Sıraç'ın sertçe yutkunduğunu duydum. Ve hemen sonrasında parmakları geceliğimin eteğinden yukarı süzülüp çıplak belimi sertçe kavradı. Aynı saniyeler içinde karanlık bir tonda inleyerek dudaklarıma kapandı. Öpüşü çok daha arsız, yakıcı ve biraz ürkütücüydü.

"Sesini olabildiğince alçak tut," dedi dudaklarımdan ayrıldığında. Bir an şaşkına uğrasam da hızla başımı salladım ve onun ensesine tutundum. Sıraç'ın yangın mavisi gözleri şu an maviyi arkasında bırakmış, koyu bir laciverte dönmüştü. Gözlerini kaplayan şehvet sisini görebiliyordum.

Dokunursam iyileşirdi. İyileşirdim. İyileşirdik.

"Sıraç," dedim acı içinde. Gözlerimin içine bakarken burnundan derin bir nefes verdi ve aniden ayaklandı. Beni de beraberinde kaldırmıştı ve düşme korkusuyla bacaklarımı onun beline doladım.

Kalçalarımı sıkıca tuttu ve yavaşça yatağa doğru yürümeye başladı. Arzuyla kıvranan bedenlerimiz mavi ışıkla aydınlanırken yağmurun uğultusu kulaklarımdaki kanın fokurdamasından dolayı duyulmaz derecede azalmıştı. Dudaklarımız bir kez daha açlıkla buluştu. Öpüşü telaşlıydı ve bir o kadar da açtı. Dudaklarımı büyük bir teslimiyet duygusuyla onun acımasız dişlerinin arasına bırakırken bu kadar sert olmasının kızgınlığının bir getirisi olduğunu biliyordum.

Onu seviyordum. Ben buydum işte. Değişmiştim. Bir kadın, bir adam için ancak bu kadar değişebilirdi. Ben onun, gururunu yerle bir ettiği minik şeytanıydım. Ne olursa olsun gün onun kollarında son bulmalıydı.

Bedenimiz ben altta, o üstte olmak üzere yatağa devrildiğinde, bacaklarım hâlâ onun beline sarılıydı. Beni yavaşça serbest bırakırken üstümden doğrulmadan tek hamlede tişörtünü sıyırdı ve parkenin üstüne fırlattı. Bunu yaparken pürüzsüz kasları büyük bir gerginlikle kasılmıştı. Gözlerim aynaya bakıyormuşum gibi hissettiren dövmeli göğsüne indi. Yara izi yoktu, bir şekilde yok olmuştu ama yine de aydınlıkta belli belirsiz görüleceğinden emindim.

Elimi sert göğüs kaslarının üzerinde gezdirdim. Göğsü derin bir nefesle kalkıp indi. "Hâlâ vazgeçebilirsin," dedi nefes nefese. Ama gözleri vazgeçmemem için yalvarıyordu sanki. Bacaklarımı çıplak beline sardım ve onu kendime bastırdım.

"Vazgeçmek nedir bilmiyorum ben," dedim ağlamaklı bir sesle. "Vazgeçirsene beni."

"Soluğunu keseceğim," dedi Sıraç gözleri birkaç ton daha koyulaşırken. "Canını yakacağım ve buna engel olamayacağım." Sertçe yutkundu. "Ve bir süredir birleşmiyoruz. Eminim çok daraldın."

Kulaklarımı tıkamak istesem de bunu yapmadım. "Konuşma böyle," diye fısıldadım alt dudağımı ısırarak. "Tüm bunları beni vazgeçirmek için söylediğini biliyorum."

"Şu an seni vazgeçirmeyi istemeyecek kadar çileden çıkmış durumdayım," dedi sert bir sesle. "Ve eğer devam edersek iliklerine ismimi kazıyacağım."

Kalbim korkuyla çınladı ve kasıklarımda yükselen istekle, "Durma o zaman," diye mırıldandım. "Adını kazımadığın yer kalmasın."

"Cezalandırılacaksın Mayıs." Elimi avuçlarının arasına aldığında duraksadım. Elimi eşofmanının içine soktuğunda artık nefesim göğsümü parçalayacak kadar hızlanmıştı. "Dokun," dedi gözlerini gözlerimden çekmeden. Kasıldım. "Utanma ve dokun," diye emretti.

Dediğini yaptığımda ağlamak üzereydim. Arzu bedenimde dalgalanıyor, beni affetmeyecek korkusu karnıma tırnaklarını geçiriyordu. "Nasıl hissettiğini söyle," dedi sert bir sesle. Yüzü kaskatıydı ve bu beni ürkütmüştü. Gerçekten canımı mı yakacaktı?

"Sıraç..."

"Söyle Mayıs."

"Bilmiyorum," dedim gözlerimi kaçırarak. Elini elimin üstüne koydu ve avucumu oraya bastırıp sert sıcaklığını hissetmemi sağladı.

"Biliyorsun, söyle."

"İyi hissettiriyor," dedim ağlak bir sesle. Korkuyor muydum? Sanırım. İstiyor muydum? Ona ihtiyacım vardı.

Eliyle onu okşamama yardım ederken hâlâ üstümdeydi ve sağ dirseğinden güç alıyordu. Nefesi gittikçe daha da hızlanıyor, bedenim onun bu yoğunluğu karşısında bozguna uğramış ilkel bir isteği kasıklarıma tıpkı bir kazık gibi saplıyordu.

Dudaklarından karanlık bir inilti döküldü ve kafasını geriye atarak gözlerini yumdu. Âdem elmasındaki çıkıntıya bakarken tüm bariyerlerimi yerle bir ettim ve yavaşça doğrularak boynuna burnumu sürttüm. Ben bunu yaparken ellerimiz hâlâ eşofmanının içindeydi ve Sıraç başını geriye atmış bir şekilde öylece durup kısık sesler çıkararak inliyordu. Dişlerimi âdem elmasına geçirdiğimde Sıraç'ın titrediğini hissettim ve dudaklarından boğuk bir inilti daha yükseldi.

"Ah, siktir!" diye hırlarken sesi kışkırtıcıydı. "Mayıs, sana hiç acımayacağım."

"Acıma," diye fısıldadım ve dişlerimi bir kez daha âdem elmasının etrafında gezdirip, âdem elmasını yavaşça ısırdım. Boynu terliydi.

"Tüm bu yaptıkların için pişman olacaksın," diye inledi bu kez.

"İyi hissetmen için pişman olmayı göze alabilirim."

"Yat," diye emrederken elimi eşofmanından çıkardı ve aniden yatağa devrildik. Dudakları çenemde gezinirken eşofmanını aşağı indirdiğini fark edebilmiştim. Hemen ardından çenemi emerken eli külotumun üstünden oraya dokundu ve bedenim tıpkı bir yay gibi gerilirken bilinçsizce inledim.

Eli iç çamaşırımı aralarken artık her şeyin rengi değişmişti. Oda karanlık olmasına rağmen şu an görebildiğim tek renk griydi. Camdan içeri sızan mavi şimşek ışığı bile hiçbir şeye renk kazandırmıyordu. Kanım damarımın içinde kaynarken Sıraç,

"Benden bir şeyler saklamandan nefret ediyorum," diye tısladı boynuma doğru. Karnıma kramplar giriyordu. Parmağını oraya bastırdı ve anlık bir acı hissiyle gözlerimi yumdum. "Bu huyundan nefret ediyorum!" Bir kez daha çok sert bir şekilde bastırdığında dudaklarımdan çığlık kadar güçlü olmasa da kuvvetli bir inilti döküldü ve Sıraç diğer eliyle ağzımı kapattı. "Sessiz ol."

Başımı hızlıca salladığımda, "Güzel," dedi sert bir sesle. Elini geri çektiğinde titriyordum ama aldırmadım.

"Nefret etmen iyi," dedim güçsüz bir sesle. "Nefret aşkın benzinidir. Bunu sen söylemiştin Sıraç."

"O zaman yanalım," dedi boğuk bir sesle.

Sıraç saten geceliği tek hamlede üstümden çıkarırken korku damarlarımda dolaşıyordu ama korkunun sırtına çıkmış bir de kör bir istek duygusu vardı. Göbek deliğimi öpüp daha aşağılara kaydı. Bacaklarımın arasına yerleşirken siyah saçları karnımı okşuyordu. Güçlü ellerle beni aralayıp burnunu oraya sürttü. Bir an gerçekten onu durdurmak istediğimi düşündüm. Bu tür bir şeye katlanamazdım. Dudaklarının varlığını hissettiğimde kendimi aniden geriye çekmeye çalıştım ama bacaklarımı o kadar sıkı tutuyordu ki, bir an gerçekten tüm sınırları tekmeleyip yıktığını fark ettim.

Bedenimde çığlık atan şeyin adı neydi bilmiyordum. Nefesim boğazımı yarıyor, göğsümün altında arsız bir kuş varmış gibi kalbim delice çarpıyordu. Gözlerimin önünde kanat çırpan kuşlar, kanatlarında dehşeti taşıyordu. Bedenim sarsılırken dişlerinin ve dilinin baskısını hissettim. Bilinçsiz bir çığlık tam dudaklarımdan dökülecekti ki, Sıraç fark etmiş gibi yüzünü oradan çekmeden elini ağzıma bastırdı. Bacaklarım şimdi tir tir titriyor, kalçalarım benim isteğim dışında havalanıyordu. Bu lanet histen nefret ettim.

"Lütfen," derken artık gerçekten gözyaşlarım yanaklarıma inmişti. Avucuna doğru bir kez daha, "Lütfen," diye inledim. Kesmeliydi şunu. Bana eziyet ediyordu.

Dudaklarımı örten avucunu geri çekmeden işaret parmağımı dudaklarımın arasına yerleştirdiğinde şaşkına döndüm. Parmağını ağzımın içine itti ve dişlerime sürttü. Korku ve şehvet birbirine karışırken dişlerimi parmağına geçirip bu duygunun geçmesini bekledim.

Sırtım büküldü. Boğuk inlitler dudaklarımdan dökülmeye başladığında artık paramparça olmuştum. Sıraç kayarak üstüme çıktığında artık çırılçıplaktı ama çıplaklığını göz ardı etmeye çalıştım. Ben titrerken terden yüzüme yapışan saçlarımı geri itti. "Bu cezanın bir kısmıydı," dedi nefes nefese. Gözleri dipsiz siyah görünüyordu. "Şu an neler hissettiğimi hayal bile edemezsin. Bedeninden nasıl bir zevk aldığımı ama aldığım bu zevke rağmen sana nasıl öfkeli olduğumu tahmin bile edemezsin." Ağlıyordum. Şu an gerçekten ağlıyordum ve o bunu görüyordu. Gözlerini sıkıca yumduktan sonra, "Hoşuna gitmedi mi?" diye sordu.

"Sen benim kocamsın," dedim gözyaşlarımın arasından. "Hayatımı emanet ettiğim adamsın ve ben senden bir şeyler sakladım. Saklamamam gereken şeylerdi bunlar. Affet." Yutkundum. "Pişmanım. Hani demiştin ya bana gurursuzunum senin diye. Ben de senin gurursuzun oldum işte. Affet."

"Ağlama," dedi. Alnı boncuk boncuk terlemişti.

Gözümdeki yaşlar yanağıma uğramadan şakaklarımdan akarken, "Ağlatmasana o zaman," diye fısıldadım. "Şu yaptıklarımıza rağmen hâlâ çocuk olduğumu göremiyor musun sen? Aklım ermiyor işte. Anlasana, tüm bunlara rağmen çocuğum ben. Senin sevdiğin küçük kız çocuğuyum. Onun için dua etmeyi öğrendiğin küçük kız çocuğuyum. Vişne yerken kahkaha atan küçük kız çocuğuyum. Kollarında minicik hisseden kazık kadar bir kız çocuğuyum ben Karayel."

Gözlerini yumup dudaklarını birbirine bastırdı. Parmaklarım güçsüzce onun yüzüne kaydı ve kemikli yüzünü yavaşça okşadım. Kirpikleri titriyordu. "Ağlama," dedi bir kez daha gözlerini açmadan. "Ağlama, ölürüm."

"Sevsene beni."

"Köpek gibi seviyorum seni Mayıs." Gözlerini açmadı ve sertçe yutkundu. "Köpek gibi âşığım sana ben. Tapıyorum sana, ötesi var mı? Ama salaksın sen. Anlamıyorsun bir türlü." Bu kez dudakları titredi. Ağlayacak mıydı? "Anlamıyorsun ne hissettiğimi. Sen o acıyı çekiyorsun ve seni kurtaran ben olmuyorum, o ibne oluyor. Bilmiyorsun sen bunun bana nasıl ağır geldiğini. Sevdiğin kadının senden bir şeyleri saklamasının ve senden korkmasının ne kadar ağır geldiğini bilmiyorsun sen. Korkmasana benden Mayıs. Bu kadar mı canavarım ben? Korkmasana Mayıs." Kapalı gözlerinden bir damla yaş süzüldüğünde gözlerim kocaman açılmıştı ve gözlerime doluşan tuzlu yaşlar onu puslu görmeme neden olmuştu. "Sen de korkmasana benden."

"Sıraç..."

"Seni seviyorum," dedi gözlerini açmadan. Gözündeki yaş parmağımı ıslatınca darmadağın olduğumu hissettim.

"Ben de seni seviyorum."

"Seni kurtaran kişi ben olmadığım için özür dilerim." Dişlerini sıktı. "Hiç bu kadar yetersiz hissetmemiştim."

"Asıl ben özür dilerim," diye haykırdım onun boynuna sarılırken. "Sen benim her şeyimsin. Nasıl kendini yetersiz bulursun? O beni belki bir kez kurtardı ama sen beni bin kez kurtardın. Sen bana yaşam verdin, nefes oldun. Aptal mısın? Özür dilerim!"

"Benim minik şeytanım," dedi bana sarılırken. "Bazen senin küçük bir kız çocuğu olduğun gerçeğini unutuyorum. Sen benim büyümeyen ve asla büyümeyecek olan küçük kızımsın. Ama lütfen benden bir şeyleri saklama Mayıs."

"Sır yok artık, söz." Daha sıkı sarıldım. "Ama ne olur bana bir daha soğuk davranma. Kız, bağır ama sessizleşme. Sıraç sen susunca ben ölüyorum."

"Ağlama," dedi titrek bir sesle. Tüm çıplaklığımıza rağmen tamamen şefkatin kollarındaydık şu an. Bana sıkıca sarıldı ve yavaşça yatağa uzanıp, kafamı göğsüne yerleştirdi. "Ben daha anlayışlı bir adam olmayı öğreneceğim, küçük kız. Sen yeter ki ağlama."

Onun yakıcı şefkatinin tadını aldığımda ona biraz daha sokuldum ve "Devam edelim," diye fısıldadım çıplaklığına dokunurken. "Şey yani..." Duraksadım. "Şu an onlar beşiklerinde yoklar ve odada yalnızız. Yani..."

"Sevişmek mi istiyorsun?" diye sordu açıkça. Yüzüne bakamıyordum, kulaklarımda yanıyordu üstelik.

"Sen istiyorsundur diye..."

"Nefes almayı istediğimden daha çok istiyorum," diyerek sözümü kestiğinde yüzümü göğsünde kaydırdım ve çenemi kaslı göğsüne yaslayarak gözlerimi kaldırıp ona baktım.

"O zaman beni şimdilik küçük kızın olarak değil, seni isteyen karın olarak gör," dedim yanaklarım kızarırken. Tıpkı bir şahin gibi keskin bakan gözleri dudaklarıma düştü ve sertçe yutkundu. "Seni istiyorum Karayel."

Beni sertçe kendine doğru çektikten sonra yatağın üstünde bir kez yuvarlandık ve artık o üstümdeydi. "Yeterince hazırım," dediğinde şaşkına dönmüştüm. "Karımın içine girmek istiyorum."

"Sıraç..."

"Beni yuvama al Mayıs," dedi burnundan derin bir nefes verirken. "Beni içine al." Her şey o saniyeler içinde gerçekleşmişti. Birkaç küçük dokunuşun ardından artık tamamen hazırdım, ona ait olabilirdim. Defalarca kez ona ait olduğum şekilde bir kez daha ona ait olma isteğiyle kavruldum. Sıraç kendini içime iterken başta gerçekten acı bir çığlık atacağımı düşündüm ama evde yalnız olmadığımızı hatırlayınca bu isteği kafamda eleyip dişlerimi birbirine bastırdım.

"Düşündüğüm gibi," dedi dişlerinin arasından. "Benim minik şeytanım, öylesine darsın ki."

"Sıraç," diye mırıldanabildim sesim acıdan çatlarken. Acının kıvrımlarında zevk dolanıyordu. Sıraç gözyaşlarının parlattığı kirpikleriyle bana bakarken beline sıkıca sarıldım ve onu karşıladım. Dudaklarımdan kısık inleltiler dökülürken dişlerini nazikçe omzuma geçirdi ve içimde istikrarlı bir şekilde hareket etmeye başladı. Her çarpışmada kasıklarımız birbirine yapışıyordu. Çıkan sesler utanç vericiydi. Sıraç'ın aldığı hırıltılı nefeslerin kışkırtıcı sesini duyabiliyordum. Damarlarımı çatlatan ilkel bir istek bayrağı bedenimde dalgalanırken onu karşılamaya devam ettim.

Bu kez hırçın değildi. Tıpkı benim Karayel'im gibiydi. Olması gerektiği gibiydi. Nazikliğinin içinde taşıdığı derin bir hâkimiyet duygusuyla beni ele geçiriyor, defalarca ona ait olduğumu kazıyordu bedenime.

"Mayıs," dedi dişlerinin arasından. "Sır yok." Nefes nefeseydi. "Sır yok, minik şeytanım. Sır yok."

"Sır yok," diyebildim. Terlerimiz birbirine karışmıştı ve bir şimşek daha tüm ışıklarını üstümüzde patlattı. Ardından gürültüsü odanın duvarlarında yankılandı. Yatağın üstündeki hareketlerimiz yüzünden yataktan iç gıdıklayıcı sesler çıkıyordu.

"Üstüme çık," diye emrettiğinde tereddütte kaldım ama Sıraç bir kez daha, "Sana üstüme çık dedim," diye emretti. Bir kez daha yavaşça yuvarlanırken artık ben onun üstündeydim ve bütün vücudumu açıkça gördüğünü biliyordum. Karşıdaki duvara yansıyan gölgelerimizi görünce kalbim büküldü. Mavi şimşek ışıkları terli tenimizi aydınlatırken, duvardaki gölgelerimizin daha da büyümesine neden oluyordu.

"Ağlamaman, benimle kalman ve gülümsemen için her şeyi yaparım," dedi inler gibi. "Ama ne uysallaşırım ne de kurallarımdan vazgeçerim. Hoşgörü ve zayıflığı karıştırma sakın, minik şeytan." Belimi tutup beni hızlandırdı. "Beni yeterince değiştirdin ama daha fazla değiştiremezsin."

Cevap veremedim ama Sıraç bunun üzerine biraz daha hızlandı ve beni yatağın diğer ucuna iterek tekrar üstüme çıktı. Şimdi yatağın ucundan aşağı sarkan kafam her şeyi ters görmeme neden olmuştu. Saçlarım parkeyi süpürüyordu. Sıraç karnıma tutundu ve hırçınca inleyerek içimde gelgitlerini sürdürdü. Bütün olmak hiç bu kadar kutsal hissettirmemişti. Onun hâkimiyeti dilimi damağıma küstürmüş, birbirine düşman etmişti.

Kafamı kaldırmaya çalıştım ama bu çok zordu. Sıraç üstüme yığıldığında şimdi ikimizin de başları yatağın ucundan sarkıyordu. Dudakları boynuma gömüldü ve dişleri gerdanımda dolaştı. Verdiği hızlı nefesler göğüs boşluğuma çarpıyordu. Ağzı gerdanımdan göğüslerime indi ve göğsümün birini dişlerinin arasına alıp ustaca emmeye başladı. Çocuklarını kıskanan Karayel'in bu hareketi beni gülümsetmişti ama hisler o kadar büyük bir ataktaydı ki gülüşüm yarım kaldı ve bir kez daha içten gelerek inledim.

"İçine akmak istiyorum," diye inledi dudaklarını göğüslerimden ayırırken. Göz göze geldik. Yangın mavisi alevler yemyeşil bir vadiden aşağı hızla süzülüyor, tüm şehri etkisi altına alıyor, yakıp yıkıyordu.

"Bu..." Derin bir nefes aldım. "Sıraç..." Nefesim kesintiye uğramaya başladı. "Sıraç bu çok fazla..." Sesim neden böyle çıkıyordu. Gözlerimin karardığını hissettim ama hâlâ Sıraç'ın terler içinde kalmış tapılası yüzünü görebiliyordum.

"Siktir," diye inledi dişlerini sıkarken. "Geliyorum." Hızlandı, hızlandı ve hızlandı. Her bir çarpışma sesi içimde yankılandı. Dilim damağımı yardı ve yarılan damağımdan kan değil susuzluk aktı.

Sıraç'ın varlığı içimde dalgalandı. Dudaklarımızdan feryat dolu haykırışlar dökülürken tüm tırnaklarımı onun sırtına geçirdiğimden emindim.

Sarsılarak beni ısıtmaya başladığında ben de daha fazla dayanamadım ve tüm bedenim artçı bir şokla sarsılırken Sıraç'ın etrafında parçalara ayrıldım. Bu onu durdurmamıştı. Gecenin ilerleyen saatlerinde, belki de şafak sökene dek birçok kez birleşmiş, yerle bir olup tekrar tazelenmiştik. Bu kez sertti ve kesinlikle acımasızdı.

Sabahın maviyi sarıya bağlayan ışıkları camdan içeri sızdığında hâlâ yatağın o ucundaydık ve Sıraç'ın kafası göğsümdeydi. Kollarımı boynuna dolamıştım ve hâlâ terliydik. Soğuk terimize aldırmadan sessizce o şekilde bir süre kalplerimizden yükselen sesleri dinledik.

Şefkat ve arzuyu duvarlarda çınlatan birleşmemizden sonra tuhaftır ki muhtaççа birbirimize sarılmış ama tek kelime etmemiştik.

∞

Bedenimden akıp giden su dün gecenin izlerini yavaşça temizlerken, duşakabinin camı sudan yükselen buharla buğulanmıştı. Tenimi yalayan su kirpiklerimden damlarken ruhsuz bakışlarımla bedenimi izledim. Bacaklarımdaki bütün kaslar sızlıyor, kasıklarım yanıyordu. Karnım ve boynumda çürük morluklar vardı ama aldırmadım. Sabahın erken saatleri olduğunu biliyordum ve yarım saatlik bir tavşan uykusuyla ayaktaydım.

Banyonun kapısının açıldığını işittim. Sıraç'ı en son bıraktığımda yatakta çıplak, kalçalarını örten beyaz bir çarşafla uyuyordu. Hiçbir şey söylemeden duşakabinin kapısını kaydırarak açtığında yavaşça ona baktım. Altında lacivert bir havludan başka hiçbir şey yoktu. Gözleri uykudan şişmişti ve dudakları kıpkırmızı görünüyordu. Havluyu çıkardıktan sonra tek hamlede yanıma girdi ve dar duşakabinin içinde tenlerimiz birbirine değerken, tepeden akan su ikimizin vücudunu aynı anda durulamaya başladı.

Konuşmuyorduk. Yüz yüzeydik ve yalnızca birbirimizin gözlerinin içine bakıyorduk. Onun da boynu çürük morluklarla kaplıydı. Yüzümüzden akan su kirpiklerimizin titremesine neden olsa da gözlerimiz bir an olsun birbirimizin gözlerinden ayrılmadı. Uykulu yangın mavisi gözleri beni böyle büyük bir dikkatle incelerken ne düşünüyordu bilmiyordum ama benim kelimelerim kayıptı.

Eli yavaşça ıslak ve omuzlarımdan aşağı dökülen siyah saçlarıma kaydı. Islak saçlarımı omzumun arkasına atarken gözlerini gözlerimden çekmemişti. Diğer eli hemen yan tarafta duran şampuana uzandı ve ardından şampuanı açıp avucunun içine doldurduğu sıvıyı saçlarıma sürdü. Sessizce saçlarımı köpüklerken çıplak göğüslerim, kaslı göğüslerine değiyordu.

Köpükler bedenimden kayarak aşağı dökülüyordu. Uykudan nasibini almamış maviliklerimi onun gözlerinden ayırmadan yavaşça kırpıştırdım. Sol elinin tersiyle yanağımı okşadı.

Ve sonra hiç konuşmadan, tek kelime dahi etmeden alev aldık. Suyun altında bir kez daha birleştik.

∞

"Ce-ee!" diye bağırdım elimle yüzümü kapattıktan sonra bir anda açarken. Mavi boş boş yüzüme bakınca dudaklarımı büktüm. "Tam bir geri zekâlı olduğumu düşünüyorsun, değil mi? Biliyor musun, kesinlikle geri zekâlı bir anneye sahipsin."

Mavi'yi koltuğun üstüne yatırmış, altını değiştirmiştim. Umut halasının kucağında oldukça mutluydu.

"Mayıs," dedi Sılay Umut'u kucağında bir ileri bir geri sallayarak pışpışlarken. "Annen seni küçükken beyninin üstüne mi düşürdü, yavrum? Neden kendi kendine hakaret ediyorsun?"

"Çünkü tam bir geri zekâlı gibi davrandım," diye homurdandım ve Mavi'nin çoraplarını giydirdim.

"Dökül bakalım, güzellik," dedi karşımdaki kanepeye otururken. "Ağabeyimin de pek keyfi yerinde değildi kahvaltıda. Ayrıca damgalı eşek gibisiniz, o boynunuzun hali ne lan?"

Hayvan gibi seviştiğimizi ona söyleyecek değildim. Zaten boynumuzu gören herkes bunu anlardı. Halim'in ve Temmuz'un boynumu görmemesi için kahvaltıda boğazlı bir şey giymiştim ama Sıraç'ın boynunu gayet açık görmüşlerdi. Gözlerimi Mavi'nin üstünden çekmeden, "Küs gibiyiz ama değil gibiyiz de. Bilemiyorum," diye mırıldandım.

Ümran elinde biberonla mutfaktan çıktığında Sılay ile aynı anda Ümran'a baktık. Ümran bileğinde sıcaklık ölçümü yaptıktan sonra Sılay'ın yanındaki kanepeye oturdu ve elinin tersiyle Umut'un alnına dokunup sırıttı.

"Ne demek küs gibiyiz ama değiliz gibi de?" diye sordu Sılay kaşlarını çatarak. "Bak şu an Osman ağabeyi susturmaya çalışıyorum ama susmuyor. Ortak bir tepki verdik resmen Halaymen'le. Hayvan gibi şey yapmışsınız."

Kaşlarımı çatarken, "Osman kim be?" diye sordum. Bazen Sılay'ın ciddi anlamda sorunları olduğunu düşünüyordum.

"Siz tanımazsınız, boş verin," dedi Sılay. "Ee ne olduğunu anlatacak mısın artık?"

"Dün gece yemekten dönerken tartıştık arabada," diye mırıldandım huysuzca. Kendimi hiç bu kadar rahatsız hissetmemiştim. "Yemeğe çıktığımız İngilizlerden bir tanesinin bana askıntı olduğunu düşündü. Sonra konu nereden nereye Şafak'a geldi." Sılay'a kısaca baktım. Şirketlerinin Şafak'ın şirketiyle birleşme ihtimali olduğunu söylememem gerektiğini düşünerek derin bir iç çektim. "Şafak'ın beni kurtardığını söyledim ona."

"İyi bok yedin," dedi Ümran aniden. Ona baktığımda kaşlarını çatmıştı. "Kızım sen salak mısın? Adama gittin ve onun baş düşmanlarından biri olan adamın seni kurtardığını mı söyledin? Hem de aradan o kadar zaman geçmişken..."

"Sinirle söyledim Ümran. En başta söylemediğim için pişmanım zaten ben."

Sılay'a baktım ama hiçbir tepki vermemişti. Umut'la ilgileniyordu. "Sılay?" diye seslendim. Yavaşça bana baktığında yüzünde stabil bir ifade vardı ama yine de endişelenmiştim. "Sorun yok, değil mi?" diye sordum usulca.

"Ne sorunu olacak, kızım?" diye sordu ve tekrar Umut'a baktı. "Temmuz'la öpüşüyoruz biz. Ne sorunu olacak."

Ümran'la aynı anda kahkaha attığımızda bir an kasıldı. "Lan gülmesenize, ağzımdan kaçtı!" Daha çok güldüğümüzde Umut'u Ümran'ın kucağına verip ayağındaki pelüş terliği kafama fırlattı. "Boynun çürümüş boynun. Isırılıp kenara bırakılmış armut gibi görünüyorsun. Söyle o ayıya hep aynı yere çalışmasın!"

∞

Akşama doğru Sıraç geldiğinde Fethiye'deki tüm tayfa evdeydi. Savaş, Merve, Doğukan, Ümran, Halim ve Sılay ile Temmuz. Boynumu örtecek bir şeyler giymiştim ve herkes derin bir sohbetteyken ben bebeklerle ilgileniyordum. Sıraç'ın bakışlarını yakalamıştım ama konuşmamıştık.

"Soysuzun çocuğu, n'aber?" diye sordu Halim parmağını Umut'un avucuna bırakırken.

Sıraç eline aldığı koltuk yastığını Halim'e atarken Umut'u kucağıma aldım ve "Oğlumla düzgün konuş, yolarım sakalını," diye tehdit ettim onu. "Ümran odununa sahip çık."

"Benim odunum dünyaların en kazma odunu bir kere," dedi Ümran sırıtarak. "Gel aşkım sen bana. Kimse sevmiyor mu seni?"

"Sevmiyorlar aşkım," dedi Halim kucağını açarak Ümran'a doğru yürürken. Herkesin dudaklarından bir 'ıy' dökülürken

Merve'yle Doğukan'ın çaktırmadan birbirlerini kestiklerini gördüm. Savaş karşıdan Mavi'yi kaş göz yaparak severken kız kardeşinin götürüldüğünün farkında mıydı acaba?

"Utanıyoyum sizden," dedi Melek dehşet içinde. "Temmuzcuğum biz ileyide böyle olmayalım, tamam mı kıvıycığım?"

Sılay gözlerini dikerek Melek'e tuhaf tuhaf baktığında, "Ay kıskandı haspam, ne bakıyoysun öyle? Çekemiyoy bizi," dedi ve Sılay'a dil çıkardı.

Tuhaf olan Sılay da ona dil çıkarmıştı.

Sıraç'la bir kez daha göz göze gelmiştik ama bu kez gözlerini kaçıran ben olmuştum. Gece boyunca Savaş'a musallat olan kız hakkında konuşmuşlardı. Savaş'ın benimle pek muhatap olmaması beni şaşırtmış olsa da bunu pek önemsememeye çalıştım. Gecenin çok daha ilerleyen saatlerinde Temmuz ve Sılay'ı mutfak kapısının arkasında yakalamıştım ama sesimi çıkarmamıştım. Sanırım benim sapık kıvırcık kızı sıkıştırıyordu.

Herkes evlerine dağılma kararı verdiğinde Melek her ne kadar burada kalıp, Sılay ile Temmuz'un yan yana gelmesini engellemek istese de, Halim damat adayı Temmuz'a kötücül bakışlar atarak Melek'i zorla evden çıkarmıştı. Sıraç, Mavi'yi kucakladıktan sonra, "Buruşuk popolum gel bakalım," diye mırıldandı fakat bunu benim duymadığımı sanmıştı. Hemen arkasında dikildiğimi fark edince beti benzi attı.

"Diğer buruşuğu da sen alsana," dedi bana bakmamaya çalışarak. Kalbim iki büklüm oldu. "Merdivenlerden ikisiyle çıkmayayım. Düşürürüm bir de." Ah, babalık duygusu mu? "Uyumuşlar burada. Kokun olmadan uyuyamıyorlar. Benim gibi."

Kalbim hızlanırken hemen Umut'u kucakladım ve hiçbir şey söylemeden merdivenlere yürüdüm. Sıraç'ın arkamdan baktığını hissedebiliyordum. Sevişmiştik. Bunu abartmış saatlerce birbirimizin teninden beslenmiştik ama şu an neden ikimiz de böyle tuhaf davranıyorduk birbirimize?

Merdivenleri tırmanırken oğlumun sütle karışmış cennet kokusunu içime doldurup düşüncelerimden arınmaya çalıştım ama düşünceler beynime yapışmış, çıkmaya niyeti yokmuş gibiydi.

Boynum ve hatta dişlerini geçirdiği her noktam hâlâ sızlıyordu.

Umut'u beşiğe yerleştirirken göz ucuyla Sıraç'a baktım. Kucağındaki Mavi'nin yüzüne bakıyordu ve o kadar ilgili görünüyordu ki. Benim ona baktığımı fark edince kısaca bana baktı ve Mavi'yi beşiğe yerleştirdi. Üstümü çıkarmak için gardırobun önüne geçtiğimde Sıraç da üstündeki tişörtü çıkartıp kanepenin üstüne attı ve siyah kotunun deri kemerini iç gıdıklayıcı bir ses çıkararak açtı. Gardırobun aynasından göz göze gelsek de yine hiçbir şey söyleyememiştik birbirimize. Sanki dillerimizin üstünde ağırlığı terazileri bozan kilitler vardı.

Oysa dün gece ne güzeldik. Kırgında olsa dili çözülmüştü tenime karışırken. Konuşmuştu benimle. Belki suçlamıştı, kızmıştı bana ama konuşmuştu. O susunca her şey susuyordu içimde. Kalbimin çığlıklarını dinliyordu içimdeki bütün organlar. Şu anda da her şey tam olarak böyleydi. Kalbim çığlık atıyor, organlarım çaresizce kalbimin attığı çığlıkları dinliyordu.

Sıraç'ın banyoya girdiğini gördüğümde çaresizce yatağın içine girdim ve tüm bunları bir an önce geride bırakmayı dileyerek gözlerimi yumdum.

3 gün sonra...

Saat kaçtı bilmiyordum. Bir gözün üstümde dolaştığını, beni incelediğini hissedebiliyordum. Yön duygum yok olmuş bir şekilde gözlerimi aralamaya çalışırken onun siyah gölgesini gördüm. Kanepede oturuyordu ve gözleri doğrudan beni inceliyordu. Üç gündür yok denecek kadar az konuşmuştuk ve bu gece bir iş yemeğine katılacağını biliyordum. Geç geleceğini konu alan bir mesaj atmıştı bana ve ben onu beklerken uyuyakalmıştım.

Gözlerimi ovuşturarak ona baktığımda, "Gelmişsin," diye fısıldadım çatlak bir sesle. Başını salladı.

Yavaşça doğruldum ve uzun saçlarım askılı geceliğimin çıplak bıraktığı omuzlarıma döküldü. Saçlarımdan gelen yoğun şampuan kokusunu alabiliyordum ama aynı zamanda hafif bir alkol kokusu da vardı. "Sen içtin mi?" diye sordum yavaşça.

"Birkaç kadeh," diye fısıldadı karanlık bir sesle. Yüzünü göremesem de ses tonundan bir şeylerin yolunda gitmediğini anlamıştım.

"Her şey yolunda mı?"

Ayağa kalkıp bana doğru yürürken yüzü ay ışığının sızdığı noktada parladı ve ben o an onun tapılası yüzünü gördüm. Yüzünde hiçbir ifade kırıntısı yoktu ama her zaman olduğu gibi büyüleyici güzellikteydi. Ayakucuma oturduktan sonra parmakları yüzeysel olarak çıplak ayak parmaklarımda dolandı.

"Ayakların çok güzel," diye fısıldadı yavaşça.

Kalbim atışı hızlandırırken göğsüm yukarı kabardı ve alt dudağımı ısırarak onun karanlık siluetine baktım. İlgiyle ayak parmaklarıma bakıyordu. Eli topuğuma kaydı ve ayaklarımı avuçlayıp, "Çok minikler," diye fısıldadı çok daha kısık bir tonda.

"Yemek nasıl geçti?" diye saçmaladım heyecandan ne yapacağımı bilememiş bir şekilde.

"Güzel." Sesi dümdüzdü. "Geceliğini çıkarsana."

"Ne?"

"Geceliğini çıkar minik şeytan."

"Sıraç üç gündür benimle konuşmuyorsun," diye fısıldadım dehşet içinde. "Şimdi söylediğin ilk şey geceliğimi çıkarmam mı? Ciddi misin?"

"Çıkar şu siktiğimin geceliğini Mayıs!" diye bağırdığında bir anda geri çekildim ve sırtım yatak başlığına çarptı. Dehşet içinde ona bakarken Sıraç üstüme abandı ve dudaklarıma uzandı. Kafamı yana çevirirken, "Bağırma," diye fısıldadım. "Bebekler..."

"Çıkar," diye hırladı bir kez daha. "Vücudunu görmeme izin ver."

Gözlerim yaşlarını toplarken parmaklarımı onun kaslı göğsüne bastırdım ve onu geri itmeye çalıştım. "Bu da ne demek oluyor?" diye fısıldadım titreyen sesimle. "Neden böyle davranıyorsun bana?"

"Seni becermeyeceğim aptal!" Gözlerim irileşti. "Yalnızca vücudunda bıraktığım izleri görmek istiyorum."

"Becermek mi?" diye sordum dudaklarım aralanırken. "Seviştiğimizi düşünmüştüm."

"Öyle demek istemedim."

Onu bir anda ittiğimde kan beynime sıçramıştı. Çıplak ayaklarımla ahşap parkede volta atmaya başladığımda kısa geceliğim kalçalarımı açıkta bırakmıştı. Parmaklarımı saçlarımın arasından geçirdim ve başımı iki yana sallayarak, "Dün gece ve ondan önceki geceler... Sevişmedik. Beni becerdin, öyle mi?" diye sordum dehşet içinde.

"Mayıs!" Yataktan fırladı ve önüme geçmeye çalıştı ama onu iterek ondan kurtuldum. "Öyle demek istememiştim!" Nefesi alkol kokuyordu. Onu bir kez daha ittiğimde beni kendine çekmeye çalıştı. "Yemin ederim!"

"Ben senin karınım!" diye bağırdığımda artık Umut ve Mavi'nin uyanacak olması umurumda bile değildi. "Benden fahişenmişim gibi bahsedemezsin!"

"Ne fahişesi?" Duraksadı. Yangın mavisi gözleri irileşmişti ve ilk kez bu kadar şaşkın görünüyordu. "Elbette benim karımsın, sen neler söylüyorsun?"

"Seni becermeyeceğim dedin Sıraç." Gözlerim dolmuştu. Sert nefesi yüzüme vuruyordu ve aramızdaki boy farkına rağmen şu an yüzlerimiz çok yakındı. Ay ışığı aramızdaki minik mesafeden odaya sızıyor, karşı duvarı aydınlatıyordu. "Üç gündür tıpkı birer mal gibi davranıyoruz ve sen bir anda geceliğimi çıkarmamı söylüyorsun. Ardından becermekten bahsediyorsun."

Gözlerimin içine bakarken yangın mavisi gözlerinin içinden milyonlarca kelime geçti ama hiçbirini okumadım. Okuyamadım.

Kalbimin ona uzattığı kollarını kırmıştı, farkında mıydı? Ama kalbim yüzsüzdü. Onun kırdığı kollarını tekrar ona uzatacak kadar yüzsüzdü.

"Ben öyle demek istemedim." Dişlerini sıkıyordu. "Yemin ederim."

"Seni anlamıyorum Karayel." Onu iterek banyoya yürüdüğümde Sıraç olduğu yerde öylece kalakalmıştı. Umursamadım. Parmaklarım beyaz lavabo tezgâhına tutunduğunda bitkin gözlerimi kaldırıp lavabonun aynasındaki yansımama baktım. İçerisi karanlık değildi ama ışıkta yoktu. Her şey koyu gri görünüyordu.

Gözlerim doldurduğu bardakları boşaltmak istercesine göz bebeklerimi zorlarken dudaklarımı birbirine bastırıp çenemi sıktım. "Bana bir daha güvenmeyecek mi?" diye sordum kendi kendime. "Gerçekten bu kadar çok mu kızdırdım onu?"

Musluğu açtıktan sonra artık firari yağmurlar yanaklarımdan akmaya başlamıştı. Gözlerim cayır cayır yanarken, sıcak ve tuzlu gözyaşlarım yanaklarımda yarıklar varmış gibi cildimde asit etkisi görüyordu. Başımı yukarı kaldırarak akan gözyaşlarımı geri itmeye çalıştım.

Banyonun kapısının açıldığını duyduğumda gözyaşlarımı elimin tersiyle sildim ve derin bir nefes alıp musluktan akan soğuk suyu yüzüme çarptım.

Bir sırrın buralara geleceğini kim bilebilirdi ki?

Sıraç bedeninin varlığını arkamda hissettiğimde su damlacıklarının süzüldüğü yüzümü kaldırıp lavabonun aynasından arkama baktım. Koyu gri ortama rağmen masmaviydi bakışları ve doğrudan beni hedef almıştı. Aynanın keskin yüzeyinde bakıştık. O kadar yoğun baktık ki birbirimize ayna parçalansa, parçalar gözlerimize batsa, vazgeçmezdik sanki birbirimize bakmaktan. Acıyı yok sayar, birbirimizin gözlerine tutunurduk.

Eli yavaşça havaya kalktı ve omzuma dokundu. Çıplak omzumda hissettiğim kahve kokulu avucu içimi ısıtırken dudaklarım bir kez daha titredi.

Ağlamayı bilmeyen gözlerimin en gerçekçi gözyaşı olmuştu bu küçük adam.

"Ben..."

"Sıraç," diye kestim sözünü, "Bu konuyu bu gece burada halletmek zorundayız. Birkaç gün daha bunları yaşayacak olursam gerçekten kaldıramam. Çok ağır geliyor." Sertçe yutkundum. "Benimle gel."

Onu çekerek banyodan çıkardığımda hiç itiraz etmeden beni takip etmişti. Kısaca Umut ve Mavi'yi kontrol ettikten sonra onu çekiştirerek odadan çıkardım ve yalın ayak merdivenleri inerken onun bileğini bir an olsun bırakmadım. Salon kapkaranlıktı ama gözlerim karanlığı kavramıştı artık. Evimi tanıyordum. Sıraç'ı mutfağa soktuğumda bir an afalladı ama umursamadım. Kapıyı sıkıca kapattıktan sonra mutfağın ışığını açmak yerine küçük gece lambasını yaktım ve mutfak soluk bir turuncu ışıkla aydınlandı.

"Bu gece kavga edeceğiz," dedim tezgâhtaki bardağı alıp yere bırakırken. Bardak ellerimden kayarken Sıraç'ın gözleri şaşkınlıktan irileşmişti. Ve su bardağı zeminin üstünde patlayıp parçaları etrafa saçıldı. "Bu gece birbirimize bağıracağız." Onun üstüne yürüdüğümde gözleri bendeydi. "Bu gece birbirimize zarar vereceğiz." Yangın mavisi gözlere odaklanarak ona doğru eğildim ve tek elimle dizine tutundum. Ağlıyordum ama bu umurumda değildi. "Ve bu gece tüm sorunlarımızı geride bırakıp eskisinden daha büyük bir aşkla sevişeceğiz."

"Ağlama," dedi dişlerinin arasından.

"Ne sandın?" diye inledim gözyaşlarım yanağımdan sıyrılıp boynuma akarken. "Yatağına girdim, çocuklarını doğurdum, soyadım değişti diye beni büyüdü mü sandın sen?"

Hemen masanın üstündeki vazoyu elimin tersiyle iterken vazo tok bir ses çıkararak zeminde parçalara ayrıldı. Sıraç yüzünü buruşturup, mutfak kapısına bakarken birinin duymasından endişe ediyordu sanırım. Umursamadım.

"Anlamak istediğin gibi anlıyorsun minik şeytan," dedi dişlerinin arasından. "Benim yerime koymuyorsun kendini."

"Koyuyorum," dedim yalvarır gibi. "Koyuyorum. Evet, yalan söylemiş gibi oldum. Sır sakladım senden. Ama sen de seviştin benimle. Güzel sözler söyledin bana."

"Seninle seviştiğim için pişman değilim. Sen benim karımsın ve benim senin tenine karışmak en büyük hakkım. Sana kırgın değilim Mayıs. Kızgın da değilim. Benim şu an tek kızdığım kişi yine kendimim. Kendime kızıyorum, minik. Anlamıyorsun."

Göğsüne vurduktan sonra dudaklarımı bükerek ona baktım. Başını sol omzuna düşürdü. Nefesinden yükselen pahalı alkol kokusunu alabiliyordum ama kahve kokusu baskın geliyordu. Kalın üst dudağını dişlerinin arasına aldı ve gözlerimin içine baktı. Yangın mavisi gözlerinin bir dili vardı ve kulağıma bir şeyler fısıldıyordu.

Başını geriye attı. "Neden sana karşı koyamıyorum?"

Başımı göğsüne gömdüm ve göğsünde derin bir nefes aldım. "Bak daha az önce kızmıştım sana. Şimdi nasıl yumuşadım, pamuk gibi oldum. Sen de olsana benim gibi."

"Çok sinsisin minik şeytan," dedi iç çekerken.

Zaferle gülümserken onun beline sıkıca sarıldım. "Çok mu yüzsüzüm ben?" diye sordum ona dolu gözlerimle. "Neden böyle biri oldum? Ben böyle biri değildim ki."

"Mayıs," dedi Sıraç beni sıkıca sararken. "Senin canını çok yaktım mı? Yani gece. Gerçekten sana fahişe gibi mi hissettirdim?"

Çenesini saçlarıma bastırdı ve ben tıpkı ters tutulmuş bir yapboz gibi döktüm tüm parçalarımı onun avucuna.

"Hayır," dedim ona daha sıkı sarılıp. "Gerçekten öyle hissetmedim. Yemin ederim. Hem ben istedim ki seni. Senin gibi istedim. Seni seviyorum. Nasıl istemem ben seni? Yanmadı hiç canım. Bunu mu takıyorsun kafana? Salak."

Sıraç beni kollarının arasında tıpkı bir bebekmiş gibi tutarken kafamı kaldırıp onun cennetin en mavi tonu olan güzelliğine baktım. Bu adam benim kaçışım, kurtuluşum ve arafımdı. Yaşamla ölüm arasında sıkıştığım karanlık, o karanlıkta bana arkadaş olan mavi ışıktı.

"Ben üç gündür sen uyurken seni izliyorum Mayıs," dedi içli bir sesle. Sıcak nefesi alnımı ve saç diplerimi yaladı. "O gece olanlar... Sabahı banyoda hiç konuşmadan yaptığımız o şey... Sonra susmamız tüm gün. Seni kullanıyormuşum gibi hissettirdi bana. Oysa biliyorsun minik şeytan, nasıl senin ilk sahibin bensem, benim de ilk sahibim sensin. Tenim sana alışık benim. İlaç gibi bir şeysin sen bana. Böyle seni içime çekerim ben, kokunu doldururum ciğerime. Yaşadığımı hissederim. Nefesinle tazelenir, kokunla hayata dönerim yani. Sen suysan ben balığım. Sen topraksan ben cesedim. Sen bulutsan ben yağmurum." Sustu ve sertçe yutkundu. "Ben minik kadınımı kullanıyormuşum gibi hissettim bu yaktı canımı. Kendime düşman oldum üç gün boyunca. Biliyorsun, ben hep kendime düşmandım ama... Sen sevdirdin bana kendimi Mayıs. İyi ki doğmuşum ulan dedirdin bana."

"Sıraç..."

"Sus," dedi bana daha sıkı sarılırken. Alnını alnıma bastırdı ve beni dizlerinin üstüne oturttu. "Kendimi tam bir piç kurusu gibi hissettim. Sanki seni affetmem için zorla benimle olmuşsun da, canını yakmışım gibi. Bu nasıl acıtıyor bilemezsin. O gece... O gece için diyeceğim tek şey... Biliyorsun Mayıs. Ben sana karşı muhtaç hissediyorum ve sen hiç kimsenin göremediği yüzümü vişne kokulu avuçlarının arasına alıyorsun. Yalan atamam... O gece çok güzeldi ve sabahı da öyle. Hıncımı aldım belki ama bunu sana karışarak, sana aidiyet yeminimi tekrarlayarak yaptım. Sadece... Sonrası hüsrandı. Kendimi suçladım hep. Geceliği çıkarmanı isteme nedenim yaptıklarımla yüzleşmek isteyişimden kaynaklanıyordu. Sana zarar verdiğimi düşündüm." Burukça gülümsedi. "Ben küçük bir kız çocuğuna âşığım bunu da biliyorum. Yalnızca... Benim küçük kızım o kadar güzel ki... Ben ona doyamıyorum, hiç."

"Affettin mi beni?" diye sordum burnumu çekerken.

"Bir daha sır saklamak yok," dedi gözlerimin içine bakarken. Hızlıca başımı salladım ve ona daha sıkı sarılıp burnumu kahve kokulu boynuna gömdüm.

"Affettin mi?" diye sordum bir kez daha. "Gurur yok, değil mi? Benimle konuşacaksın, değil mi?"

Dudaklarını kulağıma yaklaştırdı ve, "Sana böyle âşıkken gurur benim neyime?" diye fısıldadı.

Tıpkı o geceki gibi...

Onu o kadar çok seviyordum ki. Doğduğumdan beri seviyormuşum gibi hissediyordum. Dünyanın yakıcı oksijeni ciğerlerime dolmuştu ve ben ilk kez ağlarken yalnızca onu düşünmüştüm sanki.

"Bir daha sır yok, yemin ederim ki yok. Ne öğrenmek istiyorsan sor, her şeyi anlatırım. Benim tek kahramanım sensin. Kızgınlıkla söyledim ben onları."

"Aptal kız," dedi Sıraç gülümserken. "Benim aptal kızım." Çenemi tutup yüzümü kaldırdı ve ona bakmamı sağladı. Yangın mavisi gözlerinin içindeki mavi korlar tekrar tutuşmuş, orman cayır cayır yanmaya başlamıştı. "Karşılıklı vişneli yoğurt yiyebiliriz bence."

Ve biz gerçekten karşılıklı vişneli yoğurt yemiştik.

Gülümseyerek.

Sılay Karayel'den...

"Lan sırtım kaşınıyor, bir kaşısana sırtımı," dedi Başak benim yatağımda yüzüstü uzanmış Jojo Moyes'ın Senden Önce Ben isimli kitabını okurken. Çalışma masasının döndürgeçli –Kusura bakma ama ben Sılay Karayel'im ben ne dersem o, döndürgeçli onun adı- sandalyesinde dönerken çıplak ayağımı Başak'ın sırtına koydum ve parmaklarımı oynatarak onun sırtını kaşımaya başladım. İçimdeki Halaymen, *"Başakçığıma yapma şunu, minnoş,"* dese de önemsememiştim. Osman ağabey pek severdi Başak'ı. Telefon numarasını falan istiyordu.

"Sılay yine ayağınla mı kaşıyorsun?" diye sordu Başak kafasını kaldırıp omzunun üstünden bana bakarken. Sırıttım. "Çok şefkatlisin."

"Benim bütün şefkat hissim ayak parmaklarıma toplanmış," dedim sırıtırken. Midemde uçuşan kanatlı öküzlerin getirdiği ferahlıkla ile sırıttım. "Kuşlar ne güzel vızıldıyor."

"Kuşlar mı vızıldıyor? Sılay, içeride sinek var. Kuş değil o. Temmuz salak etti seni."

"Ay çok komiksin sen ya. Beynini nereye park ettiysen git al gel, bekliyorum," dedim ona dik dik bakarken.

"Mısra ve Temmuz hakkında dedikodular çıkmış okulda," dedi Başak tüm sinirlerimin üstüne şok vererek hepsini hayata geri döndürürken. "Ayrıca sanırım Mısra cidden senin Temmuz'dan hoşlanıyormuş."

"O gitsin Bitlis Spor kulübü başkanından hoşlansın. Belki takıma alırlar onu."

Başak kıkırdadı. "Sen cidden Temmuz'a abayı yakmışsın, kızım. Benden demesi." Çalışma masasının üstündeki kalın ciltli kitabı Başak'ın kafasına fırlatırken vicdanım zerre sızlamamıştı. Hem bir kere abayı yakan yalnızca ben değildim. O da bana abayı yakmıştı bir kere.

Çoğu Başak'a ettiğim hakaretlerle geçen birlikteliğimizin sonuna geldiğimizde Başak'ı geçirmek için alt kata inmiştim. Saat akşam 19:00 civarıydı. Başak kapıyı açtığı sırada Savaş'ı karşımızda görmeyi ikimiz de beklemiyorduk. Başak korkuyla tiz bir çığlık atarken geriye doğru adım attı ve bana çarptı. Savaş Başak'a tuhaf tuhaf bakarken, Başak kalbini tutuyordu. "Bu kim lan?" diye bağırdı dehşet içinde. "Kalbim oturan kalkan yerlerimde attı."

"Ne bağırıyorsun be?" diye sordu Savaş ekstra soğuk eşkıyalığını ortaya koyarak. Kaşlarını çatmayı da ihmal etmemişti tabii.

"Ödümü kopardın," dedi Başak çantasını omzuna asarken. "Ayı..."

"Sılay'ın arkadaşı olduğun nasıl da belli. Her yanından dişilik, nezaket akıyor. Her neyse." Bana döndü. "Ağabeyin evde mi Sılay?"

"Bana sataşmasan olmaz," dedim gözlerimi devirirken. "Gelmedi daha."

"Benim dişiliğim, nezaketim senin gibi kekolara değil," dedi Başak dişlerinin arasından. "Neyse, ben gidiyorum Sılay. Okulda görüşürüz." Başak bilerek Savaş'a çarptığında Savaş ona tuhaf tuhaf baktı ve gözlerini devirdi.

"Sorunlu mu bu?" diye sordu kapının pervazına tutunurken.

Halaymen kıstığı gözleriyle Savaş'a bakarken, Başak'a laf söylendiği için çok sinirliydi. Öyle ki şu an oyalı ve her daim ütülü olan mendilini kana bulamaktan çekinmezdi.

"Valla Başak'ı bilmem de senin sorunların var."

Temmuz Savaş'ın arkasında belirdiğinde master degree olduğum laf sokma kabiliyetim tıpkı bir balon gibi söndü. Kalbim son sürat çarparken üçüncü bir bomba patladı ve ağabeyim de kapıda belirdi. Mendilim Yeşilçam'da bol salça suyu sürülmüş veremli mendili gibi yapay bir kanla elimden süzülürken, Osman ağabey sırtımı sıvazladı ve direnmemi istedi.

"Neden hepiniz kapıya doluştunuz lan?" diye sordu ağabeyim her zamanki gibi öküzümsülüğünü konuşturarak. "Lan." Durdu ve Temmuz'a baktı. "Ben yokken sana kız kardeşimle yan yana gelmeyeceksin demedim mi ben sana lan? Bamyanı kurutur kapıya asarım."

Temmuz parmaklarını kıvırcıklarının arasından geçirdi ve kol kaslarını gözüme soka soka kıvırcıklarını karıştırdı. "Ya yeni geldim eve ağabey. Bir destur ya!" diye inledi bezmiş bir sesle. "Sılay'ın etrafına mayınlarla kaplı çit çekmenden korkuyorum ben aslında."

"Hiç fena fikir değil." Ağabeyim ceketini çıkarırken kısaca bana baktı. Ve bir an duraksayıp dehşet dolu bir ifadeyle Temmuz'a döndü. "Sılay mı dedin sen ona? Kezorella'ya ne oldu? Ne zamandan beri bu kadar? Lan bana bak ermemiş bamya..."

Telefonum çalmaya başladığında ağabeyim bir an sustu ve tüm gözler üzerime döndü. Mayıs gürültüyü duymuş olacak ki merdivenlerden iniyordu fakat o da duraksadı. Böyle olması normaldi çünkü telefonda Başak ve evdekilerden başka hiç kimseyle iletişime geçmiyordum. Halaymen merakla yüzüme bakarken eşofmanımın cebindeki telefonu çıkardım ve arayanın Engin olduğunu gördüm.

"Engin," dedim ağabeyime telefonu göstererek. Ağabeyimin kaşları bir an çatılsa da tepki göstermemişti. Engin bizim kuzenimizdi ama ağabeyim Engin'den pek hoşlanmıyordu. Telefonu açıp kulağıma götürürken her nedense bütün gözler üstümdeydi ve bu gerçekten gerilmeme neden olmuştu.

Ve sonra Engin'in sesini duydum. "Sılay?" diyordu. Ama gürültülü bir yerdeydi. Sesler boğuk ve huzursuz edici geliyordu. "Sıraç'ın telefonu mu kapalı?"

"Ağabey," dedim düz düz ağabeyime bakarken. "Senin telefonun mu kapalı?"

"Şarjım bitti," dedi ağabeyim pürdikkat bana bakarken.

"Şarjı bitmiş."

Ve sonra Engin'in dudaklarından bir şeyler döküldü. Dudaklarından dökülen ruhumun kuytusunda sakladığım küçük kutuya ulaştı ve küçük kutunun sımsıkı kapalı olan kilidi tok bir ses çıkararak açıldı. Hatıralar kutunun içinden dışarıya uçuşmaya başladığında kulaklarım uğuldamaya başlamıştı. Hani biri sesiyle dokunurdu ya sana. Öyleydi. Engin'in sesi kilitli kutuya dokunmuş, kilidi kırmıştı. Ayaklarımın altındaki zeminin hareket ettiğini hissettim. Dudaklarım aralanmıştı ama bunu nefes almak için mi yapmıştım yoksa başka bir şey için mi bilmiyordum. Kulaklarım uğulduyordu ve kulaklarıma dolan kelimelerdeki kanın yakıcı kokusunu alıyordum.

Ağabeyimin sorgu dolu gözlerine karşı yapabildiğim tek şey öylece bakmak oldu. Sonra telefon kulağımdan yavaşça kaydı ve parmaklarım hislerini kaybederek telefonu arasından kaydırdı. Telefon zemine düşerken iki kez sekmişti, bunu duyabilmiştim. Beynim bunu algılayabilmişti.

Gözlerim yanıyordu. Hadi ama, Osman ağabey neredeydi? Kalbim neden bu kadar hızlı çarpıyordu? Temmuz'a bakmıyordum ki şu an.

"Baba..."

14.BABA

Sılay Karayel'den...

Sokak lambasının loş ışığı gölgelere can verirken, bedenim akıtmak istediği zehri göz bebeklerimin zarının ardına saklamıştı. Saat gece yarısını geçmişti. Sakindim. Bu belki de öldürücü bir sakinlikti ama en azından dışarıya hiçbir şey belli etmeyecek kadar sakindim. Hastanenin bahçesine sütunlar halinde giren turuncu sokak ışıklarını izliyordu gözlerim. Kollarımı göğsümün üstünde topladım ve dermansız bacaklarımı hastane kapısının önündeki kahverengi bankın yanına sürüyerek, yıkılmak üzere olan bedenimi bankın üzerine bıraktım. Koyu lacivert kotumun üstündeki buz mavisi çizgileri takip ediyordu fersiz bakan gözlerim.

İçimdeki neşeli tarafın tüm duyuları kapanmış, benimle olan iletişimi kesilmişti sanki.

Omzumun üstünde hissettiğim elin sahibini tanıyordum. Kalbim kırıklarını koruyucu zarına batırırken, "O iyi olacak," diye fısıldadı kadife sesi. Burnuma dolan tatlı meyve kokusunu içime doldururken göz ucuyla ona baktım.

"Öyle mi dersin?"

Bankın etrafında dolanarak yanımdaki boşluğa otururken

Temmuz'un gözleri dalgındı. Elinde tuttuğu içinde kahve olan karton bardağı bana uzatırken, "Onu görmek istemediğinden emin misin Sılay?" diye sordu usulca.

Cevap vermedim. Hastaneye gelmiştim fakat onun olduğu odaya girememiştim. Duyduğum kadarıyla fenalaşmıştı. Bir an onun gerçekten can vereceğini düşünüp paniklediğim için kendime kızgındım sanırım, bilmiyordum. İçimde karıncalanan hissin herhangi bir ismi yoktu çünkü.

Karton bardağın içinde dalgalanan kahveye bakarken, "Neden buradayım bilmiyorum," diye mırıldandım. Temmuz'un dikkatli bakışlarını yan profilimde hissedebiliyordum. Derin bir nefes alıp köşeye çekilmiş halaymen Osman ağabeye baktım ama o kadar bitkindi ki. Sanırım şu an hissettiklerimin bir kısmını sırtına almış, beni hafifletmeye çalışıyordu.

Aslında bahsettiğim adam benim şefkatini aradığım baba profiliydi ve baba sevgisi nedir bilmeyen ben içimde yarattığım Osman ağabeyi bu kalıba sokup, onu eğlenceli hale getirmiştim. Çünkü babam hayatının hiçbir döneminde beni güldürmemiş, eğlenceli birisi olmamıştı. Belki de Osman ağabeyi bu yüzden seviyordum.

Bu çok salakçaydı ama bu hislere engel olamıyordum.

"Onu önemsediğin için olabilir mi?" diye sordu Temmuz kısık bir sesle. Ah, kıvırcık. Ne diye bu kadar net görebiliyordu ki içimdeki karman çormanlığı?

"Kalbim onu önemsiyor," dedim düz bir sesle. "Ama ruhum ona çok kırgın. Kalbimden çok ruhum kırgın... Ve kırılan ruhun kaynayabilecek kemiği olmadığı için bu kırgınlık sonsuza dek sürecek."

Temmuz'un eli yavaşça omzuma kayarken gözlerimi yumdum ve dokunuşunun sıcaklığını hissetmeye çalıştım. O şefkatliydi. Babamın aksine.

"Ağlamak istiyorsan kendini tutmamalısın Kezorella," dedi buruk bir sesle. "Muhtemelen şu an ne dersen de senin ne hissettiğini tam olarak anlamayacağım. Ama eğer iyi gelecekse... Ki öyle gelmesini istiyorum." Sertçe yutkundum. "Senin için yeterli değil belki. Beklentilerini karşılayamayabilir. Ama ben senin yanındayım. Her şeye rağmen."

Bunu duymak bana karanlıktan uzanmış bir el gibi gelmişti. Temmuz gerçekten belki de beklediğim o elin sahibiydi. Bariyerlerimi bir kenara bırakıp ona yaklaştım ve başımı onun omzuna yaslarken, "Yanımda olduğunu hissedebiliyorum," dedim sakin bir sesle. "Yanımda olduğun için kendimi şanslı hissediyorum."

Kollarını bana sararken, "Yanında olmama izin verdiğin için kendimi şanslı hissediyorum küçük kezo," diye fısıldadı. Ve sonrasında dudaklarını saç diplerime bastırırken, "Onu son kez görecek olabilirsin Sılay," dedi ciddi bir sesle. "Ne yapmış olursa olsun, seni son kez görmeye hakkı var Kezorella'm."

Gözlerim doldu. Nefesim boğazıma tıkılmıştı ve uzun zamandır bu kadar arafta hissetmemiştim. Aslında tam şu anda kurşun kalemle çizilmiş bir yolda elimde silgi ve kurşun bir kalemle yürümek istiyordum. Böylelikle istemediğim yolları silerdim ve kendi yolumu kendim çizerdim.

"Tamam," diyebildim. "Onu göreceğim."

Osman ağabey burukça gülümserken mendilini yavaşça uzattı. Bu kez amacı halay çekmek değildi. Gözyaşlarımı silmek istiyordu.

Mayıs Karayel'den...

Mehmet Ali Karayel... Oğlunu karanlığa gözünü kırpmadan iten, günahın kirli tadını kaşığın ucuyla Sıraç'ın damağına değdirip, onu kirletmeye çalışan, ruhunda hastalıklı bir aşkın pençelerini taşıyan zavallı bir adam.

Beyaz koridorda önümden koşarak geçen hemşireler, doktorlar... Sıraç'ın ifadesiz bakan yüzü ve diğerleri.

Mavi ve Umut bebek arabasının içinde her şeyden habersiz uyurlarken, hastane koridorlarında büyük bir telaş vardı. Mehmet Ali Karayel'in odasına bir doktor çıkmadan bir yenisi giriyordu. Sıraç sırtını yasladığı duvara yavaşça kafasını vurdu ve gözleri tavana kayarken âdem elması usulca titredi.

Endişe. Yangın mavisi gözlerde gördüğüm şeyin tanımı tam olarak buydu.

Savaş hemen birkaç metre ötemde telefonla konuşuyordu. Muhtemelen şu an Halim ya da Ümran'la konuşup durumu anlatıyordu ama önemsemedim. Sılay ile Temmuz ortalarda yoktular. Sıraç bunu bile fark edemeyecek kadar durgun görünüyordu.

Kocamın göğsünden boğazına yükselen acı benim içimde çığlık atıyordu.

Sıraç'ın yüzünden okunmayan duyguları karanlığın arkasına sığınmıştı ama şu an içindeki küçük çocuğun dizlerini karnına çekmiş, karanlık duvarlara yaslanmış ağlak bakışlarla etrafı incelediğinden emindim. Yavaşça yanına yürürken beni fark bile etmemişti ama önemsemeden koluna girip, başımı omzuna düşürerek ben de duvara yaslandım.

"İyi misin?" diye fısıldadım usulca.

"İyiyim." Cevabı net ve yalındı. Hiç zorlanmadan bir anda gayet düz bir sesle söylemişti ama karşısındaki insanın ben olduğumu unutmuştu sanırım. Herkesi kandırabilirdi ama beni kandırma imkânı yoktu. Onu tanıyordum ve onu tanımayı seviyordum.

Doktor kapıyı açıp kafasını dışarı uzattığında Sıraç fark etmeden doğruldu ve beklenti dolu gözlerle doktorun gözlerinin içine baktı. Kalbimde ikamet eden kiraz çiçeği boynunu bükerken parmaklarım hâlâ onun kollarına tutunuyordu.

"Sıraç Bey?" dedi doktor onaylamak ister gibi. "Mehmet Ali Bey'in oğlusunuz, değil mi?"

Sıraç bir süre sessiz kaldıktan sonra, "Evet," dedi pürüzlü bir sesle. "Oğluyum."

"Sılay Hanım burada mı?" diye sordu bu kez doktor.

"Evet. Neden?" Sıraç kaşlarını çatmıştı.

"Bakın Mayıs Hanım, siz ve Sılay Hanım'ı görmek istiyor ve durum çok kritik bir noktada. Sizleri görmek, sizlerle konuşmak ona gerekli desteği sağlayabilir. Ciğerleri bitmiş durumda."

Kalbimin içinde kuruduğunu sandığım katran fokurdarken

onu görmek istemediğimden o kadar emindim ki. Göz ucuyla Sıraç'a baktığımda, "Kız kardeşimin onu görmek istemediğinden eminim," dedi kesin bir sesle. "Ve eşimi de o odaya sokmayacağım."

"Ama Sıraç Bey..."

Koridorun sonunda iki ayak sesi duyuldu ve ardından biri derin bir nefes alırken, "Onu göreceğim," diye bağırdı çok yüksek olmasa da. Omzumun üstünden koridorun sonuna bakarken Sılay ve Temmuz'u yan yana görmüştüm. Sılay sık nefesler alıyordu ama çakır gözlerinde keskin ve kararlı bir ifade vardı.

"Sılay. Mecbur değilsin," dedi Sıraç tok bir sesle. "Kendini zorlama."

Sılay adımlarını hızlandırırken doktorun gözleri Sılay'daydı. Sılay burnundan derin bir nefes aldıktan sonra, "Mecburiyetten değil ağabey. Eğer bir şeyler son bulmak üzereyse, o şeylerle yüzleşmek zorundayız," dedi net bir sesle. "Mayıs girmek zorunda değil. Onu zorlayamayız ama biz girmek zorundayız. Onunla yüzleşmek zorundayız."

Sıraç, "Pekâlâ," dedi gözlerini doktora çevirirken. "İkimiz giriyoruz o zaman."

İkisi odaya doğru yürürken kalbimi zorladım. Birkaç kez kalbime aynı sinyali gönderip cevap bekledim. Ruhsuz bakışlarım doktoru bulurken Sılay ve Sıraç kapıdan içeri girmek üzereydi. Sılay haklıydı. Eğer bir şeyler son bulmak üzereyse o şeylerle yüzleşmek zorundaydık.

"Savaş. Mavi ve Umut sana emanet, tamam mı?" dediğimde Savaş'ın kaşları çatıldı ama telefonu kapatarak hızlıca başını salladı. Sıraç ve Sılay omzunun üstünden bana bakıyorlardı ve benzeyen gözlerinde şaşkınlık vardı. "Bakmayın öyle. Ben de geliyorum."

"Mayıs..."

"Sıraç, geliyorum."

Her ne kadar ayak bileklerime prangalar vurulmuş gibi hissetsem de içeri girmiştim. Mehmet Ali Karayel'in beyazlar içinde yatan hastalıklı bedenine bakarken etrafıma dökülen bakışlarım önce Sılay'ı, ardından Sıraç'ı yakaladı. Sılay iri gözlerini kısmış, yüzünde ifadesizliğin ardına sakladığı ama çığlık çığlığa bağıran bir pençe iziyle doğrudan babasına bakıyordu. Sıraç'ın da ondan bir farkı yoktu aslında.

Birbirlerine ne kadar benzediklerini bir kez daha keşfetmiştim. Güçlü görüntülerinin arkasında sakladıkları tamir edilmesi imkânsız, tozlaşmış bir enkaz yığını vardı.

Mehmet Ali Karayel'in hastalıklı bakan mavi gözleri yavaşça bize doğru dönerken doktorlardan bir tanesi serumunu kontrol edip, elindeki deftere kısaca bir şeyler karaladı. Bedeni bir cihaza bağlıydı ve cihazdan belirli aralıklarla rahatsız edici bir ses yükseliyordu. Bu bana Sıraç'ın vurulduğu zamanı hatırlatmıştı. Soluk mavi rengindeki gözleri önce Sılay'ı, sonra Sıraç'ı ardından da beni yakalayıp kısaca inceledikten sonra yavaşça kapandı ve sertçe yutkunduğunu gördüm.

"Lütfen kendinizi yormayın Mehmet Ali Bey," dedi uzun boylu doktor. "Çocuklarınız burada. Her şey yolunda, tamam mı?"

Çocuklarınız? Bu kelime içimde çığlık atarak kendi gerçekliğini sorguladı. Yalnızca Sıraç ve Sılay'ı kastetmişti, değil mi? Midemde kaynayan suyun içindeki tuz buharlaşınca gözlerimi yakıyordu. Sıraç'ın eli elime kaydı ve elimi sıkıca tutarken gözlerini babasından çekmedi.

Şu an yerle bir olmuş gücüyle bana güç vermeye çalışıyordu.

"Çocuklarım burada," diye fısıldadı Mehmet Ali Karayel. Sesi boğuk, pürüzlü ve hiç olmadığı kadar kısık çıkmıştı. Onun gür çıkan sesini hatırlıyordum. Ensemdeki nefesini, bana savurduğu tehditleri, silahının namlusundaki metal soğukluğunu.

"Lütfen onu üzecek bir şey söylemeyin," dedi uzun boylu doktor bize dönerek. Bir şeyleri bildiği her halinden belliydi. Diğer doktor not almayı sürdürürken arada bir gözlerini kaldırıp bize bakıyordu ama sessizliğini korumuştu.

O bizi yeterince üzmüştü zaten. Bizim onun bizi üzdüğü kadar onu üzebilecek kelimelerimiz yoktu ona karşı. O kelimeleri kendi elleriyle süpürmüştü dilimizden.

"Biz çıkalım Yılmaz Bey. Çocuklarıyla yalnız kalmak istiyor," dedi uzun boylu doktor. Diğer doktor uysalca başını salladıktan sonra, “Lütfen onu üzmeyin,” diye küçük bir uyarıda bulundu. Girdiğimizden bu yana ilk kez o doktorun sesini duymuştum. Doktorlar dışarı çıkarken Sıraç’ın gözlerine büyük bir dikkatle baktılar ama Sıraç şu an öyle büyük bir düzlüğün üstünde yuvarlanıyordu ki, kimsenin onun bomboş bakan yangın mavisi gözlerinden hiçbir sonuç çıkaramazdı.

Doktorlar odadan çıktığında kulakları sağır edecek bir sessizlik yaşandı. Duvarlarda yükselen tek ses onu hayatta tuttuğuna inandığım cihazdan geliyordu.

Öyle ki sessizliğin içeride attığı yardım çığlıklarını işitim ve dilendiği kırık birkaç harfi arasına sıkıştırmış onu kurtaracak bir kelimeyi bizden dilendi. Sessizlik daha güçlü bir sessizlikle sessizliğe saldırıyordu.

“Gelmezsiniz sandım,” dedi boğuk bir sesle. Gözleri hâlâ kapalıydı ve ölümün soğukluğu yatağından yukarı görünmez bir buhar olarak yükseliyordu sanki. Sahiden ölecek miydi?

“Konuşup kendini yorma,” dedi Sıraç mesafeli bir sesle. “Buradayız işte.”

Gözlerim kısaca Sılay’a takıldı. Öylece dikilmiş babasına bakarken öylesine ifadesizdi ki. Bir an bu ifadesizliğin aslında onun yardım feryatları koparan kalbinden yükseldiğini düşündüm ve ona gerçekten sarılmak istediğimi hissettim. Sıraç farkında olmasa da elimi daha sıkı tutuyordu.

“Şu an mutluyum,” dedi Mehmet Ali Karayel. Bu cümlesi mideme atılmış bir düğüm, kalbime indirilmiş bir yumruktu aslında. Acımasız değildim. Yalnızca onun dudaklarından dökülen her bir kelime annemin ölümünün soğuk kokusunu dolduruyordu ciğerlerime.

“Yanımda olduğunuz için...” Nefesi kesildi ve yavaşça gözlerini açarken soluk mavi gözleri pusluydu. “Bu mutluluğu hak etmediğimi biliyorum. Sizi hak etmediğimi...” Tekrar sustu ve birkaç saniye kendine zaman tanıdı. “Çok bir zamanım kalmadığını biliyorum...” Yutkundu. “Her şey için çok geç... Bunu da biliyorum. Sanırım hayatım boyunca hiç bu kadar çok şey bildiğimi hissetmemiştim.”

Sıraç elimi daha sıkı tuttu. Âdem elması titriyordu ve dudaklarını birbirine bastırmış, dişlerini sıkıyordu. Keskin elmacık kemikleri belirginleşirken, yanağında oluşan çukura tüm umutlarımı gömmek, onu biraz olsun mutlu edebilmek istedim. Yangınının rüzgârında uçuşan hayal kırıklıkları içine batıyordu. Bundan emindim.

"Sılay..." Mehmet Ali Karayel zorlanarak başını kızına doğru çevirmeye çalıştı ama Sılay ona düz düz bakmaktan başka hiçbir şey yapmadı. Sanki yalnızca bedeni buradaydı, ruhu çok uzaklarda mutluydu ve buraya gelip dağılmak istemiyordu.

"Sılay... Kızım..."

Sılay'ın dişlerini sıktığını gördüm. Aynı çukur onun yanaklarında da oluşmuştu. "Efendim," dedi ama sesi o kadar isteksizdi ki, isteksizlik bile bu isteksizliğin kaynağını sorgulayabilirdi.

"Buradasın..."

"Buradayım."

"Acıyor mu küçük kalbin?" diye sordu usulca. "Kandırma beni, küçük kızım. Merhametli kalbin acıyor, değil mi? Acıma kızım. Hak etmiyorum ki hiç..."

Kalbimin kasıldığını hissederken gözlerimi beyaz duvarlara çevirmeye çalıştım ama gözlerim benden izinsiz Sılay'ı odağına almıştı bile. Sılay'ın gözlerini yumduğunu gördüm ve yumruğunu sıkarak dişlerini birbirine bastırdı. Bu ortamda ne işim vardı? Neden tüm bunlara şahit olmak zorundaydım ki?

"Şu an... Bana acıdığınız için buradasınız belki. İsteyerek değil... İsteyerek yanımda olmanız için önce beni sevmeniz gerekir. Beni sevmiyorsunuz, biliyorum." Soluklandı. "Beni sevmeniz için kılımı kıpırdatmadım çünkü. Ama... Eğer ben normal bir baba olsaydım kılımı kıpırdatmasam bile severdiniz beni... Ben... Ben size hayatı zindan ettim, değil mi? Çok alçağım ve bir alçak olarak öleceğim."

"Konuşup nefesini yorma," dedi Sıraç.

"Oğlum..." Sıraç'ın sertçe yutkunduğunu işittim. "Baba olmuşsun..."

Sessizlik...

"Gizli gizli sevme onları tamam mı?" diye mırıldandı Mehmet Ali Karayel. "Gizli gizli öpme. Git, apaçık ulu orta öp, sev. Sevgini gizleme, oğlum. Sen gizlemezsin zaten. Parka götür..." Nefesi kesilince bir an öksürdü ve beyaz teni morarırken alnındaki şeffaflaşmış teninin arkasında sakladığı tüm damarlar dışarı fırladı. "Oyna onlarla. Kızının cennet kokulu saçlarını öp, kokusunu içine doldur."

Gözleri Sılay'ı buldu. Mehmet Ali Karayel ağlayarak kızına bakıyordu. "Çünkü kız evlat erkek evlattan daha tatlı gelir. Dizine oturt, kıskan onu diğer tüm erkeklerden." Gözlerini bir an olsun Sılay'dan çekmiyordu. "Erkek evladın senin bu dünya üstündeki gölgen, kız evladın bu dünya üstündeki yaşama sebebin olsun. Ve bir gün yaşama sebebini kaybedersen..." Yutkundu. "Ölüm tek kurtuluş yolun olsun."

Gözlerimi birkaç saniye sıkıca yumdum. Şu an Sılay'a bakacak gücü kendimde bulamıyordum. Dağılmış bir Sılay... Bunu görmeye hazır değildim. O benim küçük kız kardeşimdi, ilk arkadaşımdı ve kesinlikle neşe kaynağımdı. Acıyı onun hayat kokan gözlerinde görmek katlanabileceğim şeyler listesinin sonuna bile giremezdi.

"Benim küçük Sılay'ım..." Derin bir nefes aldı. "Saçlarının kokusunu bilmeden ölecek olmak acı verici. Ama senden böyle bir şey isteyemem. Yüzüm yok."

"İsteyemezsin." Sılay'ın sesi titriyordu. "Bize neler yaşattın... Neler hissettik sen bunu bilemezsin." Gözlerimi açıp Sılay'a baktığımda dudakları titriyordu. Başını iki yana sallayarak yüzünü buruşturdu. "Kalbimi paramparça ettin."

"Biliyorum."

"Ağabeyimi de beni de mahvettin."

"Biliyorum."

"Biz..." Sılay'ın sesi titriyordu. Sıraç elimi daha sıkı tuttu ve aynı saniyeler içinde başını farklı bir yöne çevirerek olanları izlemeyi reddetti. "Biz her şeye rağmen..."

"Söyleme," dedi Mehmet Ali Karayel dehşet içinde. "Yalvarırım, kızım. Söyleme. Hak etmiyorum, söyleme."

İlk kez... Katıksız bir merhametin göğsümün üstünde dolaştığını hissettim. Gözlerim onun hastalıklı bedeninin üstünde dolaşırken Mehmet Ali Karayel artık gözyaşlarını saklamadan, özgürce ve utanmadan ağlıyordu. Beyaz sakallarına ulaşmadan şakaklarından akan acının suyu beyaz yastığında soluk gri izler bırakırken, "Hak etmiyorum," diye inledi gözlerini yumarak. Gözyaşları sanki sözleşmiş gibi ardı arkası kesilmeyen damlalarını aynı izi takip ederek Mehmet Ali Karayel'in şakaklarından yastığın üstüne bırakıyordu. "Sizi hak etmiyorum. Güzel kalbinizi hak etmiyorum. Lekelerimi sürdüğüm hayatlarınızda ufacık bir yeri dahi hak etmiyorum. Lanet olsun, artık ölmek istiyorum. Sizi gördüm... Artık ölebilirim. Ne olursun, Allah'ım. Artık ölmek istiyorum."

"Hak etmiyorsun," dedi Sılay darmadağın olmuş bir halde. Burnunu çekti ve gözlerini yumarken başını bir kez daha iki yana sallayıp omuzlarını düşürdü. "Sana duyduğum sevgiyi... Her şeye rağmen sana beslediğim hisleri... Kollarında uyumak istediğimde yastığıma sarılıp ağladığım hiçbir geceyi..."

"Hak etmedim..."

"Hak etmedin."

"Belki hiç söylemedim ve şimdi söylememin de bir anlamı olmayacak ama..." Mehmet Ali Karayel derin bir nefes aldı. "Ben sizi..."

"Devam etme," dedi Sıraç düz bir sesle. "Sakın o cümlenin devamını getirme."

"Kızım..." Gözleri beni bulduğunda bir adım geri gitmek istedim ama bedenim olduğum yere çakılmış gibiydi. "Teşekkür ederim Mayıs."

Acı gözlerini kısıp gireceği deliği bulmaya çalışırken bana karşı gerçekten insafsız bir silah kullanıyordu. "Neden?" diye sordum gözlerimi kaçırmaya çalışırken. Ama kaçıramadım ve soluk hastalıklı bakan maviliklerin yaşlarını seyrederek gözlerinin içine baktım.

"Benim ittiğim karanlığa düşen küçük çocuğa mavi bir ışık tuttuğun için."

"Ben..." Kelimeler boğazıma dizildi. Ona karşı bu tür bir şey hissetmemem gerekiyordu. Bu iğrençti. Bu duygudan nefret ettiğimi düşündüm.

"Bir şey söylemene gerek yok Mayıs. Sadece... Ben eminim ki bu hayatta hiçbir şey senin belini bükemez. Sen gerçekten güçlü bir kız, güçlü bir annesin." Güldü. Neşeden uzak, ölüm kokan bir tebessümdü. "O gözlerin Ceren Karamaça gibi bakmaya devam ettiği sürece, hiç kimse yenemez seni."

Gözlerimin yandığını hissettim. Sıraç'ın parmaklarına tutunan parmaklarımın ucu uyuşmuş, terlemişti. Sertçe yutkunurken genzime dolan tuzlu acıyı geri itmeye, gözyaşlarımı bu adamın varlığından uzak tutmaya çalıştım.

"Asla gerçekleşmeyeceğini biliyorum ama..." Sertçe yutkunduğunda yüzü sanki bir ton daha beyazlamıştı. "Beni affedin, yavrularım. Beni affedin."

Mehmet Ali Karayel'in gözleri usulca kapanırken, yüzünde silinmesi zor buruk bir tebessüm kalmıştı. Kalbim teklerken Sıraç'ın elinin elimden sıyrıldığını hissettim. Ardından Sılay'ın dudaklarından yükselen nemli hıçkırığı ve dizlerinin üstüne düşüşünü.

"Nereye?" diye bağırdı Sıraç dehşet içinde. "Lanet olası, nereye? Onları görmedin bile. Nereye?" Sıraç dizlerinin üstüne çökerken eli yatağın kenarındaki beyaz demire tutundu. "Daha ödemediğin hesaplar var. Nereye?"

"Kalmak..." Mehmet Ali Karayel yutkundu. Kursağından ecel geçmişti. "İsterdim. Yeniden aile olmak..."

Sılay hıçkırarak ağlarken artık tüm bariyerlerini yerle bir etmişti. Dizlerimdeki dermanın kanatlanıp uçtuğunu hissettim. "Baba," diye fısıldadı Sılay yalnızca kendinin duyabileceği bir sesle. "Baba..."

Sıraç dehşete düşmüş bir şekilde başını iki yana sallarken yangın mavisi gözleri bunu kabullenmiyordu. "Yeniden aile..." Sustu. "Olamayız, baba. Sen de biliyorsun."

"Bana bir masal anlat baba
İçinde bütün oyunlarım
Kurtla kuzu olsun şekerle bal"

Baba demişti.

Sol gözümün çukurundan aşağı düşmeye çalışan ama kirpiklerime asılı kalmış tuzlu yaşın gözümün zarını yaktığını hissettim.

"Biliyorum." Gözlerimin önüne babamın görüntüsü takılı kalırken sanki şu an yatakta yatan Mehmet Ali Karayel değil de, Fetih Karamaça'ydı. Benim her şeyimdi. Sanki birazdan beni ikinci kez terk edecek, gözlerime ağıt yaktıracaktı. "Yeniden aile olamayız... Biz hiç aile olamadık."

"Doktorunu çağırıyorum," dedi Sıraç. Tam ayağa kalkacaktı ki Mehmet Ali Karayel'in cansız eli onun bileğini kavrayıp buna engel oldu.

"Gitme," dedi düşkün bir sesle. "Doktorluk bir şey yok. Seni biraz daha görmeme izin ver. Gitme."

Sılay'ın dizlerinin üstünde yatağa yaklaştığını gördüğümde bu kez kirpiklerimin radarına takılan gözyaşlarım kirpiklerimi araladı ve göz çukurumdan aşağı kendini bırakırken yanağımda ince bir yol çizip, boynuma aktı.

"Baba bir masal anlat bana
İçinde denizle balıklar
Yağmurla kar olsun güneşle ay"

"Saçlarımı kokla," dedi Sılay yüzünü babasının göğsüne gömerken. "Kokla. Cennet gibi mi sahiden?" Sıraç dişlerini sıkarken gözlerini babasının onun bileğini tutan eline düşürdü ve kirpikleri yangın mavisi gözlerini örttü. Aynı saniyeler içinde babasının elini avuçlarının arasına almıştı.

"Mutluyum," dedi Mehmet Ali Karayel. "Cennet gibi kokuyor ya. Cennet gibi... Görebilecek miyim ben cenneti? Göremeyeceksem bile üzülmem artık. Kokladım saçlarını senin... Aldım cennetin kokusunu..." Sıraç'a kaydı yaşlı gözleri. "Sen de tuttun benim ellerimi. Babam der gibi tuttun hem de. Evladınım senin der gibi tuttun... Rüyaysa eğer, uykumda öleyim ben... Rüya değilse... Şimdi ölsem gam yemem."

"Anlatırken tut elimi
Uykuya dalıp gitsem bile
Bırakıp gitme sakın beni"

"Baba..." Sılay kollarını babasının boynuna dolarken hıçkırdı. "Babam."

İçimde yankılandı acılar.

"Sılay'ım," dedi Mehmet Ali Karayel gözleri bir kez daha güçsüzce kapanırken. "Benim asi kızım. Deli dolu, ruhu yaralı kızım. Özür dilerim, kızım. Özür dilerim, Ay'a duyduğum özlemim."

Sılay: Ay'a duyulan özlem.

Ayaklarım birkaç adım geri gittiğinde nasıl yapmıştım bilmiyordum. Kapıyı açtığımı ve kafamı dışarı uzattığımı hatırlıyordum. Tıklım tıklım hastane koridorunda Savaş bebek arabasının önündeydi. Gözlerim Ümran ve Halim'i odağına alınca şaşırmıştım. Buradaydılar. Gelmişlerdi.

"Umut ve Mavi'yi verin bana," diyebildim yaşlı gözlerimle. Tüm gözler şaşkınlıkla bana dönerken ayakta duracak hâlim yoktu açıkçası. Ümran bebek arabasından bebekleri çıkarırken ilk kez hiçbir şey sormamıştı. Kucağıma Mavi ve Umut'u bıraktığında Ümran'ın gözlerine dahi bakmadan içeri girdim ve ayağımla kapıyı iterken derin bir nefes aldım.

Manzara bıraktığım gibiydi.

"Bana bir masal anlat baba
İçinde tüm sevdiklerim
İçinde İstanbul olsun"

Yatağa doğru kucağımda bebeklerle yürürken gördüğüm enkaz sayısı bir değil, üçtü. Mehmet Ali Karayel'in gözlerinin aralandığını ve ardından yaşlı gözleri irileşirken bakışlarının kucağıma takılı kaldığını gördüm.

"Ona müsaade edin," diye mırıldandım Sılay ve Sıraç'a bakarak. "Torunlarını getirdim."

Sıraç geri çekilirken yangın mavisi gözleri kan çanağıydı. Ama ağlamamıştı. Sılay kollarını çekti ama yüzünü babasının boynuna gömüp, babasının boynunda derin bir nefes aldı. Bunu isteyerek yaptığını biliyordum. Affetmemişti belki ama... Çok özlemişti.

"Bunlar..." Mehmet Ali Karayel'in sesi titredi ve dudaklarını birbirine bastırıp bir süre kucağımdaki mucizelere baktı. "Onlara dokunabilir miyim?"

İfadesizce eğilip bebekleri onun kolunun hizasına bırakırken güçsüz bedenini yavaşça hareket ettirip Umut ile Mavi'yi kucağına çekti. Gözlerinde görebildiğim tek şey Mehmet Ali Karayel'e çok uzak olan şefkatti. Şefkat boğuk mavi gözlerinin etrafına tıpkı bir mürekkep gibi yayılmıştı. Sıraç beni kollarının arasına çekerken bedenimi kahve kokusunun kaynağına teslim ettim ve kollarımı Sıraç'ın ince beline doladım.

"Merhaba," dedi bir parmağını Umut'un avucuna bırakırken. "Sen Umut olmalısın." Bu beni şaşırtmıştı. İsimlerini biliyordu. "Ve sen de... Mavi..." Genişçe gülümserken gerçekten canım acımıştı. "Mavi Eylül..."

Sıraç'a daha sıkı sarıldığımda artık herkesin gözleri nemliydi. Çünkü herkes bu hikâyenin son satırını görmüştü. Son satırda büyük harflerle birazdan olacak şeyin sayfayı gölgelendiren harfleri yazıyordu.

Ölüm.

"Beni affet," dedi Mehmet Ali Karayel gözlerini kısarak gülümserken. "Beni affet oğlum. Beni affet kızım. Beni affet Mayıs. Beni affet Ceren. Beni..." Gözlerinden bir damla yaş daha düşerken gözlerini yumdu. "Beni affet Eylül."

"Baba..." Sıraç'ın dudaklarından dökülen kelime kalbimde yankılandı. Sılay'ın gözyaşları durmuş, yüzü donmuştu.

"Lütfen ağlamayın. Sizi seviyorum. Hep sevdim." Gözünden bir damla yaş daha düşerken artık gücü tükenmiş gibiydi. "Beni affedin."

Ve Mehmet Ali Karayel'in bağlı olduğu cihazdaki tüm çizgiler dümdüz ilerlemeye başlarken, makineden boğuk bir ses yükseldi. Aynı saniyeler içinde Sıraç'ın biraz önce avuçlarında tuttuğu eli ruhunun uçmasıyla birlikte hafifliğe uğrayıp büyük bir ağırlıkla kenara düştü.

"Baba!" Sıraç'ın dudaklarından yükselen çığlığı duydum. Ve ardından her şey parçalara ayrıldı.

"Baba," dedi Sılay güçsüz bir sesle. "Daha hiç masal anlatmadın bana baba..."

"Baba!"

"Baba..."

Dinlemediler onu. İkisi de ruhlarının çığlığını hastaneye duyurmak istercesine ağlamaya başladılar.

Karayel'in babası için döktüğü ilk ve son gözyaşlarıydı bunlar.

"Affettim," döküldü dudaklarımdan gözyaşlarım dudaklarımın arasından sızıp dilime tuzlu bir tat bırakırken. "Affettim Karayel. Ben affettim seni."

∞

Kimi zaman sessiz bir çığlıktı ölü bedenin üstünü örten toprağın bedene çarparken çıkardığı sesler... Kimi zaman bir ruhun sonsuzluğa çırptığı kanat sesiydi ama insanlar bunu anlamamakta ısrarcıydı.

Bu biraz da duyan kulağın yorumlayış şekliyle alakalıydı aslında.

İlk toprağı Sıraç atmıştı babasının üstüne. Ardından Engin devraldı. Sıraç elini siyah takım elbisesinin pantolonuna silerken gözleri mezarın üstünde dolaşıyordu. Sılay'ı tutan ellerim sıkılaştı ve ona daha sıkı sarılırken Sılay tüm muhtaçlık duygusuyla belime sarılıp yüzünü boynuma gömdü. Siyah başörtüsünden dışarı dökülen birkaç tutam asi saç teli alnının üstüne dökülmüştü.

Ağlamıyordu artık. Düşündüğüm gibi olmuştu. İlk ve son gözyaşlarını o hastane odasında dökmüşler, sonrasında geriye kalan tüm gözyaşlarını gözlerinin arkasındaki dipsiz kuyuya itmişlerdi.

Mehmet Ali Karayel ölmüştü.

Bedeni toprağa, ruhu sonsuzluğa karışmıştı.

"Geçecek," diye fısıldadım Sılay'a daha sıkı sarılırken. "Önce çok acıtacak. Birkaç gece uykularına çomak sokacak. Ama eninde sonunda geçecek."

"Biliyorum," dedi titrek bir sesle. "Geçecek. Bu beni ilk terk edişi değil üstelik..."

Her şey bittiğinde Sıraç hâlâ mezarın önünde dikiliyordu. İnsanlar dağılmış, Sılay Savaş'ın zoruyla arabaya bindirilmişti. Adımlarım boşa takılıp, her an yere kapaklanacakmışım gibi zoraki bir şekilde sevdiğim adamın yanına doğru yürürken, onun kalbinden yükselen burukluğun tadını buradan bile alabiliyordum.

Elim usulca onun koluna dokunduğunda kafasını yavaşça kaldırıp omzunun üstünden bana baktı. Yangın mavisi gözlerindeki alevler kordu ve orman kasvetli bir karanlığın ortasında kalmıştı. "İyi misin?" diye sordum usulca ona. Biraz daha yaklaştım ve toprağa inat kahve kokan bedeninin boyunduruğu altına girdim.

"Sen varsan iyiyim, biliyorsun," diye fısıldadı usulca. Ardından gözleri bir kez daha mezarı buldu. "Çok çabuk gelişmedi mi sence de? Ölümü biraz fazla ani oldu."

"Ölüm bu Sıraç..." Burukça gülümsedim. "Ne zaman geleceğini nereden bilebiliriz ki?"

Cevap vermedi.

"Artık gitmemiz gerek," diye fısıldadım usulca. "Burada daha ne kadar durabilirsin ki?"

"Sen arabaya geç," dedi Sıraç sakin bir sesle. "Birazdan geliyorum."

Sıraç'ın dediğini yapıp her ne kadar içime sinmese de onu orada bırakırken siyah başörtüsünü usulca sıyırıp saçlarımı özgür bıraktım. Arabaya doğru yürürken sık ağaçların olduğu yerden yürüyordum ve Sıraç odağımdan çıkmıştı. Gözlerim birçok ruhsuz bedene ev sahipliği yapan mezarın mermer taşındaki yazılara yüzeysel olarak dokunurken kalbimdeki kasvetin iniltisini tüm bedenimde hissediyordum.

Düşüncelerim bir okyanustu ve ben o okyanusta bir şekilde yaşamaya çalışan, yüzme bilmeyen küçük balıktım. Omuzlarıma dökülen taşıması zor okyanus tuzu yüzgeçlerime ağır gelmişti. Derin ve titrek bir nefes alırken gözlerimi usulca kaldırdım ve olduğum yere küflü bir çivi gibi çakıldığımı hissettim.

Uzun ağaçların yapraklarını hareket ettiren rüzgâr saçlarımı uçuştururken Şafak'ı karşımda görmeyi beklemiyordum. Siyah kravatsız takımıyla oldukça resmi bir görüntü çizen Şafak Uzar hemen karşımda dikilmiş, hareket dahi etmeden bana bakıyordu. Kalbim korkuyla kasıldı ve dudaklarım aralanırken Şafak'ın ifadesizliğini koruduğunu gördüm.

Adımlarımı hızlandırmaya çalıştım ama ayaklarımda zaten derman kalmamıştı. Şafak'ın bana doğru bir adım attığını görünce düşüncelerimi toparladım ve yanından geçip gitmek adına cesaretimi toplayarak yürümeye başladım. Şu an Sıraç'ın böyle bir ruh halindeyken Şafak'ı görmesi büyük sıkıntı olacaktı. Henüz ailesinden birini yeni toprağın altına bırakmışken, içindeki öldürme isteğinin tekrar alevlenmesini istemiyordum.

"Küçük?" dedi Şafak sorar gibi. Adımlarım hızlandığı yerden yavaşladı ve boğazım kururken düz bir ifadeyle yüzüne baktım. Koyu renk gözleri beni takip ediyordu. Koyu kumral saçları geriye taranmıştı ve rüzgâr onun bedeninden gelen yakıcı tıraş kolonyası kokusunu burnuma çarpıyordu. Boğulacağımı düşündüm. Onu uzun zamandır görmüyordum ve hiç de hoş anılarımız yoktu.

"Senin ne işin var burada?" diye sordum dehşet içinde. "Sıraç'ı çıldırtmak için mi geldin? Yoksa onun acısını görüp onunla eğlenmek için mi?"

"Sakin ol," derken koyu yeşilleri tuhaf bir ifadeyle beni süzüyordu. Rahatsız olduğumu hissettim ve bakışlarımı ondan kaçırarak etrafı kısacak kolaçan ettim. "Kimsenin acısıyla eğlenmeye falan gelmedim."

"O zaman burada işin ne?"

"Mehmet Ali Karayel'in ölümü hakkında şüphelerim var ve Sıraç'ı görmem gerek." Durdu ve yüzüme baktı. "Sanırım seni hedef alanların kurbanı oldu."

"Ne?" Gözlerim irileşirken bir an gerçekten karnımda o tekmelerin kaybolan izleri sızlar gibi oldu ve bir an iki büklüm olacağımı düşündüm. "Ne diyorsun sen?"

"Sana bunu yapanlar Mehmet Ali Karayel'i yavaş yavaş öldürmüş olabilirler, küçük."

Bir an gerçekten düşeceğimi düşünüp sendelerken Şafak'ın elini bileğimde hissettim ve ani bir panikle bileğimi onun elinden kurtarırken ona atabileceğim en düşmancıl bakışı atarak, "Öyle olsa bile bu seni ne kadar ilgilendiriyor ki?" diye sordum. Şu an beynimde başlattığım bütün açık oturumlar cevapsız kalmıştı aslında. Eğer böyle bir şey gerçekten varsa Sıraç bu kez durmazdı. Belki de durmuyordu. Çok bile sessiz kalmıştı. Uzun zamandır kan dökmediğinden emindim ve bunun böyle sürmesini diliyordum.

"Sıraç seni görecek olursa işte o zaman sen de ölmüş olacaksın," dedim gözlerimi kısıp ona bakarken. "Beni kurtarmış olman sana güveniyor olduğum anlamına gelmez. Buradan gitmeni istiyorum. Şu an seni görmesi... Onun için pek sağlıklı bir şey olmaz. Kocamı tanıyorum." Şafak'ın gözleri kocam kelimesine takılmış gibi yüzüme odaklanırken, "Buradan gitmelisin," dedim keskin bir sesle.

"Bak bu konuyu bir an önce onunla konuşmam gerek. Tehlikede olabilirsin," dedi Şafak net bir şekilde. "Bunu göze alamam, küçük."

"Şafak bu seni ilgilendirmez."

"Kemal Hıncal," dedi Şafak net bir sesle. "O gün seni o hale getiren ve muhtemelen Mehmet Ali Karayel'in iyileşme sürecini yavaşlatıp, onu gizlice zehirleten. Şimdi gidiyorum. Ama Karayel'in bunu öğrenmesi gerek. Tehlikedesiniz."

Sıraç Karayel'den...

"Ben..." Sustum ve rüzgârın yüzümü ısırmasını izin verdim. Gözlerim ifadesizce toprağın üstünde dolaştı. "Şu an kim kazandı, kim kaybetti bilmiyorum. Üzgünüm. Sadece üzgün." Sertçe yutkunduğumda boğazımdaki düğümün büyüdüğünü hissettim. Kurumuş ve hiçbir zaman meyve vermemiş dalını kaybeden ağaç gibiydim şu an. Ne olursa olsun bir parçamı kaybetmiştim. Meyve vermeyen, beni kurutmaya çalışan, hiçbir işe yaramayan ama gölgemin daha ihtişamlı görünmesi için ihtiyacım olan dalımı kaybetmiş ağaç gibi hissediyordum kendimi.

"İki yabancıydık, biliyorum baba. Hiçbir zaman birbirimizi tam olarak tanıyamadık. İşin acı yanı senin hangi takımı tuttuğunu hiçbir zaman bilmedim çünkü maçları evde izlemiyordun. O kadar uzaktık ki... Muhtemelen benim hangi takımı tuttuğumu da sen bilmiyordun." Gülümsedim ama bunu yaparken dişlerim yanaklarıma batmıştı sanki. Acının bedenimde hüküm süreceğini düşünmemiştim hiç. Vurulduğumda bile acıya daha dayanıklı davranmıştım. Şimdiyse dişlerimin getirdiği acı bile içimde yankılanacak kadar büyük gelmişti bana.

"Ama yine de... Yani biliyorsun pek iyi anımız olmasa da... Pardon, hiç olacaktı o." Başımı iki yana sallarken kendi kendime konuşuyor gibi göründüğümden emindim ama şu an ona içimi dökmek zorunda hissediyordum kendimi. "Ben yine de... Bir babam olduğu için kendimi şanslı hissetmiştim. Hiçbir zaman senin ölmeni istemedim. Bana o kemeri savururken bile... Beynime düşmanmış gibi yerleştirmeye çalıştığın küçük kız için dua etmeyi öğrendiğim zamanlar senin için de dua ediyordum. Anneme söylemedim hiç... Bana vuran adam için dua ediyor der, bana küser diye. Aslında demezdi, baba. Biliyorum. Annem yüce gönüllü bir kadındı, o da senin için çok dua etmişti. Biliyordum. Aslında annem seni sevmişti, baba. Tıpkı bizim gibi."

Derin bir nefes alırken, "Sen de bizi sevmiş miydin gerçekten baba?" diye sordum usulca. "Giderken yalan söylemiş olamazsın, değil mi? Senin de bizi sevdiğine inanmaya ihtiyacım var."

Bir süre rüzgârın uğultusu kulaklarımda dolaştı ve sessizce toprağı izledim. Ruhu olmayan bir bedene bir şeyler anlatmaya çalışıyordum. Gözlerimi yummadığım için mi yanıyordu gözlerim, yoksa sebebi başka bir şey miydi bilmiyordum ama yutkunsam acı boğazımı yarıp görünmez kanı toprağa akıtacaktı sanki.

"Seni sevdiğimi inkâr ettikçe kendime... Daha çok sevdim. Hep daha çok. Bu benim sınavımdı. Seni sevdiğim için kendimden daha çok nefret ettim. Seni sevdiğim kadar nefret ettim. Beni anlamadın demeyeceğim. Aslında beni anladın. Beni tanımadığın halde en çok sen anladın... Beni anlamana rağmen... Canımı en çok sen yaktın."

İçimde saklanan çocuk yaralı dizlerini karnına çekmiş yarasına üflerken bir süre sessiz kaldım.

"Bugün bana bir şeyi kanıtladın, baba." Derin bir nefes alırken gözlerimi kıstım. "Ben artık gerçekten yirmi beş yaşındayım."

Gök gürültüsünü duyduğumda gözlerimi yumdum ve nefesimi burnumdan dışarı verirken dizlerimin üstüne çöktüm. "Affettim," dedim toprağına avuçlarımı daldırırken "Affettim baba. Sadece kendi adıma... Ben seni affettim! Affettim baba!" Sesimin yükselmesiyle doğru orantılı olarak bir kez daha gök gürüldedi.

"Affettim baba!"

Ve yağmur başladı.

∞

Saatin tik takları odanın içinde yankılanırken mavi şimşeğin aydınlattığı odanın içinde, yatağın üstünde uzanmıştım. Hemen yanımda yatağın üstünde uyuyan Mavi ve Umut'u izlerken düşüncelerim biraz olsun kıyıya çekilmişti.

Ölümün gerçekliği dolaştığı duvarlarda gölgesini bırakırken yatak odasının kapısı açıldı ve Mayıs elinde dumanı tüten iki kahve fincanıyla odaya girdi. Islak saçları omuzlarına dökülüyordu ve cennet yangını gözleri uykulu, biraz da hüzünlü bakıyordu. Fincanları komodinin üstüne bıraktıktan sonra sessizce yatağın sırtımın dönük olduğu boşluğa yerleşti ve ellerini belime sarıp, yüzünü sırtıma yerleştirerek derin bir nefes aldı.

"Kendini nasıl hissediyorsun?"

Sorusu için düşünecek zamanım olmadığı ve ona kendini iyi hissettirmek için, "İyi," diye mırıldandım ve parmaklarım usulca Mavi'nin seyrek saçlarında dolaştı. "Benim için endişelenmene gerek yok. Sadece... Sılay'a biraz zaman tanımalıyız. Ben iyiyim."

"Sılay'ın iki arkadaşı var şu an yanında," dedi Mayıs bana daha sıkı sarılırken. Cennetin kapılarının aralıklı kaldığı bir zaman diliminde cennetten dışarı sızdığına inandığım kokusu burnuma dolarken, "Ayda ve Başak diye iki kız. Onun iyi olması için bir şeyler yaptıkları kesin."

"Diğerleri?" diye sordum usulca. "Yani Halim, Ankaralı ve Ümran? Onlar gittiler mi?"

"Gittiler. Yarın yine gelecekler."

Sanki şu an yattığım yerde şeffaftım. Yasaklı madde kullandığım zamanlarda hissettiğim şeye biraz yakın bir histi bu. Kafamın içinde başka bir dünya vardı sanki ve ben o dünyanın içinden bu dünyayı izliyordum.

Ruhum benimleydi ama bedenimi hissetmiyordum.

"Kahve yaptım sana," dedi dudaklarını enseme bastırırken. Belimde duran ince parmaklarını nazikçe tuttum ve nefes almayı sürdüren iki minik bedeni izlemeye devam ettim. "İçersen biraz gevşetir seni. Vücudun çok gergin. Masaj yapmamı ister misin? Bak konuşmak istiyors-"

"İyiyim."

"Nasıl davranmam gerektiğini bilmiyorum," dedi kayarak bedenini üste çekip yüzünü boynuma gömerken. Sıcak nefesini boynuma verdi ve ısındığımı hissettim. "Sana nasıl iyi hissettiririm bilmiyorum. Kalbindeki ağırlıkları elimle kaldırmak, seni hafifletmek istiyorum. Ama... Ama ne yapacağımı bilmiyorum."

"Kendini hırpalıyorsun," dedim bedenimi yavaşça ona çevirirken.

Aniden kollarımın arasına girdi ve başını göğsümün üstüne yerleştirirken bana sıkıca sarıldı ve derin bir iç çekerek, "Böyle olsun istemezdim," diye mırıldandı. "Tüm bu yaşadıklarımız... Hiç yaşansın istemezdim. Ama... Eğer yaşanmasaydı belki seni tanıyor olmazdım şu an. Ben tüm bu zorluklara meydan okurken âşık oldum sana. Ya sana âşık olmasaydım? Anlamım kalmazdı hiç. Ben anlamımı seninle buldum. Saklama benden." Burnunu çekti ve gözlerini kaldırıp bana baktı. Cennet yangını gözlerinin içinde muhtaçlık vardı. "Döksene içini bana."

O böyleydi işte. En olmadık yerde acısını bile unutturudu insana. Tek gerçek cennet yangını gözleri olur çıkardı. Mayıs'ın varlığı acıyı söküp almayı iyi biliyordu. Kollarımı ona sıkıca dolarken burnumu alnına yerleştirdim ve saç diplerinden gelen taze kokuyu içime doldurup, "Aslında şu an yalnızca acı hissetmiyorum," dedim sakin bir sesle. "Büyük bir boşluk hissediyorum ve bunun zamanla yok olacağını biliyorum. Sanki içimde bir boşluk var ve acı bu boşluğun içinde çığlık atıyor. Ben gerçekten acıya dayanıklı bir adamım ama..." Gözlerimi yumdum ve ıslıklı bir nefes verdim. "Sadece sarıl Mayıs. Şu an sadece sarılmana ihtiyacım var."

Bana sarıldı. Sanki yara bandıydı da yaramı kapatabilmek için kendini feda ediyordu. Kollarının arasında ona muhtaç olduğumu bir kez daha hatırladım. Minicik bir kadına, küçük bir kız çocuğuna muhtaçtım. Acımı sadece o söküp alabilirdi. Tıpkı kan kokulu ellerimi vişne kokulu elleriyle tutup kanın kokusunu tenimden sıyırdığı gibi geri kalan tüm şeylerden de o kurtarabilirdi beni.

"Sıraç..." diye fısıldadı usulca.

"Söyle."

"Baban seni severek öldü."

"Biliyorum," diye fısıldadım kalbim sıkışmış gibi sızlarken. "Ve aynı zamanda babam sevilerek öldü."

15.GÖZYAŞI

Mayıs Karayel'den...

"*Ölen ölür kalan sağlar bizimdir,*" diye basitçe tamamladığımız şey yalnızca dile kolaydı. Ölenin arkasında kalan hiçbir zaman sağ kalmıyordu aslında. Ve yanındakileri de sağ bırakmıyordu.

Mutfağın penceresi açıktı ve ılık rüzgâr saç diplerimi ısırarak mutfağın içine dolup, duvarlarına çarparak bedenimi ısırıyordu. Elimdeki boş biberin içini içlikle doldururken yüzüm ifadesiz, bakışlarım durgundu. Ümran kucağında Mavi ile mutfağa girdiğinde daldığım düşünceleri sahilin kıyısına iterek derin bir nefes aldım ve Ümran derin, içli nefesime şaşkın bir şekilde bakarken masanın karşısındaki boş sandalyeye yerleşti.

"Her şey yolunda mı canımın içi?" diye sordu Ümran ilgili bir sesle. Usulca başımı sallayarak onu onaylarken parmaklarım hızlı bir şekilde biberlerin içini içlikle doldurmaya ve hemen yanımdaki mavi begonya çiçeklerinden motiflerin olduğu tencerede sıralamaya devam ettim. Diğer tencere boş bir şekilde yanımda duruyordu. Diğer tencereye de Sıraç'ın çok sevdiği kuru patlıcan dolmasından yapacaktım. Keyfi biraz olsun yerine gelmeli, günlerdir gözlerinde göremediğim ışığı görmeliydim. Sılay ondan daha hızlı toplanmıştı ya da yalnızca öyle görünüyordu. Bilmiyordum.

"Sıraç iyi olduğu sürece ben de iyiyim. O kötüyse ben de kötüyüm," diye açık uçlu bir cevap verdim Ümran'a.

Ümran dudaklarını bükerek bana baktıktan sonra gözlerini Mavi'ye çevirdi ve, "Bu hain kadın seninle ilgilenmiyor mu mavi meleğim?" diye sordu tatlı bir ses tonuyla. Belli belirsiz gülümsedim. Ümran, Mavi'yi gerçekten çok seviyor, sık sık ilgileniyordu. Son olaylardan sonra çocuklarıma vakit ayıramaz olmuştum. Tek yaptığım şey onları emzirmek, altlarını değiştirmekti. Tabii bu süre zarfında kafamı kurcalayan birçok olay olduğu için içten bir huzursuzlukta yaşıyordum. Şafak'ın bahsettiği konuyu bir an önce Sıraç'a açmalıydım.

"Halim'i aradın mı?" diye sordum Ümran'a gözlerimi içliğe çevirirken. "Nerede kalmışlar? Beraberler miymiş?"

"Sıraç ağabeyim hastaneye uğramış," dedi Ümran sakince. "Babasının ölümüyle ilgili belgeler falan halledilmiş sanırım, anlamam ben o işlerden."

"Anladım," dedim usulca. "Ümran, sağ ol."

Ümran'a bakmasam da afalladığını hissedebilmiştim. Gözlerimi yavaşça kaldırdım ve gerçekten yorgun göründüğünden emin olduğum bakışlarımı onun sağlıklı yüzünde dolaştırdım. Koyu kahverengi gözleri benden bir cevap bekliyor gibi doğrudan gözlerimin içine bakarken, merak koyu bir kıvamda yüzünün ortasında çiçeklenmişti.

"Neden?"

"Yanımdasın," dedim sakince. "Varlığını hissediyorum. Sizden önce hep yalnızdım ben. Yanımda insanlar vardı ama yalnızdım işte. Bazen kalabalığın içinde bile yalnız kalabiliyor insan."

"Tabii ki yanında olacağım şapşal," dedi Ümran sırıtarak. "Dostuz biz. Öyleyiz, değil mi?"

"Öyleyiz tabii," dedim ve burukça gülümsedim. "Sıraç ne zaman iyi olacak sence?"

"Onu gerçekten çok seviyorsun," dedi Ümran kocaman gülümserken. "Daha önce senin gibi seveni̇ni görmedim ben. Ne şanslı adam ağabeyim... Gerçi sen de çok şanslısın. Ne güzel de seviyorsunuz birbirinizi. Masal gibi..." Derin bir iç çektikten sonra gözleri Mavi'yi buldu. "Yaşadığı şeyler hiç kolay değil, biliyorsun. Bu durum hakkında pek bir fikrim yok. Sen kocanı benden daha iyi tanıyorsun sonuçta. Sancılı bir dönem olur muhtemelen. Çünkü bir nevi babasına küskündü babası öldüğünde. Sonra... Adamakıllı bir aile hayatı da yaşamadılar Sılay ve Sıraç ağabeyim. Onların görüp göreceği tek aile hayatı burada... Senin yanında. Yani o iki enkazı senden başka hiç kimse toparlayamaz."

Ümran haklıydı. Benim şu an onlar için sabırlı, yapıcı ve moral verici olmam gerekiyordu. Ben aile hayatı ne biliyordum, hayatımın en güzel zamanını babamın kollarında, annemin dizlerinde geçirmiştim. Tamam, babamı erken yaşlarda kaybetmiştim ama en azından baba sevgisi ne biliyordum ve ben babamla küslük nedir hiç bilmemiştim. Şu an onların ne hissettiğini pek anlayamasam da yanlarında olmak zorundaydım. Onlara destek olmalı, omuz omuza atlatmalıydık bu sancılı süreci.

"Kuru patlıcan dolmasını seviyor," dedim gülümseyerek. "Bir görsen... Kuru patlıcan dolması bir yana, vişneli yoğurtları bir yana. Çocuk gibi bir adam..." Başımı iki yana salladım. "O benim hayatımda gördüğüm en güçlü çocuk."

"Aslında... Onu değiştiren sensin ama bunu görmüyorsun." Ümran derin bir iç çekti. "Eski Sıraç ağabeyimi de tanıyorum, şu anki gözü senden başka hiçbir şey görmeyen Sıraç ağabeyimi de. İkisi çok farklı kulvarlarda. Ama yine de... Gücü katlanıyor. Mümkünmüş gibi her defasında daha güçlü ayaklanıyor, onunla gurur duyuyor olmalısın."

Bir süre duraksadım. Eski Sıraç Karayel. Karanlığın pençelerini sırtında, ölümü parmak uçlarında taşıyan bir adamdı. Benim için iki kişiyi öldürmüştü. Belki ben yalnızca ikisini biliyordum, belki de benim için bambaşka kanları da akıtmış, bedenin ruhunu sökmüştü çoğu kez. İlk kanı benim için döktüğünü bilmek hâlâ suçlu hissettiriyordu bana kendimi. Beni korumak için kendini feda ettiği o kadar çok konu vardı ki...

O benim kurak toprağımdı ve ben onun altında yaşam süren siyah akreptim.

Ona sığınıyor, onda yaşam buluyordum. Ve o da katıksız bir şefkatle örtüyordu bedenimi, beni tüm tehlikelerden ve dış etkenlerden koruyordu.

Akşama doğru iki dolma tenceresini de kaynatmış, salata ve cacığı yapmıştım. Annem bu halimi görse küçük dilini yutardı, kendimi hiç bu şekilde hayal ettiğim bir dönem olmamıştı benim. Sofrayı kurduktan sonra sürahiyi masaya taşırken dış kapının kilidinin çevrildiğini işittim ve kapı tok bir ses bırakarak açılırken odağıma Halim ile Sıraç girdi. Sıraç durgun görünüyordu. Ümran ve Sılay üst kattan aşağı inerlerken Sılay merdivenin tırabzanlarına tutundu ve duraksayıp ağabeyine baktı. Bakışları birbirleriyle buluştuğunda kalbimin sızladığını hissettim ve bu bakışmanın bir an önce sonlanması gerektiğini düşünerek, "Hadi bakalım, yemek hazır," dedim neşeli tutmaya çalıştığım ama hissettiklerini ele veren beceriksiz sesimle. Sıraç'ın yangın mavisi gözleri beni yakalarken bir an duraksadım ama yüzüme buruk bir tebessüm eklemeyi başardım. O da bana buruk bir tebessümle karşılık vermişti ama bunu yalnızca benim görebildiğimden emindim.

Kocam insanlara nasıl gülümsediğini göstermemekte ısrarcıydı.

"Karın senin için kuru patlıcan dolması yaptı Sıraç ağabey," dedi Ümran gülümseyerek. "Döktürdü vallahi."

Sıraç yanıma yürürken nefesimi tuttum ve yüzümdeki tebessümü silmemeye çalıştım. Beni kolunun altına çektikten sonra, "Hamarat güzelim benim," diye fısıldadı saç diplerime doğru. Ellerim güçsüzce onun ince beline tutunup ona sarıldıktan sonra, "Hoş geldin," diye fısıldadım. "Seni çok özledim."

"Ben de seni çok özledim," diye fısıldadı tekrardan. Dudaklarını saçlarımdan çektikten sonra, "Bir elimi yüzümü yıkayayım oturalım sofraya," dedi ve benden ayrılırken yanağıma küçük bir buse kondurdu. Aynı şekilde Sılay'ı da öptü.

Akşam yemeğini yerken herkes sessizdi. Halim, Ümran ve Melek yemekte bize katılmışlardı ve yemekten sonra hep birlikte çay içmiştik. Tabii bir de tüm bu yaşananlara rağmen Melek'in, Temmuz'un kucağından inmemesi bizi güldürmüştü.

Sırtımı Sıraç'ın göğsüne yaslarken kollarımı göğsümün üstünde topladım ve onun sıcak nefesi saç diplerimi okşarken, "Temmuzcuğum sen saçlayını mı kestiydin?" diye sordu Melek ve parmaklarını Temmuz'un saçlarının arasına daldırarak yavaşça okşadı. "Olsun böyle de çok havalı olmuşsun."

"Kız düzgün konuşsana Temmuz ağabeyinle!" diye çemkirdi Ümran kaşlarını çatarak. "Öğretemedim ben sana terbiyeyi!"

"Aa, ne ağabeyi be? Damadın olacak o senin, damadın," dedi Melek bilmiş bilmiş. "Bakma sen şu kaynanana, Temmuzcuğum. Kız annesi işte."

"Senin bu kızla başın belada, tirrek," dedi Sıraç pek de neşeli olmayan durgun bir sesle. "Bizim bamyaya taktı bu kafayı."

Halim kaşlarını çatarken Temmuz'a kötü kötü baktı. "Senin de kızın var, kardeşim," dedi gözlerini Temmuz'dan çekmeden. "Seni de göreceğiz ileride."

Canım kızım... Nasıl da üzülüyordum onun için...

∞

"Sana masaj yapmamı ister misin?" diye sordum Sıraç siyah havluyla saçlarını kurularken. Belinde onu çıplaklıktan koruyan siyah bir havlu vardı ve üstü çıplaktı. Aynı havlunun bir eşiyle ıslak saçlarını kuruluyordu ve dövmesinin üstünden aşağıya sicimle inen su damlacıkları kocamın güzelliğini gözlerimin iştahına sunuyordu.

"Bu bir sevişme teklifi mi?" diye sordu Sıraç yarım ağız gülümserken. Yüzümü buruşturduğumda yatağın diğer ucuna oturarak saçlarını kurulamaya devam ederken yan gözle bana serseri bir bakış attı. Bu bakış tüm mantığımın erimesine neden olurken, "Seni yormayı sevmiyorum. Masaja ihtiyacım falan yok yani," dedi net bir sesle.

"Hiç de yorulmam aslında," dedim hevesli bir şekilde yataktan doğrularak. "Hadi yat önüme. Minik kadınının parmakları iyi gelir hem sana. Şifa ben de bir kere." Kıkırdadım. Amacım keyfini biraz olsun yerine getirebilmekti.

Sıraç belindeki havluyla yatağa yüz üstü uzandıktan sonra, "Göster bakalım maharetlerini," dedi dalga geçer gibi. "Bakalım gevşetebilecek mi o güzel parmaklar beni?"

Ona ulaşabilmenin verdiği sevinçle genişçe gülümserken ata biner gibi sırtına oturduğumda bir an kasıldı ama hemen ardından rahat bir pozisyona geçerek kendini parmaklarıma bıraktı. Üstümde buz mavisi askılı saten bir gecelik vardı ve saçlarım ıslaktı. Parmaklarım usulca onun ıslak ve nemli sırtına dokunduğunda dudaklarından memnuniyet dolu bir inilti yükseldi. "Sana dedim," diye fısıldadım yavaşça. "Benim parmaklarımda senin şifan. Şimdi sana iyi geleceğim." Gelecek miydim sahiden?

Sıraç güler gibi bir ses çıkardı ama daha çok memnuniyetini belli etmişti sanki. "Senden gelen ölüm bile şifadır," dedi yavaşça. "Ama dokunuşlarının sihirli olduğunu söylemeden edemeyeceğim."

Sıraç'ın ince bel kemiğini yavaşça ovarken çıplak bacaklarım onun çıplak tenine temas ediyor, bacaklarımın içi terliyordu. Bu nemin onun da beline bulaştığını biliyordum. Kendimi tamamen işime vererek kocamın belini ovmaya devam ettim. Oda çok karanlık değildi çünkü abajurlardan bir tanesi yanıyordu ve dışarıdaki mavi tonlarındaki ışık uzun sütunlar halinde yatak odasına doluyordu. Mavi ve Umut'un derin bir uykuda oldukları ise seslerinin çıkmamasından belliydi.

"Sıraç..." diye mırıldandım masaj yapmaya devam ederken. Etinde yumuşak hiçbir doku yoktu. Adam resmen kastan ibaretti ve gerçekten dokunduğum her yerde onun gücünü hissediyordum. Derisinden yükselen inanılmaz güç, parmak uçlarımda dolaşıyordu şu an.

"Efendim," dedi uykulu bir sesle. Nihayet istediğim olmuş, dokunuşlarım onu gevşetmeye başlamıştı.

"Daha iyi misin?"

Cevabı çok önemliydi. Doğru söyleyip söylemediğini kullandığı ses tonundan anlardım. Eğer biraz olsun iyiyse ona bu konuyu açmak, ondan hiçbir şey saklamamak istiyordum. Şafak'ın söyledikleri kafamı kurcalamış, beni düşünmeye zorlamıştı. Bir şeyi biriyle paylaştığında kolaydı ama o şeyi tek başına omuzladığında işler sandığın gibi gitmiyor, ağırlık yalnızca omuzlarına değil ruhuna da biniyordu.

"Sen yanımdayken iyiyim," diye mırıldandı. "Sen yanımda değilken de varlığını düşünerek iyi oluyorum. Kafanı yorma bunlara. Babasını kaybeden tek insan ben değilim," dedi net bir şekilde. "Benden çok sen hırpalandın. Daha fazla düşünmeni istemiyorum."

"Nasıl düşünmem?" diye sordum ve parmaklarım usulca ensesine tırmandı. Bedenimi öne doğru eğdikten sonra nefesimi ensesine vererek yavaşça boynunu ovaladım. "Çok durgunsun son günlerde. Biliyorum, senden bir anda toparlanmanı istemem büyük bencillik olacak ama..."

Sıraç bir anda önüne döndüğünde düşeceğimi düşünerek yatak başlığına tutundum. Beni karnına otururken belimi sıkıca kavradı ve kalbim ani bir kasılmayla hızlanırken, "Beni senden başkası toparlayamaz," dedi doğrudan gözlerimin içine bakarak. Yangın mavisi gözleri alev alevdi. Yemyeşil bir ormanı saran mavi alevler... Onun gözlerinde gördüğüm buydu ve ben buna hayrandım.

"Seni toparlamak istiyorum," diye fısıldadım.

"Toparla," diye fısıldadı tıpkı benim gibi. Gözlerini gözlerimden çekmemişti. Gözlerim dolgun dudaklarına düşerken şu an belki de hiç düşünmemem gereken şeyleri düşünüyordum ama ona karşı o kadar savunmasızdım ki... Bedenim her an, her saniye, onun ufacık bir hareketiyle ona karşı iştahlanıyordu.

"Şu an böyle bir şey yapabilecek havada değilsin," dedim açıkça. "Sana başka yollarla da iyi gelebilirim bence. Mesela sabaha kadar dinlerim seni. Anlat bana. Biliyorsun, seni dinlemeyi seviyorum."

"Biliyorum yangınım," dedi Sıraç ve eli sıkıca belimi sarıp beni kendine çekti. Bedenim, bedenini üstüne devrilirken hiç yadırgamadan doğrudan ona sarıldım ve bu rahatsız edici pozisyonun bacaklarımı ağrıtmasına aldırmadan başımı onun boynuna gömdüm. Çıplak teni sabun ve çıldırtıcı derecede muazzam bir şekilde kahve kokuyordu.

Düşünceler kanlı parmaklarını kelimelerimin arasında gezdirirken, mantığım bir an evvel her şeyi Sıraç'a anlatma taraftarıydı. Kalbim ise ona zaman tanımam gerektiğini, pattadak bu tür bir şeyi ona söylemem gerektiğini söylüyordu. Yine de son olanlardan sonra ondan hiçbir şey saklamamam gerektiğini söyleyen tarafım ağır basmış, kalbimin sözünü dinlememekte ayak direterek düşüncelerime hükmetmişti.

"Sıraç benim sana bir şey söylemem gerek aslında," diye fısıldadım boynuna doğru. Çıplak göğsü derin bir nefesi ciğerlerine depolayıp, nefesinin göğsünde yarattığı kavisle beni yukarı taşırken kalbi hemen sağ göğsümdeki boşlukta çarpıyordu ve o kadar güzeldi ki...

"Seni dinliyorum minik şeytan," diye fısıldadı kulağıma doğru. En azından bu bana biraz güç vermiş olacak ki parmaklarım onun ince belini yakaladı ve ona biraz daha yaklaştıktan sonra burnumu boynuna sürttüm. Pürüzsüz boynundaki tek çıkıntı âdem elmasının çıkıntısıydı ve âdem elmasının tatlı kavisi dişlerimi üstüne geçirmem için beni zorluyordu resmen.

"Bak kızmak yok ama."

"Yine ne yumurtlayacak o güzel ağzın?" diye sorduktan sonra ellerini belime doladı ve nefesimi kesecek kadar derin bir şekilde sarıldı bana.

"Kızmayacaksan söylerim," diye tehdit ettim onu. "Kızacaksan söylemem."

"Söylemezsen daha çok kızarım," diye tehdidime tehditle karşılık verdiğinde bir an gerçekten onu ne kadar çok sevdiğimi dağa, taşa, bayıra haykırasım geldi.

"Büyük ihtimalle duyunca kuduracaksın ama..."

"Sen kucağımdasın ve ben çoktan kudurdum," dedi serseri bir sesle. "Daha ne kadar kudurabilirim merak ediyorum doğrusu."

Yüzümü boynundan çıkarırken, gözlerini kaldırarak bana baktı. Şu an o kadar güzel görünüyordu ki... Yangın mavisi gözleri loş ışığa rağmen ışıl ışıl ve canlıydı. Uzun kirpikleri göz çukurlarında dev gölgeler oluşturmuştu ve dolgun üst dudağı, alt dudağının üstünde duruyordu. Çenesindeki minik çukuru öptükten sonra, "Cenaze günü..." dedim ve duraksayıp alt dudağımı ısırarak ona baktım. Kaşları beklentiyle havalanırken söyleyeceklerimin devamını merak ediyormuş gibi görünüyordu. "Ben cenaze günü Şafak'ı gördüm. Mezarlıktaydı."

Sıraç'ın dudakları düz bir çizgi şeklinde gerilirken yüzündeki ifade dondu. Yangın mavisi gözlerinin içinden, Şafak'ın adı geçtiği anda ecelin çığlıkları yükselmeye başlamıştı. Bir insan, bir insandan nasıl olurdu da bu kadar nefret edebilirdi? Ediyordu işte. Sıraç Karayel'in nefreti korkunçtu. Belki de bu nefret bile değildi. Çünkü Sıraç Karayel için nefret çok güçlü ve derin bir duyguydu.

"Sana yaklaştı mı?" diye sordu birkaç dakika süren ama bana asırlarmış gibi gelen sessizliğin sonunda. Burnumu çenesine sürttükten sonra, "Bana yaklaşmasına izin vermedim," diye fısıldadım. "Hem amacı bana yaklaşmak falan da değildi zaten."

"Acımı seyretmeye gelmiştir. Yine de nasıl böyle bir şeye cüret edebilir? Ne sanıyordu? Onu görseydim sağ kalabileceğini falan mı?" Kaşlarını çattı ama sesi sakindi. Bu beni şaşırtmıştı. Şu an bana bile kızar diye düşünmüştüm oysa. "Onunla konuştun mu?"

"Ona neden orada olduğunu sordum," dedim çenesine burnumu sürtmeye devam ederken. "Bana seninle konuşması gereken şeyler olduğunu söyledi."

"Ölmek istiyor," dedi Sıraç dişlerinin arasından. Gözlerini yumdu ve bir süre sessiz kaldı. "Hemen yanıma dönmeli ve onun orada olduğunu söylemeliydin bana."

"Acın çok tazeydi," dedim çaresizce. "Bir delilik yapabilirdin. Onu orada görseydin muhtemelen geri dönüşü olmayan şeyler yapardın. Belki de pişman olurdun. Bunu göze alamazdım Sıraç."

Sıraç bir süre sessiz kaldı. Şu an gördüğüm kadarıyla kendini sakinleştirmeye çalışıyordu. Ah, son yaşanılanlardan sonra üstüme gelmeme kararı aldığı her halinden belliydi. Beni incitmek istemediği için öfkesini içinde yaşıyordu şu an. Kısa bir sessizliğin içine sığdırdığım kanlı kelimeleri sırtıma geçirdikten sonra harflerin dilime akmasını bekledim ve derin bir nefes alarak Sıraç'ın yangın mavisi gözlerini açmasını bekledim. Gözlerini açtığında yangının en mavi tonunun içinde yaşadığı öfkenin gölgeleri uzamış, gölgeler kararmıştı.

"Sana söylemesi gereken bir şeyi bana söyledi," dedim duraksamadan. Gözlerini kısarken ne demek istediğimi idrak etmeye çalıştığı her halinden belliydi. "Bakmasana öyle," diye mırıldandım çaresizce. "Şu an seninle bunları konuşuyor olmak yeterince zor benim için... Öyle dikme gözlerini bana. Aramızda sır olmasını istemeyen sensin."

"Devam et," dedi sakin bir sesle. Sesi her ne kadar sakin çıkmış olsa da gerilen çenesi her şeyi apaçık sunmuştu önüme. Bir süre sessiz kaldım ve onu izledim. Bu bir nevi kendime zaman kazandırma yöntemimdi. Duyacakları onu öfkelendirebilirdi. Henüz biraz olsun toparlanmayan moraline bir tekme daha indirecek olan ihtimallerin gerçek olmamasını dileyerek, "Kemal Hıncal kim?" diye sordum ona. Cevabı biliyordum aslında. Şafak bana bunun cevabını açıkça vermişti.

Bir an Sıraç'ın gözlerinin içinden simsiyah bir kartalın yırtıcı pençelerini uzatacağını ve yüzümü parçalara ayıracağını sandım. Yüzü öyle bir ifadeyle çarpıldı ki, kalbim korkudan kapakçıklarının ardına saklanmış, nefesini tutmuştu. Kendimi geri çekmeye çalıştım ama Sıraç bana sarıldığı için bu pek de mümkün değildi. Ama şu an o kadar ürkütücü bakıyordu ki, bedenim ruhumun düştüğü korku çemberinden sıyrılmak ister gibi benden bilinçsiz geri çekmeye çalışmıştı kendini.

"Sıraç," dedim dehşet içinde. Bana daha sıkı sarıldı ve korkunç bir ifade beliren yüzünü görmemi engellemek ister gibi yüzümü boynuna gömdü. Boynunda titrek bir nefes alırken yoğun kahve aromalı kokusu ciğerlerime dolmuş, içime sabitlenmişti.

"Sana ne söyledi?" diye sordu bir kez daha. "Kemal Hıncal konusunda sana bir şey söyledi mi?"

"Onun beni döven adam olduğunu bili-"

"Sus!" diye bağırırken bana daha sıkı sarıldı. "Kurma o cümleyi. Öldürmek istiyorum o orospu çocuğunu. Adam deme ona. Onu yavaş yavaş, can çekişmesini izleyerek öldüreceğim. Sana dokunduğu için onu kan kusturarak öldüreceğim."

Karnıma yediğim tekmeler tüm tazeliğiyle silindiği derimi sızlatırken Sıraç'ın kollarında küçücük kaldığımı hissettim. Zihnim o kadar kalleşti ki, o görüntüleri gözümün perdesine sürmüş, beni tekrar akıl almaz bir dehşetin içerisine sürüklemişti.

"Şu an söz konusu ben değilim," dedim görüntüleri kafamdan atmak için gözlerimi yumarken. Ama ne mümkündü? Göz kapaklarımda tekrar tekrar dönüyordu aynı görüntüler. O adamın kahverengi gözleri... Bedenime yaşattığı o tarifi imkânsız acı ve bana sarf ettiği, insanın duymamak için sağır olmayı dileyeceği iğrenç cümleler...

"Mayıs, o pezevenk sana ne dedi bilmiyorum ama ben ger..."

"Şafak, babanı o adamın yavaş yavaş öldürdüğünü düşünüyor."

"Ne?" döküldü dudaklarından. Yüzümü boynundan çıkarmadan, "Şafak, babanı Kemal Hıncal'ın yavaş yavaş öldürdüğünü düşünüyor," dedim. Acı çekiyordum ve bu sesime de bulaşmıştı. Acı sesime tırnaklarını geçirmiş, Sıraç'ın beynine ulaşmaya çalışıyordu.

Bir süre aynı pozisyonda kaldık. Ne o konuştu ne de ben. Ona sığındım ve onun da bana sığındığını hissettim. Bu kesinlikle acı verici, bir o kadar da besleyiciydi. Dudaklarına intikamın kilidini vurmuş gibi susarken, beyninde neler dönüyordu bilmiyordum ama kalbim yine huzursuzdu.

Kanında kaynayan öfkenin fokurtusunu duyabiliyordum.

Sıraç Karayel'den...

Bir insanı birçok şekilde öldürebilirdin. Tek bir kurşunla kafasını hedef alarak, ucu paslı bir bıçakla kalbini hedef alarak, kafasından aşağı benzin boşaltıp yanan çakmağı üstüne atarak, ona zehri yedirip önünde ağzı köpüklenip boğulur gibi hırlatıp can çekiştirerek ya da... Yavaş yavaş, fark ettirmeden. Yaşadığını düşündürüp, içten içe öldürerek.

Sinsice.

Parmaklarım Mavi'nin seyrek saçlarında dolaşırken ölümle ilgili olan bütün düşünceleri kapının arkasında bırakmam gerektiğini düşündüm. Bu evdeyken, ailemle birlikteyken bu tür şeyleri değil düşünmek, hatırlamamam gerekiyordu. Şafak denen orospu çocuğunun Mayıs'a söylediklerini düşününce... Siktir, uzun zamandır kanın metalik kokusunu solumuyor, kızıl renginin bedenden dökülüşünü izlemiyordum. Kaşlarımı çatarak kızımın saçlarını okşamaya devam ettim. Parlak iri ve mavi gözlerini kaldırıp bana bakarken gerçekten annesine benzediğini düşünmüştüm.

Mayıs'ın küçüklüğüne benziyordu.

Peki Umut? O kime benziyordu? Gözlerim onu odağına alırken kanlı düşüncelerden kurtulabilmiş sayılmazdım. Yine de kendimi onların güzelliğine adayarak bu kez oğlumu izlemeye başladım. Oğlum... Biraz tuhaf bir kelimeydi ama sanırım buna alışmaya başlamıştım. Yeşilin ve mavinin ortasında kalmış tuhaf bir göz rengi vardı. Mayıs'ın gözleri katıksız maviydi, yani Mayıs'a benzemiyordu. Bir bebeğe göre oldukça keskin bir yüz ifadesi vardı ve bu ileride gerçekten güzel bir yüze sahip olacağının yazılı bir metni gibiydi.

Tuhaf renkteki gözleriyle bana bakarken usulca esnedi. Bu çocuk uykuya doymuyordu gerçekten.

"İşin gücün uyku, değil mi? Ye, iç, bezi doldur, uyu. Oh ne âlâ memleket," diye söylendim ona bakarken. Dudakları küçük bir o şeklini aldı ve gözlerini belerterek ellerini havaya kaldırdı. Bazen böyle heyecanlı hareketler yapıyordu ve ne yalan söyleyeyim o zamanlarda onun pembe parmaklarına dişlerimi geçirmek istiyordum.

"Sevimli it," diye mırıldanırken diğer elimi onun parmaklarının arasına bıraktım ve Umut ona göre büyük, bana göre kuş tüyü kadar hafif olan bir güç uygulayarak parmaklarımı sıktı ve gözlerimin içine baktı. Bebekler benimle göz teması kurmayı seviyordu. Ne yalan söyleyeyim, benim de bundan rahatsız olduğum yoktu.

Acaba babam hiç beşiğimin önünde durup beni sevmiş, ya da en azından beni izlemiş miydi? Bu soru içimde siyah bir gül gibi açarken, zehirli dikenlerini organlarıma batırmıştı.

"Çok güzelsiniz," diye mırıldandı Mayıs bir anda. Onun varlığını fark edince parmağımı Umut'un avucundan kurtarmaya çalıştım ama velet o kadar sıkı tutuyordu ki, kurtarmak pek de mümkün değildi.

Ben bir babanın tadını almadan, baba olmuştum.

"Baba olmak sana çok yakışıyor Karayel," diye fısıldadı Mayıs ve narin kollarını belime sarıp, parmak uçlarında yükselerek çenesini omzuma koydu ve beşiğin içindeki mucizelere baktı. "Ve onlar için daha sakin bir adam olmayı öğrendin, sanırım."

Kaşlarım çatıldı ama cevap vermedim. Benim sakin bir adam olmayı öğrendiğim falan yoktu aslında. Ben çocuklarımın ve karımın hayatını tehlikeye atmamak için her şeyi yavaş ve sinsi bir şekilde ilerletiyordum. Bu ilerleme süresinde yanımda Ankaralıdan başkası yoktu. Olmayacaktı da. Halim'i bu işe alet edemezdim. Onun da bir kızı vardı ve karısını seviyordu. Belki Ankaralıyı da alet etmemem gerekirdi çünkü köstebek kız kardeşinin ondan başka hiç kimsesi yoktu ama Ankaralı beni dinlemiyordu. Her şeyi bildiği için peşime takılmasına engel olamıyordum.

"Sessiz kalmak senin için çok zor, biliyorum," dedi Mayıs usulca. "Ama bunu bizim için yaptığını unutma, olur mu? Biz bir aileyiz artık Sıraç."

Asıl sessiz kalırsam işlerin sarpa saracağını biliyor muydu? Şu an nasıl bir oyunun içinde olduğumuzu bilmediğim gibi, yaklaşan tehlikenin ne taraftan geldiğini de kestiremiyordum.

"Biz bir aileyiz," diye fısıldadım Mayıs'ı onaylayarak. Sonra içimden tekrar ettim. *Biz bir aileyiz ve benim aileme zarar vermeye çalışan herkes ölmeli.*

Mayıs memnun kalmış bir şekilde bana daha sıkı sarılırken aklımdan geçenleri fark etmediği için memnundum. Benim küçük kadınım beni o kadar iyi tanıyordu ki, attığım adımdan ne yapacağımı kestirebilir olmuştu. Bu yüzden artık daha dikkatli olmalıydım. Sırlar olmayacaktı, evet. Yani ondan bir şey saklamayacaktım. Zaten onu yeterince hırpalamış, bir şeyler sakladığına pişman etmiştim. Şimdi yeni sırları bu kez ben önümüze sürecek olursam derin yaralar alırdık.

Sadece şimdilik sessiz kalmalıydım ve Mayıs'ı huzursuz etmemeliydim. Benim küçük kadınım henüz gerçekten küçüktü. Ne olursa olsun onu daha fazla hırpalayamaz, bu saçmalıkların içine çekemezdim. Şimdi oturmalı ve kanatlarımın altında güvende hissetmeliydi.

Yaz getirdiği kalbimde, bedenimin gölgesine sığınarak yaşayabilirdi.

"Baksana," diye fısıldadı usulca. Omzumun üstünden ona bakarken dudaklarını aniden boynumdan yukarı sürtüp, dudaklarıma taşıdı ve dudaklarımız birleşirken bütün düşünceler kuş olup bedenimi terk etti.

Dudaklarından yaşamı yudumladığım kadının ıslak ve sıcak ağzında kaybolurken şu an bizi izleyen iki ajanın ne yaptığımızdan bihaber olması pek de umurumda değildi aslında. Dilim usulca onun küçük ağzını araladı ve pürüzsüz dişlerinde dolandı. Nefesi süt kokuyordu ve bu kokuyu ağzımın içine verirken beni her defasında kendine hayran bırakıyordu.

Ona tapıyordum.

Parmakları çıplak omuzlarıma tutundu ve bedenimi ona çevirirken kollarımın arasına girdi. Dudaklarıyla dudaklarımı aralayıp, tüm düşüncelerime sızarken o kadar dolmuştum ki, tüm düşüncelerimi dudaklarına park edip, onun tadını almıştım.

Mavi, uzun kanatlı bir kelebeğin içimde kanat çırptığını hissettiğimde adımlarımızı yatağa çevirdim ve Mayıs geri adımlar atarak yatağa giderken dudaklarımız ayrılmamıştı. Dizlerinin arka tarafı yatağın ucuna değdiğinde gülümseyerek dudaklarını dudaklarımdan ayırdı ve baştan çıkarıcı bir ifadeyle gözlerimin içine baktı.

"Şimdi mi?" diye fısıldadı gözlerini gözlerimden çekmeden. "Emin misin?"

"Hiç bu kadar emin olmamıştım," dedim ağzına doğru nefesimi vererek. Gözlerini yumdu ve alt dudağını ısırırken belli belirsiz gülümsedi. Onun teninde kendimi tazeleyip, bedenimle ona tapınmak istiyordum.

Birlikte yatağa devrilirken derin bir nefes aldım ve Mayıs altımda savunmasız bir şekilde gözlerimin içine bakarken, "Sana tapıyorum," diye fısıldadım. "Sana tapıyorum ve her şey yoluna girecek. Yemin ederim."

"Biliyorum," diye fısıldadı ve elleri enseme tutundu. "Sen yanımdayken hiçbir şeyden korkmuyorum."

"Korkmamalısın," diye fısıldadım ve gözlerim dolgun dudaklarına düştü. Dudakları tüm iştahımı kabartırken içimden defalarca kez onu ve ailemi koruyacağıma dair yeminler ederek, ant içtim. O benim kadınımdı ve bu saatten sonra onun kılına zarar gelirse bu kez gerçekten İzmir'i tutuştururdum.

"Korkmuyorum," dedi bir kez daha ve yavaşça doğrulmaya çalıştı. Dudaklarıma ulaşmaya çalıştığını fark edince dudaklarım şefkatli bir kavisle yukarı kıvrıldı.

Bu minik kadın benim dilimden iyi anlıyordu.

"İşte benim kadınım," derken dudaklarım dudaklarına sürtmüştü. "Korkusuz minik ve tapılası."

"Sıraç," dedi Mayıs dağılmış bir sesle. "Tenine karışmak istiyorum."

"Kanıma karıştın, haberin yok."

Cennet yangını gözleri parlarken dudaklarımı pembe uçurumlarının üstüne kapattım ve tıpkı bir benzin istasyonunun alev alması gibi tutuşurken ruhum onun ruhuna tutundu. İçimdeki acıyı sökmek, beni acılarımdan kurtarmak istercesine benimle bir bütün olurken, ilk kez bu kadar hoyrat, ilk kez bu kadar kendimiz gibiydik.

Mayıs Karayel teninden akan terle, tenimdeki kuraklığa şifa olmuştu.

"Durma," diye fısıldadı kulağıma doğru. "Tüm acıların teninden ter olarak dökülsün, Karayel. Durma. Seni istiyorum."

"Artık istesen de duramam, Bayan Karayel," diye fısıldarken ikimiz de çoktan nefes nefese kalmıştık.

Mayıs'ın saten geceliğini yukarı sıyırırken bir an durmak ve yalnızca ona sarılmak istedim ama içimdeki ilkel isteği de bir türlü bastıramıyordum. Ona sahip olurken ve tenine karışırken düşündüğüm tek şey içimde büyüyen intikam isteği ve dökeceğim kanın bedenden akışını izlerken yakacağım sigaranın boğuk dumanının gökyüzüne çizeceği şekilleri görmekti.

Sılay Karayel'den...

Babasıyla hiç fotoğrafı olmayan küçük kız çocukları. Acıyı onlara sormalıydınız, iyi bilirlerdi.

Genelde sen karanlığa düşmezdin, seni karanlığa iterlerdi. Gözlerimi yumarak düşüncelerimin önüne geçmek için çabaladım ama sonuç başarısızdı. Babamın gözlerinin kapanışı, söylediği son sözler aklımdan çıkmıyordu. Üstüme dökülen ölü toprağı sanki babamın bedenini değil de, benim bedenimi örtmüştü.

Kaç gündür o toprağın altındaydı? Kaç gündür böyle hissediyordum? Ağabeyim iyi miydi? Değildi. Ben iyi miydim? Bilmiyordum. Bildiğim tek şey sol göğsümde büyüyen boşluk ve boşluğun içinde çığlık atan, çıldırtıcı bir ağrıydı. Derin bir nefes alarak okuduğum ama bir türlü kendimi veremediğim kitabın kapağını kapattım ve komodinin üstüne bıraktım. Ayda ve Başak ayakucumda kitaplarını okuyorlardı.

"Geçenlerde kapıda beni korkutan sığırın adı neydi ya?" diye sordu bir anda Başak kafasını kitaptan kaldırarak. Ayda gözlerini bayarak mavi şalını omzunun üstüne attı ve "Sen bu çocuğu cidden beğendin, değil mi?" diye sordu açıkça. Halaymen kaşlarını kaldırarak Başak'a baktı. Duydukları pek hoşuna gitmemişti çünkü.

Ayda okul dışında saçlarını örtmeyi tercih ederdi ama ne yalan söyleyeyim ona o kadar çok yakışırdı ki, bazen benim bile iştahım kabarırdı. Acaba bana yakışır mıydı? "Hiç de beğenmedim," dedi Başak bilmiş bilmiş. "Merak ettim yalnızca."

"Anlat anlat bitiremedi çocuğu," dedi Ayda gözlerini bayarak. "Bence kitabına odaklan Başak. Sıkıldım ben bu çocuğu dinlemekten."

"Ay iyi be," dedi Başak ve gözlerini kitaba çevirdi. Ama bir yanının hâlâ Savaş'ın adını öğrenmek için çırpındığından emindim. Yanımda oldukları için bir nevi şanslıydım aslında. Dudaklarımı birbirine bastırıp onları izlerken komodinin üstündeki telefonum titredi.

Kimden: Marulların Efendisi
Bahçeye çıkabilir misin? (21.04)

Kaşlarım çatılırken Osman ağabey kafasını kaldırıp yüzüme baktı. Yaşlı gözlerini kırpıştırırken şakaklarını ovalamıştı.

Kime: Marulların Efendisi
Anlamadım? Ne yapacağım bahçede? (21.06)

Kimden: Marulların Efendisi
Arka bahçeye gel. Seni bekliyorum. (21.07)

Gözlerim kısaca kızlara dokunurken Ayda gözlerini kitaptan kaldırıp bana baktı. "Sorun ne?" diye sordu kaşlarını çatarak.

"Hiç," dedim bitkin bir sesle. "Ben bir mutfağa ineceğim. Bir şey istiyor musunuz?"

"Kanka sana zahmet bana limonata şey etsene," dedi Başak ve Ayda gözlerini kısıp Başak'a çimdik attı.

"İstemiyoruz bir şey, bir tanem. Sen bak keyfine," dedi Ayda. Başak ile birbirlerini pek severlerdi ama anlaşabildiklerini söylemek pek de mümkün değildi. Ayda daha olgun, Başak daha çılgındı.

"Tamam o zaman," dedim kalkarken. Bir an başım dönse de hemen toparlamış, ayaklanmıştım. Kot şortumun üstündeki askılı tişört beni üşütebilirdi. Gardıroptan ince bir ceket aldıktan sonra ceketi omuzlarıma attım ve cep telefonumu kot şortumun ön cebine sıkıştırıp odadan çıktım. Koridor boştu ama ağabeyim ve Mayıs'ın salonda olduklarından emindim. Merdivenleri inerken ağabeyim ve Mayıs'ın salondaki geniş kanepede oturduklarını gördüm. Mayıs düşünceli bir şekilde televizyon izlerken, ağabeyim Mayıs'ın saçlarını okşuyordu. Çok kısa bir an için onlara imrensem de bakışlarımla onları rahatsız etmeden sessizce merdivenleri indim. Ağabeyim omzunun üstünden merdivenlere doğru bakarken onunla ikinci kez göz göze gelmek kalbimi ağrıtmıştı.

Gözlerinde kederin ayak izlerini görmeye tahammül edemiyordum.

"Nereye?" diye sordu ağabeyim kısık bir sesle. Mayıs da omzunun üstünden bana baktı ve beni görünce gülümsemeye çalıştı. Olmuyordu. İkisinin de gözlerinde keder vardı ve bunu benden saklayamıyorlardı.

"Hava alacağım biraz," dedim gülümseyerek.

"Arkadaşların yukarıda, değil mi?" diye sordu Mayıs doğrulurken. "Size bir şeyler hazırlamamı ister misin?"

"Yukarıdalar ama bir şey hazırlamana gerek yok Mayıs," dedim sevecen bir sesle. Osman ağabey halay mendilinin ucundaki oyalarla oynarken şu an kimseyle uğraşacak halde hissetmiyordu kendini. "Ben de biraz hava alıp, yukarı çıkacağım zaten."

"Tamam," dedi Mayıs yavaşça. "Dikkatli ol, olur mu?"

Başımı hızla sallarken ağabeyime baktım. O da, "Dikkatli ol. Çok durma dışarıda," dedi düz bir sesle. Düz tutmaya çalıştığı senin arkasına sakladığı şeyleri düşününce bir an gerçekten gözlerimin yandığını hissettim ve gözlerimi ondan kaçırırken, "Tamam," dedim sakince.

Dış kapıyı açıp kendimi bahçeye atarken, çimenlerin etrafında dönerek çimenleri ıslatan fıskiyeye takıldı gözüm. Derin bir nefes alarak kapıyı kapattım ve ağustos böceklerinin ağaçlarda çıkardığı sesleri dinleyerek arka bahçeye doğru yürümeye başladım. Terliklerimin çimenlerde çıkardığı sesler bile fazla geliyordu şu an kulağıma. Bu kadar mı yorgundum sahiden?

Gözlerim odağıma sebzeler âleminin en yakışıklı marulunu alırken bir an duraksayacağımı sandım. Temmuz çimlerin üstüne kareli, hoş görünen yeşil ve kırmızının ağırlıklı olduğu bir örtü sermiş, hasırdan bir piknik sepetini örtünün üstüne yerleştirmiş bana bakıyordu. Gözlerim ben farkında olmadan irileşirken bundan memnun kalmış gibi yamuk bir şekilde gülümsedi. Çenesinde yeşermeye başlamış sakalları buradan görebiliyordum ama buna rağmen bebeksi bir yüze sahipti. Halaymen Osman ağabey şaşkın bir şekilde piknik sepeti ve kareli örtüye baktıktan sonra halay mendilini tuttuğu eliyle gözlerini ovuşturup tekrar aynı yöne baktı. Amacı bunun doğruluğunu onaylamaktı.

"Bu da ne?" diye sordum şaşkına dönmüş bir sesle.

"Piknik yapalım, dedim," diye mırıldanıp kıvırcık saçlarına daldırdı uzun parmaklarını. Üstünde siyah sporcu bir tişört, altında siyah eşofmanı vardı. Güzel görünüyordu. Gerçekten güzeldi.

Ne diyeceğimi bilemez bir şekilde ona bakarken elini bana doğru uzatıp, "Gelsene," diye mırıldandı. Şaşkınlığımı sazlıkların ardına saklayarak ona doğru bir adım attım ve elim avucunun içine kayarken kalbimdeki is tabakası yerini çok daha berrak bir görüntüye bıraktı. Parmaklarım parmaklarını sıkıca kavrarken beni örtüye doğru yürüttü ve bir anda oturunca, elim avucunun içinde olduğu için baskıyla ben de oturmak zorunda kaldım. Tabii Temmuz'un kucağına düşmeyi beklemiyordum.

"Sakar," diye homurdandı kendini geri çekmeye çalışırken. Alt dudağımı ısırarak yanındaki boşluğa otururken kalbim ona verdiği tepki yüzünden Osman ağabeyin ters bakışlarına maruz kalmıştı. "Ablamdan çiz kek sevdiğini öğrendim," dedi Temmuz kısa bir sessizliğin ardından. "Bir de kayısı reçelini seviyormuşsun. Ağabeyin gibi vişne reçeli manyağı olduğunu düşünmüştüm oysa."

"Vişne reçeli de güzel aslında," diye mırıldandım şaşkınlık tüm bedenimde kare kare dolaşırken. "Ama kayısı reçelini daha çok seviyorum."

"Hı." Temmuz bir süre sessiz kaldı. Bu sessizlik ağustos böceklerinin ekmeğine yağ sürmüştü. Gecenin içinde çınlayan böcek seslerini dinlerken, soğuğun kokusunu içime doldurdum. Temmuz'un hasırdan sepeti açtığını işitince omzumun üstünden ona bakma gereği duydum. Çiz keklerin olduğu kabı çıkarttıktan sonra kabın şeffaf kapağını açtı ve yan gözle bana baktı. "Daha önce hiç yemedim aslında," dedi sakince. "Bakalım Kezorella'nın damak zevki, benimkiyle uyumlu mu?"

Burukça gülümserken omuz silktim. "Sebzeler ne zamandan beri tatlı şeyler yiyor?" diye sordum ortamı yumuşatmak amacıyla. Halaymen Osman ağabeyim gözlerini çiz keke dikmiş, tüm gerçekliği geride bırakmış büyük bir iştahla çiz keke bakıyordu. Şu an tek istediği çiz kekti çünkü.

"Komik misin sen?" diye sordu Temmuz sırıtarak. Ardından hasır sepetten iki çatal çıkardı ve birini bana uzattı. "Ağabeyin bizi basmadan yesek iyi olacak," diye dalga geçti.

Uzattığı çatalı çiz keke batırırken, Temmuz gözlerini üstümden çekmiyordu. Bu Halaymen Osman ağabeyimi kızdırmış olsa da benim hoşuma gitmişti açıkçası. Çiz kekten büyük bir parçayı ağzıma attıktan sonra ona baktım ve çenemle onun tarafındaki çiz keki işaret edip, "Yesene. Yoksa ben yerim," dedim. Yüzünü buruşturarak ağzıma baktıktan sonra, "Dana," diye dalga geçti benimle.

Sanırım o günden beri ilk kez içten bir tebessüm etmiştim.

Toz mavisi gözleri gülüşüme takılı kalırken bir an afalladım ama bozuntuya vermemeye çalıştım. Uzun bir süre dudağımdaki kıvrıma baktı ve ardından gözlerini aceleyle dudağımdan çekerek elindeki çatalı çiz keke batırıp, "Tatlı sevmem pek aslında," diye itiraf etti. "Yine de senin için yiyeceğim Kezorella."

Şafak Uzar ve Temmuz Karamaça arasındaki fark barizdi. Şafak'ın aslında benim çocukluğum olduğunu fark ettim. Hayran olacak birini ararken onu bulmuş, onu sevdiğimi sanmıştım. Oysa sevmek... Farklı bir şeydi. Bir babayı, bir anneyi, bir kardeşi, bir dostu sevmek ve bir adamı sevmek arasında dünyalarca fark vardı bana göre. En azından Mayıs ve ağabeyimin aşkını gördükten sonra bu benim gözümde kesinlik kazanmıştı.

Aşk ve sevgi çok başka şeylerdi.

"Neden öyle bakıyorsun?" diye sordu çiz kekten bir parçayı ağzına atarken. Başımı iki yana sallayarak omuz silktim. Gözlerini yumdu ve çatalı havaya kaldırarak, "Tadı..." Duraksadı ve çatalı salladı. "Dudakların gibi." Ve gözlerini açıp hınzır bir ifadeyle gözlerimin içine baktı.

"Aptal," dedim gözlerimi devirerek. Yanaklarımın ısındığına yemin edebilirdim. Nasıl oluyordu da tüm acılarımı unutturabiliyordu bana bu kıvırcık? Böyle bir şeyin var olması mümkün müydü gerçekten? "Beğendin mi peki?" diye sordum başımı sol omzuma düşürerek. Toz mavisi gözlerini gözlerime sabitledikten sonra başını usulca aşağı yukarı salladı.

"Tam bir aptalsın," dedim başımı iki yana sallarken ve çiz kekimden büyük bir lokma daha alıp çiğnemeye başladım. Temmuz'un bakışlarını yüzümde hissedebiliyordum ve bu ılık bir hissi karnımın içinde büyütüyordu. Tıpkı bir bebek gibi... Tatlı bir hisse gebe kalmış gibi hissediyordum.

"Beni aptal eden sensin," dediğinde bir an lokmanın boğazıma takıldığını hissettim ve aniden gelen öksürme isteğiyle sertçe yutkundum. Şaşkın gözlerle ona bakarken, o da aslında söylememesi gereken bir şeyi söylemiş gibi telaşlı görünüyordu.

"Yakınlarda ağabeyim varken seninle böyle oturmak ve senden bunları duymak..." Gözlerimi kaçırdım. "Ölmek istemeyiz sanırım."

"Sılay." Duraksadım. Karnımın içinde fokurdayan hissin geçmesini beklerken şu an bu hissettiklerimden nefret edeceğimi kim söylerdi ki? Acım derindi ama acımı bile yaşatmıyordu bana bu çocuğun varlığı. "İyi misin?" diye sorduğunda kaşlarım çatıldı ama ona bakmadım. Ona bakacak gücü kendimde bulamıyordum.

Nasıl iyi olmamı beklerdiler ki? Ben tadını almadığım bir şeyin tadını alacağımı düşündüğüm anda o şeyi kaybetmiştim. Kaşıkla ağzıma kadar uzanmış, tam ağzımı açacakken geri çekilmişti. Tadını alamamıştım. Damaklarım parçalanıyordu ve dilim hissizdi. Tadını alamadığım şeye özlem duymak... Bu çok saçmaydı. İnsan bilmediği bir şeyi nasıl özlerdi?

"Değilsin," dedi kendi kendine. "Sormam büyük bir hataydı biliyorum ama... İyi olmanı istiyorum." Derin bir nefes aldı. Gözlerim dizlerimin üstünde duran parmaklarıma düşerken ona verebilecek bir cevap aradım ama kelimelerim inzivaya çekilmiş, dudaklarıma görünmez kilitler vurmuştu.

İyiyim diyerek kimseyi kandırmaya hakkım yoktu. En güzeli susmaktı.

"Kolay değil," dedi tekrar çatalı örtünün üstüne bırakırken. "Yani... Bir kız için baba kaybı hiç kolay olmasa gerek." Sertçe yutkundu. "Ablam kaybetti. Çok küçüktü o acıyı omuzlarına aldığında. Kız çocuğu için baba farklı olurmuş, öyle duymuştum. Erkek çocuğu için de anne farklı olurmuş. Çok kısa süre önce ben de annemi kaybettim."

Kalbim sivri dişli bir köpeğin salyalı ağzının içinde gibiydi.

"Sus," dedim acı çeker gibi. "Biliyorum. Sadece sus."

"Susamam," dedi isyan eder gibi. "Söz konusu senken susamam ben. Canın yanıyor ve ben bunu senin gözlerinde görebiliyorum. Gözlerinde acının kaosu var ve ben bunu görebiliyorum." Alt dudağımı ısırıp kaşlarımı çatarken kısaca ona baktım ve yüzünde acı verici bir ifadeyle bana baktı. "Çok mu acıyor?" diye sordu. Bunu sorarken sesi o kadar kısık ve can yakıcı çıkmıştı ki...

Alt dudağımı ısırmayı sürdürürken gözlerimi yukarı kaydırdım ve ucuna gelen tuzlu suyu geri itmeye çalıştım. "Keselim şunu," dedim çaresizce. "Lütfen."

"Ben..." Temmuz'un parmaklarını saçlarımda hissedince çenem titredi. Gözlerimi ona indirirken kaşlarını çatmış yüzüme bakıyordu. "Seni..." Temmuz durdu ve omzunun üstüne düşürdü başını. "Gerçekten..."

"Seviyorum," diye tamamladım onu paramparça olurken. "Ben seni gerçekten seviyorum."

Gözlerim acının suyunu çukurlarından aşağı taşırırken kalbim ağıtlar yakarak Temmuz'un göğsündeki boşluğa koşturmak istedi. Temmuz paramparça olmuş bir yüz ifadesiyle beni kollarının arasına çekerken unu fazla kaçmış kurabiye gibi çatladığımı, dağıldığımı hissettim ve onun kollarının arasındaki yerimi aldım.

"Sılay," dedi beni kendine bastırıp burnunu saçlarıma gömerken. "Geçecek. Yemin ederim, her şey geride kalacak. Gülümseyeceksin, tekrardan."

"Yanımdasın," dedim burnumu çekip ona daha sıkı sarılırken. "Sen de bunları yaşadın. Aylar önce seni kollarımın arasına alırken sana söylediklerimi hatırlıyorum. Annen için çektiğin acıyı hafife almadım hiçbir zaman. Yemin ederim." Gözyaşlarım mıydı bu onun omuzlarına akan sahiden? "Acını hafife almadım. Anne bu... Acısı hafife alınır mı hiç? Ben annemi hatırlamıyorum. Ama ölümüne şahit olmuş olsaydım... Yani hatırlıyor olsaydım... Bilmiyorum." Haykırarak ağlıyordum artık. Temmuz bana daha sıkı sarıldı. "Temmuz çok acıyor," dedim bilinçsizce. "Temmuz çok acıtıyor bu. Temmuz, ne olur al şunu içimden. Sök şu hissi kalbimden. Ölüyorum."

"Sılay," dedi acı çekiyor gibi. Saçlarımın dibine verdiği sert nefesler bile kanıtıydı acısının. Temmuz acıma ortak oluyordu, benim acıma. Benimle acıyor, belki de benimle kanıyordu tam şu anda. Kalbimden yükselen kan kokusunu alıyor muydu? Paramparçaydım. Ona sığınırken gözlerimi yumdum ve acının suları yanaklarımı arşınlarken kollarında olduğum kişinin bana verdiği saf şefkati içimde hissettim.

"Elimde olsa acını içime hapseder, sana ulaşmasına engel olurdum," dedi ve dudaklarını saçlarıma bastırdı. "Söz veriyorum, geçecek. Seni hiç yalnız bırakmayacağım. Söz veriyorum."

"Temmuz." Boğuk sesim bana yabancıydı. Şu an olduğum kişi bana yabancıydı ve bu gözyaşlarını döken gözler bana yabancıydı. Şu an ben ben değildim, kendime yabancıydım. İlk kez tüm bariyerlerimi yerle bir etmiş, birinin kollarında bu denli içten ve yok edici bir şekilde ağlarken tüm bedenimin eriyip, buharlaşacağını düşünmüştüm.

"Seni seviyorum," dedi bana sıkıca sarılırken. "Sen benim annem ve ablamdan sonra sevdiğim ilk kadınsın. Ağlama. Ağlama bu beni öldürüyor, anlasana."

Kalbim kendi duvarları etrafında infilak edip içindeki tüm duyguları bedenime kusmaya başladı. Yaşadığım yoğunluk ve beni paramparça eden hislerin altında toplayan şeyin adı neydi bilmiyordum ama ait olduğum yeri bulmuş gibiydim. Tişörtünün eteğine tutunup gözyaşlarımı onun çıplak omzuna akıtırken, "Ben de seni seviyorum," diye fısıldadım hıçkırıklarımın arasından. "Sen benim ağabeyimden sonra sevdiğim ilk adamsın."

Omzundan gelen meyveli kokuyu içime doldurdum. Babam... Üzülür müydü bu söylediğime? Ama onu da seviyordum ki ben...

Acıtmış olsa da, kahretmiş olsa da, beni parçalayıp olmadığım biri olmaya zorlamış olsa da... Onun için ağladığım gecelerde içimde yaşattığım hayali bir babanın saçlarımı okşamasına neden olmuş olsa da... Osman ağabey tuzdan kızaran gözlerini benden saklarken, "Ağlamasana," diye fısıldadı.

Boğuk bir şekilde yutkunurken, "Her zaman yanındayım," dedi Temmuz. Tam o saniyelerde bir elin saçlarımda dolaştığını hissettim ama bu elin Temmuz'a ait olmadığından adımın Sılay olduğu kadar emindim. Osman ağabey? Sen miydin saçlarıma dokunan? Yoksa... Tuzlu gözlerimi kısarken hayali dokunuşun gerçekliğini kalbimde hissettim.

"Benim güzel kızım, ağlamasana."

16.KAOS

Mayıs Karayel'den...

"Sadece sarılıyorlar," dedim Sıraç'a, onun ince beline sıkıca sarılıp, çenemi omzuna yaslarken. Sıraç pencerenin önüne dikilmiş, tül perdenin arkasından Temmuz'un kollarında ağlayan Sılay'ı izlerken ifadesizdi.

"Hadi ama, kötü bir şey yapmıyorlar," dedim ona biraz daha sıkı sarılarak.

"Bunu görebiliyorum," dedi Sıraç ifadesiz bir sesle. "Sadece izliyorum."

Derin bir nefes alarak tül perdenin arkasından ikisine baktım. Sılay'ı o halde görmeye pek alışık olmadığım için hem yadırgıyordum hem de içim parçalanıyordu.

"Biraz zamana ihtiyacı var," dedim kısık bir sesle.

"Aslında hepimizin biraz zamana ihtiyacı var," dedi Sıraç ve tül perdeyi kapattı. "Çay demlesene bize."

Parmak uçlarımda yükselerek yanağına sulu bir öpücük bıraktım ve, "Sen iste," dedim neşeli bir sesle. Sıraç can yakıcı bir şekilde gülümsedikten sonra avuç içiyle kalçama vurup, "Hadi göreyim seni fıstık," dedi.

Yüzüme asılı kalan geniş bir tebessümle mutfağa geçtim ve çayın suyunu koyduktan sonra dolaptan çay kavanozunu çıkarıp, mutfak tezgâhının üstüne koydum. Sıraç hemen arkamdan mutfağa girmiş, mutfağın penceresini açıp bir sigara yakmıştı. Artık evin içinde cam açmadan sigara içmiyordu.

İnce belli çay bardaklarını gümüş renkteki tepsinin içine koyduktan sonra şekerliği de koydum ve çayı demledim. Sıraç pencerenin kenarına oturmuş, sigarasını içiyor bir yandan da gökyüzünü izliyordu.

Mutfağın kapısı açıldığında mavi şallı adının Ayda olduğunu hatırladığım kız içeri girdi ve mahcup bir gülümsemeyle, "Merhaba," diye mırıldandı. Omzumun üstünden kıza bakıp gülümsedim ve "Merhaba," dedim sevecen bir ses tonu kullanmaya çalışarak.

"Şey... Dolapta soğuk suyunuz var mı?"

"Tabii," diyerek buzdolabına yöneldim ve kapaklardan bir tanesini açıp, cam şişenin içindeki soğuk suyu çıkarıp, dolaptan iki bardak çıkararak kıza uzattım. Kız tam çıkacakken, "Sılay'ın yanında olduğunuz için teşekkürler, kızlar," dedim Başak'ı da kastederek. "Zor bir dönemden geçiyor ve desteğe ihtiyacı var."

Ayda sıcak bir şekilde gülümsedi. "Her zaman yanında olacağım onun," dedi. İnce, hoş bir ses tonuna ve güzel bir yüze sahipti. "Başak da, ben de Sılay'ı çok seviyoruz."

Sıraç sigarasını pencerenin önündeki siyah kül tablasına bastırdıktan sonra, "Sağ ol, Ayda," dedi şakaklarını ovalayarak. "Sılay sizin gibi arkadaşlar edindiği için gerçekten şanslı."

Ayda'nın yüzündeki tebessüm genişlerken, "Biz de onun gibi bir arkadaş edindiğimiz için çok şanslıyız Sıraç ağabey," dedi sevecen bir sesle. "İzninizle ben yukarı çıkayım. Başak'ı tek bırakmaya gelmiyor..."

Başak biraz hiperaktif, fazla hareketli bir kızdı. Başımı sallayarak Ayda'yı onayladıktan sonra Ayda mutfaktan çıktı ve ben de çayın çöküp çökmediğini kontrol edip, ince belli çay bardağına siyah bir kızıllığa sahip çayı doldurdum. Sıraç çayı şekersiz içiyordu. Ben henüz yeni alıştığım için şekersiz çaya tahammül edemiyor, iki şeker eklemeden bir yudum dahi içemiyordum.

Tepsinin üstüne koyduğum çayı ona uzatırken gözlerini kısarak gülümsedi. "Sen kaptın bu işleri," dedi beni süzerek. Çay bardağını tepsinin üstünden aldıktan sonra çaydan bir yudum alıp sırtını pencerenin pervazına yasladı.

Ben de hemen yanındaki boşluğa oturup tepsinin üstündeki çayımı aldım ve tepsiyi masanın kenarına bırakıp, bacaklarımı masanın yanında duran sandalyeye uzatarak rahat bir pozisyon belirlemeye çalıştım.

"Hiç sevmezdin çayı," diye mırıldandı Sıraç düşünceli bir sesle. Hemen ardından çayından büyük bir yudum aldı. "Şimdi benimle karşılıklı çay içiyorsun," dedi başını iki yana sallayarak. "Bazen bu kadar mutluluğun bir bedeli olmalı diyorum. Sanırım bu aşırı doz mutluluğun bedellerini bu şekilde ödüyorum."

"Ne şekilde?"

"Kız kardeşimin enkazına şahit olarak, babamın üstüne toprak atarak. Belki de sadece mutluluğun bedeli değil bu. Eskiden işlediğim günahların kefaretini ödüyor da olabilirim."

"Saçmalıyorsun," dedim yüzümü buruşturarak. "Hiçbir şeyi isteyerek yapmadın."

"İsteyerek ya da değil. Sonuçta yaptım Mayıs. Kan döktüm."

Çayımdan bir yudum daha alırken sanki şu an boğazımdan geçen ılık şey çay değil, kezzaptı. "Kendini suçlamaktan vazgeç," dedim acı çeker gibi. Ona bakamamıştım bu kez. "Hiçbir şeyi isteyerek yapmadın sen. Ne zaman geride bırakabileceğiz tüm bunları? Ne zaman gerçek bir aile olabileceğiz? Lütfen..." Elini elimin üstüne koyarak beni susturdu. Omzumun üstünden ona bakarken yangın mavisi gözleri tenimi dağlamıştı.

"Tamam," dedi başını sallayarak. "Bir daha böyle saçmalamayacağım, tamam mı? Biz çoktan bir aile olduk bile. Sen de at şunları kafandan. Bunları düşünme. Her şey geride kalacak. Ne sana, ne Sılay'a, ne çocuklarımıza, ne de o bamya Temmuz'a hiçbir şey olmayacak. Sizi koruyacağım, çünkü ben bu ailenin babasıyım."

Gülümseyip başımı salladım. "Sen de annesisin," diye devam etti sözüne. "Güçlü olacağız, tamam mı?"

"Tamam," dedim başımı sallayarak. Yanağımdan bir makas aldı ve çayından büyük bir yudum içti.

"Şey... Sıraç." Gözlerimi kaçırdım. "Şimdi hiç sırası değil biliyorum ama... O anlaşma ne oldu?"

Omuz silkti. "Hâlâ askıda. Babamın vefatını duymuşlar," dedi sakin bir sesle. "Biraz daha zaman tanıdılar. Karamaça Holding'den Özcan Bey ile sık sık telefon görüşmesi yapıyoruz. Karamaça Holding'le de hep iletişim halindeler. Kabul edersek Karayel Holding de Karamaça Holding de onlarla ortak olmuş olacak."

"Özcan Bey'le en son konuştuğumda Karayel Holding'i ele geçirmeye çalışıyordum," dedim sırıtarak. Sıraç gözlerini kısarak bana bakınca kıkırdadım. "Ne? İntikam istiyordum. Saçmaydı, biliyorum. Ama gerçekten çok kinliydim."

"Benim ne suçum vardı acaba?" diye sordu tip tip bakarak. "Neyse girmeyelim şu konulara. Daha fazla ölüm muhabbeti yapmak istemiyorum."

"Ama ofisine girdiğimde çok havalı görünüyordum, kabul et," dedim yan gözle ona bakıp, omzumla omzuna vurarak.

Güldü. İçtendi. Belirgin elmacık kemikleri sanki mümkünmüş gibi daha da keskinleşmiş, dolgun üst dudağı yukarı doğru gerilmişti. Gözlerinin etrafında belirginleşen çizgilere anılarımızı gömmüştüm. Hepsi tazeydi ve o çizgiler çoğaldıkça, anılarımızda çoğalacaktı.

"Şu gülüşüne yaşarım seni aptal," dedim iç çekerek. "Nasıl güzel gülüyorsun, bir bilsen."

Duraksadı. Bir süre mutfağın parkelerine baktıktan sonra kaşlarını kaldırarak omzunun üstünden baktı bana. Çok güzeldi. Derin bir güzelliği vardı. Yüreğim ona tapınıyordu. Yangın mavisi gözlerinin içindeki yeşil orman tutuşurken, "Aynanım ben senin," dedi kısık bir sesle. "Ben de gördüğün her şey, senin yansıman."

"O zaman senin ben de gördüğün her şeyde senin yansıman," dedim gözlerim alev alev yanan yangın mavilerine takılı kalırken. Bir gün o gözlerin mavi ışığı sönerse ne yapardım ben? İçime ışık tutanım, bir kadın bir adamı ancak bu kadar dolu dolu sevebilirdi.

"O zaman ben çok güzel bir adamım," dedi kısık bir sesle ve uzanarak burnuma küçük bir öpücük kondurdu. Gözlerim kısılırken genişçe gülümsemiştim.

"Çok güzelsin tabii. Benim olan bir şey nasıl çirkin olabilir ki?"

"Olamaz," dedi burnunu burnuma sürterken. "Sana ait olan hiçbir şey çirkin olamaz. Ama belki de ben senin nazar boncuğunumdur."

"Olabilir," dedim dudaklarına yaklaşarak. "Her şeyden koruyorsun sonuçta beni."

"Hımm."

"Hıhı." Kıkırdadım. "Mayıştırmasana beni kokunla, kötü adam. Çocuklarının mama saati geldi. Gidip doyurmam gerek onları."

Huysuzca, "Memelerini benden çok görüyor onlar," diye çemkirdi bana ama dudakları hâlâ dudaklarıma yakındı. "Bezlerine elma yağı sürüp yakacağım onların buruşuk götlerini."

"Kıyamazsın ki," dedim kıkırdarken. "Her gece onları kontrol ediyorsun. Bazen saatlerce beşiğin başında oturup onları izliyorsun. Görmediğimi mi sanıyorsun yoksa?"

"Bak, bak, bak, bak," dedi Sıraç tatlı nefesini dudaklarıma çarparak. "Sen beni mi dikizliyorsun?"

"Evet?" Güldüm. "Hadi çekil. Gerçekten açlıklarını fark edecek olurlarsa evi ayağa kaldırırlar."

"Aman git sömürt memeni," dedi geri çekilip yüzünü buruştururken. "Ben sömürmek istesem ay utanıyorum Sıraç dersin," dedi beni taklit ettiği yerde sesini incelterek.

"Tamam bu gece sen de sömür," dedim dilimi çıkararak. Bir anda gözleri parlayınca, "Kandırdım," diye bağırıp mutfağın çıkışına doğru koştum. Arkamdan saydırırken omzumun üstünden ona bakarak bir kez daha dil çıkardım ve kapıyı çarparak mutfaktan çıktım.

"Seni var ya..." diye bağırdığını duymuştum.

Merdivenlerden yukarı çıkarken dış kapı açıldı ve Sılay şişmiş yüzü ama yukarı kıvrılmış dudaklarıyla içeri girdi. Merdivenin tırabzanlarına tutunarak, "Amma uzun sürdü hava alma merasimin," dedim sırıtarak.

Kızarmış burnunu çekip, "Sus kız," dedi sırıtarak. "Ağabeyim nerede? Yattı mı?"

"Hayır, mutfakta çay içiyor. Ben Mavi ve Umut'u doyurmaya gidiyorum."

"Sömürdüler seni Mayıs," dedi Sılay gülerek. "Ne çektin bu Karayellerden."

"Pirina gibiler yemin ediyorum," dedim sırıtırken. "Bir gün emerlerken boğulacaklar diye korkuyorum. Çok iştahlılar."

"Ne güzel işte, maşallah. Tosuncuk gibi olsunlar. Ay halaları yesin totolarını," dedi Sılay dudaklarını büzerek. Ah, keyfi yerine gelmişti. Bu beni mutlu etti. Temmuz'un ona iyi geldiğini bilmek ekstra hoşuma gitmişti. Ayrıca Sıraç'ın onları görüp, hiçbir şey dememesi, onunda bunu fark ettiğinin yazılı bir metni gibiydi.

"Senin Başak ve Ayda yukarıda tek kaldılar. Sıkılacak kızlar. Film falan izlesenize siz," dedim bir basamak daha yukarı çıkarken. "Tüm gece odaya kapatmayın kendinizi."

"Bakarız. Ha, Mayıs. Kızlar sabah kahvaltıya kalacaklar. Sabah kahvaltıyı birlikte hazırlarız, olur mu? Başak hazırcıdır ama Ayda pek sevmez öyle şeyi. Yani yardım etmezse çatlar ölür valla. Sorun olmaz, değil mi?"

"Başak da bir hazırcı potansiyeli var, aldım ben onu," dedim gülerek. "Sorun değil. Hep birlikte hazırlarız. Hem bana ne soruyorsun, kızım? Burası hepimizin evi."

Sılay parmak uçlarını öpüp bana üfledikten sonra, "Seviliyorsun yengelerin şahı," dedi neşeli bir sesle. "Hadi git besle yeğenlerimi."

Attığı öpücüğü havada yakaladıktan sonra ben de ona bir öpücük attım. "Hadi şimdiden iyi geceler," diyerek hızlı adımlarla merdivenleri tırmanıp odaya geçtim.

Mavi ve Umut ışıktan pek hoşlanmadıkları için Sıraç çok parlak olmayan bir gece lambası taktırmıştı. Rengi maviydi ve bu soluk mavi odayı göz gözü görebilecek şekilde aydınlatıyordu. Gece lambasını yaktıktan sonra beşiğin içinde uyuyan Karayel mucizelerine bakıp, yüzünde oluşan aptal tebessümü saklayamadan, "Nasıl da güzelsiniz siz," diye mırıldandım. Mavi avuç içleriyle gözüne bastırıp yavaşça esnedikten sonra dudaklarını birbirine bastırıp tuhaf bir surat ifadesi yaptı. Umut ağzı açık, gözleri yarım açık uyuyordu. Bu çocuk gerçekten tuhaftı.

"Hâlâ uyanmadınız, ha," diye mırıldanıp dirseklerimi beşiğin kenarlarına yaslayarak, yüzümü avuç içlerime alarak onları izlemeye başladım.

Komodinin üstünde şarjda duran telefonumun ışığı bir kez yanıp söndü ve hemen ardından usulca titredi. Bebeklerle aynı odada kaldığımız için telefonlarımız oda sınırının içinde girdiğimiz anda sessize alınıyordu.

Beşiğin önünden ayrılıp telefonu şarjdan çıkardım ve yatağın üstüne oturup ekran kilidini kaldırdım. Ekranda Sıraç'ın kucağında ikizler vardı ve kanepenin üstünde uyuyorlardı. Gülümseyerek fotoğrafa baktıktan sonra gelen mesaja girdim.

Kimden: Deniz

Ankara'daydım bir tanem. Doğumuna yetişemedim. Üç gün içinde İzmir'e dönüyorum. Seni birkaç kez aradım ama ulaşamadım. Bebekleri ve seni görmek için sabırsızlanıyorum. Seviliyorsun.

Cevap verme gereği bile duymadan telefonu yatağın üstüne atıp, avuç içlerimi yatağa bastırarak geriye doğru attım kendimi. Bir süre loş ışıklı odanın duvarlarındaki gölgeleri izledim. Duvarda büyük kare şeklinde bir çerçeve, çerçevenin içinde Sıraç'la birlikte ilk çekildiğimiz fotoğraf, nikâh fotoğrafımız, Maldivler'de çekildiğimiz bir fotoğraf ve ikizlerle saçlarımda kırmızı bir kurdele ile çekilmiş bir fotoğraf vardı. Yüzümdeki gülümseme biraz daha genişledi ve yerini sırıtmaya bıraktı. Her ne olursa olsun, ne yaşanırsa yaşansın ben mutluydum. Bunu saklamak imkânsızdı. Gözlerime bakan birisi mutluluğumu net bir şekilde görebilir, uzatsa elini bu mutluluğa dokunabilirdi.

En sonunda beşiğin içinde bir mırıltı duyunca uyandıklarını fark ederek yerimden kalktım. Umut köpürttüğü ağzı ve iri iri bakan uykulu gözlerle beni odağına alınca bir an heyecanlandı ve ellerini kaldırır gibi yaptı. Çok geçmeden Mavi de uyanmıştı.

Onları kucakladıktan sonra yatağın üstüne çıkıp tişörtümü sıyırdım ve belki de tamamen bir kadın gibi hissettiğim şeyi yapmaya, onları emzirmeye başladım. İkisi de son derece iştahlıydılar, gerçekten. Bebekler gerçekten ilginç şeylerdi. Önceden yolda görüp sevdiğim, annelerin kucağından zorla alıp mıncırdığım şeyler... Aslında işin içine girdiğinizde bakımı en zor şeydi. Bu bir kedi, bir köpek, ya da bir kuş değildi. Mamasını verip, biraz sevince her şey bitmiyordu yani.

Yorgunluğu iliğinizde hissediyordunuz.

Sanırım şu an istesem de holdingin başına geçemezdim. Onları bir başkasına emanet etmek, onlardan ayrı zaman geçirmek... Bu benim için imkânsızdı. Onlar tamamen kendi başlarının çaresine bakana dek onların yanında olmak istiyordum. Evet, çalışmak en büyük hayalimdi. İstediğim üniversiteye gitmek, istediğim bölümde okumak... Hepsi benim hayalimdi ama bütün hayallerimi alaşağı eden gerçeklerim kucağımdaydı. Hiçbir şey onlardan değerli olamazdı.

Hiçbir şey.

Annelik bu değil miydi? Onlar için kendinden ödün vermek. Fedakârlık.

Yatak odasının kapısı açıldığında yavaşça kafamı kaldırıp kapıya baktım. Sıraç üstündeki tişörtü sıyırdıktan sonra kanepenin üstüne attı ve gözlerini kısarak kucağımdaki mucizelere baktı.

"Oh kebapsınız," dedi gözlerini onlardan çekmeden. "Yapışmışsınız yine ananızın memesine. Cak cuk emiyorsunuz. Hayat size güzel."

"Sıraç," diye uyardım başımı omzumun üstüne düşürerek.

"Ne Sıraç? Onlardan sonra sıra bende."

"Bebek misin sen?" diye sordum ona düz düz bakarak.

"Evet," dedi yatağın üstüne abanıp sinsice bana yaklaşırken. "Bebeğim ben ve sen de beni beslemek zorundasın." Dudaklarını alnıma bastırdıktan sonra kısaca kucağımdakilere bakıp belli belirsiz bir şekilde tebessüm etti. Bunu görmediğimi sanmıştı ama kesinlikle görmüş, belleğime kazımıştım bile.

"Bunlar cidden ikimizin Mayıs," dedi gözlerini onlardan çekmeden. "Bizim parçamız. Düşününce... Çok tuhaf değil mi?"

Duraksadım ve gözlerimi kucağımda karınlarını doyurmaya çalışan o iki dünyalar güzeline çevirdim. Bize ait, bizden parçalar... Aslında haklıydı. Çok tuhaftı. Derine indiğinde seni büyüleyecek kadar tuhaftı hatta. "Bu harika bir şey," dedim gözlerimi onlardan çekmeden. "Çok özel hissettiriyor."

"Sadece bize özelmiş gibi, değil mi?" diye sordu tıpkı benim gibi. Başımı sallarken, "Evet," diye fısıldadım. "Sadece bize özelmiş gibi."

"Sizin için ölürüm," dedi hiç düşünmeden.

"Bence bizim için yaşamalısın," diye fısıldadım. "Sana her şeyden daha çok ihtiyacımız var."

"Birdiniz üç oldunuz, baş belaları," dedi gülümseyerek. Ardından parmakları usulca Umut'un seyrek saçlarında dolaştı. "Anne şeytan ve yavru şeytanları."

"Sen de baba şeytan o zaman," diye fısıldadığımda kaşlarını kaldırarak bana baktı. Loş ışığın altında bile her şeye inat maviydi gözleri.

Yangın mavisi. Kaderimi çizen renkti.

"Dilin çok uzadı, minik şeytan," diye mırıldanıp dudaklarıma yaklaştığında kaşlarımı kaldırarak geri çekildim ve bu onun kaşlarını çatmasına neden oldu.

"Hiç kusura bakma. Onların önünde olmaz."

"Öpeceğim sadece ya. Şey mi yapacağım sanki?"

Sırıttım. "İsyan moduna bağlama hemen. Bas geri. Onların önünde öpüşmeyeceğiz artık."

"Bas geri?" dedi sorar gibi.

"Bas geri," dedim biraz daha yaklaşıp dudaklarımı belli belirsiz dudaklarına sürterken. "Mahremiyet istiyorum Karayel."

"At onları beşiğe, görmesinler o zaman. Karımı istediğim zaman öperim."

"Karınları aç, görmüyor musun? Ne kadar da gaddar bir babasın sen," dedim gülerek. Umut geri çekilip nefeslendikten sonra yüzünü buruşturup yavaşça hapşırdığında ağzındaki sütleri göğsüme ve boynuma püskürttü.

Hiç de iğrenmemiştim bir kere. Fışkıran süt bana, fışkırtan ağız oğluma aitti. Sırıtarak Umut'un boynum ve göğsüme bıraktığı esere bakarken Sıraç hiç ummadığım bir şey yaparak boynuma sıçrayan sütleri emmeye başladı. Şok olmuş bir şekilde bebekleri tutarken öylece kilitlenmiş, hiçbir şey söyleyememiştim.

Boynumdan göğsüme indi ve Umut onun kulağını yakalarken o göğsümün üstündeki sütü de emdi. Umut onun kulak memesiyle oynarken ben hayran hayran ikisine bakıyordum.

Geri çekilmeden gözlerini kaldırıp bana bakınca, "Beni şaşırtıyorsun," diye fısıldadım.

"O benim oğlum," dedi gururlanır gibi. "Ve ben istesem de ondan iğrenemem. Senden de öyle. Ayrıca bu artıklarla yetinmek zorundayım. Çünkü karım bana sütünden vermiyor."

"Pislik," dedim sırıtarak. O da dişlerini göstererek gülümsedi ve dudaklarını yanağıma bastırarak elmacık kemiğimi sızlatacak kadar sert bir şekildi öptü.

∞

Salçalı sosisi kızartırken Ayda da hemen arkamda salatalıkları doğruyordu. Başak, Sılay'ın dediği gibi hazırcılığının ardına sığınmış, mutfak masasında uyuklarken Sılay elindeki sıcak çaydanlığı Başak'ın kafasına bastırdı. Başak küfrederek kafasını kaldırırken, "Kalkıp yardım etsene," dedi Sılay dişlerinin arasından. "Oturgaçlarını mı büyütmeye geldin buraya?"

"Planım buydu aslında," dedi Başak gözlerini devirerek. "Üç kişisiniz. Ben sakarım hem. Kardan çok zararım olur size. Ne istiyorsunuz siz benden ya?"

"Bunu alan koca üç gün içinde fişiyle birlikte iade etmezse bana da Ayda demesinler," dedi Ayda elindeki bıçakla Başak'ı işaret ederek.

Başak, "İndir o bıçağı öyle konuşalım," dedi gözlerini kısarak. "Kendimi felçli Ali Rıza Bey gibi hissediyorum. İki kızım da durmadan birbirlerinin kocalarıyla kaçıyor ve kocalar aynı kişi."

"Hareketsizlikten felç geçireceksin bir gün," dedi Ayda. "Kalk bir işin ucundan tut. Bak bıçakla Rus ruleti oynatma bana."

Tuhaf kızlardı ama kesinlikle Sılay gibiydiler. Sılay'ın neden onlarla arkadaşlık kurduğunu anlayabilmiştim. Sosisleri ocaktan indirdikten sonra su ısıtıcısını çalıştırdım ve Sıraç kulağında telefonla mutfağa girdi.

"Tamam," dedi konuştuğu kişiye. Masanın üstünde duran çeri domatesten ağzına bir tane attıktan sonra, "Sen gel, kahvaltıyı burada eder çıkarız," dedi boğuk bir sesle.

"Kim o?" diye sorduğumda, "Ankaralı," diyerek beni şaşırttı. Bu aralar fazla görüşüyorlardı.

"Tamam," dedi Sıraç bir kez daha. "Köstebeği de al. Yaşıtları var burada. Takılırlar." Durdu. "Tamam hadi görüşürüz."

"Merve ve Savaş mı geliyor?" diye sordu Sılay ağabeyinin boynuna sarılıp yanağından öperken. Sıraç başını sallayarak onu onayladı. Ardından Başak ve Ayda'ya dönerek, "Kızlar sorun etmezsiniz, değil mi?" diye sordu.

Ayda, "Yok ağabey ne rahatsızlığı, asıl biz rahatsızlık veriyoruz şu an," dedi mahcup bir sesle. Başak sessiz kalmayı tercih etmişti. Sıraç'la pek konuşamıyordu. Öğrendiğim kadarıyla Sıraç'tan biraz korkuyordu.

"Ne rahatsızlığı? Rahat olun." Sıraç mutfaktan çıktıktan sonra hızlı bir şekilde kahvaltı sofrasını hazırlamıştık kızlarla. Tamam, sadece Ayda ben ve Sılay hazırlamıştık. Başak genelde hazır olan şeylerden otlanıp, bir köşede uyuklamıştı.

Herkes masaya yerleşirken kapı çaldı ve Sılay kapıya bakmak için masadan kalktı. Tam o esnada Temmuz'da merdivenlerin başında görünmüştü. Kapı açılıp Savaş odağımıza girince Başak bir anda, "Allah!" diye bağırıp uçan adam Sabri modunda masanın altına girmeye çalışınca, Ayda gözlerini belerterek onu tutup yukarı çekip çimdikledi. "Kızım bu o," dedi Başak nefes nefese. "Aman Allah'ım kalbim oturan kalkan yerlerimde atıyor şu an."

Ne olduğunu anlamaya çalışırken Savaş ve Merve içeri girdiler. Savaş elindeki poşeti masaya bırakırken, "Günaydın," dedi siyah soğukluğuyla. Merve yanağıma bir öpücük kondurarak hemen yanımdaki boşluğa oturdu. "Günaydın herkese," dedi neşeli bir sesle.

"Hoş geldin Ankaralı," dedi Sıraç vişne reçeline uzanırken. "Sen de hoş geldin köstebek."

"Köstebek kaldı adım ya," diye homurdandı Merve. "Hoş bulduk eşkıya, hoş bulduk."

Temmuz sandalyesini çekip otururken, "Hoş geldiniz," dedi. Ayda ve Başak sırıtarak Sılay'a bakarken Sılay çatalını salama batırmış, tamamen salamına odaklanmıştı.

Savaş bir an kaşlarını çatıp, yeni fark ediyormuş gibi şaşkına dönerek karşısında oturan Başak'a bakınca duraksadım. Başak, Savaş'ın ona baktığını fark edince gözlerini kaçırarak, "Ay gözlerini dikiyor bir de bu deli yürek," dedi dişlerinin arasından Ayda'ya doğru. Ayda gözlerini kaldırıp Savaş'a bakınca bir an duraksadı ve ardından önüne dönüp, "Başak akıllı uslu dur, sinir etme beni," dedi kısık bir sesle.

"Ne bakıyorsun be?" dedi Başak çenesini tutamayarak. Bu kız gerçekten biraz... Tuhaftı? Savaş bir sağına, bir soluna baktıktan sonra, "Bana mı dedin?" diye sordu kaşlarını çatarak.

"Bu masada senden başka tren görmüş gibi bakan var mı bana?" diye sordu Başak bu kez dirseklerini masaya koyarak. Sıraç şaşkına dönmüş bir şekilde Başak'a bakarken, benim de ondan farkım yoktu. Ayda, Başak'ı tutmaya çalıştı ama Başak dirseğiyle Ayda'yı itti.

"Ne bakacağım kızım sana? İyi misin sen?" diye sordu Savaş kaşlarını çatarak. Üstündeki siyah gömleğin ilk üç düğmesi açıktı ve gömleğin kollarını dirseklerine kadar sıvamıştı. Merve anlam veremez şekilde Başak'a bakarken, "Yanında sevgilin var bir de utanmadan gözünü üstüme dikiyorsun," diye homurdandı Başak.

Merve kaşlarını çatarak, "Ne diyorsun sen be?" diye bağırdı aniden. "Kardeşiyim ben onun. Düzgün konuş!"

"Ups," dedi Başak alt dudağını ısırırken. Ayda gözlerini devirerek, "Allah cezanı vermesin senin ya," dedi dişlerinin arasından. Ardından bize dönerek, "Bu çıtırdağın dengesizliği adına özür dilerim," dedi yavaşça. Başak yapıyordu, Ayda mahcup oluyordu.

"Sen niye özür diliyorsun ki?" diye sordu Savaş. "Ayrıca senin gibi normal bir kızın, bunun gibi anormal bir kızın yanında işi ne onu merak ediyorum ben." Sılay'a döndü. "Çok mu aradınız bu modeli?"

"Sensin anormal. Evet bir model kadar güzel olabilirim ama bu seni hiç ilgilendirmez," dedi Başak kaşlarını çatarak. "Resmen asılıyor bu bana!"

"Çattık ya!" Savaş başını iki yana salladıktan sonra, "Kahvaltınla ilgilensene sen. İnsanları rahatsız ediyorsun," dedi düz bir sesle.

"Şş, tamam. Sakin olun gençler," dedi Sıraç çayından bir yudum aldıktan sonra. "Aranızda nasıl bir husumet geçti bilmiyorum ama şu an benim evimde, benim soframdasınız. Kahvaltımızı ettikten sonra dilediğiniz kadar kavga edebilirsiniz ama şu an sessizlik istiyorum."

Başak ağzına görünmez bir fermuar çektikten sonra Savaş'a kötü kötü baktı. Savaş ona aldırmadan kahvaltısını etmeye başladı. Kahvaltı boyunca Savaş, Başak'ın kötü bakışlarına maruz kalmış, Temmuz ve Sılay çaktırmadan sık sık bakışmışlardı. Ayda ve ben kahvaltı sofrasını topladıktan sonra Savaş ile Sıraç üst kattaki çalışma odasına çıktılar ve Sılay, Merve ile Başak'ın masada gerilen arasını düzeltmeye çalışmıştı. Araları düzelmiş miydi bilmiyordum ama Merve'nin Başak'a pek de iç açıcı bakmadığını kendi gözlerimle görmüştüm.

Herkesi salonda bırakarak üst kata çıktım. Yatak odasına uğrayıp, bebekleri kontrol ettikten sonra uyuduklarını görüp içimi ferahlatarak odadan çıktım. Küçük adımlarla merdivenlere yürürken çalışma odasından duyulan sesler duraksamama neden olmuştu. Savaş'ın bir şeyler söylediğini duymuştum ama kelimeler dudaklarından boğuk bir şekilde yükseldiği için tam olarak ne dediğini anlayamıyordum. Merakıma yenik düşerek asla yapmayacağımı düşündüğüm bir şeyi yapıp yavaşça çalışma odasının önüne gittim ve sırtımı duvara yasladım. Bunu yaptığım için belki de kendimi hiç affetmeyecektim ama nedense içimi huzursuz eden bir şeyler vardı.

"Diyelim ki bunu yaptın. Sonuçlarına katlanabilecek misin? Artık Mehmet Ali Karayel'in gölgesinde yaşamıyorsun. O yok ve sen yalnızsın. Tamam, paran var. Tamam, tanınıyorsun ve senden korkuyorlar. Ama bu... Bu şu an için pek de iyi bir fikir değil bence," dedi Savaş. "Daha yeni çocukların oldu. Yeni evlisiniz ve... Mayıs bir kez daha bu denli ağır şeyleri taşıyamaz. Sen kabul etmek istemesen de o daha küçük. Yalnızca on sekiz yaşında."

"Planlarım var," dedi Sıraç düşünceli bir sesle. Ayaklarımın altındaki zemin titriyordu ve birazdan büyük bir hızla dönmeye başlayacaktı sanki. Nefesimi tuttum ve yangınımın mavisinin dudaklarından dökülen kelimeleri karşılayacak yer açtım kalbime. Hazır mıydım bilmiyordum ama sanırım ya şimdi ya da hiçti. Aklında dolaşan tilkileri öğrenmek zorundaydım.

"Ne Mayıs ne bebekler ne de diğerleri etkilenmeyecek. Bana da hiçbir şey olmayacak. Ama... Eğer sessiz kalırsam belki de daha da çoğalacak bu herifin saldırıları. Ben beklemek, zamana yaymak istedikçe o yeni vukuatlarla geliyor önüme. Daha fazla sessiz kalamam, Ankaralı. Bu çamurun çocuklarıma, karıma ve kardeşlerime sıçramasından korkuyorum."

"Onun izini bile bulamadık, Karayel. Ne yapabileceğiz ki? Adam hayalet gibi." Savaş derin bir nefes aldı. "Kuzeninden de hiçbir şey çıkmadı zaten. Kız onun hakkında hiçbir şey bilmiyor. Son çare annesi olacak galiba."

"Annesini bu işe karıştırmayacağım, bundan vazgeçeli çok oldu," dedi Sıraç. Parmaklarım duvarın soğuk yüzeyine dokundu ve avuç içlerimi soğuk duvara bastırırken dudaklarımı sıkıca örtüp, dişlerimi sıktım. "Şafak denen orospu çocuğuyla iletişime geçmek istemiyorum ama o ibnenin bir şeyler bildiği gün gibi ortada. Önce onunla görüşmem gerek. Ama onu görünce kurşuna dizmekten de korkuyorum. Adama karşı içimde dinmeyen bir öfke var."

Bir süre sessizlik yaşandı.

Sessizliği bozan Savaş'ın, "Şafak'a olan kininin sebebi Mayıs'a ilgi duymasından kaynaklanıyor değil mi?" sorusu olmuştu. Sesi o kadar yalın çıkmıştı ki bir an duraksadım. Sıraç'ın bu ilgiden haberdar olduğunu bilmiyordum.

"Sebebi sadece Mayıs'a duyduğu ilgi olsaydı, şu an sen de hayatta olmazdın, Ankaralı," dedi Sıraç net bir sesle. "O gece olanları hâlâ hatırlıyorum. Senin de dün gibi hatırladığından eminim. Mayıs'ı vurdu. Ne olursa olsun, onu kurtarmış olsa bile bu gerçek değişmeyecek. O gece benim ömrümden ömür çaldı, canımdan can aldı."

Sıraç'ın keskin bıçakları bilenmişti bir kere. Şimdiden sonra ben ne yaparsam yapayım durmazdı, biliyordum. Korku saklandığı delikten çıkarken, beraberinde endişeyi doğurmuş, henüz yeni doğmuş olan endişenin kanlı varlığını kucağıma bırakmıştı. Kucağımdaki kanlı endişeye bakarken düşüncelerimi masanın diğer tarafına itmeye çalıştım ama başarısız olmuştum. Duvarda kayarak bir iki adım uzaklaştım ve başımı duvara yaslayıp sertçe yutkundum. Yutkunurken boğazıma doluşan metalik tadın adı kandı.

"Mayıs'ı kurtarması... Bunu ilk söylediğinde aklıma bu kumpası onun kurduğu gelmişti ama sonra Kemal Hıncal ile hiçbir alakası olmadığını öğrendim. Bilmiyorum, Şafak Uzar'a gerçekten güvenmiyorum. Sadece... Şu an gerçekten işimize yarayacak gibi geliyor."

"Bundan nefret etsem de öyle. İşimize yarayacak. Ankaralı, sana güveniyorum. Halim'e hiçbir şey söylemeyeceğinden eminim ama yine de uyarıyorum seni. Sakın Halim'in kulağına gitmesin tüm bunlar. Halim'i biliyorsun, delidir. Söz dinlemez. Onu bu işe karıştırmak istemiyorum. Daha planlı, programlı hareket etmem için Halim'i bu işten uzak tutmam gerek. Beni durdurmaya çalışacak ya da başımı belaya sokmamam için gidip adamı tek başına indirecek. Bu yüzden onun bilmemesi gerek."

Ne düşünüyordu? Ne kurguluyordu? Bilmiyordum. Bildiğim tek şey yapacağı şeyi çoktan kafasına koyduğuydu. Kalbimin içinde ikamet eden kiraz çiçeği boynunu bükerken, kurak topraklanın arasından kıskacını çıkaran akrep zehrini tek bir noktaya toplamış, iğnesini durmadan düşüncelerime batırıyordu.

"Benden sır çıkmaz. Sadece... Benden habersiz bir işe kalkışma, olur mu?" Bir süre sessizlik yaşandı. "Mayıs'ın o halini gördüm, Karayel. Sen vurulduğunda... O mahvoldu. Onu o haldeyken sen değil, ben gördüm ve... Bir kez daha bunu görmeye... Katlanamam."

"O benim," dedi Sıraç üstüne basarak. "Bana ait. O yalnızca benim için üzülebilir, benim için gözyaşı dökebilir. Ona benden başka hiç kimse acı yaşatamaz Ankaralı. Hiç kimse. Ve ben... Ona hak etmediği ve asla hak etmeyeceği türden çok büyük acılar yaşattım. Düşündükçe kendimden binlerce kez daha nefret ettiğim acılar... Artık ona mutluluktan başka hiçbir şey vermek istemiyorum. Biliyorum, bu pek de mümkün olmayacak. Benim soyadımın olduğu yerde kaos hep sürecek. Ben bu soyadın gölgesinde, karanlığında, bataklığında yaşıyorum. Biliyorum onu bu hayata sürükleyen de benim. Ama... O benim her şeyim. Mayıs'tan öncesi vardı ama Mayıs'tan sonrası olamaz. Yok. Ben onun olmadığı bir hayat düşünemiyorum artık. O yüzden... Canını yakacağımı bilsem de... Ondan vazgeçemem."

"Ben de senden vazgeçemem," diye fısıldadım kendi kendime. "Sen benim canımı yaka yaka küle çevirsen de... Ben senden vazgeçemem Sıraç."

Savaş güldü. Gözlerine bulaşmadığından emindim gülüşünün.

"Onu bu dünya üzerinde var olan her şeyden daha çok seviyorsun, değil mi?"

"Onu tüm evren üzerinde var olan her şeyden daha çok seviyorum. Seviyorum kelimesi bana uygun değil hiç. Sevmek yetmiyor çünkü bana. Tapıyorum. Bir adam, bir kadını böyle sevemez. Mümkün değil. Benim ona beslediğim şey yalnızca kuru bir sevgi değil. Ben ömrümü ona bağladım. O varsa, varım."

Bir an kapıyı açmak ve hemen kapının arkasında konuşan kocamın boynuna sarılmak istedim. Gözlerim yanıyordu ama ağlamayacaktım. Ben onun mavi karanlığının ağlarına kendi isteğimle takılmış, mavi pençelerini bana geçirmesine çoktan izin vermiştim. Canımın yanması önemli değildi. Hemen karşımda duran komodinin üstündeki biblolari izlerken kulaklarım duyacağı şeylerin ağırlığını kaldırabilmek için beynimde yeni kelimelere yer açıyordu.

"Sen ve senin aşkın hakkında konuşmasak daha iyi olacak, Karayel," dedi Savaş düz bir sesle. "Harekete geçmek için biraz daha beklesek iyi olacak. Bu süre zarfında Şafak Uzar ile görüşüp, ondan toplayabildiğin kadar bilgi toplamalısın. Ha, diyorsan ki adamı öldürebilirim. Ben de seninle geleceğim. Herhangi bir kaza çıksın istemiyorum. Adamdan bir şeyler öğrenmeden onun eşekler cennetine gitmesini istemem."

Gülüştüler. Sıyrılarak oradan ayrılırken konuştukları her bir şey ayaklarıma dolanan bir ip gibiydi. Sadece düşündüm. Sıraç'ın kurguladığı planın ana temasını ve ne yapmak istediğini düşündüm. Cevapların kapıları kapalıydı. Hiçbirine ulaşamıyordum. Tanıdığımı düşündüğüm kocamın beyninde dolaşan tilkilerin kuyruğunu yakalayıp, beni cevaba götürmesini sağlayamıyordum.

Sıraç Karayel'den...

"Hoooop." Mavi'yi havaya kaldırdım ve bir anda indirirken, "Paaaa," diye bağırdım. Mavi damaklarını göstererek gülerken dünyalar benim olmuş gibi hissetmiştim her nedense. Dişleri yoktu, ne zaman olacaktı Allah bilirdi ama bu görüntü kesinlikle çok sevimliydi. Bir kez daha onu havaya kaldırırken, "Hoooop," dedim tekrardan. O da benimle birlikte dudaklarını aralarken heyecanlanmıştı. "Paaaa!" diye bağırarak onu indirdiğimde tatlı bir kıkırtı saldı dudaklarından dışarı.

Sırtımı kanepeye yaslayarak bir süre Mavi'yle oynamaya devam ettim. Umut uyuyordu ve Mayıs duştaydı. Bir kez daha kızımı havaya kaldırdıktan sonra bu kez saçma sapan bağırmak yerine burnumu onun göbeğine sürterek gıdıkladım ve Mavi küçük parmaklarını saçlarıma bastırarak bir kez daha kıkırdadı.

Allah aşkına bir bebek nasıl bu kadar güzel gülebilirdi?

"Kız Zaraliye ne güzel gülüyorsun sen," diye mırıldandım burnumu bu kez boynuna sürterken. Bir elini burnuma koyup burnumu sıktı ve bir kez daha kıkırdadı.

"Haniymiş benim kızım? Buradaymış!" Burnumu boynuna sürtüp geri çekildim ve "Haniymiş?" diye sorup bir kez daha burnumu boynuna gömdüm, "Buradaymış!"

Umut'un dudaklarından zırlak bir ağlama döküldüğünde beşiğe ters ters baktım, "Haniymiş küçük tirrek, buradaymış," diye homurdandım kalkarken. "Uyandın mı, junior tirrek?"

Umut yüzünü buruşturup bir kez daha ağlamak için hazırlanırken, "Tamam, tamam," dedim onu da diğer koluma alırken. "Maymun edin beni ama, tamam mı?"

Mayıs vücuduna sardığı küçük bir havluyla banyodan çıktığında beni o halde görünce sırıtarak makyaj masanın önüne oturdu. Kavuniçi bir kremin kapağını açıp kremi boynuna ve ellerine buladıktan sonra güzelce yedirdi ve ıslak saçlarını sol omzunun üstüne atarak masanın önünden kalktı. Gardırobu açıp bir iç çamaşırı takımı, buz mavisi bir kot pantolon, bir de beyaz tişört çıkarttıktan sonra yatağın üstüne atıp, "Bugün Durkadın sultanı ziyarete gideceğim," dedi. "Beni onun yanına bırakabilirsin, değil mi?"

"Bırakırım," dedikten sonra bebekleri beşiğin içine bıraktım ve Mayıs'ın arkasına geçip, gardırobun aynasına yansıyan görüntümüze baktım. Kaşları çatıktı ve cennet yangını gözleri düşünceli görünüyordu. Çenemi onun çıplak ve nemli omzuna bastırdıktan sonra, "Sorun ne?" diye sordum usulca.

Omuz silkti. "Hiç. Durkadın sultanı özledim."

"Doktoruyla konuşup, onu oradan çıkarabilirsek çıkartalım," dedim onu rahatlatmak için. "Evde tedavisine devam ederiz."

"Doktoruyla telefonda görüştüm zaten," dedi Mayıs dudağını bükerek. "Kısa bir süre daha hastanede kalması gerekiyormuş. Ondan sonra eve çıkabilirmiş." Omuzları düştü. "Onu da kaybetmekten korkuyorum. Daha bebekleri bile göremedi."

"E Umut ve Mavi'yi götürelim o zaman?" dedim kaşlarımı çatarak. "Görmeye hakkı var."

"Ya onu ben de düşündüm ama kaldığı oda da tedavisi için kullanılan cihaz bebeklere ve hamilelere zarar veriyormuş. O yüzden Mavi ve Umut'u o odaya sokamazlarmış."

Düşünceli olmasının tek nedeninin bu olmadığından adımın Sıraç olduğu kadar emindim. Başka bir şeyler vardı. Dünden beri düşünceli bakıyordu gözlerimin içine. Kendisi gibi değildi. Biri yine mesaj yoluyla onu rahatsız ediyor olabilir miydi? Olamazdı.

Yiğit Aksan'ı izletiyordum, babası onu yurtdışına göndermek istiyordu. Şafak Uzar mesaj yoluyla ona ulaşamazdı, öyle olsa bile Mayıs bunu benden saklamazdı zaten.

"Başka bir sorun yok yani?" diye sordum parmaklarım onun ince beline dolanırken. Havlu olmasaydı çok daha iyi olabilirdi. Ben bir gün bu küçük kadına doyabilecek miydim sahiden? Zihnim mi çok sapıktı? Bu küçük kız çocuğu mu çok çekiciydi?

"Yok," dedi ve gardırobun aynasında göz göze geldik. Dudaklarından sicimle inen su damlasının boynuna çizdiği yolu izledim.

Ay çiçeği tarlasında ay çiçeklerinin güneşi bırakıp, ona dönmelerini sağlayacak kadar güzeldi.

"Sanki canın sıkkın biraz."

Başını başıma yasladı ve burukça gülümsedi. "Değil," diye fısıldadı. Parmaklarım havlunun eteklerine indiğinde buruk gülümsemesi yüzünde genişledi. "Hımm," diye fısıldadım boynuna doğru. "Burada neler varmış?" diye sorduğumda dişlerini göstererek güldü.

"Yapma. Gündüz vakti, delirdin mi?"

"Bunun vakti mi olurmuş?" diye sordum parmaklarım çıplak bacaklarında dolaşırken. "İsteriz ve olur."

"Durkadın Sultan'ı görmeye gideceğim demiştim," dedi dudaklarını bükerek. "Belki bu gece," diye fısıldayıp alay eder gibi dilini çıkardı.

"Biraz geç gitmende bir sakınca yok bence," dedim dudaklarımı boynuna sürterek. "Seni istiyor bu doyumsuz adam."

"Söyle o doyumsuz adama benim Durkadın sultana, onunda işe gitmesi gerek," dedi gülerek. "Hem Ümran'a haber verdim. Birazdan burada olur. Bebeklere göz kulak olacak."

"Ya sonunda yazacağım şu kapıya danalar ve tirrekler giremez diye. Benden çok evdeler yemin ediyorum."

"Ne yapsaydım?" diye sordu bir anda ciddileşerek. "Sılay'a mı bıraksaydım bebekleri? Kendi kusmuklarında boğulurlardı. Temmuz'a mı bıraksaydım yoksa? Geldiğimizde bebekleri PES atarken bulurduk."

Ellerim tamamen kalçalarına kaydı ve, "Böyle atarlanınca çok seksi geliyorsun gözüme. Üstüne binip, diğer günün sabahına kadar inmeyesim geliyor," diye fısıldadım kulağına doğru. Bir anda ürperip başını geriye atarak boynunda bana bir yer açtı. Dudaklarımı boynuna bastırarak, dilimi ince derisinde dolaştırdım. Tenindeki tadın dilimin ucuna bıraktığı uyuşturucu hisse deli oluyordum. Parmaklarım usulca çıplak kadınlığına dokunduğunda bacaklarını kasarak bedenini yukarı taşıyıp, dudaklarını birbirine bastırarak usulca inledi.

"Yapma," dedi kıvranırken. "Şimdi hiç sırası değil."

Parmaklarımı tamamen oraya bastırırken, "Neyin?" diye fısıldadım kulağıma doğru. Ardından tepesinde daireler çizerek, "Bunun mu?" diye sordum.

"Çok aşağılıksın," diye inledi. "Kes şunu. Gitmem ge..."

"Islandın bile," dedim göğsümü gererek. "Gitmen gerekmiyor. Kal ve sana istediğini vereyim."

"Keser misin şunu?" Elimden kurtulmaya çalıştı. "Sıraç, lütfen."

Elimi oradan çekerken boynunu ısırarak öptüm. "Şimdilik keselim bakalım," dedim gözlerimi aynadaki yansımasında dolaştırarak. "Şu tapılası görüntünün tadını bu gece çıkaracağım. Kaçısın yok. Çok uzun bir gece olacak."

Düzensizleşen nefeslerini bir düzene sokmaya çalışırken yüzünde hâlâ donuk bir ifade vardı. Havlusunu yukarı çekiştirdikten sonra benden uzaklaştı ve üstünü giyindi. Birlikte evden çıktığımızda saat öğlen 13.00'e geliyordu. Mavi ve Umut'u Ümran'a emanet etmiştik. Arabada neredeyse hiç konuşmadık. Araba hastanenin önünde durduğunda, "Seninle gelmemi ister misin?" diye sordum tedirgin bir sesle. Onu yalnız bırakmayı sevmiyordum. O yalnızken kendimi hep diken üstünde hissediyordum çünkü.

"Gerek yok."

"Var bence," dedim gözlerimi ona dikerek. "Ben de geliyorum. Hem Durkadın sultanı görmüş olurum. Bayağıdır görmüyorum."

"İnatçı," dedi gözlerini devirirken. "Sen şuna seni yalnız bırakmak istemiyorum desene."

"Öyle de denilebilir."

"Abartıyorsun Sıraç," dedi Mayıs gözlerini devirerek. "Taksiye atlayıp döneceğim. Sen gitsene."

Bir süre dümdüz bir şekilde birbirimize baktıktan sonra, "Tamam," dedim gönülsüzce. Onu çok sıkmakta istemiyordum çünkü. "Taksiye bindiğinde beni ara, olur mu?"

Yanaklarının içini havayla doldurarak, "Tamam," dedi baygın bir sesle. Bana doğru uzanıp bir kez daha yanağımdan öptükten sonra, "Akşam görüşürüz, her şeyim," diyerek arabadan indi. O hastanenin kayan kapılarından içeri girene dek onu izlemiş, bir süre olduğum yerde öylece durmuştum. En sonunda onu daha fazla kızdırmamak için direksiyonu kırarak hastanenin bahçesinden çıktım ve arabayı şirkete sürdüm.

Mayıs Karayel'den...

Parmaklarım Mehmet Ali Karayel'in ölümünün izlerini taşıyan hastanenin portatif yatağının üzerinde serili olan beyaz çarşafın üstünde dolaştı. Durkadın Sultan biraz daha iyi görünüyordu. Yaşlı mavi gözlerini aralayıp bana baktıktan sonra, "Kocan nasıl oldu?" diye sordu pürüzlü bir sesle. "Mehmet Ali Karayel'in ölümü... Biliyorum yani. Sonuçta aynı hastanedeydik. Bayağı bir konuşuldu."

"Sıraç daha iyi," dedim Durkadın Sultan'ın beyaz saçlarına dokunurken. "Sen bunları kafana takma. İyileşmeye bak artık da evimize gidelim."

"Size yük olmak istemediğimi biliyorsun kuzum. Benim burada rahatım iyi. Bir ayağım çukurda zaten artık. Beni boş verin, ben böyle daha iyiyim." Güldü. Neşeden uzak, hastalık kokan bir tebessümdü. "Seni ve kıvırcığımı emanet edecek birini de buldum nasılsa. Gözüm açık gitmez."

Kaşlarımı çatarak, "Ne saçmalıyorsun sen?" diye çemkirdim. "Sen de bırak beni tam olsun. Nereye Durkadın Sultan? Hem ben doktorunla konuştum. İyi olacakmışsın. Yük olmak... Kırdın beni. Sen bana yük olur musun hiç? Sen annemi, beni ve Temmuz'u büyüttün. Sırada Mavi ve Umut var. Onlarda da emeğin olacak."

Durkadın Sultan'ın suratı düştü. "Hâlâ göremedim onları zaten," dedi burukça. "Fotoğrafları da yetmiyor ki. İnsanın kucaklayası, öpesi geliyor. Kız olan aynı senin ufaklığın ama. Kaşınız, gözünüz, saçınızın seyrekliğinden tut da rengine kadar aynı. Çok güzel olacak, çok."

"Beni de anneme benzetirdin hep," dedim gözlerim dalarken. Annem sanki hemen buradaydı da kokusu dolmuştu ciğerlerime. Dudaklarımı birbirine bastırıp annemden geldiğine inandığım hanımeli çiçeği kokusunu içime doldurdum. "O zaman anneme de benziyordur, değil mi?"

"Tabii ki," dedi yaşlı gözleri anında dolarken. Annemin konusu açılınca mahvoluyordu. Kolay mıydı? Değildi. Onu o büyütmüş, annelik yapmıştı. "Üçünüzde birbirinize benziyorsunuz. Çok güzelsiniz."

"İyileş, kalk artık. Gel evimize neşe getir. Ben bazen çok yalnız hissediyorum kendimi." Burnumu çektim. "Sıraç, Sılay, Temmuz... Onlar benim ailem ama... Bana annemi hatırlatan birisinden ayrı durmak çok zor geliyor. Hem seni yanımda görmek bana güç verir, mutlu eder beni."

Durkadın Sultan gülümsedi. Gülümsemesi kalbimin derinliklerine ulaşmayı başarmıştı. Annemin kokusunu içime doldurarak yaklaşık bir saat Durkadın sultan ile eskilerden konuştuk. Yatağının altında sakladığı aile albümünü görünce gözyaşlarımı tutamadım. Annemin, benim, Temmuz'un, babamın... Herkesin fotoğrafı vardı içinde. O da tutamadı tabii kendini. Bir süre ağlaştık, sonra gülüştük. Odadan çıkarken darmadağın ama bir o kadar da tazelenmiş hissediyordum.

Yaşanılanlar geride kalınca daha bir değerli geliyordu göze. Yaşadığın zamanlarda değerini anlayamasan da geride kaldığında mumla arıyordun işte. Sanırım geçmişimi ararken elimde çok mum eritmiştim.

Hastanenin beyaz koridorlarında yürürken kollarımı göğsümün üstünde topladım. Hemen yanımdan geçip giden hasta yakınları, hemşireler, doktorlar... Hepsi bir koşuşturmaca içindeydi. Annemin ve babamın yokluğu bir kez daha tokat gibi yüzüme çarparken, Durkadın Sultan'ı da kaybedersem ne olurdu, bilmiyordum. Ailemiz bu aralar yeterince kayıp yaşamıştı zaten.

Mehmet Ali Karayel'in ölümünün gerçekleştiği odanın önünde durduğumda duraksadım ve aralıklı duran kapıdan içeriye baktım. Onun yerine yeni bir hasta getirilmemişti henüz. Bacaklarına örttüğü battaniye yatağın ucunda kalıplı duruyordu. Bir süre aralıktan odaya baktıktan sonra tekrar yürümeye başladım. Bir kadının adımı seslendiğini duyunca omzumun üstünden arkama baktım ve annem yaşlarında bir hemşirenin bana doğru koştuğunu gördüm.

"Mayıs Hanım," dedi bir kez daha elindeki kahverengi deri ile kaplanmış günlüğe benzer şeyi sallarken. "Mayıs Karayel'siniz, değil mi?"

"Evet?" dedim sorar gibi. Hemen dibimde durduğunda nefeslendi ve elindeki kahverengi deri ile kaplanmış günlüğü bana uzattı. Önce uzattığı günlüğe, ardından kadının yüzüne baktıktan sonra, "Bu nedir?" diye sordum düz bir sesle.

"Bu kayınpederinize ait efendim," dedi kadın gülümseyerek. "Burada bir yakınınız olduğunu, sık sık uğradığınızı söylemişti. Sizi tek gördüğümde bunu size vermem için beni tembihlemişti."

Kaşlarımı çattıktan sonra kadının elindeki günlüğü aldım ve "Bana vermenizi istedi, öyle mi?" diye sordum şaşkına uğramış bir sesle. Neden günlüğünü bana vermek istemişti ki?

"Evet efendim. Gelinime verin demişti. Günlerdir sizi bekliyordum aslında. Biraz da yük olmuştu bu bana."

Parmaklarım derinin üstünde dolaştı ve başımı sallayarak, "Tamam, teşekkür ederim," dedim dalgın bir sesle. Kadın gülümseyerek yanımdan ayrıldığında bir süre olduğum yerde dikilip elimde tuttuğum günlüğün dışını inceledim. Kapağı kaldıracak kadar cesur hissetmiyordum kendimi şu an. "Gittin ama hâlâ bizlesin, değil mi?" diye sordum günlüğe bakarken. "Ne yaparsam yapayım senden kurtulamayacağım. Yine yaptın yapacağını, değil mi?" Güldüm. "Umarım ruhun huzura erer Karayel."

"Kendi kendine mi konuşuyorsun?" Bu sesi tanıyordum. Kaşlarım bir kez daha, daha sert bir kavisle çatılırken omzumun üstünden sesin geldiği yöne baktım. Şafak Uzar sırtını Mehmet Ali Karayel'in ölümünün gerçekleştiği odanın kapısına yaslamış, kollarını göğsünün üstünde toplamıştı.

"Senin burada ne işin var?" diye sordum sert bir sesle. "Şimdi de takipçiliğe mi başladın? Sıraç seni görmeden toz ol."

"Takipçilik yaptığım falan yok," dedi Şafak sert bir sesle. "Bu kez tamamen tesadüf. Burada olacağını bilmiyordum."

"Tamam, o zaman beni görmezden gel," dedim ve koridorun diğer ucuna doğru yürümeye başladım. Şafak arkamdan, "Kocan benimle görüşmek istiyormuş," deyince bir an duraksadım ama bunun olacağını zaten biliyordum. "Ona söylemişsin, sağ ol."

Dişlerimi birbirine bastırdım ama Şafak'a bakmadım. "Ondan hiçbir şey saklamıyorum artık. Duydukları onu bir deliliğe zorlayacak olsa da onunla aramızda sırlar olmayacak."

"Bu sizin için güzel."

"Evet," dedim dişlerimin arasından. "Ve senden tek bir isteğim olacak." Derin bir nefes alarak Şafak'a doğru döndüm. "Kocama yardım etme."

Şafak'ın koyu yeşil gözleri gözlerime takılırken, birkaç ton açık renk olan kaşları çatıldı. Bir süre yalnızca gözlerimin içine baktıktan sonra, "Neden?" diye sordu. "Bana güvenmiyor musun? Ona zarar vereceğimi mi düşünüyorsun yoksa?"

Güldüm. "Sıraç'a zarar vermen mümkün mü sence?" diye sordum. "Sen Sıraç'a zarar veremezsin. Bunu en iyi sen bilirsin. Ne sana güveniyorum ne de Sıraç'a zarar verebileceğini düşünüyorum. Ben yalnızca onu önemsiyorum ve onun tekrar aynı çukurun içine düşmesini istemiyorum. Eğer bildiklerini kocama anlatacak olursan tekrar bir kaosa sürükleneceğiz."

"Zaten kaosun ortasındasın," dedi Şafak düz bir sesle. Sağ bacağının üstüne yüklenerek, omzunu kapıya dayadı ve derin bir nefes aldı. "Zarar görmeni istemiyorum."

"Bu seni ilgilendirmez."

"İlgilendirir," dedi Şafak harflerin üstüne basarak. "Beni ilgilendirir."

Kaşlarımı çatarken tamamen ona doğru döndüm ve, "Benden ne istiyorsun?" diye sordum yüzümü buruşturarak. "Ben evli bir kadınım ve benimle ilgili hiçbir şey seni ilgilendirmez."

"Evli olman benim için hiçbir şeyi değiştirmiyor," dedi Şafak yüzündeki ifadeden zerre ödün vermeden. "Sen hâlâ o gün, o piknik yerinde kaçırdığım kızsın benim için."

"Sen ne söylediğinin farkında mısın?" Gözlerim dehşetle irileşti. "Sen kastettiğin şeyin farkında mısın?"

"Vay," dedi kafasını sallayarak. "Artık tek seferde anlayabiliyorsun, ha?"

"Kes sesini," dedim dişlerimin arasından. "Kocamı bir kaosun içine sürükleyecek olursan seni kendi ellerimle öldürürüm Şafak Uzar. Bunu yaparım. Yemin ederim, bunu yaparım."

"Yapabileceğini biliyorum," derken sesinde anlam veremediğim bir tını vardı. İki hemşire bize tuhaf tuhaf bakarak önümüzden geçip gitti. "Bunu bana bir kez gösterdin zaten. Senin sınırlarının olmadığını kendi gözlerimle gördüm. Ama amacım Karayel'i bir kaosun içine sürüklemek değil. Ya da onu kurtarmak da değil. Amacım içinde olduğun ama bir türlü farkına varamadığın kaosun içinden seni çıkarabilmek. Tehlikedesiniz. Düşman çok güçlü ve kendini kamufle etme konusunda tecrübeli."

"Peki sen tüm bunları nereden biliyorsun?" diye sordum ona düz düz bakarak. "Her şeyi ayrıntısıyla bilmen... Pek de güvenilir gelmiyor kulağa. Bak, Şafak Uzar. Nasıl bir kaosun ortasında olduğum umurumda bile değil. Yanımda o olduğu müddetçe ne bana ne de aileme kimse zarar veremez. Kocamı tanıyorum. O senin görüp görebileceğin en güçlü adamlardan bir tanesi. Kendi başının çaresine bakabilir."

"Bunu zaten biliyorum küçük," dedi omuz silkerek. "Kendi başının çaresine bakabileceğini, güçlü olduğunu biliyorum. Ama onun gücü de benim umurumda değil. Benim umurumda olan şey karşımda duruyor. Kartlarımı açık oynuyorum. Sen bir kaosun içindesin ve şu an Karayel'in içinde olduğu arabada bir bomba var." Durdu. Gözlerimin içine baktı. Etrafımdaki her şeyi bulanık görmeye başlamıştım. Elimdeki günlük yere çakılırken, kulaklarım uğuldamaya başlamıştı.

"Ne?"

"Şu an Karayel'in içinde olduğu arabada bir bomba var."

"Beni korkutmak için yapıyorsun," dedim dehşet içinde. "Bunu şimdi söylemiş olamazsın. Beni kandırıyorsun. Ben de o arabanın içindeydim." Buna inanamazdım. Tesadüfen karşılaştığımızı söylemişti. Yalnızca beni kandırıyordu. Bu kadar sakin bahsedemezdi tüm bunlardan. Kalbimin kulaklarımda zonklayışını duyabiliyordum tam da şu an. Mantığım buna inanmak istemese de korku çoktan tüm bedenimi ele geçirmişti.

"Hayır," dedi Şafak ciddi bir sesle. "Şu an Karayel'in olduğu arabada gerçekten bir bomba var."

17.SONUN BAŞI

Mayıs Karayel'den...

"Sakin ol," dedi Şafak dehşet içinde ona bakan gözlerimin odağından yavaşça silinirken. Her şeyi silik görüyordum. Başım dönüyordu ve beynim artık daha fazla kelimeyi içine sığdırabilecek halde değildi. "Küçük, sakin ol. Şu an herhangi bir tehlike yok. Bomba devre dışı bırakıldı. Patlamayacak."

Dizlerimin üstüne düşmüştüm ama dizlerim fayansın acısını hissetmeyecek kadar hissizdi şu an. Bir süre duraksadım, ardından, "Nasıl?" diye sordum dehşet içinde. "Nasıl böyle bir şeyi yapabilirler?"

"Kemal Hıncal'ın istediği tek şey Sıraç Karayel'in ölümü. Bu kez gerçekten kafasına koymuştu, küçük. Onu öldürecekti. Kocan çok dikkatsiz davranıyor. Gözünü açmak zorunda." Derin bir nefes alıp cebindeki telefonu çıkardı ve bir numara tuşlayıp, telefonu kulağına götürdü. Ben dizlerimin üstünde otururken gelip geçen hasta yakınları şaşkın şaşkın bana bakıyorlardı. Kalbim hâlâ o kadar hızlı atıyordu ki, çevredeki uğultulu sesleri duyamayacak kadar doluydu zihnim.

"Son durum ne?" diye sordu Şafak pürüzsüz bir sesle. "Güzel, o yanınızda mı?" Başını sallayarak, "Tamam. Biz geliyoruz," dedi ve telefonu kapattı. Kaşlarımı çatarak Şafak'a bakarken, "Hadi, gidiyoruz," dedi.

"Nereye?"

"Karayel'in yanına," dedi Şafak bir çırpıda. "Onun iyi olduğunu kendi gözlerinle görmek istemez misin?"

"Beni seninle görecek olursa çılgına döner..."

"Şu an her şeyi biliyor," dedi net bir sesle. "Adamlarım onun arabasının önünü kesti ve ona her şeyi anlattı. Seni görmesem de olaylar böyle gelişecekti. Seni görmem tamamen bir tesadüf." Ona inanmayan gözlerle baktığımda, "Yemin ederim," dedi koyu yeşil gözleri sertleşirken. "İnanmıyorsan ara onu."

"Beni kocamın yanına götür," dedim aniden ayağa kalkarken. "Çabuk ol, beni kocamın yanına götür."

Yerdeki günlüğü aldıktan sonra hızlı bir şekilde hastaneden ayrıldık. Onun arabasına binmek kötü anılarımı depreştirmiş olsa da bundan başka çarem ne yazık ki yoktu. Titreyen parmaklarımı birbirine bastırarak arabanın ön camından akıp giden beyaz şeritli yolu izledim. Araba tuğla binaların olduğu bir ara sokağa girdiğinde kaşlarımı çatarak etrafı kolaçan ettim ve aynı saniyeler içinde Sıraç'ın arabası odağıma girmeyi başardı.

Kalbim göğsümün altında rahat bir nefes alırken, hiç düşünmeden arabanın kapısını açıp kendimi dışarı attım ve Sıraç'ın arabasına doğru koşmaya başladım. Siyah giyimli iki adam arabanın önünde duruyordu ama Sıraç ortalarda yoktu.

"Mayıs!" diye bağırdığında tuğla binaların duvarlarında sesi yankılandı. Bir anda ona doğru döndüğümde onu sapasağlam görmek... Sanırım bu ağlamam için yeterli bir sebepti. Hızla ona dönüp ona doğru koşarken tüm gözlerin üstümüze döndüğünün farkındaydım ama bu zerre umurumda değildi. Kollarımı açıp sıkıca onun boynuna sarıldım. Bedenimi bedenine çarparken nefes nefese kalmıştım.

"Aptal!" diye bağırdım dehşet içinde. "Yine yakacaktın canımı, aptal herif!"

"Şşş," dedi Sıraç bana daha sıkı sarılıp, yüzünü saçlarıma gömerken. "Her şey yolunda. Her şey yolunda."

"Yolunda olan hiçbir şey yok," diye bağırdım ve yüzümü boynuna gömdüm. "Hiçbir şeyin yolunda olduğu falan yok! Senimi benden almaya çalıştılar işte! Yine!"

"Lütfen sakin ol. Yemin ederim bu kez bitti. Her şey bitti." Duraksayıp geri çekilirken kaşlarımı çatarak Sıraç'a baktım. Yangın mavisi gözlerini gözlerime diktikten sonra, "Her şey bitti. Yemin ederim," dedi kendinden emin bir sesle. "Artık karanlık bir geçmiş, bizi mahvetmeye çalışan insanlar olmayacak. Yemin ederim. Bu son olacak. Söz veriyorum."

"Son mu?" Güldüm. "Daha kaç kez son olacak? Daha kaç kez seni kaybetme tehlikesiyle burun buruna geleceğim ben? Daha kaç kez acaba bugün ona bir şey olur mu korkusuyla uyanacağım uykumdan?"

Yüzümü avuçlarının arasına aldı. Kahve kokulu avuçlarının baskısını yanaklarımda hissederken, "Yemin ediyorum," dedi kaşlarını çatarak. "Yemin ediyorum. Bu oyun bu kez bitiyor. Yemin ediyorum."

"Bu oyun biterken... Beni de bitiriyor, Sıraç," dedim gözyaşlarıma engel olamadan. "O bomba patlayabilirdi. Ben seni kaybedebilirdim, Sıraç. Seni... Senimi kaybedebilirdim." Acı boğazıma takıldı ve hıçkırdım. "İstemiyorum. Daha fazla oyun istemiyorum. Gidelim, ne olur. Alalım Mavi'yi, alalım Umut'u, alalım Sılay ve Temmuz'u... Gidelim Sıraç. Ölüyorum, gör şunu. Sana bir şey olacak korkusuyla... Her saniye." Sıraç bana sıkıca sarılıp çenesini saçlarıma bastırdı. "Kan kokutma avuçlarını, ben senin avuçlarında kahve kokusunu sevdim. Ne olur daha fazla kan dökülmesin artık. Dayanamıyorum."

"Tamam," diye fısıldadı. "Tamam, taptığım. Kan kokmayacak avuç içlerim. Senin için kahve kokacak. Ağlama." Dudaklarını saçlarıma bastırırken acı her yerdeydi. En çok da içimde. Onu kaybetme korkusu... Bunun düşüncesi bile katlanılmazdı. Acı sızdığı inimi kendi rengine boyarken bir hıçkırık daha döküldü dudaklarımdan.

"Daha kaç kez seninle sınayacaklar beni?" diye sordum ağlarken. "Daha kaç kez senin ölümünle yüzleşmek zorunda bırakacaklar beni Sıraç? Mahvoluyorum, anlasana. Yapmasana. Seninle sınamasınlar beni artık." Şafak'ın arabanın kapısını açıp kapattığını işittim ama önemsemedim. Sıraç'a daha sıkı tutundum. "Sana bir şey olacak korkusuyla ben... Her an... Her an... Ölüyorum... Acıtıyor..." Hıçkırdım. "Artık katlanamıyorum."

"Buradayım," diye fısıldadı ve bana daha sıkı sarıldı. "Hiçbir şey olmadı. Buradayım. Hadi miniğim. Sen güçlü bir kadınsın, kes şunu. Yemin ediyorum işte. Daha ne yapabilirim ki? Bu son çatışma olacak." Kafasını kaldırdığını ve Şafak'a baktığını hissettim. "Ya ben kazanacağım ya da o orospu çocuğu."

"Ne?"

"Şafak adamın yerini biliyor. Bu gece son oyunumu oynuyorum Mayıs."

"Sıraç..."

"Bu gece. Son."

"Son?" diye sordum sesim titrerken. Kafamı kaldırıp ona baktım, "Son?" diye sordum bir kez daha. Sesim hiç bu kadar aciz çıkmamıştı.

"Son," diye fısıldayıp alnıma sert bir öpücük kondurdu. "Bu gece son."

"Olamaz," diye direttim. "Son falan olamaz. Sana bir şey olursa ben..."

Dudaklarını dudaklarıma bastırarak beni susturdu. Öpüşü şefkatliydi ama şefkatin altında uyuyan gerçekleri bana bir ayna gibi tutmuştu. "Son, ömrüm," diye fısıldadı.

"Ama..." Duraksadım. "Sana bir şey olmayacak, değil mi?"

Sustu. Dudaklarını çeneme bastırdıktan sonra, "Şafak," dedi sert bir sesle. "Bu gece söylediğin adreste."

"Tamamdır Karayel," dedi Şafak mesafeli bir sesle. Ne ara konuşmuşlar, ne ara kararlaştırmışlardı? Neler oluyordu burada? Dolu gözlerimle omzumun üstünden Şafak'a baktığımda, Şafak kafasını farklı bir yöne çevirdi.

Sıraç elimi tutup beni tuğla binanın sonundaki ana caddeye çekiştirirken bacaklarım hissizdi. "Araba?" diye sorduğumda cevap vermedi. Aklıma günlük gelince duraksadım ve "Şafak'ın arabasında kaldı," dedim panik içinde. Sıraç, "Ne?" diye sorarken yorgun görünüyordu. Siyah giyimli adamlardan biri koşarak deri günlüğü bana uzattığında teşekkür etme gereği duymadan adamın elinden aldım günlüğü. "Bu," dedim ifadesizce.

Sıraç önce elimde tuttuğum günlüğe, ardından yüzüme baktıktan sonra, "Hadi," diyerek beni çekip ana caddeye çıkarttı. Ayak bileklerim titriyordu ama ona uymuş, onu takip etmiştim.

"Sıraç," dedim ruhsuzca onu takip ederken. Cevap vermedi. Bedenlerimiz kalabalığı yarıp, insanların arasında ilerlerken yorgun bakan yaşlı gözlerimi kaldırıp etrafı kolaçan ettim. Trafiğin ortasına çıktığımızda korna çalan arabaları önemsemeden yürümeye devam ettik.

Elini daha sıkı tutarak, "Sıraç," dediğimde bir arabanın kornası tüm caddede yankılandı. Kaşlarımı çatarak, "Bana cevap ver!" diye bağırdım ve caddedeki tüm meraklı gözlerin aynı anda üstümüze çevrildiğini gördüm.

"Evde konuşacağız Mayıs," dedi Sıraç beni çekmeye devam ederken. Elimi onun elinden kurtarmaya çalıştım ama bu imkânsızdı. Onun gücünün yanında benim gücümün hiçbir anlamı yoktu.

Bir taksi durdurup beni bindirdikten sonra kendi de bindi ve evin adresini verdi. Yol boyunca hiç konuşmamıştık. Konuşacak halde de hissetmiyordum kendimi zaten. Kelimelerim dilime küsmüş, dudaklarım sesimle kavgalıydı. Elini avucumun içine kaydırdığında gözlerimi taksinin camından ayırmadım ama elini tuttum. Parmaklarımız birbirlerine kenetlenirken sadece birkaç saat içinde yıkılan mutluluğumun kırıntılarını toplamaya çalışıyordum.

O bomba patlayabilirdi.

Sıraç Karayel ölebilirdi.

Benim hikâyem tam da bu noktada sonlanabilirdi.

Dudaklarımı birbirine bastırarak altımızdan kayıp giden yolu izlemeye devam ettim. Elimi sıkıca tutuyor, sanki benden bir tepki bekliyordu ama beklediği tepkiyi vermiyordum ona. Vermek istemediğimden değildi, sadece şu an nasıl bir tepki vermem gerektiğini bilmiyordum.

Bir son söz konusuydu ve ben bu sona hazır değildim.

Araba hemen evin önünde durduğunda taksiden indim ve Sıraç ücreti ödedikten sonra taksiden inip, kapıyı çarparak kapattı. Onu beklemeden bahçeye girmiş, eve yönelmiştim. Bir elimde günlüğü tutarken, diğer elim az önce Sıraç'la el ele olduğum için ter içindeydi. Sıraç'ın arkamdan hızlı adımlarla bana yetişmeye çalıştığını işittim ama umursamadım. Sonsuz bir uyku diliyordum. Ya da şimdi kan ter içinde uyanabilirdim... Bu bir kâbus olsaydı her şey çok daha güzel olabilirdi.

"Sana ben karanlığım, beni sen mavi sandın demiştim!" diye bağırdı bir anda. Adımlarım bıçak gibi kesilirken duraksadım ve gözlerimi hemen ilerideki evin giriş kapısına diktim. Sırtım Sıraç'a dönüktü.

Kalbim daha ne kadar ağır bir yükün hamalı olabilirdi?

"Yapmazsam saldırılarına devam edecek," dedi bu kez sert bir ses tonu kullanarak. "Seni ve onları tehlikeye atamam. Benden bunu isteyemezsin."

Cevap vermedim.

"Mayıs, konuş benimle," derken sesi sert kabuğunu dışında bırakmıştı. "Lütfen."

"Bu gece son dedin," diye fısıldadım. "Bana bu gece son dedin ama bu gece neyin sonu olduğunu söylemedin."

Bir adım daha atarken, ayak bastığı çimenler çıtırdadı. Hemen arkamda dikildiğinde nefesini saç diplerimde hissedebiliyordum.

"Bu gece neyin sonu olduğunu söyle bana."

"Ya her şeyi yoluna sokacağım ya da her şeyi yok edeceğim," dedi düz bir sesle. "Bu gece neyin sonu ben de bilmiyorum ama bir şeyler son bulacak."

"Bu gece bizim sonumuz mu Sıraç?" diye sordum gözlerimi kapıdan çekmeden. Sanki şu an karşımda kapı değil, Sıraç vardı. Sanki arkamda değil, hemen önümde dikiliyordu. Yangın mavisi gözlerini gözlerime dikmiş, her şeyin geride kalacağını söylüyordu. Kalbim ne kadar da aptaldı. Hiçbir şeyin geride kalmayacağını, sadece sonlanacağını bir türlü göremiyordu. Bu gece sonlanan bir ömür olabilirdi. Bu gece sonlanan... Bizim hikâyemiz de olabilirdi.

"Bizim hiçbir zaman bir sonumuz olmayacak Mayıs," diye fısıldadı ve sol elini sol kolumun üstüne koyup yavaşça sıktı. "Hiçbir zaman."

"Bu da ne demek?"

"Sonu olan her şey kötüdür. Ben ikimizin adının yanında kötü bir şey görmek istemiyorum." Sertçe yutkundu. "Son olsa bile, bu bizim sonumuz olmayacak. Yemin ederim."

"Bizim bir sonumuz olmasın," dedim yutkunurken. "Hiç."

"Olmayacak."

"Bu gece..." Derin bir nefes alırken gözlerimi yumdum. "Eğer bir şeyler sonlandırılacaksa, bunu birlikte sonlandıracağız ve sonlanan şey ikimizin hikâyesi olmayacak."

Sıraç kolumu daha sıkı tuttu. "Olmaz," dedi dişlerinin arasından. "Bu gece bu oyunu sonlandıran ben olacağım ve sen evimizde, yatağımızda beni bekleyeceksin."

Aklıma bir is gibi çöken gerçeklerin farkındalığı altında, "Ya birlikte," dedim dişlerimin arasından. "Ya da asla."

Sessiz kaldı. Sessizliği bir bıçaktı ve içimi deşiyordu. Ona doğru döndükten sonra bir adım geri gidip, yüzüne bakabilecek kadar yer açtım kendime. Baktım. Yangının en mavi tonuna, geleceğimin tamamını kaplayan ve geçmişimi yanık mavi kanatlarının arkasına saklayan adama baktım.

Bir savaşın içinde seviştiğim adama baktım.

"İkimiz," dedim üstüne basarak. Gözleri alev alev yanarken doğrudan bana baktı. Gözümün keskin aynasında kendini gördüğünden emindim. "Bu gece her şeyi sonlandıracağız."

"Yapamam," dedi acı çekiyor gibi. "Seni bunun içine sokamam. Böyle bir şeyi göze alamam. Bunu benden isteme."

"İstiyorum," dedim üstüne basarak. "Bu gece. Her şeyin sonlanmasını istiyorum. İkimiz hariç her şeyin bir son bulmasını istiyorum." Durdu ve gözlerimin içine baktı. Gözlerimin içinde aradığı kabullenmeyi bulamadığı için hayal kırıklığına uğramıştı ama benim vazgeçmeye niyetim yoktu.

"Kan dökülebilir," dedi net bir sesle. "Kandan daha fazlasını görebilirsin. Buna izin veremem. Seni bir kez daha böyle bir şeyin içine sürükleyemem."

"Doğru," dedim alay eder gibi. "Beni bunların içine değil, ölümünün girdabına sürüklemek istiyorsun."

"Ölmeyeceğim," derken sesi sertti. Yangın mavisi gözlerindeki alevlerin yeşil ormanlarına sıçradığını, söndürmesi zor bir yangının harelerinde tutuştuğunu gördüm.

"Ölmene izin vermeyeceğim," dedim kararlı bir sesle. Bir süre aynı sertliği birbirine yansıtan mavi gözlerle bakıştık. Onun gözünün aynasında benim yansımam, benim gözümün aynasında da muhtemelen onun yansıması vardı.

"Seni bunun içine sürükleyemem. Ne olacağını bilmiyoruz."

"En fazla birlikte ölürüz." Döküldü dudaklarımdan. Sıraç beklemediği bu cevap karşısında duraksarken, dudakları aralandı ama hiçbir şey söyleyemeden geri kapandı. Kaşları çatılmış, boynundaki tüm damarlar dışarı fırlamıştı.

"Bu kadar mı gözü kara bir kadın oldun sen?" diye sordu. Sesi kısık ve şaşkın çıkmıştı.

"Evet," dedim başımı sallayıp gözlerimi irileştirirken. "Bu kadar gözü kara bir kadın oldum. Sen benim o hastane köşesinde ne yaşadığımı tahmin bile edemezsin. Kalbin durdu, Sıraç. O an benim için dünya durdu. Yaşadığını öğrenene kadar o dünya tekrar dönmedi. Ben senin için iki kez adam vurdum. Bir kez de ölürüm, bana ağır gelmez bu." Gözlerim tekrardan dolarken başımı iki yana salladım. "Bu kez öleceksen bile... Tek başına ölmene izin vermiyorum Karayel."

"Sen..." Durdu. Yangın mavisi gözlerin içinde suya değdirilmiş mürekkep gibi yayılmıştı kelimeler. "Sen..." Bir anda beni kollarının arasına çektiğinde bunu beklemiyordum. "Sen gerçekten Karayel'in kadınısın." Dudaklarını saçlarıma bastırdıktan sonra yutkundu. "Sen benim ömrümü bir gülüşüne bağladığım o küçük kız çocuğu, benim için ölüme kafa tutan o mükemmel kadınsın."

"Birlikte," dedim sıkıca sarılırken. "Bu kez birlikte."

Sıraç hiçbir şey söylemeden yalnızca sarıldı bana. Ben de ona sarıldım. Sanki bağlı olduğumuz iplik sökülecekmiş de kopacakmışız gibi, parçalara ayrılacakmışız da parçalarımız birbirine karışıp uçacakmış gibi.

Bedenlerimiz birbirinden ayrılırken Sıraç kapıyı yavaşça açtı ve evime ayak basarken bir an kendimi buraya çok yabancı hissettim. Duraksadım. Ben duraksadığım için Sıraç da duraksamıştı. Bir süre evin içini kolaçan ettikten sonra tuttuğum nefesi dudaklarımdan dışarı bırakıp, "Bu akşam herkesi yemeğe çağırmak istiyorum," dedim yavaşça. "Herkesi görmek istiyorum."

"Mayıs..."

"Sıraç, yalnızca öyle istiyorum. Hiçbir sebebi yok, tamam mı?"

"Tamam," dedi Sıraç. Merdivenlere yönelirken Temmuz tırabzanlara tutunarak basamakları inmeye başladı. Kafamı kaldırıp kardeşime baktığımda, "Nereden böyle geniş ailem?" diye sordu Temmuz neşeli bir sesle.

"Durkadın Sultan'ı ziyaret ettik," dedim toparlamak ister gibi. Temmuz bir an duraksayıp yüzümdeki ifadeye anlam vermeye çalışır gibi dikkatli gözlerle bana baktı. Ardından gözleri Sıraç'a kaydı ve bizi baştan aşağı süzdükten sonra, "Durkadın Sultan'ın bir şeyi yok ya?" diye sordu şüpheli bir sesle.

"Yok gayet iyi," dedim gülümsemeye çalışarak.

"Emin misin abla?" Temmuz duraksadı. "Neden öyle bakıyorsun? Bak bir şeyi yok, değil mi?"

"Vallahi yok," dedim rahatlatmak ister gibi. "İnanmıyorsan ara hastaneyi sor."

"O zaman bir şey canını sıktı senin? Bu herif mi sıktı canını?" Tip tip Sıraç'a baktı. Farkında olmadan gülümsedim. Bu halleri bir an için bana Fethiye'yi hatırlatmıştı.

"Sensin herif. Gerçi senden herif falan da olmaz. Bamya seni," dedi Sıraç neşeli bir sesle. Bir an duraksadım ve neşesinin gerçekliğini sorguladım. Bana çok yavan gelmişti açıkçası.

Kendimi neye hazırlıyordum bilmiyordum ama nedense gerçekten bir şeye hazırlanıyormuşum gibi hissediyordum.

"Temmuz bu akşam evde ol. Tüm kadro toplanacağız hep birlikte yemek yiyeceğiz, tamam mı?" diye sorduğumda Temmuz kaşlarını çatarak, "İyi de biz bugün..." diyecekti ki, "Temmuz bu akşam evdesin," dedim net bir sesle. Yanaklarının içini şişirdikten sonra, "Tamam," dedi gönülsüzce.

Üst kata çıkarken bir an duraksadım ve Temmuz'a baktım omzumun üstünden. Hiç anlaşamazdık biz onunla ama... Bu olaylardan sonra gerçek bir abla kardeş olmuştuk. Ona baktığımı göründe kaşlarını çattı ve hiç ummadığı anda ona sokulup yavaşça sarıldım. "Kıvırcık," diye fısıldadım kulağına doğru. Sıraç basamakları tırmanıyor, bir yandan da bizi izliyordu. "Seni çok seviyorum."

Temmuz'un dudağı serseri bir kıvrımla yukarı bükülürken, "Ben de seni çok seviyorum," diye fısıldadı. "Hem nereden çıktı şimdi bu aşk, bu sevgi? Ölecek miyim, doğru söyle?"

Duraksadım ve kullandığı kelime beynimin içinde yankılanırken bir adım geri indim basamaktan. Temmuz şaşırmıştı. Yüzümdeki ifadeyi toplamaya çalışırken Sıraç beni kolumdan tutarak çekti ve, "Alıkoyma karımı," dedi alay eder gibi. Şu an benim yaptığımı toplamaya çalıştığı net açıktı. Birlikte odaya çıkarken Ümran odanın kapısını açtı.

"Hah, geldin. Hiç susmuyor bunlar ya. Senin kokunu arıyorlar galiba," dedi. İçeride Mavi ve Umut'un ağladığını duyabilmiştim.

Ümran'ı yok sayarak içeri girerken Sıraç da beni takip etti. Mavi'yi ve Umut'u beşikten çıkardıktan sonra kucaklayıp yatağa oturdum ve az önce ağlayan iki çocukta aynı anda ağlamayı kesip, sessizleştiler. Bu beni de Sıraç'ı da şaşırtmıştı. Ümran omzunu kapının pervazına yaslayarak, "Kokun... Kokuna çok alışmışlar," dedi gülümseyerek. "Artık benimle yetinmiyorlar. Seni istiyorlar hep."

İçimde büyüyen şefkat duygusuyla onlara sıkıca sarılırken Sıraç ayakucuma oturdu. Gözleri üçümüzün üstünde dolaşıyordu. Vücudumdaki gerginlik dalga dalga dolaşmayı sürdürüyordu aslında ama bebeklerimi kucağıma almak iyi gelmişti bana.

"Ümran," dedim kafamı kaldırıp kısaca Ümran'a bakarken. "Halim'i ara buraya gelsin. Merve ve Savaş'ı da ara. Akşam yemeği hep birlikte yiyelim."

"Melek ve Halim alışveriş merkezindeydiler. Ararım buraya geçerler," dedi Ümran sırıtarak. Ardından kocasını aramak için odadan çıktığında Sıraç'la baş başa kalmıştık. Bir süre kulağı sağır edecek bir sessizlik yaşandı ve sessizliği bozan taraf Sıraç'ın ta kendisi oldu.

"Mayıs."

"Karşı çıkışlarını dinlemek istemiyorum," dedim pürüzsüz bir sesle. Umut saçımı yakalamış, parmaklarını saçlarıma dolamış, saçlarımla oynuyordu.

"Bizi ne bekliyor bilmiyoruz. Ben bir şekilde paçamı kurtarırım ama seni tehlikeye atamam. İkisi adına evde kalıp beni beklemen gerekiyor."

"Asıl ikisi ve ikimiz adına seninle geleceğim," dedim pürüzsüz bir sesle. "Evde oturup acaba kocam sağ dönebilecek mi? diye düşünmek yerine senin yanında olacağım."

"Bu işi kendi yöntemlerimle halledecektim," dedi dişlerinin arasından. "Eğer biraz daha vaktim olmuş olsaydı..." Dişlerini sıktı ve yanağı çukurlaştı. "Ama yok. Artık ardı arkası kesilmeyen saldırılarla üstüme oynamaya başladı. Bu iş evdekilere sıçramadan halledilmek zorunda."

"Halledeceğiz o zaman," dedim dişlerimin arasından.

"Mayıs, neden anlamak istemiyorsun?" Gözlerini Mavi ve Umut'a çevirdi. "Onların yanında olman gerek."

"Senin yanında olmam gerek."

Gözlerini yumdu. "Bunu benden istemesene," dedi sakin tutmaya çalıştığı ama öfkeyi tınısında taşıyan sesiyle. "Seni tehlikeye atamam. Bunu bir kez daha yapamam."

"Umurumda değil," dedim. "İnan bana umurumda değil. Yanında olacağım. Tehlikede olmak umurumda falan değil benim. Yanında olacağım ve bu işin sonunu el ele göreceğiz."

"Tamam," dedi başını sallayarak. "Tamam." Gözlerini açtığında yangın mavisi gözleri simsiyah görünüyordu. "Lanet olsun, tamam."

"Güzel," diye fısıldadım dudaklarına doğru. "İşte benim kocam."

∞

İnsanlar tanımıştım. Hepsi birbirinden değerliydi. Sahildeki kum taneleri kadar normal, kum tanelerinin arasına saklanmış deniz kabukları kadar nadideydiler. Hepsi hayatıma bir mavinin çıkardığı yangınla girmiş, alevler büyüyüp tüm ormanı yakana dek benden bir parça haline gelmişlerdi.

"Ay toplandığımız iyi oldu valla," dedi Ümran mangalın üstünde pişen etleri maşayla alırken. Bir süre masada sessizlik yaşandı. Bahçedeki masadaydık ve Savaş ağaçtan aşağı bir ışık sarkıtmıştı. Halim ile Ümran mangalın başındaydı ve Mavi ile Umut'u bebek arabasına koymuştum, hemen dizimin dibinde duruyorlardı.

"Sıraç, senin araba nerede?" diye sordu bir anda Halim. "Göremedim?"

Sorusu bıçak olup boğazıma takılırken öksürerek boğazımı temizledim ve göz ucuyla Sıraç'a baktım. Sıraç sessizdi ve hemen önündeki tabaktakilerle ilgileniyordu.

"Arka tekerlek patladı, tirrek. Ustada," dedi Sıraç düz bir sesle.

Savaş bir an duraksayıp omzunun üstünden Sıraç'a baktı ve kaşlarını çatarak tabağındakilere döndü. Merve ile Sılay masanın bir ucunda telefondan bir şeye bakıp fısır fısır konuşuyorlardı. Temmuz kaşlarını çatarak onlara bakınca Merve kıkırdadı.

"Temmuzcuğum, hiç yemiyoysun ama sen. Biy deyi, biy kemik kaldın," dedi Melek önündekileri Temmuz'un önüne iterek. "Ye hadi. Güçlen. Evlendiğimizde güçlü eykek göymek istiyoyum yanımda ben."

Temmuz gülerken Sılay kaşlarını çatarak Melek'e baktı. Melek, Sılay'ın ona bakışını görünce, "Ay nasıl da kıskanıyoy beni. Çekemiyoy yesmen. Fesatlık içine işlemiş senin kızım," dedi dilini çıkararak.

"Bak Ümran bir şey de şu kızına. İkide bir beni gömüyor bu aralar."

"Valla ben artık karışmıyorum size," dedi Ümran yaka silkerek. "Neymiş bu Temmuz arkadaş? Birbirinize düşürdü sizi!"

"Ben ne yaptım ya?" diye bağırdı Temmuz. Temmuz bağırınca Halim elindeki maşayı Temmuz'a atar gibi yapıp, "Bağırma karıma, yolarım kıvırcık sakalını," dedi tip tip bakarak. "Kızımın kanına giren sensin."

Temmuz Halim'e tuhaf tuhaf baktıktan sonra, "Bağıymasana kıvıycığıma baba!" diye bağırdı Melek kaşlarını çatarak. Farkında olmadan gülümsemeye başlamıştım bile. Sıraç masanın altından elimi tutunca ben de onun elini tuttum ve parmaklarımız birbirine kenetlendi.

Mavi bir aile. Biz buyduk.

"Ya baksana filinta gibi Savaş var masada," dedi Sılay bir anda. "Ona âşık olsana sen. Ne istiyorsun maruldan? Hem sana göre değil o. Fazla toy senin için. Seni taşıyabilecek bir erkek lazım sana Melek."

Melek kaşlarını çattı ve Melek'le birlikte Temmuz da kaşlarını çattı. Savaş'a filinta gibi denmesi pek hoşuna gitmemişe benziyordu. Sılay alt dudağını ısırarak gözlerini kaçırırken, "Ne filintası be?" dedi Melek yüzünü buruşturarak. "Bu mu filinta? Benim kıvıycığımın yanında hiçbiy şansı yok."

"Vay öyle olsun Melek," dedi Savaş gülerek. Melek yüzünü buruşturarak omuz silkti. Temmuz, Melek'e sarılırken, "Ben senin filintanım, boş ver diğerlerini," diye homurdandı Sılay'a bakarak. Halim tamamen avına odaklanmış bir kaplan gibi Temmuz'a bakıyordu şu an.

Sılay dişlerini gıcırdattıktan sonra önüne döndü ve aynı saniyeler içinde Doğukan ile Merve'nin bakıştıklarını görüp kıkırdadı. Onların bu güzelliğini izlerken kendimi tam da buraya ait hissediyordum aslında. Yabancılık falan hepsi hikâyeydi. İnsan yuva kurduğu yerde kendisi gibi hissediyordu.

Sıraç ile parmaklarımız ter içinde kalana dek el ele tutuşmaya devam ettik. Birkaç kez Savaş'a Başak'la alakalı soru yöneltmiş olsam da bana düz düz bakmayı tercih etmiş, sorularımı yanıtlamaktan kaçınmıştı. Oysa gayet uyumlu bir çift olabilirlerdi. Biri çok hiperaktif, diğeri soğuktu.

Masadan lavaboya gitmek için ayrılıp eve girdiğimde bir an karanlık salona geçmenin verdiği etkiyle kendimi yapayalnız hissettim. Evin tüm ışıkları sönüktü ama dışarıdan gelen ışık pencerelerden içeri sızıyordu. Karanlığın sesini dinlerken bir süre bu gece olacakları düşünüp, tahminde bulunmaya çalıştım. Zihnim bomboştu ve tüm tahminlerin üstü siyah bir perdeyle örtülmüştü.

Küçük adımlarla üst kata tırmanırken beynimi kemiren soru işaretlerini masanın diğer ucuna ittim. Banyonun kapısını açtıktan sonra ışığını yaktım ve lavabonun önüne geçip ellerimi musluğa uzattım. Ellerimin varlığını hisseden musluk tazyikli bir şekilde parmaklarımı ıslatmaya başladığında bu tazyik derimi acıtmıştı açıkçası.

Parmaklarımda sanki kan lekesi varmış gibi parmaklarımı birbirine sürterken nefesimin buharı hemen önümdeki aynayı buğulandırmıştı. Sanki derimi suyla çıkarabilmek ve yeni bir deriyi karşılayabilmek mümkünmüş gibi elimi tazyikli sudan çekmeden buğulanan aynadaki görüntüme baktım. Gözlerimin altı biraz çökmüştü ama bunun nedeni düşünceler değil de uykusuzluk gibi duruyordu. Bu beni memnun etmişti. Dudaklarım kuru görünüyordu.

Kasvetli bir nefes daha verip buğunun alanını genişlettikten sonra gözlerimi musluktan dökülen suya çevirdim. Bir süre suyun tenime çarpışını ve lavabonun deliğinden usulca yok olup gidişini izledim.

"Çok düşüncelisin," dedi tanıdık bir ses ve içinde olduğum okyanustan ensemden tutulup çekilmişim gibi çıkarıldım. Derin bir nefes alarak kafamı kaldırıp, omzumun üstünden sesin geldiği yöne baktığımda Savaş'ın omzunu kapının pervazına yaslamış, kollarını göğsünün üstünde toplamış beni izliyor olduğunu gördüm.

"Korkuttun beni," diye mırıldandım gözlerimi tekrar akan suya çevirirken.

"Tuhaf görünüyorsun," dedi düz bir sesle. "Son birkaç saattir hiç de kendin gibi davranmıyorsun, dolunay surat."

Yüzümü buruşturarak, "Sıraç'ın seni öldürmesini istemiyorsan bana dolunay surat demekten vazgeç," dedim gülerek. "Biraz yorgunum. Hepsi bu."

"Buna inanmalı mıyım?"

Tekrar ona bakıp kaşlarımı çattım. "Elbette inanmalısın."

"Yorgunsun. Hepimizi aynı anda yemeğe davet ediyorsun. İlginç."

Duraksadım. Gözünden hiçbir şey kaçmadığı için bir an ona gıcık olduğumu düşündüm. Elimi suyun içinden çektikten sonra, "Bunun yorgunlukla ne alakası var? Hep birlikte olalım istedim işte," dedim savunma mekanizmasının ardına saklanarak.

"Sende bir şey var ve ben bunu görebiliyorum."

Bir kez daha ona baktığımda koyu renkli gözlerinde farkındalığı gördüm. Yakıcı bir gerçeklikle doğrudan gözlerimin içine bakarken aslında bildiği bir şeyin cevabını bekliyordu sanki benden.

"Ne saçmalıyorsun?"

"Saçmalamadığım falan yok. Sen bir şey saklıyorsun ve ben senin gözlerinde bunu görebiliyorum, dolunay surat. Seni tanıyorum." Kaşlarını çattı. Beyaz teninin ardında saklanan yeşil damarları alnında belirginleşmişti. "Anlat bana."

"Anlatılacak hiçbir şey yok," dedim kelimelerin üstüne bir bir basarak. "Neden böyle saçma sapan triplere giriyorsun ki? Yorgun olamaz mıyım ben?"

"Yorgun Mayıs'ı tanıyorum," dedi Savaş düz bir sesle. "O uyumak ister yalnızca. Ya da bir köşeye sinip, uyuyakalana kadar çocuk kanalı izler. Herkesi bir araya toplamaya çalışmaz."

Bakışlarım donuklaşırken sanki onun hisleriyle çarpışmışım gibi hissetmiştim. Midem bulanıyordu ve bulantının sebebi onun hislerinden iğreniyor olmam değildi. Bu hislerin gerçekliğiyle burun buruna gelmiş olmamdan kaynaklıydı her şey.

"Gözlerinin içinde ne olursa olsun yanmayı sürdüren o ışık var ya... O ışığın voltajı çok düşük bugün dolunay surat. Bir şey var, bunu görebiliyorum. Kalbini huzursuz eden, bakışlarındaki görkeme gölge düşüren bir şey var. Anlat bana."

"Benimle böyle konuşmayı kesmelisin," dedim kaşlarımı çatmaya çalışarak. Ama tüm ifadem bir donukluğun ardına saklanmış, yüzümden silinmişti.

"Ben kötü bir şey demiyorum," dedi siyah gözleri sertleşirken. "Ben sana ya da evliliğine bir saygısızlık etmiyorum. Ama dizginlemeye çalıştığım şeyleri yüzüme vurup duran gözlerin var. Benden her şeyi iste. Def olup gitmemi iste, giderim. Ama o gözlerine karanlığı çöktürme."

"Sana hiçbir şeyi anlatmak zorunda değilim," derken sesim acı çekiyor gibi çıkmıştı. "Savaş, benimle böyle konuşma."

"Bir şey var işte," derken gülümsedi. "İnkâr etme. Bir şey var ve sen bunu kendi ağzınla dile getirdin. Karayel'le alakalı değil mi? Arabanın arka lastikleri de bu işin içinde gibi geliyor bana."

Nasıl bu kadar zeki olabilirdi? Kafamın içinde milyonlarca soru işareti oluşmuş, hepsi de bu adam hakkındaydı. Gözlerimi ondan ayırıp buğulu aynaya çevirdim. Aynadaki buğu su damlacıkları halinle aynanın yüzeyinden aşağı akmaya başlamıştı.

"Sıraç muhtemelen sana haber verecek zaten," dedim omuzlarım düşerken. Savaş duraksadı. Göremesem de duraksadığını hissedebilmiştim.

"Sen... Her şeyi biliyor musun?"

"O gün çalışma odasında konuştuklarınızı duydum ben, Savaş. Geri kalan tüm cevaplar Sıraç da. O isterse anlatır, istemezse anlatmaz."

"Sana planlarından bahsetti mi?" diye sorduğunda ona baktım. Kaşlarını kaldırmıştı. Omuz silktim ve başımı iki yana salladım. "Hayır. Neyse durgunluğumun sebebi sizi duymuş olmamdan kaynaklıydı zaten."

Ah, iyi kurtarmıştım. Savaş'ın yüzündeki ifade sakinleşirken, "Kötü bir şey yapmasına izin vermeyeceğim, endişelenme," dedi düz bir sesle.

İçimden bu söylediğine gülerken, dışımda mahkeme duvarı gibi bir suratla ona bakmıştım. Bu gece olacakları öğrenecek olursa bana engel olmak için her şeyi yapar, herkesi bu işin içine karıştırırdı. Lavabonun yanındaki işlemeli havlu ile ellerimi kuruladıktan sonra, "Kocam seni benimle basmadan ikimizden biri masaya dönsek iyi olacak. Sıraç'ın kötü bir şey yapmasına izin vermeyeceğini söyleyen birinin Sıraç tarafından katledilmesini istemiyorum," dedim gülümsemeye çalışarak. Ne kadar başarılı olmuştum, orası meçhuldü.

Tam Savaş'ın yanından sıyrılıp geçiyordum ki Savaş kolumu tutarak beni durdurdu ve bir an ondan beklemediğim bu atak karşısında karman çorman olmuş bir ifadeyle ona baktım.

"Dolunay surat," dedi düz bir sesle. Cevap vermek yerine onu dinledim. Kolumu biraz daha sıktı ve "Senin gülüşün için yaşayan iki adam var. Onlar için gülümse. Hep gülümse, olur mu?" diye sordu.

Gözlerimi yumup acının cümleleştirilmiş halini karşılarken kalbime yumruk yemiştim sanki. Yavaşça yutkunduktan sonra, "Gülümserim," diye fısıldadım.

"Teşekkürler," dedi usulca kolumu bırakırken. "Sadece bunun için bile yaşayabilirim."

"Savaş..."

"Haddimi aştım, kusura bakma." Benden daha hızlı davranıp lavabodan çıkarken olduğum yerde kalakalmıştım. Bir süre kendime vakit tanıdım ve Savaş'ın bana iletmeyi başardığı duyguları önüme aldım. Onu bir dost, arkadaş, kardeş gibi görüyordum ben. Onun bana bu tür şeyler beslemesi beni diken üstünde, huzursuz hissettiriyordu.

Sonunda kendimi toparlayıp bahçeye çıktığımda Mavi Halim'in, Umut Doğukan'ın kucağındaydı. Melek ile Temmuz tabletten video izlerken, Ümran da ortadaki boşları toplayıp, tabakları üst üste sıralıyordu. Merve ve Sılay ortalarda yoktu. Savaş öylece oturmuş, gökyüzünü izliyordu. Sıraç'ın telefonunun ekranına baktığını görünce hemen onun yanına geçtim ve koluna dokunup geldiğimi belli ettikten sonra ekrana baktım.

"Sorun ne?" diye fısıldadım ona usulca.

"Sorun yok," dedi ve beni kolunun altına alarak sıkıca sardı.

Huzursuzdum.

En ihtiyacım olan kolların arasında dahi güvende hissedemeyecek kadar huzursuzdum.

Ümran ve Halim'i bizde kalmaya ikna ettikten sonra herkesi yolcu etmiştik. Melek ve Halim misafir odasına uyumaya gittikten sonra Ümran ile mutfakta baş başa kaldık. Temmuz salonda televizyon izliyor, Sılay sırf Melek'e inat Temmuz'un yanında spor kanalına bakıyordu.

Kirli tabakları bulaşık makinesine yerleştirirken, "Senin neyin var?" diye sordu Ümran bir anda. Duraksadım ve ona düz düz baktım. "Bakma bana öyle alık alık. Halin tavrın bir değişik bu gece. Kavga falan mı ettiniz Sıraç ağabeyimle?"

"Hayır," dedim gülümseyerek. "Kavga etsek bile çok uzun sürmüyor, biliyorsun."

"Bak... Eğer bir sorunun var da bana anlatmıyorsan var ya. Fena bozuşuruz."

"Ya yok kızım," dedim gülerek. "Başım ağrıyor biraz."

"Sıraç ağabeyim bir yoğursun seni. Hadi git sen odana."

"Şey..." Durdum ve onu inandırabileceğim bir yalan aradım. Ümran zeki bir kadındı ve öyle kolay oltaya gelmiyordu. "Biz bu gece Sıraç'la biraz dışarı çıkmak istiyoruz. İlerleyen saatlerde yani... Arada bir bebekleri kontrol edersin, değil mi?"

"Ederim, gezin tabii," dedi sırıtarak. "Gezin gezin."

"Bir tanesin sen," dedim ayaklanıp onun boynuna sarılırken. "Vallahi çok seviyorum seni. Hep yanımdasın."

"Senin yanında olmayacağım da kimin yanında olacağım zilli?" Bana sıkıca sarıldı. "Ben de çok seviyorum seni, güzelim benim."

"Ümran." Duraksayıp geri çekildim ve onun kahverengi gözlerine baktım. Kahverengi gözlerinin içinde şefkat vardı. Ciddileşen yüzüme şaşırıp öylece bakakalırken, "Eğer bana bir şey olursa var ya... Benim çocuklarıma senden başka hiç kimse bakamaz. Gerçekten."

Kaşları çatılırken, "Ağzından yel alsın, kızım. Tövbe tövbe ya," diye söylendi. Ona daha sıkı sarılıp, "Kızma be, lafın gelişi söylüyorum," dedim ve yanağından öptüm. "Ama bana söz ver. Hani bir gün olur da bana bir şey olursa... Mavi ve Umut'u yanından ayırmayacaksın."

"Kızdırıyorsun beni," dedi Ümran. Yüzü tamamen sertleşmiş, ondan daha önce hiç görmediğim bir ifadeyle bana bakıyordu. "Böyle şeyler konuşma."

"Yahu mesela diyorum. İçim rahat olur hem. Öleceğimden değil, katır gibiyim. Daha rahat bir altmış sene yaşarım ben. Sadece... Kafanı yastığa koyunca akın eden düşüncelerden biri de bu. Yani diyelim ki bana bir şey oldu. Onları yanından ayırmazsın, değil mi?"

"Ayırmam." Gözlerimin içine baktı. Sesi ciddiydi. "Melek'ten ayrı tutmam. Çocuğum bilirim onları."

Bu cevap bana yetmişti. Yüzümde büyüyen geniş bir gülümsemeyle Ümran'ın boynuna bir kez daha sarıldığımda Ümran tuhaf bir şekilde sessizleşmişti ama sarılmama karşılık verdi.

Yatak odasının kapısını araladıktan sonra o küçük aralıktan kafamı uzatarak içeriye baktım. Mavi gece lambasının loş bir şekilde aydınlattığı odada Sıraç yatağın üstünde uzanıyordu ve bebeklerde onun yanındaydı. Saatin gece yarısı olmasına çok az kalmıştı. Benim varlığımı fark edince kafasını kaldırıp kısaca bana baktı ve gözlerini tekrar çocuklarına çevirdi.

Görüntüleri ilahiydi.

"Uyumadılar daha, ha?" diye sordum parmak uçlarımda içeri girerken.

"Uyumadılar," dedi Sıraç ve parmağını Mavi'nin avucuna kaydırdı. Gözlerini kaldırıp bana baktıktan sonra, "Gelsene yanıma," dedi tiz bir sesle.

Yatağın üstüne dizimle abandıktan sonra Mavi ve Umut ortamızda duracak şekilde yanına yattım Sıraç'ın. Başının altına koyduğu elini bana uzattığında hiç düşünmeden tuttum bana uzattığı elini.

"Yanında olacağım," diye fısıldadığımda yüzünde hoşnutsuz bir ifade belirdi ama herhangi bir yanıt vermedi. Elini daha sıkı kavradım.

Yangın mavisi bakışlar usulca beni buldu ve uzun kirpikler elmacık kemiklerinin üstünde gölge yarattı. Titrek gölgeye bakarken, gözlerinin radarında olduğumu bilmek bana kendimi iyi hissettirmişti.

"Bu gece her şey yoluna girecek," dedim onu taklit ederek. "Tüm kötü şeyler son bulacak." Amacım onun gülümsemesini görmekti. Buna ihtiyacım vardı. Aradığım güç onun elmacık kemiklerindeki kavise saklanmıştı.

"Tek başıma da yoluna koyabilirim," dedi Sıraç yakarışta bulunur gibi. "Neden bu kadar inatçısın?"

"Bugün seni kaybetme tehlikesiyle sen değil, ben burun buruna geldim. Bir kez daha aynı şeyi yaşamak istemiyorum," diye fısıldadım. "Hem kabul etmiştin, Sıraç. Döneklik yapma."

"Seni bu işlere..."

"Yanında olacağım," diyerek böldüm onu. "Eğer kötü bir şey olacaksa, birlikteyken olsun. Yalnızken değil."

"Çok korkusuzsun," diye fısıldadı. "Çok gözü karasın ve bu beni korkutuyor." Başparmağı avuç içimi usulca okşadı. Dokunuşuyla ürperirken yaşayacaklarımın korkunçluğunu gölgelendiriyordu varlığı.

Belki de korku, şu an hem sağır hem de kördü. Dilini bulamıyordu ağzının içinde. Korku çaresiz, korku benim ellerime mahkûmdu.

"Bana korkusuz olmayı senin aşkın öğretti."

Gülümsedi. Dudağı belli belirsiz bir kıvrımla yukarı bükülürken yanağında oluşan çukura gömmek istediğim daha milyonlarca anı vardı.

"Senin şu korkusuz yönün... Orada durur yaşarım ben," dedi Sıraç.

Mavi ve Umut bir ona bir bana bakarken şaşkındılar. Mavi'nin dudaklarından birkaç boğuk mırıltı döküldü. Bazen gerçekten konuşacak gibi sesler çıkarıyorlardı ama henüz bunun için çok ufaktılar.

"Ne zaman gideceğiz?" diye sordum derin bir nefes alarak.

"Daha vakit var. Saat on iki bile olmadı henüz."

"Ah." Ayağa kalktım bir anda. Sıraç şaşırdı ama aldırış etmedim. "O günlük..." Komodinin çekmecesine koyduğum günlüğü çıkardıktan sonra bağdaş kurarak oturdum. "Bunu baban bana vermeleri için tembihlemiş hemşireleri."

Kahverengi deri kapağı kaldırırken Sıraç'ın meraklı gözleri beni takip ediyordu.

İlk sayfada Sıraç olduğundan emin olduğum yeni doğmuş bir bebeğin fotoğrafı, altında Sıraç'ın doğum tarihi vardı. Duraksarken omzumun üstünden Sıraç'a baktım. Yavaşça kalkıp günlüğün ilk sayfasına baktığında yangın mavisi gözleri irileşmiş, şaşkınlık tıpkı bir mürekkep gibi harelerine yayılmıştı.

Bugün doğdun. Varlığın damarlarımdaki kana kadar her bir zerremi güçlendirdi. Artık daha güçlü olduğumu hissediyorum. Hoş geldin, oğlum.

Fotoğrafın altındaki nota bakarken Sıraç da en az benim kadar şaşkındı. Diğer sayfayı çevirdiğimde sayfaların tıpkı Sıraç gibi koktuğunu fark etmiştim.

Bugün ilk kez parmağımı sıktın. Bana muhtaç olduğunu hissettirdi bu bana. Güzeldi. Benim gibi bir adamın hissetmemesi gereken şeyleri hissettiriyorsun bana. Seni bu kadar çok sevmek beni korkutuyor.

Parmaklarım mürekkebi eskimiş yazının üstünde dolaştıktan sonra omzumun üstünden Sıraç'ı kontrol ettim. Tamamen şoka uğramış gözlerle sayfada yazanları okuyordu güzel gözleri.

Emeklemeye başladın. Artık daha hareketlisin ve ev terliklerimden ne istediğini hâlâ anlayabilmiş sayılmam. Salyalarını terliklerime akıtmaktan vazgeçmen gerekecek.

Bugün beşiğinin içinde kendi kendine bir şeyler mırıldanıyordun. Bir ara gerçekten baba dediğini düşündüm ama ilk dede dedin. Beni kandırdın, ufaklık.

Diş çıkarıyorsun, Sıraç. O yüzden her gece ağlıyor ve uykularımı bölüyorsun. Deli gibi bağırıp çağırıyorum ve annen bunu sana sinir olduğum için yaptığımı düşünüyor. Hayır, acı çekmene katlanamıyorum, evlat.

Artık yürüyorsun. Hatta koşuyorsun. Gerçekten hızlı koştuğunu fark ettim.

Bugün sana ilk kez vurdum. Beni affet, olur mu? Ve küçük bir not. Beni sakın sevme.

Bir sayfayı daha çevirirken artık parmaklarım titriyordu. Sıraç'a bakabilecek kadar güçlü hissetmiyordum şu an kendimi. Eylül Özden'in önünde Sıraç'ın dört ya da beş yaşlarındaki hâli vardı. Eylül Özden gerçekten çok güzel bir kadındı. Hemen önlerinde büyük bir pasta vardı ve pasta Beşiktaş arması şeklindeydi.

Sayfada şöyle yazıyordu.

Beşiktaşlı olduğunu biliyorum evlat...

Dudaklarımı birbirine bastırarak günlüğün kapağını kapatırken diğer sayfaları okuyabilecek gücü kendimde bulamamıştım. Bir süre sessizce kucağımda duran günlüğe baktım. Sıraç'ın sıklaşan nefesini ensemde hissedebiliyordum.

"Üzgünüm," diye fısıldadım yavaşça.

"Sanırım ben de," dedi Sıraç boğuk bir sesle.

"Böyle olmamalıydı." Sertçe yutkundum. "Yani..."

"Sana âşığım Mayıs," dedi Sıraç bir anda. "Sana âşığım ve hiçbir şeyin bir önemi yok artık. Senden başka."

Gözlerim kısaca ikizlere kaydığında çoktan uyuyakalmış olduklarını gördüm. Onları yavaşça beşiklerine yatırdıktan sonra tekrar yatağın üstüne çıktım ve "Ne kadar kaldı?" diye sordum usulca.

"Birazdan 1 Mayıs," dedi Sıraç. Ah, mayıs ayı. "Ve henüz vakit var. Göstermelik olarak yanında silah olmalı, Mayıs, tamam mı? Onu asla kullanmayacaksın. Sadece belinde duracak. Ne olur, ne olmaz."

"Tamam," dedim uysalca. Dişlerini sıktıktan sonra yatağın üstünde kayarak yanıma geldi ve yüzüme düşen asi saç tutamlarını geriye atarak, "Beni zorunda bırakmandan nefret ediyorum," dedi yavaşça.

Cevap vermedim.

"Birazdan mayıs ayına gireceğiz," dedi Sıraç. "Benim olduğun, bana doğduğun aya."

Başımı sallamakla yetindim.

"Sana dokunabilir miyim?" diye sorduğunda gözlerimi kaldırıp ona baktım. Yangın mavisi gözler benden izin istiyordu.

"Bana dokunuyorsun zaten," diye fısıldadım.

"Benim güzel kızım," dedi içli nefesi dudaklarından dışarı bırakıp, yüzümü okşarken. "Bu gecenin kazananı biz olacağız, tamam mı?"

"Tamam," dedim ve başımı sallayarak onu onayladım. "Bu gecenin kazananı biz olacağız."

"Sana ve aileme zarar verenlerin hesabını kesip, defterini düreceğim. Evimize tekrar döndüğümüzde her şeyi geride bırakmış olacağız."

"Buna inanıyorum," diye fısıldadım. Gözlerimiz birbirlerine tutunurken dudaklarını dudaklarıma yaklaştırdı ve alt dudağı, iki dudağımın arasına yerleşirken ürkekçe ellerimi ensesine doladım. Saat tam on ikiye vurduğunda bedenimiz ben altta, o üstte olmak üzere yatağa devrilmişti.

Dudaklarımız birbirinden ayrılırken terli alnını alnıma yasladı.

"Gülümse Mayıs. Benim için. Buna ihtiyacım var."

Dişlerimi göstererek gülümsediğimde alnını tamamen alnıma bastırdı. Terli alnı ıslaklığını benim alnımla öpüştürürken kaderlerimizin birbirine karıştığını düşündüm.

"Bu eylem bir tek senin dudaklarına yakışıyor. Gülmek yalnızca sana münhasır olmalı."

Kalbimdeki kiraz çiçeği başını kaldırıp onu diken ellerin sahibine bakarken kalbim göğsümün altında üç kez gümbürdedi. Parmaklarımı onun ensesinde dolaştırıp, "Vaktimiz var mı?" diye sordum usulca.

"Var," diye fısıldadı dudaklarıma doğru.

"Bana sahip olmanı istiyorum," dedim fısıltıyla.

"Sana defalarca sahip olabilirim Mayıs."

"Bana sahip ol Sıraç," dedim bir kez daha ve yattığım yerden başımı yükselterek dudaklarına küçük bir öpücük kondurdum. "Sanki son sefermiş gibi... Tenime karış, bana ak."

"Her defasında sanki son sefermiş gibi yapıyorum bunu," dedi nefes nefese. "Yemin ederim."

Ona doğru uzanarak, "İçimi doldurmanı istiyorum," diye fısıldadım arsız bir ses tonuyla.

Sıraç bir an duraksadı ve alev alev yanan yangın mavisi gözleriyle doğrudan gözlerimin içini baktı. Alevler maviden kopup lacivertleşirken şu an onu istiyordum. Son defaymış gibi. Onu tenime mühürlemek, tenimi onun iştahına sunmak istiyordum.

Sıraç boynuma gömülüp, usulca ve ustaca boynumu emmeye, dişlerini ince derimde dolaştırmaya başladı. Kalbim göğsümün altında at koştururken bacaklarımı onun beline doladım ve kocamın dokunuşlarını karşıladım. Dili boynumdan göğüs boşluğuma indi ve iki göğsümün arasında arsızca dolandı. Nefesim hızlanırken Sıraç altımdakini sıyırıp bacaklarımdan çıkardı ve dudaklarını bir kez daha göğüs boşluğuma sürterek, dilinin sıcak ıslağını hissettirdi bana. Altımda yalnızca bir külotla onun altında kıvranırken üstümdeki tişörtü de bir çırpıda çıkarıp bir köşeye fırlattı. Dudaklarımız büyük bir ihtirasla buluşurken Sıraç'ın parmakları sırtımda, sutyenimin lastiğinde dolaşıyordu. Beni kucağına çekerek kucağına oturttu ve dudaklarımızı ayırmadan, sutyenimin kopçasını çözdü.

Dudaklarından ayrılırken, "Benim için gelmeni istiyorum Karayel," diye inledim ağzına doğru. "Beni tamamen doldurmanı, bana gelmeni istiyorum."

"Siktir," diye inledi. "Çok acımasızsın."

"Seni istiyorum," diye inledim. "Sana doyamıyorum."

"Seni tamamen doldurmak istiyorum," dedi Sıraç beni yatağa devirip üstüme çıkarken. "Bedenine tapınmak istiyorum."

Gözlerim aniden dolduğunda Sıraç'a ben de buna şaşırmıştık. Nefes nefese üstümde bana bakarken gözyaşlarım şakaklarımdan aşağı kayıp yastığımızı ıslattı.

"Çok korkuyorum," diye fısıldadım. "Seni kaybetmek istemiyorum. Çok korkuyorum."

Dudaklarını alnıma bastırdıktan sonra, "Korkmak yok," diye fısıldadı. "Kazanan her zaman ki gibi Karayel'in olacak. Beni kaybetmeyeceksin. Çıkar bunları aklından. Her şeyin bir sonu var ama ikimizin bir sonu yok."

Parmaklarım onun tişörtünü yakaladı ve tek hamlede tişörtünü sıyırıp kafasından çıkarttım ve bir kenara attım. Parmaklarım onun çıplak sırtında dolaşırken hemen üstümdeydi ve doğrudan gözlerimin içine bakıyordu. Parmaklarım sırtındaki kaslarda dolaştı ve parmak uçlarıma emanet ettiğim tüm duygularım onun kahve kokulu tenine dökülerek, sırtında dolaştı.

"Ben bir kelebeğim," döküldü dudaklarımdan tıpkı ninni gibi. Parmaklarım sırtında dolaştı. "Kanatlarım mavi, yüreğim siyah." Parmaklarım sırtında dolaşmaya devam ediyordu. "Geldim kondum yangınına." Derin bir nefes aldım. "Kanatlarımdan olmak pahasına..."

Titrek bir nefes aldı.

"Benim bitmek bilmeyen şarkım," diye fısıldadı dudaklarıma doğru. "Durma, geceme ses getir."

"Sıraç, dokun bana."

Sıraç dirseklerinin üstünde havalandıktan sonra derin bir nefes aldı. Ardından yavaşça dizlerinin üstünde kalkıp önüme dikildi. Hiç ummadığı bir şey yaparak bacak arasında kaydım ve pantolonunun önünde durdu yüzüm. Gözlerimi kaldırarak ona bakarken parmaklarım kotunu sabitleyen kemere dokundu. Sıraç şaşkındı ama önemsemedim. Kemerini açarken gözlerinden çekmemiştim gözlerini. Tenine söylemem gereken şarkılar, ona bırakmam gereken izler vardı.

Pantolonun fermuarını indirirken bir ara utanır gibi oldum ama... İndirdim. Siyah boxerını gördü gözlerim. Siyah boxerının üstünden ona dokunurken boğukça inledi ve yangın mavisi gözleri kısıldı.

"Teninde söyleyeceğim şarkılar var," diye fısıldadım. Parmaklarım tuş olsun, tenin nota. Tenin beni çalsın."

"Tenimde yankılan," diye mırıldandı dudaklarının arasından.

Dudaklarımı boxerının ince kumaşına bastırıp baktım ona. "Bu gece sen bana benzin ol, Sıraç. Ben sana yangın."

Usulca öptüm onu. Dokundum. Tenine akmak, o olmak istedim. Uzuvlarımız birbirine karışsın, elimi eli diye kullansın istedim.

Dudaklarım çıplaklığında dolaşırken, kelimeler ter oldu tenine döküldü.

Dirseklerinin üstüne abanarak içimi doldurduğunda boğuk bir inilti döküldü dudaklarımdan. Bedenim ilkel bir çaresizlikle kasılıp, onu içine kabul ederken defalarca adını haykırdım sessizce. Varlığı içimin duvarlarını yara yara beni doldururken tuzlu terini dudaklarımda, tenimde hissettim. Her bir çarpışma içime yankılandı, benden bir parça oldu.

Parlayan alevlerin arasındaki odun çıtırtılarını duyuyordum. Ruhlarımız sıkı sıkı sarılmıştı, bedenlerimiz çarpışırken. Kendimi kastıkça onu daha fazla hissettim. Acıyla karışık zevki yaşadı hücrelerim ve durmadan daha fazlasını dilendim ondan.

"Seni istiyorum," diyebildim nefes nefese. "Daha fazla istiyorum. Seni tamamen içimde istiyorum!"

"İçindeyim işte," dedi nefes nefese. "Tamamen içimdeyim. Sen kör bir kuyusun, ben dibindeyim." Derin bir nefes alırken sertçe içime çarptı. "Işığım."

"Sıraç."

"Ömrüm."

Bacaklarımı belime sarıp onu tamamen içimde hissederken gözlerim bir kez daha dolmuştu. Terim gözlerimi yakıyordu yakmasına ama gözlerimin dolma sebebi yalnızca bu değildi. İlk kez sevişmiyorduk ki biz. İçimi yakan şeylerin odağı başkaydı.

Bir kez daha... Bir kez daha... Birçok kez daha birleştik. Her bir çarpışma daha gürültülü, daha hisliydi. Onu hissettim. Sıraç Karayel'in ruhunun tadına baktım.

"Ağlama," diye inledi kendini içime iterken. "Ağlama, ölüm."

"Ölüm deme." Nefes nefeseydim. Parmaklarım onun ter içinde kalmış yüzüne kaydı ve yüzünü avuçlarımın arasına aldım. "Ölüm yok." Her seferinde daha derinime giriyor, bedenimi yukarı doğru itiyordu. Avuç içlerime aldığım yüzünü severken bedenlerimiz bir ritim tutmuştu çoktan. O içime çarptıkça birlikte ileri doğru gidiyorduk.

"Mayıs..."

"Gel bana," diye haykırdım kendimi ona iterken. "Sıcaklığını hissetmek istiyorum."

"Mayıs." Nefes nefese yüzüme kapanıp, dudaklarımı yakaladığında ona karşı koymadan yüzüne tutunarak öpüşüne karşılık verdim. Hızlanmıştı. Tenimde kabaran tuzdan gelen ölüm kokusunu soluyarak onu karşıladım. İçimde zonklayan varlığı her bir hamlede daha da genişliyordu sanki. Adımı haykırarak gelmeye başladığında bedenim sıcaklığıyla dolup taştı. Dudaklarımız arzuyla aralanırken hâlâ birbirlerine sürtüyordu ama öpüşmüyorduk.

"Sen de bir şeyler var..." dedi usulca geri çekilirken. Terli göğsü hızla kalkıp iniyor, aynaya bakıyormuş hissi veren dövmem teninde dalgalanıyordu. "Beni uzun uzun düşündüren, yine bana derin derin nefes aldıran bir şeyler. Yaşadığımı hissettiren bir şeyler..."

Bir süre teninde dinlendim, tazelendim. Onun tadını, kokusunu, nemini yaşadım.

Beni kollarının arasına alıp, tıpkı bir bebekmişim gibi banyoya taşıdığında onun kollarında gerçekten küçücük kaldığımı fark etmiştim. Saçlarımı özenle şampuanladı ve bedenimi tıpkı kırılgan bir cisimmişim gibi nazikçe yıkadı. Benimle birlikte o da yıkanmış, birbirimize bıraktığımız izlerin yüzeysel varlığını suya emanet etmişti.

Su saçlarımdan, tenimden akarken onun çıplak vücuduna sarıldım. "Sıraç," diye fısıldadım dudaklarımın arasından. Ilık su aralanan dudaklarımdan içeri sızmıştı.

"Efendim."

"Eğer bu gece... Kazanan biz olursak..." Duraksadım. "Beni tekrar Yer Altı'na götürür müsün?"

Bana sıkıca sarıldı. Çıplak göğüslerim onun kaslı göğüslerine yapışırken boynunda titrek bir nefes aldım. Ilık su bedenimi dağlıyordu sanki.

"Götürürüm."

"Kulüp 26'ya da götürürsün, değil mi?"

Derin ve içli bir nefes aldıktan sonra, "Götürürüm," diye fısıldadı.

"Her şey yolunda gidecek," diye fısıldadım.

"Her şey yolunda gidecek," diye onayladı beni ama bedeni gergindi. Sebebi belliydi. Kemal Hıncal aslında gerçekten güçlü bir düşmandı. Bunu şu ana dek fark edememiştik ama çoktan bizi bir kaosun ortasına çekmeyi başarmıştı. Hayalet gibiydi, onu bulamıyorlardı. Arkasında kim vardı? tek başına bu kadar köklü ve güçlü olabilir miydi? Bilmiyordum. Bildiğim tek şey... Bu gece bir şeylerin gerçekten sonlanacağıydı.

Sıraç suyu kapatırken ben de duşa kabinden çıktım ve bedenimi siyah havluya sarıp, saçlarımı elime dolayarak sıktım. Saçımdaki su ayaklarıma akarken sakin görünüyordum ama aslında pek de sakin olduğum söylenemezdi.

Sırtında küçücük bir ekmek kırığı taşıyan karıncaydım ben. Dışarıdan hiçbir şey gibi görünen her şey benim için o kadar ağırdı ki...

"Yarım saat içinde çıkacağız," dedi Sıraç beline, bedenime sardığım havlunun eşini sararken. Gözleri dalgın, sesi sertti. Gözlerim kısaca göğsündeki dövmeye kaydı. Aynaya bakıyormuşum gibi hissettiren dövmenin üstünden su damlacıkları sicimle iniyordu. Parmaklarım ürkekçe dövmesine dokunduğunda duraksadı ve banyodaki boydan aynaya yansıyan görüntümüze baktı omzunun üstünden.

Ben de onu takip ederek aynadaki görüntümüze baktığımda duraksadım. Birbirleri olmadan hiçbir anlamı olmayan iki parçaya dönüşmüştük. İkimizin de mavi gözlerinde soluk bir yorgunluk, bir tükenmişlik vardı.

Ben ona sarılıyordum ve beni ona sarıldığım yerden hiç kimse kıramazdı.

"Hazırlanmalıyım," dedim gülümsemeye çalışarak. "Güzel görünmek istiyorum."

"Sen zaten yeterince güzelsin, biraz daha güzel görünecek olursan bu kez gerçekten İzmir'i ve içindeki herkesi tutuşturmak zorunda kalacağım." Güldü. "Seni benden başka hiç kimse görmesin istiyorum. Yürüdüğün kaldırımdan yürümesinler. Gözünün takıldığı manzaraya bakmasınlar. Mümkünse senin soluk alıp verdiğin yerde, nefes almasınlar. Sen her şeyinle bana özel kal istiyorum, her şeyinle."

"Küçük öküz," dedim burnum yanarken. "Kim derdi ki bir gün Sıraç Karayel karşımda duracak, göğsünde benim resmimi taşıyacak, bana bu cümleleri kuracak... Sen benim en gerçek rüyamsın."

Dişlerini sıkarken, "Bitirelim artık şu işi Mayıs," dedi Sıraç. "Benim seninle mutlu olmaya ihtiyacım var."

Bir süre sessiz kalıp yalnızca gözlerinin içine baktım. Ardından parmaklarım dövmesinden ayrıldı ve kollarım iki yana düştü. "Üstümü giyineceğim," dedim düz tutmaya çalıştığım ama acının pençesini gırtlağıma geçirmiş bir sesle.

Sıraç başını sallarken hızla banyodan çıktım ve gardırobun önüne geçtim. Gardırobu kaydırarak açtıktan sonra siyah dar paça bir kot ve buz mavisi bir tişört çıkarıp yatağın üstüne attım. Siyah iç çamaşırlarımı giydikten sonra ıslak saçlarımı hızlı bir şekilde fırçaladım ve önce topuk çoraplarımı, ardından spor ayakkabılarımı giydim. Sıraç da benimle aynı hızda üstünü giyinmişti. Siyah kotu, kollarını tamamen saran ince buz mavisi gömleğiyle hazırdı. Yatağın altındaki kutuyu çektikten sonra, kutudaki üç kilidi kaldırdı ve üç kilit açılırken üç tok ses bıraktı. Sıraç kutunun içindeki üstünde M harfi işlenmiş olan silahı çıkarıp yatağın üstüne koyarken midemdeki her şey üst üste binmişti.

"Gerçekten bir çatışma olacak, değil mi?" diye sordum gözlerimi silahın üstünde gezdirirken.

"Hayır," derken sesi ifadesizdi. "Hiçbir şey kesin değil. Sadece ben işimi sağlama alıyorum."

Ardından kutunun içinden bir silah daha çıkardı ama bu silah simsiyahtı. Gümüş rengi kurşunları da çıkarıp yatağın üstüne koyduktan sonra, "Paslanmış hissediyorum," diye mırıldandı. "Uzun zamandır elime silah almıyorum."

Gözüm içi görünmeyen beşiğe kaydığında, "Şu an onlarla bu şeyleri aynı oda da tuttuğum için sanırım kendimden nefret ediyorum," dedim acı çekiyor gibi.

Sıraç cevap vermedi. Gümüş rengi kurşunlarla iki silahında şarjörlerini doldurduktan sonra, "İşlemeli sen de kalsın," dedi tok bir sesle. "Onun uğuruna inanıyorum. Seni koruyacaktır."

"Benim için önemli olan seni koruması."

Kaşlarını çatarak bana ters bir bakış attı. "Tartışma istemiyorum Mayıs. Madem bu boku birlikte yiyeceğiz, dediklerimi yapmak zorundasın."

Sıraç'ın telefonu çalmaya başladığında ona vereceğim cevap dudaklarımın arasında asılı kalmış, sesime dökülememişti. Sıraç telefonu açıp kulağı ile omzu arasına yerleştirdikten sonra, "Dinliyorum," dedi tok bir sesle. Kısa bir sessizlik yaşandı. "Orada yalnız olmadığını ben de biliyorum. Yalnız olsa bu kadar olay yaratmazdım zaten. Tek başıma dayanırdım kapısına." Sessizlik. "Karım ve benimle ilgili konular seni alakadar etmiyor. Bu iş bittikten sonra seninle de görüşeceğiz." Kaşlarını çattı. "Senden yardım falan istemiyorum. Gelmek isteyen sensin. Eğer Mayıs söz konusu olmasaydı senin gelişini kabul bile etmezdim." Telefonu kapattıktan sonra arka cebine attı ve siyah silahı beline yerleştirdikten sonra, diğer silahı bana uzattı.

Bir süre düşündükten sonra uzattığı silahı elinden alıp, "Arayan Şafak Uzar mıydı?" diye sordum silahı belime yerleştirirken. Silahın soğukluğu belimi ürpertmişti. Uzun zamandan sonra tekrar aynı soğukluğu hissetmek beni ürkütmüştü de üstelik.

"Evet," dedi Sıraç düz bir sesle. "O orospu çocuğunu bu işe karıştırdığım için kendi kafama sıkmak istiyorum."

"Savaş'ı aramayacak mısın?"

"Hayır," dedi net bir sesle. "İşin içinde senin olduğunu öğrenirse ortalığı birbirine katar. Hoş sana nasıl izin veriyorum ben de anlamıyorum. Beni tehdit ediyorsun."

"Eğer beni yanına almazsan tehdidi gerçeğe dökerim. Ortalığı birbirine katan taraf ben olurum, anladın mı?" Kaşlarımı çatarak ona baktım. "Bu kez tek başına hareket etmene izin vermiyorum."

Bana düz düz baktı.

"Tamam mı?" diye sordum üstüne basarak.

"Tamam," dedi pes ederek. "Seninle her şeye tamam."

Zaferle gülümsedim. Sıraç yüzünde sert bir ifadeyle beşiğin önüne geçtikten sonra, "Anne ve baba şimdi gidiyor," diye fısıldadı. Beşiğe yönelip, Sıraç'ın omzunun üstünden beşiğe baktım. Uyuyorlardı. Her şeyden habersiz, taze ve ferahlatıcı bir güzellik, şeffaf kanatlar taşıyan bir masumlukla.

"Döndüklerinde her şey daha güzel olacak," diye fısıldadım. İçimdeki iflah olmaz âşık, *umarım,* diye fısıldadı.

Sıraç'ın eli elime kaydı ve elimi avuçladıktan sonra, "Hadi gidelim," diye fısıldadı. Başımı sallayarak onu onaylarken gözlerim hâlâ ikizlerimdeydi. Huzurlu uykularının bölünmemesini dileyerek beşiğin önünden ayrılırken parmaklarım son kez terlerini kontrol etmişti. Sıraç ile birlikte odadan çıkarken gözlerim odanın içini kolaçan etti ve sanki her bir kareyi belleğime kazıdım.

Ve odamızın kapısını kapattım. El ele karanlık merdiven basamaklarını inerken diğer elim merdivenin tırabzanlarına yüzeysel olarak dokunarak, belli belirsiz sürtünüyordu. Son basamağı da indikten sonra, "Ümran onları sık sık kontrol edecek," dedim kendi kendimi rahatlatmak istercesine. Neden boğazım düğüm düğümdü?

"Edecektir. Ümran onları çok seviyor."

"Evet."

Bir süre bir sessizlik yaşandı. Son basamakta dikildik ve karanlıkta gölgeleşen silüetlerimize baktık.

"Artık çıkalım mı?" diye sordu Sıraç bir anda. Hızlıca kafamı sallayarak, "Tamam," dedim. Kalbim göğsümün içinde zonklarken ve huzursuzluk içinde kıvranırken birlikte dış kapıya yöneldik. Elim avucunun içinde terlemişti ama bunu önemsemiyordum. Aksine belki de küçük huzur parçacıkları bulmuştum ve onları birleştirmeye çalışıp, huzursuzluğumu biraz olsun kırmak istiyordum.

Sılay'ın merdivenlerden indiğini görünce bir an duraksadım. O da bizi görünce duraksamıştı. "Siz nereye gidiyorsunuz?" diye sordu kaşlarını kaldırarak.

"Dışarı çıkıp hava alacağız biraz," dedi Sıraç sakin bir şekilde. "Sen neden aşağı iniyorsun?"

"Bu saatte mi?" Sılay duraksadı ve ikimizi de baştan aşağıya süzdü. "Dolaptan soğuk su alacaktım."

"Hava almanın saati mi olur, kızım?" diye sordu Sıraç ona düz düz bakarak. "Hadi al suyunu çık odana."

Sılay hızla merdivenlerden indikten sonra mutfağa yöneldi. "Tamam be," diye çemkirdi. "Siz de çok geç kalmayın, ha."

"Kalmayız," döküldü dudaklarımdan. Başıma giren ağrılarla Sılay'a bakarken, Sılay bana tuhaf tuhaf baktı ama hiçbir şey anlamadığına yemin edebilirdim.

Sılay mutfağa girerken ona sarılmak istemiştim ama onu kuşkulandırmak da istemiyordum. Sıraç dış kapıyı açtıktan sonra gecenin karanlığını sert bir şekilde kamçılayan soğuk rüzgârı bacaklarımda ve kollarımda hissettim. Önce duraksayıp Sıraç'a baktıktan sonra yanından sıyrılıp dışarı çıktım. Sıraç evimizin kapısını bizi dışta bırakacak şekilde kapatırken düşünceliydi.

"Araba yok," dedim gecenin soğuğu kollarımı ısırırken. Elimi koluma sürterek ısınma çabasındaydım. "Nasıl gideceğiz?"

"Diğer arabayla." Durup gözlerimin içine baktı. "Gelmek istediğinden emin misin?"

"Geleceğim."

Ağzının içini havayla doldurduktan sonra kasvetli bir nefes verdi dışarıya. Verdiği nefes zehir oldu ciğerlerime doldu. Birlikte bahsettiği diğer arabaya doğru yürürken adımlarım sağlamdı ama ben hiç de sağlam değildim şu an.

Siyah Range Rover'ın önünde durduğumuzda kısaca gözlerimi arabanın ihtişamında gezdirdim. Sıraç gerçekten arabadan anlayan bir adamdı. En azından şimdilik bunu düşünerek, diğer düşüncelerime gem vurabilirim diye düşünmüştüm.

Sıraç sürücü koltuğuna geçerken, ben de onu takip ederek yolcu koltuğuna yerleşmiş, kapıyı sertçe kapatmıştım. Arabanın içi sütlü kahve tonlarındaydı. Sadece göstergeden ışık arabanın içini biraz olsun aydınlatıyordu. Sıraç arabanın motorunu çalıştırırken ön camdan görünen evimize büyük bir dikkatle baktı.

Ben de onun bir şahin kadar keskin olan bakışlarını takip ederek, evimizi odağıma almıştım. İçinde ailemi taşıyan, mavinin en güzel tonunu diktiğimiz soyağacının çiçeklerinde büyütecek olan evimize.

Sıraç direksiyonu sağa kırarak gözlerimin odağından evimizi çıkarırken sırtımı koltuğa yaslayarak derin bir nefes aldım. Silahın soğuk varlığı sırtımı eşeliyordu. Ve araba pürüzsüz yolda su gibi akmaya başladı. Tekerlekler rahatlıkla ileri doğru atılırken arabanın içinde bir ölüm sessizliği yaşanmıştı.

Sessizliği bozmak adına, "Onunla ne zaman görüştünüz?" diye sordum. Beni anlamayacağını var sayarak, "Şafak'la," diye düzelttim sorumu.

"Görüşmedik. Seni hastaneye bıraktığımda şirkete sürdüm arabayı. O esnada aradı beni ve içinde olduğum arabada bir bomba olduğunu söyledi. Zaten o sırada da adamları kesti yolumu. Ve bana herifin saklandığı deliğin adresini verdi."

"O nereden biliyormuş?"

"Bilmiyorum ama bulmadan önce epeyce zorlanmış. Aslında ona güvenmedim. Ama yalan atmadığını biliyorum." Yangın mavisi gözler doğrudan yolu hedef almıştı ve pürdikkat arabayı kullanıyordu. "Her ne kadar istemesem de o da orada olacak."

"Konuşarak halledilmeyecek, değil mi?" diye sordum biçare. Bakışlarım donuk, gözlerim fersizdi ve huzursuzluk artık kalbimden taşmış, tüm bedenime yayılmaya başlamıştı.

"Sana zarar verdi." Durdu. "Tüm aileme zarar verdi. Artık bunun konuşulacak hiçbir yanı kalmadı. Zamana yaymak istedim, olmadı. Buna izin vermedi. Sabırlı olmak istedim. Sabrımı kullandı. Artık duramam minik şeytan."

Beklediğim cevap daha farklı bir şey değildi zaten. O Sıraç Karayel'di. Kafasına koyduğunu yapacaktı, bunu biliyordum. Bu gecenin sonunu ne o, ne de ben kestiremiyorduk aslında.

Araba İzmir'in sokaklarını karış karış dolaşırken sokak lambalarının arabanın içine çarpıp, geride kalan ışıklarını izledim. Araba dar bir sokağa girdiğinde sokak lambalarının ışığından başka hiçbir hareket göremez olmuştum. Terk edilmiş bir yer gibiydi burası. Hemen sağ tarafta camları kırık, terk edilmiş bir sera vardı ve gerçekten ürkütücü görünüyordu. İki üç gecekondu tarzında ev görmüş, geride bırakmıştık. Sonunda toprak bir yola girdik. Yol bozuktu ama altımızdaki arabanın sağlamlığından dolayı çok sarsılmıyorduk. Araba git gide yavaşladı ve tamamen karanlık bir noktada ışıklarını söndürerek karınca adımlarında ilerlemeye başladı. Nefesimi tutmuştum.

Sıraç gözlerini karanlığa dikerek, "Şafak Uzar'ın verdiği adres burası," dedi kısık bir sesle. Muhtemelen yolun sonundaki depoda şu an."

"Şimdi ne olacak?"

"Mayıs, onu öldürmek zorundayım." Cevabı net ve hiç olmadığı kadar yalındı. Hiçbir pürüz bulamamıştım.

"Bu son olacak," dedim ümit ederek. "Değil mi?"

"Kesinlikle," dedi bana doğru dönerken. "Yemin ederim bu son olacak."

"Sana güveniyorum," dedim hızlıca başımı sallarken. "Bu son olacak, biliyorum."

"Ailemiz için," dedi başını sallayıp, saçlarımı okşayarak. Yüzünü yüzüme yaklaştırmıştı ve güven veren harflerini beynime kazımak istiyor gibiydi. Ona güvenmemi istiyordu. Zaten ona güveniyordum. Güvenmediğim o adamdı. Onu tekrar görecektim. Bana vuran, çocuklarımı benden koparmaya çalışan korkunç adamı tekrar görecektim.

Hemen arabamızın yanında bir araba daha durduğunda Sıraç kafasını geri atarak arabanın içindeki kişiyi kontrol etti. "Geldi," dedi hoşnutsuz bir sesle. "Mayıs, yanımdan ayrılmayacaksın, tamam mı? Herhangi bir delilik yapmak yok."

"Yok," diye güvence verdim ona. "Yanından ayrılmayacağım. Zaten bunun için buradayım."

Sıraç kendi kapısını açıp dışarı çıkarken, ben de onu takip ederek arabadan çıktım. Kapıları yavaşça kapatırken, Şafak da koyu gri spor bir arabanın içinden çıkmıştı. "Adamlar deponun etrafında pusuda," dedi Şafak arabasının kapısını yavaşça kapatırken. "Herhangi bir atakta saldırıya geçecekler. Şimdilik bir yaygara çıkarttırmıyorum onlara. Polisleri kafamıza toplamak istemem. Eğer lazım olurlarsa, dalacaklar. Senin adamların burada değiller galiba?"

Sıraç bir süre düz düz Şafak'a baktıktan sonra, "Yanımda karımdan başka kimsem yok," dedi bakışlarını takip eden düz bir sesle.

"Kendine fazla güveniyorsun," dedi Şafak kalçasını ön kaputa yaslarken. "Onu nasıl böyle bir ortamın içine sokabildin, aklım almıyor."

Sıraç'ın cevabı netti. "Onu tanımıyorsun." Bu cevap Şafak'ın yüzündeki tüm ifadenin alt üst olmasına yetmişti.

"Hadi gidelim," dedi Şafak ve karanlığa doğru yürümeye başladı. Adımları bir anda bıçak gibi kesildi ve omzunun üstünden bize baktı. "Onu yanından ayırma."

"Niyetim bile yok." Sıraç beni kolunun altına çektikten sonra alnıma sert bir öpücük kondurdu ve gözlerimin içine baktı. "Hadi yapalım şunu," diyerek yamuk bir şekilde güldüğünde aradığım cesareti bulmuş gibiydim. Başımı hızla sallayarak, "Ailemiz için," diye onayladım onu. Tamamen dişlerini göstererek güldüğünde hiç ummadığı bir şey yapmış, onu dişlerinden öpmüştüm.

Şaşkına uğramış gözlerle bana bakarken onu çekerek karanlığa doğru yürümeye başladım. Belki bu bir meydan okumaydı, içimdeki korkuya onunla meydan okuyordum. Belki de bu gerçekten onun dediği gibi bir sondu. Ama neyin sonuydu? Durmadan bu soruyu irdeledim kafamda. Uzun krem renginde, duvarları dökülmeye başlamış deponun önünde durduğumuzda Şafak etrafı kolaçan etti. Sıraç'a sıkı sıkı tutunmuş, deponun dökülmüş, çatlamış duvarlarını izliyordum. Deponun etrafında birkaç tane ağaç vardı ve gerisi tamamen taşlı topraktı.

Şafak eliyle bize işaret yaptıktan sonra sırtını deponun duvarına vererek yavaşça diğer tarafa kaydı ve lekeli, eski camdan karanlık deponun içine kısaca göz gezdirdi. Sıraç ile birlikte deponun dökülmeye başlayan duvarlarına yaslandığımızda göğsüm korkuyla inip kalkıyordu.

Deponun penceresinin önünde bir tıkırtı oldu ve Şafak kaşlarını çatarak duvarda sırtını kaydırıp yere oturdu. Pencerede Sıraç yaşlarında bir adamın silueti belirdiğinde nefesimi tuttum ve Sıraç beni duvarın diğer tarafına çekerek, sadece burnu ve gözleri görünecek şekilde duvarın arkasından pencereye doğru baktı. Kalbim boğazımda atıyordu.

"Seni gördü mü?" diye fısıldadım Sıraç'a.

"Hayır," diye fısıldadı. "Düşündüğüm gibi. İçeride tek başına değil. İki kişi daha geçti pencerenin önünden. Nöbet tutuyorlar."

"Karayel," dedi Şafak yalnızca bizim duyabileceğimiz bir alçaklıkla. "İçeride en az yirmi adam var. Saklananları devreye sokmalı mıyım?"

"O dediğini yapacak olursan polisler anında ensemize biner. Ne kadar az silah sesi, o kadar iyi bizim için. Bizi de yakarsın," dedi Sıraç ve bana döndü. "Seni içeri sokamam."

"Ne demek seni içeri sokamam?" Kaşlarım çatıldı. "Onlardan korkmuyorum Sıraç."

"Yirmi kişiden bahsediyoruz," dedi dişlerinin arasından. "Neden anlamak istemiyorsun? Belki de daha fazlalar."

"Yanında olacağım," diye bastırdım. Sıraç gözlerini devirirken öfkelenmeye başlamıştı ama ona aldırmadım.

Şafak yerden kalkmadan bize doğru geldikten sonra ayağa kalkıp duvarın arkasına geçti ve dizlerindeki toprağı silktikten sonra, "Önce ön kapıdakileri etkisiz hale getirmemiz gerek. Ön kapıda iki adam var muhtemelen. Önce yavaşça onları şüpheye sokmalı, dışarı çıkmaya zorlamalıyız. Ardından onları etkisiz hale getirip, içeri sızmalıyız. Depo çok büyük ve bildiğim kadarıyla arka tarafta çatıya tırmanan bir yangın merdiveni var. Herhangi bir sorun olduğunda pencerelerden birinden karını çıkarıp yangın merdivenlerine yönlendireceğiz. Çatıda güvende olacaktır," dedi tok bir sesle. "Aşağıya da inebilir ama herhangi bir çatışma anında aşağıda olması tehlike arz edebilir."

"Kaçmayacağım," dedim net bir sesle. "O yangın merdivenlerini sen kullan."

"Mayıs." Sıraç'ın sesi adeta Şafak'la konuşmamam gerektiğini irdeler gibi uyarıcıydı.

Koyu yeşil gözlerini deviren Şafak, "Gerçekten çok inatçı," diye homurdandı ama ona aldırmadım.

"Penceredekilerin görmemesi için dizlerimizin üstünde kapıya kadar gidiyoruz," dedi Sıraç ortaya konuşur gibi. Sanki Şafak'la muhatap olmamak için özellikle bunu yapıyordu. Kapının önünde biraz gürültü yapıp saklanıyoruz ve adamlar kapıyı açtığı an enselerine biniyoruz."

Şafak kafasını salladıktan sonra dizlerinin üstüne çöktü ve omzunun üstünden bize baktı. Böyle... Biraz tuhaf görünüyordu? "E, hadi?" dedi kaşlarını çatarak. Sıraç bir süre önünde o şekilde duran Şafak'a düz düz baktıktan sonra gözlerini devirerek hemen yanında dizlerinin üstüne çöktü.

Ben de Sıraç'ın arkasında dizlerimin üstüne çöktükten sonra yavaşça dizlerimizin üstünde ilerlemeye başladık. Taşlı toprak dizlerimi acıtıyordu ve ince pantolon kumaşı dizlerimi zerre korumuyordu. Kanayacağından emindim. Yüzümü buruşturarak deponun diğer ucuna diz üstünde yürürken, avuç içlerimde taşlı toprak yüzünden acımaya, hatta soyulmaya başlamıştı. Tam pencerenin önünden geçerken nefesimi tuttum. Sıraç ve Şafak'ın da en az benim kadar gergin olduğundan adımın Mayıs olduğu kadar emindim.

Deponun kapısının önüne geldiğimizde yavaşça ayaklandık. Dizlerimdeki toprağı silktikten sonra kısaca etrafı kolaçan ettim bir kez daha. Dışarı adam dikmediği için gerçekten bir aptal olduğunu düşünmüştüm ama aslında bu bir nevi uyanıklıktı. Burada kimse yok imajı çiziyordu aklınca.

Şafak bir anda Sıraç'a komut vermeden deponun kapısını yavaşça tıklatınca Sıraç'ın dudaklarından okkalı bir küfür savruldu ve aynı saniyeler içinde beni duvarın diğer tarafına çekti. Şafak'ta kapının diğer ucundaki duvarın arkasına geçmişti.

"Elinin ayarını siktiğimin yavşağı," dedi Sıraç dişlerinin arasından. Deponun kapısı gürültülü bir şekilde açıldıktan sonra, "O neydi lan?" diye sordu tok bir ses. Diğer ses, "Kedidir kedi," dediğinde bir an gerçekten güleceğim sandım ama olayın ciddiyeti kanıma karışmıştı.

"Üç," dedi Sıraç dudaklarının arasından. "İki." Derin bir nefes aldı. "Bir." Öne doğru atılırken onun kolunu tutacağımı düşünmüştüm ama ben buraya ona ayak bağı olmaya gelmemiştim. Sıraç bir anda adamların üstüne atılırken korkuyla saklandığım duvarın arkasından çıktım. Kel, uzun boylu bir adamı kollarının arkasından yakalayıp, etkisiz hale getiren Şafak'ın koyu yeşil gözleri kısaca bana dokundu. Sıraç da diğer siyah saçlı adamın ensesine dirseğiyle vurmuş, adamın yere yığılmasına neden olmuştu. Kel adam tam bağıracakken, Sıraç, Şafak'ın tuttuğu adamın yüzünün ortasına kanlı bir yumruk indirdi ve al kanlar adamın burnundan aşağı boşalırken Şafak adamın boynunun tanımlayamadığım bir yerine bastırarak adamı tek bir hareketle bayılttı.

"Şimdi," dedi Sıraç bir anda. Şafak ile aynı anda bellerindeki silahlara davranırlarken olayın şokunu üstümden atamamıştım. Sıraç beni arkasına alarak depodan içeriye bir adım attı ve silahı iki eliyle tutarak karanlık deponun girişini kontrol etti. Şafak da bizi takip ederek içeri girerken, "Yirmi kişiye, iki kişi. Eminsin?" diye sordu ifadesiz bir sesle.

"Şimdilik," dedi Sıraç.

"O zaman ben bu tarafa gidiyorum," dedi Şafak sol koridoru göstererek. "Hangimiz önce bulursak, o halletsin."

"Onu ben öldüreceğim," dedi Sıraç bir anda ciddileşerek. "Onu önce sen bulursan, bana getireceksin."

"Tamam, sakin ol," dedi Şafak. "Ben gidiyorum. Dikkatli olun."

"Sana ne," diye homurdandı Sıraç ağzının içinden. Eli elimin içine kayarken, silahı diğer eline almıştı. Adımlarımız yavaş yavaş koridora akmaya başladığında kalbim kulaklarımda atıyordu. Sanki bir savaş oyununun içindeydik ve her an bir yerden bize saldırmak isteyen adamlar çıkacaktı. Öyleydi de zaten. Karanlıkta çınlayan bir nefes verdikten sonra, "Yirmi kişiden daha fazla olabilirler," diye mırıldandım kendi kendime. "Her an önümüze biri de çıkabilir."

"Sessiz ol."

"Sen de dikkatli ol," dedim sesimi daha da kısarak.

Koridorun sonundaki küçük ışık süzmesinden bir tıkırtı geldiğinde Sıraç'ın adımları bıçak gibi kesildi ve gözlerini tamamen o ışık süzmesine kilitledi. Yangın mavisi bakışlar perçinlendiği ışığın özünden gelen sese odaklanırken, elimi daha sıkı kavramıştı.

"Yan tarafındaki pencereyi görüyor musun?" diye sordu Sıraç net bir sesle. Göz ucuyla koridorun duvarına baktığımda neredeyse duvarla aynı renkte olmuş, kirden camı görünmeyen pencereyi gördüm. "Evet," diye fısıldadım.

"Güzel. Aç onu miniğim," dedi Sıraç tedbirli bir sesle. Elim pencerenin kirli kulpunu yakaladı ve yavaşça asıldım. Pencerenin acil yağlanması gerekiyordu. Pencere açıldığında Sıraç beni birden pencerenin içine itti ve bedenimizin dışarı çıkacağını düşünürken, karanlık bir yere girmiştik. Bu normal bir pencere değildi. Sıraç pencereyi hızla kapattıktan sonra bir koşuşturma sesi duyuldu. Olduğumuz alan çok dar, havasız ve karanlıktı. Toz burnumun içini gıdıklıyordu. Tam hapşıracakken Sıraç eliyle ağzımı kapattı ve sırtımı onun kaslı göğsüne yasladı. Pencerenin dışından koşan takım elbiseli adamları görmüştüm.

"Sesleri duydunuz mu Sadri?" diye sordu tok bir ses.

"Evet ağabey. Emin ve Şükrü de telefonlarıma cevap vermiyor. Ben bir arka kapıya bakacağım. Kemal Bey nerede?"

"Kemal Bey güvende," dedi tok sesli adam. "Mahir'i arayın arka kapıya o baksın. Siz koridorları kontrol edin."

Sıraç'ın burnundan derin bir nefes verdiği işittim. Verdiği nefes saç diplerimi yalamıştı. Kemal güvende falan değil demek istiyordu, anlamıştım. Sırtımı tamamen onun göğsüne yasladım ve puslu camın ardından olanları izlemeye devam ettim. Sıraç ne olur ne olmaz diye elini ağzımdan çekmiyordu.

"Ağabey!" diye bağırdı biri. "Biri Emin ve Şükrü'ye saldırmış. Adamlar baygın!"

Bir silahın ileri geri çekilirken çıkardığı tok sesi duydum. Hemen ardından, "Siktir," diye sesli bir küfür etti tok sesli adam. "İçeride birileri var. Dağılın. Onlar Kemal Bey'e ulaşmadan, siz onlara ulaşacaksınız. Çabuk!"

"Kemal Bey'in yanına üç kişi gönderiyorum," dedi daha ince bir ses. "Tam olarak nerede?"

"Üst katta. Şu an onu paniğe sokacak herhangi bir şey yapılmasın. Her yeri aramanızı istiyorum. İçeride birileri var. Bundan eminim."

Sıraç istediğini duymuş gibi gevşerken adamlar koşturarak ikiye ayrıldı. Birkaçı koridorun diğer ucuna koşarken, diğerleri de koridorun bir diğer ucuna koşuyordu. Soluk alamadığım için kızaran ve yanmaya başlayan boynumdaki damarların belirginleştiğini hissettim. Sıraç ağzımı açarken, öksürerek derin bir soluk aldım ve aldığım tozlu soluk beni daha da öksürtüp, hapşırttı.

"İyi misin?" diye sordu beni kendine doğru çevirirken. Eliyle alnımdaki saçları geri iterek, alnımdaki teri kuruladı. "Sayılarının bu kadar fazla olduğunu bilseydim seni bayıltır, yatağa bağlar, yine de yanıma almazdım minik şeytan."

"Üst kattaymış," dedim boğazımı temizlemek ister gibi gözlerimi kısarak öksürürken. "Edebiyat parçalamak yerine üst kata çıkmanın bir yolunu ara ve bul Karayel."

Sıraç'ın gülümsediğini hissettiğimde kafamı kaldırıp ona baktım. Gözlerinde hayranlıkla perçinlenmiş muazzam bir ifade belirmişti. Bir adam, bir kadına gözleriyle sarılabilir miydi? O sarılıyordu.

"Sen harika bir kadınsın," diye mırıldandı başını iki yana sallayarak. "Sen gerçekten harika bir kadınsın ve ben sana deli oluyorum."

"Şimdi deli olmanın sırası değil ama," dedim kaşlarımı çatarak. "Aç şu pencereyi. Boğulacağım Karayel."

Sıraç pencereyi yavaşça açtıktan sonra bacağını dışarı attı ve koridorun her iki tarafını da kontrol etti. Diğer bacağını da dışarı attıktan sonra kendini yere bıraktı ve hemen ardından benim de çıkabilmem için elimi tutarak beni dışarı çekti. Üstüm başım toz içinde kaldığı için yüzümü buruşturarak üstümdeki tozları silkeledim.

Merdivenler görüş alanımıza girdiğinde yerde uzanan siyah gölgelerimize bakarak iç çektim. Sıraç'ın bir eli silahın tetiğinde, diğeri benim elimin içinde merdivenleri tırmanmaya başladığımızda diğer koridorun ucunda bir silah patladı ve duvarlarda yankılanan sesi içimde zonkladı. Korkuyla bir adım daha yukarı çıkıp dehşetle diğer koridorun ucuna bakarken, arka arkaya silahlar patlamaya başladı ve Sıraç beni yukarı çekti. Birbirine dolanan adımlarım basamakları tırmanmaya çalışırken kalbim göğsüm hariç her yeri geziyor, her yere bir kez tekmesini savurarak beni içten yaralıyordu.

"Neler oluyor?" diye sordum dehşet içinde.

"Muhtemelen Şafak Uzar'ın varlığını fark ettiler ve onun peşine düştüler. Şu an bizi fark etmiş değiller henüz. Hâlâ şansımız varken bir an önce o orospu çocuğuna ulaşmalıyız. Hadi miniğim."

"Ama o..."

"O bunu bizim ona ulaşmamız için yapıyor," dedi Sıraç dümdüz bir sesle. "Mayıs, hadi."

Bir süre duraksayıp, düşünmek için kendime zaman tanımak istesem de Sıraç buna izin vermemişti. Beni çekiştirerek üst kata çıkarırken aklım Şafak da kalmıştı açıkçası. Ama yine de istediği anda adamlarına haber verirdi ve ortalık savaş alanına dönerdi. Şafak'ın adamlarının yanında, Kemal'in adamlarının hiçbir anlamı olmazdı bence. Şafak akıllı bir adamdı. Kendini tehlikeye atmadan önce arkasını sağlama alacağından emindim.

Son basamağı da çıktığımızda silah sesleri artık daha az duyulur olmuştu. Deponun içinde kırmızı alarm havası hâkimdi. Kemal'in peşinde birilerinin olduğunu fark ettiğinden emindim. Belki de biraz sonra toz olacaktı. Onu hemen bulmalı, icabına bakmalıydık. Bu oyun gerçekten çok uzamış, çamurlarını ailemizin içine sıçratmaya başlamıştı.

Daha dar bir koridorda koşmaya başladık. Sıraç elimi daha sıkı kavrayıp beni çekiştirirken, bacaklarıma daha hızlı olmaları için yalvaracaktım neredeyse. Çok geçmeden birinin arkamızdan koştuğunu işittim ama epeyce arkamızda kalmıştı. Koşarken attığımız her bir adım, duvarlarda yankı uyandırıyordu.

"Allah kahretsin! Kaçmayın!" diye bağırdı bir adam. "Sizin derdiniz ne? Siz de kimsiniz?"

Sıraç beni öne doğru ittikten sonra bir an duraksadı ve tetiği çekti. Adamın olduğu yöne iki el ateş ettikten sonra tekrar elimi yakalayarak koridorda koşmaya başladı. Adamı vurmamıştı ama en azından korkutmayı başarmıştı. Adamlar silahlı olduğumuzu biliyordu.

"Ön tarafı tutun! Bu Şafak Uzar. Diğer ikisinin yüzünü seçemedim!" diye bağırdı bir adam. Sesi tüm deponun duvarlarında yankı uyandırdı. Dışarıdan bile duyulduğuna dair bahse girebilirdim.

"Miniğim, muhtemelen buradaki odalardan birinde saklanıyor," dedi Sıraç nefes nefese. "Şimdi sakin olacaksın ve gerekmediği sürece sakin silahına davranmayacaksın, tamam mı?"

Koşarken sesi boğuk geliyordu ama yine de söylediklerini anlayabilmiştim. "Tamam," diye bağırdım nefes nefese. Silah sesleri daha da yakında patlamaya başladığında depodaki kapılardan birini açtı ve beni içeri iterken, kendisi de hemen ardımdan girip kapıyı kapattı. Oda çok karanlıktı ama ay ışığı pencereden içeri süzülüp, içeriyi gözle görülebilir bir hale getirmişti. Duvarlarda eski posterler, bir yaz tahtası ve üç sandalye vardı içeride. Sıraç sırtını kapıya yaslayarak, "Muhtemelen şu an çok yakınındayız. O yüzden çıldırmış gibi ateş edip duruyorlar. Mayıs, seni o kargaşanın içine çıkaramam. Burada saklanabilir misin?" diye sordu soluk soluğa. Boynundaki tüm damarlar kabarmıştı.

"Hayır," diye itiraz ettim panikten terleyen avuç içlerimi pantolonumun kumaşına silerken. "Seni tek bırakamam. Ben de seni o kargaşanın içine salamam."

"Mayıs." Dişlerini sıktı. "Bana yanımda olacağını, yardım edeceğini söyledin. Şu an sadece işime taş koyuyorsun." Sözleri acımasızdı. Doğrudan kalbimi hedef almıştı. Yüzümdeki ifade donarken dışarıdaki patlama sesleri daha da yakınımıza gelmişti sanki.

"Bakma öyle," dedi ve kapının sürgüsünü çekip bana doğru yaklaştı. Hemen önümde dikildikten sonra, "Yapamam. İsteme benden bunu. Seni buraya sokarak yapabileceğim en büyük aptallığı yaptım zaten, güzelim."

Sadece gözlerimi kaldırarak ona baktım.

"Lütfen," dedi acı çekiyor gibi. Bir adım daha attığında artık aramızda mesafe denen şeyin ilk harfi bile kalmamıştı. Gözlerini indirip yüzüme baktı.

"Güvende olman gerekiyor. Benim için önemli olan bu," dedi gözlerimin içine bakarak.

"Senin güvenli yerin neresi?" diye sordum aniden. Duraksadı ve yüzüme baktı. "Benimki senin yanın."

Yüzündeki ifade paramparça olurken hemen kapının önünde bir el silah daha patladı. Gözlerimi yumarak sesi hazmetmeye çalıştıktan sonra tekrar gözlerimi açtım. Şu an kendimi bir fare gibi hissediyordum ve bu depo benim kapanım olmuştu. Nasıl çıkacaktık? Bu gecenin sonu ne olacaktı? Bütün soru işaretleri yayın içine girmiş, tıpkı bir ok gibi kalbimi hedef almıştı.

"Beni burada beklemek zorundasın," dedi acı içinde. "Şafak Uzar onları oyalarken, ben de bu meseleyi kökünden çözeceğim. Her şey bitecek."

"Bunu göze alamam," dedim kafamı iki yana sallayarak. "Seni kendi ellerimle kurşunların önüne atamam. Bunu yapamam. Bir kez daha vurulmanı göze alamam."

"Vurulmayacağım," dedi net bir sesle. "Tamam mı? Bana hiçbir şey olmayacak. Ve sen de beni burada bekleyeceksin. Gerektiğinde o silahı kullanır, kendini savunursun ama biri seni keşfetmediği sürece burada beni bekleyeceksin."

"Anlaşmamız böyle değildi!"

"Biz bir anlaşma yapmamıştık zaten Mayıs!" diye bağırdı birden. Gözlerimi kısarak kapıya baktım ve başımı salladım.

"İyi, def ol."

Gözlerini tavana doğru kaydırdıktan sonra sert bir şekilde yutkundu. Âdem elması aşağı yukarı hareket ettikten sonra kafasını indirmeden sadece gözlerini düşürerek yüzüme baktı. Asık bir yüzle ona bakarken, aslında tüm bu yaptıklarımın nedeninin onu kaybetmekten korkmam olduğunu bir türlü idrak edememesi nasıl da gücüme gidiyordu.

"Sana tapıyorum minik şeytan," diye fısıldadı dudaklarını alnıma bastırırken.

Gözlerimi yumdum ve, "Sana tapıyorum," diye fısıldadım. "Ben de sana tapıyorum."

Sıraç'ın dudakları alnımdan ayrıldıktan sonra gözlerimi açamadım. O kapıyı açıp, dışarı çıktı ve kapıyı kapattı. Kulaklarımda çınlayan silah sesleriyle birlikte gözlerimi tekrar açtığımda karşımda yangınımın mavisi yoktu.

Soluduğum havaya zehir karışmıştı sanki. Ciğerlerim uyuşarak acırken kapıya doğru yürüdüm ve sırtımı kapıya yaslayıp, kapının sürgüsünü kapatarak bir süre düşündüm. Dışarıdaki sesleri duymazdan gelmeye çalıştım. Yok sayabilsem her şey güzel olabilirdi. Ölü bir beden hissetmezdi. Belki de bu en güzeliydi.

Başımı soğuk kapıya yasladım ve gözlerimi yumdum. Yaşamam gereken bir hayat, büyütmem gereken iki çocuk vardı. Ve sevmem gereken bir adam.

Vazgeçmek... Kolay mıydı? Şimdi kendimi kurşunların önüne atsam bütün oyun biterdi belki de. Sıraç da biterdi, ailem de biterdi, hayat da biterdi. Bir an yaşadığım bu saçma sapan boşluk hissine lanet ettikten sonra, boşluğun sindiği bedenimi silkelemeye, bu saçma sapan düşüncelerden kurtarmaya çalıştım kendimi.

Yaslandığım yerden geri çekilirken artık on sekiz yaşlarının sonunda bir genç kız gibi değil de bir anne, bir eş, bir kadın gibi düşünmem gerektiğinin zorundalıklı farkındalığına varmıştım. Beni beşiğinin içinde bekleyen iki çocuğum, sevmem gereken bir adam ve yanında olmam gereken iki kardeşe sahiptim. Dostlarımı saymama bile gerek yoktu. Ben güçlüydüm. Güç benim içimdeydi. Ölsem bile gücümü son damlasına kadar kullanarak ölmüş olmayı tercih ederdim.

Ben Mayıs Karamaça değildim. Ben Mayıs Karayel'dim. Ve o işler hiç de o kadar kolay değildi.

Sürgüyü çekerek kapıyı açtığımda tek bir an düşünmeden kendimi koridora bıraktım. Koridor boştu ama yerde parlayan mermi kovanlarını görebiliyordum. Belimdeki silaha davranırken ruhsuz bakışlarım koridorun sonundaki demir kapıda takılı kaldı. Epeyce uzak görünüyordu ve kapının hemen yanında yol üçe ayrılıyordu. Üç ayrı koridor.

Sağlam adımlarla demir kapıya doğru yürürken parmaklarımın arasında duran silahın altın işlemesi gecenin karanlığında parıldıyordu.

"Burada olacağını biliyordum."

Sırtıma dökülen kelimeler öyle şiddetle çarpmıştı ki, olduğum yere çivilendiğimi hissettim. Omzumun üstünden yavaş yavaş ona doğru bakmak için kafamı çevirirken saçlarım yüzümü örtmüştü. O iğrenç sesini nerede duysam hatırlayacaktım çünkü kulaklarıma kazınmıştı. Gözlerim onun yüzünü odağına aldığında kan beynime sıçradı. Karnıma savurduğu tekmeler bedenimde yankılanırken, olduğum yere kusacağımı düşünmüştüm. İki büklüm olma isteğiyle sağlam bir şekilde ona doğru dönüp, hemen birkaç metre ilerisinde dikildim. Gözleri elimde tuttuğum silaha düştükten sonra dudaklarında memnuniyet dolu bir kıvrım oluştu.

"O küçük oyuncakla beni korkutabileceğini falan mı sanıyorsun?" diye sordu aşağılar gibi. "Tüm bunları hamileyken seni becermediğim için mi yapıyorsun yoksa Karamaça? Ah, pardon. Karayel."

Dişlerimi birbirine bastırdım. Biraz daha sıkacak olursam dişlerimi kırabilirdim. Kan midemde, beynimde ve hatta tüm uzuvlarımda fokurduyordu. Kan bağırıyordu. Kan onun bedeninden dökülmek istiyordu.

"Kocan her yerde karış karış beni arıyor sevimli şey." Güldü. "Beni korkutabileceğini mi sanıyorsun? Bak, karşındayım. Bitirsene oyunu. Beni öldürdüğün an..." Yüzündeki gülümseme yerini bir ciddiyete bıraktı. "Hiçbiriniz buradan sağ çıkamazsınız."

"Kocam nerede?" diye sordum sağlam bir sesle. Sesimin sağlamlığının ardına sakladığım enkaz bedenimde kırmızı alarma geçmişti. Bir silah daha patladı. Kemal elini kaldırarak silah sesine ritim tutup kahkaha attı. "Kapana kısıldı," dedi gülerek. "En başından beri sizin burada olacağınızı zaten biliyordum. Oradan bakınca bir aptal gibi mi görünüyorum?"

"Orospu çocuğu gibi görünüyorsun," dedim düz bir sesle. "Kocam nerede?"

"Mehmet Ali Karayel'in arabasında geberen senin annendi güzelim. Benim değil. Bence annelerimizin namusu hakkında pek de konuşmasak daha iyi olur."

"Evet," dedim gülerek. "Benim annem benim için öldü. Beni korumak için. Ama senin için ölen hiç kimse yok. Senin uğruna... Senin uğruna bir şeyleri feda eden kimse yok. Sen herkesin gözünde bir paçavrasın. Kimsesizsin Kemal. Yapayalnızsın."

Dişlerini sıktığını gördüm ama hâlâ gülümsüyordu. Söylediklerimin ona dokunduğundan yüzde yüz emindim. Elimdeki silahı ona doğrulttuğumda bakışları kısaca silahın namlusuna dokundu ve geri çekildi.

"Kocanı Yiğit Aksan öldüremedi ama ben öldüreceğim." Sözleri acımasızdı. "Elindeki her şeyi bir bir alacağım senin."

"Dene," dedim net bir sesle. "Durma, dene. Elinden geleni ardına koyma hatta."

"Tekmelerim senin piçlerini parçalamaya yetmedi," dedi gözlerini yüzüme dikerek. Her bir kelimesi... Hayır, hayır. Her bir harfi için ona bir kurşun sıkmak, onu paramparça edene dek ona ateş etmek istiyordum. Şarjörü üstüne boşaltsam doymazdım. Bedeninden akan kanı izlemek istiyordum.

"Ama onlara da sıra gelecek. Önce ikinizi ortadan kaldıracağım. Belki seni bırakırım. Ömür boyu üçünün acısını yaşarsın kalbinde."

Güldüm. Gülerken yanaklarım acımıştı. Böyle bir şeyi yapamazdı. Ama ben... Ben birini öldürebilir miydim? Ailem söz konusuysa bunu yapardım. Parmağımın tetiğin üstünde yüzeysel olarak dolaştığında Kemal'in bakışları da tetiğe düştü. Hımm. Bu onu korkutmuş olabilirdi. Ciddiliğimi görmüştü gözlerimden

"Beni öldüremezsin," dedi düz bir şekilde. "Şu an herkesin hayatı benim ellerimde. Beni öldürmeyi göze alamazsın."

Son kez dişlerimin arasından, "Kocam nerede?" diye sordum.

"Muhtemelen adamlarımla çatışıyor," dedi Kemal ciddi bir sesle. "Sen bana ulaşmayı başardın. O başaramadı. Ne adam ama..." Güldü. "Gerçi sen de başaramazdın. Senin önüne çıkan bendim."

Kaşlarımı çatarak, "Ellerini havaya kaldır," dedim net bir sesle. Bana düz düz baktığında silahı kafasına hedef alarak, "Ellerini kaldır dedim sana!" diye hırladım. Kemal bir süre duraksadı. Düşündüğüm kadar da akıllı değildi. Elimdeki silahı kullanamayacağımı, belki de asla birine zarar veremeyeceğimi düşünüyordu ama yanılıyordu.

"Bunu yapmayacağım," dedi afallamış bir sesle.

Bir adım daha yaklaştım ona. Hâlâ uzaktık ama ona bir adım daha yaklaşmış olmam, onu bir adım geri gitmeye sevk etti. Memnuniyet dolu bir ifadeyle gülümsediğimde Kemal kaşlarını çattı. "Değişmişsin." Sesi şaşkındı. "En son kurtulmak için yalvaran küçük bir kız çocuğuydun."

"Damarıma basmaya çalışma, kafanı parçalarım," dedim kendimden emin bir sesle. "Kes gevezeliği ve ellerini havaya kaldır."

Kemal bir süre duraksadıktan sonra, "Bunun bedelini ödeyeceksin," dedi dişlerinin arasından. Ardından ellerini havaya kaldırdı. Başımı sallayarak, "Kendi ayağınla önüme gelen sendin, aptal," dedim. "Sırtını dön ve önümden yürü. Tek bir hareketinde hiç düşünmem kafanı parçalarım Kemal Hıncal. Beni ölümle korkutamazsın sen. Bu gece burada ben ve kocam öleceksek, sen de bizimle beraber öleceksin."

Kemal'in kahverengi gözlerinde bir şaşkınlık görür gibi oldum ama hislerini iyi kamufle ediyordu şerefsiz herif. Başını sallayarak, elleri havada bir şekilde sırtını döndü ve, "Pekâlâ, dişi şeytan. Dediğin gibi olsun," dedi usulca.

Silahı indirmedim ve diğer elimi de silahın üstüne koyarak bir adım daha attım. "Yürü," dedim tok bir sesle. Silah sesleri susmuştu ve bu beni daha da büyük bir merakın eşiğine itekliyordu. Kemal küçük adımlarla koridorda yürümeye başladığında, ben de hemen arkasında onun sırtına namluyu uzatmış şekilde yürümeye başladım. Aramızda birkaç metre vardı. Herhangi bir hareketinde ne yapardım bilmiyordum ama şimdilik bu tehdit ona yetmiş gibiydi.

"Ne yaparsan yap, bu hareketinden sonra buradan sağ çıkamayacaksın," dedi yürümeye devam ederken. Şu an elleri havada olan kişinin o olduğunun farkında mıydı acaba?

"Dediğim gibi. Eğer bugün burada ölecek olan kişi bizsek, sen de bizle birlikte öleceksin. Nefesini boşuna harcama. Beni ölümle korkutamayacağını daha kaç kez söylemem gerekecek?"

"Sadece onsuzluktan korkuyorsun, değil mi?" diye sordu. Sorusu karanlık koridorun duvarlarında yankılandı.

"Kes sesini ve beni kocamın yanına götür."

"Pekâlâ," dedi Kemal. "Alt kattalar şu an. Muhtemelen enselendiler."

"Dua et de o aptal adamlarından biri ona zarar vermiş olmasın," dedim dişlerimin arasından. "O zaman senin kafanı onların önünde parçalayacağım. Patronlarının ne kadar aciz bir adam olduğunu göstereceğim onlara. Seni sevmiyorlar. Para için yanındalar. Emin ol sen geberdiğinde bu kavga bitecek."

"Paralarını peşin verdim."

"Sen geberdikten sonra verdiğin paranın hükmü geçmiyor be canım," diye dalga geçtim onunla.

Hiçbir şey söylemedi. Merdivenleri inerken tedbirliydim. Sonunda gerilmişti. Bunu görebiliyordum.

"Şükrü," dedi Kemal tok bir sesle. Gözlerimle onu takip ederken, biri bir anda saçlarımdan çekerek beni geri yatırdı ve bedenim yere düşmek üzereyken, kolumdan tutarak beni kaldırıp, iki kolumu arkaya aldı. Düştüğüm kolların pençesinden kurtulmaya çalıştım ama nafileydi. Elimdeki silah kayarak yere düştüğünde, "Bir dahakine daha dikkatli olmanı bekliyorum. Büyümüşsün ama yeteri kadar değil," dedi Kemal omuz silkerek bana dönerek.

"Orospu çocuğu," dedim dişlerimin arasından. "Haysiyetsiz, piç kurusu!"

"Götürün şunu diğerlerinin yanına."

Şükrü denen ızbandut beni ileri doğru yürütmeye çalışırken hâlâ çırpınıyordum. Tüm gücümü kullanmış olmama rağmen, arkamdaki ayıya karşı hiçbir şansım yoktu. Kemal gıcırdayan demir bir kapıyı açtıktan sonra, "Bak sana kimi getirdim Karayel," dedi ve aynı saniyeler içinde Şükrü beni iterek içeri fırlattı. Dizlerimin üstünde düşerken, saçlarım Sıraç'ın yüzüne çarpmıştı.

"Aptal şeytanın seni kurtarmak için kafama siyah dayadı ama yeteri kadar dikkatli olmadığı için, kaybetti." Kemal'in sesindeki aşağılamayı işittim. Bu midemi bulandırmıştı. "Ayrıca bravo. Sadece iki adam olmanıza rağmen yirmi yedi kişilik kadromu, ikiye indirdiniz. Ama sonuç? Elimdesiniz."

Kafamı kaldırıp saçlarımın arasından Sıraç'a bakarken, nefesimin rüzgârı saçlarımı havalandırıyordu. "Özür dilerim," dedim kısık bir sesle.

Sıraç, yangın mavisi gözlerini gözlerimden çekmedi ama hiçbir şey söylemedi. Şafak'ın ve onun ellerini bağlamışlardı. Dışarıda bekleyen bir ton adam silah seslerini duyunca neden harekete geçmemişti merak ediyordum. Beklenti dolu gözlerle Şafak'a baktığımda, koyu yeşil gözlerinin odağına düştüm. Sık ve derin nefesler almasına rağmen oldukça rahat görünüyordu. Güvendiği bir şeyler vardı, bundan emindim.

Kemal bir anda kafasını kaldırdı ve elini havaya kaldırarak, "Ah," dedi sahteden bir dehşetle. "Unutmadan. Şafakçığım. Iıı... Adamlarının saklandığı yerden neden hâlâ çıkmadığını düşünüyorsun, değil mi? Düşünme canım." Güldü. "Sen benim birçok adamımı katletmiş olabilirsin ama ben de senin birçok adamını katlettim. Ödeştik, Uzar."

Şafak'ın yeşil gözlerinde bir şimşek çakarken aniden olduğu yerden doğrulmaya çalıştı ama bağlı olduğu için bu imkânsızdı. Hain adam ayaklarını da bağlamıştı onların. "Orospu çocuğu," dedi dişlerinin arasından. "Seni hayatını sikeceğim!"

Kemal umursamadı onu. "Bu küçük kuşun ellerini bağla Şükrü. Mahir nereye kayboldu?" Kemal, Mahir'e bakmak için odadan çıktı.

Şükrü beni Sıraç'ın önünden çekerken Sıraç'ın yangın mavisi gözlerinden ecel geçiyordu. "Dokunma ona," dedi Sıraç gayet sakin bir sesle. Şükrü denen adam onu umursamadan beni kaldırmaya çalıştığında, "Dokunma karıma! Senin kemiğini sikerim, orospu çocuğu. Sikmedik kemik bırakmam iskeletinde!" diye bağırdı.

Adam benim kollarımı arkaya doğru atarken, kendimi kurtarmaya çalıştım ama hiçbir faydası olmamıştı. Bedenimde ağırladığım tek şey yorgunluktu. "İp nerede?" diye homurdandı kendi kendine.

Kemal tekrar odaya girdiğinde elinde altın işlemeli silah vardı. Gözlerimi kısarak silaha bakarken dudaklarımın arkasına sakladığım küfürleri gün yüzüne çıkarmak istiyordum ama gücümü bununla harcayamazdım.

"Bak, karın bununla öldürecekti beni. Düşünsene. Benim gibi bir adamı öldürebileceğini düşündü." Kemal kıkırdadı. "Onca zaman bana ulaşamadınız. Eğer istemeseydim yine ulaşamazdınız. Bomba olayından sonra durmayacağını biliyordum Karayel."

"Senin kemiklerini sikeceğim," dedi Sıraç sakin bir sesle. Gözlerini Kemal'in üstüne dikmişti. "Hayatını sikeceğim Kemal. Her şey daha yeni başlıyor. İntikamım çok acı olacak. Çürük cesedinden kemiklerini ayırıp köpeklere yem edeceğim."

"Kemal Bey. İp yok efendim." Şükrü beni bırakırken sıktığı bileklerim uyuşmuştu. Kemal kaşlarını çatarak Şükrü'ye baktı.

"Mahir de yok piyasada. Çabuk git bir ip bul. Bunun gücü gelir birazdan yerine."

Uyumuşmuş bileklerimi önüme getirip, parmaklarımı bileklerimde gezdirirken dudaklarım aralıklı duruyordu ve gözlerim acıdan kısılmış, kaşlarım çatılmıştı. Adamın nasırlı ellerinin bileklerimde bıraktığı pürüzlü izlere baktım. İzlerin olduğu yerler morarmaya başlamıştı. Hayvan, nasıl bir güç harcamıştı böyle?

Şükrü beni bırakıp odadan çıkarken, Kemal elindeki silahla hemen önüme çöktü ve silahın namlusuyla yüzüme düşen saçlarımı çekti. Yüzüm açığa çıkınca kaşlarımı çatarak ona atabileceğim en sert bakışı attım. Kahverengi gözleri bu bakıştan hoşlanmış gibiydi. Dudakları yukarı doğru kıvrıldı ve silahın namlusunu alnımda dolaştırdı. Soğuk namlu alnımda dolaşırken tek bir an korku yaşamamıştım.

"Seni tüm bunlara pişman edeceğim," dedi Sıraç sakin bir sesle. Belki de bu sakinlik daha da ürpertici geliyordu kulağa. Daha tehlikeli. "Dokunma ona. Uzak dur."

"Hımm." Kemal homurdanarak silahı alnımdan çekti ve yüzünü avuç içine koyup, "Ne yapsak?" diye sordu. "Aa, Şafak. Sen önceden bu kızı vurmuştun, değil mi? Söylesene, nasıl bir his?"

"Sonrasında o da beni vurdu Kemal," dedi Şafak pürüzsüz bir sesle.

"Hımm." Kemal'in kahverengi gözleri beni buldu. Sıraç'ı göremiyordum şu an ama yüz ifadesi gözlerimin önünde can bulmuştu sanki. Deliye döndüğünden emindim. "Sen de âşıksın bu güzel şeye, değil mi? Aklınızı başınızdan alıyor bu."

"Orospu çocuğu!"

"Senin hayatını sikeceğim!"

Sıraç ve Şafak aynı anda bağırmışlardı. "Aslında ben de onun tadına bakmak istiyordum," dedi Kemal aşağılık bir sesle. "Onu becermek..." Dilini dudaklarının üstünde gezdirdi. "Müthiş bir duygu olsa gerek."

Sıraç kendini öne doğru attığında korkuyla geriye doğru sendeledim. Dizlerimin üstünde durduğum için dengemi kaybetmiştim. Kemal gerinerek Sıraç'ın karnına bir tekme geçirdiğinde... İşte o an her şey benim için kan kırmızısı renginde işlemeye başlamıştı.

Nasıl ayağa kalkmıştım bilmiyordum. Güçsüzleşen bileklerimi ona doğru uzatıp, Kemal'in yüzüne tırnaklarımı geçirirken, Kemal bu beklemediği atağım karşısında kollarımı omuzlarımdan tutmaya çalıştı ama başarısız oldu. Tüm tırnaklarım onun yüzünde kalıcı bir iz bırakarak, aşağı doğru uzun çizikler attığında Kemal'in canının yandığından emindim. Kemal bir anda beni altına alarak yere düşürdüğünde belim beton zemine çarptı ve gelen küt sesiyle birlikte tüm kemiklerimin birbirine geçtiğini düşündüm.

Sıraç'ın dudaklarından dökülen küfürleri duyuyordum. Ardından bir patırtı koptu. Kafamı bir yere mi çarpmıştım? Tam olarak göremiyordum. Biri Kemal'i üstümden çekmişti. Gözlerimi araladığımda Sıraç'ın iplerini parçaladığını, ayaklandığını ve Kemal'e sayısız yumruk geçiriyor olduğunu gördüm. Boğuk küfürler kulağımda canlanmıyordu bir türlü. Ne dediklerini anlamıyordum.

Saçlarımın arasından akan bir sıvının ağırlığını hissettim ve ıslaklık yavaşça omuzlarıma döküldü. Kafam yana düşerken odaksız gözlerim Şafak'ın koyu yeşilleriyle buluştu. Şafak'ın koyu yeşil gözleri kocaman açılırken o da bağlı olduğu iplerden bir tanesini koparacak kadar güçlü bir şekilde bana doğru atmıştı kendini.

"Sıraç, arkanda!"

Gözlerimi aralamaya çalıştım. Sesler boğuk, görüntü buğuluydu. Sanki buzlu bir camın arkasından izliyordum tüm olup bitenleri. Şükrü denen adamın Sıraç'ın arkasından saldırdığını gördüğümde Şafak diğer ipinden de kurtulmuştu. Şafak yanıma koştu ve kafamı kaldırıp dizinin üstüne koydu.

"Beni duyuyor musun küçük?" diye bağırdı dehşet içinde. Saç diplerimi ısıran şeyin adı neydi bilmiyordum ama bedenimde de dalga dalga dolaşmaya başlamıştı aynı şey.

"Ona yardım et," döküldü dudaklarımdan. "Yalvarırım."

"Kanıyor." Dehşet içinde gözlerime baktı. "Kafanı o sivri yere vurdun. Kanıyor."

"Belim acıyor." Sertçe yutkundum. Sesim de gözlerim gibi odaksızdı. "Yardım et ona."

Şafak bir süre ikilemde kalmış olsa da dediğimi yaptı ve ayaklandı. Olduğum yerde doğrulmaya çalıştım. Kapılar açılmış, kavga dışarı taşınmıştı. Şu an oda da tek başıma kalmıştım. Bağırışları duyabiliyordum ama kendimi konuya odaklayamıyordum. Yan tarafımdaki soğuk duvara dokundu titreyen ellerim. Bir süre doğrulmakta güçlük çeksem de nihayet bedenimi doğrultmayı başardığımda midem bulanıyordu.

Yerde altından işlemesi parlayan silahı gördüğümde yavaşça sürünerek silaha uzandım ve parmaklarım gevşek bir şekilde silahı yakaladı. Dışarıda yankılanan küfürlerin hangi ağızdan çıktığı konusunda hiçbir fikrim yoktu.

Bir elimle silahı, diğer elimle duvarı tutarken bir an her şeyden vazgeçip kendimi yattığım yere geri bırakmak istedim ama bunun için zamanım yoktu. Gözlerim hemen arkamdaki kan birikintisine takılınca dudaklarım aralandı. Tüm bu kan benim kafamdan mı akmıştı gerçekten?

"Karın bir şey söylemişti Karayel!" diye bağırdı Kemal Hıncal. Bu kez sesin çıktığı ağzın sahibini tanıyabilmiştim. "Eğer biz öleceksek, sen de bizimle birlikte öleceksin demişti. Ama yanıldı. Siz öleceksiniz ama ben elimi kolumu sallayarak çıkıp gideceğim buradan!"

Bir şeylerin çarpma sesi yankılandığında olduğum yerden kalkmayı başarabilmiştim. Duvara tutunan ellerimi geri çektikten sonra başıma dokundum ve dokunmamla birlikte tiz bir inilti döküldü dudaklarımdan. Elimi geri çekip parmaklarıma baktığımda parmaklarım kan içindeydi.

Sarsak adımlarla odanın çıkışına yürüdüm. Ağzıma doluşan safra tadını geri itemiyordum. Kapının pervazına yaslanarak dışarı baktığımda Şafak'ın Şükrü ve Mahir olduğunu umduğum adam ile boğuştuğunu, Sıraç'ın Kemal'in üstünde olduğunu gördüm. Ardından gözlerim Kemal'in cebinden çıkarmaya çalıştığı şeye takıldı. Bulanıktı ama yine de ne olduğunu seçebilmiştim. Yerde bir kez daha yuvarlandılar. Bir kez daha. Sıraç'ın gücünün altında o bir hiçti ama her nasılsa Sıraç'ı ciddi anlamda hırpaladıkları için Sıraç tek başına bu işin altından kalkmayacak gibi görünüyordu. Son bir kez yuvarlandıklarında artık Kemal üstte, Sıraç alttaydı.

Kemal cebinden çıkardığı şeyi altına aldığı Sıraç'ın boğazına bastırdığı anda artık benim dizginleyen ipler çözülmüş, içimdeki öfke önüne geçilemez bir boyut kazanmıştı. İki sağlam adım attıktan sonra kocamın üstünde duran adamın beynine silahı dayadım.

"Elindekini hemen bırak," dedim titreyen bir sesle. "Hemen."

"Küçük kuş uyanmış." Sesi her ne kadar güçlü çıkmış olsa da şu an Kemal'in içine aşıladığım korkunun tadını almıştım. Silahın namlusunu kafasına iyice bastırdıktan sonra, "Elindekini hemen bırak. Beynini dağıtırım," dedim daha net bir sesle. Başım dönmeye, midem bulanmaya başlamıştı.

Sıraç yangın mavisi gözlerini yüzüme diktiğinde, şakaklarımdan aşağı akan kanı görünce olduğu yerden doğrulmak istedi ve Kemal'in çakısı onun boynunun ince derisine tamamen battı.

"Hemen. Bırak."

"Bırakmazsam ne yaparsın? Sen de beni vurabilecek yürek var mı?" diye sordu dalga geçer gibi. Elindeki çakıyı biraz daha bastırdığında Sıraç herhangi bir atakta bulunmuyordu çünkü elimde bir silah olmasına rağmen, adamın elinde bir çakı vardı. Amacının beni tehlikeye atmamak olduğunu biliyordum.

Dişlerimi birbirine bastırdım. Şafak hem Şükrü hem de Mahir denen adamı tek başına halletmeye çalışıyordu ve adamlar şu an kendilerini öyle bir kaptırmışlardı ki, patronlarının kafasına silah dayadığımı dahi görmüyorlardı. Şafak'ın da görmediği kesindi. Ama çok geçmeden Şafak iki adamı da yere sermeyi başarmıştı.

Kemal, "Bu oyun kocan ölmeden bitmeyecek," dediğinde elindeki çakıyı kaldırdı ve tam Sıraç'ın boynuna geçirecekken gözlerimi Sıraç'ın yangın mavisi gözlerine perçinledim. Aynı saniyeler içindeki elimdeki silah sağır edici bir gürültüyle patladı ve barut kokusu metalik kan kokusu ile karışıp havaya kalktı. Sıraç'ın gözlerime bakan yangın mavisi gözlerinin irileştiğini gördüm. Ve hemen ardından Kemal'in önümde yana devrilip, yere serilen bedenini. Hemen karşımızdaki duvar, Sıraç'ın alnı ve üstüm başım, ellerim kana bulanmıştı. Kanı büyük bir tazyikle fışkırmıştı.

Onu öldürmüştüm.

Kemal Hıncal'ı tek bir kurşunla kafasından vurarak saniyeler içinde öldürmüştüm.

"Öldürdüm," döküldü dudaklarımdan dehşet içinde. Sıraç, Kemal'in cansız bedenini kenara iterek ayağa kalkarken olduğum yere çakılmış gibiydim. "Onu öldürdüm."

"Mayıs." Sıraç'ın sesi deponun boş duvarlarında yankılandı. Şu an yere yığılan cesetten başka hiçbir şeye bakamıyordum. Şafak'ın şok olmuş bakışlarını yan profilimde hissediyordum.

"Öldürdüm."

"Mayıs!" Sıraç beni kollarının arasına çekerken o kadar halsizdi ki vücudum anında onun kollarının arasına girdim. Ellerim havada kalmıştı ve silah hâlâ elimdeydi. Boynundaki kahve kokusunu içime doldurmaya çalışırken ciğerlerim sızlıyordu.

Onu öldürmüştüm.

Zihnim bu gerçekle durmadan yüzleşti ve her seferinde daha ağır yaralar aldı. Gözlerimin önüne bir duvar örmek istiyordum, hemen şimdi. Gerçek beynimin tüm kıvrımlarında eteklerini savurarak dans ederken bir dans nasıl bu kadar ölüm kokabilirdi ki?

"Mayıs."

"Öldürdüm," dedim dehşet içinde bir kez daha. "Onu öldürdüm."

"Hayır," dedi Sıraç yalanlamak ister gibi. "Sen kimseyi öldürmedin. Hayır!"

Başımın içinde ayriyeten belimde dolaşan ve bedenime sinyallerini gönderen acıya bir yenisi eklenmişti. Hâlâ solunum yapan bedenim kuru bir çöl toprağına gömülmüştü ve binlerce akrebin öğle yemeği olmaya aday olmuştu sanki. Tuzun kokusunu aldım. Ölümün tuzu.

Ölüm bir tuzdu. Bu tuz bazı gözleri yakar ve suyunu çıkarır, bazı gözleri sadece doldurur ama asla taşıramazdı. Bir parça tuzun içinde binlerce ölüm bulabilirdin.

Ölümün tuzu tenimde kabarmıştı.

"Onu öldürdüm," dedim bir kez daha dehşet içinde. Sıraç bana sıkıca sarıldıktan sonra, "Hayır!" diye itiraz etti. "Bu gece hiç yaşanmadı! Sen onu öldürmedin!"

Dizlerimin üstüne düştüğümde, Sıraç da benimle birlikte yere çökmüştü. Kanlı parmaklarımdan biri onun mavi gömleğine tutundu ve mavi gömleğini kana buladı. Diğer parmaklarım hâlâ tetiğin üstünde, silaha sarılıydı.

"Bir an önce buradan çıkmalıyız Karayel," dedi Şafak tok bir sesle. "Tüm bunları arabada konuşun. Burayı terk etmek zorundayız. Ayrıca o kafasını gerçekten sivri bir yere vurdu. Hemen bir doktora göstermeliyiz."

Sıraç'ın parmakları saçlarıma kaydı ve kısmen kanlı olan saçlarıma dokunurken dudaklarını birbirine bastırdı. Şu an onun yüzünden geçen hiçbir ifadenin ne anlama geldiğini tam olarak idrak edemiyordum. Gözlerim bir kez daha kanının kokusunun yayılma hızına bir dur diyemediğim cesede kaydığında Sıraç yüzümü tutarak sert bir şekilde kafamı ona doğru çevirdi.

"Bakma," dedi sert bir sesle. "Bana bak. Ona bakma."

Gözlerim tekrar cesedi buldu ve tek bir an olsun gözlerimi kırpmadan cansız yatan adama baktım. Bana vurduğu anlar, sarf ettiği hakaretleri gözümün önünde dönüp duruyor, kulağımın duvarlarını tırmalıyordu. Gerçek, siyah bir kediydi ve beyaz tırnaklarını düşüncelerime geçirmişti.

Ben gerçek bir katil olmuştum.

Sıraç'ın tattığı ıstırabın tortularını kendi damağımda hissediyordum. Bir insanı öldürmenin getirdiği sorumluluk kalbime oturmuştu. Tetiği çekmiş, tek bir kurşunla koskoca oyunu bitirmiş ve bu gece sonu kendi ellerimle yazmıştım.

"Şok geçiriyor," dedi Şafak bir anda önümde diz çöküp, bedeniyle cesedi görüş alanımdan çıkararak. "Kanaması da var. Onu buradan çıkarmalıyız."

"Onu buraya getirmemeliydim," dedi Sıraç ıstırap içinde. "Onu buraya getirmemeliydim."

"Şimdi bunun sırası değil. Gerçekten şok geçiriyor."

Sıraç yüzümü yüzüne çevirirken başparmağıyla yanağımı okşadı. Titreyen kirpiklerimin arasından ona baktım. Alnında akıttığım kanın izleri vardı. Dudaklarım aralandı ama kelimeler geriye doğru takılıp düştü ve boğazıma takıldı.

"Sonlandırdın," dedi pürüzsüz bir sesle. Gözleri sert bakıyordu ama sertliğin arkasındaki ıstırabı bir ben görebiliyordum. Onun birçok kez yaşadığı şeyi yaşıyordum ve o şu an ne hissettiğimi gayet iyi biliyordu. O ilk kez benim için birinin kanını dökmüş, canını almıştı. Ve şimdi de ilk kez ben onun için birinin ruhunu bedeninden söküp, kanıyla bunun gerçekliğini imzalamıştım. "Her şeyi sonlandırdın. Biz kazandık."

Başımı hızlıca sallarken, neden salladığımın bile farkında değildim. Saç diplerimdeki kan kurumuştu ve kafamı her salladığımda kuruyan kan canımı yakıyordu.

"Hadi, ver bana o silahı," dedi Sıraç elimdeki silahı almak için elini uzatırken. Ellerim öyle hızlı titriyordu ki, bu beni bile şaşırtmıştı. Sert bir şekilde yutkunduktan sonra derin bir iç çektim ve çektiğim hissi tüm bedenimden geçen büyük bir titremeyle dışarı verdim. Bedenim üşümeye başlamıştı. Sanki bedenimdeki tüm kan kuruyor ve çekiliyordu.

Ölmemiştim. Öldürmüştüm. Durmadan tekrarladım bunu içimden. Ben bu gece ölmemiştim. Ben bu gece öldürmüştüm.

"Ver ömrüm," dedi Sıraç yalvarır gibi bakarak. "Ver o silahı bana. Hadi, ne olursun."

Başımı hızlıca iki yana sallayarak, "Öldü," dedim dehşet içinde. Gözlerimin yokuşundan aşağı koşmayı bekleyen yaşlar firar edip yanaklarımdan süzülürken, Sıraç burnundan sert ve derin bir nefes alıp beni kollarının arasına çekti ve kemiklerimi sızlatana dek sarıldı. Zaten ağrıyan belim, daha da acımıştı ama aldırmadım.

"Gideceğiz," dedi Sıraç dudaklarını saçlarıma bastırırken. "Sen, ben ve ikizlerimiz. Fethiye'ye gideceğiz." Gözlerimden birkaç damla daha sicimle indi ve Sıraç'ın boynuna aktı. "Yine uyuyakalacaksın ön koltukta. Keçiler arabanın camından seni izlerken seninle dalga geçerek uyandıracağım seni." Derin bir nefes aldı. "Köy kahvaltısı için Nural ablanın yanına gideceğiz. Hani aylar öncesinden ikizlerimizin haberini vermişti ya bize..."

"Ben birini öldürdüm," diye fısıldadım sesim tamamen cılızlaşırken. "Sıraç."

"Şşş." Beni susturdu. "Beni dinle. Yine o mahalleye gideceğiz. Aynı eve. Bana âşık olduğun, sana sahip olduğum eve. Orada kalırız istersen. Gideriz istersen buralardan tamamen."

"Sıraç..."

"Kulüp Yirmi Altı'ya gideriz ama önce. İlk öpüştüğümüz yere." Bana sıkıca sarıldı. "Her yere giderim seninle. Sakin ol. Her şey geride kaldı. Tüm karanlıklar güneş doğduğunda bizi terk etmiş olacak. Benim kanatlarında tüm güzellikleri taşıyan mavi şeytanım. Hele bir gün doğsun, söz veriyorum her şey güzel olacak."

Beni serbest bıraktıktan sonra gözlerimin içine bakıp, sert bir şekilde alnımdan öptü ve elimdeki silahı alıp silahı kendi gömleğinin ucuyla temizledi. Silahı beline koyduktan sonra beni yavaşça ayağa kaldırdı. Bacaklarım yeni doğmuş bir ceylan yavrusu gibi sendelediğinde, yürüyemeyeceğimi fark ederek aniden beni kucakladı ve ben yüzümü Sıraç'ın kahve kokulu boynuna gömerken, deponun çıkışına doğru yürümeye başladı. Yerde yığılı yatan adamlara kaydı gözlerim ve Sıraç'a daha sıkı sarıldım. Şafak da hemen arkamızdan depodan çıktıktan sonra, "Ben tüm delilleri köreltiyorum Karayel," dedi kendinden emin bir sesle. "Geçin arabaya."

Sıraç toprak yolda beni kucağında arabaya doğru taşırken hemen boynunda saklandığım için arkasında olup bitenleri görebiliyordum. Şafak kapının arkasındaki beyaz bidonu aldıktan sonra bidondaki sıvıyı içeriye ve deponun etrafına döktü. Ardından bir iki adım geriledikten sonra arka cebinden bir çakmak çıkardı. Her şey o saniyeler içinde gerçekleşmişti. Yanan ateşi depoya fırlattı ve önce mavi, ardından kızıl alevler bir anda tüm hızıyla deponun içine doğru ilerlemeye başladı. Şafak depoya sırtını dönüp, ellerini pantolonun ön cebine koyduktan sonra bize doğru yürümeye başladı ve alevler git gide daha da büyümeye başladı.

Bomboş hissediyordum. İçim boştu, düşüncelerim boştu, baktığım her yerde büyük bir boşluk vardı sanki. Kanlı parmaklarımı Sıraç'ın ensesine doladım ve yüzümü tamamen onun boynuna gömerek, sonsuz bir uyku diledim Allah'tan. Kan kadar çabuk kuruyan başka bir şey daha var mıydı acaba?

Alevler deponun dört bir yanını sarıp, içinde yarattığım geçmişi tutuştururken, o geçmişin zihnimde bıraktığı tortuları silemeyeceğinden emindim. Sıraç beni tek eliyle kavradıktan sonra, diğer eliyle arabanın kapısını açtı ve beni ön koltuğa yerleştirdi. Kapıyı kapatmadan, kapının önünde dikiliyordu. Arabanın içi soğuktu ama dışarıdan gelen rüzgâr saç diplerimi ısırıyordu ve muhtemelen açık olan yarayı sızlatıyordu.

"Bu gece burada olanlar..." Sıraç durdu. Şafak göz ucuyla arabanın içine baktıktan sonra, "Rahat ol Karayel. Düşünmene bile gerek yok," diye tamamladı Şafak onu. "Ama... O gerçekten hâlâ olayın şokunda. Kolay kolay da atlatamayacak gibi. Bir süre buralardan uzaklaşın bence."

"İzmir bizden çok şey çaldı." Sıraç sert bir nefes verdi. "Sana bunu söylemek... Aklımın ucundan geçmezdi ama. Sağ ol." Göremesem de kaşlarını çattığını hissettim. "Şimdi gerçekten onunla ilgilenmem gerek."

"Peki." Şafak elini Sıraç'a uzattığında Sıraç bir an duraksadı. Ama duraksaması çok uzun sürmedi. Şafak'ın elini sıkıp, onu geride bırakarak sürücü koltuğuna geçti ve kapıyı kapattı. Hemen ilerideki depodan yükselen alevler arabanın içini aydınlatırken bedenim hâlâ titriyordu ama en azından oturduğum yerde daha sakindim. Unutmaya çalıştım. O ânı hafızamdan silmeye çalıştım.

Şafak da hemen bizim arabamızın yanındaki arabasına bindi. Sıraç farları yaktıktan sonra motoru çalıştırdı ve araba geri geri çıkarken arabanın camından gökyüzüne baktım. Gün ağarmaya başlamıştı. Siyahtan kurtulan gökyüzü şu an boğuk bir mavi gibi görünüyordu. Sanki siyah ile mavi arasında kalmıştı. Seçim yapamıyor ikisinden de kopamıyordu.

Geri geri çıkan araba kendine bir yol çizdi ve Sıraç direksiyonu sağa kırdıktan sonra araba yavaşça dönerek, yangını arkasında bıraktı. Titreyen parmaklarımı durdurmak adına ellerimi yumruk yaptım ve gözlerimi yumruk yaptığım kurumuş kanlarla kaplı ellerime çevirdim.

"Konuş benimle," dedi Sıraç düz bir sesle. "Bir şey anlat. Kafan dağılsın."

"Az önce birinin kafasını dağıttım zaten, Sıraç."

"Lütfen," dedi vurgulayarak. "Bunu kafandan silip atman için ne yapmam gerekiyor? O orospu çocuğu bu gece zaten ölecekti. Sadece... Bunu ben yapmalıydım."

Bir bakıma... Belki de bu iyiydi. Sıraç'ı bir kez daha birinin ölümüne sebep olmuş bir şekilde düşünemiyordum. Onu tüm bunlardan sıyırmışken, kanın tadını bir kez daha almasına izin veremezdim.

"Ben senin için yaptım," dedim gözlerim dolarken. "Eğer... O tetiği çekmeseydim..." Burnumu çektim. Dudaklarımı birbirine bastırarak, sessizliği tercih ettim. Duygularıma verebileceğim en büyük cevap sessizliğim olacaktı. Şu an her şeyi en yoğun kıvamıyla yaşıyor olmama rağmen, içimde yankılanan bir boşluk vardı.

Onun kalbi durmamıştı. Duran bir kalbi, ucuna umutları bağladığın parmaklarla belki çalıştırabilirdin tekrardan. Onun beyni parçalanmıştı. Ben parçalamıştım. Umudumu bağladığım parmaklarımla, zaten tuz buz ettiğim bir beynin parçalarını toplayamazdım ya. Hoş, zaten ölmesi gerekmiyor muydu?

"Eğer o tetiği çekmeseydin o adam beni öldürecekti. Her şeyi benim için yaptın."

"Evet ama..." Gözlerimden süzülen yaşlar artık benim ettiğim bir isyan değil, bedenimin bana ettiği bir isyandı. Bu acıyı kabul etmiyor, içinde taşımak istemiyordu. O bunu çoktan hak etmişti.

Karnıma tekmeleri savururken, beni tehdit edip, iğrenç sözlerini bana sarf ederken... Mehmet Ali Karayel'i tam çocuklarına kavuşacakken, onlardan ayırmışken... O belki de bu kadar huzurlu bir ölümü bile hak etmiyordu. Yaşadığı acı daha ağır olmalıydı belki de. Saniyeler içinde ayrılmamalıydı o leş ruhu bedeninden. Sancılı bir ölüm yaşamalıydı, en az bize yaşattığı sancılı günler kadar sancılı bir ölüm.

Sıraç arabayı yol kenarında durdurduğunda, "Ellerini yıkayalım. Sonra da başına bakacağım. Çok kanamıştı," dedi düz bir sesle. O düzlük bana o kadar yapay geliyordu ki. Tüm bu çabasının nedeni, bana her şeyin yolunda gittiğini aşılamaya çalışmaktı. Gözlerimi ağır ağır kaldırıp camdan yol kenarındaki çeşmeye baktım. Birinin hayrına yapılmış bir çeşmede, bir katilin ellerini yıkayacak olması... Bu biraz tuhaftı. Belki de hayrına yapılan bu çeşmeler yol kenarlarından kaldırılmalıydı. O suyun ne için kullanıldığını bilmeyeceklerdi. Hiçbir zaman.

Sıraç dışarı çıktığında açılan kapıyla birlikte soğuk tekrar hissedilir bir şekilde varlığını belli etti. Elini bana uzatarak sürücü koltuğunun üstünden beni çekerek dışarı çıkardı. Bedenim sanki bezden bir bebekti ve Sıraç'ın kollarında şekil buluyordum. Üstümdeki karnıma kadar sıvanan beyaz tişörtü indirdikten sonra, "Geçti," diye fısıldadı. Ruhsuz bakışlarımı kaldırıp ona düz düz baktım.

Sıraç çeşmeye doğru yürürken, ben de ona tutunarak sarsak adımlar atmaya başladım. Etraf artık tamamen mavileşmişti ama bu o kadar ruhsuz bir maviydi ki, sanki kalbim kanayan parmaklarını gökyüzüne değdirmişti ve gökyüzünü benim içimin rengine boyamıştı.

Çeşmenin önüne geldiğimizde duraksadım. Suyun her zaman aktığı mermerin yosunlaşmaya başlamasından belliydi. Sıraç çeşmeyi açtıktan sonra ellerimi ellerinin arasına alarak suyun içine tuttu. Su buz gibiydi ama önemli değildi. Şu an istediğim tek şey parmaklarımdaki kanın kaybolmasıydı. Hoş, kan kaybolsa bile izleri ömrüm boyunca parmaklarımda taşıyacaktım.

Depodaki yangında diğer adamlarında öleceğini bilmek kalbimi sızlattı bir an için. Onların suçu neydi? Para için yanındaydılar onun. Belki de muhtaçtılar bu paraya. Kaşlarımı çatarak suyun parmaklarımdan akıp götürdüğü kanı izledim. Kan yosunlu mermerin üstünde daireler çizerek delikten aşağı kayıp gitti. Ama tamamen kuruyup, tıpkı bir zift gibi parmaklarıma yapışan kan hâlâ duruyordu.

Sıraç ellerini ellerime sürterek kanı çıkarmaya çalışırken, göz ucuyla ona baktım. Kaşları çatıktı ve gözünün mavisini profilinden bile görebiliyordum. Kuruyan kan nihayet parmaklarımdan dökülmeye başladığında, aslında bu kanın kalıtsal bir şekilde derimin altına işlediğinin de bilincindeydim. İkimizin de parmakları buruşana kadar suyun içinde kaldı. Sıraç elimi suyun içinden çektikten sonra gömleğinin düğmelerini hızlıca açtı ve gömleği üstünden sıyırıp çıkarttıktan sonra bir kenara bıraktı. Soğuk suyu yüzüne çarparken, kollarındaki tüm kaslar gerilmişti. Ağaçlardaki böceklerin seslerinden başka hiçbir ses yoktu ve bu boş yoldan tek bir araba bile geçmiyordu.

Kendi yüzünü kan lekelerinden kurtardıktan sonra, avuçlarına doldurduğu buz gibi suyu benim yüzüme de çarpmaya başladı. Aralanan dudaklarım ve titreyen kirpiklerimle yüzüme çarptığı suyu karşılarken, yüzüme çarpan avuç içleri her seferinde dudaklarımı daha da aralıyordu.

Avucunda kalan suyu alnıma sürterek, saçlarımı yavaşça ıslattı ve yüzümü avuç içlerine aldı. Titreyen kirpiklerimi kaldırarak ona baktığımda, ömrüm boyunca o bedenin yere serilişini unutmayacağımı biliyordum. Cansız bakan gözlerini görmediğim için şanslı sayılabilirdim.

"Her şey bitti," dedi Sıraç her bir harfin bir bir üstüne basarak. "Söz veriyorum. Artık sadece biz varız. Gölgeler yok."

"Ben..." Burnumu çektim. "Bizi ayıracaktı. Bizi ayıracaktı, Sıraç. Eğer yapmasaydım..." Bir kez daha burnumu çektim. "Ben katil değilim."

"Değilsin," diye fısıldadı. Yüzümü avuç içlerine aldı. "Sen bir katil değilsin, hiç olmadın. Gerçek bir katil görmek istiyorsan bana bak. Birini isteyerek öldürmek ile, çaresizlikten öldürmek arasında büyük bir fark var. Birçok kez isteyerek öldürdüm. Bak ve gerçek katili gör."

"Sıraç..."

"Mayıs." Kafamı kaldırdı. Her şeye rağmen yüzümün içinde olduğu avuçlar kahve kokuyordu. "Bu gece ölen biz de olabilirdik."

Başımı hızlıca salladım. "Evet. Ayıracaktı bizi."

"Ölümün bile bir araya getirdiğini, yaşamın ayırmasına imkân yok."

"Çok ağır," dedim yüzümü buruşturup, gözlerimi yumarken. "Hiç bu kadar ağır hissetmemiştim."

"Biliyorum." Burukça gülümsedi. "Birçok kez yaşadım." Durdu. "Sonraysa alıştım."

Kalbim göğsümün altında titredi. Düştüğüm yer soğuktu ama ben yanıyordum. Başımı onun çıplak göğsüne yasladım ve göğsünde derin bir nefes aldım. Parmakları yüzeysel olarak saç diplerimde dolaştı ve yaranın yerini tespit etmeye çalıştı.

"Acıyor mu çok?"

"Hayır." Cevabım düz ve yalındı.

"Bir doktora göstermeliyiz."

"Şu an eve gitmek istiyorum." Ruhsuz bir sessizlik yaşandı. "Evimize gidelim Sıraç."

"Gidelim minik şeytan."

Yol boyunca hiç konuşmamıştık. Mavi ışık yavaşça daha açık bir ton kazanmaya, güneş yüzünü henüz göstermese de ortam ağarmaya başlamıştı. Camdan dışarıyı izlerken diğer şeritten geçen araçların far ışıkları arabanın içini dolduruyordu. Göz gözü görecek kadar aydınlık olsa da araba farlarının hâlâ yanıyor olmasını sorguladım ama bu da diğer tüm sorgularım gibi yanıtsız kaldı.

Ruhumun derinliklerine yansıyan yaşanılanlar, ucundan kan damlayan harfleri benliğime kazırken, kanlı harfler en az kalbim kadar ürkekti.

Ve araba bir daha hiç göremeyeceğimi düşündüğüm evimin önünde durduğunda artık her şeyin geride kaldığını fark edebilmiştim.

Bu gece büyük yaralar almış, acımasız bir gerçekle tanışmıştım. Ama sonu yazmayı başarmıştım. Bu son kanlıydı ve kokusunu ruhumun nefesine işlemişti. Ruhumun ağzı kan kokuyordu. Konuşsa kelimelerine yansırdı bu, biliyordum. Kan kokulu kelimeler.

Bir süre sessiz kaldıktan sonra, "Geldik," dedi Sıraç tok bir sesle.

"Geldik."

"Her şey bitti."

"Bitti."

Ben de bittim. Yeniden doğmak istiyorum. Küllerimden doğmak... Tıpkı bir Anka kuşu gibi. Mavi bir Anka kuşu gibi... Doğacağım biliyorum. Senin kollarına doğacağım bu kez. Seni kurtardım Sıraç. Kabul et. Seni bir kez daha katil olmaktan kurtarırken, ilk kez katil oldum. Ama seni ve ailemi kurtardım.

Ölümün tuzu tenimde kabardı, Sıraç. Her şey bitti. Bu bir son. Kanlı bir son. Ve biliyorum. Bu kanlı son, mavi bir başlangıcın avuçlarımıza düşen anahtarı...

Mavisi kanamış kanatlarımızdaki yaralar iyileşene dek, dinlenelim. Mutlu günler bizi bekliyor.

Ben bir katil değilim Sıraç.

Ben sadece âşık bir kadınım. Çok âşık bir kadın...

Devam Edecek...